（補增）

朝鮮文學

一卷

自一九三三年十月

至一九三七年五月

韓國學資料院

朝鮮文學

一巻三号（十月号）

刊行辭

一九三三년 五월에 그 첫 호가 창간된 「朝鮮文学」은 一九三三년 十一월 간행된 四집까지 순탄하게 발행해오다가 어떤 이유에서인지는 알 수 없어도 돌연 휴간하는 사태가 있었다. 三년 뒤 一九三六년 四월에 이 잡지는 다시 속간하여 五집을 내고 十一집(二권六호)을 낸 同年 十一월에 또다시 휴간에 들어갔는데 이러한 사례는 당분간 계속되었다. 즉、一九三七年 五月에 十二집(三권一호)을 내고 同年 八月 十四집을 내고서 휴간、一九三九年 一月에 十五집、七月에 二〇집을 마지막으로 終刊하고 말았다.

이같이 우여곡절이 많았던 이 잡지의 발행인도 변동이 많았는데 창간 초의 편집겸 발행인은 李無影、편집 책임은 詩人 李康洽(또는 李 洽)이었다. 一九三六年 속간호가 나올 무렵부터는 그 운영권은 李無影으로부터 池奉文으로 옮겨갔다. 池奉文 역시 문인이기는 하였으나 新人의 위치에 있었던 사람으로 알려진 인물은 아니었다.

발행소는 초기에 朝鮮文学社이던 것이 池奉文이 인계한 뒤에는 명칭을 京城閣으로 바꾸기도 하였다.

一九三〇年 초 발간된 순수 문예지로서는 「朝鮮文学」이 가장 유일한 것이었는데 우

선 이 잡지에 고정적으로 글을 쓰고 있는 필자를 보더라도 대략 다음과 같은 쟁쟁한 문

인이 대거 참여하고 있었다.

즉、 소설로서는 李光洙、李孝石、李無影、李石薰、朱耀燮、李泰俊、金東里、李箕永、

朴栄濬、金南天과 시에는 金起林、林 和、吳章煥、金尚鎔、金海剛、李 洽、辛夕汀、

柳致環、金珖燮、朴南秀、尹崑崗、朴世永、毛允淑、林学洙、또한 평론으로는 崔載瑞、

李軒求、金文輯등이 이 잡지에서 文名을 떨쳤다.

第一卷 第三号

朝鮮文學

第一卷

第三號

編輯前言

一「文」이가 잡놓잔지 임의 더러달。그
동안에 숙어운 움도 새록새록。새로운
計劃을 세고는 늦은적도 여러번 이지만
은 뜻갓치 못한 世上일을 탄식한 한움도
모아노면 적지는 안을 것이다。

그러나 지난 멋달동안에「文」란 한 시
라도 맘을 버려운적이 업섯다 그삼이
지금 現實되엇다。그근文을 못드는 이것
을만들기에 삼도 자릿거니와 웃기도 설
기도한든 생각을 하면、우리의 無力이
무엇보다도 탄식된다。

△

「文」란一瞭然 이번에 增頁을햇다 삼도
줌을럿다。이페이지 이原稿、이조희 이
稿誠 이것을 싸진다고 비싸다고 할분
은 업슬듯。만일 그런분이 잇다면 그분
의 머리는 넘우드 異狀가 크다…그아
니할수업슬것이다 더욱이 만한 紙面을
創作에 提供한側는 前게는 업섯다。압흐
로도업슬것이라。每月十篇아지의 創作을
실갯다。新人의것도 여러가지 意味로紹介
하겟다。

△

갑작이「文」의 慶邊格이든 李洽君이
殷村으로 다러나서 힘에는 벅핫다。그
리 나 생々한 殷村의 글이 실릴것을 생각하
면 든든하다。

△

「文」래게 注文해주신 여러분에게는
음시 미안햇다 그미안함이 어찌나지기
를못퍼는 나에도 고소(？)를하는 분이잇
서서 매우 섭々햇다。차라리 벼룩의 피
를 비어서 먹을지언정 십전 한푼먹고야
나잡버지라 동내돌 독자는 不足額만 보
면된다。或사람의 하는일이고 보니 싹진
분이 업잔아 잇슬게니 通寄해주면 한다。

△

編輯은 讀者와 共同編輯을 하고 십으
다。그리고 編輯에 關한 一切은 編輯部
로 營業에 關한 通信은 全部 京城閣營業部
로 해주면한다。

年三回로 特輯號를 내겟다。

一月、四月、九月

（문생）

豚

李孝石

옛성 모롱이 버드나무 삿치둥아리우에 푸르등ㅅ한 하늘이 얏게드리웟다。 록가우리에서는 하아얀양륙기가 고순듯치모양으로 싸츨한게웅크리고잇다。 농금나무가지를 간들간들흔들면서 벌판을부러오는 바다바람이 채녹지안은눈속에 덥힌 종묘장(種苗場)보리밧헤 횃쓸녀 도야지우리에 모질게부드친다。

우리박 너귀의말 국안에읽어매인 암도야지는 바람을마즈면서 유난히소리를친다。 말국을쏴고도는 종묘장씨돗(種豚)은 싯허언업어 거름을돔으면서 말둑의뒤로돌아 그우에덥 석앗다리를걸엇다、싯검언바위밋헤 눌닌 자라모양인암 도야지는 날카라운비명을늘니며 천신을요동한다。 밋그러진씨돗은 게걸덕어리며 다시 말둑을쏴고돈다。 압뒤우리에서 웅하는 도야지들 고함여 오후이종묘장안은 들석한다。

반시간이넘어도 여의치안엇다、둘너차고 보든사람들도 흥이식어서 주춤주춤울즉인다 여러번채 말둑우에덥쳤술 쪄여 육춧한힘에 말둑이앗삭무즈러지면서 그바람에 밋헤쌀녓든도야지는 말둑에 데두리로버쉬커서 뛰여낫다。

「너무 어려서 안되겟군。」

종묘장긔수가 쓸ㅅ웃는다。

「 황소압헤 암닭가트니 쟁그러워서 볼수잇나。」

「겁이나서 다려나는데。」

농부는 날새게 우리 맘홀들아 뛰여가는 도야지의 앞흘 막엇다.

[달포컨에 한번왓다갓스나 씨가붓지안어서 또 몰고왓는데 요.]

식이는 겸연쩍어서 얼굴이 붉어컷다.

[아무리 즘생이기로 커러케어리구야 씨가부를수가 잇나.]

농부의 말에 식이는 다시 얼굴을붉혓다.

[비러먹을 늠의 즘생.]

무안도 무안이려니와 귀치안케구는 즘생에 식이는 화를버려내면서 농부의 부축을하야 다라나는도야지의 뒤를좃는다. 고무신이 진창에빠지고 바지춤이 훌너내린다.

도야지의 허리를매인 바룰붓들엇슬쎄에 그는 회ㅅ김에 바룰뒤로잡아낙구며 괴운ㅅ것 매질한다. 어린즘생은 바둘바둘뛰면서 비명을올닌다 농가일년의 생명선——즘생스면나올 데일고분쇠금과 첫녀름감자가 나울쎄까지의 가족의 량식의 예산의부담을맛흔 이 어린즘생에따한 측은한뉘우침이 나중에눈팔면코 나련만은 종묘장사람들슙 허서의 무안을못니껴 식이의흔드는매는 자연 가련한즘생우에 잣겨버렷다.

[그만 갓다매시오.]

말둑을 곳처 든々허박고난농부는 식이에게 손짓한다하얏다. (中略)

젓이 그리워서인지 한달도못돼서 숫놈이 죽엇다. 남어지의암놈을 식이는애자주지하야 단한벌의그의밥그릇에 물을 바더먹이기싸지하야엇다 쿨도먹지안코 물소알을쎄에는 그는나무하러가는것도 그만두고 종일즘생의시중을들엇다.

여섯달을갈으니 겨우 암도야지되가낫다. 달포컨에 식이는 첫시험으로 십리가넘는 음버종묘장싸지 몰고왓것 다. 피돈오십컨이나버서 씨를바든것이 준시 붓지안엇다 식이는 화가낫다. 쎄마춤 청울두고지나든 이웃집분이 가 어데론지 도망을갓다 식이는 속이상해서 며츨동안 일이손에잡히지안엇다는 엿 로동해서 쌀々하게 더ㅅ 구하드니 그 고운살을 한번도허락하지안코 늙은아비를 홍자둔채 커어코 도망을가버렷구나 생각하니 분이가 괫심하얏다. 그러나 속깁흔 박초시의일이니 자긔딸조처에 무슨생ㅅ수수작을쎠엿는지 도모지모를노릇이엇다. 청진으로갓느니 쉬울로갓느니 멋츨건에 박초시에게 돈십원이왓느니 소문은갈피갈피멋스나 하나도 종삼을수업섯다.
아래쥐래 상할대로 속이상햇다。 농금짖가든두볼을 갈강잘강섭어먹고십든 분이인만큼 식이는 오늘까지 숫아오
르는심회를 억제할수업섯다。——

「다 됏군。」

딴천만보고가든식이는 농부의목소리에 그쪽을보앗다 씨뜻은 만족한듯이 여친히을수지즈면서 그곳을떠나지안
코 빙々돈다。

파장후의광 경이연만 분이의그림자가 눈압헤어른거리는 식이는 몹시드겁면쩍엇다。 잠잣고섯는 섯을한암도야
지와분이의자태가 쉬로얼켜쉬 그의머리속에 추군하게떠올낫다`` 음란한잡담과 허리섞는우슴소리에 얼굴이 떠한
충붉어젓다 환짱을떨 쳐버리랴고 애쓰면서 식이는 읽어매엿든 도아지를 풀기시작핫엿다。 농부는 여친히 게
걸덕어리며 어른어른차도는 욕심만흣듯을몰아 우리속에가두엇다。

「이번에는 틀님업겟지。」

장부에일홈을올니고 오십권을치려주고 종묘장을나오니 오후의해가 느지막하엿다 농금밧 건넌편 양육관사의
잡웅이 히린석양에 푸르등々하게빗난다 넷성어구에는 드나드는장人군의 그림자가 어른어른한다。성안에서 한채
의써스가나오드니 뭄님은이등도로를 요란히다라온다。도아지를몰고 길윈편가으로 피한식이는 펏득 지나는써스
안을 흘긋살펴본다 분이를일흔후로부르는 그는 다라나든써스안까지 조심스럽게 살피게되엿다 일킨에 라남에쉬버
스차장시험이 잇섯다드니 그런데로나쉽 허들어가지 안엇슬가 분이의간길을· 이러케도상상하야 보앗기때문이다。

「장이나 한박휘돌아올까」

북문어구 성밋 물룽에 도아지를매놋코 식이는 성욱들어가 남문거리로 향하얏다。
분이가엄는이제 장人군의눈을피하야 의속한가기압헤가쉬 검연쩍은대도로 매회분을 살필 요도업쉬진 식이는
석유한병과 마른명태 멋마리를사들고 장관을 오르락나리락하얏다 한동리사람의 그림자도 눈에쒸이지안키에 그
는곳게성박 그로나와 만을로향을얏다。

어 그죽어리며 도야지의 거름이 올얘만큼 재지못하야잇다 그러나 이체 매질할용긔는업섯다。

철로를끼고올나가 정거장압홀지나 오촌포행걸에나쉬니 장보고도라가는사람의 그림자가 드문드문보인다。 산모

롱이가 바다바람을막아 안옥한커녁빗이 길우를덥헛다。 먼산우에는 넌긔의 고가선이솟고 산밋슬 물줄기가돌아

나렷다。 온천가는 넓은도로가 철로와나란히누어쉬 남쪽으로 줄기차게써첫다。 커무력가는강산속에 아득하게써친

이 두줄의길이 새삼스럽게 식이의마음을끌엇다。 걸어가는그의등뒤에쉬는 산모롱이를돌아오는 긔차소리가 아련

허들닌다 별안간식이에게는 이상한생각이들엇다。

「이길로 아무데로나 다라날싸」

장에가쉬 도야지를팔면 로자가되겟지 차타고 로자 자라는곳짜지 다라나면 그곳에 곳 분이가잇지안을가

어데쉬들엇는지 공장에들어가기가 분의소원이드니 그곳에쉬 녀직공노릇하는분이와맛나 나도「로동자」가되여

가리살면오즉자미잇슬싸。 공장에쉬버는돈을 달마다고향에붓치면 아버지도 더고생하실것겟지。 도야지를 방에쉬

길으지안어도좃코 쉬금못냇다고 면소쉬귀들한테 방솟을뺏길염려도 업슬러이지 농사가리 초라한업이 쉬상에또

잇슬가。 아무리부즈런히일해도 못살기는일반이니…… 분이 잇는곳이어데인가……。 도야지를팔면 얼마나바들가。 이

도야지。 암도야지 양도야지……?

「얏!!」

날카로운소리에 번쩍 정신이쌔엿다。

찬바람이 휙 압홀스치고、불시에 일신이 딴쉬상에쓴것가탓다。 눈 보이지안코 귀 들니지안코 잠시간 전신

이죽고 감각이업서젓다。 깜々하든눈압히 차々밝어지며 거물거물 움즉이는것이보이고 귀가들니며 요란한음향이

친신율슬어업섯듯이 우뢰차게들녓다 우뢰소리가…… 바다소리가…… 박휘소리가……。 별안간 눈압히환해지드니

결차의마즈막박휘가 쏜살가티 눈압홀다라낫다。

「앗 긔차!」

다 지나간이케 식이는 정신이앗질하며 몸이부르르썰닌다。

진땀이 나는대신 소름이 쪽 돗는다。 왼신이 불시에 비인듯이 것분하다。 글자대로 왼신은비엿다 한쪽팔에들

엇든 석유병도 명태마리도 간곳이업고 바른손으로 이쯤든도야지도 종적이업다。

「아 도야지!」

「도야지구 무어구 미친눔이지 어데라구 후미끼리를 막건너。」

긔구를 철석맛고바라보니 철로망보는 사람이 승난얼굴로 그를노리고섯다。

「도야지는 엇지됫단말요。」

「어제밤 쑴잘꾸엇지 네몸안치인것이 다행이다。」

「아니 그럼 도야지 치엇단말요。」

「다음부러 차에주의해!」

독하게쏘아부치면서 철로망人군은 식이의딸을삽아낙귀 「후미끼리」박그로 끌어냇다。

「아 도야지가치엇다니 두번이나 종묘장에가거서 바든 버도야지 암도야지 양도야지……。」

엉겁결에 외치면서 훌러보앗스나 피한방울 차귀불수업다。 흔쳑조차업다니― 긔차가 달녕뿔고 간것가래서

아득한 철로우를바라보앗스나 긔차는 발서 그림자조차업다。

「한방에서잠재우고 한그릇에몰여서 기른도야지 불상한도야지……。」

정신이앗질하고 일신이허쳔하야서 식이는 금사에그자리에 푹 쓰어질것도갓탓다。

―〔三月十二日〕―

五月의 薰風

朴泰遠

1

토요일 오후——

멋업도록이나 맑게 개인날이다,

누구나 그따로 집안에 붓박혀잇지 못할날이다,

불일도 업건만 공연스리 거리를 휘돌아다니고 십흔날이다。

철수는 양말을 두켤레 사서 그것을 아모러케나 양복주머니에 처넛코 화신상회를 나왓다。

그러나 그곳을 나와서 집으로 박히는 어듸라갈곳을 가지지못한 철수엿다。

양말을 살것이 오늘의 사무엿섯고 그 사무는이미 끗낫다。

그는 백화첨 압헤가 서서 물끄럼이 종로네거리를 오고가는 사람들을 바라보고 잇섯다。

그리자 뜻하지안코 .그의머리에 「긔순」이 생각이…떠올랏다。

2

우리는 곳잘 뜻하지안흔 사람을생각하는일이 잇다。

지금 긔순이 생각을 한 철수의 경우가 바로그러하다。

십오년건의 오월——

서울 수천동（水舃洞）골목안에 모여노는 아이들틈에서 열씻살먹은『은식』이는 가장 자랑스러웟다。

철업는 부러움을 가지고 대하는 아이들에게 향하야 자긔가 입는 이백일흔댓냥싸리 양복을 한人것 씹낼

수 잇것든 은식이엿든 싸닭이다。

더욱이『우미、관』에서 보고온『명금』（名金）노리를 흉내내여 놀째에 은식이는 언제든『후레데리쑤백작』이

될수잇엇다。
……

싸닭에 그 골목안에서 첫손쑵아 어여뿐 게집애 순남이가 분장한『기지쑤례』와 순을 맛잡고 올

백작의 무리를 피하야 엽골목으로 몸을 숨길째『로로』의 소임을 맛흔 만돌이는 임술우에까지 흘러나린

싯퍼린코를 훌쩍 들어마실것도 닛고 그 어린 양복장이의 멋진 뒤人모양을 한참이나 멀거니 바라보기조차

하엿다。……

그날은 그러나 공교롭게 순남이가 어머니를싸라 외가집으로 나들이를 가고 업섯다。

순남이가 업드라도『명금』노리는 하여야만 하엿다。

누구를 순남이대신에『기지쑤례』를 삼을싸……하는것이 잠깐동안 문제엿섯다。

복순이？

옥희？

갓난이？
……

녀주인공 선거는 쉽사리 결정을 보지못하엿다。그러자 그째 엽헤서 동정만 살피고잇든『켜순』이가——

『피선거권』（被選擧權）도 가지지못한 어엽부지못한 그 게집애가 망살거리며 망살거리며 자청을 하엿다。

케가——기지쑤례』가 되면 어떠켓나——고……

그러나 그 신청은 그즉시 각하되엿다。

『소년』은우에 들니 그중에도 특히 은식이의 노권에 의하면『기지쑤례』의 소임은 무엇보다도 첫째 얼골이

어엽버야만 맛훌수 잇섯다。

귀순이가를 아이가 그 소임을 자원한다는 것은 이를테면 『가지쑤레』의 모독 (胃瀆) 이엿고 아울러『미』

(美) 의 모독이엿다。

그래 은식이는 말하엿다。

『넙죽이가』 씰룩이가 되지두 못하게 기지쑤레가 되불려구? 애 아쇠라 넙죽이 씰룩이.』

넙죽이라는 것은 귀순이 얼굴이 둥글넙적해서 이르는말이고 씰룩이라는 것은 걸핏하면 씰룩씰룩을 기를 잘하

는 까닭에 하는말이다。

그래 은식이가 순남이와 단둘이 우미관압 왜떡가가에서 『모씌』를 한개식 사먹엇슬때 귀순이가 『사뷔 처―ㅇ 기집애 처―ㅇ』하고 눌럿든것을 순간에 은식이는

그 억에서 차커버엿다。

그는때가르면 그러케까지는 짓구지지안흔 은식이엿으나 그런날 그가

귀순이는 얼굴전체를 씰룩어렷다。

모욕당한 녀성의 분노가 역시 그의 두눈에 잇섯다。

성난얼굴이란 누구에게 잇어쇠든 좀더 보기실흔것임에 틀림업섯다。

그래 은식이는 또 놀럿다。

『넙죽이 씰룩 씰룩 울어라。』

그러나 귀순이는 채울지 안헛다。

귀순이는 굴욕압헤 울음을 억제하려는 무던한노력이 가만히 경련하는 그의 입술에 보엿다。

『든한푼 줏게 울엇다。씰룩이 넙죽이.』

그리자 귀순이는 별안간 소리 첫다。

『양복쟁이 피……아이 노싀 아이 노싀』

보통학교도 다니지안는 귀순이가 대체『아이 노싀』라는말은 어듸서 배웟는지 알길업지만 양복을 입엇슬다

름으로 『아이 노싀』 소리를들은 은식이는 왈칵 치밀어오르는 격렬한감정을 억제하지못하엿다。

「무어 어젯구 어쨋?」

은식이는 과순이를 떠다밀엇다。

그러나 과순이는 그동안에 비슬비슬 뒤로 물러낫을뿐이요 넘어지지도 울지도 안헛다。

「아이노수 아이노수」

그리고 과순이는 갑작이 울가망이 되여 몸을돌치여 달음질첫다。

용서치안코 은식이가 뒤를 쫏찻다。

후레데리수 백작』은 득히 거름이 빨럿다。『안수문장』(按守門將) 집 압헤 울물이 하나 잇엇다。

그압헤 이르러 등을 떠다밀러 은식이가 달을 내여민것과 과순이가 압흐로 폭! 고꾸라진것과 가튼순간

의 일이엿다。

은식이는 이름모를 공포속에서 잡깐 그곳에가 망연히 서 잇엇다。

과순이는 과가나서 울엇다。

은식이는 달은날자 …… 하고 생각하엿다。

누가 어른이라도 본다면 물론 시비는 가리지도 안코은식이를 나물할게다。

그러나 이경우에 달어나는것은 비접한행동 인듯 십헛다。

그래 은식이는 좀더 그곳에 버틔고 섯엇다。

그리자 과순이가 울물가에서 몸을 일으켯다

그순간 은식이의 왼몸에 소름이 쪽씻첫다。

아마 넘어질때 울물스친의 모진돌에다 부듸첫든게지 …… 과순이의 이마가 씨로 한일ㅅ자로 쌔여지고 피가가자

쇠 솟아흘럿다。

은식이는 겁집어먹은 눈을 하여가지고 잠간동안 그대로 그러케 서잇섯다。

그리다가 다음순간 은식이는 얼골이 새ㅅ파라케 질려가지고 집으로 다름질첫다。

문을 박차고 들어가 허둥지둥 때문에 비쌍을질으고 이리커리 숨을곳을 찻다가 그는드듸여 뒤싼속으로

둘어갓다.

몸이 형사이업시 떨리고 우아렷느가 자싀마조첫다.

작난을 하다가 잘못하야 병하나를 쌔트려도 무서운매를 맛지안흐면 안되엿든 은식이라 남의집아이 이마

룰 쌔를여 노흔 이번일의 결과는쌔ㄴ한듯 십헛다.

얼마나한 혹독한 형벌이 이제 그에게 나릴것이랴.——

그것을 생각하니 커도모를사이에 눈물조차 두줄 그의쌤위를 흘러나린다......

3

그러나 뜻박게 은식이는 아모런 형벌도 밧지안헛다.

한마듸의 쑤지람조차 집안에는 업섯다.

은식이의 『범행』이 뜻박게 컷슷든와닭인듯 십헛다

은식이는 다른쌔나 마찬가지로 골목안에서 아이들패의 대장노릇을 하엿다.

그러나 물론 『명금』노리는 다시두번 안하엿다.

괴순이 이마에 완연한게 남어잇는 상치기 혼처을 보낫슬째 은식이에게는 그러할 용긔가 업섯는것이다.

쐰만아니라 그뒤에 외삼촌 아주머니가

『괴순이가 이제 커 상치기자국쌔문에 싀집을 못갈게다』

하고하엿슬째 은식이는 '풀이 죽지 안홀수업섯다.

『정말 그럴까요?』

『그럼 게집애는 얼골이 제일인데 더구나 이마 한복판에가 그러케 큰상치기가 낫으니 어떠커나......』

은식이는 만약 정말 그러케된다면 그것은 전혀 나의책임이 아닌가? 하고 그런것을 생각하지 안흘수업

섯다.

그리고 뺏쪅로。

『정말 그러라면 내가 귀순이에게로 장가를 들지안흐면 되안지 안흘까? 그박게 다름도리는 엄지안흐가?』

하고 비장한 생각조차 은식이는 하엿다。

얼마·안잇다 귀순이네집는 새문박그로 떠나버렷다。

4

여름에 악박골물이나 먹으러 가기외에는 별로새문턱을 넘을거회가, 은식이에게는 엄섯다。

쏘 설혹 새문박글 자조 드나든다 하드라도 이제는 낫살찬 처녀라 응당 집안에 들어안것은 귀순이와

길에서라도 맛날길은 컨면 엄섯을제다。

그러나 그러타고해서 귀순이생각이 은식이의 머리에서 살어지란법은 엄섯다。

이마에다 만들어준 상처기에 대한 책임감말고도 은식이는 귀순이에게 장가를 들가? ——하는 생각을 가

깝하여 보는 것이다。

결코 어엽부지 못한 귀순이의 둥글넙쩍한 얼골이 일종 형언할수업는 매력을 가지고 그의 마음을 쓸엇

다。

그러나 물론 그것들은 아모런 행동으로도 낫하나지 안헛다、

그러는동안에 은식이는 철수라고 개명을 하고 중학을 맛친다음에 동경으로 건너갓다。

그리고 그가 예과를 맛치고 서대학 영문학부에 학적 을 두든바로 그봄에 귀순이는 식집을가고말엇다。

여름에 철수가 집으로도 라왓을쌔 어머니가 무슨이야기꼿헤 그에게 말하엿다。

『참 귀순이가 싀집을 갓지』

『귀순이가? 어듸로요』

철수는 일종 애틋한감정을 맛보지 안흘수 엄섯다。

『한동리에 사는사람이라드라 연초공장에 단인다지 아마……』

『나이는 멋살이게요?』

『설흔아홉이라든가? 갓마흔이라든가……』

『갓 마흔요? 그순이는 올에 스물게 안되지 안헛세요?

『애기를 듣으면후취라드라……』

천수는 문득 고순이의 이마에 죽을뻐까지 남어잇을 상처기자국을 생각하고 어째 마음이 선득하엿다。

혹은 그까닭에 남의후취로 박게는 다른 조흔 혼처가 업섯든것인지도 모를일이다。

『그래 먹을것은 넉넉한가요?』

『넉넉할거야 무어 잇겟니 연초회사 다니는 사람이……』

『직공인가요?』

『아一니 직공은 아니라드라 커一』

『그럼 감독인가요?』

『감독두 아니야 저一거시… 키ーー오ー뚜ーー하는 사람이라드라。』

『뚜ー하는 사람이요? 뚜ー하는 사람이라니요?』

『위 연초회사에서 뚜ー뚜하지안니? 그뚜ー하는 사람이라드라』

그러나 남자가 뚜ーー하는사람이든 그런것은 아모러든 조왓다。

갓스물섯리처녀가 마흔이나된 사나이의 후취로 들어갓다는것이 그의마음을 적자아니 불쾌헌게 만들어주엇
다。

만약 그곳으로 쇠집을 갈수박게 업섯든것이 천혀 이마의 상처기싸닭이라면 그리고 그의결혼생활이 불행
하다면 녀자는 응당 치정을 머할뻐마다 자긔를 원망할세다。

그것을 생각하면 철수는 은근히 마음이 압흐기조차 하엿다。

그리고 그러할뻐마다 그는 사실은 고순이가 비록 넉넉지못한 살림사리속어서도 자긔네들의 행복을 발견

하고 잇는것이기를 구지미 드려들엇다.

그러나 그 생각은 언쩨든 실감（實感）을 상반하지 안허·철수의 마음을 불안하게 하여주엇다.

5

그 긔순이생각을 철수는 바로지금 종노네거리 에서 한것이다.

그뒤로 긔순이소식을 듯지못하기 이미 사년이다.

긔순이는 지금 어찌고 잇을까?

남편은 그쩌 연초공장에서 ㄸㅜ—는 하 고잇을까?

그들은 행복일까?

이러한 생각을 잠깐하가 철수는 언쩨까지든 그곳에가 그러케써서 그 따위생각만을하고 잇을수 엄는것을

쌔닷고 날새가 하도 조흐니 한강으로라도 나갈까?——하고 마춤 온 긘차를탓다.

그러나 그것은 의주통을 돌아 경성역으로 가는 긘차엿다.

철수는 만원에 갓가운 긘차안에서 손잡이에손을 걸치고 혼자 승거운웃음을 웃엇다.

그리자 긘차가 의주통에가 다엇을쩨 철수는 사람들틈에 뛰여 긘차에 오르는 한 녀인을 보고 그리로 개를 돌렷다.

그 안악네는 세살이나 그박게 더안된 사내아이를 안고잇것다.

철수는 그가 바로 요긘순간까지 가긔가 생각하고잇든 긔순인것을알고 희한하게놀랏다.

그러나 그러타고 선선히 아른체를 할사이는 물론 아니엿다.

홀셋 보앗으니 물론 장담은 할수업는노릇이나 하얏케 발른분ㅅ덕에 이마의 상쳐기는 쉽사리알어낼수 엄섯다.

철수는 약간 안도에 갓가운감정을 맛보며 그머로 그곳에가 쒸잇엇다.

아모도 그들 모자를 위하야 자리를 내여주는사람이 업섯다。

젊은 안악네는 아이를 안은채 사람들에게 밀려 철수의압해 까지 왓다。

그리자 킌차 창박게 돌언 벽돌집이 나라낫다。

철수는 그것을 보자 커도모르게 흘썻 엽해슨어렷을쩨의 동무를 도라보앗다。

이 케는 한아이의 어머니인 넷날의 『귀순』이는 자거컷해 철수가 잇는것도 모르고 한손에 척켜안은 어린

아들에게 창밧 킌매국공장을 손꾸락질 하엿다。

『커게 어듸지? 우리 귀남이는 알지ー』

그러나 귀남이는 눈을 똥그라케 뜬채 쉽사리알어보지를 못하엿다。

『엄마가 아르켜 줄까요。』

『아빠 게신데ーー뚜ーー하시는데。』

그케야 귀남이는 갑작이 셋달은듯이 두손을 조화라고 내흔들며 소리칫다。

『아빠 뚜ーー아빠 뚜ーー。』

철수는 그소리를 듯자 커도모르게 사람들을 헤치고 차장대로 나와 달려가는 킌차에서 뛰여나렷다。

그리고 그가 아모러케나 되는대로 거리를 거러갓을쩨 그의 가슴속에 기쁨이 치밀어올랏다。

『그는 행복이다』

철수는 큰길을 피하야 골목을 차즈들엇다。

『그는 행복이다。아들 나코 딸 나코⋯⋯쌋지는 알수업서도 이케 분명히 어머니의 기쁨이 그에게 잇을

세다』

이런생각을 하며 그가 그골목을왼손편으로 꺽기려 할째。

『뚜——』

하고 연초회사의『석컴쒸—』가 불엇다。

철수는 꺼도모르게 거름을 멈추고 몸을도리키여 집웅넘어로 연초회사 굴뚝을 치여다 보앗다。

이윽히 그곳에 서잇다가 철수는 어느틈엔가 임가에 떠오른 빙그레우슴을 그대로 씨운채 다시골목을 거러나갓다。

오월에 향긔로운 바람은 그골목안에도 가득하다。

그가 그러케 것고잇슬쩨 꺼도모르게 가만한음향（音響）이 그의입술사이를 새여나왓다。

뚜—

뚜—

뚜—

뚜—

—三三•五•二二—

—(17)—

阿媽와 洋襪

李 鍾 鳴

녀름날, 오후여덟시의 쎄파ー트는 포화시간 (飽和時間) 이다.

조고만 의장병 (儀杖兵) 갓흔 쏘어•쏘이가 목쉰소리로

『안령히 가십시요.』

『어서 오십시요.』

를 부를쩍마다 녹스른 에레베이터ー가 만원이상의 사람을실고, 비명을 지르며 승강한다.

옥상가원 (屋上家園) 도, 식당도, 매장도, 모다 만원이다. 안이 만원이상의 사람이 넘처 흐르고잇다. 무떠운

공긔와 사람들의 땀내가 코를 콱 씻틀것가치 호흡긔를압박한다. 그러나 사람들은 마치 렬에씌인것가치 좁은

를을비비여가며, 발도듬해가며 물건을사고팔기에 미친것갓다.

『대처 무엇쌔문에 이러케들 야단일가』

잠간 손이난름을타서 양품부 (洋品部) A칠호의 솝•껄인 아마 (阿媽) 는 상긔된얼굴에서 흐르는땀을 씨스

며 홍자말가치 중얼거려보앗다.

그순간 바로 그순간이엿다.

아마가 마러보고잇는 진렬더 (陳列臺) ─── 그것을 녀자용의 스텃킹을 진렬해논곳이다──우이로 녀자의

간열핀손이 맛그러지는것가치 잠간동안 떠듬드니 한켜레의 씩크·스턱킹을 움켜진채 진렬머릿호로——。

그것은 참으로 눈얌작할사이의 동작이엇다。아마도 처음에는 얼보힌것이나 아닌가하고 의심하얏스나 황ㅅ

히 진렬대앞흘더나 아래층으로 나려가는 층계모롱이 돌처스는 그녀자의 핸드박이 무서웁게도 살찐것을 바

라볼째、갑자기 그의 머리속에는 직업의식이 떠올낫다。

「아、여보세요」

층게모롱이까지 쪼처나가서 부르는소리에 ·무심코 나려가든 그녀자는 거름을멈추고 아마를 도라다보앗다。

트레머리 힌구두에 나회는 삼십이나 되엿슬가 얼굴 한가운데버틴 가늘다란 대모테안경이 몹시도 그녀자를

건방지게 보혀주엇다。

「나를 부르섯서요?」

「빙。커 무엇을 이커바리신것이 엄스세요」

이런일에는 특별한 훈련과 경험을 가진만큼 아마의태도는 침착하고도 침지안엇다。

「아니 뭐 별로히……」

「커 한가지 쓰음하실것을 이커바리신듯헌데」

하며 아마는 그녀자가 들고섯는 유난히도 통ㅅ한 핸드빽을 한번노려보아 보혓다。그의경험에 의할것갓호

면 우선 이만큼만 해두어도 보통녀자들은 벌서 그색이 달러지는것이엇다。그러나 이 대모테 안경을 쓰고

무서웁게도 인테리병재를 풍기는 그녀자는 긔색이 변하기는커녕 도로혀 노여운 표정을 낫하냇다。

「무어요?~ 쓰음을 이커바리다니 물건도 산일업는 무슨 쓰음을 이커바렷단말요?~」

머모려 안경속에서 번쩍거리는 그녀자의 경멸하는듯한 시선을 바라볼째 아마는、남의물건을 흠처간 도적

으로서보담 별다른 의미에서 그녀자에게대한 즉오를 늣기엇다。흥— 네가 지금은 이렇지만 잇다 핸드빽속

에서 즉거를써내볼째에도 이렇게 긔세가 등ㅅ할러이냐! 어듸——하지만、

「그래도 다시한번 생각해보시지요」

『이이가 누구를 조롱하는 쇠음인가。 물건도 사지안흔 무슨쇠음을 하란말요。원 버릇어 참 별꼴을—』

그러나 흥분한 그녀자가 말을채 마치 기도킨에 군중을헤치고 그곳에낫하난 사람은 뎜원감독의H씨엿다。

H씨의 맛흔직책은 뎜원감독이엿다。그러나 실상은 뎜원을 감독하는것보다 손님을감시하는것이 그의 청말

직책이다。그럼으로 이런 사건이 생기엿슬적마다 그들의 형용사를 빌어쓸것갓흐면 =가장 쥼잔코、온건하게=

해결을 짓든것이 그의맛흔 일이다。그리하야 매일과가치 수십명의 허욕에 뜬 졈은남녀들을 울녀서보내는것

이엿다。

H씨가 오기쌘까지는 그태도 커편에서 죽어서 쇠음만 치려줄것갓흐면 굿하야 일을버르집을것은 업다고

생각한 아마엿지만 그왕에 이러케 될이상에야 주쥐할것이 업섯다。

=쥐 이 어른이 쇠음을 이쒸바리신것 갓흔신데——』

아마는 H씨에게 이러케 설명하며 한눈을 지줏하야 보혓다。이런경우에 H씨에게 향하야 =쇠음을 이쒸바

렷다=는말은 =물건을 훔칫다=는 무서운 은어(隱語)로 변하는것이다。

『하여간——』

하며 H씨는 그녀자에게 향하야 은근히 머리를 숙엿다。

『하여간 이곳은 넘어 번잡하니 이리로잠깐 오시지요=

처음 그녀자는 H씨의 말에 반항이나 하는듯키 한발을뒤로 벗듸드며 무엇인지 말을하랴다가 주위에 몰켜

섯는 군중을 바라보드니 고만 문ㅅ득 그들의 뒤를 짜라왓다。

그곳은 두어간밧게 아니되는 조고만 렁비인 방이엿다。단지 한개의 사개가 널쿠거리는 책상과、쇠너개의

헐어빠진 교의가 잇슬뿐——이곳이 매일과가치 수십명의 •허욕의뜬 남녀들을 즐겨하는 심관대엿다。

H씨는 아마와 그녀자가 방안에 드러오기를 기다려 쓰어를 안으로 잠그드니、먼커 그녀자에게 교의를

쳔한혼、자긔도 유ㅅ히 책상을 격하야 그녀자와 마쥬첫다。

『대쳐——』

H씨는 우선 책상엽헤 씨잇는 아마에게 시선을던것다.

「엇덕케 된일이요? 자세한 이야기를 들녀주오」

아마는, 앗차 충게모통이에서 쒸슐이 펴럿케 번명할켜과는 반관으로 문수히 안쒸잇는 그녀자를 한번 휠엇나려다보으니.

「이어른이 조곰전의 쒸 매장(賣場)에서 비단양말 한켜레를 사섯는데、 그대로 나가시기에 쪼처가서 쒸

음을 주십시사고 그랫드니 물건도 사지안헛는데 무슨쒜음을 하라고그래느냐고 하시겟지요。아마 총망중에 이

쒸바리신것갓해요」

아마의 보고는 근더 상업미술의 첨단을가는 섹…피…이…드의 점원인만큼 섹…리…케…트하고 레의곡진 한

것이엿다.

「알겟소」

H씨는 빙그레 웃드니 이번에는 몸을돌녀 그녀자에게로 향하얏다.

「부인쐐 이러한 말슴울뭇는것은 여간 좌송스럽습니다만은 하여간 지곰 이사람이 한말을 엇떠케 생각하심니까?」

무슨 생각을했는지 무쒀웁게도 랭정한태도로 문슷히안쒸잇는 그녀자의 얼골에는 갑자과 결곡한 반항의 빗이 떠올낫다.

「대처 당신은 나를 지곰 취조하시는 쎄음임니까?」

「취조라고요? 허어 그러케 말슴하시면 더욱이 좌송스럽슴니다만은 하여를 이편에쒸는 분명히 물건은 되엿는데 쎄음을 안주섯다고하니쌰 가부간 두분중에 누구든지 잘못——이라고하가보다는 물론총망중에 잠간 이즈신것이겟지만」

「녜? 알겟지요, 고만두셰요」

물론히 그녀자는 H씨의말을 가로막으며 앵렬한긔쇠로 걸상을뒤로 거더차고 이러낫다.

— (21) —

『하여간나는 이백화뎜에서 물건을 산일이업서요。그러니까 사지안흔 물건갑을 낼수는업섯소』

H씨와 아마는잠간 서로쳐다보고 고소(苦笑)햇다。분명히 이녀자는 히스테리다。이런녀자는 엇저지가서

증거가 나오기젼에는 항복을 안할모양이다。

그래서 H씨는 더한층 유々하게,

『그러나 사람이란 자긔도 모르는동안에 실수——라고하면 어폐가 잇슬는지모르지만 하여간 그것을 건망증

(健忘症) 이라고 할른지……』

『나는 건망증이란 업서요』

『물론 그러하시겟지만 혹간 례외로 그런것이 완전히 업다고하기는——』

하며 H씨는 그녀자가 들고잇는 두툼한 핸드빽을 힐끗 노려보앗다。

그녀자는 고만 더참을수 업는듯이 검푸른 두 입설을 경련덕으로 떨더니

『당신네들은 그래도 여전히 나를도적으로 모는모양이구려。정 그러케 생각한다면 나도단면 용서할수업소。

자시원스럽게 나의몸을 뒤켜보시요。그대신 나의몸에서 당신네들이 일허바렷다는 물건이 나오지안는다면 나

에게도 생각이잇소』

흥! 이것은 위협이로구나! 허지만 그까진말에 긔세가꺽걸줄아느냐 이려한증류의 범죄자들의 한하 되려

다보히는 앙큼함은 이번에 처음은아니다——라는듯이 H씨는 여전히 그의유들〈한 얼골에 우슴을쎄웟다。

『그러면 이건참 죄송스러운 일이지만 하여간 最백을구별하기 위하야 참간부인의 몸을 조사하겟습니다?』

우선 H씨와 아마는 그녀자의 핸드빽을 열어보앗다。젊은녀자의 핸드빽이 이러케 통々한것은 몹시수상하

다。증거는분명이 그속에잇스리라고 생각햇섯는데 실상그것을 열고보니 그속에서 나온것이란 뜻밧게 물건이

엿다。조고만 코디一의 콤팍트와 열쇠꾸럼이와 손수건과 일원각수의 잔돈과 그리고 아마그녀자가 월경중에

잇다는것을 설명하는듯이 한능행이의 탈지면(脫脂綿) 이 나왓다。핸드빽이 유난히도 통々하게보힌것은 아마

도 이 탈지면의 죄인듯햇다。

• •

핸드백을 뒤지든 H씨의 손웃히 부지중떨리엿다 그는황겁히 아마의얼골을 처다보앗다 아마도얼골빗이 변햇

다。이것이 웬일일가? 그러나 조금친에 상품떠우이로 떠듬든그손길 황소히다려나든 그녀자의뒷모양……그것

을 이두-눈으로 분명히보아둔이상 그의몸에서 즉거가안나오다니 그럴리치가잇나。

아마는 속으로 이녀자는 여간한이가 아니로구나하고 생각하면서도 한편으로 그에게는 황호한자신이 잇섯

다。그래쉬—아니 그보담 먼저

「자— 좀더좌다 조사해보시요」

하며、그녀자는 떠모러안경속에서 조소하는것갓흔 즉오의시선을 그들에게 던지며 아마에게 닥어섯다。

아마는 웃썬지 그녀자의거세에 긔가눌리는것갓햇다 엽허서잇는 H씨의 시선도무쉬웟다。그러나 긔왕이러캐

된바에야 하는듯이 그쓴마음을 도스락먹고 그녀자의몸을 뒤지기시작햇다。머리에서부러 구두끗까지 뒤쳐나려

가든 아마의 손길은 차츰떨리엿다。그녀자의몸에서는 양말은커녕 희쯀한 따려지지 안엇든것이다。

이것이 왼일일가? 아마는벼란간 정신이 멍허지는것갓햇다。조금친에 양말한켜레가 그녀자의손에 움켜쥐

여쥐서 엄쉬진것을 분명히 이 싯퍼런두눈으로 보아둔것이 섬이아닌이상 이것은 또 이러케 될일일가？암

만 생각해도 독개비작란갓흔 일이엿다。

「인케는 다 조사하얏소?」

무쉬울만치 침착한 태도로 묵々히 아마에게 몸을 내맷기고잇든 그녀자는 그케야 비로소 임을여렷다。것

흐로는 아모러치 안흔것갓흔 이말속에 숨어잇는 그녀자의 불가른 복수의감정이 두사람의가삼을 압박햇다。

「참, 이것은 두 부인께 여간 민안하게 되지안엇슴니다」

아마를 훌겨보고잇든 H씨는 몸을 그녀자에게로돌리며 이번에는 진정으로 최송한듯이 머리를숙엿다。그의

이마에는 땀방울이 매쳐잇섯다。

「참 무엇이라고 엿줄말슴이 엄슴니다 보시는바와가치 보통 상년과는 달러쉬 일상 손넘이분부비는 곳인만

큼간혹 덤원즁에 부주의한것들이 경솔한짓을 하는일이 업지안슴니다。그덤은 일상주의를룰식히고 잇슴니다마는

「……한여간 이번일은 저희가 떡당하게 처처할러이니 아모쪼록용서——」

「아니 무어 변명하실것은 업서요」

그녀자는 H씨의 말을 가로막드니

「하여간 나는 당신네들에게 불법감금을당하고 그우에 또 신체검사라는 최때모욕까지 당하얏습니다、당신 네들이 나에게 그만한 모욕을준이상 나도 그곳에 대하야는 생각이잇슴니다。무어 구차스러운 변명을 나

는 듯고자하지 안홈니다」。

그녀자는 무서웁게도 뒤롤벼르는 말을남기드니 그들이 붓삽을사이도업시 쓰어를 여러부치고 밧갓흐로 나

가바렷다。

H씨와 아마는 뒤통수나 어더마진것가치 얼떨ㅅ하게거서 한참동안이나 그녀자의나간곳을 바라보고서잇섯다。

하드니

「대체 어찌케된 셈음이요?」

하는 H씨의 거씨인목소리가 아마를무아상태에서 스러버렷다。

「저、저、실상은——」

「다 듯기실소。하여간 당신은 이걸로 집어가서 근신하고 게시오。가부간 처분에 대하야는 이삼일버로 통

지할러이니」

H씨는 배라바리듯이 이러케 말하드니 그녀자가 하드시 거치럽게 또어를 여러제키고 나가바렷다。

아마는 하는수업시 그자리에서 집에로도라왓다。그러나 암만생각해도 독개비에게 홀린것갓흔 사실이엿다、

분명히 이 싯퍼런 두눈으로。그녀자가 양말을훔켜 감추든것을 바로본것이 틀림업는 사실인데도 불고하고、

그증거품만이 업서젓는것은 아모리해도 설명할수업섯다。혹잘못본것이나 아닌가? 그러나 그러케생각하기에는

그의 과억이 넘어도 또럿하얏다。하지만 그러타고해도 증거가 업는이상에야——아마는 한숨만 쉬엿다。

잇흔날도 그는 고개를소고 이 해석할수업는 사건을 멧번식 되푸리해보며 한편으로는 H씨의 소위 「처분」

이란것을 마음을 조려가며 고뎌햇다。허나 이날커녁쎄 배달된 『쥔분』이란것은 『당회사에서는 사정에

의하야 귀하를 해고하오니 명일부터는 출근할필요가 업다』는 간단한 해고통지엿다。

×

달 밝은, 가을 밤 이엿다。

아마는 홀노히 페─브멘트를· 거러가며 바람이 지나갈쒜마다 쇠─ 하고 소리를 내는 아와시아 병목

(並木)의 낙엽이 더한칭이나 포도(鋪道) 우에· 공허한 반향을 이리키는 그의 발자최소리를 가삼속에 숨여

주는것 갓헛다。그는 싸닭업시 모든것이 센치멘탈해젓다。생활에대한 불안과, 절계(節季)에대한 우울과, 그

리고 졂고 아름다운 몸임에도 불고하고 이러케 어둡고 적막한 거리를 홀자 거러가야할 고독함이──。

사실 아마는 ×백화뎜에서 내여쯧긴뒤부터 얼골에 잇서서나, 의복에 잇서서나, 숨길수업는 실업자의 궁래

가 흐르는것을 감출수업섯다。넉넉지못한 그의가뎡에 잇서서는 엇찔할수업는· 노릇이다。그러나 남류달리졂은

녀자의 자존심을만히 가지고잇는 그는 이런쯀을남에게 보혀주기가실헛다。그래서 될수잇는대로 그는발울든코 매

일과가치 줄다란 그의집속에서 우울한날을 보내고잇섯다。혹간──그것을 오날갓흔날이다──레의로소풍졈 어

대산보를 나가게되도래도 그는 이러케 커녁쎄를기다려 일부러 번렬한 거리를 피하야놋코 홍자도라다녓다。

그것이 또 자긔자신의 비굴함을 말하는것갓헤서 몸시 불쾌한 긔분을 자아내엿다。그럴쒜마다 아마의 머

리속에 써오르는것은 석달린, 그가 ×백화뎜에서 내여쯧기게된 그사건이다。아마는 이일을 연상할쎄마다 이상

스럽게 흥분되는것을 참을수업섯다。그떠모러 안정넘어로 유난히도 사람을업수녀겨 보는듯한 그녀자의모양이

견델수업시 밉쌀스럽게 보혓다。그 양말을 집든손 그리고 황ㅅ허 다려나든 뒷모양── 이 두눈이 뒷롤리지

안흔이상 빗보앗슬 리치는업건만。

하고, 아마 무식즁에 바른발듯이 돌부리를 차는바람에 금방 넘어질것가치 비를거렷다。그는 또 자가도

모르는사ㅇ에 ㅎㅎ분을엿든 모양이엿다。그는 압흔발듯을 ㅅ블러가며 앙감질로 두어거름 뒤여너쓰진 구두를신

그순간 『앗차』

오려갓다。 발을구두안에 담으려다가 문득 희미한 가등(街燈)에비처보니 그의 양말 귀움치에는 일천싸리 돈

짝만한 쌍수가낫섯다。 그는얼른 구두를신흔뒤 사방을 둘러보앗다。 별로히근처에는 사람의 그림자가 얼씬치만

그래도 그는 엇전지 참을수업는 붓그러움과 분함에 가삼이 떨리는 것갓헛다。 그는 마치 도망질이나 하는사람

가치 렬에씌여서 무작정 거러갓다。

얼마를 가다가보니 자기도 잘모르는동안에 그의몸은 복잡한거리를 거러가고 잇섯다。사람을 위압하는듯

한 휘황한 쇼-•윈도우•의압흐로 사람의행렬이 조수와가치 흘러가고잇다。라듸오소리 촉음긔(擴聲蓄音機)

소리、자동차의、경덕、헌화、잡음、——。그것은 마치 천장과갓흔 번렬함이 엿다。

문득、아마는 마진편을 돌보니 ×백화뎜의 거머한 네온싸인이 찬란하게 명멸하고 잇섯다。그것을우득허니

바라보고 잇스려니까 그의머리속에는 일종 무엇이라고 형명할수업는 조포(粗暴)한 감정이 써오르는것을

늣기엇다。

그는 자긔가생각해도 이상하게 헌청보는 거름거리로 큰길을 건너、X백화뎜의 정문을드러섯다。그안에도역

시 사람이쌕々하게 넘처흐르고잇다。사는사람이나、파는사람이나、다가치 상형된것가치 벌건얼골을하고잇섯다。

아마는、천々히 아래층을 한번휘도라서 이층으로 올러갓다。이층에는 악긔(樂器)와、귀금속과、화장품등

이 진렬되여잇섯다。그는 이곳도 형식으로 한번휘도라서 다시삼층으로 올러갓다。양품부는 그곳에잇섯다。그

는 자긔도모르는사이에어 사람름에 석기여 녀자용의 스럭킹을 파는 매장압헤 서잇는 그자신을 발견할째 사

실 그도 놀나지안니할수 업섯다。

그러나 아마는 천연덕스럽게 양말을고르고 잇섯다。매장을 맛허보고잇는 뎜원이 다른손님과 흥정을 하느

라고 잡간동안 도라슨사이에 아마의손이 재빠르게 비단양말한켜레를 그의 핸드쌕속에다 웅쿠려 너헛다。그

동작을 자긔가 생각해도 긔맥힐만치 민첩햇다。

그는 사방을둘러본후 별로히자긔를 주의해보는 사람이업는것을 알자、유々히그곳을떠나 X백화뎜을나와다。

밧갓헤는 여전히 사람들의 행렬이 넘처흐르고 잇섯다。그는 그행렬에씌여 조금천에 자긔가한 무서운짓을

이커바리기나 한듯이 침착한 거름거리로 거러갓다.

지금 그가 핸드백속에 집어너흔 비단양말은 분명히 삼원멧십전이라고 덩가가 붓터잇는 물건이엿다. 그도

이컷에는 ×백화뎜의 양품부 뎜원이엿든만큼 갑진물건을 만히 만커보기는 하얏지만 그래도 이러케 조흔양

말을 신허본죄은 한번도 업섯다.

그러나——그는 복잡한 거리를 얼마동안 가다가 1)다리의 조금 호젓한곳을 당도하자 문득 거름을 멈추

엇다 그는 다리란간에 의지해서 잠간사방을 둘러보드니 돌연히 핸드백에서 앗가의 그양말을 쓰내여 다리

아래로 던커바럿다. 달빗을바더 번쩍〈하고 훌러나려가는 너ㅅ물우이로 삼원멧십전짜리 비단무

십한 넉마조각가치 훌러나려가고잇섯다.

그것을 다리우에서 한참동안이나 바라보고잇든 아마의얼골에는 미소가떠돌앗다 그는 멧달동안두고 벼르든

분푸리를 비로소한것가치 가삼이후련했다.

이윽고 그곳을떠나 집으로 도라가는 아마의 입어서는 거경쾌한 콘 파리의 쉬파람소리가 훌러나오고 잇

엇다

（一九三三年八月　下旬）

코가복숭아처럼붉은여자

李 泰 俊

윤화백(尹畵伯)은 멋번을 걸엇다 쌕엇다 하다가 그여이 붉은 색(排景)을 걸어노코 말엇다。

그는 안해의 얼골을 그려보기도 처음이오 이 붉은 색을 쳐 보기도 처음이다。

안해의 붉은 코 쌔문이엇다。연독으론지 습즌으론지 피부스파엘다니고 온천엘다니고하여도 종시 더해갈쑨

인 안해의 그 시쌜건 코 쌔문에 안해의 얼골을 그리기도 이재야 처음이요 쏘 코의 붉은 빗만이 혼자

드러나게하지안하려니까 평생 처보지 안튼 붉은 색을 쳐보기도 처음이엇다。

그는 쌍을 쎌々 흘리면서도 날로에 붉을 쳐너헛다。화실이 더울스록 안해의 얼골이 붉어지고 얼골

진채가붉어질스록 코만 혼자 붉은 것이 쓰즘 감초엇기쌔문이다。

그러나 안해는 안해대로『더워 못 안것겟다』고쌍증을 내엿다。더운것만이면 참엇을것이다 더우면 성이

흘럿고 섬이 흘르면 특히 쥬의하여 발른 코스등에 분가루가 샛기기 쌔문이엇다。

아모런 시작한 것이라 한참을 수긋하고 그리고보니 그림은 똑 피에 주린 미친 화가의 작란처럼 붉은

빗 이외에는 아모것도 아니엇다。

『색을 다른 걸로 갈아볼가!……그러면 쌈에나 턱에나 이마에 어디서 붉은 빗이야 오나!』

그는 멧번이나 화필을 던지려다가 안해가 더욱무안해 할가봐 물걱 참고 그리는데 유치원에 갓든 아들녀

석이껑충뛰여들엇다. 그리고 한참 아버지 엽페 쉬서 그림을 드려다보니

『아버지?』

『오』

『엄마 얼골이 왜 커러케 모두 쌜건가? 엄마는 코만 복숭아처럼 새밝안게 이쁜데……』

『무어? 복숭아처럼?』

『그럼 봐요 엄마는 코만 복숭아처럼 새밝안게 이쁘지 안우?』

윤화백은 무릎을 탁 첫다. 그리고 펜팅나이프로 여지선 그린 붉은 그림을 뻑뻑문대기고 말엇다.

『얘? 뭣처럼 이뻐?』

『복숭아처럼……』

그는 아들의 그 어떤위대한미술가보다도광채 잇는 순수한 안광(眼光)에 자기의 눈을 빗으며 안해의

코를 바라볼쌔、아닌게아니라 그 병신으로만 여기엇든 코는 정말 맛잇는 속 붉은 복숭아처럼 향기도

일듯이 아름답다.

『왜나 눈은 진작 커것을 못 보앗드고—』

윤화백은 불이낫게 다른캄바쓰를 갓다놋코 쌕을 마음에드는것으로 갈고 안해의 흰 얼골을 그리고 그

가운데다 천도복숭아를 그리듯 붉은 첨 하나를 쿡 쇡어가지고 붓꼿들 다시렷다.

『인재 엄마 갓네』

하고 아들이 손벽을친다.

윤화백은 이 초상화의 이름을 『코가복숭아처럼붉은여자』라 부터엇다.

…(三三年 九月 九日)…

文人과 거지

韓 仁 澤

人物

閔丙徽
李洽微
申洽琳
李無影
韓仁澤

R을 실은차가 쎄―ㄱ하고 경적을울리자 큰집이나 나려는것가치 마음이 거뜬하엿다。 벌서 반년을두고 한

방에서 굴든R이 삼개월통안이나 지방에 가잇게되고만 뗄뭇만치도 섭々한 생각이 드지안는것을 나스사로도

어쩔수업섯다。아니, 되려 시원하엿다。떠난다 떠난다 하면서도 초란이 대상물리듯이、날마다 일러가는것이

오이려 안타갑게까지 생각한나엿다。그러기에 R이 오늘밤차에는 기어이 떠나겟다 할께도 나는 입으로만

[쓸々해서 어떠케하나!…]

하고 쓸々해하는 표정을 억지로 보엿든것이다。

그러타고 R이 실커나 미워서 그런것도 물론 니아다。R이 아니면 「쿠션」도 할수업고 「쿠션」이 못나오

면 조석시를부터 터무니업는 지금의나다。다만 R이떠난후로는 그무엇에서 해방되는것가를 좀더 자유스러운

아니방탕한 생활을 향락할수잇을것갓헛기때문이다。그것도 R이 나에게 그어떤 쿠션리를 씨우란다는말이 아니

라 자연 그의미러서 일을보니까 그어떤 압박감(?)갓흔 감정을 느껴왔기때문이다.

나는 정거장에서 드러오는걸로 다리를 마음엇썼고 기다라케 기지개를 한번켯다。 그리고 막 이불을 두집

어 쓰랴고 하니까 란폭한 발자옥이 드―ㄱ하고 문을열어케친다。

[이놈아 또 술ー먹ー엇ー다!―]

여편네의 반지를 몰내 컨당을 잡혀가지고 차비를해왔다든 병휘엿다。

[또 취햇구나!―]

[막 먹엇다! 이녀석아 젊은여석아 열시도못돼서 잡버쥐자! 가자ー가!―]

막 못매인 개처럼 쓸려나가려니까 [쌍동이]라는 별명까지 잇는 흡이와 무영이가 억개를 마조부비대며

무엇인지 소군〜하다가 우리를 보고는 웃둑섯다。

[어듸가늬?―]

그들은 나만을보고 물엇다。 흡이와 무영은 아직도 병휘와는 초면이엇든것이다。

[놀러가네。 가티들가세나? 뭘 인사하면 다 알만한 처진데…이사람은 민병휘씨 이흡씨와 이무영씨!―]

이러케 써가 소개를 하자 병휘는

[응, 그래! 이놈들 늬떠가 성북동잇잔쿠 위 시써와서 싸떠어!―]

하고는 껄ㅅ우섯다。 성북동 늬떠라면 누구나 짐작할만큼 [쌍동이]와함께 오래전부터 불려진 옵이와 무

명의 별명이엇다。

[이사람아 인킨 성북동 아닐세!―]

그들도 껄ㅅ우섯다。 그리고 병휘가 쓰는더로 달아섯다。 선술집 우동집 오뎅집 미친개 가티 싸떠다가는

카련문꺼지 두드럿다。

[이놈들아 이게 뭇은든인줄 아느냐? 우리 마누라 비녀하구 반지를 훔처다 잡힌게야 하!―!]

여급들이 잇는때 이런말을 할만큼 밋은 취햇섯다.

[인켜 자네 집에가서 꼉첫네.]

[뭘! 이라구가두 두둑한 궁둥이만 멋번두드 려주면 그만에 [인켜 그러지마쇼ー 비?]

그는 또한번 껄ㅅ우섯다。 여급들이 어느새 비다섯이나 모여서 싸르르 우서댓다。

카레룰나온 우리는 다시 본청으로 건너섯다。 우리는 어느새 어듸서 신림이가 따려섯든지 잘 기억이

안낫을만콤 쿡 취햇섯다 문단의 성악가라고 자처하는 흉이는 노래를 불럿다 그리고 어느폐나 싱글벙글하

는 신림이가 들고만 단이는 단장으로 박자도 마쳣다。

[너 이놈아 또 자살할레냐! 자살만갓지 씻으면 그만 이지!]

술만취하면 입을봉하는 무영이의 억개통을 넉아웃이나 하듯이 병휘가 버질럿다 그래도 무영은 고개룰바

어팢고 처마미를 묵ㅅ히 거러가는것이엇다。

우리가 창춘단을 돌아서 단성사 압흘 온폐는 필시 새로두시는 되엇을폐엇다。 술도 거반쌔기시작헷든지 모

두 오슬〜하는 모양。

우리가 막 단성사를 지나서 동관으로 올러올때엇다。 간즈메통을 메인채로 다리에 누엇든 어린거지가 병

휘의 소매를 물고 느렷다。

[나으리 그거 돠환푼만줍쇼ー]

[업서! 이놈아!ー]

병휘는 호령을햇다。 그러하나 아모리 호령을해도 위엄이 잇을리가 만무다。 벌서 작업적이된 아이는 이쪽

이 술이 취햇다는 약점을 잡고잇는러라。

[엄대두그래여아ー!녀석이ー!]

하고 줄리다못한 밋은 거지아이를 벌썩 떠밀엇다。 어린아이는 욕물을 떠는것이라고 생각될만큼 힘업시쓰

러커쓰는 영ㅅ을엇다。

「아이구 압허!」

아이는 넉두리하듯 푸념까지 하는것이엇다。

우리는 취한중에도 가슴이 섬틀햇다。 그리하야 주춤서서 바라보랴니까 병환가 우르르 쫏처갓다。 우리는 바루 몰켜갓다。 더 씨달가 겁이낫든까닭이다。

그러틋 곳 씨려죽일듯이 쫏처간 병환는 그 어린거지를 잘어안고 데굴〈 굴럿다。 그리고는 거지아이와 울음소리를 맞추어서 엉숙우는것이엇다。

「이사람아 미쳣나 자, 가세!」

한고 써가 그의 팔을 나쑤랴니까 왈칵 덤비어들더니 무영의 쌈을 보기조케 첫다。 무영이를 나로 안 모양이엇다。 그리고는 다시 거지아이를 쓰려안고 울기를 시작하는것이엇다。

어느쌔인가 나는잠이셋다。 목아라서 물을 차지랴고 두리번〈 하랴니까 병환가 아래목에서 웬 족으만 머리를 쓰려안고 코를 드렁〈 끌고잇다。

그쪽으만머리는 틀림업는 거지아이엇다。

나는 웬일인지 눈등이 확근햇다

――一九三三、九、五――

(끗)

煙氣

安必承

그의안해의병은 장질부사(腸窒扶斯)라는것이 판명이되고 어느날아츰 박게서 자동차소리가 요란하나떠니 그

여코 피병원(避病院)으로 담어가고마렷다.

간호할사람이 부러잇서야할것은 두말할나위가 업는일이지마는 원래 가난한탓으로 하로얼마라는 돈이업서서

쇄긋하고편한 유료실(有料室)에다 입원을못식히고는 악마구리끌듯하는 무료실(無料室)에다 병자를 눕혀노코도

집안에서는 누구하나와서 드려다볼사람이 업섯스니 기가막히게 딱하엿다.

물론 남편되는사람이 부러잇섯스면 가장 조흘일이엿슬렌데 남편은 새벽에드려가서 밤에야나오는 공장엘다

니엿고 공장에를 하로쉬면 쉬는그만치 그달치 그달치의 수입이줄어 안해병간호하느라고 그몽안 일읇안나

가게된다면 수중에 돈한푼안들어올러이니 남편은 병간호보다도 안해를위하야서는 매일가치 공장엘 드려가야

만할 향편이요 그러케되고보니 자연 그의가장 친한친구인 나와 그들부부의 먼촌아주머니벌이되는 나의애

인(愛人)둘이서 병자를 보살펴주게되엿다.

입원하든날은 열(熱)이야 잇섯지마는 그래도 정신이말짱해서 병자도 우리를 아는치하엿기때문에 럿햇든데

날이밧귈사록 열이무섭게놉하지고 얼골은조라들며 쌔맛케탄데다가 머리까지풀어 산발을하고누어 산음을한다

소리를지른다하는 병자의쓸은 참아 보기에도쯤쯤하고 가엽게되엿다.

우리는 정성껏간호하엿다. 물론친분관게엿슬것이다 우리두사람의사랑이 이들두사람의부부의힘을입은바만허만일

에 지금 이병자가 불행하게된거든지하야 그들부부가외쪽이되고 그대신 우리의사람과결혼이 순조롭게된다면 그

날에백더잇기쎄문이엇기도하엿다。

하로쌧재의 약을머린다 물수건을맨들어병자의머리를 축여준다 쎄를맛처 미염을먹이고 처온가(體溫器)를 쌔

자준다 의사에게 병징서를뫼어보고 설명을듯는다 환자가 차던지는이불을 끌어덥허준다 대소변을바더낸다 우

리는 이러케 겨를이업시 골돌하엿다。

「너머 수고하십니다。」

「천만에요 당신이 수고하십니다ㅡ」

병자는누어 정신업시 신음만하고 우리둘 쒀로가 주인이요 손넘이나가치어느쎄는 이런말을 주고밧고하엿다。

병실은 그리넙지가못한데다가 이삼일잇는동안 어느쎄시여덜쐐 침머가여덜쐐 자그만처 대소변이병

실에서 장질부사 쒹청 염병의환자가 여덜사람식니데궁굴고잇섯다。조금난사람도잇지마는 대개가누어쒀 대소변

을차고 헛소리를치며 목숨이싸일모래하고 경각을다토는사람도잇섯다。그러니 불결하기야 말할수도업지만 구림

버와약버음새가 코를쒰르고 박갓울버다보며 눈부신온유월의꺠약볏 날은한창더워쒀 가만이안쒀잇서도 쌍이비오

듯흘러버리고 사방의쒀파리들이 둘쒀덤비며 참고잇는고생이야이루 형용할수가업섯다。

멋칠잇는동안 우리두사람의 얼굴과모양은 형편업시되고야마럿다。밤가튼쎄는 여름의한밤쯩 시원하고 그윽한

바람은 쏘여가며병실의남쪽창 건너편의 은행나무밋헤가서 이야기도하고 요지음 낫에도딜수잇는대로는 룸을썰

아쒀 둘어쒀 언덕으로쏠올라가지만 고만 공장에쒀돌아오는 병자의남편에게들키엿슬쎄 아무 죄야업

섯지마는 그의얼굴이 너머도창백하고 말도안하며 무슨일에대단히 노햇는지 실쩍하며 눈을홀기고 함으로 아

마우리가 병간호한답세하고 낫으로밤으로은은행나무밋헤쒀ㅡ란데부ㅡ만하는줄로오해를하고 굴을버나부다십허쒀 마

음이쏘들럿다 그러나

언덕위 은행나무미테쒀도 병실은코코리드려다볼수가잇섯나 ㄹ덕이 바로 건너편인더다가 밤에는박갓은깜깜하

고 병실은친둥불로 환햇을뿐아니라 우리가간호하는환자는 바로갓가히 남쪽창밋헤 누어잇섯기떠문에 병자의일

거일동을 낫낫치안코 보살필수가잇섯든것이다.

어느날밤 병사의남편이 실혀하드래도 우리가보아줄만치는 보아주엇고 또지금에는 아무리병자가 더욱원충하

여젓드래도 남편이 나와잇스니가 어련하랴해서 우리는 수통에가서 서로얼골과손을 쌔끗이씻고 양추질을지도

하고나서는 손을맛삽고 언덕워 은행나무미트로 올라갓다。 여름의 쑴가튼 이슥한밤이엿다。

우리들의 가장충요하 이야기써리는 압흐로해결할 우리들의약혼과 결혼문제엿다。이것꺼것것거리고나서

「결혼은 쉬쉬하떠래도 우선 부모님들에 알외우고 공공연히 약혼을해둡시다。」

써가 나의사랑하는 사람에게 이러케말햇을쎄 그는 고개를샤웃둥하고잇드니 나를처다보면서 싱덕어리며 그라

하자는표시를하엿다

「찬성들이나 해주섯스며 조흘텐데 완고하신양반들이 반대를하면 어떠케요?」

그는 염녀하는말을하엿다。

반대들을하시면 우리가 다시설명을해드리죠!」

「그래도 반대하시면요?」

「또다시 충고를 하죠!」

「그래도 반대를 하시면 말의여?」

「아 또 충고하죠!」

「아이참 영영 반대하시면 말의여요ー」

「그럴리가잇나요 반대는안하시겟죠 만일 굿굿내 완고하게들만구시면 우리서리약혼하고 우리서리 결혼합시

다그려!ー」

사실 이러케 피병원에와서 밥낫으로맛나고잇는것도 그의집에서는 사람들어둘쎄써지 족하네집식구 병간호하시

고 아참에왓다가 족하가공장에서나올쎄 써지밤열시가지나쇠야 가는줄도 알고잇스며 잇다금식언늬와동생들이

———(36)———

차커오기도 하지마는 나로말하며 이러케 날마다 염병환자들이 들을코잇는속에와서 밤을새이가저지하는줄은 넘

에도 물으고잇슬것이며 물론 「란데부」하기위한해서 이피병원으로 우리들아맛나는것이야안나지만 의리와친분으

로 들이협력하야 병간호하는 이외에도 그것을이유로삼어이러케이스금식 은행나무아래에서 손목을닥잡고 속삭어

리며잇는맛도 업지안하잇는것이다。

사랑하는사람의 부러드운열개를 바른편손으로 스르르어르만지며 고개를 비스듬히 그의편으로굽히고 아래편

불빗이환한 병실을바라보고잇스려니싸 병자의남편은 무엇을하는지손씻을하며자가안해의얼굴을 드려다봣다가 이

불을뒤퍽어렷다가하드니 다소편을바더가지고는 느린거름으로 낭하를지나갓다。표정이 슯허서 한숨을짓는모양이

엿다。

대소편을버리고나서 그는병실로돌어가지를안코 변기(便器)를든채 우리가잇는곳을압갑해서안보일렌데 어쓰케

알엇는지 우리의압흐로 어슬렁어슬렁 거러오드니 변기를 철커덕하고 우리가안쿠잇는 엽헤다뿌여던지며 임맛

만 쩍쩍다시엿다。편가를병실에다 두고와도 넉넉할렌데 그더러운것을 이래케우리엽헤다 뿌여던지고는 입맛을

다시는것이아무러튼 우리의이러케 속삭어리는꼴이 눈에거실려서 싸흠을거는것이 틀데다가한다는소리라가

「세상은 고약해서 못살놈의세상」

하고 불풀멜드니

—의리가 업는놈들은 무두죽어버려다!」

—그놈들도 모두 염병을알타가죽어라!」

하고 커다케소리를질렀다。

나여게는 분명히 우리가병간호한답쇼하고 남은불행하든마든 이러케우리쒸리 재미만보고잇는것이 노여워서

우리에게뎌고하는말가라엿고 아마 자기안해의 염병에나 쥔염이되여 쌀두보기흔자들은 죽어버리라고 그야말로

귀주(鬼呪)를하는것가타서 가슴이뭉쿨하엿다。그래서 한참 떨고잇다가 가느다란목소리로 세상이 뭐가고약하고

어떤놈들이 의리가업느냐고 물어밧드니 알어야 시원할것업다고하면서

—(37)—

「두분도 써월부려는 오지마씨요 내가와잇든지 신주를 팔어서래도 돈을가지고 사랑을사든지 할레나요!」
하엿다。

그러라고 우리두사람은 써일부려는 인곳에 발을든것노라고 말할첫지도못되여서역시、임맛만 맛업시다시며
내려올려나서그도 되씬돼내려오는데 보니써 번기를안가지고음으로 그것은병영 써버릴레나고말을한다니써 무엇을
말녀냐고 두어번이나 캐여뭇드니 써가인제 그것을가지고 올라갓섯느냐고하면서 다시가서 가지고써려왓다。보
기에뚝 얼이싸진삿람가갓다。그와가치 밤융새엇스면 하겟지만 피곤한것도 말성이려이와 그가 우리를못먹겟다
고 밝악을한것이 암만해도 못맛당해서 나는그롤데리고 병원을나왓다。

이튼날부러는 팻심한생각이들어서 어제일이작구 머리에떠올르고 이라다가는어쩌밤 병자의남편이 쮜주를한말대로
염병여 쮜염이나 아될가 근심이되여서 당초견딜수업섯다。그남편이 밤에돌아옵쩨까지 우리가보살페주는대도
병자가 젊은여자이고보니 지켜분한일은 역시 모다여자편에서 햇스며 나에게는 그것이 더욱마음여걸렸다。드
러운것은들재요 병규(病菌)이제일만흘 때소변을바더가지고 들고가는 나의애인의 모양을 쭛처가면서 바다불려
면 우리두사람에서도 나보다먼져 병에쮜염될사람은 그가아닌가십허서 안라싸왓다。

생각하니 써가그를머신하야 회생이되고십지마는 써가병에걸려죽고 그가혼자서세상에남는것도못쓰고 그가병에
걸려죽고 써가혼자서세상에남는것도안됏것이니 이왕 병에 쮜염이된다면은 써사람이 다가치 병원을 들락어리
고 병자를 접근하엿스니 씨사람이 다가치쮜염이된것이요 만일 그속에서 누구만걸리고 누구만싸지게 된다면
은 우리두사람속에서 누구하나가걸린다는것보담은 차라리 안해가쮜려케되엿스니 병자의남편이 병에쮜염이되여
가지고 안해의 쮜를딸한 천국에를갈려면 갓쯔가는것이 가장의당한일이라고 머리가압호도록리논을 캐여볼만치
남을이궁하엿다。

그날 밤열시가 훨신지낫는데도 남편이오지안흠으로 기달리다못하야 아마 정말로 우리들미워하고 자기의어쩌
말대로 우리를 장질부사환자로 맨들고안말게교로다 자기는쏙바기고 오지안나부다 생각읗하고잇스려너가서 거운
자청이지나서야 어떠한여편네한 나를데리고 병자의'남편이 돌아왓다。박게서들어온 그의얼굴을쳐다보니 어쩌밤

——(38)——

우리를보고 노해서 식식어틀쩨보다도 더욱무섭고창떡햇스며 오날밤에는 우리가은행나무미러서 속삭어리는것을

그에게 들키지도안헛는데 무엇때문에 이러케 성율버여가지고 독개눈율뜨는지 이상스러윗다.

그러나 그가나에게대하야 가졋든오해(誤解)가아니라 내가 그에게대하야 가졋든오해는 그의안해의 장례(葬禮) 날여가서 밝혀지고말앗든것이다.

그가 약속한대로 그이튼날공장에서 나오는길에 동무들과 어덜가서 야밤중에어떠온 여편네가 온후부터는

멋철동안 우리는원에 발율단코 누어잇섯다 그러는동안 병자의남편율맛나 그후의춤씨를 뽈엇슬다름

우리는 피병원의 은행나무미러서 여러번식이나 쇠로 약속한대로 제각기 보모에게 우리들사이의 사람을고백

하고 허락하기로청하여엿다. 결과는 그의집에서는 한사람의반대도 업섯스나 우리집에서는 두사람의어룬가운데

어머니는 찬성을하고 열애결혼(熱愛結婚)은 질머로못쓴다는 조건으로 할머니한분이 웃웃씨 반대를 하여엿든것이다.

「그릴리가 잇나요 이라다가 할머니께서도 찬성율 하시겟죠!」

「그런것갓지 안해도 큰일낫씨여!」

「조토록 설명율 해드리쇼!」

「그래도 반대를 하시면여?」

「뜨다시 충고를율!」

「그래도 반대를 하시면 말이여요?」

「아쏘 충고하죠ㅣ」

「아이구참 영영 반대룰하시면 말입니다ㅣ」

「그릴리가나요 만일 웃웃씨 완고하게만구시면 우리끼리약혼하고 우리끼리 결혼합시다그려ㅣ」

우리들은 쇠로맛나쇠 손목을디득하는게 부여삽고 멋철찬 피병원 은행나무아래에서 속삭어튄 그말그대로를 멋

번식이나 뒤푸리룰하곤하엿다.

어느날밤 나는 할머니에게 알어듯도록써세한설명을하며 논쟁을하고난다음 그를차커가보니까 그는동생이 공

부룰하고잇는열혀 누어쉬 알코잇섯다。

얼떨결에와보고 얼떨결에나와쉬 병의중섯와청도는 몰낫스나 처음에는 할머니가 우리의결혼을 반대한심으로

그것에심려가되여쉬 누어잇나부다 생각햇지마는 언뜻 친날에 듯든 몸슬청악어걸려쉬 피병원의무쉬운 병에나

울든것이아닌가 염녀가되여 가슴이덜커써려안컷다。

고개를떨어트리고 힘업시거러어는대 누가나룰불음으로 돌아다보니 그는 병원으로 안해를보려가는뭉무엇다。

친날보다도멋배나 몸시창백한 그의얼골에놀래여 병원열가는길이냐고 물으니쉬 공장에서 나오는길에 가보앗다

가 지금 집에를단겨 다시 가는길이라고 대답을하엿다。얼골빗을보아해서 문슨큰일이낫느냐고 그의힘업시축느

러진 손목을친절히게삽으며 말울이으니싸 아조 비창한목소리로

「아직큰일은업지만 오늘밤 넘기기가쉽지안흐니 마천가지죠ㅡㅣ

하고 대답하엿다。그도울늣한표청이엿지마는 나도 슬혼다음이들엇다。흐미하게 디려다보이는속에서 이려케 묵

직한마음으로대하고잇슬려니싸 그케쉬야 나는이상스럽게만 생각하엿든 그의창백한 얼골과 문쉬운독기눈을 품

수가잇슬것가치 생각이되엿다。친친히 거름율쎄여 노흐며 우선가난과 심한노동괴 고적한것과 안해의문쉬운병과

그리고도커려케 밤잠을못자며 안해의병을보러다니니 그것이 그의얼골과 마음을 그러케 맨들어주엇술것이라고

생각하엿스며 그가치 단순한것을 이해못한 나의정신역시 덧칠동안을 지굿지굿한 피병원속에서 시달리운탓이

엿다고 쇄달엇다。그러고 알코잇는 나의애인의얼골을 속으로그리여볼쎄 알코잇는안해의병을생각하며 참백해지

고 문쉬워지는 동무의얼골과 눈가치 역시 나의얼골도 찬백하여지고 두눈이 문섭게 떠지는듯하엿다。

동무의안해가 기어이죽고 잇엇다 나의애인은 몸이압허쉬 못나오고 방안에업되여 슬게울고잇는것을 보앗지마는 그의

면으로 달아나고。그장렛날 ㅡ우리는 병원청문에서 자동차를타고 밝은길을 임원하든날과는 반대방

병이 무쉬운 장질부사의컨염인지 단인피로와십려로인한병인지를 아조몰으는것가치 그가슴게흘리는 눈물역시족

하의죽엄이 그토록슬허쉬 그러는지 할머니가 결혼을반대하기쎄문에 그것을생각하고 흘리는것인지 판단을할

수가업섯다。

화장쟝(火葬場)에 다다를째섯지 자동차속에서 안해의 죽음을 슬허하는동무의 자기가 공장에서 사정을맘한
들을어들려햇스나못어든것 자근어머니보고 병인의뒤를좀보살펴달라니싸 피병원이라고해서 거칠을한일 시골 처
갓집으로 편지를두번이나 햇엿것만 여태 답쟝도업다는 이약기 죽은안해의 다음착하고 바누질잘하엿다는칭찬
이러한헛 소연을 들엇슬째 점점 장맥해지기만하는 그의얼굴을 바라보며 어쩌밤 추척햇는바가 틀리지안햇다는
것을 알앗스며 젼에 내가나의애인과 피병원 은행나무미러서 속삭어리고잇슬째 몹쓸소리로 커주를
한것도 우리두사람이미워서 그린개아니라 모다 이들에게대하야포악한것이라 생각하엿고 그쌔 병자의드러운변
기를 우리업헤다던진것도 아마 기진맥진한 그엿섯스니 정신업시한일이라고해석하엿다。
그래그쌔 고약한세상이니 의리업는눈물들이나한것은 모다 그동물을가르한말으나고물으니싸 아무대답이업시 잠
잠한게 그럴상십허서 나는빙그레히우스며 우리의사랑을 꼿꼿나반대하는 할머니의이야기를할니싸 그는 벼란간
에후훈이되여서 쉬슬이퍼러케날뛰며 그럴할머니야말로 칼을쓰고죽어도 앗깁지안타고 함부로욕을햇엿다。
회쟝쟝에도착하야 한참기달리다가 불에으로불을쭈먹으로 석귀먼관(棺)이 들어가는것을보고 우리는나와서 뒤
편산줄럭으로 올라갓다。

한울파칭 놉다란 연돌구멍으로 동게뭉게 기문연기가 쓰가쳐나울째 쳐것이나의안해로구나 생각을하엿슴어겟
지 동무의눈에서는 두줄기눈물이 죽흘런다。 그것윤바라보고나도 그들보부가 그여코외쪽이되구말엇구나 생각되
여 가슴이 답답한데다가 집에두고온 나의사랑하는 사람을생각하고 근심을하매 그의병역시 무서운장질부사이
고보면 커러케 거먼연기가되여 세상어던날러고 그리케만된다면 나는도커히 흣자쇠남어잇슬수업슬게며 지성엇 그
의병을간호하다가 나역시 무서운천염병엣 걸리여 죽고말데고 나종에는 지금업허쇠 울고잇는동무도 안해를업
새고 쇠로 경애하든 동무와아주머니싸지 일허버리엇스니 그역시 우리의뒤룰발하죽어함아하면 우리네사람이모
다 커러케연거가되지나안홀가 · 것삽을수업는「쎈티멘탈」한 생각이 되룰치바처 뭉게뭉게올으는 석커먼연기를
바라보고잇는 두눈이어느듯 부여케흐리여젓다。

그러나 그후 나의애인의병은 곳괘차힌 여러서 우리끼리결혼한 기를굿게약속하엿고 네사람의에서 웃웃써 연기
가 되고만사람은 동무의안해 그한사람뿐이엿다。

— 一九三三、九月十九日作 —

吳道令

李無影

一

오도령。─ 동리사람은 누구나 할것업시 그를 이러케 불럿다。그러나 그가 정말 성이 오가요 이름이 도령인지를 아는 사람은업섯다。짐작컨대 오가라는성은 그가어렷슬때에 처음 머슴으로간집이 오가엿스닛사 오가라는성도 그주인집에서 쌴것임즉하고 도령이라는것도 더리고잇는 동안에 머리가물려떵치만 해가고 쳐범수염러가 쌈숭〜하게 잡히더니사 얘재하고불으기가 쌍해서 덕시 그집에서부처준 이름이 아닌가 시프다。

그런나 이것은작자의 억측이요 그에게 이름이 뭐냐고뭇는다면 그는 마치 양을 삭이는 소임혀용을 해가며 이러케 선뜻 대답하는것이엿다。

[오도령─]

[정말? 커런바보─ 나이사십줄에 접어든것이 처성도몰으는 친치가잇드람? 오가가아니다 박가여! 인커부러 누가뭇거든 박가라구그래여─]

하고 놀릴나치면 오도령은 쏘한번양을 잭이는것이엿다。

[오가여! 오가─]

[오가가 뭐야 박가라니사 그러거든。]

[그래 버가 박도령이어?허ㅅ 참⋯⋯] 하고 한참생각하고는

「안여! 오가라든때……」

「사십이 가차윗어!」

이것이 그의 나이엿다。사실 사십이 가차운젊은 알지만은 설흔멋살이라는것을 아는사람은 업섯다。—그것은

오도령을 길러버듯시피한 오서방네가 삽년전에 살다—못하야 땅파고 드러가는 쇠음치고는 북간도로 남부여

모(男負女戴)하야 떠난外닭이다 한 기야 노인들축에는 오도령이 코를씰々훌리고 노인으로만든 외칼을들써단에

다 달어매고。단일써부려 보와온이도 잇기야하지만은 저자식이아닌바에야 남의자식나이를 기억해둘맥도 업섯

울게고 그나마도 오도령은 열다섯살外지 초가락가든코를 쌜물고단인러라 발바닥의 사마귀만콤도 눈여여보지

안엇든것이다。

──그러나 이러한오도령이지만은 누가 그어게생일을뭇는다면 속이다시원하게 선듯떠담하는것이엇다。

「오서방네 종마당질 하든날!」

이것이 자미잇서々 아이어른할것업시 오령을뭇들고 힐난을한다。

「오도령! 참 오도령 아버지가 장가드는것을 봣다지?」

「그럼。」

「그래 엇더케 하구 가든가?」

「가마타구 우산밧구 초립쓰구 당나귀타구。오서방네 거름덤이서 밧는데 뭘!」

오도령의 전문이란것은 어느것할것업시 오서방네것이다。그는 오서방네를 안써씌우면 자기말을못햇다。무엇

을 물론하고어이어른할것업시 「오서방네!」하고 오서방이업쒸진후도 한결가든 대답을한다。멋해전─아니멋달전에 생

긴일이라도 「오서방─」하고 내써운다。

오도령은 기골이장대하엿다。깐지통가튼몸집에 키는 룩척이가차윗다。그러니만콤 식량도컷다。노픈밥 한사발

이라도 널늠하면그만이다。식거먼쌈보리밥을 먹어도울한목음 마시는일이업섯다。밥먹고 물을마시면 대번에 오

줌이되어 나와버리고만다는것이 그의학설이다.

한번은 이런일이 잇섯다。 오도령은 여러사람과함께 논이들ㅅ 매러갓섯다。 한달에두번식 「해산집이라」는 송참

봉집(한달여 두·번식열을해먹는데 누가올가바 낫ㅅ 도떠무을 닷는데서 생긴말이다」일인자라 일밤이적은데 늘속아

온 오도령은업서서 밥읃먹엇다··· 서닥울들으니ㅅ 안쿼쉬먹으면 나중먹는밥여 먼쿼먹은것이 눌려쉬곳나려가버

란다 는데답어 일롱은 술을노코 한바탕우쉬쳇다。

오도령은 호인이엇다 사람들은모다 법업시드 능츰이살사람이라고 햇다。 네다첫살부러 륙십노인ㅅ지 이동리

사람의 친부가오도령의 친구엿다 달벗이엇다。 그리고 그들에게통쿨어쉬 오도령은불림감도 되어잇는것이다。

떠개의 호인(奸人)이 순직하고마소와갓치 일을잘하듯이 오도령도 그여에서 싸지지안엇다。 그는마치 곰처럼

일윤햇다。 하로 밤세 그릇(실상인떠여섯 그릇먹으야할게지만)만 떠안기면 그쿼외소리업시일을한다。 한번시작한일

이면 해가쿠여 그칠줄을알고 쿠녁밥술을놋는 그자티면 으련춧소처럼 번듯이잡바진다。

그는 밤박게는 아는것이 업섯다。 밤만듬직하게떠주면 이러타쿠러타 말이업다。 각금 작난군들이 막걸리잔아

나먹여노면 오도령춤은 초상상제ㅅ지도 웃잔코는 못견될만콤 기묘한춤이다。 그리고 쿠흥에쿠우

면 곳잘엉덩춤을춘다。 그엉덩춤은 춘생시가놀아난다」 늬 늬ㅅ 늬나늬나! 얼시구 덩더쿵—]

[늬 늬늬 늬나늬나。 오도령이 흥쿨추니 춘ㅅ시가놀아난다」 늬 늬ㅅ 늬나늬나! 얼시구 덩더쿵—]

이러케 장단을맛추어주면 철읻업시 쿰여다사람옷을 업혀서모주잔이나 먹여논것갓치 굼ㅅ되고도 렌스러운춤

—그러나 이러한。 오도령의것만 일년동안일을해야 사정이라·고는 밧어본쵝이업섯다。어느집여쉬든지 밤만먹여

주면 일을해춘다。 그래서 농한기(農閑期)면은 떠개「호마갈보」집에서 엇어먹엇다。 [호마갈보]집은 큰술집이라

술군들이 먹다남기는 씨억지로남어나오는것이 만엇고 쏘 그버리는밥갑을 채울만한일거리도 잇섯든서닭이다。 그

그러나 이것도일년가야。 한두번박게 구경할수업는 우리곡오도령의 묘긔엇다··

는마치 동리소임처럼 이집쳐집으로 쓸려단엿다。

—(44)—

그들은 오도령이 어느해가을에 읍에서이사를온 정생원네집에 붓박이머슴으로 끌려들어간것이다。 오도령의 먹는것과 일하는것을 가만이 다루어본읍써사람은 단연리로을것을 발견한것이다。 그리고 사경이라는딴이름을 붓

쳐서 주지안는대도 달난달은 아니할상싶엇기때무이다。

그러나 오도령이읍써집 정생원의 집으로머슴을 들어갓다는소문이퍼지자 동리사람은 모두이상이역엿다。 실상은 지금까지도 여러집에서 그의식양과 노동력을 다루어보고는침을 삼켜온집이 만헛스나 웬일인지오도령은 처머리를 설네〈버어 돌러왓든것이다。

[한집에 잇스면 귀찬어ㅡ]

이것이 오드령의 이유엇다 부형초처럼 이집커집으로더단이며 주인이니 머슴이니 하는틀에박힌 구속을밧고 십지안은거라고 누구나생각하는 것이엇다。 그리하야 이동리에서 비교적인런리인 멋사람은 그불극단의자유주의 자라고도 이름지엇다。ㅡ그러나 원래 오도령에게는 그런한의사는 죽음도업섯든것이다。

그래를 오도령이 정생원네집으로머슴을들어갓다。 더욱이 정생원이라면 나이는 오십춤에들어섯스나 홀닥버서진 머리뒤통수에 더초씨만 한상투를 배달고 방정맛기로도 이름이낫지만은 양치업는것을 곳잘해서 아이들은 그를매발톱이라고 불훌만콤 되바린데다가ㅣ읍ㅣ의 분위기에 뭥의병아리처럼 홀닥쌔인 영감쟁이라 어되까지

나 자유주의적인 이인물이 그집으로들어가게된 등기가웃으왓다。 그리고 대쑥지만한머리롱에는 양반이잔득들어쇠 [생원님]이아니면 ㅣ대답이업고 [아씨] [도련님] [서방님]이아니면 남비속의 콩비묘양으로 녹두방정을 써

놋코는 산스가지만한 다리롤콩↓굴으는것이다。 그런데다가 이쩌우나이이십을 종넘은주체에 학교라고 좀난멋 습써하고 쥐외꼬리만한 일본말이나 던지 기가일수요 양반구실하는라고 어른율보아도 력주강아만 반작〈드는 아들연석이 커의아범을 달머서 쾌까달스러운줄까지도 오도령이 드라쉬라도몰율리가 업섯든것이다。

[너위 그집으로 갓늬?]

하고 동리사람이 물으면 그는다만 헤 하고웃율뿐이다 사경이엄마나면 그는 그커고개롤흔든다。

[오도령! 그러지말고 우리집으로오너라 밤율만이주고 사경도마흔말줄게니。]

—(45)—

하고 쇠여도 그는처녀리를 내흔든든다。

—쌀을갓다 뭐해!—

[그럼 돈으로 줄게니。]

[돈— 그걋것은 또 잇쇠뭐해!—]

그러나 오도령이 청성원네집으로 머슴을들이 간데는 죽으만비밀이 잇섯든것이다。일하는품을보고 두고—춤
울씩어두엇다가 돈으로도달내보고 옷으로도달내 보앗다。그래도 처머리를내돌으니까 약을더로약은 청성원은 그
되어이렁케 쇠엿든것이다。

[애 너 내집에 잇스면 잘먹이고 잘입히다가 찰한색시한아 어더주마。]

색시란말에 오도령의귀는 번쩍되엿든것이다。이것을 본성원 그고사리만한 손으로어잇나 초불라노앗든서 되
되어 오도령지승낙을 밧앗든것이다。

[그래 너두 잘생각햇다! 다 늙어가는여석이 장가두 못들고 일만하다니 어여뿐색시가 일하고오면 팔다를
주물러주고 춰수수대로 몸이아프면 머리집허주고 약간죠켓늬?]

이렁케 처살마진 소리까지해가며 오도령을쇠이는 청성원쇠이는 청성원의본의가 어듸잇다는것은 말할것업다。
그러나 이런눈치를 오도령은 채여엇다。그는이영감쟁이의 말을고대로밋고 만것이다。

…그러나쇠로의 속을 못드려다보는것은 오도령이나 청성원이 다름업것다。장가드려준다는말에 오도령이생번에
청성원의 딸을면상햇스리라고는 청성원자신도 생각지못한일이엇다。또실—한뭇다구나, 어글—한눈 하얀고무
신뒤축까지 잘늘—하는까만머리색! 빨간진동을 노랑걱오리 두압자락에 불쑥하니보프러 올레오고잇는 것

가슴 언젠가장작을패러갓을때 이런것을알프로보뒤로 모으도쇠로, 차—른—이뜻어본일이 잇은후잇기 때문이엇다。

오도령은 언젠가 자긔아버지가 초넘쓰고 가마라고장가가든것을 보앗다든 그때 그청경을 그려보고 자긔어머.

니가 자긔아버지 머리집허 추든것도그럼보면서 거름덩이여쇠서 [히——] 하고 혼자웃엇든것이다。

[어여뿐 색시가 팔다리를주물러주고…… 머리를집허주고?]

이말한되는 더욱이 오도령의 뇌속에 기피〈─박형든것이엇다。 ─이리하야 륙최이나되는 오도령의 거구(巨軀)

는 이튿날부터 손바닥만 한청생원네 안마당을 그득하게채우고 잇게된것이다。

二

여옥이는 올해열아홉난 닭알가티 참한 처녀엿다。 안청업시양부다든가 맥업시%한것도 아니다。 분듯만듯한

몸집에 복명이처럼수떠분한 처녀엿다。 「부자집 맛며누리 가음」이라는 한마듸로 이처녀의모든것이 표현될만콤

되바라지냐면 그러치도안코 넉살이잇느냐면 그러치도안라。 비둘기처럼 탈속한몸맵시가 비단옷감과 함께자므르

흘은다。

여옥이는 띨여섯살쌔 옵버보통학교를 마치엇다。 자기오라비가 공부한답네하고 돈푼잇든것을 출낭거려써버린

후로는 조석거리쌔지 간대가업서서 그만에드러안친것이다。

청생원은 어쒸하든지 여옥이만은옵 써써치우랴고한것이다。 아모본데업는 초구석으로 쓸고단이고 십지안타해

써 사둔집의땅 여나무마직이를 엇어써이동리로 써나게될림시에는 밧작써둘어도 보앗지만은 입에마진떡이업섯

든것이다。 모두넘고쳐컷다。

말하는사람의 떠개는돈푼잇는 사람이엇다。 그러나 그들은돈만콤 나이도만흔 사람들뿐이엇다。 그즁에는 쥐승고

은듯이 나이가 만흐니만콤 계집수효도멋식되는 위인들뿐이다。 그즁에는 쥐승고개를 넘기에도 하는위

인쌔지 잇섯다。

그러나 청생원으로본다면 옥가티길른 여옥이엇다。 곰가티빗내라는 외딸이엇다。 이씨상에는출잡어써 충청도안

에는 자기딸만한엇이업다고 생각하는생원이다。 그리고 그가그만콤생각할만도 햇든것이다。 달덩이가리 환한그얼

골은 턱절어노코생각한대도 글씨라든지 바누질이라든지 음식솜씨라든지 한구석구기는데가 업는여옥이다。 궁되

잔코 쒸부지안코 맷친데가 잇스면써 나글〈─하다 어른섬길줄도 알엇고 밋레사람 거느릴줄도알엇다。 그러

면써도 무뚝쒸한데가업시 귀밋머리처럼 상양한여옥이다。

그러나 이러틋사람으로써나 게집으로써나 흠삽을만한데가 업는여옥이것만。오도령은 그에게서 토실〈〉한얼
골모습과 상양한성품−이것밧게는 보지못햇다 아니 그에게는 이보다더필요가 업섯든것이다。어찌말하면 여옥
이가 게집이라는 그것만으로만족 햇을지도 몰으든것이엇다。

「작은아씨！ 옷좀 주시유。」

이러케 작은아씨하고말을 해보는것만으로도 오도령의 기쁨은것섯다。작은아씨의 염혜서 그의쌋근〈〉하는숨
소리를 듯는것도 오도령에게는 더업는 기쁨이엇술것이다。

그러나 하로〈〉 지날스록 오것만으로는 어쩐지시답지안케 생각되는째가 드듸어오고말엇다。그는 한달에한번
가죽만래야 두번쯤박게야아 해볼거를이업는것이 몹시 시답잔헛다 그리하야 어떤째는콜을쏘다버리고 문을뜻
더부억으로 가기도하고 웃잔허도조촐만한 일이것만。그러나 사랑이란옷아
업는것이다。작은아씨에게 대한오도령의 애정이자라면 자랄스록 말도부쳐보앗다。번연이작
은아씨에게 불어볼일이아닌것도。그는 작은아씨를 알게된후로야 옷도자조갈아입을줄 알앗고 각메엇든속도좀 쌀린것갓탓다。그
러는동안에 차츰〈〉 말주변도 생기는것갓탓고 일부러옷고름을 쌔어가지고는 작은아씨게로 둘고드러 갈만한청
도의 의견도낫든것이다。

사랑 이것이 오도령으로하야금 사람노릇을 식키엇다。

그러나 애당초에이러한 오도령의비밀을 작은아씨여옥이가 알리는만무하엿다。원래청에여리고 본데잇는여옥이
는 지금까지집안에서 누구보다도 큰힘이되여잇는 오도령을 돌봐주기에 게을리안헛다。

더욱이 집식구라야 아버지와어머니 오라비버외에 어린것한아업는 자기까지 너어야다섯식구다。집안이적々한
탓도 잇섯지만은 라관에와서 드나드는사람도 별로업고 자기아버지가 박게나가면 집안에는 산애가업는러라
오도령이와잇게된것을 속으로듬직하게 역여오는러라。

「아이구− 오도령 참 나무 만히햇구려−」

일을하다가 나무스짐이 쾅하고박여지면 여옥이는 이러케나가서 추어주기도한다。 그러면 오도령은 만족하야

자긔방으로 드러가는것이엇다。

그러는동안에 오도령은완컨이 생원님네식구가 되어버렷다 사람을한아두면 자긔의손발쓰듯 이

렁긔금의 항례지만은 몰에쓰쓰레질까지 오도령의 손을빌고는햇다。어떤째는 마루밋헤 안커서 부억의상을드러

오게까지한다。— 그래도 오도령에게는 이것이웃업는기생이엇다。

어떤편이냐면 정생원은 몸시완고한 사람이다。어쩌다가 여옥이가 문밖을나가면 호령〈—한다。더욱이동리집

은 아이들이 새금〈—드려다 본다고하야 담을놉히치고 동리경노회에 그잘못됨을 문적하는등 눈에붓이 나게

쉬들엇다。

—이러한 정생원이것만은 오도령에게만은 관대하엿다。아니 이런종류의 사람들은 「양반」이아닌 사람은 영웅

한생각도 못하는사람으로 돌리는것이다。사실 그는오도령을 닭이나 개를 집어두고 단이는것과 쑥가튼 심리

로 오도령을 대하는것이다。

[오도령— 작은아씨한테가서 쌋옷좀 내달나 오겟나—]청생원은 이러한락까지 즉음도쉬슴지안코 하고잇는 러

엿다。—아니 오도령에대한생원의 감정은컴〈 조하갈뿐이엇다 소도업시 여나무마직이나 생을엇어가지고는 주체

를못하는 정생원을도아쉬 오도령은 그들의손발대신 마소대신 수일출몰으고 일하는까닭이다。

말하자면 오도령은 이집안의 업이엇다。

어느새에 오도령은잠도 줄엇다 커뵈만먹으면 쉬상물으고 코를골어대든 오도령은 밤낫거자도 각금잠이쌔엇

다 잠이쌔어서는 잠을못잔다。

때처로 의학상으로 신체에고장이 업는젊은사람이 잠을못잔다는것은 그가 사랑을한다는 의미가 그대로 드

러맛든째가 만흔법이다。오도령도 그예에 싸지지안엇다。

그것은 허옷〈—한 눈발이 작은아씨네의룡속을 힐답〈—엿보든 달빗조차명랑한 열여드래날 밤이엇다 오도령

은 벌쉬이날까지 사흘재나 머리를싸매고 누엇든러엇다。

[오도령! 뭣좀 먹지—]

ハ로한번식은 이러케문밧게서 문병을하여주는 작은아씨의 목소리를 듯기위하야 생병을알튼것이다.

발소리가 사랑방근처서 자박<나기만하면 오도령의가슴은 벌서뛰는것이엇다。그러다가 그발소리가 작은아

씨의것이아닌것을 쌔닷는쌔처럼 쓸々한쌔가업섯다。
—그날밤 어느쌔인가 잠이아렴풋이 쌔이랴니까 「엇솜 먹지!」
하고 어지러이 빗나는 작은아씨의 환한옆골이 거울처럼 자기를 나려다보고잇다。
「작은아씨— 쉬는 죽윤나나봐요! 쉬좀 살려주서요!」
작은아씨의 손목을 웅켜쥐라하고 삽으면 오도령은 이러치하소연을 하엿든것이다。
「그래 아모걱정말고 이러나기나 해요! 오도령 내가살려줄게니……」
「야?! 참말유?」

이러케 위치며 오도령은 벌떡이러낫다 니러낫다가는 멋칠동안은 덕택으로 눈알피패—ㅇ하니 돌떠나만 ㄱ쉬

다란 덩치를 둑쓰러트리고말엇다。

「작은아씨—」

이러케 다시불러본 오도령은 그케야 그것이쑴인것을 쌔달엇다 오직쑴이 아닌것은 현기증뿐이엇다。그리고

그가 작은아가씨의 손목이라고 취인것은 멋칠전에 거름덤이서 주서다쥬고 밤이면은 품에안고자든 작은아씨

의 더러진고무신작이엇다。
오도령은 그날밤, 쇠켜진 한안고무신작을 품에안은채 날이밝도록 숨어울엇든것이다。—아마 이것이 오도령
이 이셋상여나와서 처음울은 울음일것이다。아니쉬름다운 설음—쉬름을쉬름으로 안맨처음의 울음이엇을것이다
—그러나 이날밤 바로그쌔에 작아씨가이것 쉬것물으고 언케인가 사진에서 본쉬울쉬방님의 옷을마르고 잇
다는것을 오도령이 몰랏기에 망정이지 만약알가만햇다면 그의쉬름은 더한칭쉬를 다웟을것이다。

이듬해 봄이엇다。햇솜가티꼬근<한 해볏이안마당에 가득하엿다。

三

어미를잃흔 병아리한떼머리가 죽으만 뜰팡에나려가지를 못하고 쌕々 소리를 치고잇다.

이른봄 아츰처럼 그날의오도령도 기운이조앗다 날개만잇다면 훨々 날러가 보고도십 을만콤마음이 가뜩

하엿다 ─그것도 그럴일이다 오도령은 오늘생쥔처음으로 두루막한아를 엇어입엇고 십히면이나 주고서 「하이카

라」머리를 싹엇든것이다 그러나 그뿐이아니라 그가두루막을입고 새로면도할역골에 아침해볏을 가득이밧고셋

는것을 작은아씨가 보고는

[오도령도 아주 싹은 선비로군…]

하고 칭찬을 햇든것이다.

그래도 그는 무엇때문에 오늘 가지가 두루막을 엇어입은지도 몰랏다.

죽음잇더니 생원임이 역시 새옷율입고 나왓다 옴에 흥정을하려 가는것이다.

옴에꺼지 가서 왼종일 생원님에게 쌀린단건 오도령은 몹시기썻다. 쇠머리에 쭉어 농읍에 배어 가진과일

가직 과차를 생원님이 작고사집는 까닭이다. 무조건하고 오도령에게는 어린것처럼 그것이 기썻든것이다.

그러나 이른날 장농이 드러오고 채일이드러오고 가마를움이고 오도령의 눈은갑작이 왕방

울만 하여첫다 진당이나 잡은것처럼 「내 작은아씨거니」쑴 생각하고잇는 오도령에게 그것은 넘으나 동떨려

진 모순이엇다.

오도령에게는 억뇌의 볏일이 지나갓다.

그날은 새벽붓어 온집안이 들썩하엿다 채일이처지고 동리사람이 모혀들엇다. 그리고는 점심때를채못가쉬

싸오는 자동차는 양복쟁이들을 나려노앗다.

차에쉬 나린그사람은 어듸로씃어보나 싹은선비엇다. 아둔한 오도령일망정 이것만은 쌔달을수가 잇섯든것이.

다 까만양복에다 눈이부시는 구두를신고 압가슴에는 금줄을 느려트렷다 아니 그뿐이아니다 그뤼에딸아온

사람들도 모다양복을 쌔트리고 굼테안경에 단장율집헛다. 오도령은 한번보고도 그들이「군수」갓흐다고 생각하

엿다. 그리고 그들과 자기를비교해보고는 쥐구멍이라도 파고드러가고십엇다. ─그는 오늘처럼 자기가 싹은것

을 쌔달은적이업엇다. 자기처럼 추한옷을입고 자기처럼 못난인간은 업다고생각한엿다.

「쳐·뗀앞에겄이 신랑이래!」

이런말을 듯자 그의피는 주르르머리로 기어올려왔다.

「건방진놈—」

이런생각이 펀듯떠올랐다. 그는 그신랑가음이 자기를 막살어보는눈으로 보앗다고 생각하엿다. 그리고 미친
놈으로 돌리는것 갓앗다. 바보라고 욕하는것도 갓헛다. 쳐의들끼리 이약이하는것을 멀리서 바라본그는 그들
이 자기의 욕을하는것이라고 생각하고는 「어듸보자!」하고 혼자서 이를북갈어 부첫다.

해가 지도록 오도령은 기운이안낫다. 그는 어듸한자리에 부지를 못했다. 쳐코를 차쳐단이는 사람쳐럼 몰
아단엿다.

그는 쳐벽도먹지안엇다. 그리고는 집안일이고 뒀이고 다 내던지고는 김참봉 네큰사랑에 가서 쳐박히고
말엇다.

「여보게 오도령! 그래 고로케 몁분것을 남한테왯기고 산단말인가?」

신량 이약이에도 지천그들은 오도령을 쏘 놀리기시작했다. 그러니쌔 한아가 빗어서

「쳐녀석이 참말두 여옥이한데 반한모양이야 그러키 그러케 한풀썪엇지?」

「오도령이 반했는지 안반햇는지는 몰으지만 작은아씨는 화적이 오도령한테 반한모양이러나」

이러케 실업시하는 농담에 오도령은 벌떡이러낫다.

「누가 그래유? · 야 누가· 그래유?」

「이여석아 그라진 누가그래 모두들 그라든데. 동리를 파다한데 그것두 몰럿든 가비여?」

「아아 글세 누가 그래유? 작은아씨가 나헌러반했다구?」

「너집 작은아씬지 큰아씬지가 그러더란다」

이말한마듸는 극도로 오도령을 흥분시켯다. 그는 작은은아씨를 그놈에게 햇기랴?하고 생각을했다. 쳐가군
수래도 좃라고 생각했다.

—그러나 그의가슴속에 이러한 질투가하고 잇는것을 꿈에도 몰으는 그들은 작고충동일기를 마지안엇다.

「이바보야! 내가 그런경우(境遇)를 당햇스면 다번에 요정읗뛰겟다°」 그래 무쑥거치 남어색시를 햇어가는
놈을 그냥두드라랴?」

「여이 바보녀석!」
「여이 등신!」
그들이 흥에겨워서 이케올려대고 잇을째다° 갑작이 「억!」 소리를치고는 오도령이 별떡이러낫다° 그눈에서는
퍼런불똥이 탁々 튀엇다°
「이누메 자식들! 누가나더러 바보라구 그랫나?」
그들은 와르르방한구석으로 몰키고말엇다° 금시에 얼굴들은 파라케질리고 말엇다°
―오도령의손에는 어느틈엔지 웃묵에잇든 독가가 쥐어젓든것이다°
「이누무 자식들! 또한번만 그더위아갈지를 별렷다봐라! 이것으루 다강머리를 부수어놀테니!」
이러케 울부라리고는 구렁이 나가듯 쑥나가버렷다°
「아이 그놈 지독한데! 똘 볼내기 아넌걸!」
오도령이 커만콤 나간 후에야 그들은 혀롤쌕쌕물고 이러케 가슴을 나려문질렀다°
―그려나오도령이 독기를 든채로 나간것을 발견하것은 얼마후의 일이엇다°

──(九月十五日)──

도 롱 속 의 淑女 ……2

米國新興作家
終身服役罪囚

어ㅣ네스트 쑤ㅡ트 作

주 요 섭 譯

原作者 Ernest Booth 는 方今北米加州를 섬 州刑務所에서 살고잇는 終身罪囚라는것만아두십시오 監獄안에서 룸룸히 쓴 短篇小說들을 모도 이서 再昨年에 一生을 盜賊하는 者 "Stealing Through Life" 이란單行本으로 出版하여 當時讀書界에 한씨세이션을 이르켜슴니다。 지금번역하는이小說의 原名은 Ladies in Durance Vil。 이라는것으로氏의 最近作입니다

그레이쓰 이여자는 벌써 십사년채 장역하는 여자입니다。 따라서 조간수 (助看手) 라는 명예스런 직함을 엇게되여자입니다。 몸이 거대하고 머리털이 압하며 온후하게 생긴 사람입니다。 십오년건에 그는 자기남편과의견이 맛지안는고로 남편을 각을더서 가방속에 너허가지고 과차를타고촌으로갓슴니다。 그덕택으로 종신징역선고를바든것입니다。 그동안에 유행은 변햇것만 그이레스는 아직꺼지도 녯날입든 치마자락 기인옷을 입고 머리도 우후로 놉게틀어 올리고잇슴니다。 그의얼골색은 참으로 흘융합니다。 얼골이 우유처럼 흰데 두볼은 맛치 다닉은 복송아처럼 보드러워보임니다。 그의검은 눈에는 공채가돌고 눈가에주름살도 접히지아낫슴니다。 뉘가 그를

처음 대면한쌔만해도 그가사십을 훨신 넘엇슬쩍인데
도모지 한 이십살된 컨녀처럼 뵈입니다。 그는동작을
매우빨리합니다。 거름은힘이르랭이잇게 또박또박것고 그의둥그
럼하게 살진두팔은 항상거르랭이싸지 버노코단입니다。 그
는 지금 조간수라는 직분을 맛흔고로 의복을 마음대
로 맛초아 입을 컨리가 잇섯슴니다 마는 그는 언제
나발굼치에 쓸리도록 기ー단 치마를만들어입슴니다。

여간수가 업는동안에는 그레스가 죄수들을 감독하는
데 맛치십장비슷하엿슴니다。 말은픠션선스럽게하는데 나
는 그목소리를 드르면 웬일인지 가을날처럼 누ー런빗
치 연상됨을 금할수 업슴니다。 그레스가 여죄수감방난
간에 나서서 다른죄수들과 이야기를 할쩨마다 우리는
그목소리에 심취합니다。 그런데 그는 간수대신으로
최수들을 감독하는데 성룡할쩍이 실패할쩍보다 만라고
할수잇슴니다。

오청되기 바로컨이면 채소밧테 나가서 복역하는남죄
수돌이 감옥으로도라옵니다。 그들을 바로 여자방뒷담청
밧굴 통과하는데 그째는 맛침 거리를수직하는 간수의
낫잠자는시간인고로 따죄수돌은 그냥지나가지안코 여죄
수들을불러봄니다。 또잇다금 던지를 쓰서 담청을넘겨
느리터리기도합니다。 그래쓰그것을 감사하기위한여 이쌔

가되면 매일그레스는 난간에나서서 뒷등을감시함니다。
엇던날 오청이엇는데 채소밧트로드러도라오는 죄수들
의 웅성소리를 나는력력히드를수잇섯슴니다。 그리더니
갑작이 그레스의목소리로「그것집지마라、헐렁쇠야!」하
고위치는소리가들려왓슴니다。
「네에미X이 엇더왜ー」하고 소래를지르는 헐렁쇠의
목청이울려옵니다。

그레스가쇠로만든 층층대를또박또박 버려가는소리 잠
간동안의침묵。 버석거리는소리 그리더니 팟(똑똑하기유
명한 검둥이여자)의성낸목소리로「그레스 그애쌔서손을
쎄어!」하고위치는 소리가들림니다。 위조각지를 쎄
사방에서 웨치는 소리가 들려옵니다。

먹다가잡혀온 명국녀자의 목소리가 들림니다。 마에에게는 사랑하
는 남자가잇섯는데 엇던 아편밀매자가 그남자를 칙인
고로 원수를 갑누라구 그아편밀매자를 쏘아칙이고 도
려왓고 뜻은 엇든 려관방에드러가서 돈을도척하고드려
온녀자입니다。 그다음에는 재출〈一〉하는 이태리녀자의
목소리 눈한고로하고보면 꼭 부엉이처럼생긴 이태리여
자인데 술을물써비꺼팔다가 부부가다잡혀드러온것입니다
이런온갓위치는 소리를압두하고 명녕적인커ー단 목소리

가 또들빕니다다. 다른이가 아니고 여간수의 목소리이
엇슴니다.

「그만두어! 물러나 열랑씨! 똑 마에 워쉬튼… 다
쒸리물러나! 너히들인젠 한달동안 벌감에 가두겟다!
자 어서썰물러나! 물러나 물러나!」

잡간동안 요란히 떠드는소리가 계속하떠니 갑작이
조용해지엇슴니다. 그리떠니 여간수의 성낸목소리로 명
녕을 뿌리는소리가 들려옵니다. 똑과만에는 어서 감방
으로 도라가고 햇은어서 부엌으로 도라가고 열랑씨는
그레스룰따라옷칭으로나오면 상당한쳐치를 하겟누라는
명녕입니다. 그리고 다른죄수들은 침심줌고십지 안귀들
랑 어서 모다들 식당으로 드러가라는호령입니다.

사진실 한편구석버졋런쉬는 잡을쇠 샘쟁이가 일하고
잇엇슴니다. 그는여기드러오기쥔에는 기차역뎌부이엿슴니다
그는 밤그래옷슴니다. 그의옷는상판을 보면언케나 우리
집개생각이나곤함니다. 「그고 야팽이 가든것들」하고그는
수작을 쇠버면서· 입맛을 한번다십니다. 「고것들이 묘
모 두야팽이란말이야. 생관생생한 열쇠를 분질러 노큰.
하거든. 그래쉬 내가· 열쇠를 수선하러가면 고것들이막
나는 대답업시 문짠을 향해 나가보앗슴니다. 바로문

밧그로는 채소밧 일운들이 지나가는데 쒸편보로에쉬
열랑씨의 애인이 흰옥과마쥬쉬서 언쟁을 하고잇슴니다
그는설마로자긔가 녀자감방뒷을로 편지를던진것이 아니
라고변명합니다. 그들이선곳 바로우에는 여간수실이잇슴
니다. 그러니꺄 물론지금거긔술 열랑씨는 어남자의
말을 넉넉히드를수잇슬것입니다. 그는 멀이나쉬 부인합
니다만은 소용잇슴니쌰 결국 벌울당하게되엿슴니다.

녀자감방 이편으로향한 창문에는 모두헐창을칫고 유
리도 모해붓친유리가되여쉬 버다보지 못하도록 설비되
여잇슴니다. 그러나 거긔는 맑은공기를 쌀어드리기위하
여 팽글팽글도라가게 만든 쇠파랑개비가 하나잇엇슴니
다. 여자들은그쪽울 버다보고 십흐면그파랑개비 납한개
를살좌버입니다. 그리하면 그구멍으로 이편방과 또는
지하실벌감으로 인도하는 복도를 버려다볼수잇슴니다.
나는이쩨 그창문을 힐끗쳐다보니까 그쇠파랑개비납한개
가버쉬쥐잇는것을 발견햇슴니다. 생각컨대는 아마열랑씨
가 그리로 버다보고잇던것이겟지오. 사랑하는사람이 지
하실벌감으로 쓸려가는것을버려다보고 잇섯겟지오. 그리

자 갑작이 쎌량씨의 고함소리가요란히들렷습니다.

이편 뒷뜰에서는 매이위치는소리가들니고 창문가에잇

눈녀자들도무엇이고 소리를 지릅니다. 쎌량씨의 위치는

소리는 여간수실에서 나더니 이번에는 재봉실에서 더

크(k)남니다. 창문과광개비 넘은누가열는다시 갓다끼웟슴

니다. 그리자 쎌량씨가팔짓발길질을막우하면서 그방안으

로 드러오는것이 그림자첨니다. 그림자 셈난목소리가

들리고 여간수는 똔과마여하고 싸우기에 여력이 업는

모양이며 뒷뜰에서는 팻의욕설이 물퍼붓듯나옵니다. 그

리더니 팻도방안으로 웅원하려올나갑니다. 그리자 방안

에는수라장이 버려젓습니다. 여자죄수가 친부팔십명인데

그층한 이십명은 이소동에 참가한모양입니다. 천옥의

방에걸린초인종은철새업시작고 웁니다. 웅원을 칭하는것

이엇슴니다.

천옥과 간수몃사람이 웅원을 가려고햇스나 여자감옥

으로 드러가는 철문멜쇠가 업서젓습니다. 맛첩 점심먹

으려나간 간수가 가지고 간것이라구 합니다. 천옥은

그의압안수염을배배꼬으면서 우리방으로 와서 구석에

안젓는 잠을쇠 씀쟁이에게 조력을 명령햇슴니다. 그리자

가멜쇠를찻느라구여기커기 뒤적거리는 동안에 커편소동

은 더한층맹렬해지엇슴니다. 커편구석방 창문유리가요란

한 소리를 내며쌔여젓슴니다. 웬한 교의한개가날아오더

니 쏘이편 창문을쌔르리고 교의다리가 쏄창살에 걸닙

니다. 쌔진유리조각들이보로에쏴춤을춤니다.

이편구석방에서는 팻의고함소리가 쎄일크게들님니다.

버일생 그럿케 소란스런외마듸소리는 다시더러본적이

업섯슴니다 여간수가 공포로써 소리지르는 비명이들님

니다. 팻이칼을들고드리덤비는것이엇슴니다. 녀간수는 유

리창이쌔진 창문압까지 쏫겨와쉬뒤로잔득 몸을 쎄치대

고 우둘우둘떱니다. 그레스는 또그녓창문밧그로 고개를

버밀엇슴니다. 그리자팻의 표독스런 부르지즘이 들림니

다. 「버오늘 이년의멱을딴겟다……쌔오늘 이년의멱

을 딴겟다」하고반복하고잇슴니다.

녀간수는용기가 다진모양이엇슴니다. 그는애처러운눈으

로 이쪽을 도라다봄니다. 천옥은 아직도 씀쟁이가 멜

쇠를 찻가를기다리고잇슴니다. 녀간수는배를웅켜쥐고 「여

보서요 좀살려주어요. 아이고……여보세요 나는죽소.

팻이란년이나를취이려들어요!」

녀간수는 창문을떠나 안으로 드러갓삽니다. 그리자

그창문 으로쎌량씨의 **노광떠가리가 불숙나라낫슴니다**

쎌량씨가천옥을보더구 실새도업시 엇더케도욕을 드려더

붓는지그쌔만일 목사님이 **겻섯드면 큰일낫다고 야단첫**

슬것입니다。 뿔랑씨는 천옥과 쌤쟁이의 조상으로부터들
추어가지고욕을하는데 천옥은개색가 구렁이색기로 버려
가나가 마즈막에는 굼방이색기까지되엿슴니다。 이동안에
천옥은 두팔을바지주머니에쏙쒸르고 웃둑서서 수염끗만
입으로질근질근 씹고잇슴니다。 그리더니 쌤쟁이보고 「여
보게 좋쌀리쉬두르게。 웃창에서 응원을 요구 하는모양
이니까」하고 고요하게한마더 · 말합니다。

마춤내 쌤쟁이와 천옥과 간수세사람아 녀자감옥으로
몰켜드러갓슴니다。 그들이드러서자 그커ー단쇠문은 다시
닷치엇슴니다。 옷창에서 여간수와 그로쓸을 쏨이고잇든
죄수멋사람이 응원머를 마자 절건하려고 아레층으로
급히뛰쳐버려옵니다。 문이닷치여서 아레층은 보이지는
안으나 소리를 들어광경을 짐작할수잇슴니다。 거거서
한참동안의격투가 이러낫슴니다。 팻은 칼을들고 천옥
케로드리덤빕니다。 천옥은 · 칼보다더무서운것이라도들고
오라고호령을하더니 천류식으로팻의 틱을한대 쥐여지르
니싸 뽕은그만 쌍에 곡우러집니다。 이쎄에문이방싯열림
니다。 그름으로보니싸 팻생이는 아래리녀자하고 어울피
어싸우고잇고 천옥은 · 방금마에에게 · 손수락을 잔득 물
리여가지고 그것을쌔 노흐려고애를 쓰고잇슴니다。 팻이나
가너머쥐잇는 큰죄에 다른여자들이정신읠일코 넘어쥐잇

는것이 보입니다。 뿔랑씨와다른여자쉬넛은 충충대를 급
히뛰여오르고잇슴니다。

문율멸고 이편으로 드려오는 사람은 별사람이 · 아니
고 억개를 즐편하고 하ー얀수염이난 간수이엇슴니다。
이간수는 거름율쏙군더행진식으로 것는고로 죄수들간에
한우슴꺼리가되여잇슴니다。 이사람이 문율멸고드러서는데
보니싸 그가항상 기름발라곱게재우든수염이 왼통 덥수
룩하게엉키고한편쌤은무엇에 씰리멋는지 피가흐며 그의
커고리는 갈갈히 쐬여졋슴니다。 문안에 드러서자 문율
닷치고 그는맛치 쏫겨가는 곤어 (게산이) 거름처럼허둥
〈거려갑니다。 그는 좌우도도라다 보지안코 그냥 압만
바라보며 우리방율지나 압문밧그로 사라지고말엇슴니다
차차소란이 업서지고 오직 웬한녀자혼자쉬 아직도
쌕쌕소리를지름니다。 그리더니 그녀자입을트러막고
으로 쓸고나가는것이보입니다。

그리자 천옥이 버려오는데 손에쉬는 피가뜩 ㅅ흐르고
케복커고리가 가리〈 쐬여젓슴니다。 뒤를따르는 간수
들도 모두그쒈입니다。 그들보다도 쌤쟁이가 가쟝뎌볼만
해슴니다。 그의버복커고리와 양복바지가 오리가리 모두
쐬여지고 무엇에어더 마젓는지 눈잘하나이 싁컴엇케
부어올낫슴니다。

「야 멧정이로구나ー」하고 버젓더잇던사람이 위첫슴
니다.

「무엇이엇재」하고 썸쟁이는 골이나쉬대답합니다.
이방에남아잇게 되엿슴니다.

천옥과 간수들이 압문으로 나가버리자우리죄수끼리만

「자네 오늘큰수고햇네그려」그야평이색기들을 모두
감방숙에 가두어주느라구. 아마이번엔가츨옥은 쇠여노흔
결천옥을잘도와주엇스니가!」

「으흥!오늘잠일만히햇지」하고 썸쟁이가대답할쌔에
버젓더잇든 사람이 썸쟁이 얼굴에 침을탁배앗탓슴니다
그리고「에잇 더러운놈 가트니 외차라리 간수노릇을
하럇스냐!ー」하고위첫슴니다.

후에알고나쌔 썸쟁이는 그날 썰랑쇠에게 눈을거더채
와쇠 그럿케 한눈이 검엇케 부어올낫든것이엇슴니다.

여러해후에쏜과마에와 썰랑쇠와 나. 감옥문밧굴나선지
얼마오래지안어 상항에쇠 한번맛날기회가 잇엇슴니다.
그날나는 썰랑쇠에게 눈알발길로찬것윈치하햇슴
니다.

「그쌋짓건 명함도 못드려요」하고 썰랑쇠는 대답함
니다.「그날그레스꼴을춤보혀주엇스면,참으로,버그녀코
통을막윽개주고 말엇스니까글쇠」

무슨일쌔문에 그날그소동이 이러낫섯는가고 나는물어
보앗슴니다. 그랫드니 썰랑쇠의 대답이 무슨듯별한일이
생겨쇠소동이이러난것이아니고 벌쇠 여러달동안 쏴허고
쏴혓든분둘이 한서번에 탁러진것이엇다구함니다.

썰랑쇠와 그쌔함게잡혀드어왓든 그의애인의나쉬
나는 그가엇지되엿느냐고 물어보앗슴니다. 썰랑쇠는 코
우슴을 한번치더니 이러케 대답합니다.

「흥 그자! 보지도 못햇는걸! 그작자마음이 너무
약해 촌에쇠농사짓는놈은 버가호려내다가 압접이 노릇
율식히든것인데 한번감옥맛을보더니 고만 몽지쎄고
도루 호미들고 밧트로나간모양이야요. 요새나는 정말
사나다운 작자를쏘하나호려냇담니다요, 흥ー」

여죄수가운데 상당한교육을 바든 사람이잇섯슴니다.
혁명운동하다가 고만붓들려온여자이엇지요. 그여자는 재
산도 상당히잇는부자이엇고 교육도상당히어러쇠 아
모리 감옥소죄수옷을 몸에 걸첫다고해도 어느모로쏘떠
보던지 품격이 놉흔것이 력씨하 녀자이엇슴
니다. 그녀자가처음 사진윤쎅히려 우리방으로 드러왓슬
쌔에도 아주점잔은래도로 그모욕을 참는것을보고 나는
그날부터 곳그를존경하는 마음이 생겻슴니다. 간수들이 그
야비한게 무러보는 여러가지두박스런질문에대해쇠도 그

는 가장점잔하게 명백히 대답하는것을보고 더욱이 존경심이생겻슴니다。더욱이 그가가티고생하는 여러 비천한 도적년들을위로하고 친절히해주는것을보고 더욱더존경하게되엿슴니다。여간수까지도 이녀자에게 한해서는 감히 막우일홈을부르지못하고 또렁부인 하고꼭「부인」자를 노코햇다구 함니다。

감옥생활은 물론이부인에게는 괴롭고 이상스러웠슬것임니다。그는 고등법원판결의 나리는날까지 보석하고 밧게나가잇다가복역하는날 비로소 감옥으로 드러온것임니다。그러나그는 관머하고 리해할줄아는 지능을 가지고 잇섯슴니다。이부인의활동으로 말미암아녀 감옥에는 이왼부터 버려오든 여러가지못된일이 게되엿슴니다。죄수들은 이왼보다는 훨신더 자유를엇게 되엿슴니다。재감된 죄수증에 누구나 더참을수업시기맥힐적에는 항상 이또링부인에게로 와서 위힝을 밧엇슴니다。도모지버릇업고 쌍달마구가른 마에까지도 이부인만은 존경하게되엿슴니다。

「그부인이 감옥에서 일은무슨 일을합니가?」하고 멋헤후에 나는 마에에게 물어보앗슴니다。
「우리가 하는일과 쪽가튼 일을하지오 언제든지 제가원하기만하면 단박 조간수가 퇴수잇섯지오。쏘그러치

아느면 여간수의방에서 쉬기노릇도 할써면 할수잇섯답니다。그러나 그는모두마다하고 우리와함께 잇스면서 매일매일그힘든 바누질을 햇담니다」
「내가 출감한후에 그부인이 얼마나 더 오래 복역합되가?」

「아마 한일년동안。감옥에서는 그에게 가출옥을 허락햇담니다。그러나 그부인의말이 만일 자기가 가출옥을밧고나가면 그것은 곳 자기가 죄인이라는 것을 승인하는것이되니까 결코 그리할수는 업다고 거절햇담니다。그는곳써지 자기는 죄를지은일이엄다고 주창합니다「참으로말을을하며 마에는 양미간을 잠깐섭흐리엇슴니다「참으로 나도도모지 알수업는 일이야요。물론 나가튼년이야 나가튼도적년이야 아모러케 하거나상관을 아니하겟지마는 쏘렁부인은。사실로 우리와는 쳔양지별이잇는 사람이엇다오。물론 감옥생활이 그에게는 우리보다도 더 괴로윗슬것이지오。그러나 그는쌀때로 괴로운 기색을 나타내본적이업담니다。언제나 그는 다른 죄수들을도와주려하앗지오。가출옥이되여나가는 사람에게는 밧게나가서 밥버리할 직업을 소개해주고 또 가출옥을 희망하는 죄수를위하여 그는 관사들에게 청원서를 써보내주고 그 가부인의덕을 착실히 임엇담니다。

만일 부인이 아니엇든들 나는아직싸지도 감옥속에서

씻고 잇슬걸이오 그러나 그부인이 관사에게 편지하기

를 버가 아편밀매자를 쏘아죽인것은 버본기로 한것이

아니고 술이취하야 한일인데 감옥에서 그동안 술마

시는 버릇을 아주 끈헛슴으로 만일이제 가출옥을식혀

주면사회에나가서 다시는범법하지 안을것이라는 것을

자기가 담보한다는 편지를 늘보내주엇서요。 그래서 나

도 가출옥이 되엿지오。 그러나 사실인즉나는 감옥에서

도 술을 얼마든지 밀수입해다 마시엇고 쪼 그부인도

버가아직술을 마시는줄을 잘알고잇섯답니다。알면서도

그편지를썼지오。그때 그부인말이 술을 마시고 아니마

시고간에 감옥소에오래 가두어둔다구 사람이 변해지리

라구는 생각하지 안는다구요。드로혀더악한사람이 된다

구요。……사실 그부인은 쩍퍼 이엇서요ㅡ」

마에는 잠간말을멈추더니다시 「제길! 그부인의생각을하

니썼섯색 구술쯤 생각이나 한잔더따려주

어요」

[次號完]

못은가닭?

九人會가 創立되엇다。人數가 九

轉向 收監等으로 日本의 評壇이
極히 寂寞。 그런데 朝鮮의 評壇이
日本의 그것과 갓흔 步調를 取함은

戲曲이 그러케 조흔지。

다。文壇의 好人評論家白鐵。岸曙의

好人도 程度를 지나면 바보가된

□

朝鮮의 偉大한 戀愛通俗作家 方

人이라 九人會라든가? 吳越同舟니
外 「拘引」은 안當하것시만。

서 準一等으로 補選된 七人에게보
낸 選者의 忠告 曰「年齡에 差가近
하다」曰「스토리가 허러컷다」曰
「會話術이 업다。」

全鮮에서 補選된 七名의作者는
文壇의 水準은 넘어서야 할일。選
者는 作者를 만들어서 씨우는것이
아니다。만드러진 作者의 作品을
均衡함일진데。

長嘆。過함을 長嘆할 良心은 아직
仁根「待甲」의 稿料三圓이 되다고
도 업슬모양。

朝鮮日報에서 火金千金을걸고 小
說을募集。壯而雄。이 壯擧를 그뉘아

니 讚揚하리。

그러나 壯하나 思 雄하나 眛。
選者에 洪命憙、尹白南、朱耀翰、좀
더 適任者가 업슬가。

漢圖에서 學術雜誌「學燈을 創刊
十五週年 記念新業이라면」 멋인일
「學燈」占領은 누구? 어느派?

千金賞은 조치만은 百五十四篇에

朝報文藝欄에는 각금「비려먹을놈
에」創作評이 실린다。이박게 創作評

으로 「비러먹을」사람이업나。

□

蔡萬植、安懷南、反카프、反海外文
學派를 爲한會를 組織。아니하다가
中斷。朝鮮은 日本과다르다。朝鮮의
反카프라면 ××歸化와도 갓흔말。

□

金源珠上海行、金一葉 佛門行、某
誌日「女流文人의 文壇離反」 뜻모운
認識不足。

□

金起林。隨筆文學의 擡頭를 讚揚。
隨筆은 人格과 學識의 表現。創作
될수업는데 隨筆의 眞價가잇다。

□

啞然 소리를 놉히는 文筆家協會
消息업슴은 웬일。오를일이어니 그
대들은 朝鮮人임에야。

□

어쩌의 ×士들이 오믈에 桑國志

士。「밤」의 惠澤의 큼이어! 日本의
韓向과 朝鮮의 轉向은 根本的相反

□

「旋風時代」 韓仁澤。비녀장사로몸
으랴는지 韓을爲하야도 朝鮮의娘子
軍이어 斷髮이如何。

□

低級雜誌群 續々夭折。이를 슬퍼
하는者잇다면 編輯者、黃錫禹、李瑞
求、朴淚月쯤일걸。

□

橫九玄、再起할意思는 업는가。

□

社會의 惡黨은 痲雀黨。文壇의惡
黨은 茶黨。作家의 惡黨은 低級讀
者 비위만 마추는「야끼마시」당。

□

白鐵의「유카다」입고「게다」신고
곰배팔이돼서 圖書館出入。하긴府
의罪?。

立分舘이 돼지? 그런데 茶君評日「日
本사람찻지안코 朝人갓데나」

□

東方禮儀之國。果然 朝鮮사람은情
이만타。허지만 親分잇든 作家의作
品이라고 격찬함은 西方無禮之國이
나할것。

□

朝鮮의 作家여! 論客이어! 親
燈가칠이 또왓거든ㅡ茶나마시고 文
壇을 云謂함의矛盾을 씨워쳐어다。

□

醫博 任明宰。九月二日 女學生風
紀問題에 對한 朝報의 設問에答하야
日「女學生은 틈々한속옷을 입고단
이란!」果然 醫學博士의 名言。

□

李石薰의「누구의罪」 그나마도「別
乾坤」에 이런小說은싀운것은 누구

無題

抱石

바다와 푸른한울
흙과 햇ㅅ빗

아아 우리는 이바다와 이푸른한울을 이즐날이 잇슬가
쏘는 이검은흙과 이빗나는해ㅅ빗을
비록 엇더한세상이 오더라도

×

우리는 우리의사랑을 이즐수가 잇슬가
우리의목슴을 이즐수가잇슬가
비록 엇더한 威脅이 오더라도
우리는 이것을 이즐수잇슬가

×

올토다 우리는 팡에주린者

사랑에 목마른者

×××목슴

가나긴어둠이　우리의뒤에　따릿섯다
또는알호로　널녀잇다
그럴스록에　우리는　바다가　더　그리웁다
푸른한울이　더　그리웁다
흙냄새가、해人빗이　더그리웁다
사랑을　난호고십구나
광을　배볼이고십구나
심々한팔다리를가지고、씩々한숨을　내드려쉬고십구나!

×

어둠에사는人間일스록에
밝음이떠그리웁다　自然이　더　그리웁다
산　生命의　펄々뛰노는　生活이　몹시　그리웁다
그런나　우리는　한마듸말을　더하야두자
「어둠에사는者는　희미한빗을　바라지안는다」
그럿라　큰光明이　안이면
차라리　큰어둠을　바란다
어둠을지쳐가자　어둠을지쳐가
그리운해人빗을　보기위하야、그리운그를　맛나기위하야

어 기나긴 어둠을 戰士갓치 지처나가자

×

쉬로뛰놀시절이 언제나올고!

매 여덜은당우에 발을버노아, 동무와동무의손을삽아, 쉬로쉬로일하며 쉬로

아아 白楊木갓흔 팔다리로 쉬푸른한울을 머리에이고, 어빗나는 해ㅅ빗아

그리고 또목슴, 뛰노는목슴

사랑과 땅

흙과 해ㅅ빗

바다와 푸른한울

(丙寅年가을)

車　窓

金　素　雲

돌캐는소리 山을 울니네

三月

햇발은 양으로쏘이고

하늘은 푸르러도

거미가치 업듸여 울어텨햇빗 못보는무리

썩은草家ㅅ집 낡은담안에 움츠러커 몸떠네。

汚辱의 구뎅이에 허위떠는그들커 어둔구렁속에 살림이라사옵네。

이는 내 도라온 故土

汽車야 驕慢한汽笛을울녀 가이업는 이몸의 쉬름 다시한번 되끌드렵읍。

×

이제 봄들어

푸푸라 도 새싹을 트러니

아득히 커하늘에 쪼각구름쓰고

녹슬은 傳統의 이山에 생생이 울니는소리 돌울다듬네。

── 一九三三、三月、京釜線 ──

黎光을차자오르라

趙 碧 巖

遠客의무덤에서 부르는 甦生의呼訴

새벽별의 驚異엔 한옴큼 새힘이 움돗고

山羊에 무근풀바리센 쬐은生命 가질업게 웃어

故鄕을 그리는 쏨아득한 哀愁의쑴속에

봄은 머지안어 「엠메ー」哭송아지 울어라

벗아! 양속의 지렁이갓치 闇黑의 굴너를 버서

밤빗과 닷부영이의 嚴然한 矛盾속에
암人충(尼僧)의 잔허리에 녹아버릴 이봄을
함빗 붉우른 버들피리를 불고 醉하야
안탑가히 蘇生의 봄동산에 黎光을 차자오르라

×

달은피에 타버린 무서운 太陽은
어엽분 靑龍허리 등말생이에 맷처
無窮한 繁榮의 數만흔 倦怠의쑴을
熱病에 헐덕이는 답々한 조바심속에
여름은 머지안어 해오라지 땀속에 흐르리라
동무야! 熱帶의 獅子갓치 뜨거운 모래를 밟고
쑴과 現實의 偶然한 戀慕속에
수박덩이 넝쿨에 매달려 익어가는 이여름을
함빗 푸른 江물을 마시고 醉하야
活潑스리 旺盛의 여름동산에 黎光을 차자오르라

×

벙어리의 數만흔 銀河를 뭇질너 버리고
고양이의 우슴갓치 나무가지에 半걸친 月世界

발―떠는 病든닙 나뭇에 사무쳐
짝일흔 기러이갓치 狂雲에 하소하는
가을은 어느쩨에 개벼운 민갓치 떠돌리

×

벗아！ 설마즌 범갓치 부스러지는 落葉을밟고
虛無와 哀愁의 深藏한 悲痛속에
無爲의 臨終에 反省하는 蟋蟀의 이가을을
함씃 흘인 눈물을 씻고 비웃어
切痛스러히 懺悔의 가을동산에 黎光을 차자오르라

×

바람은 무엇에 怒하야 이다지도 날뛰여잇나뇨
이리의 꿈주린 발자최 지기도前에 발서 完全한 銀世界
單純한「힌色」의 무덤속에 과묻친 數업는 秘密
솔매를 잇끌고 언손을 불며 바라보는 마음
끈히잡들은 겨울은 어느쩨 어대서 凍트리

×

동무야! 모든일은 이갓치 일고 웃켜

悲慘한 叛逆과 和睦속에

枯木에 매달인 감한개 쌀갓케 익어가는 이겨울을

함웃 久遠한 生命과 永遠한 破滅을 呪咀하며

沈默스러히 寒夢의 겨을동산에 黎光을 차자오르라

──(一九三三、九、二二)──

送友詞

李　洽

가을들 어떠하리 녁과맘이 얽엇으니

넘의 心情이야 塵土된들 변하랴만

호젓한 이녁이다 섬々하여 하옵네

×

離別은 常事거니 애태무삼 하오리싸

心事야 散亂치만 無事하온 世事오니

탈말고 압이.약이나 허쉬말기 하옵네

×

앞날이 아득하니 成功하여 주사이다
苦海에 살자하니 風難인들 업스랴만
랄업시 잘자라옵기 정성드려 비옵네

──（벗ㅅ을 보내며）──

나 체 詩 二 篇　　徐 恒 錫

離 愁

가마귀는 아우성치며
어즈러이 市街로 날개쳐 가네
금시에 눈이 나릴듯──
아직도 故鄕을 가진사람 그는 幸福이로다!

×

가다가 우둑히 서서
온길 되돌아보니, 아아 멀기도 하다!
어찌면, 바보야 너는
겨울이 오겠는데 비집을 떠낫드뇨?

×

世上은—— 말업고 차지찬
千갈래 沙漠길에의 門!!
너가치 집일흔 사람
지접할곳 바이업나니

×

히무른 얼굴로 서잇는너
더치운 空中만 차자오르는
쒸 烟氣와도 가리
겨울의 逆旅가 네運命이다

×

날아라, 새야, 요란스러이
沙漠의 네소리로 노래불러라!
바보야 너는 상처난 가슴을
얼음과 嘲笑속에 파뭇어두라!

가마귀는 아우성치며
어즈러이 市街로 날개처 가네
금시에 눈이 나릴듯ー
故鄕을 못가진 사람 그는 不幸이고나

차ー라투ー스트라의 노래

오오 사람들! 듯느냐?
깁흔 子夜의 하는 커말을!
「나는 잣엇다、 나는 잣엇다」
깁은 쑴에서 지금 쇄엇다
世界는 깁고나
낫(晝)이 생각한것보다는 더깁고나
깁은것은 世界의 悲哀로구나
快樂ー 그것은 悲哀보다 더깁고나!
悲哀의 하는말 「快樂아 물러가라!」
그러나 快樂이란 快樂은 永遠을 願한다
깁고깁은 永遠을 願한다!

(꿋)

特勤記者隊

一、文學타임스記者 足下
無理한 請이나 讀者의
懇曲한 請이니
李光洙氏와 씨름을 한번 하고
速히 보내주소서。꼭
저바리지마시요。

(提案者 全州 金德一)

讀者의 所謂를 거역하기는 싫습니다
만은 年치도 年치려니와 先輩와 씨름
運하라는것은 좀 드러드리기 어려웠음
니다。그러나 저버리지 말나는 付託이지
해보내섯기로 한말로 혼령들을 覺悟를하
고、崇三洞으로 갓더니 唐珠동으로 이사
를 하엿섯기로 三日後에 다시 찾어가뵈엇
음니다。그리고는 운동을 말한다야 狂記
者로 돌리실것갓하서 機會만 엿보라니
아 맞침 혜광氏으로 너러나 가신듯다
찬스다! 나는 佳이나면서도 先生의
허리를 얼사안고 왼팔로 다리를 번썩
들고는 바른다리로 안아직이를 햇음니
다。그러나 讀者의 請이고 編輯局長
의 命令까지 잇으니 할수잇나요。十餘
日을 별으다가 崔貞熙氏에게 주고을 絕

(R 記者)

고 넘어가십되다。넘어지서가지고도 역
문을 물으고는 그저 『R君ㅡ 아 R君
!
命令대로는 햇지만은 도망질치느라고
구두를 못신고 쉬어나왓으니 구대代가
速히 보내주소서。한달 죽도록 버러도
구대代가 안됨니다。同情하시소!

(曾學許生員)

二、文學타임스에는 너무 쌱々한 論文뿐
이니 滋味잇는 記事도 좀 시러봅시
다 너무 얌전한척만하면 누가 사
봄되아。그린데 벌서 數次나 崔貞
熙氏를 散髮하고 痛哭한번 하시게하
라는데 말을안듯소。

散髮하고 痛哭ㅡ
이것은 차라리 씨름보다도 어렵습니
다 그려ㅡ씨름은 꺼어치고 다러나면 그
만이지만 을기를、기다려야겟으니 딱함
니다。그러나 讀者의 請이고 編輯局長
의 命令까지 잇으니 할수잇나요。十餘
日을 별으다가 崔貞熙氏에게 주고을 絕
소서 崔貞熙氏。일이 그러케 뒷으니 容恕하

果然 崔貞熙氏는 을기를 始作햇음니
다。부쓰러움와 분함이 북바첫든 모양
임되다。그리고 보니 아모리 讀者에게
의 記者기로서니 體面이 잇음니아。貴下
의 葯費나 미리써가지고간 絕緣狀을 내
어노코는 그저 뒤어나오고 마럿지요。

래가지고 뭘쑨답니아!
하고 핀잔을 주엇드니 幽影氏가 화가
나서 주먹으로 崔氏를 한번 쥐어박고
는『죽어! 죽어ㅡ!

이 난감합되다。다시 머리를 싸내어서
『女性이 웃재그리 깨질찬어요! 그
러니고 머리를 푸러
더니 果然 삼작 눌나서 머리를 푸러
허트립되다。머리는 글게햇으나 을립길

시 이 한홍중을 넘어섯지요 崔貞熙氏가 아드님을
안고서 뜻석 幽影氏가 머리에다 푸
운력을 넘어섯지요 幽影氏가 아드님을
안고서 뜻석 記者는 살못
絲狀을 미리 準備해가지고는 주먹게다
이를 여나무마리 잡어뒤고 授沙洞

英國의 新進作家 프리ー스트리

趙容萬

現在英國文壇에 잇서서 가장 人氣잇는 新進作家로 우리들은 Aldous Huxley, Virgini Woolf, John Bornio) Priestle 等을 들수잇다. 그러나 그들의 가즌 作品의 藝術的價値는 措置하고 多數한 讀者를 가진點에 잇서서는 前二者가 到底히 「프리스트리」를 當하지못할것이다. 一九二九年 「프리스트리」의 小說 「꾿・컴패니온스」(Thegood (companion) 가 出版되자 讀書界에 俄然히 好評을 博하야 一九三一年까지 英本國內에서만......小說冊안사보기로有名한 英國서이 廿五萬部라는 놀나운 部數를 賣盡한 未曾有의 盛況을呈하얏다. 그리하야 오랫동안 英國여에 잇서서 가장發賣部數를 만히가젓든 大衆作家(?) 「에드가・위레쓰」(Edgay Wallace)를 壓倒하고 「프리스트리」가 새로히 「쎄스트・쎄르러」의 地位를 갓게되엿다.

○

「프리스트리」는 (A.Huxley)와가치 一八九四年生이니 아직도 四十도못된作家이다. (Yorkshire Bradford)에나서 「껌쌀라지」大學在學中 大戰物發로因하야 義勇兵으로 出戰하얏다가 負傷하고도라왓섯다. 그의 文筆生活은 負傷兵으로 野戰病院에 잇슬동안 故鄕의 新聞 (Yorkshire Observer)에 寄稿한것에서 始作된다. 그리하야大戰休息後 負傷兵이들은 모다 憔悴한戰線生活의 影響으로 常識의 生活에 도라가지못하고 墮落되거나, 或은 廢人이되여버리는데反하야 그는 다시 劍橋大學에 도라가서 業을마치고나왓섯다.

그의 文壇人으로서의 「에뷰」는 一九二四年에出版한 (He English ComicCharacters) 라는 評論集에서 始作된다. 內容은 抄翁以後諸 作家의作品中 (Comic Characters) 에對해서 論評한것으로 다음에 出版한 評論集 (English Humow)

와함께 批評家로서의 氏의 地位를 獲得케한 名著이엇다。後者는 (Fielding Dickens) 等英國作家特有의 「유모어」에 對

해서 論述한것으로 筆者인 自己도 將次 「유모어」作家中의 한사람이 될것을 暗示한것이엇다。

그러나 아모래도 그의作家的名聲의 確立은 「우드·컴패니온스」를出版한뒤브러이다。批評家 (J.C.Pguie) 가 「英

國民의特質속에 英國民의生活을 批評한小說」이라고 稱讚하고 또 다른이가 十九世紀佳作小說을 읽은것갓다고

말한이 小說은 「필딩」으로브러 「딋켄스」를거쳐 現代에이르는 英國民말이 理解하는 特有의 「유모어」小說의 血

統을 밝은小說이엇다。

이小說은 現實과 非現實이 錯雜된 一種의 幻想小說이니 妻子를버리고 放浪의길에올은 木手와 敎員生活에

실症이나서 校長夫人과 言爭하고 쉬여나온先生과 어느싀골에서 돈이떠러진曲藝團을맛나서 獨身娘의三人이 遇然히 放浪의途上에서맛나

는것이다。그래서 셋이가치단이다가 돈만흔獨身娘이 資本主가되여 새

로音樂曲藝團을組織해가지고 各地로 興行하면서 돌아다니는것이다。題名인 「우드·컴패니온스」는 이曲藝團의일

음이다。그들은 各地를 巡廻하면서 가진 冒險、成功、失敗、滑稽의 放浪生活을 繼續하는것이니 小說의內容은

이것뿐으로서 「프롯트」와 構成이업는 散漫한事件의 羅列에 쓰치는것이다。오즉 作者의 非凡한 手腕은 事實과

幻想을巧妙히 連結식히고 全篇에 「유모어」를氾濫식혀서 讀者로 하야금 實感의有無를 論치못하게맨든것뿐이다

「프리스틀리」의小說에잇서서는 「프롯」이나 構成이問題가안된다。그에게는 人物의 性格만이 잇슬뿐이다。事件의

進行은性格의 創造的進行以外에 아모것도아니다。그러기때문에 그의小說은 現實을떠나 空想에흐르고 眞摯를떠

나 滑稽에흘러, 嚴肅한 人生觀이업고 오즉 樂天的인 明朗한 「유모어」가잇슬뿐이다。그리하야 쏘한 그러카게때

문에 「필딩」과 「딋켄스」가英國民에게絕對의好評을 博하듯이 明朗한 英國民은 現實生活의 嚴肅에 지쳐서 다시금 녯날

悲慘한 戰爭에 시달리고 쏘 뒤접허 經濟的危機에 處한 英國民은 現實生活의 嚴肅에 지쳐서 다시금 녯날

의 明朗한 「유모어」……現實苦를 이즌 幻想의世界를 希求하는것이다。그리하야 그들은 이 「우드·컴패니온스」

의 거의 時代錯誤的인 衆團氣에 미친듯이 그들의 慰安處를 發見한것이다。

(Angel Pavement)

다음小說 「앤절·페브멘트」、「우드·컴패니온스」보다는 多少 現實感을 가지고잇다。그리고 이애기의 「프롯

도 가지고잇다。

「앤젤•페브멘트」란 倫敦의「場末」의 동네일음이다。거기잇는 작은 商會속에서 일어나는 事件을 그리서 現代英國小市民層의 生活과 思想을 보여주엇다。이애기는 이작은商會에 外地에서 商品의 販路를 求하라온 詐欺仲買人과 그탈인「레나」라는 妖女가 나타나서 善良한 商會員을 속이고 돈을 쌔서가지고 逃亡햇버리는것이다。詐欺仲買人은 手段으로 瞽開商會를 흥청하게맨드러서 商會支配人의 信用을어더가지고 物情모르는 支配人을 쇠여서 巨額의 手數料를 먹고 逃亡해버린다。딸「레나」도 商會事務員을 誘引해서 돈을쌔서가지고·南米로 逃亡해버린다。이리하야 商會는 破産되고 支配人等은 失業하고 事務員은「레나」에서 飜弄當하고 마는것이다。

作者는 이小說에서도 現實을 遊離한「유모어」의 世界를 보여주엇다。不況과 失業으로因한 陰慘한家圍氣에쌔여잇서야할 倫敦의 小市民階級의 生活을 그리면서 그는 오즉 明朗한 藥天的 生活만을 보여주엇다。失業을할고은 商會事務員이 집에돌아와서 잔치를배푼다 마누라와섬하고 곳和解한뒤에 二層에올나가서 씸하다쌔르린眼鏡의대신될것을 찻나가 찻지못하고 먼저眼鏡을 쓰뒤에새眼鏡을차저가겟다고 어리석은 우슴을웃는 그「유모리쓰」한 場面은 實로이小說의 內容을雄辯으로 말한다。階級意識은 찻지안는다하야도 小市民層의 가저야할 思想的動搖조차업시 現實을 無視한 한개「패아리•테일」을 맨드러버렷다。

이리하야「프리스틀리」는 逃避的인「유모어」로現代에서 取材한 두개의「로망」을썻다。曲藝團의 浪漫的放的生活과 都市小市民層의 樂天的生活……그것은 苦勞自身의 大戰의 暗憺한 經驗에 잇슴에도 不拘하고 그것의 影響을 조금도 바듬이업시 獨自의 길을 걸어간것과가치 現實生活의 切迫에 影響됨이 적은 英國民의 特質을 보여준것이엇다。이곳에 英國民만히 理解할수잇는「유모어」가잇다。現實의 痛切을 明晰한 滑稽로 無視하라는「유모어」……그것은 英國民만이 理解하는「유모어」다。

그리하야「프리스틀리」의 이두小說은「젠스의쓰」(James Joyce)의作品이 英國人에게는 理解됨이적고 도리혀 外國人에게 好評을 博하는것에反하야 英國人에게 非常한人氣를 갓는것이다。그리하야 英國의 文學運動의 動向이 反動的이라할만한 時代錯誤小說의 늘어난 普及은 드듸여 하여금 英國의 十九세기趣味에 復歸하는 길을 걸을것이든것이 아닌가하고 疑心케한야다。그러나「프리스틀리」自身의 말을빌면 그것은 닛고「모단이습」에 對한 意識的反動이아니고 오즉 그의가즌 作家로서의 獨特한 世界觀……그의風采를 形容技의「풍채」과갓다고한것과가치 現代에 살면서로 現代生活과 沒交渉하게 悠々히 傍觀者的態度를取하는 蹴球戱「풍채」과가튼 生活態度에서 나온것이다。

(二月十五日)

「悔悟」

李石薰

나는우연히 어떤술人집에서 玉女를만난적부터 더욱憂鬱해것다。貧苦와 너무나고된일에 부겨서 마치피려든 꼿봉오리가 비人바람에 지츠러진것과도가치 여위고 또시들어버린 玉女의 얼골과 팔둑은 오히려 나의설음싸지 룰자아내엿다。나는 어쐐 이다지도 凡常치안은 玉女에게 갓지안으면 안되는가? 貧窮과過酷한勞働에 쪼들니는 가엽슨 少女는그원이안이런만은ー。하나 나의良心은 지난날의 우연한運命의 좀스러운 작난의 記憶을 차고물면서 쓸아리게 뒤복기는것이 다。

그째 玉女는 世上의모ー든것에 귀여운憧憬을가지는 가장天眞스러운 少女엿다。自己의갯납파리가를 붉은입술에여 「키쓰」의선물을 주는사나 히는 다만 이믜은世上에서 오직하 나뿐이오 그러고 그사나히는 永遠히 너무나 큰傷處를當하고 잇는것이안 일가?

나의良心은 뉘우친다 내가厭女에 게한번의키쓰를한것이 그의不幸의한 原因을 지은것이나안일가?하고。玉女는 凡常치안은關心을 玉女에게것 게하는것일까?

玉女는술人집에서 나를맛난瞬間 금시 얼골이벌개지며 눈물이핑ー돌 앗다。玉女는 남편될사나히라는 生의抱負로써 허락한키쓰련만 遠大한人 한사나히인나는 無心히 길人가의꼿

그째 玉女는 世上의모ー든것에 울썩것든것이다 女子는生命을걸고 주는선물도 往々히 사나히는 無心 히밧는것이다。그후 나는써멋대로 人生의航道를點 고오는사이에 지난날의•記憶조차 니젓첫스나 玉女는 단한번의키쓰에 너무나 큰傷處를當하고 잇는것이안 일가?

나는 술人집에갓든것을 뉘우친다 나는 無心히한일을 뉘우친다。뿐만 안이라그러한 뉘우침으로해서 나의 愛鬱은얼마나 북돗아지는가? 그 後 不幸의한정속에서 허덕이는少女 를볼적마다 玉女의여신얼골이 생 각커서 나의마음은 戰慄한다。

作家의 氣品

崔秉和

微風에는 微風으로서의 纖弱한氣

品이 잇고 暴風에는 暴風으로서의
頑强한 氣品이 잇는거와 가치 한作品을
對할때마다 그作品을 通해서 그作家
의 氣品을 省察할수 잇는 것이다. 似而
非作家의 作品에는 變節이 甚하야 固
定된 氣品을 發見할수업다. 그러나푸
로니쌕투니 區別할것업시 그中堅作
家의 作品에서는 그作家로서의 獨
特한 氣品을 親規할수 잇게된다. 그리
하야 그 作品에서 恣意된 美感, 蠱惑,
痛快, 悲憤 等等은 그作品의 作家의
人格을 傑然한 기한 큰것이다.

「質特업는사람」에게

金 晋 燮

×

우리의 生活 거의 모다 그 優美를
일허버리는 瞬間이 잇다. 그리하야 이
優美는 實로 귀오속하나의 行使우

×

에 集中되고 오즉 그림서 推積발일이
다. 그쌔에 여러분은 오즉 한군데만
은 비가間斷업시버리ㄴ다 이양우到
그들의 意志의 確信잇서
慮에 무서운旱魃이 支配하고 잇는듯
한 늣김을 가지지안는가?

×

나는 내가엇더한 觀念도 獲得치아
니한 或은 모든觀念을 獲得한 그러
한方法으로 이人生을 重大히생각하
는 習慣을 이켜버렷다. 한개의 견밋
혀 進行된 小說속에 그것을읽을쌔에
훨신만히 그것를與奮식히는것이다.
그러나 내가 그것을 完全히詳細하
게 體驗하랴할쌔에는 그것은恒常
陳腐하게되고 流行에 버서지게됨을
나는 發見한다

×

現代의 만흔學者들의 熱情은 모든
人間的인것속에 即 假令例를들면…
담배를 너무만히피우는곳에 그原理
를두는데 中世紀가 일즉이 人間우

×

에 波及식힌 귀宗敎的의 그리하야
쯧한惜熱的의 思想이 그들의理性과
그들의 意志의 確信잇서 由來하엿다
는것은 實로 우수운일이다.

×

참으로 名譽이라함은 無智한者들
에게 到達되지아니하면 아니된다
그쌔에비로소 그는完全히 信賴되는
것이다 알기쉽게말하면그의 到着과出
發以外에 有名한사람이하는일을 우
리는 아러서는 아니된다는것이다.

×

美를發見한다함은 아마도먼저 그
를發見한다할것이다 하나의風景이
라도조라. 하나의愛人이라도 조라
그것이 여긔잇기만하면 어느째라도
그것이 여긔잇서 發見者를 對할수잇것
아 첨만흔 發見者에 이風景
은 勿論그리하야 發見者를 對할것
이愛人은 오즉호올로 그만을 그대
고잇섯는듯 보이는것이다.

×

다른사람을 爲하야산다함은 利己主

— 79 —

義의 破産以外의 아모것도아니다。

×

店房을벌니는것이다。
리하야 그는그것헤서 다른社와새
는實로單純한理由로쇠다。

둥엉은 모든사람에게 뜻하지아니하
고 되은만하 그리고픽은剝차게 太
平洋 보담도 더깁흔印象을준다。그
것이란 사람 太平洋보담도 둥엉
을보담 만히 經驗하는 機會를갓는
다.

새로운藝術과새로운秩序

안리、발뷰스
李軒求 譯

表現하면쇠 決定하고 또 建設하
는것이다。藝術은 普遍的見解로보면
對話와 文字도 實現의道具로쇠 그
는人間手中의 無限在한道具다。한

새로운藝術은 歷史的進化로 特徵된
吾人의目的은 이것이다 即諸現實
의 衝擊을 形成하며 偶發된事件이거
나그連絡을 攝取한다는것은 現實에쇠
論理的學說의 形成이다 現實에쇠
意識을攝取한다는것은 現實을體取라
던지 空想으로쇠 歪曲하는것이아니
요 그現實에 依從하는것이다。
吾人은 集團的生活의 一齣에쇠
그理想的表現에쇠 神性에對한 스도
익派(克己禁慾主義者)의 貴重하고도
아름다운 敎訓을 利川하자—即「우
리는 神에服從하는것이아니요 神의
意志에 依從하는것이다」
—(有識階級에對한宣言中의一節)—

새로운 階段을 基礎로하야 想像되는
것이다。能히吾人이 種々듯는바와가
치 새로운秩序가 建設되기가지에는
아모것도 創見할수업다고 말할必
要가업다 意識이 그前術가 되는것
이다 그精神이 그背景을 描寫하며
그途樣을 用意하고 그것이 感情을
勤搖搔亂식히며 그確說을描出
或은蒸間식히는것이다。그精神이 光
明과 安定을 가저오는 것이다 이
것이吾人이 말하는바 文學的의又는藝
術的唯物論의 意襲다。
마음대로 非實을 敎導하느것과가치
것이다 吾人은 어데로로기—를 제
마음대로 思想家들의 特權的權
威的 키마음대로의 指導的精選된
려케는 全然 存在하지못한다 그는
麥浪한 虛勢다 自由로운群衆을 指
導하는 先驅者는 무엇보담도그群衆
에 依하야 쏘는 그 群衆의 모든 部

低級한評壇

金海剛

近日 各雜誌를通하야 쏘각쏘각 文
藝에關한評文이發表됨을볼수가잇다。

그러나 그評文이란者가 攀指는 各
自爲大將으로 自讚自讚에 그치고말
거나 自家의 크름에 든作家의 作
品이라하여 가장 자랑 스러운評價를
부처주고 自家의 크름이 아닌 作
家의作品이라하여 상판목지에서부러
푸對接한歇價로 評定해버리고마ー
는 한갓氣分에들뜬ー故意의其作亂에
그치고말면 公正한立論이라거나
眞實한評者的態度라고는 하나도엿볼
수가업다。여긔비로소 無權威한評文
一蹴。批評獸殺亂問題가 擡頭되거나
와 文壇을 左右할만한健實한評家가
出現치못함은 저윽이슬퍼할者이다。
빗둘어진筆鋒을 함부로휘둘으는
졸모락한 철부지評家輩의跋扈는 自
家의 無智劣惡을暴露하고 文壇을冒
瀆하는 外에 아모것도못된다。모름
직이 評筆을 잡으려거든 좀더깁흔
斯界에만흔涉獵이
잇기를쇠하여여야할것이다。

剽窃犯을誅함　　宋仁和

朝鮮의論壇만콤 剽窃이盛行되는
곳도 업슬것이다 所謂 論客들의
論文의태반은 日文雜誌벗친만가지고
다몃頁몃行이라는 出處까지잣어
낼수잇을만한論文이다。그러나 比較
的의創作家에게는 그犯이적엇엇다。年
前에는旣成作家라는 某君의日文通俗
小說을 創作이라고 某新聞에連載를
햇고 某女流作家(?)뜻한 그것을
햇으며 最近에는某新聞 新春文藝懸賞
募集에 菊池寬의戲曲을그대로 飜譯
(이보다더屈譯도잇든가)하야 四拾
圓을 차쥐먹엇다 그러나 그보다도
?ー所謂旣成作家에게向하야
可憎한일은 往訪한記者에게向하야
某者는 이를勤氣로創作에에一生을
치겠노라고 豪言한것이다 나는 君
等과가튼 倫康恥漢을爲하야 貴重한

既成文壇을타기함　　安五南

猥獚한말일지 모르나 나는 所謂
旣成文壇ー特히旣成作家를 蔑視하는
者다 그리고 過去에잇서서 創作行
動을하다가 隱退自滅한作家를依然作
家로取扱하는데도 不滿을늣긴다。十
年前에 創作一篇을 썻다고 十年後
인오늘날도 作家로냐。
所謂旣成作家를 蔑視하는 理由ㅣ
도 여긔에잇다。그들의 어느구석이
新進보다 낫단말이냐 作品으로냐。
各금 先輩然하는
그들에게뭇고십다 당신 어느作品이

이紙面을 이以上더렵힘을 주거한다
君等의所行은 誅하고도 오히려
남음이잇다 反省함이 잇으랴!。

—어느作品의 어느구석이 新進보다
낫단말이냐 ХХ氏等의 作品은
개벽사休지통에도 푸군이차엿슬만큼
水準에도닷지못하는것갓다。既成作
家諸氏여! 先覺然하기보다 먼저
우리에게 作品을보여주시요。

新聞社와文藝

郭哲洙

아모리 過去數千年間 派爭의못된
根性에 저저온朝鮮사람이라고는 하
지만은 黨派心이 너무强하다 黨派
心을 排擊하는言論機關에서 黨派
을 扶養함은왼일인가。
例를 最近에서 찻는다면 東亞日
朝鮮 中央의三新聞이 그것이다 매
양한 新聞社에서어떠한 題目을걸
고 一般에게執筆을시킨다면 他新聞
社의社員으로도 그適任者가잇을것은

明白한일이다。그럼에도不拘하고東亞
紙面에는 朝鮮 中央의 他社社員의
執筆이업고 朝鮮 中央에도또한 그러
라。그題目에對한가장適切한筆者
(他社그것은他國人의新聞社는아니다)
에 잇음에도不拘하고 自社 或은
新聞社에關係업는 사람이라야執筆
을許容함은 무슨편견일가? 他社
員의 原稿를自社紙面에실엇다고 그
것이치욕일가? 아니다 커다란자랑
이다。

作家와畵家

파―하스트女史

作家는 即 畵家다 讀者의心臟을
脈湧시키는 同時에 그情緒에 붓
을부치느니만크 男女의性格을描寫
하는 畵家 程度만되면足하다。
지금까지의作家가 歐羅巴를本家로

假像。이것은 쓸데업는짓이다。全世
界의 어되를勿論하고 有力한勃興!
거기에本家로씃인것이다。
엇더한大作品을 始作하랴고할쌔
지금外지는 爲先 自己本家 를맛들
고 讚揚하야 그들에게 名譽의貢物
을 바치는버릇이잇으나 우리는이못
된버릇을 버려야할것이다。

劇場 生活은奴隷
生活

創作家 맑스펠버―튼

나는 劇作家의 한사람으로 歐洲
劇壇 의眞相을 잘안다。그리하야
이劇界의一部를 내다볼때마다 慘死
者의葬式에 對하는것가튼 感情을늣
긴다。
그것은 보기실케도 歪曲된靑銅의
像이 自動車舖道에 버려커저 恒常

往來에障害를 못느것과가튼 劇評家
의根性을말함이아니다 演劇이成巧할
스록 舞臺는 瓦礫 俗惡 非藝術的
이여서 蔑視한는것도아니다。나는다
만 劇界內部의悲慘함보다도 그過中
에 뛰어들랴는 靑年男女의 認識不
足이다。그들은 演劇이무엇인지를모
르는까닭이다。

孔子로태어난다면

로버-드에일다란

孔子로태어날수잇다면 …神은못되드
라도 …神과가튼哲學者로 내가태어
낫다면…… 孔子로태어낫다면……
現代의人間의慾望은 物慾이안니다
哲學이다 物質的이 人類를幸福化한
다면 物質文明을 肯定한다。그러나
그럿치안타면 나는否定한다 人類
여! 그대는長壽를바라서 엇무하는
가? 藥으로幾百年을더살면 그것이
무에幸福이냐? 무에文明이냐? 토
머-스에디손]도 헨리쏘-드도일업
다 오직孔子-아 내가孔子로태어낫
다면…

興趣와明快

北米劇作家 쫀 골덴

[죤고-른멘]이란 버일홈은 一種
의商標다。그리고 나의戱曲은 나의
商品이다。그러나 나의商品은 純眞한것이
다。僞善의宗敎家가 敎壇에서라는
[神]이라는 商品보다도 나의商品
은[興趣]와[明快]속에잇는 純眞
한商品인것이다。[第一年][三人의賢
明한愚物][빗을向하야] 等의 나의
諸作品은 全部[興趣]와[明快]를
爲하야쓴것이다。

作者의資格

입센

그대는作者로서의資格을俱有하고잇
다。너듯한同情하는感情과經驗과 人
間과境遇에對하는觀察과 남을만한聰
明과 現實을보다더內的인 보다더眞
實의領域으로接近시키는理想力-詩의
源泉인理想力을 所有하고잇기때문이
다。

九人會月評傍聽記

金 仁 鏞

새로創立된 九人會 第一回合評會이 特히合席을 容許하신 厚意를 感謝하과 그리고 性質上이나 會評에는 九人會々員의 作品만이 取扱되는것도 미리 말하야두다

—(記 者)—

出席者 李鍾鳴、李泰俊、趙容萬、金起林、金幽影、鄭芝鎔、缺席、柳致眞、李孝石

李無影

九月十五日 午後六時 於邪叙園

李無影作「아버지와아들」

李鍾鳴 그러케까지 날더러 하라면 차라리 오늘의 約束이 그랫으나 먼저 同人들의 作品을 이약이하시지요「新東亞의」李無影氏戲曲「아버지와아들」을 읽것는데 참 조트군요‥‥

李無影。 그리 漠然하게 조르라고만 하지말고 좀더 구체的으로、기탄업는 評을하여주시지요。

金起林。차々 말이 나오겠죠。

鄭芝鎔。매우性急하시군요。

李鍾鳴。이戲曲을、第二幕으로 따로 發表한것인데、獨立시커노와도 훌륭한 一幕物이 되어잇읍듸다。

金起林。그러면 이것이三幕物입니外、三部作입니外。

李無影。三幕物이지요、三幕物인데 朝鮮에서는 一時에 發表할수업는 것은 말할것도 업지만、每月繼續할 紙面도 업서서 隔月發表할것입니다。

—(84)—

金幽影。朝鮮雜誌쟁이 橫暴지요。

李泰俊。나는、無影氏作品을 그러케 만이 읽지못한 못이 잇음니다。

데、「아버지와 아들」은 내가읽은中에서 第一조왓다 고、生각함니다。더욱이 그對話의技巧에 잇서서는、 잘이나 잘못이니 할것업시 그저 嘆服했음니다。참

金起林。그點은 나도同感임니다。

金幽影。모두 人物이 살엇음되다。더욱이 星順이가른 人物은、바로

李泰俊。人物들의 말이 모다 홀용해요。자기가 할말 만 뚝뚝 떠러 집되다。

李鍾鳴。그中에서도 아버지가 아들에게 窮한것을 안 보이랴고 애쓰는것이 눈으로보듯 함되다。自己 는 一年에 十八錢인가 하는用錢밧에 안쓰는老人이 自己아들에게 窮한것을 보이면 或、禍가나서 다러나지나 안을가하야、애쓰는양은 눈물겨웁되다。

金起林。그런데 이번作品은 읽는戱曲으로는 成功하엿 지마는、舞臺에 올릴戱曲으로는 失敗라고 생각합니 다。

李無影。그點은 나도 肯定함니다、辨明갓지만은、元來 처음씃든 二幕이 全部앗겨서 그글을 새로갓다 부 린다는데 그리됏어요、그러고、朝鮮에서는 舞臺구경

을 별로 못하니까 舞臺는 미처 생각을 못한 잘 못이 잇음니다。

金起林。그리고 쓸한가지 失敗라고 생각 하는것은、 아버지가 窮해하는꼴을 미리 아들에게 엿들게해서 讀者의 興味를 썩은것이엇음니다。

李無影。그것은 故意로 그란것임니다。

金幽影。그러라면、차라리 닭알 다섯개를 쏙색고、빗 장이가 오는데서 안헛다면 조찬엇을가요? 그리 고 어머니를 좀 더 登場시컷드면。

金幽影。어머니는 第一幕에서 如實히 나타낫지요。

鄭芝鎔。허나 나야 門外漢이니까 無影氏에對한 總括 的 批判이 잇엇으면 좀 알어듯겟음니다。

李鍾鳴。어쨌든、無影氏와 泰俊氏에게는 어떠한 러마 를 주든지 큰失敗는 안할것임니다、벌서 手法이든

李無影。어째、老境에 드럿겟음니까。

金起林。그代身、두분은、雄大한作品은 쓰기어려울걸요

金幽影。말하자면、그것이 缺點이것지요、失敗는 안을 지언정、큰飛躍을 바랄수는 업지요。

李無影。써것은 그만하고 李泰俊氏「아담의後繼」를 말 合하십시다。

金幽影。取材가 조핫습니다。

鄭芝溶。그런데 난물으지만 一般世評이 李泰俊氏作品
에는、쩌不自然한 곳이 만타든데。한事件이 쩐事
件으로 옴아간다든가、作品의 머리와 꼬리새에 빈
데가 잇다고……

李泰俊。나自身 그럭케 생각하니까。

李鍾鳴。늙은이의 性格이 덜 나라아지 안엇어요？

李無影。난 그럭케 보지 안엇는데。되려、老主人公의
性格이 過하게 表現되지 안엇을가요。아모것도 몰
으는、白痴에 가차운 老人으로도、自由가 그립다
고 養老院을 뛰여나오는 그心境은 보는듯이 그럿
읍되다。다만、써가 이作品에서 느끼는不滿이면、그
老人이 自己와가른 環境에잇는 同僚들을 가티 살
고 나왓드면……

李泰俊。그야、根本問題가 달지요、나는、단순이 다가
티 남에게 빌어먹으면서도 공연이 미워하고 변태
的이라고 할만큼、우매한、인간을 捕捉한것이니자、
그런人物에게서、무슨 政治的運動을 바랄수는 업다
고 생각합니다。

金幽影。넘우 쇠리 짤븐것은 어쩐지 뭉지빠진·새가
라쉬。

李泰俊。나도그리 생각합니다。헌데 그건編輯者로부러
二十五枚라는 制限을 바더서 그러케 됐음니다。

金起林。엇재 酷評으로 始終해서 未安합니다만은、已
往그런人物을 그릴바라면 좀더 物質的으로 괴로워
하는 장면을 그럿으면 함니다。그러케 樂天的이면
서도 먹을것이 업서서 彷徨하는 類의。

李泰俊。글세요。

李無影。써가 그런人物을 取扱한다면 좀더 色달으게
그릴가합니다。이人物은 엇던便이냐면、망년꾼도 갓
고 어씨말하면 變態性을 가진人物가른데、암만해도
쇠러서 「안녕감」이 同僚養爲하야 과물 다다가 房
에 던켜주고 養老院을 나오는 場面이 잇는데、그
點은 업새거나 좀더 積極的으로 쓰거나。

金起林。허── 根本問題가 달래도 그래─

李鍾鳴。이번作品은 엇잿든 成功은 햇지만。

(？)의 讚詞를 올리기는 어렵겟죠。

李泰俊。趙容萬氏도 말슴하시지요。

金幽影。물을 자시고 오쇠쇠。

趙容萬。읽지를 못해서 (머리를 글는다)

李鍾鳴作「순이와나」(三千里)

金幽影。그다음 누가업나。

李無影。위、鍾鳴氏。

金幽影。올치。

李無影。그런데、먼거作者한태 물어볼것은、이小說에쇠

어떤것을 表現하려건지오、나봄에는 안해가 죽는다면、男便은 좀더 悲愴한빗치 보여야것는데 그러케 설어 하는것 갓지안코、姑母와 主人公의 關係도。픽 모호한것가라습니다。

金幽影。 또 熱이 업단말이군。

金起林。 언젠가 李無影氏가 朝鮮日報에 그릴것을 쓴일이 잇지만 鍾鳴氏作品은 大體로 熱이 업슴되다

李鍾鳴、 나自身은 精神섯 쓰느라고 씌드 남은 그러케 말를합니다。

金幽影。 그것은 作者에 달하쉬 달은것임니다、그만큼 理解하고 봐 줄수앗게 업겟지오。

李無影。 그러면 幽影이、이자라는 서로 가탄업이 批判하자는 자리인데 어느點으로 보든지 作品에對한 熱이 업다는것― 조흔傾向이라고는 할수업는데、그것을 扶養한다는 말이 아닙나。

李泰俊、金起林。 그런意味는 아니겟지오。이作者에서는 너무深刻하게 와치안는다는것이 長技나까 그點을 理解하란말이것지오、

金幽影。그럿습니다、無影氏는 팬이자꾸 커래어―(一同笑) 李無影。 그러고 이小說속에는、적어도、세개에 小說이잇다고 보는데、한아는、「나」―는主人公이 愛妻을 일엇다는것、또한아는、再娶시키랴는 姑母와「나」

와의心理、셋재는 자식(亡妻의)이 아버지의 지갑에서돈을 쓰내어 菓子를 사먹는다는。그러라면、이세개의스토리가 무엇으로든지 서로 드러마쳐야 겟는대 세개가 모두 동떠러진感이 잇읍되다、그러고、또한가지는 아버지가 돌아와쉬 子息을 따리는 場面이잇는데、드러와쉬 말부치는態度만으로도、벌서讀者가 그다음에 事件에 얼만한 데측을 하도록 한것은 作者의 失敗겟지오、미리 댈릴準備를 하고 드러가는것 가라습니다。

李泰俊。 그러하면 失敗지오。난 아직 못봐쉬。

鄭芝鎔。 아이구、무서워라、어듸 小說쓰는사람들이、말이나 하겟소、그래 그런點까지……。

金起林。 大體로 李鍾鳴氏는 心理的 리알리즘에 屬하는作家지요、지금 한小說안에 세개의 토리가 包藏되엇다는것도、結局은 그點에서 失敗한것이겟지요。

李鍾鳴。 그러케 됏는가? 나도 다시한번 가쉬 읽어보기로하지오。

金起林、鄭芝鎔

李鍾鳴。 그럼 버건그만하고 新東亞에 것을 마조할까

李泰俊。 오늘의 約束이 同人作品이니까 그것은 끗내야함니다。

李鍾鳴。 그러면、 金起林氏 인데、 詩한篇을 가지고 할 것이입니까、 總括的으로 하면 엇덜가요?

金幽影。 좃치요、 헌데、 아까 李泰俊氏와 李無影氏에게 너무保守的인것이 缺陷이라고 햇지만 이번은 反對로、 金起林氏에게는 넘우 飛躍的인것이 缺點이겟음니다。 그리고 이點은、保守的인것 보다、낫기는함니다、失敗는 할지언정、進步的이라는 意味에서。

李泰俊。 하긴 그럼되다、다음엔 佛蘭西。 露西亞、 금방 朝鮮이나오다가、다음엔

李鍾鳴。 그런 페단은 잇지만은 朝鮮사람이 말을 새로 캐어나가는 意味에서 期待가 큽니다。

鄭芝鎔。 그래도、李殷相氏가른분은、조선말을 캐어너도 옛날것만 작고 되풀이 하는데 比해서 金起林氏는 새조선말、말하자면 모던、조선말을 작고 캐어너는 것이 조흡되다。

李無影。 말에 넘무 사로잡혀서 想이亂하고、內容이 빈약하지 안어요?、

鄭芝鎔。 그 缺點은、 말로서 補充이 되지안을가요。

金起林。 그런傾向이 잇어요 나도 그러지 안토록 努力은 함니다。 그點에比한다면 芝鎔氏는 씨가른 새 조선말을 쓰는데도 漢字를 잘씀되다、가령 아름다운 것을 「美한것」이라든가

鄭芝鎔。 아름답다면 어떠케 좀 平凡한것가 란아요。

李泰俊。 어쨌든 鄭芝鎔氏와 金起林氏 두분에게는 文學史上으로도 큰期待를 갓슴니다。우리의 말을 좀 더 캐어낸다는 意味에서、그리고 그것이 完成되는 쌔는、想도 수습될것이고、말로서나 內容으로서나 完全한 作品이 줄밋슴니다。（以下는、九人會의要求에依하야 略함）

公開狀

「朝鮮의 文學을 救하라」의 筆者에게

鄭　瑞　竹

얼마 전에 發表된 白鐵氏의 「朝鮮의 文學을 救하라」는 一文은 文字 그대로 單純한 虛僞의 絕叫에 지나지안엇고 白氏의 近來의 論文中에서 처음보는 拙努한 妄說에 지나지안엇다 우리는 該論文中에서 白鐵氏의 階級的 立場과 階級的 良心 乃至 決意를 疑心치안을수업다 白鐵氏는 題目부터 一朝鮮의 文學」이라는 漠然한 것을 거러노코 한便으로는 一朝鮮의 文學」을 建設發達식키려努力하고 다른한便으로는 맑스主義 젊은 評家의 任務와 푸로文學의 未來性을 說破한엇스니 果然 白氏의 論的 焦點과 階級的 依存點이 那邊에 潛在한지를 疑心치안을수업다 白鐵氏는 「朝鮮의 文學」이란 用語에 對하야 冒頭에 약간 辯明하엿다 그러나 用語의 細密과 的確을 要求하는 맑스主義者로서 曖昧한 用語를 辯明을 附加하면서 씨다고 조금도 容恕할바는 못된다.

題目도 그러커니와 內容에 잇서서 우리는 맑스主義評家인 白鐵氏를 可惜치안을수업는 것을본다 『나는 조선의 푸르文學 푸로文學을 생각하는 동시에 一조선의 文學」의 運命이란것을 생각하고십다 勿論어느時期에到達하면…하거나어도尙分間은 우리들은朝鮮의 文學의 建設과發展을위하야 努力하지안으면안이될줄로밋는다』 그러면白鐵氏는現階段에잇서서는아직섇로文學도 푸르文學과가티 어느程度까지未來性이잇고 아직建設할 發展할餘地가잇다고하는것이니 그럿케生覺하면 섇르(朝鮮)의文學을爲하야 努力하는氏가 왜한便으로는 섇르文學을 섇르作品에對하야 惡의便으로決定하다……X의力量』云々하고섇르文學을排擊하느냐? 진실로朝鮮文學의建設發展에 努力하는 白鐵氏일진댄 푸로文學만이 歷史를約束하는文學이요 섇르文學은 沒落하는文學이라고는 못할것이다 섇르文學을敵(×이란敵일것이다)으로 생각하는맑스主義評家인 白鐵氏일진댄 엇지 敵의文學인섇르文學의建設發展外지 努力하느냐? 白鐵氏가基督이안일진맨 敵을사랑치는못할것이요 맑스主義文學은 階級的憎惡感을 作品에도如實히 表現하는것이 創作要素의 하나로 되여잇지안느냐? 우리는 이論文에서甲男乙郞을

이에는 實淫女와가티 임으로는 맑스 레―닌을차즈며 行
動으로는 썩은조아의從狗以外에 아모것도안닌 社會民主
主義者숨다 的確히例드러말하면 日本의文戰一派를聯想한다
白鐵氏는 朝鮮의資本主義는 올창이가「개구리」로비약
할 成長要素를 充分히갓지못하엿다하여 아직 朝鮮의썩
르文學이成長期에 잇다고보는가? 萬若氏의論法으로갈
진댄 兒孩을八朔만에나엇다고하며 生日이지난二個月後에야
生日을쇠주는것이 올흘것이다。

그러나 事實은 그러치안코 八朔兒라도 身體가滿朔된
어만치 發達되지는못하엿지만 그러나完全한兒孩임에는
틀림업다 비록兒孩가 뱃속짓을한다하여도 完全한兒孩임
에 틀림업는것과가티 朝鮮資本主義發展이 緩漫한形式
으로 發達되고完全히發達되지못하여 아직封建的殘滓가
多分히남어잇다하여도 資本主義가橫暴하드시 資本主
義임에는틀림업다 따라서 上部構造가經濟를基礎하고 變
化하는그以上 朝鮮의썩르文學이라하여 푸로文學과가티
存發展할수는업슬것이다。어느時代를勿論하고 階級社會에
서는한階級이 未來에로向하면 다른한階級은 沒落崩壞에
더러지는것이 歷史的事實이니 階級에依存한文學도 亦是
그러치안흘수업다 여기서 나는白鐵氏의 朝鮮文學의建設
發展이라는것을排擊하는同時에 安懷南氏의말을비러「作
品 論文이란 그自體가 直接間接으로 그作家그批評家의

맘에잇고도 못실린原稿一束

크로포토킹과近代藝術		李無影
炭 坑	(小說)	李棟了
가느다란生命	(詩)	韓相稷
힘	(同)	韓民
汽罐破裂	(小說)	尹崑崗
새로운코―스	(小說)	安龍灣
詩人이어	(詩)	林唯
B―3號	(小說)	邊基碩
치마폭을씨커쉬	(長詩)	趙碧岩
前科者	(小說)	李鍾鳴
暴風雨	(詩)	金元淳

作家를志願하는

될수잇는대로簡單이쓸것

H·J·베어·스탈풀

보버주신글은 잘읽엇슴니다。 그리고 作家가되랴면 어떠케해야하느냐는 무릅에 떠어려움을 쌔닷슴니다。

그러나 써가 暗示하랴고하는것은 이렀슴니다。 될수잇는대로 만히쓰는법을쌔달을것임니다。 그리고 新聞雜誌에投稿해서 시려주지안르라도 쪼금도 섬섬히생각마시요 發表보다도 工夫하는것이 첫재目的이니가。

그리고 될수잇는데쌔지 簡單히쓸것과 적은말로써 表現할일임니다。

나는 이以上 더말할수업다고 생각함니다。요르로 당신의作品을팔제 누구든지 代理人의손을것 치도록하고 絕對로 版權은 파지마시요。

만히 工夫하시요。

習作을살러바려라

렌녁스·로빈손

優秀한英書를읽으시요。 ―古典的優秀한英書를― 반듯이 優秀한英書가아니면안됨니다。―그리고 完全히 사시요。各階級의人間과 相從하시요。쉬지말고쓰시요。 그리고는 쓸것을 一個月後에 살러바리시요 發表하랴거나 一時에 有名하여질라고 操急히마시요 만약 당신에게것才 만잇다면 룸임업시 고든걸로만간다면 劃과 繪畫를보시요 音樂도드르시요。

만히쓰시요

아노―근드·베네트

당신의 要求대로의 詳細한助言은 必要치안컷지오 당신은 自己의天性에依하야 指導되지안으면 成功할것임니다。

—(91)—

됩니다。勿論쓰는것을 배우고십다면 만히쓰는데서만 쓰게될것입니다。날마다∽。

拙著「著作術」속에 或參考될것이잇슬지 도모르니 한번읽어보시요。

練習 으로서의 複寫

W·S·마ー켐

便紙로서는 조흔助言을 줄수가업스나 有名한創作家『입센』이나 『체홉』가튼분을 배우시요 그리고 自己의 조와하는 劇을 한마듸∽그대로 複寫를하시요。먹괴로운일이지만 내가經驗한바로 퍽有助합듸다。

타이프라이라든지 複寫를하시요。먹괴로운일이지만 내가經驗한바로 퍽有助합듸다。

쏘 便紙주시요。

文學的 野心을 바려라

푸란크·스위너ー톤

조흔助言을주고십흐나 맘대로되지안음니다。가장 조흔助言은 文學的野心을 바리라는것입니다。

다음으로는 아놀드 베네트作 「엇더케하면 作家가될수잇것느냐」를읽으시요。그책은 지금絶版이되엿지만。 씻재로는 자기가 眞心으로 興味를가진作品들읽으시요 엇더케쓰는가를아는作家의 作品이안이면안됩니다。그리고 每日쓰시요。自己表現을 할수잇도록工夫하시요。그리고 첫재自己가 어느

部門의 보다더만이 素質을가젓는가를 차저내야합니다。小說이냐 論文이냐 或은쒸나리즈이냐고도

ー。그리하야 그의良書或은 쒸나리즘을 手中에너허 조코 그럿것을 아러보시요。그리고 低劣한

書籍과比較해보시요。그러나 쓰는것만은 이저서는안됩니다。책과助言或參考品이 쓸수잇는것을써分지

(다른사람이 日常쓰든말은 쓰지말일) 쓰시요 그러면 쓰기실튼지 작고쓰고십든지 둘중에한가지

는 남을것입니다。그뒤에 비로소自己의길이 完全히밝음일것임니다。

近代英吉利女流文學槪觀

洪　曉　民

머 리 말

近代 英吉利 女流文學은 다른 歐洲 諸國의 그것과가티 『루네산스』(文藝復興)以後로부러 그것을 비롯하게된다。

옛날의 『크라시크』하든 古典主義藝術이 崩壞되고 浪漫主義藝術이 樹立된以後로 英吉利의 女流文學도 볼만한것이다。 달아서 『루네산스』以前의것은 이야기한다고하야도 그러케 신통한것이 못된다는것이다。

이곳에 모와논 近代 英吉利女流文學은 全혀『잉글랜드』本土에서만 이러난 女流文學家와 밋그作品을 이야기하기 기로한것이다。 그것은 흔이 世上에는 英文學이라고하면 愛蘭文學까지도 더심한사람은 米國文學까지도 너흔 통폐를업새고커 하는意味이다。

그러고 現代의와서 시시한 女流文學家가 여간만치안흔데 이러한 女流文學家는 割愛하기로하엿다。

잔•오스레女史

「잔•오스렌」女史는 一七七五年의겨울 『함프』洲에서 誕生하야 「쒸샵쑤론」、「바스」、「윈체스타」등지의 西部英國여러 都市田家에서 그의一生을 맛친사람이다。

一七七五年겨울에란생하야 一八一七年여름에 죽엇스니 간신히 四十才를 넘기고 죽은모양이다。

그러나 그의作品은 「쒸•윌러•스고트」의 作品과함께 충찬바든것으로 쌔로는 「월러•스고트」 보다도 낫다고하는사람이잇는것이다。

그러고 一部에서는 「리알니즘小說界에잇어서는 가장 압선사람이라고 불느는사람도잇다。

어떠흔 「잔•오스렌」녀사는 近代 英文學、小說壇에서 가장 먼저 손을 댑을만한사람인것이다。

그의 代表作으로는 「高慢과 偏見」이란 것으로서 心境의 葛藤을 잘 그린 것의 하나이。

여 女史의 作品과 筆致는 難解할點이 만흔나 읽을수록 滋味잇다 는것은 女史의作品이라고한다。

「苦難과偏見」의 梗概는 어떠한 富者이오 名門의 家庭에 태여난 「다시」라는 傲慢한사람과 「넬리사베쓰」는 엇던 女

人의 偏見이 서로 衝突하다가 「다시」의 傲慢한것을 익이고 또는엘「리사베쓰」의偏見을익이는 「사람의힘」을 이야기한

것이다。

이外에도 「印像」이라고하는作品과 「常識과敏感」이라는作品이 잇다는바 한갈가러 寫實小說로서 心境描寫에 豊富

하다는 것이다。

엘리사베쓰・바렛트女史

「엘리사베쓰・바렛트」英文學上에 有名한女史는 世上이 잘아는 「부라운닝」의 夫人이다。이女史는 一八〇六年에 「라

함」이란는곳에서誕生하엿는바 어릴때부러 벌서 天才的 氣風을보이엿섯다

멀살쎄에 「호머—」의詩를 「기리시아」말로읽을줄알엇섯고 十四才쎄에 「마라톤의싸홈」이라는것을썻섯고 二十才쎄에는

「마음의글」이라는것을 쓰 天才女詩人이다。

「워드즈」가 죽은어후에는 그를 欽定詩人이라는 讚辭를 올인일도잇섯다。

수만흔 詩集을버엇고 「부우닝」과 結婚을하엿는데 그의家庭에서 몹시 反對하야 伊太利로 逃亡한일도잇섯다。

쇠롯트・브론테姉妹

「쇠롯트・브론테」와 그의두사람의동생들이 한갈가러 英文學上에서 엄지못할 花形인것이다。

女流作家가 한사람도어려운데 한집안에서 나온다는것은 아얼마나 희한한일인가。

「파르릭・브론테」는 한가난한 사람으로 一七八〇年代에 한개의職工生活로부러 小學敎師・나중에는 牧師노릇까지

하엿는바 그의 男妹所生中에서 第三女가 「쇠롯트」이다。 그러고 第三女가 「에밀리」(Emily) 第六女가 「안」이

라。 이三人의 姉妹는 勿論 가난한집에태여낫기때문에 敎育도 完全한敎育은 밧지못하엿다。 그우에 「쇠롯트」가

九才되든째에 그만 그의어머니는쥐 세상사람이되엇다.

이러케러러고보니 가난한牧師가 아이들은만코 ,무엇으로 다시 결혼할수도업고하야 前室所生 「엘리사벳쓰」을불너다

가 집을 수려가려고 그의아버지는 힘썻다.

그러나 그것도 사불여의하야 四人의妹妻、「마리아」엘、「리촤벳쓰」,「솨롯트」,「에밀리」等을半慈善的으로한다는 牧師들의 子女만을걸러주고 가르치는학교에 보냇섯다.

ㅎ 半慈善的이라고하는 學校는 實相 不潔한 기숙기업섯고 더욱이 寄宿舍의設備가 不完全하야 그들이 간지얼마아니되야 「에밀리」와 「촤롯트」는 病을엇어가지고 집에 돌아와쉬 얼마아니하야 죽어버렷다.

「파드릭크」는 합작놀내어 「솨롯트」와「밀리」을 그곳에서 退學시키엇다.

「솨롯트」는 이쩨에 벌서 文學的創作을시 험하엿스니 그것은 그들이 同覽雜誌를 맨드러보기 시작한것이다.

一八三六年 「솨롯트」는 「로·헤드」라는學校에 入學하야 熱心으로工夫하엿고 그學校를卒業하자 그를 그學校에 쉬주엇다.

이쩨에 그의아우 「밀리」는 그學校의學生으로 入學되어잇엇다.

그런데 인들은 人의姊妹는 兄一코롯트一곳에동성인가라는 거의相似한性格이잇스나 「밀리」는 男子와가튼性格이잇엇다.

그러나 그들에게는 가난이라는것이 不絕히딸앗다. 올아범이라고하나잇는것은 美術을 工夫한다고 「런던」에 가버려고 다만 이들 三兄弟가번가라가면 家庭敎師질을하야 僅々生活을이어나 갓다.

이러한가운데 一쟌·메이의려作品이나왔다. 이것은 그의經驗을 쓴것으로서 신선한 女家庭敎師의生活은 드디어 英國인의다음을 끄들시키엇다.

이쩨부터 「솨롯트」는 英文壇에 이름을 날이게되엇다.

그뒤를 이어 「밀리」가 뜻人으로솟차하고 「앤」이 亦是家로 出世하엿다.

그러나 한놈은 이러한 天才的 文學家에게 運命을 주지 안헛든것이다.

一八五四年 「하워쓰」에서 牧師補노릇을하는 一아더·벨·니골스一라는사람과 結婚하얏으나 不幸이도 一年이 넘

지못하야 죽어버렷다。

이들 三人의 姉妹는 英文學上에서 가장 貢獻이 만흔사람들로써 貧窮그대로써 그러써는 作家들이엇다。 現代에

낫으면 푸로레타리아作家가 되엇을는지도 몰을것이다。 그러고 그들 三人이 한갈가치 詩도쓰고 小說도 썼엇다。

이제 그들의 著名한 作品을 紹介하면、 첫재「쇠롯트」는「쟌・에어」「쉬―리」「꺼렌트」「敎授」等의 네개가 가장 有

名作品이다。

그다음「밀라・브론테」의 가장 著名한作品으로는「우러링・하미트」가 넓히 알려 젓다고한다。

그마음 맨 끗테 동생「안・브론텅」의 著名한作品으로는「아지네스・그레이」와「荒漠한住宅의借川人」이 가장

넓히 알여젓다고한다。

그리스티나・로세티女史

[그리스티나・죠르지나・로세티]女史는一八三〇年에나서 一八九四年에죽엇는바「빅토리아―王朝때에 詩歌속에서 그

의男女「딴테・캬브리엘・로세티」와함께 유수한詩人이다。 오히려「브라우닝」夫人의詩를 凌駕하는것도 잇다고하는사

람이다。

이「로세티」녀사는 친혀 家庭에서만工夫하야 그만큼 詩를썻다는것이다。

그는 어렷슬때부러 詩作練習을하야 그의 祖父에게 稱讚을 만히 밧엇고 十七才째에 지은詩는 그의祖父가

印刷하여 주엇엇다。

그는 드디어「빅토리아」왕조의 有名한 文藝雜誌「릭・쉼」이라는데 寄稿하기 始作하야 有名한 女流詩人이되엇

섯다。

그의 가장 커명한 詩集으로는「妖魔한商人=王子의巡禮其他等」이잇다。 두개가 다가티 宗敎的心境을 熱心이 그

린것으로써 抒情的인點에는 비할수업시 아름다운 詩라고하는것이다。

이 作家의 명등은 넘우 宗敎的으로 치웃진것이라고한다。

이제「妖魔한商人」의 槪要를 瞥間 이야기하면 어떤곳에「로―라」라고하는 外女가 妖麗에 쇼임어 싸귀써 藊

墮落되는것을 그의언니 「리쉬」가 잘 救援해 내는것이다。비록 이야기는 이러하나 그의 抒情的인文學과 宗教
的인心境은 이것을 스흘수업기한다。

「王子의巡禮」도 亦是 抒情的 叙事詩로서 自己가 사랑하는 愛人을 멀리두고 이 愛人을 보려고 巡禮客로나왔은
나 中途에서 만흔 誘惑에 빠지어 허덕어리다가 다시 돌처 생각하고 그애인을 차저 갓으나 그애인은 벌서
죽어 버린후가 되는 극히 「로맨틱」 하게된 作品이다。

싸스겔女史

「엘리쌰벳쓰・그레흔・캬스겔」夫人은 「빅토리아」왕조에서 散文學으로 有名하엿는바 그는 一八一○年에나서 一八
六五年에죽엇다。

이부인은 多少 社會主義의 色彩로가진 作家로서 工場地帶를 만히 그리엇다。째로는 農村의 小作人生活을 그
리엇는바 그는 늘 가난한사람을 同情하는 地位에서 資本家들을 빈정거린작품이 만헛다。그의 作品으로는 「애・
리・매ー돈」「南쪽과北쪽」「그랜포ート」等이잇는바 그中에서 「그랜포ード」는 世上에서뛰는자마다 傑作이라고한다。전
최가 자미룹게 端雜한 「유모미」를 너허서 英吉利農村을 주름 잡을듯하야 文學的價値로는 比肩할수 업을만치不
朽의 名篇이라는것이다。

「메리・버론」은 낫브 資本家를 거치어 그들의 反省을 捉進 시키엇고 「南쪽과北쪽」은 人情잇는 資本家를 거
리어 그의 理想의 한옷을 보이엇다。

죠지・엘리옷트女史

「죠지・엘리옷트」女史의 本名은 「메리・안・이반스」 라고부른다。「죠지・엘리옷트」는 그의 「펜네임」이다。

近代 英文學上에잇어서 가장 이름을 넓이어둔사람은 이 「엘리옷트」 女史일것이다。

그는 一八一九年에 三生하야 一八八○年에 죽엇는바 그의小說은 지금도 歐洲諸國에서 膾炙되고잇는것이다。

이 「엘리옷트」女史에게對하야는 毁譽가가리 달하 다너는바 그의 名譽로는 종래의 傳記小說을 純粹藝術小說로

쉬려울이어 戲作과 濫作의 그릇됨을보여 준것이요 헐뜨디 말하는사람는 女史의作品은 個性이 完全치아니하야

넘우「인뗄되」쪽으로쏠이어 人生問題는다른곳데 두고 岐路에서 헤맨다는것이다。

그러나 女史는 英文壇史上에서 싸지못할存在이니 小說이라는것은 아러한것이라는것을 완천히 보혀준사람이다。

그의作品으로는「俗俗生活의諸場面「아담•비드」•또로스河畔의水車場」等이엇다。

이 女史의 作品은 素撲하고 人情味를 씌의는것이 普通으로 되어잇다。 이러한點으로보면 多少 伊太利風이잇다고

도할수수잇다。

프랜시스•콘포드女史

「프랜시스•코ㄴ、포-드」女史는 一八八五年 英國釗橋에서 出生한 女流詩人이다。쒸•프랜시스•다-원」의 딸

이오、쒸 有名한 博物學者「촬스、다-원」의 손녀딸이다。

一九〇年 釗橋의「트리니티、칼레지」에서 古典을 강론하고잇는「프랜시스•맥도날드•코ㄴ 포드」와 結婚하엿다。

一九一〇年에 그가 처음으로 詩集을 내어 노앗는바 그째의 퍽 물의와인긔가 잇엇다。作品에는「죽업과王女」

【봄날의아츰「近作佳句集」】

그의 詩風은 가장 明快하고、아름다운 그것의하나로서 그의詩는 極히 순 하고 自由롭게읽을쒸게된 그것들

이다。

일속 朝鮮文壇에서도 卞榮魯氏가 그의 詩를 譯載한일이잇거니와•英文壇에는 놀나운존재의한사람이다。

同伴者作家問題를 淸算함

安 含 光

量으로나 質로나 微弱한程度의 것이엇스나 아직싸지우리들은同伴者作家問題에對한 만흔意義잇는論議를갓고잇다。 또

가 여기에서 그것들이 만흔意義잇는論議에잇다고 이야기하고잇는것은 그들論材가 時宜에適合한當面的問題에잇다는

것만을 意味하는것이아니다 그와同時에 그것들은 現今에잇어서 우리들이 반듯이解決하지안어서는아니될該問題核心

에로의 着實한接近性을갓고서 恒常 提起되여잇다는것가지도 아울러 意味하는것은勿論이다。

이와가치 過去에서어서의 同伴者作家問題에對한論議가 各其 그엇던役割을하여왓슴에도不拘하고 이同伴者作家問題

에關한것은 아직도 만흔問題性의重態밋헤서 再檢討의俎上에 또다시오르지안어서는아니될性質의것이아닐수업다。

그는 該問題에關한 甲論乙駁과 멧개의論議로서 安易히解決지워버리기는 너무나「데리카」한內在性을갓고잇다는點

에서는勿論이어니와 그對象如何를莫論한고皆擧커낼리즘에 餘地업시壁頭에선 現今論壇의趨勢로서 우리들이 가

쥐야만할 一定한整理와檢討를거치기前에 問題의外廓에서만徘徊하다가 또다시 새로운問題에로「棒高とび」를해버리는

全般的傾向에서의 對蹠的方向으로 그 키(舵)를遲轉해나가지안어서는아니되겠다는意味에서도 如上의課題同伴者作

家問題의再檢討라는것이 必然的으로 强要되면서잇는것이다。

이번 頭揭題目밋헤서의原稿를請托한「文라」社의 着眼點도 要컨댄위한곳에잇서 서리라고밋는다。

그러나「新階段」五月號엔가 갓흔問題——(同伴者作家問題)——에對한論稿를썻다가 發表되지못한經驗을가린筆者는

同一한課題를또다시 맛되게기어되게 該論을 構成展開식혀야 조흔는지 그態度를決定하기가 매우 어렵다。

太凡人間이란 不可抗力에對해서싸지 대구리싸홀하리만치 無神經한動物이되여서는 아니될것이니 이러한意味에잇서

쇠 筆者는 그쌔와는 좀더 다른 ×× 으로 該論을 構成함이 有意義한 結果를 招來할수잇스리라는것을생각하고잇다。

이리하야 나는 여기에서 아직까지 우리들이 가진同伴者作家問題에關한諸論述을 檢討 分析함과同時에 朝鮮에잇

쇠쇠의 同伴者文學이라고하는것을 具體的으로 또는 系列的으로 이야기해나려가는것이 쯔흐리라고생각한다。

그러나 不過 三個月間에 兩親을모다여히고 滅裂된家庭의 一破片에 細工을다하려하면서 不安과焦惱의生活에서浮沈되고

잇는 現今의筆者로서는 알헤서말한方法으로 緻密히該論을構成해나가기에는 健康과 아울러 「마음의餘裕」가 그를

許諾치안코잇다。

이리하야 不得已 알헤서말한 코-스에로의展開는 後際로미루고 여기에서는 다만 同伴者作家問題에對하야最近에

가진바所感의一端을말함으로서 文責을갑허려한다。

한데 지금筆者가 이야기하려고하는同伴者作家問題에對한 所感의一部에對하야以後동무들과 그엇던形態로든지相異한意

見을交換할機會가잇게된다고하면 筆者는그런機會를利用하야 알헤서말한바와갓흔事情쌔문에保留해두게된 여러가지具

體的問題等도 包括的으로 함께 이야기해나가려고 생각하고잇다。

×

우리들이 運動方針이란 언제나 當該時代에잇어서의 階級的必要라는것과完全히 合致되는것이 아니어쉬는 아니된

다。

×

만약 그것이 當該時代에잇서서의 階級的必要와 동떠러지는것일쌔 우리는 그것을 實踐線上으로 옴길수는到底히

업다。

그는 誤謬의陷穽으로만 다름질치는 反動的「水車에물을붓는」愚擧以外에 그아모것도아닐것이기쌔문에,

따라서 우리는 엇더한것을提唱함에잇서서든지 ×級×必要―――말하자면 全運動과의關係如何 밋 그目的의指向等에

對한 正當한認識을 必要로하게되는것이다。

그러면 지금 우리들가운데서 論議中에잇는 同伴者作家問題提唱의 抽出的條件이되는 ×××必要란 엇더한것인

가? 하는것이 問題가되지안을수업다。

그는　두말할것도업시　資本主義社會의　現段階的性質에依하야　決定될것은勿論이다.

러면　論을갓가히　朝鮮의　現實面으로돌니어서　우리들은　아직까지　同伴者作家問題가　成長의　一路를　밟어오는　朝鮮푸로래타리아　藝術運動의　當
누냐하는것을　點檢해볼必要가잇게되엿다.　即同伴者作家問題에對하야　엇더한地點에서　엇더한形態로서　論議되면서잇나
面의　課題로서提起되기까지　그는　엇더한偏向의　過程을밟엇스며　지금　엇더한態度를　자귀엿
하는것을　생각해둘必要가잇다고　밋는다.

…(此間九十七行略)…

여기에對해서　나는　지난날동무들이　該問題에對한宗派的誤謬에로陷落하야　別다른成果를　가쉬오지못하여섯고　이것
온　벌서　예전부터　생각하고잇는바이지만은　最近에와서　그것은　同一한誤謬의一面을代辯하고잇는　×익的코ー스에로
다름질치면서잇는事實을　새로히　感知하지안을수업게되엿다.
한데　여기에서　한가지먼점이야기해둘것은　筆者가　압헤서　過去에잇서　同伴者作家問題에對한　宗派的誤謬에로의陷
落이라는事實을이야기하게되엿다할지라도　그것은　決코　푸로래타리아ー드의　使命을背負한　朝鮮의藝術的組織體——「캅
프가過去組織的決議에依한　文學的政策을가쉬엇고　그政策이　宗派的誤謬를內包하여잇섯다는것을　意味하지는안는다.
正當히말하자면　過去나　現在나를莫論하고　캅프가同伴者作家問題에對한　一定한　指導方針을　써써웟다는말을　듯지
는못하엿다.

그러면　엇재서　吾人은　同伴者作家問題에잇서　具體的으로　過去의「캅포」가　宗派的誤謬에로　따고드럿다는　斷案
을나리엇든가?　그는　지난날에잇서의　「캅프」가　이問題에對한　一定한指導方針을樹立치는못한엿다할지라도　當該時期
에잇서서　同伴者의地位에이섯든　作家들에對한「캅프」의　態度에서　넉넉히　窺知되는事實이어잇다할것이다.
「캅프」라는組織體는　두말할것도업시　그指導의　(키)駝를×××的方向으로　迴轉해나가는　한개의　大衆的組織體인
것은勿論이다.

그럼에도不拘하고　캅프圈外의作家의作品에對하여는　千遍一律的으로　反動의　렛텔을　부처버리든것이라든지　또는
連한야.　그들의　中間的이데오르기에對한　指導를前提로하고서의　階級的抱擁을代身하야　單純히　日和見主義的이라든가

傾向이 표치못하도다든가의 理由로서 連絡을씃코

[색트]的 神經의 律動이나온바 자미롭지못한

現象形態이어엇다는것을推測함에 우리들은 아모런 困難도밧고잇지

는안라.

이러한 [색트]的神經줄의律動은 마츰내 一部 反對의意見을 反對의行動으로 轉向식혀 多分의危險한條件을 만드

이러한 자미롭지못한現象에對한 나의이야기가 絕對로 單純한 [造り話] 가아니라는 것에對하여는 그쌔의 [캅프]

의態度에對하야 [罐詰]的이라는不滿을갓고 獨自的인組織體를가지자는 二三通의消息을接한事實이 잇다는것만으로도

足한立證이되리라고 생각한다.

勿論 吾人은 여기에서 이러한行動의責任이 唯獨 캅프에만 잇다는것을 意味하지는안는다.

그것보다는 筆者가 여기에서 이야가하고커하는것은 [캅프]가過去 同伴者作家獲得에이서서 그에對한成功은커녕

오히려 그들과사이에 다시리지못할 그것던 크一다란致命傷的인구령이를맛다고하는것은 否認치못할뚜렷한事實인것이

나 이에 캅프는 이方面에잇서서의失敗에對하야 單純히 [루ー즈]엿다는善意의解釋을 大衆에게 强要할것이아니라 [색

트]的이엇다는 自體偏向에對한 신쇠리한批判을갓는것이 가장쯧갑흔노릇일것이라…는것이다上述한바와가흔지난날에잇

서이 問題에對한 宗派的偏向에對하야 안해서指摘한바와가허 最近에와서露顯된 同一한問題ーー同伴者

作投問題에잇서서의 右翼的코ー스로의 馳騁이라는것에對하야 생각해보지안어서는아니, 되게되엿다.

우리들은 過去에이서 許多한問題를論議하게될째 그極×的의익偏向에對한批判이 往々同一한軌道의一面인×익的誤謬의

陷穽으로 싸커버림을보아왓거나와 이는쓰도 今日의論題인 同伴者作家問題에關하여서도 그러한現象이 露顯되면서잇다

는것을 感知할수가잇게된다.

이는 白鐵君이 同伴者作家問題에關한論稿에잇서 右翼의誤謬를犯하엿든가 쓰는 其外의멧멧동무의論稿에잇서서도同

一하코ース에로자미롭지못한閃光의帶同으로 眞實한行路를眩惑케하엿다든가等의 個人的罪過에서만이아니라 그는 캅

프라는組織體가가지고잇는바 자미롭지못한 틴덴씨ー의露顯이아닐수업다.

푸로레따리아 文學의 生產居과의 接近 (!) 이라는 基本的方向에서 別다른 成果를 가커오지못하면서 그와 別個로 唯獨 同伴者作家獲得에 잇서서는 成功的인結果를 招來하리라고는 꿈에도 生覺할수업는노릇이며 또 우리들文學運動의基本的方向과의 有機的聯繫을갓지못하고서의 同伴者作家獲得云云은要컨댄 極的偏向 또는 ×익的誤謬에로의 劃晚한前奏曲以外에그 아모것도아닐것이다。

이러한것은 한개의生々한現實로서 우리들압헤展開되면서잇지를안는가。

칸프가 同伴者作家의獲得問題를 正面으로써展開되면서잇지를안는가。

든지 또는 칸프圈外에도 意識水準이相當히놉흔동무들을가지고잇스면서도 그에對한何等의實踐이업기때문에 아직 散漫한形態로되여잇다는것이라든지 미처는 實踐이업는 그頭腦的인政治的水準云云으로그體面을維持하려고함々하는사 에 客觀的條件은 날로成熟하야 칸프라는 組織의렛렐만을唯一한金看板으로 圈外의동무들보다 高度의意識水準을確保 한고잇다고自負하기에는 最近에와서顯著이나타나면서잇는 그들意識의對蹠的升降이 그것들에對하야 充分한 비가의브 의一面을섯고잇는것이아니가고 생각하고잇다。

筆者가 여기에서 이러한말을하커되는것은吾人이야기에서 豫測하고잇는 一部의誤解──即同伴者作家問題에잇서서의칸 프의功勞面에對하야 애쒸 盲人的態度로固執함으로서 逆宣傳한方便을삼기위 해외가나니라 다만 現今의우리들은自慰 的인讚辭의交換보다는 弱點에對한誠實한態度가必要한것이며 더욱이 同伴者作家問題를 再檢討의俎上에 올녀식힘에際하 야 그를 먼점 칸프의自己批判과의聯繫에서提起함이 結果에잇서서 무엇보다도 만흔 意義를가지게될것이라는것을 굿게밋어의심치안키째문이다。

…(次號完)…

朝鮮作家代表作集

一九〇〇年以來의 朝鮮作家의 代表作을 撰出한것이다、春園에서부터 一九三三年까지의 作家의 全貌가 한卷에 瞰出되엇다 作家의 數 實로三十 모름직이 朝鮮文學의 鳥瞰이다。

四六版 三百五十頁
定價 八十錢

게르만의 꽃

十二月中刊行

朝鮮에잇서서의 獨文學의 唯一한權威 徐恒錫氏의 新譯이다 詩人의 譯詩、그리고도、朝鮮에서는 最初로보는 原譯이다.

四六版 三〇〇頁
定價 六十錢

地軸을돌리는사람들

東亞日報에 連載된 長篇小說에 作者最近의 會心의 短篇五篇을 添加한것이다 友情과 ×× 戀愛讀者를 昧惑하면서도 藝術味가득한 作品集이다。

京城閣出版部

京城覽勤洞 一四六

ゴーリキイ「母」

外山卯三郎著 「純粹詩歌論」

四六版總クロース箱入
特價 七十錢
四六版 クロース箱入
定價 壹圓貳拾錢
特價 五十錢

朝鮮文學讀者에限하야送料本社負擔
（注文은京城關으로・限十一月十日）

金光堂印刷所

京城鍾路四丁目四街里

電話光化門二六七七番

定價表

期間	定價	送料
一個月	二十五錢	送料二錢
三個月	七十五錢	送料六錢
六個月	一圓五十錢	送料並
一個年	三圓	送料並

注文方法

● 注文은반듯이先金
● 振替로
● 郵票ᄂ一割增

編輯兼
發行人　李　無　影
京城寬勤洞一四六

印刷人　金　琪　午
京城鍾路四丁目六

印刷所　金光堂印刷所
京城鍾路四丁目八

發行所　京城閣
京城寬勤洞一四六

振替京城貳〇六壹番

朝鮮文學

一巻四号（十一月号）

朝鮮文學 十一月號 次例

朝鮮文學

第一卷
第四號

編輯前記

十月號의 發途하는 글이미처 前에
十一月號編輯前言을 쓰게된다 세월이 빨으다
〈해도 編輯者의 歲月처럼 빠른것도 업슬것이다.

×

이달에는 新人을 만이 실리여럿다 李雄
이분은 多年間 舞臺에서 치어나든분이고, 李雄
方仁興이 이분亦是 새로운분이다 여러가
지 意味로보아 每戶新人을 三二八式紹介하
겟다.

×

小學校時에 꼿과 꿋친 騷興變 宋影氏를
랴 한번에 실러번것과 朴花娥氏가 밤길보
原稿를 보내주신것은 讀者와
外에 한섬기가되는바이다.

×

前前撰으로 말성이 만엇한
말도 못하게 한다면 차라리 編輯者의
脈도 꾼주엇한다. 前前欄의 철폐를
하는분이 잇스나 朝鮮文學의 그리고
업서지지 안는 그안
談者에게 開放하기로하얏고 곰지안
은 말을 보며주며 한다.

×

崔九烈氏도 없오 좀
習할만한자들이다

×

朝文은 每號, 한마되
고 햇것만 共同編輯이 한것이다 분이 잇스니

원일인가 全部가아니라도 조타 한가지知識이
라도 새로운 編輯의 길을터준다면.

×

「朝鮮文學」이 씨도 계속을 못할가 念慮
해주시는분이 꼭 만호시다 그러나 必死의
勇氣를내여 다시이러나니만을 그럴때는 絶對
업슬것이다 安心하여도 조타 이달에도 폐
지가 좀 늘엇지?

×

定價에 對하야서도 말하는분이 잇다 그
紙質도 너무 조라 現在페이지를 標準으로 한것
만안코 더 二十五錢이 늘리겟다 설혹 늘러지지안
는다고도 二十五錢이 비쌍가?

×

「朝文」에 關心해주시는것만은 고맙다

見本必要로 經理部의
本誌一九三六年度의 注文太古적
數百部를 印刷數로 한
先金讀者에게 絶對應하기
先命하니 期定해주겟고기
전달한바되 朝文을박지를안
어양반이 씨들이니 그리고지금
約對應하는 返信料添付하여도지
에 응만 新人의 寄稿를 應하기러
도 어려워도 返途料添付한 原稿
는 返信料添付지 못
안
×
十二月號에는 總決算號로
「一九三六年 十二月號 期待하
執筆小說의 作家한자
이다一作家한자
인 朴弼浩氏의 原稿를
다 보려드리겟다
期待하십가
日戰藝術의
眞爲藝術의

（ 2 ）

두 승객과 가방

朴 花 城

정채（晶彩）는 달음질 치다 십히 걸음을 빨으게하야 청거장으로 달넛다。

여름에 대구사는 아쥐씨를 전송하기위하야 청거장에 나갓슬써는 해가 아즉도 중천에 잇는듯십헛고 차창

으로 머리를 내여논 아쥐씨가 손으로 해빗슬가리고서는 떠나는 기차에서 고개를 쓰덕이며 인사를 하엿든

것을 생각하면 아모리 두달후이라지만은 이다지도 시간의 차이가 심할가 하고 정채는 햇빗일흠 하눌을

처다보고 황홀의 문한을 넘어서려는 좌우의 길거리를도라 보면서 걸음의 속도를 좀더 빨니하엿다。

오른편손에 들닌 바스켓이 더 무거워쥐가는듯 걸음써마다 무릎에 덜렁덜렁 다엇다。그러고 방금전에쓰지

종이（鍾伊）가 물고뿌어젓든 젓통이 별달닌드 더 렬넌그럿다。

정채는 왼편손으로 적삼우에 불눅한게이러난 두젓통을 어루만지자 갑작이 코마루가 식큰하면서 두눈이

쓰거워젓다。

압길에 쌀닌 적은돌맹이들이 엄버무려 덩어리커지면서 눈물이 술ㅅ쌤으로 흘너나렷다。정채는 안라서운가

슴을 소리석긴 한숨으로 가라안치려한엿다。

인제야 두살되는 첫아들 종이가 첫을빨면서 말소럼이 엄마얼골을 처다보다가 정채어머니되는 종이한머니가

「아가 그만먹고 이리온쑥엄마가 돈벌너 간단다。사랑 만히 사각고온단다」

하면서 다려가려한니쌔 별안간 가슴으로 기여들면서 젓쑷지를 쑥쌔고

「사랑안애 엄마안가 엄마안가 웅?」

하고 입설을 쏭그려 쏙 밀고는 압턱을 올니면서 엄마의 눈을 처다보면 물엇다。

「아니 엄마간다。사랑 만히 사다줏게 우리종이 울지마러 응」

하고 종이의 쌤에 얼굴을 문질으며 종이를 으스러커라고 꼭 품에 안엇더니 종이는 압흐다고 소리를 질

으며 울엇다。

정채가 눈물을 삼키면서 바스켓을 들고 도망하듯이 달아나와서 쓸어커가는 울라리넘어로 다시 집안을

드려다보앗슬쌔는 어머니는 죄마루에 걸어안커 기동을 붓들고 울고 종이는 그것러쉬 발을굴으며 울고잇섯다。

정채의 귀에는 종이의 울음소리가 줄곳따러오며 울녓다。그어머니의 울고안즌 주름잡힌 얼굴과 하얀머리가

눈압퍼에 어른그렷다。정채의 발은 죄은돌맹이에 채여가지고도 꿈연이 허둥그리며 잡바질듯하엿다。

「아하 내가 위이리 약을 여컷슬가? 각오한바가 안닌가?정채야!굿세여라。」

정채는 혼자말을 하여 겨우 가분을 전환식히면서 인케는 각가워진 정거장을 바라보앗다。

한청복에 검은정모를 쓴 간수들이 정거장 뜰에 뒤덤퍼잇고 양복입은 사람들이 별분 정거장 구버에서

물살갓튼 말소리를 써고잇섯다。

정채는 사람들을 헤치고 달녀들어 높숙이 바른편 벽에걸닌 시게를 보앗다。

여섯시이십오분!아즉도 차시간까지는 이십분이나 남엇것만 시게가 엄슨란은로 무한이 허둥든 자신이

어리석게 생각되엿다。

「흥 어리석은 행동이란 무지만이 식히는것이 아니어든……」

정채은 이럿 생각을 하고나쉬 비로소 자기자신에 돌아오듯 유유히 둘너보앗다。

네시간쥔 채정가 감옥소로 남편의 며회를 갓슬쌔 그는 다른째보다 좀 쌀니면회허가 해주기를 간청하엿다。

「당신만 밥분것이안너라 우리도 밥부오, 형무소장이 대구로 명친하여 오늘 커녁차로 떠나시니써……」

하든 담당간수의 말대로 파면 형무소장이 쩌고도 똥々한 몸을 밥부게 놀니고단이면서 인사를 치루고잇고

당지에서 유지 (有志) 라는 명청을 부철수 잇는 신사라는 신사들은 모조리 나와서 링거장 정문압해 임시머

시설한 상우에노힌명함 그릇속에다가 각✕명함들을 너헛다.

상 양쪽에는 무슨 주임이라는 사람과 간수부장들이 서서 명함을 받고잇다.

소장의 안해와 영양을 칭송하려나온 귀부인들과 고등여학교 학생들이 무덕으로 물녀서서 그들역시 짓거

리고 잇섯다.

정채는 대구서지의 차표를 사가지고 고리짝처럼된 싸스겟식 여행가방을 수하물노 붓처버릴가하고 집붓처

는 곳으로 갓다가 어쩐지 서운한맘이둘어서 돌처가방을들고 승객행렬의 제일 압자리를 차지하고 서잇섯다.

가방이란 남편의 유학시대의 물것인동시 그들의가진 물품중 제일 그가 사랑하는것인 가닭이엿다. 언쩨인

가 남편과 단한번잇섯든 즐거운여행쎄 가지고 단엿섯스며 남편이 ✕✕운동을 할쩨도 무엇인지를 이가방속

에 잔뜩 너허가지고 단엿섯고 이번여름에 쏫겨난 ✕✕공장에서 금년봄에 여공들을 위한 특별원족회가잇섯

슬쩨도 친한동무들의 점심밥을 친부 이속에 너어서는 번갈아가며머리에이고 갓섯다.

사실은 이번에도 보통이 하나면 넉々한 행장이지만은 가방과 떠러지기실흔 만음으로 이것저것을 함부로

주어가지고 불녹하게 가방을 채웟든것이다

정채는 맨뭐객차에 한자리를 잡고안저서 박글 내다보앗다. 그만흔 간수들과 칭송인들은 전부 개찰구로

들어와서 일등객차를 향하고 몰너갓다.

「흥 세상일 야릇하다. 하필 그와 내가 꼭갓튼곳으로 한날· 한차로 떠나다니 요러케도 정반대의 방향을

갓고서……」

정채는 이런생각을 하면서 눈을 감고 기대여안커잇느라니 재발으게 종이의 얼골과 울음소리가 평청되려

든 명채의 마음을흔들엇다.

「오늘밤에는 어찟하려누?물처럼 드리켜든 것을 별안간에 쏙곳헛스니……아아 얼마나 울고보챌쏘?얼마나

어머니께서 괴로우실까? 밥불이나 좀 만히 밧어놋코 올걸 줌쌀밥물이나마도……」

청채는 한숨한번을 다시 길게 내쉬면서 눈울 번쩍떳다。그의 눈에는 사랑에언츤 가방이 보엿다。그 가방

이 불쇠럼이 자기를나려다보며 측은이 역이는듯 하엿다。그가방 보이든자리에는 멧시간전에면회한 남편의

얼굴이 나타낫다。

「몸박게 더재산이잇소?…몸만 건강하시오 중이는 글쇠 더리고가는것이 당연한일이지만 기숙사에만 들어야

된다니 어쩔수잇소?제일 어머니께서 고생이 말아니시겟소 그러나 그러나 안심하고가시오 굿세게 나가시

오」

하든 다정하고도 힘잇는 말소리가 들니는듯하여 멀거니 가방을 처다보고 잇슬쌔 「쌔르링」소리 ...은

별달니 유난스럽게 크게들녓다 청채의 가슴이 울넝 하면서 얼굴이 확근 달엇다。

기차는 움즉엿다 「○○씨만세」소리가 씨번 울엉차게낫다 청채가 그들의압흘 지나칠쌔쩌지 그들 ...를

흔들고 허리를 갑죽그려 영광스럽게 영친하여가는 사랑을 친송하기위하야 나온 그들의 책임...충...이

하엿다。

어린 고등여학교 학생들이 기차를 ㄸ러올듯이 쏘차오면서 그중에는 수건을 얼굴에 대이고 우는학생들도

잇섯다。

그아버지야 영천을 하든말든 정다운 동무를 보내기실혀서 울고잇는 그들의 순정을 보고 청채의 눈에도

뜻물을 눈물이 솟앗다。

청채는 컴ㅅ 멀어지는 유달산과 그산밋 빈민굴속에 하나로잇는 자기의집을 바라보면서 친산의피가 머리

로만 모여드는듯한 흥분을 늣것다。

○씨는 멀어지는 유달산을 바라보며 감사와 깁븜의 웃음석긴 석별의 묵례를보냇다。

기차는 속도를 쌜니하면서 성당산을 돌아 험무소압흘 지낸다。

청채는 봄을 이르켜 북망산아래 줄비하게 자리잡은 청무소에 던커 분명한 시선을 감개깁흔 줄기줄기

보이지안는 추억의줄노 그집긴체를 휘감고돌앗다。

○씨는 자기의 사무소이엿고 작업감독장이엿고 쏘한 오날날 명킨의 발도돔이되여준 이 청다운 건물에게

축복과 감격의 눈물겨운 인사를 드렷다。

삼향역을 지나고 몽탄강(夢灘江)을 건너고 나오서 정채는 자기의압헤 닥쳐올일을 상상해보앗다。

「청거장에는 아저씨가 나오시겟지 버을은 ○○공장에가서 바로 기숙사에 잇서야된다니 그동안 볼어오는

것을 어떠케조처한단말인가」

정채는 쏘다시 것을 만지며 볼어오는 것을 처치하기에 근심하고잇는 자신이 과연 그것을 못먹어울면서여

위여갈 종이의 어머니가될 쟈격이 잇는가 하고 생각하여보앗다。

「아하 모자의정도 여기쉬는 파멸이로구나 아ー아ー」

그는 물으는걸에 안라가운 소리를 발하엿다。마즌편에 안즌 갓쓴양반이 불그럼이 충혈된 정채의 눈을 바

라보고잇다。

○씨는 사랑으로쐬 떰히어질 더구역을 생각하고 행운의 일가족에게 봄비와갓차나틸 못사람의 흠앙의시선

을상상하며 빙그레 입가에 웃음을 씌웟다。마즌편에안즌 눈이 똥々하게 부은 그의영양이 야속한듯이 그아

버지를 바라보고잇다。

기차는 어둠을 뚤코 북으로 북으로 달닌다 천갈내의 각다른 환상의씨게를 품에 안은채로 박휘는 구울

고구을다가 문득 한휴게소에서 숨을돌닌다。

환상의 멋씨게는 여기서 쐐트려지고 다시 멋개의 새로운 씨게가 된다된다。

어둘의 씨게는 한시간에 만개식 볼어도가고 쏘한 천개식 줄어도간다 불거나말거나 기차는 그쮜 어로든

환상을 안고 딸니고만잇다。

딸나는 기차에도 밤은 깁허간다 날개를 파닥이든 모든 환상의날개는 하나식 숨세게로 사라저간다。

○씨는 비스듬이 자리에 기대여 여송연을 피우며 마즌편자리에서 콜콜자고잇는 딸의 붉은얼굴을 귀여운

듯이 나려다보고잇다。

정채는 불어오는 젓통의 암홈을 참지못하야 준비하여온 양쟤기에 젓을 싸버려고 가방을 나렷다。

그는 이순간 컷먹고십허쉬 목아 딸어울고잇슬 중이와 어린애를 달녀느라고 또한 눈눌을 씰금그리고 잇

슬 그어머니를 생각하고 가방을 나리자 그냥 그가방을안고 그우에 업더여버렷다。

기차는 어느 굴속을 통과하려는지 가적소리를 울니면서 박회소리가 요란스럽게 커귀간다。(끗)

———一九三三・一〇・二四———

祈禱

宋 影

장서방! 장서방!

죽은듯이 고요한 겨울밤중에 다만 이동리에 한아 박게업는 홍목사의 목소리가 낫다.

『여보슈! 왜 대답이업소! 여보 장서방!』

박갓흐로난 창문을 랑랑뚜들겻다.

『거 누구요! 에구 지금이 어느쩨야』

잠취한목소리로 장서방은 미다지를뜰엇다.

검정솜바지에 누런 병정양복저고리를입고 이마가독나오고 눈방울아 툭나온 조고마한늙은이다.

『에구! 날 좀 살니고!』 안이 목사넘원일임쇼』

여럿논뭉다지에서 빗처나오는 석유등잔불빗에 빗친 홍목사의얼골은 싯썰겻다.

『여보 장서방!』목소리는 매우 거세엿다.

『네! 아니 이럿케 어둔데 왼일이섯요 어서 줌들어오시지요!』

목사의 임은 쌔죽해젓다 두눈쌀도 쩰긋해젓다.

『나 돌어갈새업소 이리쳠나오!』장서방은 벌서 무슨일인줄은 짐작되엿다.

그러나 아모리 엇한은일이엇어도 언제든지 화색을써우고 그야말로 유순한

든 홍목사가 지금갓치 사나워진것을볼쩨에는 핀이나 이상스럽게 생각이들엇다. 목사모양으로 빙긋〈웃기만하

바자축을 훔켜쥐면서 문밧그로나왔다.

『아니 웨일이세요.』

나와스가가 무심게 홍목사의 성경만 만지든손을 엄따갓치 버럭거처 장서방의 웬쌩을 뒤덥헛다.

『이 놈아 이도적놈아.』

『엑쿠』얼떨김에 바로어떠마진 장서방은 안앗섯다.

『에구 콧피!』두줄기에 코피는 흘럿다.

『아니 목사님 이게 무슨망영이세요 그냥조용히 말슴하쇠도 될러인데요』

『뭐야 이도적놈아 밤낫조용한게 말만하면 되는냐말야 이놈아 지금당장가자.』

떡살을 잡어낙군다.

『글세 이게 웬일이세요 제말을 먼커들어보세요』

『이놈아 듯기실혀 고까진주둥이로 거짓말만 짤짤하고돌아단녀 이놈 너도 하나님에 아들이지 그러면 고럿케 남을 못살게 구는냐말야』

이러누 몽안에 동리사람들이 우하고 모여들엇다.

『흥 목사가 사람쩌리나』

『웬수를 사랑을하라는것은 멀정한거짓말이로군.』

『엇덧든지 빗쟁이는 맛창가지군.』

동리사람들의 비꼬는눈초리들은 이와갓튼 소리업는말을 씨우고들엇다. 홍목사는 컴컴 안되엿는지 장서방에

떡살을 놋코나쥐는

『아니 글세 장서방 생각컴해봐! 남운손해를내봐도 분수가잇서야지 벌서 멋달재냐말야.』

그케야 장서방도 분이낫다.

『아니 목사님 목사님이 나를 때리지안어 죽여도 좃슴니다만은 남에 사정이약이를 들어보고나서 때리든지

말든지하지안엇어요』

엇던 젊은 동리사람하나가 껏러서말을한다。

『목사님 오늘은 너무 망녕아심니다그려』

흥목사는 조금 난처한긔색이생겻다。

『글세 내가 잘못햇는지는 몰느겟소마는 일이 넘우 분하지가안소 글세 한두푼도안이고 五十여원이나 되는

돈을가지고 벌서 맛달식을 쓰는냐말요』

『글세 목사님 누가 난들 그러고십허서그것나요 자연히 그럿케됫지요』

『아니 글세 여보장서방 그돈을 잠서랑이 쓰기만해도 내가사정을 봐드리겟소 글세 장서랑도 싹하지안소

남에게 뭘어더주고 이게 무슨 짓이란말요 조금못치엿다가 다시 이여서

『글세 여보 어찌게도 그사람에게돈를갓드니 언케 당신이나를돈을 주엇느냐고 되레야단을치니 아니 그런도척

놈에 소리들이 잇단말요』

『목사님 어쉬올나갑쇼 버 낼 맛나거든 잘긔론해서 갑도록할러이요』

『정말 내가 오날여간분햇든것이아니요 자 그럼 낼다시 맛납시다』

목사는 아즉싸지도 분이쎄지지안어서 씩씩어리면서 자기집으로 둘아갓다。

장서방은 한참동안이나 우둑허니섯다가 목사에뒷모양이 다 사려진뒤에 새삼스레히 성이낫다。

『이런 엠병할일이잇담 아니 명색이 목사라고해가지고 케 예배당에단이는 신자를 막 때려』

『아니 엇덧케되신일요』

『뭐? 엇덧해야 왜 자네돌을둘으나 내가천년것달에 거 창근이돈 오십원 어떠준거잇지안은가? 왜! 그때

내가 보를섯지 그렛는데 엇덧케돼서 이뻐쓰지 버려왓거든― 아니그런데 요새와서는 막대든단말야― 그참

아모리 빗진죄인이라도 그런법은업지 흥 내가 괴운이 업서서 가만히잇슬줄알고 흥 어듸보자 버일 새벽갓치

본교회로 들어가서 청을하고 말걸 흥 이놈은 죽은놈인줄알고 흥 어림업지 업서.』

장쇠방은 목사가 사과진 어둔골목쪽을 바라보고 신이야넉이 야야단을첫다.

장쇠방은 방으로들어안커서 담배만 피엿다.

골통대로 잔독담어가지고는 룩룩러러버리고 또 또 또 방안왼통 보얀연긔에 파뭇첫다.

『엉히분해―!』

주먹으로 연긔를 휘첫다。

그리고 연긔속에는 성경들고 더드는목사의얼굴 천정을처다보고 찬송을지휘하든목사의모양 잡어먹을듯이 악

을쓰고 뎀비든모양 이런 목사의 가지각색의 모양은 눈압퍼 나라낫다。

『엥차참 분해 내가 괘니 예수를 미덧서 흥 참 그까진 목사색기들이 알기는무엇안다고.』

『온냐 그거 낼만녜라 그자식이 우리동리에서 목사 노릇을 하게허나―!』

목사어 쫏겨나가는모양 여러신도에게 욕먹는모양 이런 압일까지 두눈에떠올럿다。

『엉히 며뻐당해 왓단겟서 엇던정칠놈아 또 며수를미더――흥 원수를사랑해라―!』

주먹으로 벽을처밧다 가슴을처밧다。 그래도 가슴은 싀연치가못햇다.』

『여 보 장쇠방게섭니까?』

목사의 목소리는 또 창박게난다。

『거누구요』

장쇠방은 거쎈소리를 룩버던첫다 그리고 참문을열지안코 담배만펴퍼 빨엇다。

홍복사는 벙긋〈웃으면서 문율열고 방으로들어왔다.

그리고 장서방의 억개를 슬그먼이집헛다.

『여보 장서방 악가에는 내가 마귀가씨엿섯소—정말 용서를좀 해주시유』

장서방은 아모소리도업시 담배만 뻐꺽뻐꺽빨엇다。

『자! 장형제 주여수일흥밋혜서 악가에 한일을 씻처버립시다 정말이지 내가 왜 그런일을 햇는지모르겟

소 그까진 더러운 돈째문에 우리들의 형제료 우리들의 형제손으로써 짜려게짜지되엿소 자 장형제 우리들

은마귀의작난으로 한우넘아버지가 최를커질넛소 자 긔도합시다』

흥복사는 거의울듯한목소리로 벌벌덜면서 긔도를 올니엿다.

장서방은 엇질수업시 고개를숙이엿다。

『컨지컨능하옵시고 거룩〈 하옵신 주아버지시여 커의 미거한인간들은 마귀의 유혹에싸지욥나이다 우리형

제끼리 더러운 손지거리까지 한게되엿나이다。………………』

나종에는 무슨소린지도몰느고 그커덜니기만하엿다。

방석유불만 열거속에너폴거리는 좁은방안에는 마귀흩니엿든 흐린정신을 씻처버리려는 형제들의 긔도소리가

쑴속가치 나고잇다。

박게서는 왱하는 컨긔줄 널니는소리가 난다。

………(쯧)

處女村

趙碧岩

一

갈미봉재를 넘어서서 외인편작으로 급작스리 낭떠러커서는 흠숙드러간 골작구나를 남겨놋코 양떤으로

룸한산이 한아람남짓한풀건을 싀러안흔 양쪽팔둑모양으로 폭안고잇다 그안이 수문골 동리이다.

얏또만산이라지만은 그것도 갈미봉갓흐큰산에 빗추어보니 얏흐게 뵈엿지 그리 적은산줄기는 아니엿다 그

러나 그산의비탈이 파히 흠악한지안코 따라서 동리어구에가서 비여낸것처럼 뚝쌀이여 용(龍)머리모양으

로 불숙안치 소슨것과 바윗돌 만흔 큰산의검어퉁숙한 비사갈보다 여름철이면 갈입나무가 연록색으로 얼려

거서 연하게구바처나려간 산결이 그동리사람들에게는 얏호게만 뵈엿든것이다.

더욱이 동리뒤 산밋헤는 제법 국직々々한 감나무와 밤나무가 울섬사이에 진율치고 그사이에는 못토리나

무가 씽매에마처 승러난몸을 하야가지고 석겨잇다 압산의 어지간한 비탈에는 비스듬한보리밧이 가로길여잇

고 또 째 낭떠러직이에는 한두렁두두렁식 충을지어 으젼층게(層階)모양으로 생긴 쉬숙밧이잇다 그것이또

한 동리사람으로하야금 늘을너나리는 탓인지 뒤ㅅ산보다도 붓침성잇게 역여젓다.

수문골압산밋흐로 돌자갈사이를 새여흐르는 골작이물은 그산용머리에서 갈미봉재와평행선으로 줄기차게 버

다른 멍심이재(山)로 치밧치여 그두큰산사이를 나려오는 제법큰골작구나 시내와어울이며 남죽으로 훌너나

려간다.

시내물이합하는 모슬기에는 큰바위가 잇고 그바위밋헤는 휘도라나려가는바람에 한길이나되는웅덩이가 패여

잇서 늘맑은물바닥 모래알까지도 세일만치쌔끗하다 물속에는장마에올너온 피라지뗏마리가 송사리쎄물너라단이

는 물이우수윗다。

이골작이개천을 씨고 혹은왼편에 혹은바른편에 혹은양편에 손바닥만큼식한 논뱀이들이 널녀잇다。

이것이 이동리 수문꼴의 목숨을더고사러온 갈쿠리엿다。

이럿케 압뒤에폭싸인 양지작에 주섬ㅅㅅ흙덩이를 집어던긴것갓흘 오막사리들이 서로의지하고 물켜잇다。

청성이버집은 동리증 그중산밋에 삽간남짓한 다 쓰으려거가는 담집이다。

쳐법아침샛째도 지나 칠성이버 처마끗에 매달인 그림자는발쓰들팡(토방)을 반을 싸르듯이가리워것고 아

즉도쌀ㅅㅅ스런 일흔봄인랏인지 쳐법 그들이 산들ㅅㅅ하기쌔문에 방문주방에 안것든 칠성이 어머니와 동리여

편네들은 뜰팡꼿혀머리로 나와서 씻은안것고 돌은 마당에나려와 돌축머에 기대서서 말을주고 밧는다。

「얌전이를 그때 뎌렷갓다지?」

「졈순어머니가 새삼스런 듯이나 말을내노니 왜 인케아럿수」

「인케안것은 아니엿지마는 왜안간다고 쌔 썻대지안엇수」

「그럿치만은 허는수 잇나베 온신나는 사람ㅅ나슨는 뜻갓고……오작해서 긱겟수 펀되다 못해」

「나갓흐면 안가지」

살 그물쩍은 쳐법 벗댓다

「가는사람은 가고십허갓겟수 부모는 빗에 줄여죽을지경이고 어머위갓든 오래비는 아러두려웃고

「암— 그럿키도 하지 한편으로 생각하면 이 고리탑직한더서 쎅어 뭄드러지는이보다는 옷을벗겟수 밤을

금겟수 호강할러구—

「졈순네도 그린소린하지도마루 호강도 맘이조화야지 수염이 허연령감한러 첩으로——죽으면죽엇지 나는못

가것수]

「그러니 목구녕이 포두청이라지」

철성아 어째 너는 한숨을쉬이면서 의미가잇는듯이 말을하엿다。

「결국은 녯날로 도려가나버」

「왜!?」

「사람을 사가는일치니 딸은빗이지만은」

「아 누가아루 그런데 삼봉이가 발서잇슬슬밤재 나가쉬안드러와 잔대여」

「잇흘밤ㅡ 얌전이를 따리간게지 머……」

다른사람들도 갓치따라우섯다

「따라가면 무엇하게」

「아ㅡ참 그둘이 조화도 지나든이 쇠게 물인놈모양으로 아모말도 못하고 침을훌이고만잇드니만 삼봉이어머」

가 잣잣한면 며누리 잘어돌번햇지」

「암!ㅡ칠々도하고시워ㅡ도하고 그런대화가 나니가 어대로 가버린게지 얌전아가 간뒤로는 삼봉이가 얌병이」

나알코일어난 사람처럼 기운이하나도업드니 요멋챌재는 실신한사람갓홈되다 어친]

이펴에 쇳동이가 와서 아버지가찻는다구 어머니를 불너가나가 다른 동리사람들도 별소이 기다리가나한듯

이 쇠의집으로 도라갓다

「아이별슬을 다보지」 하고 중얼쩌며 열광을쓸기시작하엿다。

二

사실로 그아버지가 빗친탓으로 얌천이가 뜨구ㅅ마룻ㅡㅡ김참봉영감에게 첩으로 잘여간후 삼봉이가 온다간

단말도업시 자최를 감추엇다 그러하니 어른사회를 숨어흐르는 시내물결갓흔 다소곳하고 조용하든 수문골에서는 한참동안 와자짓걸하엿다 그러더니그이약이가 뜸지자 해동구시내ㅅ가의 버들개지가 도독하게 봇풀어올을때에 동리에서는 더큰일이일어낫다。

손바닥만한 동리에서는 들떠오르는것갓치 수군거렷다。

그것은 봄이되면 오렴히 한번식은 치루고 나야되는 소작이동이지만은 올해에는 예년보다도 입즉이 서드는것이 그들을 놀내게하고마렷다。

전에는 골작구니에가서 허비적어리면 제것이 되든이 토지조사의충양이쏫나고 쌀갑이올너나리고 청인(중국인)이 포목붓다리를 짐머지고 들어오고 고무신이한켜레 두켜레 느러가고 담배도 사다먹지안흐면 안니되게된 후로부터 인조견대님과 댕기나부랭이가 헤번덕어리자 동리압 콩밧모슬기에 쏙감갓치 지어진 돌매간이 헙이게되고 베라는베는 작구 골작구니물을 서리 동구밧그로 소에게실여 나가든이 드듸여 소필이나 잇는 사람들도 점々줄어가니 이제는자괴네등으로래도 작구 저서나려갓다。

엇전지 썰々이 싸저나가기만하고 들어오는거라고는 아모것도 업섯다 엇전지가 아니라 마음대로 비여쌔든 나무갓에직히는 사람이생기니 암만 산골이라고하지만은 돈을주고사지를안흐면 여간하여서 쇠뿔한짐도 빌수업고 미명실갑이 엄청나게 올으니 그 월명산하(月明山下)에 질삼하든(베짜는) 북 소리도 점々줄어가며 북덕이속에서 신삼으며 버러지는 이약이판도 줄어가면서는 팬히작고 속빈 된박이 되여갓다。

그러잔이 우리집도〱하고 읍내출입이자즈면 자즐수록 동리의 이약이거리는 항상 새로워갓다。

그티하야 가을을밋고 어더쓴돈이 몃해전에 곡식갑시 졸지에쏭갑스로 써러지면서 논마직이잇는것과 과실나무 주나 잇는것은 김참봉의소개로 서울잇던부자의 손에 사그리 들어가고마렷다。

그런후부터는 얼기설기 사러가는 이동리에는 너나할것업시 소작인이되고마렷섯다。

만일 감으로면 도랑물을 가로막고 길죽한막대끗에 큼직한 바가지를 달어 물을 품어가며 베를 기르고도 가을이면 남는것은 하나도 업섯다.

그리하야 돌매방아도 퍼지되고 지금은 여편네들이 다러문드러진 되밀방아에 돌여가며 쉬여먹고 그럿치도

못한축들은 절구질을하여 먹은것이엇다.

철구질할것도 헛스면 힘이야 들돈말든

하고 칠성이 어머니도 철구방아공이를 엇고 수고한다고말하는 동리여편네에게 딸하는것이엇다.

오죽하면 쓰다달다 말씨라고는 도모지 업든박참지도

[내 내육십평생에 처음인걸]

하고 살팽이 모양으로 양지바지 치마깃헤서 빈담벼뎌를 들고만잇스면서 자란도하는것이엇다.

이럿케 사러가게 되면서도 유형무형으로 업는사람의 쉬름을 쏠々이밧고잇섯다.

지난해 가을에도 아해들이 그리졸너야 손한아버지안흔 감을 「다따처먹엇다」 는걱정을듯고도 벙어리가 되엿든

것이다 가을과봄! 겨울과여름! 봄에는 소작을엇는 수고로움이잇고 여름에는 농사짓는 괴로움이잇고 가을

에는 쎘는 앗가을이잇고 겨울에는 굼는 쓰라림이잇섯다.

이번에도 봄은 차자왓다 그러나 논이라는논은 누구나 할것업시 최다 더러지고말엇다.

그것은 진해가 감물어서 도지와세금이 런문이업섯기쎄문에 독々글거갓다주어도 못자란섯다.

그떠려진도지 핑게로 젼부 논을쎄엇다는것이엇다.

그리하야 올해여도 젼해에 떠러진도지마자 담당을하는 사람에게 논을준다는 조건이 누입에서 나온말인지

동리에 떠돌앗다.

그들은 담배대를 맛떠고 안쥐서 쓰침을삼키면서도 엇절줄을모르고 안것기만 하엿다.

압일을 (가을일을) 유리조각 버다보듯이 환히 바라보고 잇는이만치 한다구도 못한다구도 할수업섯다.

그러면서도 서로 궁리하는 열쑬빗들은젼부가 도둑고양이갓흔 암상구즌 심줄이 이마에버친 (川) 자를

가로질리고 잇슬따름이엇다。

후덕하든 마음들은 요멋해 동안에 낙시바눌갓치 날카로워젓다 소위리기주의 개인주의로 흘너가버리고 마럿다。

三

이월초숭계장날 철성이는 멋지게 묵굿나무집뒤에 닭알두구럼이를달고 집을더나 읍내장거리로 나려왓다。

칠성이는 동갈색(銅褐色) 이마에서 주먹갓흔땀을 소두방갓흔 손등으로 씨스면서 지게씨리를 염엿다。

[무엇〜하시지만은 횡재하 섯지요]

[횡재 머 거쥐주나]

주인은 빙그레 우서보이며 바더들은 닭알수러미를 허집어본다

[다른사람은 몰나도 케나무와 닭알은 원통한걸요 엿냥이면]

[엿냥은 적은돈인가베 이쥔황한관에 또닭알은 적은조선닭알이고]

[사실인죽 조선닭알이 맛이 잇는겜니다 알고보면]

[머ㅡ]

하고 주인은 주쉬넙다는듯이 옷스며쳐다본다

칠성이는 오십천싸린 은은한입과 구녕뚜러진십천싸리한닙을 과자를 움켜쥔 어린아희모양으로 바더들고 얼마동안 골목을걸엇다。

[그래 도돈원(圓) 엿치나사다주럇드니 적지만은 그대로 사다주지]

칠성이는 혼자중얼떠면서 골목을 빠쥐나오자니 짓걸한장바닥이다。

돈잇는머로 살고기를 사가지고 마름집김참봉내집에들여 행낭사람을 식혀서 안으로 드려보내며 [수물달사는

칠성이가 사들여 보내는 것임니다」고 여러번 당보를 햇다。

그러고 도라서 나오랴다가 주인영감이 어대게시냐고 무르니

「새로들어온 자근아씨댁에 게시지」

하는 소리에 칠성이는 이상한 괴분이 도럿다「자근아씨」라는것은 분명이 얌켠안것이틀임업섯다 주인영감

을 알지는못하지만은 먼빗흐로본김에도 토매집농만이나 한것과 녹을듯한 암켠이와 화에더서다라난

삼봉이를떠나려 생각할쌔는 차자가보고 논부탁이라도 만음이불떤듯이 업서지고 마럿다。

엇잔지 간다온단말도 업시 다라나버린 삼성이만이 불상한것갓고 떠욱이 아씨라고 치바지는 말루에 엇재

뭇이떠여들엇다 발서 얌켠이는 뭇총님흔것도갓치 생각에돌앗다。

그러면서도 머닷에도 씨고 들어누엇을생각을하니 분한생각이 커칠로 돌고 떠욱이 얌켠이를 때한다면 칠

성이 자신이 남붓그러운것갓허서 그만지개다리리를 웅켜쥐고 집으로 도라와버렷다。

[四]

멋칠후 칠성이는 분한생각이 벗쳐낫다 살림이갓흔 삼림검독눈을 피하야 가면서 나무를해다팔고 매부가와서

닭잠 지어준다고하시는 어머니를말여가지고 맛 하나보지못하고 모아서 버다파른 닭알갑스로 고기꺼지 사다주

고 논마직이나 더 으들가하든차에 도로 너마직이 하든것이 두마직이가더러지고 마럿다。

처음에는 거짓말갓허서 재차 물어보앗스나 두번재 들이는 소리도 달지는안엇다「아마 고기를 행낭놈이 중

간어서 세여먹은 거라구나 남붓그러워도 영감을보고올걸」하고 머리를쌀으며 읍으로 가서 물어보니건하기는

정녕 천하엿다고한다。

그러나 엽집 이서방은 단마지기 봇치든것이 흉박더러쥐서 친식구가 봇을고우는것을보니 그나마도불행중

다햇이엇다 한편암천아버지다 암천이를소개한 박서방은 십여마직이식이나 터어더붓치게 되엿다。

난호어 붓치든것이 한군대로몰이니 청해는 땅이 남어지 사람들은 기가막혓다。

더군다나 리서방은 알첨순이를 첩으로안준다는 탓으로 그럿케싸지 된것이 첨성이에게는 더욱 분하엿다

그것은 첨순이를 조회하는 첨성이니 더말할것도 엄섯다。

이리되니 동리는 살기찬것갓핫다 그나마도 아모것도 업는 리서방은 남부여대하고 이동리를 떠나가지

안흐면 아니될형편이지만은 첨성이는 못떠나게하고십헛다。

그러나 붓잡은들 할도리는 굽는것밧게 도리가업섯다 그리하야 십리 남짓한물구리동리 자긔 아우에게로

떠나고마럿다。

그제서야 삼봉이의 떠나간마음을 첨성이도 짐작할이만치 쓰근한양스나 첨순이가 시집안가는것만은 마음이노엿다;

그럿치만은 지을 농사는적고 식구는 만흔니가 첨지ㅅ큰아들은 머슴으로가고 첨지ㅅ둘해살은 산넘어동리로

밋며누리를 주엇다 그짠아니라 여나무살 넘은 개집애들은 혹은식구덜기에 혹은쌀한섬에 라동리로 여이게되고

들어오는색시라고는 형나도업스니 썩거머리 춘간들은 넉울일은것갓헛다。

아라리요 지라리요 용천이요?
우리동리 싸시너는 어대로가나。
썩게머리 총각놈들 멀보고사나。

二.

보리밧고랑에서 밧매는 머슴애들은 다스한봄볏을지고 조바심나는마음을 것잡지을못하고 구슬흐게굴이는 노

래소리가들여왓다。

이리하야 찟도지고 여름마자 싹속에서가버리고 비탈밧에불거지는 머물더에는 가을이 무르익고잇섯다。

가을이 익어갈수록 밉직한 산츄덕에 호비작어리어쉬 심은 비탈에는 메물대가익어가고 쳔물써기에도 누리
스름한게 배가익어갓다。 하로는 칭쳔벽역이 이동리에 나려놀으고 마렷다。

[임도차앗]

처음으로 들어보고 소티이지만은 의미를알고보니 농민의마음어는 간담이 쉬늘하고 도로징그럽게 들리여 몸
이불ᄊ떨리엿다。 씌나락취해온것° 비료갑。 쳔해에도 지떠려진것。 올도지。 장여쌀。
그러고—싹쉬방은 담뱃대를 모지게돌뿌리에떨고 침울 캑뱉흐면쉬 즁얼때엿다。

[숭인한늘들 논마직이나 그때로할가하고 이월쵓장날 아춘에 마름(사음)김챵봉에게 돈 오원을 빗에써다가
커뵉나철에 갈비와 염통과살고기를 사들여 보냇드니 논은떠러지지앗엇드니만 그것이놀고 비료갑시 잇고
작년도지하고 해쉬차압인가 망할것인가 당한 엿스니 인켸는쑥죽엇네 쐬기 체입에도로커들어간걸 그여—]

하고말을 쇠내니 풀어죽어 차압하려와든사람람이 멀이용머리산모랑이를 도라쉬나려가는것을 우둑하니 바라
다보고잇든 첨지가 말을바더쉬。

[나역시 그릿케 되엿더 씨나락이 조화야쓰느니 마느니 비료를주어야하느니 마느니하고 후덕한쳐하드니만
그것갑스로 농사다지어노니 다째쉬가자는 수작인걸]

[말마소 나도 보게 비료갑 구실 작년도지떠러진것 고기사다주너라고 빗어떠다준것 쟝여보리먹는것 최다
합흥면 백보다도 엇취구니가업시말한다。 이소리를 놋도나무밋헤안커들은 칭성이는 놋등으로 쌍을 탁쉭으면쉬
개를 쑷덕쑷덕하며

[알먹고 콩먹는셍이로구나, 아허 빗을나 다고기를사다주고 논을엇든수가잇스니가 뻐가붓치든 논두마직이와
쳠순누 붓치든 논이다떠러커버럇구나 이럿케셍각하니 암만해도 아리해도 못살구 커리해두 못살것갓헛다。

[화나는대로하면]

하고 벌덕욀여나쉬 낫으로 엽헤섯는 보드나무를 쿡쐭으니 노란 넙사귀만이흘어것다。

(一九三三 一〇・一〇)

兄弟 (全一幕)

張德祚

때 · 現代. 락맵지는커녕

곳 市外 어느文化주택

사람

聖哲　醫學士　三十세

仁哲　그동생　畵家　二十六세

英淑　仁哲의佛語教師　二十三세

할멈　五十세가량

인철 성철共用의 응접실인洋室 방한구석을 무대정면에 두엇슴으로두벽은 斜線이되어 觀客席으로向하엿다 라서 舞臺는 비스듬이三角形 左便은띄어 右便벽에는 크다란유리창문 이창에는 나무닙 휘날리는 들一部가 보인다.

室內는 러불 의자 책상等 젊은사람들의客室답게 中央의 조고만레불을씨고 英淑 인철대하여안젓다。 教授中 그러나 인철은 신이나지안는모양 멀건히 락맵지는창문을바라보고잇다。

英淑 (펴들고잇든 책을노흐며) [그럼……]

仁哲 (쌈짝놀라면서 창어서 영을돌리며) [네ㄱ.]

英淑 「이제번역까지 마주맛첫스니 이 [래되안드 · 데 · 쉬클]은 다마춘것으로 하십시다°이담 다시한번 잘 휡」

어보시고 의문되시는것은 언드라인을처두섯다가 질문해주십시요]

仁哲「(무어 없다는듯이) [네 그런지요] (책을덥허 책상맛헤밀어 놋는다 영숙도책을덥흐며)

英淑「그쌋짓것 그냥읽으려면 얼마되지안는거지만 이러케한가지 한가지 해나갈려니 퍽오래걸리는것갓군요 (혼

자말처럼) 그러치만 푸른치류할바인 얌만해도 유-고롤냇스수야잇나?]

仁哲 [너]

英淑 [그럼 이다음에는 희곡몰읽한 나해보십시다。(상냥하게) 커어 모리쓰 터스튼의 [쑤란치] 가 어떨쌰해서

지고왓는데......] (영숙 노란 그로쓰책을 인철에게밀어준다 준흐빗아들고 이리 저리넘기며본다)

英淑 [쑤란치래두 한째는 사랑의대신쑤란치라고 정말그인기가 핑장햇섯나봅니다。이모리쓰작아 파리국

립국장에서 상연되엿슬쌔도 매일가티관즁이모여오고 긋날에는 자살자쌔지 뉘엿드군요。]

仁哲 (조곰생기가난듯이 열심으로듯이한다) [하...]

英淑 [사실 이장군처럼 련애에용감한사람은 엄서요 브불컨쟁(普佛戰爭)에 실즁이난 불난쉬는 그째 쑤란치

독재정치를。열망하기쌔지햇다나요, 그리구 그이자신에게도 그만한 패그도잇고 실력도잇지만 그명에 지위

실력쌔지 모다집어던지고 가슴을알는애인을다라 일홈도업는 어떤산기슭에파뭇치어 간호에만열즁했다지요]

仁哲 (감격한듯이) [하하 그런데 불란쉬민쥬은 그것을묵과했두가요?]

英淑 [글세요 그째나라에서는 청완대신을일코 야단인데 얼마후 나무하는늙은이가 엇던산기슭 조고만무덤압

쉬 자살한사람을발견햇는데 그사람이 바-로 그쑤란치장군인줄화정이되어 그만대소동이 낫섯다구해요]

仁哲 [하!]

英淑 [그쌔 장군은 그애인율다라가선 피를토하고 즁래에싸진사람을 사십일동안이나 씀쌱안코직히다가 결국은

그처녀가 죽어버리니쌰 그무덤압헤서 그만발광자살한것이라고......]

仁哲 [......]

英淑「그래 국상문제가 일어나고 법석을한후 감격잘하는 라렌민족들은 그자리에다가 긔녘비를세우고 지금도 사

랑하는 남녀가 그압헤서 죽음으로맹세를 한다는데……」

(이여 인철산다가 기책을듯고 창공향해설어간다。그 눈을쓸쓸늡바리다。영숙 말을문코 그를 놀란표정으로바라본다。인철 창문

옆더자 찬바람에 쏘신낙엽이 멋남 방안으로뛰여들어온다, 인철창에 기대여고민의표정)

사이 인철 수선으로눈을씻는다 우는모양 영숙의자를써나 인철에게 가아히가서 연호로 그얼골을드려다보며)

英淑(어데 편찬으세요?)

仁哲(무르럭웃듯이 우스며) 아니요 그거 나무넙들이 날아단기니 마음이 시산한군요

英淑「제가드린아야기가 마음에상하시거든 용서해주십시요 그럼 이다음에는 쓱란체는그만두고 좀어렷드라도

바스의칼 명상록가튼것을 하도록하십시다。」

仁哲「아니올시다 천만에。말슴을 척이야 아무것으로하든지 상관업지만……。」(우울)

英淑「왜그러케 우울하게구심니가 이즘은도모지· 어학에도흥미가 업스신듯하고 그림도 그리지안으신듯하고。」

(나열 또 날아들어우라 사이)

仁哲(울덕히)「영숙씨—!」

英淑「녜?」

仁哲「커어」

英淑「말슴하십시요」

仁哲「커 커는 그만 불란쉬류학을 단념하겟슴니다。래일부터는 불더도 그만두겟쉬요」

英淑(놀라며)「녀? 무어요?」

仁哲「입째쌔지 수고해주신성의에대하여는 미안하지만 커는 이즘쌔지 생각해오든일들이 모두 쏨이엇다는것을

알앗슴니다。쏨도쏨 어린애가튼 몽상이엇다는것을。나가튼 불구자 불구자가 뼈나라안에쉬당하는쉬름 참피도

英淑「부족해서 남에나라까지 떠돌아단기며 부끄럼을 당할필요 가업슬것갓하서요 하々々々々」(自嘲的으로웃는다)

英淑「………」

仁哲「이쌀과 이모양으로야 어데를가든지 누가동정이라도 해주겟슴니까? 수만리이향에까지 차자단기며 마음의 고통을맛고십지는 안하서요 남의돌어어더맛고 십지는안아요」

英淑「왜 작구그린생각을하심니까? 날세가음을하여 아마 마음이 가라안지안나봄니다 제생각에는 불란서는귀 녕 이지구의꼿싸지라도 차자단기며 당신의빗나는그천재를닥가 음의로귀국하시는것이 인철씨의리상아요 쓰그 다지도 극진히 위하여주시는 형님에게떠한 갑흠도되리라 십흔데요」

仁哲「글세 그런건 다 철업는몽상이라고 하지안슴니까? 지금은 하々하々 (또自嘲的으로웃음)

英淑(우슨말을할려다가 참는다)

仁哲(스스로흥분을 갈아안칠려는듯이) 그런데 형님은 왜 안돌아오실까?

英淑「아마 래일이 출발일이니까 여러곳으로 작별을단기시는지 모르지요」

仁哲「아마 그러나봄니다」

英淑「두분이 이러케게시다가 떠나시면 퍽쓸々하시겟슴니다」

仁哲「네 그뒤人일을생각하니 정말어더케할지를몰라요 실상은 형님도 여러번 이번일에대하여서는 사양도하섯 나봄의다만 의학회에서 꼭가달라는것이라니 그리구 커쎄문에 이런조흔기회를놋처서 염구에 방해가되면 안 되겟기에 커도퍽만히 껀햇슴니다」

英淑「三년작정이시라지요?」

仁哲「네! 실상은 四五년잇서야한다는것을 쓰 나쎄문에 잇해로주럿다나요 그커 쎄가잇기쌔문에 형님에겐는 큰집이시지요」

英淑「또별달슴을…… (잠간팔둑시게를보고) 아아 벌서 여섯신데 커도잡간볍고갈랬드니 그만가겟슴니다。밤여한

번나오든지 래일역으로바로나가든지 여하튼성철씨에게 전해주십시요]

(영숙 헤들열혀와서 책을주어든다 이써박갓혀서 사람소리나면 써어가열리자 성철 돌아온다°)

仁哲「형님 안녕히오십시요」

英淑「입째 기다리다 마춤갈려는걸이람니다」

聖哲 (모자를버스며)「그 참안되엇슴니다° 떠나기젼에 꼭말슴드릴것도잇고해서 곳온다는것이 그만 여러친구에게

붓잡혀서………」

英淑 (깁븐듯이)[커에게요?]

聖哲「네!」(성철 인철이잇는참사가로간다 그동안인철고민의표정 그의억게에손을언즈며)

仁哲「이러케바람이찬데 어데 압호냐?」

聖哲「마니요」

聖哲 (인철머리에손을언저쓰며)[열이좀잇구나 (마루를나려다보고) 아이구 방에도이러케 마른납히………]

仁哲「내가불러오지요」

(성철 써어를향하여 [할멈할멈]부른다 머답업슴)

聖哲 (영숙에게)「안즈십시요」(약속안는다)

英淑「천만의말슴을……」

聖哲「매일 인철이를위하여 넘우수고해 주세써………」

英淑「컨번 유고작품을 하신다드니 만히나갓슴니까?」

英淑「네!오늘 다맛첫서요」

聖哲「정말 고맙슴니다」

(인철 젎둑 젎둑 문웅향해가면서 할멈웅부로는중에회장 성철 테방것흐로와서 의자에안는다°)

（발소리나며 할멈웅향하여 이약이하는두사람을흘긋 돌아보며 비로 마우께차인나덕을 쌓어버리고 창문을닷는다。

聖哲「（할멈웋향하며）오늘커녁은 의학회송별면에서 먹게되엇스니 버쥰비는말고 례복을 써내두시요」

할멈（네에）（퇴장）

英淑（말하기거려운웃으여）（커어 커보고하실말슴이게시다구……）

聖哲「네 실상은 인철에대한일로」

英淑（의의신웃어）「네?」

聖哲「인철의의 월간행동은 뎡숙씨에서도벌서눈치 챗슬는지도모르겟슴니다만 인철이가 갑자기 무슨일에나 흥미가업서작고 우울을해하는것것갓소 그건물론 이러케 부모도업시단두형뎨가 외롭게살아가다가 내가먼독일로 떠나간다는릴유도잇겟지만……」

英淑「…………」

聖哲「제생각에는 그보담더큰원인은 다른곳에잇지나나함니다。커것은 보시는바와가티 불구자임니다 그것도 나의실수로— （고통의표정）벌서칠년건인가 아즉철이가증학에단길쎄에 관철 류마지스로 고생하는것을 그쎄 바로학교를나온 쇄가 실상은아무것도모르면서 주책업시수술에 착수하엿다가 그만커가튼병신을 만드러버렷슴」

英淑「어쩌면—!」

聖哲「그러치만 커것은 한번도나를원망하는일이업시 임쎄까지 충실히나를섬기고 잇슴니다 그려 그후 졸업도눈 압헤둔채로 축학교또못맛친철이가 얼마나 그예술에건심하엿는지는 뎡숙씨도아실것임니다」

英淑「…………」

聖哲「그리고 반년건부터 그가 불란서유학을 뜻하엿슬쎄 그의타는듯한진정은 뎡숙씨에서도 인정하섯길래 이러케 매일가려 수고를앗기지안는줄암니다。

英淑 [천만에]

聖哲 [그런데 어쩌예밤 돌연히내방을차자와선 불어도 유학의뜻도 중지하고 정취업시 방랑이나하겠다구요 그

英淑 […………] 말을듯는나는 쥐것의고민을 넘우잘알고잇는만愛정말………]

聖哲 (눈을늘씨으며) [명숙씨, 당신가튼교양과 미모와 신분지위를 가즌신분에게 무능하고 학교는중학도못못맛추
고 더욱히불구자인 내동생을마다달라는것은 넘우나염치업고, 최면물으는청임니다만 래일부터는 나도업는이집
속에서 단혼자이년간을 살아갈것을생각하니………]

英淑 (고개를숙이고 묵묵히잇다)

聖哲 [그동안에 쳘이는 맛치거나 자살을하고야 말것임니다']

英淑 […………]

聖哲 [쥐것도 자기의비참한모양과 무식을알고잇기째문에 당신에게고백한마듸못하고 입쌔싸지 죽음보다더어려운
마음의 고뇌를 참고잇섯든것임니다, 나는 그것이더불상해서 더가엽서서………]

英淑 […………]

聖哲 [명숙씨 지금이자리여서 인철이를 구원해줄사람은 당신박게업슴니다。 영숙씨! 인철이를 아니 쥐의형제

불구원해주십시요]

(영숙이 갑자기책상에엎디지며 느껴운 다성점哭학서 그의겻흐로가며 처음으로흥분에서 쌔여난듯이)

聖哲 [용서하십시요, 영숙씨 용서하세요 넘우 무례한말슴을드렸서………]

英淑 (울쌘)

聖哲 [정말용서하십시요 육친을생각하는 형의명목이라고생각하시고 노염을풀어주십시요]

英淑 [아니올시다 아니여요]

聖哲 [네?]

英淑 (울며) [커, 커도 뿔서부터 인철씨의마음은 알고잇섯서요 그러치만 그러치만 선생님의입에서 이런말슴을슬을줄이야......]

聖哲 [네?]

英淑 [혹씨다른사람이 이런말슴을하신다면 커도무리가아니라고 생각해요, 그러치만 어쩌면 어쩌면] (운다)

聖哲 (묵々히 역숙이의 우는양을바라보고섯다)

英淑 (광란한듯이) [당신은 당신이업스신동안 밋처든지 자살할인철씨의일은 걱정하시면서 당신을그리다가 정말 밋치고안말 한녀자의마음은 어쩌면 그다지도 모르는척하심니까?]

聖哲 [..............]

英淑 [당신은 인철씨가 넘치는사랑을가지면서 참아고뼉을못한다고 그건 누구나다 그런것이람니다。커두 커두 당신의뜻을 존경하고잇느니라고 입째싸지 미여질듯한가슴을안고......]

聖哲 [성천씨!]

英淑 [성천씨!]

聖哲 [영숙、아영숙씨!]

(성천흥분하며、우는 영숙의 우는양을바라보고섯다。영숙 성철의가슴에 얼골을웃으며 다시한걸더늦게운음)

英淑 [성천씨!]

聖哲 [고맙슴니다。고맙슴니다]

英淑 [성천씨! 커는 당신이 귀국하시는날을 직히여 기다 겟슴니다]

(어여 창박그로 절둑이며 지나가는사람의 그림자 유리에 어린다。성철 그것을보자 갑작이 정신이난듯 가슴에서영숙의을 일치고、붉으짓는다)

聖哲 [역숙씨 안됨니다。용서헌십시요 만약당신이 진정으로 커를위하시거든 커인철이를구원해주십시요]

英淑 [네?] (옴씨 놀라서 울음이뚝멈친다)

聖哲「나는 그 것의 행복만을위하여 오늘까지 독신을직혀왓슴니다。나째문에 평생고통을 마튼동생을위하여 나
는 나의깁븐권부를 밧치려니다」

英淑「……」

聖哲「당신이 나의진정을아신다면 그정성을 좀더 넓혀주시지 못하시겟슴니까」

英淑「네 커는 커는」

聖哲「당신은 그럼 인철이와 결혼해주시겟슴니까?」

英淑「네 하 하겠슴니다」

(이어 박그로 창문이열리며 창백한 인철의 상반신이 나타난다 손에는 스켓취도구 외활복을일것다 락덩두어저 날라드러우난)

仁哲「형님 형님은무슨말슴을하심니까? 커는 그냥가려다가 형님에한마듸축하말슴이나 드릴려고 되몰아왓슴
다 형님은 영숙씨와 결혼해주십시요 쇠로사랑하는두사람이 결합되는데 무슨장애가 잇겟슴니까? 떠욱이
근강과교양이갓추신두분이니 더욱일만히하실줄암니다 커는이길로 정취업시 려행이나단기며 나의예술을 엄마
할작청이니 제일은안심하십시요 사람이사는동안 다가티성공하여 맛나는째도잇겟지요。그럼 형님 떠나시는것
못뵈어쇠 죄송합니다 영숙씨 아니 형수님도 안녕하십시요」

(창운이닷기며 비취엇든 그링자조차살아지다 빙연하고잇든두사람 「인철아」「인철씨」하며 창스가로 물러가다가 서로영키며
쑤어진다)

― 幕 ―

短篇集

友情

李 石 薰

K와나는 곤드레만드레 취해가지고 가페ー를나왔다。

[이자식7 너가든짝쟁이자식과는 절교다ー!]

K는이러케외치고 러벅러벅걸어간다。 나는영문을몰랏다。 그와나는 바로오늘 커덕처음인사를 한사이엇다。 술에취한

사이에 이놈저놈하고 트고지나게됏지만 멧시간이못가서 절교라는것은 초고속도적교제가 아닐수업다。 나는멍청

해서따려가며

[깍쟁이? 아니 무슨말인가?]

[가페ー에와서 립을안낫는자식이 어디잇담! 너가든것하구 술먹으러왓다가 춘자헌테머해서 버위신은말이아니

다! 에익! 창피해!]

K는튀! 하고침을배텃다。 아모리 생각해도 나는일원자리한장을 [춘자] 헌테 쥐여준것가티 긔억되는데……

[이사람 일원한장을주구 안바덧다겟나! 나는춘자 얼굴을 다봣다! 내낫작이뭔가! 창피해! 에익!]

[춘자가밧구두

[헛다는데……이사람!]

[더러운자식! 절교다!]

K는 커다로성큼성큼 그러나 약간휘웃둥거리며 가버럿다。나는하는수업시 한참동안 이상야릇한심정으로 우

둑허니서서 그의뒷모양을덩허니 바라다볼뿐이엇다。

그이튿날 눈이왜서생각해보니 참 내가 「틀」 울안곳코왓섯다。나는K에게대해서 여간낫치못하지안엇다。그의

솔직스런성품에 나는크게감동되엿다。나는 친어경험하지못한 절실한우정을느끼면서 K에게로달려갓다。

思　慕

그는 안해를버럿다。

다섯살먹은 어린아들이 쓰껴간어머니가그리워서 해질녁에는 가끔을군한엿다。그럴쩍마다 그것이보기에안된나

머지에 그는어린것을쫓지엇다。

그후부터는 어린애는어머니가 그리워울다가도 아버지헌터들키면 울썩 눈물을삼키고 억지로참엇다。

「이자식 ! 또울것구나 !」

아버지가위치면 그애는눈을끔벅/~하면서 도라쉬버렷다。

어럭케하야 한동안 어린애는 어머니를잇고잇섯다。

어떤날 할머나가 빨내를하려고 헌의복들을마루에 쏘나노앗슬쩌엿다。어린애는그가운데서 어머니의헌ㅡ치마

와 커고리를발전하엿다。

「이거 어머니 커고리! 아치마두ㅡ 어디마러볼쩌 어머니냄새가나는지……」

어린애는 어머니의 의복을셔안고 쿨ㅡ쿨ㅡ마러보앗다。

「난다ㅣ 난다ㅣ 어머니냄새가난다ㅣ」

—(33)—

어려케웨치고나서 이윽고 쓸々한표정을 짓드니 어린애는 와—하고을기시작햇다.

아버지는 아서부러 자초지종을 문름으로써다보고잇다가 시선을돌리여 눈물을굴성거렷다.

그는안해에게 편지를쓰기시작햇다.

박게쇠는 어린애가 아직도흙٤ 느껴울고잇섯다.

懺悔

그는 길바닥에다 시신을쓰고 밤이깁도록 왼상안을헤맷으나 구리동전한푼 떠러커쥐지안엇다. 배는곱프다못하야 가

슴은 쇠똧으로굴거내리는 것갓치 쏠아렷다. 허리는안호로휘여지고 다리는지쳐버린나머지에 자칫하면 압흐로쓸어질

것갓치 힘이쌔젓섯다.

전차와 사람의왕래가 끈처버린 황금청거리를 어청어청거려올쩌엇다. 한참고개를숙으리고 가다가「포도」우에

왼사람이 하나업드려커잇는것을 발견핫엇다. 가까히가쇠보니 사내거지가 물우에코를박고 몸을꼬부리고 쌍—싱

—신음하고잇섯다. 그는불그렇히 드려다보앗다. 거지의손가까이 누렁동전멋닙과 힌백동전한닙이 떠러커잇는것이

금먹금먹 조으는「가등」으로해쇠 희미하게보엿다.

그는 사방을휘—살펴본후에 흰것을집어보앗다. 오권샀리엿다. 호젹한개한머어도 살어나겟는데—하고생각햇다.

거지는 아무것도모르고 ,역시 꿍스거리며 몸을비틀었다. 그는한참동안 거지를드려다보다가 쩍동전을가지고

가버렷다.

뒷골목 청인집에쇠 누런호떡한개를먹고 뜨거운차人물한「차관」으로 배를채우고나니 비로소 양심의가책이 머

리를들기시작햇다.

그는 펜거름으로 거지가 누어잇는거리로나갓다。 사죄할작정이엇다。 그러나 거지는 어데로갓는지업섯다。

그후멧해가지나서 그는「사라리—맨」으로 생활에걱정이업시된 오늘날까지 커—다란참회로 마음을압프게하고 잇는것이엇다。

그는일평생 참회하지안으면 안될것갓티 생각하면서 가슴우울해지군하엿다。

그들의 戀愛

조고마한 언생으로부터 그는안해를 몹시때렷다。 안해의몸동아리에는 퍼릇퍼릇한상처가 자리잡혓섯다。 멧칠동안 피차의사이에는 불쾌한침묵이가로질러엇다。 밤마다 안해는 그를넘헤노코 넙적다리의 퍼릇퍼릇한상처를 어루만지면서 훌쩍훌쩍울엇다。 그는 못드른척하고잇섯지만 마음으로는 여간애처롭지안엇다。 어떤날커녁 그는안해의 잔등에생긴 퍼릇퍼릇한상처를 만커주면서

「인컨 다시는손질안할테야—」

「정말캥겨하섯요」

「내가잘못햇서……」

「회개하면조치요……」

그는안해를꾹—에안어주엇다。 안해는감격되어 눈물을흘렷다。 그도자칫하면 눈물이쏘다질듯하엿다。

그들은「연애」를늣기엇다。

두사람의 가슴에는 새로운애정이윤슷음첫다。 그로써 부부생활의 천태를불리첫다。

夫　婦

A가 B에게

「여보게 나는자 비마누라와부부、 가된다면 아주리상일것갓비?」

한측B는

「어참 잘팔해젓네 실상인즉 나두늘 생각하구잇다네——자녀마누라와 너가부부가 된다면 얼마나 행복스러울 外하구……」

A、B는 각기안해에게 의향을 물어보앗다。안해들도 남편과갓들생각이엇다。그래서 그들은안해를바쉬엇다——

그러치 안해들편으로보면 남편을바꾼셈이지。그들은행복스러웟다。

이것은 一九二五年 북쪽서해안의 조고마한셤——S 섬에서 생긴일이다。

—一九三三年作—

暗 路 （全一幕）

李 雄

人物

基斗　（야기모장사）　四十五才

그의妻　（肺病患者）　四十七才

孝得　（그의아들）　十才

宋氏　（안宅마님）　五十才

在洙　（宋氏아들）　二十五才

生鮮장사　四十才

自働車助手　二十三才

舞台

場所……서울、어느月曜日아츰

時代……現代

쉬울에가장만흔 행낭방 窓도업는 컹컹한외족門달닌房 門밋헤바로 솟한개、쌔진바가지、양재기、사발두어개、수

커멧개 이것이基斗의 살님사리다 房안엔 호ㅡㄴ 쌔여진 농한개、옷목에요강、그엽헤 이불우려미、우에는색기

줄이쳐잇고 거긴 다ㅡ쓰더진 기쒀귀 멧개가 걸녀잇다 이행낭압헌 골목으로通하는 大門이잇고 左便구석으로

좀쌔쑷한비門 이것은 안宅으로드러가는門이다

墓이열니면 基斗 마ㅡㄱ 밥床을마치고 꿈방머에담배를 피우려하고 그의妻 갑신히 壁에 기대여잇다 日曜

日아춤이라 여긔커기서敎會 鍾소래 울녀오고 잇다금 〈 바람소래들닌다 하눌에선 한눈의날나기 始作한
다。

基斗 오늘은 어제 저녁을 굴머서그런지 밥맛이 퍽잇는데 한그릇을 다ㅡ먹엇는걸。

妻 (第三期가넘은 蒼白한얼굴노 쉬여번기침을하고) 시장한담에야 쓰것단것이잇소 된장쇠게 한그릇만가지고
도 다ㅡ자시니 빼많이 퍽 깃부 여보 우린 언제나 이ㅡ행낭사릴 免하자우(한숨쉰다)。

基斗 엽녀마우 뭐 줄것 행낭사리만하겟소 인케 곳 우리도 남과가티 살쩨가오겟지。

妻 밤낫 이케나 쥐케나하고 기다리지만 어듸곳이잇소 갈수록 컴컴더해가는데 거반 二十年동안이나 어집
쥐집으로 굴너다니지만 줄것 그식이장식이니 암만해두 못 面할것갓구려 (고된기침을한다)。

基斗 千萬에 그럴리가잇소 다ㅡ째 가오겟지 고생을이만치햇스니 아ㅡ寶物금이 어려케뛰렷하지안우 아 모걱
면 뉸기엔 베百이나한다는데 자ㅡ이손금을솜보우(손을내민다)。

妻 참기야 참지만(또기침한다) 나는 암만해도 오래못살것갓해 이ㅡ해소病이 날이갈수록 컴컴더해가는구려
침을배를적마다 피가셕겨나오구 쎄쎄로上血을하니 견틸수가잇소 밤에 식은땀이나서 쪽 먹 감은것갓고 가
슴이압하 잠한잠못자니 今年겨을을 못넘길것 가구려。

基斗 위그런소릴하우 사람이란 타고난命이 잇는데 그러케죽는게안이라우 이케 차차낫것지 쥐편病에 藥뿐에
가는게 第一조흔데 그러치안으면 人蔘斤이나 두둑이 다려넉으면 조흐련만…… 제ㅡ길할 돈이잇서야지
더군다나 요즘日氣가 갑작이치워저서 감기가드러그렷치。

妻

우리살림에 藥물러 人蔘이다ー뭐요 房에붙이나마 좀쓰듯이째고 衣服이라도 좀두럽게입으면 이다지 苦

하지안을런데。

基사

（사이）

참 여보 마누라! 내가 길에서 今年身수를봤드니 아ー今年에 횡財수가 잇다는구려ー 今年도 알호로 한

달박게안남엇스니 암아 이달에 무슨 횡財가 잇슬것갓흔데…그래서 난 즐것 성만보고다니지 더군다나

銀行압흘 지나면 그압헤 호ーㄴ 新聞紙조각 하나라도 仔細히 〳 본단말야 그쥐 金덩이나 紙錢우

레미 하나만 으드면 當場에 八字를 곳칠텐데 제ーㄱ 그거그럭케엄단。

妻

여보 그만두? 밤낫 횡財〳해야 一錢한푼이나 숲컬 으더봣소 행낭방사는년의八字에 횡재가 다ー뭐

요 突然히 맘만 달뜨게 그리지마우。

基사

여보 웨이래 그ー재수에 싀리는소리마우 될것도안되겟소 아ーㄴ그래 내가쑨쌔 어든것이업소 자ー내가

길에서 주은걸 더봅시다… 여무써다리쉬 참칼을한개웃엇지 夜畫개션 銀귀개를웃엇지 또 그언젠가어

린애고무신 한짝도웃엇지 그뿐요 올봄 獎忠壇선 보재기에싼 人造絹 쥐고릴 다ー웃엇는데 아ー이게웃

은게적소 이게 다ー횡財수지 그래당신은 쥐쇠리나마 으더보앗소。

妻

아이구 거 큰횡재햇구려 그ー술장수가 버린다ー씨쳐진 쏭무든 쥐고릴 으더가지고와서 에ー고ー 내가

엇지려워쉬 쌈을 못나려다보니싸그렷치 당신처럼 줄것 성만보고 단인다면야 참 별것 다ー웃엇소。

基사

아ーㅣ 아모나 함부루웃는줄아우 그게다ー福이이잇서야 하는게야 아ー우리시골 그 벙어리란놈을 보구려

그놈이그거 멧해두고 줄것 땅만보구단이드니 그ー日本兵장 淸國으로 드러갈케 紙錢뭉더걸엇지안엇소 그

래서모두 그럭케잘살지 사람이란 모르는게요 오늘이라도 내가 紙錢뭉더걸 하나어둘지아우。

妻

여보 제발 그럼되지안는 쭘은 그만두 紙錢우렝이가 洞內집애 일홈인줄아우 紙錢우렝이〳하다 잠고

대하것수。

基斗　글쎄 왜 財수업시이래 今年에 횡재수가 잇다니가! 꼭 으떠올레니보아요……。

妻　（對答도하지야코 기찹만한다）

하지 그럿치 마누라。

무얼할쌰 울치 첫재 집사야지— 얼마싸리사나 —二千圓싸리— 적지안을쌰 무얼 씨食디니쌰 넉넉

基斗　자—萬一 으드면 그결부뤌가 뭐 만이도 所用업서 그꺼 百圓싸리 百張뭉친것 하나면足하지—

妻　그라구 그다음은 씨간사야지 三層衣거리하나사구 장농사구 장독、 항아리、 솟、 이쌋잇거야 千圓만 가지

基斗　면 다되겟지 그럿치 여보。

妻　에구 듯기실여요 똑 어린애갓호이。

基斗　그담은 뚜뭐사나（虛空을치어다보며） 올치! 나두 洋服한벌사야지 써平生所願이 洋服한번 입어보는거야

커—總督府앞혜 좀가보우 그허—연 둘집에서 나오는兩班들이 번지르르한 洋服을입고 어청〈거려가는

결보면 참기맥히지! 그꺼 朝鮮衣服입은 사람은하나도업구려…… 그洋服한벌에 울마나할쌰 한二十圓하

나 엇잿든한벌사야지。

妻　…하…… 당신體格에洋服을입어요 논둑에 허수아비갓흘걸 그—쇼부런진 등에다입으면。

基斗　메기여보 건 영감을 욕을하우 내가 이래뵈도 이집王인데 어느家王이라니。

그담은 뚜무렬사나 참 망샹이것구나 암 샹사야지 그래야 秋收하지 五千圓엇치만사면넉넉하지 요즘 쌍

값이 헐하니쌰 百石거린밭걸! 그렷치그쎄야 양덕영감이지 別수잇나 시골作人네집을써려가면 연송 밤

삼요 닥잡고 主人댓나려오신다고 굽실〈할데지 께—기 生覺만해도 참깁뿐걸（어려나며） 그쌈버가 作

人들억쎄를 쑥쑥치며 어—자네들 農事잘지엇나 하거든…허허 그쎄야 임금님 부럽지안치 누가감이 써

배를다쳐 어렵이나잇나 그럿치안소 여 마누라— （도로안는다）

妻　에구 쌱해 八十에나 철이들쌰? 手中엔 엽천한푼업스면서두 마음은 커러케도太平이나 가집넌이 다—

基斗 藥! 암사오지 돈만잇스면야 여태잇겟소 돈안밧고 藥주는곳이잇다면 百番 千番이라도 갓지 거귀가서

죽에돼도 藥한첩을 못사오면쇠。

말노만애원한댓자 甘草한뿌리 그거주는놈이 업쓰늬엇지하우 내가이래뵈도 어려쉬通鑑卷이나 읽은德으로

이런文字도안다우 租豳之妻는不下堂이라 그뿐요 一姤舍怨이 五月飛霜이란말도앗지 왜 안해가 重한줄을 모

르겟소 ……아차 말이싼길노 드러갓군 마쥐이야이해야지 올치 마누라 해줄걸 말하지안어서 怒여워그

리눈군 자-무렵해주쇠 金비나를해주쇠? 金가락지 해주쇠 응 어는걸해주쇠。

妻 에그 귀압하 쇠밸읍슘 다무루。

基斗 허- 아니 그래 해주면 실여 에라경철 두가지 다-해주어라 그의에 비단衣服이랑 또 늘 조와하는 수

孝得 아버지- 그럼 난 무렵해주。

基斗 올치 널니젓구 용 던 洋服사쥬구 구두사쥬지 그리고 學校에 보내주지。

孝得 아버지 쥼말! 아유 조와-葯믄도 사쥬지 난學校에가구퍼죽겟쇠 쥐-아버지 압집致襲이가 나띠歌가

基斗 암 미루쥬두 사쥬지 아-니 네가 唱歌를다-배웟쉬 어듸한번 해봐라。

孝得 (노래를부르며 스투른 단스두하고 도라다닌다)

基斗 야-이놈봐라 참잘하는데 아주 재조쎙이로구나。

妻 에구 아버지나 아들이나 쪽갓구나 얘- 구돌돌 셔진다 그만둬라。

基斗 아차 또 얘기가 쇠너젓구나 자-그럼 울마 가남나? 집이 二千圓한고(손을곱는다) 시간千圓하고 쌍이

悲斗 五千圓한고 가만잇자이게얼다냐 八千圓이 르구나 그림 二千圓이 남것다 이걸 또 무엇에다 쓰나 여보生

앗좀해보。

妻 (회를켜며) 당신조와하는 막걸니나 먹구려—。

基화 여—끼 二千圓엇치 술을먹어 건멋첫나 五錢짜리 네잔이면 넉넉한지 ……우린 마누라 福이업서서 이래…나 福만가르면 벌서 富者가되젓는데 마누라가 방정마커서 드러오든福이 그커 다름박질 튀여 나간 단말야。

妻 여보 이만치 벗텨가는것도 써德인줄아우 자나 쌔나 모주만먹는 당신이 무슨 몁치가잇고 그런말을 하우 (승읍밴다)

基화 어—승은버지마우 그커 농담이지 여—神仙노름에 둑기자로 썩는다드니 아야가하다 쌔긋치겟다 쌜나가 인지。

妻 오늘은 어데로가우。

基화 커—오늘 淏江서 쓰겟트大會가 잇다나 사람이 쌔만히올걸 오날가튼날야 우리 야기모장수에 젠生日이지 (이러쇠 다—해진니折幅을쓴다) 자—누어쇠 조섬이나 잘하우。

妻 여보 영감 오늘은 그만두。

基화 뒤— 그만두다니 그게무슨소리요 장날인데그만돼?

妻 커—다른게안이라 지난밤꿈이 떡 이상한구려 그리구 오늘 새벽부터 가마귀가 작고짓는걸윱보니 엇재

基화 마음이 살난해지는구려。

妻 아—니 무슨꿈을무엇소 어듸이야기좀해보。

基화 거기좀 안즈우 참 아런꿈은 처음꾸엇쇠…… 픽흉해… 생각만해도 소롬이끼치는구려 글서 당신이 술 이醉해서 오다가電車에치어쇠 허리가 부러젓구려 그윤만안이라 그몹헤서 죽은度任이가 머리를퍼버리고

妻 울고잇구려……에이우 무쉬워라。

基화 아—그것참·매우 흘용하꿈요 凶夢大吉이란말들엇지 그게바로 횡財꿈이로군 그래꿈과生時는 正反對니싸

妻　참잘우엇소 거 紙錢우레미 웃들쑴요.

여보 쑴이란 無心한게안이라우 그만두 그쌋짓 利도업는 고구마 하로안팔면 엇더우 萬一어름이나 써
커쇠 싸지면엇더우.

基斗　그런 當초안은소래마우 오늘안가다니 말이되우 쏘 오늘하로 안나아가면 쳐녁은누가주 그쑴을生각하니

基斗　매우홀용하우 이게윈일야 門이왜써러쥐 여보체발그만두 이게다不급한증조요 아즉감쏘갓든 門작아 오늘 왜 써러지우
엇재 滋味가좀적은데 앗다門작써러지는게 무슨相關요 다시달면그만이지 (다시단다) 자ー 곳단여오리다
(한놀읖칠어다보고) 야ー눈날닌다 여쌔 오것는걸.

妻　글쎄 그만두어요 (띄울멸고 소래친다) 基斗 드른체도안코 구루마를쓸고가버린다

孝得　아버지 만히팔고와 그리고올쎄 내장갑사가쇠와 응 아이 눈오네 (基斗 멀니쇠 오나하고 對答하다)

妻　고집도 커러케 신인 처음보앗쇠 야孝得아 나아가지마라 감가든다 (門을닷는다)……
萬一무슨일이 生기면엇거나 야ー孝得아 너 써허리즘 주물너라 (눕는다)

孝得　웅 (두손으로 주무른다) 엄마 우린 왜돈이업수? 洞ㅅ애들이 날더러 행낭어멈子息이래.

母　딸마라 生각만해도 기가맥힌다 여긘엔 돈도만엇단다 老하라버지 사라게실쎄는 시골쇠퍽잘살엇단다 알
뜰에 논도만쿠 소두만쿠 그리구 기와집에서 살엇단다.

孝得　그런때 다ー어되갓수.

母　할아버지가 쇠울노 벼슬하러오신다구 다ー쌀아업엇단다 공연이 벼슬도못하구 那終엔빗에졸녀쇠 고만滿
國으로 도망하엿단다 그래쇠 네아비하고 나하고는 시굴쇠살다가 빗에줄니고 쏘살수가업쇠 쇠울노왓단
다 처음엔 집은잇섯는데 네兄이 집짓는데 일갓다가 놉혼데쇠 써러쥐죽고 쏘 누나는 수무살이나되엿
는데 나가튼기침病으로죽고해쇠 그쌔부터 아버지는 화가나쇠 술만자시고 이지경이됫단다 (고만울어바

孝得 엄마 왜우러 응 （눈물을드려다본다）

母 아ー니 안우러 귀 하품이나서 그럿치 （억지로참는다）

母 이쩨 中門이 열니며 宋氏 긴장죽을들고 나온다 애행하고 큰 기침을한다。

宋氏 어멈 （孝得歷얼작본버 니려난다） 오늘은決定하게 어멈버두 염치가잇지 生各을좀해보게 자네 행낭어멈두

이아니라 아주 안방마님야 남의 행낭을사는년이 안집일을해야지 행낭어멈이 무엇하자는젠가 화초루두

고보자는젠가 겉녀친지가불쉬은죄야 속달이넘엇네 응

宋氏 （머리를숙이고 기침만한다）

母 글셋입흰것도 하로나 잇흘이지 밤낫病만핑게를하니 그게쇠病이 안이고무언가? 버가原來 마음이 부쳐

넘가래서 입쩨것참엇지 다른집가드면 사흘인들부러잇슬술아나 인젠 나도 더ー참을수업스니 오늘노아주

나아가게 第一에 그 쿨눅쩨는소리 듯기시러죽겟쉬 응 엇쩔렌가。

宋氏 （힘업시고개를들고） 마ー님 未安한 말삼을 엇지다ー엿주겟슴니까? 왜ー즈인들 그걸모르겟슴니까ー

마님宅德으로 사는몸이니 일을해드려야 하지만 몸이 이럭케 알으니가요. 누구나할수잇지 무엇 길거이야기할 必要가업서 오늘노

母 응 말은조이 그럴핑게야 인케 든든하고 일잘할놈으로 골버느어간네 뭐 행낭이 셔울에 우리집뿐인가 쌔

이 하도만으니냐? 인케 든든하고 일잘할놈으로 골버느어야간네 뭐 행낭이 셔울에 우리집뿐인가 쌔

宋氏 （아무對答업다 이쩨 ，멀니쉬부터 生鮮 승어드렁소래가 차차갓거워온다）

고생-인행낭인데 아범어되갓나 어서 불너다집싸게。

母 여보게 왜딸이업서 갑작이 벙어리가되엿나? 어멈만낫분게안야 아범도낫뷔 기집넌이 일을못하면 代身

아범이 일을해야지 그ー야가뭔지 먼지 팔너단인다고 그커새벽에 나아가선 밤중웃게오니 원일을

宋 수가잇서야지 그뭔인가 조子息은 안밧으로 도라단이며 과부집숫캐모양으로 일만쩌즈르고 에이구 지긋

〈해

生鮮장사 (門을열고發場) 마ー넘 安穩함쇼 오늘참 조흔숭어 가지고왓슴니다 아것좀 안사시럽소。

宋氏 (드른척도안코) 글쎄 외 對答을안해 버구루마삭은 부러줌세。

母 이ー치운겨울에 어듸로감니까?

生鮮장사 마ー넘 멋마리나 쓰시럽소 자ー이거보쇼 사굿 펄펄뜀니다 (生鮮을들고) 거 참 좃ー라。

宋氏 외아ー씨 그럽게구우 우린生鮮안사우。

生鮮장사 아ー니 이걸좀보쇼요 (참싸오는 사이에다갓다놋코) 이런걸보섯쇠요 막 只今漢江서 드려왓쇠요 이

宋 글쎄 안산다는데 외이러우 한번안산다면 그만이지 이비린내나는걸 외여기다 쇠버놋코이러우 참별뜰다

건참 들어먹다 한사람 죽어도모름니다 자ー매운湯읗하시든지 고초장읗발나 구으시든지하면 고만ー……

生鮮장사 이ー쥐홈슷이다 안사시면 그만이지 뭐 그다지 승낼것야잇슴니까 아주 호랑마넘이시루군。

鮮장순 쳐음봇네 가쥐가우 (담배대로 숭어를밀어친다)

宋氏 남 화나는데 生鮮장사가 한놈더 걸울니네그려 어멈 나갈렌가 안나아갈렌가。

차 그쿼ー조곰만더 참어주쇠요 차라리죽여주시는게낫지 어듸로가랄니까。

宋氏 아ー니 너가 사람ㅁ丁인가 죽여달나니 원행낭넌이란 말씨차 고약하단말아。

生鮮장사 (골에서) 에이 오늘 재수 드럽다 女便네한테 골씌윗스니 오늘 찰딸긴 다ー툴넛군!

宋氏 원 쥐런 고약한놈이 (門을열고) 상놈이란 고약하기가 작이업군。

孝得 엄마 추어 門좀다더。

宋屍 아요자식아 뭐엇재 추어 한데슨사람도 잇는데 房속에서추어。

在洙 (學生服에叫角帶를쓰고 外套우에 스켓을메고나은다) 어머니 외이리 씨그럽게 구십니까 고만두시고 드러가쇼。

宋氏 글세너도 좀생각해봐라 그래 이년너가 사랑이나 멀정한 도적년이지 兩班하고 상년과 다른게이거야 월

在洙 只今世上에 兩班 常놈이 어데잇슴니까? 다ㅡ살님사리가 구차하니 自然 그렷치오。

宋氏 아ㅡ니 넌 이년네역성드니。

在洙 역성이 무슨 역성임니까 不詳한사람을同情해야지요 다ㅡ울구라지고 쓰더진이와지房한간을 주사고 뭐그다 지 욕을하심니까? 마득어려워야 나부집 행낭을삼니까 두늘근것이 사라가려고 애쓰는것것보면 쐰 눈물 이남니다。

宋氏 애在洙야 이게다ㅡ너爲해하는게야 네妻가 좀苦生이냐 그럽게자란 富者집 외딸을 다려다 진일 마른일 한부로식히니 더욱이나 新式애가 模樣도못써고 손가락이러자나 아 시어미를 몸슬년이라고할지안겟니 오늘왓든 人力車군 철문시外만 주엇스면 좀조흐냐 안될일을 다ㅡ할 텐지。

在洙 어머니 그럼 念慮는마세요 家庭婦人이란 다ㅡ그런거조 일안하고됨니까 그ㅡ學校에좀단멋다고 되지못하게 일은안코 손에물방울만 퇴기는년들잡 굴치압호조 新女性일수록 일을 더해야조 模樣만내려들고 개 색기최럼 도략단니는년들은 그최 조ㅡ흔 곤장으로 볼길 피가나도록 호처주어야지요 그래야되조

宋氏 너 네妻하고 무슨怨수첫나。

在洙 제가 한말슴은 제妻에게對해서한게안야요 요즘所謂 新女性이란게 다ㅡ그러니까말이지요 그래쥐거는 당 초부터 일을독독히 식혀서 살님이란게 뭔지 좀알녀주고 십슴니다 자ㅡ어머니 길게말할것업시 어서

러가소 第一洞內가 붓그러워요 (둘윤민다)

宋氏 써일은 내게맛겨두고 띤 너불닐이나 가봐 외이럭케미니 너머지겟다.

在洙 어쉬드려가쉬요 (宋氏 마-지못해 밀너드러간다 在洙행낭알레와서) 어멈 좀엇더우 뮈우리어머니가 말

승한신건 귀담아 듯지마우 써방님!이-恩惠를 멋으로갑습니까 마-넘말슴도 다-올아요 이-멋달을 일울못해드리

妻 참 고맙습니다 써방님! 未安한지물나요 조곰 이러스려면 무릅이 떨녀서 것는수가잇서아죠.

在洙 원 이몸에 일이다-뭐요 사람이살고봐야지.

妻 써방님 世上사람이 모-다 써방님갓호시다면 걸가에 그지도업겟지 (우러바린다)

在洙 어멈 좀더참고 사라갑시다 世上에 어떤形勢만못한사람도 또잇스니까 아니핀만치 굼기를 끼사마하는사

妻 그럼요 罪야무슨罪가잇습니까 그죄 돈한거업는罪조 돈에힘이 너모만어서그래 자-어멈 이걸노 우先藥이나 좀사다먹우 쉬-

在洙 어멈말도 當然한거만 그놈이 돈에힘이 다람잘가업은 金枝玉葉갓흔 子息을 돈못쥬는사람- 이게

在洙 다-가난이란 그놈이 맨드럿지 그사람들에게야 무슨罪가잇소.

妻 아범을 어되갓수 (二圓을준다)

在洙 漢江으로 야기모 딸나갓쇼요.

助手 여기가 御成町 九十四番地임니까?

在洙 네 그럿습니다 누구를 차즈심니까?

助手 쉬-여기 基루라고하는 아기모장사 살죠.

在洙 네 그런데 아까 漢江에 나아가고 업슴니다.

(已박게서 作業服님은 自警團助手 손떡다-국여진 片紙封筒을들고 단을흔느며섰場)

—(三)—

助手　커ー 그ー 基와氏가 그만 停車場알헤서 큰길을근너서다가 우리 집시를 도락구와 衝突이돼서 그ー밋호로드려갓서요。

在洙　뭐요 그래요 그래엇지됫소。

妻　뭐라고 그래요。

助手　그래서 即時로 그압 世富蘭偲病院으로 드려갓는데 醫師가보드니 두 다리가부러지고 頭骨이가가켯다고

妻　네 누가요。

在洙　원 커련 左右間 生命엔 相關업답듸가?

助手　(한참 멍하니섯다가 고개를 숙이고) 五分도 못되서 그만 ……죽……

母　커이가 무슨이약일해요。

在洙　에익 망할 어멈! 이일을엇것거자우。

在洙　(눈물을죽 죽흘니며) 아범이 그만 自働車에치어서 죽엇다는구려。

母　네ー 은케 이되쇼요…아

在洙　只今막 停車場알해서 자ー갑시다 (助手와 갓치쌀니 나아간다)

母　에구 이일을엇것거나 에구 (房에서나와 凹으로나아가려한다 그러나 氣運이업서 쓰러지고만다)이것이 充말임닛가 수時에 거려간사람이 죽다니 그짓말이지요 아!오! 숨임닛가 生時임닛가? 하누님 病든커나 잡아가지 외 아밤을 아이고 엇덕하면조흘가? (여보,그러기에내가 말나고안합듸가?) (땅을처고운다) 나 우린 무슨罪가만슴닛가? 하누님은 잇슴닛가? 업슴닛가? 잇다면 너모나無情합니다 나는 하누님을 怨망합니다 이혈바넨 외 世上에사람을냄닛가? 낼나것은 고로루버지 우리가 무슨罪가잇다고 후生을 행낭에서 살게함니까 힐륄이나도록 외 어멈 아범소리만 듯게함니까

왜ー남의집 마루걸네만치다 늘게함니까 그나마도 못살고 죽게함니까 무엇을밋고 누구바라고 살남니까

?ー왜 病이나도 山것치싸인거藥인데 藥한첩을 못먹게함니까? 商店마다 布木이 집채것치 싸엇는데 우

린 못입게함니까 쉬울장안에 쌔이고 쌔인게 집인데 왜ー우린 행낭조차 못살게함니까 써가 一平生에

한로나마 갑부게 놀아본적이 잇슴니까? 봄에쏫이피가거나 가을에丹楓이 들거나 우리와는 아ー모相關이

업엇지요 이래두 하누님은公平함니까? 이ー冷情한 하누님아 먹도못하고 입도못살 이ー人

間을왜ー냉니섯? 나는당신을 원망함니다。

孝得　피를밧하고 쓰러저 氣絕한다。

　　　엄마 위이루ー 고만 니러나 응 (몸을흔든다)

　　　(中門에서 宋氏나오며、)

宋氏　아ー니 이게 宋氏나오며 부즈하게 웰別일다 보겟네 위이래 (어업음흔든다)

　　　응 죽엇나 ……어멈 〳〵 이러나。

　　　아이고 죽엇나부이 孝得아 위일이냐

孝得　아버지가 죽엇어요 (운다) 엄마 〳〵 이러나 (붓잡고 흔든다。)

宋氏　(눈물을 흘니고 바라보고섯다)
　　　慕이닷친다 바람소래 눈날닌다┄

一九三三・一〇・二四

고 초 가 루 영 감

方 仁 熙

고초가루영감님은 잘났어도 탕건을벗지안엇다 리조오백년동안 학따뱃든 평안도에 태어나쉬 이십적에 떡거

머리총각으로 류랑의길을떠나 충청도 어느골에 흘러들녓다가 우떤아랄는지 행운이랄는지 이방한사람을사리거 되어

장가를들엇고 이런거레사는동안에 그골문수네 청직이비슷이 잇게된것이 큰 벼슬이나한거쳐름 여겨쥐쉬 합방이

후에는 마음을노고 탕건을쓰기시작한엿다 평간은 처음으로 탕건을쓰술째

[여게다가 옥관자나부쳐쉬 망건마쥐쓰고 갓을쓰고 고향에를가면 고향사람들이 퍽 올녀다보겟는걸]

한고 생각을 한여보앗스나

하고는 마음을체지하엿다 그티다가 마누라들 룬신이나되도록 자긔고향구경을 못시킨채 충청도아산땅에다 파뭇

[분수에 넘치게하다가 본젼이랄노되면 참 큰일나지]

고 아들이 고학하려간다고 조선을떠난다음 쉬울모올너와쉬 고초가루장사를 시작한것이 ·열해째가된다 아들은

보퉁학교들 채 못마치고쉬 열여섯살되든해에 떠나는데 영감은 룬만잇스면 쌩쌩한손가락을 뽑어가면쉬 아들

간지가 멋해나되엿나하고 섯여보앗다 그티고 고학을한 기대문에 남과가치 얼는마치지를못한고 여러해를던다는

던지를받고나쉬는 눈이 지척지척한쩌가 각금잇섯다 그리한아 첨포도업시 든이원했가지고시작한 고초가루장사

여서 남는 (먹고입고서) 멋푼식을 외올버킨더에다 우려니코 엄마컨에는 칭원오십컨을 아들의게보

내노코 엇더케조왔든 가치 셋방사리하는 떱방마누라에게 크게자랑을하다가 그딸은 신식술집에서 하로에 삽

원씩이나벌어온다고 오굼을박힌일도잇다 떱감은 밥먹는것까지 절약을해서 칠원오십컨이나 부첫는데 남한터 공

연히괸롱이을받고나니 슬며시분한생각이나서 드러누엇다가 일부러일어나서 떱헤방마넘을 불너내가지고 답배대

로 사녀질을하면서

「그래두 마넹네딸은 술장수노롯은한지만 우리 그애는 일분가서 대학교멩기여 괜이 나오기만해봐 군수노롯

헌머 그라잔으면 쥐……꽁부(정부)가되구 시 그쓰직것 가시나이들가지구」

하고는 자긔말에기가나서 헐거워진랑건을 다시한번 똑바로고처쓰고 마넹을흘터보앗다 마넹은 꽁연히그리는멩

감이미워라고

一시 그런두 나던 도장관사우어들런여 그쌔지군수一

마조대서면 떱감은 무슨할말이 뜨잇는듯한데도 일는 생각이안나서

一힝 가만잇서 뜨좀 생각해봐가지구ㄴ 하고는 방에들어와서 한참동안 궁리를한다음에

「힝 그건참…

하고 내딸어서 되한바랑을한하엿다 그러나 이런일은 쎄쎄로잇는일이고 대개는 딸둔마누라와 구수덥덥한애기로

날을보내다 떱감은 마넹을식여서 남의안에 고초가루들 파는일도잇고 떱감은 마넹네 도배라도할에면 가장

일이나활한눈듯이、두딸을것고 ㅎ건을늘녀쓰가면 마넹이 풀칠해주는조이를닷는대로 갓다가 떠어노코서 빗자루

로씼씼나려흘렀다 그리다가는

「어왕이거돈 좀 잘발너주구려 하고 듯기술찬은 핀롱이를맛는예 도잇섯다 그러면 떱감은

「힝」하고 씻긋웃고나서 딸을 더거더부치며 법석을하는것이엇다

떱감의 초색산이라고는 석유뎬짝에든 헌옷발과 「가그」 혼답어노은 멋봉지 고추가루이엇다 이외ㅔ 소중품으

로 탕건과담배때가잇고는 아모것도 달은것은엄섯다

영감은 아츰에 일어나는걸로 탕건을만쳐거려쓰고 담배를피여물고는 고추가루봉지를 모조리펴본다 피여보고나

쓰는 팔널만한것을 끌나들고서 이웃음식점을차쳐갓다。

[여 쥔낭반 내 고추가루좀 가지구왓는데 좀팔어주시오 잉]

영감은 고초가루봉지들 바루웃헤다나려노코 풀너쇠뵈여주엇다。

[오늘은 안살녀는데─ 주인이 이럿타듯을한면 담배때들 쎌들며

[히─오 외 안산다고 고추가루는 이게상상질인데 괜이 명문몰으구서 자 어쉬 드려노시우]

하고 고추가루봉지들 슬슬드려뫃엇다 주인은

[아 안안산다니께ㄴ] 하고 쎄희다가도 령감이 화들벌컥써버며

[제─기 동네눔으이 거러도먹일렌데 고초가루쯤 팔어달나는걸 안팔어주겟다구 그레……자어쉬돈버우 응

이게잘되면 우리아들이 공부를잘한다우]하고 아들의이야기까지 쓸어버노왓다 그리면주인은 할수업시 결걸우스며

[허 영감뱃장두]

하고는 그머로밧어둔다 그리고 음식점을삳대로 고추가루장사를 하기쎄문에 음식점에서 닭이나닭이왕을사거

나채소를살때는 일부러나쉬서 흥청을해주고 대구랑이나 덕국부스러이도 조히으더먹엇다 그리하야 밤울 안칫

는때가만엇다 고초가루멋봉지팔어서 돈멋원이 손에쥐이면 오늘딸은불냥만콤을 케분소에가서 사가지고는 남어

지돈 은 구멍난지갑에다가 단단히간수를하여가지고 쓧물은거름거리로 돌아와서 엽방마냉에게 아들한렌서 오

편지가 고안온것을 알어보고는 한숨식찻다 고초가루장사 가 아모리밧버도 자긔몸이 아모리괴로워도 아들긔일

을 잇지는안엇다 그러기쎄문에 영감이 낫잠을잘쎄면 반듯이 갈녀케친양복을입고 굼렌안경율슨군수되야들을

꿈에보왓다 꿈이라 그렇겟지만 엇던쎄에는 아들을보고서 철울하임이 다잇섯다 영감은 꿈을쌔고나쉬는 만족한

듯이 쎌그렇우스며 이러나나와쉬 엽방마냉율보고도 공연히 우엇다 아들생각이웃나면 며누리어들생각율을한다

아들의키가크너사 며누리도 줌큰키에 양머리를하고 구두물신고 얼굴이입부고 얌죈하고...... 이러케생각을하다

가는 엇더케조왓든지

[히히히]

는 [시 쩨쌰지섯]

하고 홍자쇠 입이턴지도룩읏다가 언제든지 톡톡잘쏘고 반말잘하는 근처고초가루단골집 젊은여편네생각을하구

흥고 입을 씰쑥해보앗다

느진가을......추수도 이쎄는읏나고 싀골쇠는 소설책을읽고 봉노방을차러다니는 쎄가되엇다 고초가루영감은

쇠울을버리고 싀골가쇠소설자읽는소리나들으며 뜨뜻한방안에쇠 겨울을보내고싶엇다 그리하야 밥을먹여줄사람이

업는가하고 흥 참몽안을 생각하여보다가

(어라 아들만나오면된다 좜자]

한고는 나면분이면나온다는아들을 기다리겟다고 마음을먹고 올에싀골갈것은 단념을하여버렷다 하로 아들의게

쇠는 이런편지가다

[아버지 노래에얼마나고생을하고게심닛가 쎄가 변변한눔갓흐면 엇더케든지 아버지를모시고 잇슬것이오나 장

나와공부만은생각하고 당장 아버지를 모시지도못하는생각을하오니 죄송하옵기싹이엄사옵니다 그러나 명년봄

은 쫄업을밧게되오니 조선나가쇠 엇더케든지 취직을하여가지고 아버지를보양하올가하옵니다 지금은 쎗과달너

쇠 추직이 여간어려운것이안님니다 쩐문학교와 대학을마치고도 일자리가업쇠쇠 편편노는사람이 얼마나만은지

몰으음니다 얼마쥔에박힌사진을 동봉하여옴니다

·편지는 이보담도 헐신길고말이만엇스나 고초가루명감의 가슴을콕씰은것은 쫄업을하고나도 직업을엇기 어려

읍다는것이엇다 군수가되고 정부가된다는 그아름다운움이여지업시 쇄어지는거갓헛다 남에게 학대를밧고 고생

을하드라도 아들이 학교를맛치고나와쇠 흘늉하게되면 그쎄에는 자괴도 반말을안듯고 학대와고생도 업쇠즈리

라고 태산가치 밋엇든 고초가루영감이 가슴에는 불안과공포가 닥처오게되엇다.

[이일을엇쩌케하면 조탄말인구 추직(취직)을못하면 엇더케하나 아이우.]

영감은 가슴을어루만지면서 한숨을길게쉬엇다 그 떨떨하든기분이 싸무러지는거갓헛다 그리다가 사각모들쓰고

박인 아들의사진을 들여다보고는

[흥 그래도 호떡모자어……에 ……이게뒤냐…… 오 올치 대학 대학이라는 표라구나 이런표들붙치고

의모가이만흐면 추직을이안]

하고 스스로위안을밧엇다 그러나 가슴에쉬티 운불안은 완친히살어지지를안엇다,

ㄱ애가 취직을듯히 드래두 먹어야 살련니싸 돈을벌어야지]

영감은 이러케생각을하고 고초가루봉지를 피며보고는 다둑어리며 엄마나리 룰남길가하는것을 암산해보앗다

한참동안 천정을바라보고 눈을쇠먹어리며 손가락을읍다가

[히투에 룩원식남어치팔어서 이원식남가면 한달에룩십원…… 올치 이눔은 아들을먹이고 나는 흥정이나부처주

고 대구랑을먹고……]하고 마음을노앗다 그러나 한시간이못되어서

[군수의 아버지]

소리가 엇더케그리워젓든지 쓰 취직문제를생각하엿다 자식을랄두엇다는말을 듯게되면 자괴도조치만은 그귀여

한눈아들이 얼마나 더귀하고 즁할것인가를생각은 영감님의마음을 초조하게만들어주엇다 마음은 초조하면서

도 염방마냉한현와 음식첨사람들에게 차탕이하고십어서 사진을꺼내들고는 뜰보나와서 마냉을붙엇다,

[여 이게 우리아들이오]하고 사진을내밀고는 자괴자신이 면처감격을한듯기

[호 그눔……]하고 우섯다 마냉은 한참들여다보다가

[그 참 잘생겻다 사방모자를쓰구 인쥐영감은 팔자가느러첫수]

하고 부러워하다가 영대압헤서 머리를빗고잇는 쌀에게 사진을보이며

[거 잘생겻지] 하고 딸의 눈치를 보앗다。

[참 미남잔데 할아버지딸자는 펭것쉬다] 마넹의딸도 층찬을 는소리를듯고는

[아가 거 술마는거고만두고 가만이들어안젓다가 우리아들하고 혼인하자•웅] 하고는 헤ー웃어보엿다

영감은 그가 칭찬하는바람에 얼듯 말을해노코는

[허ー 뼈며누리는 처녀래이지] 하고 속으로후회를하엿다。

밤삼도록 안들의취직할것을 생각하노라고 잠읕한숨도못잔 영감님은 이튿날아츰에 일즉일어나서 멋해동안은

쌋속에만어두엇든 두루막이를소내들고 웝집방마넹에게로건너갓다。

[거 수고롭지만 이두루마기좀 다려주시우] 하고 버어벌엇다 마넹모녀는 영감의하는일이 이상한듯한듯기

[아이 웬일이슈 두루지를을고 어듸를갈녀구ー

[할아버지가 두루메기를 다입으실녀나비] 하고 눌나며물엇다。

[어듸를]

[어듸좀 가게스리]

[춘독부ー

[어듸를ー

영감의 동담고업는말에 모녀는썬놀낫다。

[춘독부는 왜]

[칭좀하려]

[무슨칭을]

[그애 추직할거뻐 미네 청원하려]

모녀는 실실우섯스나 영감은웃지도안엇다 고초가루영감은 주름쌀을펴던 두루막이를입고 갓장속에서 갓을쓰ㅸ

몬지들떨어서쓰고 총독부문압해를갈갓다 밤새도록 궁리한것이 총독을맛나서 아들의취직을 의뢰하자는것이엇다。

〔여 총독이 어느방에잇나요〕 영감은 파수보는 순사의게 물어보앗다.

〔머?〕파수보든 순사는 놀나운듯이 눈을커드라케 쓰고서 뭇는다.

〔총독이 게시던방이 어듸냐말슴이유-〕

영감은 허둥지둥가서 뭇는다는것이 공대를쓰지안어서 순사가 골이낫는가하야 말을고처가지고물엇다.

〔이자식이 무슨말이-〕순사의두눈에는 불이날거갓헛다 영감은

〔아 청원할게잇서서 총독님좀 맛나랏왓서유-〕하고 애걸한다십히말햇엿다.

〔무어시말이-〕순사는 약간눅으러쉬쉬엇다 영감은 한숨을내쉬이고는

〔내 자식놈의 일분가서 학구를다니는데 졸음한 거들낭 추직켬시켜달나구유〕

하고 실토정을햇엿다 순사는 어이가업든지 껄껄웃다가 정색을하고서

〔안돼 그럼마리 아니드렷소 일이어붓소 가 오소가〕 하고 손짓을한다.

〔왜유〕

영감 한여서 뜨물다.

〔무승 왜가모요 가 오소 가웅-〕

〔아이 좀 뵛구가게해주시유-〕

〔이리 오봇소가 앙것뭇흔나 오소〕

영감은 등을밀니다십히하야 문안에는 들어서보지도못하고 쪼껴나왓다 그는슯헛다 총독을맛나서 자긔의 일평

생살어갈것을 호소하고 아들의취직을 부락하려든것이 다틀녓뿐안니라 모란서쫏는것을부늬 도모지 아들의취직

은 소당이업는거것햇다 고초가루범벅이은 눈물이 홀으는것을 역지로참엇다

〔이처는 추직이구머 이구 다틀넛구나〕

이런생각을하는영감은 압길이앗득하고 땅라하날이 문어지는거갓헛다 지금엇바라온소망이 전혀 언어진줄노만생

각한영감은 더 살고십은욕망조차 업서저버리는거갓헛다 영감이 넉시줄너서 집으로돌아왓슬때 영감마냄은 부

억에서 세쿰어버다보며

―그레 맛나서 얘기를햇수」

하고곳는다 영감은 대답이업섯다 방으로들어와서 가슴을치며 소리업시 그러나 늣겨가며울엇다 그는 아츰도

점심도 먹지안코 한란을하고 울고하엿다 그리면서도 궁리를하다가

「고초가루를팔어서 돈을법자」

하고 결심을하고는 고초가루봉지를 어루만젓다.

「록원어치를팔어서 이원을남겨―

그는 어쩌하든 공상을되푸리하엿다 그러나 아모리해도 그러케남을거갓지는안엇다 그러케 남을거갓지안타고

생각하고나니 압길이 더 캄캄하여지는갓갓헛다 그러나 고초가루장사외에 할것이업다고생각한그는 두서나곱은

대로 고초가루봉지를들고서 나왓다 영접방마냉은

「아 아모것두안자시구 어듸가시우 앗가 그러케먹으런두 안먹드니만」

하고 걱정하여주엇다.

「괜찬라우」

영감은 다시한번 아들의사진을써내서 듸려다보고는

「어려서 어미도업시자라구 이적지 게가벌어먹엇스니 인제 아비된보람잇서

는는마음먹고 거리로나왓다 취작을못하눈것이 명각을슬프게한것은 영감이호강을 하자는거보담도 그러케도생

윤하여서 공부를하고도 성공을못하게되는 아들 이불상한게생각된까닭이엇다 군수의아버지소리가듯고십고 호강이

하고십은것이 외면에낫하나는 영감의소원의전부갓헛스나 아버지의진실한사랑을가진 고초가루령감으로서는 아들

자신을 더생각하는것이엇다.

느진가을이라 거리에는 김장거리가 가득히잇고 사람들은 그것을팔고사 노라고 야단법석들이엇다 땡감녑은

음식점에다가 고 초가루를팔고 남어지를들고서 배추와무릎사는사람을 쏘차다녓다 쏘차다녀며 한푼이라도 덜주

고사도록 흥정을부처노코는 자긔의 고초가루를 쒸달나고말을하엿다 그러하야 고초흥정을부치다가 너무어누리

에담어두엇든것까지 거즌다팔게되엇다 그마즈막으로남은 한봉지를 마저팔녀고 배추흥정을부치다가 [가고]

를한외닭에 배추장사의 비위를건드려서 시비가되엇다。

[이놈에늙은이가 남에물건을 똥으로알앗나 도죽놈에걸노아나 그래 남은 칠천식밧는거를 삼천오리쇠팔녀]

하고 담배대로 배추장사의 가슴을떠밀엇다 배추장사도 즈지안으려고

[애 요 늙으니좀봐라 나이만밋고서 맘내로구러든다ㅡ]

하고 팔을윱거드며 더들엇다

一 아 칠늘녀석이 늙으니하려ㅡ]

영감은 담뱃대로 배추장사의 머리를 훔처갈것다 배추장사는 골이 벙거지꼭대기꼿까지 치밀어서 고초가루영감

을떠밀엇다 한로춘일홈은영감ㅡ 번화한거제거리ㅡ 자동차권차의소음ㅡ 배차장사의게떠밀녀서 나가잣바지

든찰나 고초가루영감님의 가슴우에는 육중한 자동차의박휘가실니엇다 질주하든자동차는 정거할겨를도업시

감을치어버리고말은것이다。

[아ㅡ] 영감은 소리를질넛다 그리고

[경수야]

하고 그아들의일홈을불넛슬뛴 다음은 고요하엿다 자동차의헤드라이트에는 영감의품에서싸커나온 그아들의사진

만이 비최고잇엇다。

·········(끗)·········

—(58)—

도 롱 수 의 淑女 ──(完)

終身服役罪囚
米國新興作家

어-네스트 쌔르 作

주 요 섭 譯

原作者「……Boots」는 方今北米加州를 선 刑務所에서 살고잇는 終身罪囚라는것만알다두섭시요 監獄안에서 통틀이쓴 短篇小説들을 모도아서 再作年기 一生을 薦賦하는者 "Healing Through Life," 이란 單行本으로 出版하여 當時讀書界에 한 세이손을이로 여겼습니다. 지금 번역하는 小論의 原名은 Ladies in Durance Vile 이라는것으로 氏의 最近作입니다 .

여자감옥에서 약 이멱자더러진곳에 사형선고를 바든 죄수들을 가두어두는 감방들이 잇섯슴니다. 오후마다

이 사형수들은 뜰에 나와서 운동을한다. 그래서 여죄수들이 병감으로가거나 면회를 하려나가게되면 역시

이들을지나서야 가는고로 이사형수들은 여죄수들을 자조볼수 잇섯슴니다. 쏘 그들이 감방속에 갓처잇슬쌔에

도물론죄수들의 목소리를 드를수잇고 쏘 모해바른 쌔-연유리창에 회미하게 비최는 여자들의 그림자를 볼

수도 잇는것이 엿슴니다.

여죄수들이 들을지나갈쌔에는 사형수들은 잡어삼듯듯이 여자들만 바라다봄니다. 더욱이 멋질잇스면 죽을목

숨이라 감옥규측을 좀 범하는것을 그리대간하게 넉이지안는 그들인고로 여자들이 지나갈쌔면 혹은손을

흔들어 인사하거나 또는 말로인사를 하기도합니다。사형수들이 커녁에 감방속에 다시갓치기젼에 그들은 교묘
한 수단으로 편지를 쉬멘트 길룸에 끼워놋슴니다。그리면 우리가슬근히 그것을쌤아다가 여죄수에게 젼해주곤
햇슴니다。멋칠안잇스면 죽어버릴 이사형수들이 무슨탁으로 이뺙자밧갓감방속에 가치어잇는 여자들에게 강렬
한사랑을 보내는지 그것이야말로 신비즁에도 가장신비스러운 일임니다。

여감옥 이편구석방에도 쇠로만든 파랑개비가 잇싸서 그쇠임을 쌔여써면 여자들이 그구멍으로 사형수들의
운충하는것을 버려다불수가잇슴니다 여자들이 그구멍으로 편지를써러러드려두면 커녁쌔 우리가 살못 집어써엇
다가 사형수들에게 젼해주곤햇슴니다。그런데 하로는 그키큰스위뗀여자가 사형수하나와 갑작이열렬한 연애를
걸고 잇는것을 나는 발견햇슴니다。그날져간수가 사진현상할필림을 한묵굼써버에게로 보냇는데 그것을 펼처보죽
그속에는 그스위뗀여자의편지가 드러잇고 그것을 커ㅡ편 사형수감방케이호실에 갓치어잇는 쇠쌩이 살인범에게

물론 나는그편지를 즉시젼해주엇슴니다。그리고 그뒤로는 그들두사람의 오고가는연애편지를 매일써가 나르
게쯤되엿지요。스윈뗀여자는 편지를써서 창문과팡개비구멍으로 내리써려치면 뒤에슬근히 써가주어다가 사형수
에게갓다주닙니다。사형수는 회답을써써 감방문밧게쏘자두면 악대실에서 일하는써친구가 커십에도라오는길에 슬
쩍쌔여다가나를줍니다。그러면나는 그편지를 주방으로보내서 여감옥으로 보내면 면보속에감초게합니다。그리고는
그면보에 특별한표를하여 그면녀가 펏괴손으로드러가도록 쑴여노하듭니다 이모양으로 그들은배일편지를 주고밧
슴니다。물론그편지내용에는 쇠로강렬한열졍을 하소하는편지이엿슴니다。하루 이들 감을따라 사형수가 세상에
살아잇슬날이 컴컴더 그들의편지는 컴컴더 졍열로 가득차게되엿슴니다。나도 쯕지아니한 흥미를가
지고 두편편지를 일일히읽어보고야 젼해주엇지요。

사형수에게는 돈이한푼도 업섯슴니다。그래쉬 고등법원에 상고햇든것도 그만 기각이되고말아쉬 인켜는 아
주사형으로결졍이되여버리고 사형집행일자까지 결졍이되엿슴니다。인켜그는 오십일밧게 더살수업게피고 또오십

——(60)——

일밧겟는 더사랑을빼주고 밧을수업게되엿습니다。 그스웨덴여자는 철도죄로 오년징역을하고 잇는 여자이엿습니다

그는 엇든부자집한녀로 잇는농안에 주인의 보석을만히도쩍질한것이엿습니다。 그가체포될째 그는도쩍질햇든 보

석은 모두 다시。 엇던남자에게도쩍을 마자서 하나도업다고 주장햇습니다。

사형수의 목숨이 인제는두주일밧게 남지아니한날 스웨덴여자는 면회를하려나가게되엿습니다。 그가 면회실로

나가는동안 그는 감방벽에기대고 서잇는사형수를 쓰러지도록바라다봅니다。 사형수도그여자를보고 방그레웃엇습니

다。 여자는처음에는 정신업는사람처럼 멀건히바라보더니 자기도 그우슴을우슴으로 대답해주어야 할줄을 쌔다

랏든지 두팔을조곰 그쪽으로 쳐들면서 빙그레웃습니다。 태양이 그이누—린 머리털을할관하는데 두팔을벌리고

애인을향해옷고잇섯는그순간 그눙눙한여자일망정 맛치여신(女神)처럼 아름답고 쌔끗하게보입니다。 그는 잠간 주

쥐주쥐하더니 여간수가 너거름 압선것을보고는 얼는손으로 애인에게키쓰를해보냅니다。

그여자가 면회를끝고 다시감방으로 도라갈쌔에는 벌서사형수들은 모두감방속에드러가 가친후이엿습니다。

그날밤 나는 그사형수에게 친해달나는편지를 스웨덴여자에게로부터 밧앗습니다。 그편지에는 오늘자기가 엇

든번호사와면회하엿는데 자기가도쩍해서감추어두엇든 보석들을 모두그변호사에게 맛기여딸아가지고 그돈으로

재판비용에쓰도록 주선을해 노핫스니쇠 이케라도 곳 중앙정부고등법원에 상고를하라고 청하는편지잇엇습니다。

그래서 그는상고했습니다。 따라서 그후약일년농안 이두남녀는 사랑의편지를주고밧게되엿습니다。

그런데엇던날 갑작이 이사형수는 스웨텐여자가 부정(不貞) 하다고 욕을하는편지를보냅니다。 어쩌보니까 그

가난한여나쉬쉬간수실에서 일하고잇는 다른남죄수와 마조바라다보면서 옷고잇더라구 책을잡엇습니다。 그편지를

밧고 스웨텐여자는 간절히 그것을부인하는 회답을썻습니다。 그래도사형수의 마음이 풀리지안는것을보고 그여

자는 만일그러케 자기는감방속에 꼭들어잇서서 문밧게 나서지도안켓다 쩡서

하는편지를보냇습니다。 더욱이 이쥔에는 압흐데도업시 공연히쇠병을해가지고 병원에도자조단엿는데 그것도 다

맛고 병원에가고 오는길에 그사형수를볼수잇겟슴으로 또 사형수도 자기를 볼수잇겟슴으로 단지 그것을 낙을삼고살아

—(61)—

왓섯는데 이케만일 그가 그처럼의싫음을한다면 압흐로는 다시는병원에도 가지안는다고 맹서하는편지가 또왓습니다。그편지는 읽는 사람으로 자연눈물을솔릴만큼 간절한편지들입니다。그러나 사형수는 두주일동안이나 회답을안쉬보냅니다。비가오기시작하자사형수들도 운동하려 나려오지안앗슴니다。그러나 비가여러날게속해오는고로 나는스에땐여자로부터 편지를여러장바닷스나 한장도그사형수에게전해주지를 못하고 버가모하가지고 잇게되엿슴니다。날이밝아쉬 그들이다시 운동을 버려와야 그편지를건해줄 기회가생길것임니다。

그러나그뒤로 사형수는 칠대로 회답을한장도 쎠보버지안앗슴니다。그의상고도 고만기각이되여 다시 그의사형집행일이결정되엿슴니다。그가사형을밧든날 그날은수요일이엿슴니다。그날그는 들흣새돌려 사형대를향하야 거러갑니다。두말할것도업시 스웨뗀여자는 파랑개비입을뜻고 그구멍으로사형수의모양을 버려다보고잇섯슴니다 만흔사형수는 고개를수긴채 치어다보지못안코 사형머안으로드러가고맙디다。후에 마으에게드르니가「그스웨뗀여자가만일 드척햇든그보석을도 루드려노키만햇든들 징역한일년만하고는 곳 가출옥이되엿슬것이야요 그런데 그는 그러케하지안코 그보석을 변호사에게부탁하여팔아 가지고 그되지못한녀석의상고비용으로 다새벼렷담니다 그리고나쉬스웨뗀여자는 오년동안을 만기굣날까지 징역을 살고야나갓담니다。」

5

부부가 가티한감옥에서 동시에징역을살고잇는이들도 더러잇섯슴니다。면회일이되면 한감옥에서 징역사는 남편들을 면회하려 면회실로 가려고 뜰압헤나서는 여자가 작으만침 이십명이나되드람니다。이녀감옥은 본버죄수삼십명이수용기위하여 지은집인데 요새에는 그속에다 떡명이나 모라너허두엇담니다。죄수부부 면회일이되면면회실로가쉬 녀죄수들은 보통쩨 감옥밧게쩌셔면회드려온사람이 가는곳으로도드러가고 남죄수들은 죄수들을이드러가는곳으로가쉬 철창문을가운데로하고 그리엿든부부가 잠간식맛나보는것이엿슴니다。엇든날 나는일이잇서쉬 버친구한사람과가티 이면회실에가잇섯는데 그셧마침 남죄수들이면회실안으로 확밀려드러왓슴니다。그들은두자넓이나되는쳑상을가운데두고 또그쳑상우흐로는 손목을맛삽거나 금품을 쉬로넘겨주는것을 방어하기위하야 묵서운나무

판장으로 로막아 노편앞헤 자리를차지하고안슴니다。 그리자 조끔잇타니 커펀으로부터 여죄수들이 한무리밀려드러와

쉬케각기케남편을 차자달려듬니다。

이사람들이 엇더케도 짓거려러는지 고함을지르지안코는 이애기할수가업게씀되엿슴니다。 그들의 이애기를여기

커기서 간간어더드를쎄 나는 부지중 사형수에게면애로 거렷든스웨덴녀자의 열정쩍편지들이 머리에더오릅니다。

아이고 그스웨덴녀자가 이런재미나는 면회광경을 구경이나 햇던들!

[여보 내말슴들어요° 엇그케나는 쏘직조소로일을빗구엇구려° 먼자루성이 아이고 그냥 지옥이야 지옥ㅡ]

[여보글쎄 이것보잇요 그래나가 그 조간수년더러 이러케해댓지 만일다시버몸에 손구락하나만더여도 나는컨

옥나리게 고발을한다구 쌍쌍을너주엇지 호호ㅡ]

[아 여보글쎄 면도를까아니하쉬요? 수염이막쇠줄얼키듯얼것구려ㅡ] 하는네자의붉엉소리!

[아이고 그리지말아요 웅 여기가어데라구 여기는밧것과는다르니까 그러케마음머로못한다나ㅡ]

돈부부케리단둘식판방에서 쒸기노릇하는자의 하는수작을드르니 [여보 에눌린 사실로 면회를식혀주라거

하니ㅅ아안경을코허리에걸친 그의안해의떠답하는소리 [여보이가짓건 약과외다°ㅡ] 아이고 그감방속에서 고생하는생

각을하면 이럴케라도 잇다금 맛나보는것이……] 하면쉬길게버쉬는 한숨소리는 다른복잡한소리에 뭇쳐여 잘

들리지도안슴니다。 원방안에 비극이가득찻슴니다。

그러나 녀죄수중 하나는 자기남편면회할쎄 여기쉬하지안코 쏜데쉬 조용히할권리가잇섯슴니다° 그는 머리라는

녀자인데 떨머덜살빗게아니난 젊은색시로 몸이호리〳하고 무자기한것이 여중학교학생쳐름 보이는 시악시임

니다° 처음드러올쎄 사진을쇠히러러왓는데 엇지도 몸시우는지 사진을쇠어노코보니까 아주우는상이되여쉬 그것을

보고는자기친어머니도 알아볼수가업슬만치친의엿슴니다° 묵에걸린 쇠판에씨운것을보니까 머리는 중신징역을살려드

러왓는데 죄명은 로쓰안젤쓰에쉬 살인을햇다구요°

그의 젊은남편은 사형수감방에 갓치여 잇슴니다。 두남녀의 결혼은 참으로 번개가티 속하고 횃과가티 뜨거운 결혼이

엇담니다。 머리는 로쓰안젤쓰에서 혼자 살고잇섯고 남자는 바로멋칠컨에 강도질한만흔돈을가지고 역시로쓰안젤스에 쒸살엇슴니다。 엇든기회에 이두남녀는 맛나낫고

로으만알엇슴니다~ 그는그남자를신용햇슴니다。 그래서 그는결혼을허락햇슴니다。 그리고 그들은·행복되엿슴니다。

어떤날오후 남편이 갑작이집으로 도라왓슴니다 엇던친구가 남편을부축해서 집안쓰지 주고는아모말도

엄시 자동차를타고가버렷슴니다。 보니쏘 칼(남편의일홈)은억개에총을마잣슴니다。집안에는 칼과메리단 둘밧게

업섯슴니다。 매리는 벙수잇는데로청청을불너 칼의상쳐를간호햇슴니다。 메리가 의사를불러오겟다고하는것을 칼

이 … 그래나 칼이고만기절을해버린때 머리는겁이나서의사를 전화로 불럿슴니다。 그랫더니의사가 단겨가

자니어순사가차저왓슴니다。

낱은살인강도죄로 사형선고를바닷슴니다。 머리는남편이강도질을하고 잇는줄은 꿈에도 모르고잇섯다고변명햇슴

니다。 그래나 팔을총을맛고도라오는날 칼이집으로혼자도라왓다고 머리는욱이엇슴니다。근처에사는사람들을 증인

으로불러드린바 모다가 엇든다른남자가 칼을자동차에태워가지고와서 집안쓰지 부축해드려가는 것을보앗다고증

거섯슴니다。 그래나 머리는웃쓰지자기가욱이면 자기에게불리할것을 각오하면서도 그러치안코 칼이혼자도라왓다

고 욱이엇슴니다。이재판이진행될때 신문사에서는 머리를 (호랑이가뜬녀자)라고 별명을치어 기사를썻슴니다。그

래서 우리는신문을읽고 그가감옥에오기건부터 벌서이사실을 다 알고잇든것임니다。

처음재판에는 배심판의 의견이일치되지아엇슴니다 둘재번재판에검사는 미국칼리포니아주헌법에 의하면 공모

자는 아모리살인사건과 멀녀더러커잇섯다고하더래도 역시주범과·마찬가지로벌을바다야된다고 역설해슴니다。이

말을읏듯고 배심판들은 머리에게도유 죄로판결을 내린것임니다。

칼의상고가 기각되며 그의사형집행일은 오월중으로 결정되엿슴니다。 머리는삼월에 이감옥으로넘어왓슴니다。

얼마컨에 사형수하나이·어데서 독약읃어다가 마시고 나라에서 쳐이기로결정한날보다 멋칠일죽어버린 사

건이 잇섯슴니다。 그래서 이번에는 그런 불상사를 방지하기위하여 메리와 칼은 바로친옥실에서 엄중한 감시

하에 면회가허락된것임니다。 그것도 칼이교수대로가기전에 단두번밧게 면회를 허락하지안엇슴니다。 첫번은 메

리가 이검옥으로넘어온 삼사일된째 어마즈막번은 칼이죽기전이를친 아엇슴니다。

면회는두번 매우 짤븐 동안이엇슴니다。 그들의 마즈막면회날은 수요일커틱셰어엇는데 이날메리는 천々히

색사형수복을입고 잇섯슴니다。 그들의 면회는 십분능안도못되여 헤여젓슴니다。 그날칼은 벌서죽음쎄샤지 입고잇슬화

은맛치 무슨신령한것을보는 사람의얼골처름 팡채가납디다 칼라를매지안코드러버노흔 그의목아지근육은 발발한

생명의힘으로 쒸놀고잇섯슴니다。 맛치그목아지를 줄나매이려는법쭐을 뒤떠러커셔칼은메리의 뒤를쏫차나왓슴니다。 그리고 칼쇠얼골

「메리! 넘우걱정하지말아 웅」하고 그는 임율뗌니다。 좌우편으로따라가든 호위간수들이 잠간멈춤니다

칼은말은 계속함니다 변호사말이 분명코나는감형된더요 지금이자들이 나를훈뉴우누라구 사형감방으로쏠고가기

는가지만 멋철안되여 종신징역으로감형이된더요 그러니까 아모걱정말고잇섯요 웅—」그의목소리에는 청춘의신

녕어진동하고잇는것슴니다。

메리는 감옥문가지가셔 잠간거름을 멈추엇슴니다。 메리엄프로밧삭어엇슴니다。메리는「알아요

칼—」하고불넛스나 그목소리는 떨넘니다。나는다알아요……」

여간수는 문을 열엇슴니다。메리는 확도약셧슴니다。그리고는한손으로자기입율쏙누르고 열는문안으로뒤여드러감

니다。칼과호위간수와친옥은 천천히거러서 감방들압훌지나 병원복옷칭으로갓슴니다。

그날밤 녀감옥에서는 음악소리가나지안엇슴니다。그리고감방에서 간간히흘너나오는 여자의목소리도 엇쇠쩍침

울합디다。거기는 묵묵히 무엇인지를 기다리고 잇는것가든 기분이농후함니다。

목요일하로종일 비가퍼부엇슴니다。웃창에잇는녀죄수들이 이날따라 모두넝어리가 된것가핫슴니다。뜰에서도아

모런소리도나지아눔니다。언제나 벅쒁거리든 여자의목소리도오눌에는 도모지들리지안슴니다。목요일느진커틱쎄비

——(65)——

가뭇치고 쇠산울넘는 태양의 마즈막 여광이 구름을 채책칠합니다。 일흠웃써버고 감방으로 드러가는시간 조곰후
에 멀리하말페어에는 뫼단 벌판우쑥댁위에는 금빗구름이 고리처럼느러커럿것
이보임니다。 그중간으로부터 마즈막여광이 쏘다커나옴니다。 그여광이잠시동안 감옥킨반을 빨가케빗최이더니 커
―편구석으로부러어둠의장막이 슬슬가여나와 이비을집어삼키기시작합니다。 여자감옥 충방그중에도파랑가비가
달녀잇는그창문은 아직도 태양울반사하여혼자 번쩍어림니다。 컴컴어둠의장막이 기여올나오자 마즈막에는 그집컨
치가어둑신한독게비처럼뵈입니다。 왼등이드러왓슴니다 참문마다누―런컨등불이 고요히밧글써다봄니다。 혹은천천히
움즈기고또혹은달싹안이하고 가만히안커잇는여자의 검은그림자들이 창문에비최임니다。
금요일날 아츰에는아주음산한안개가 기여나와서 노픈담청옥댁이를 빙빙싸고돔니다。 공기는축축합니다 나는사
진실난간에 지대안커서 사형집행준비하고잇는것을 물쑤럼이 바라다보고잇섯슴니다。 공장에일나갓든 죄수들이도로감
방으로 도라오고 문을닷치는소리가나고 그리고는구경꾼과 증인들이 대문으로부터드러와서 법원압 소로를쌔여
가지고 놉흔쇠층층대우으로올나가서 사무실안으로 스러커업서컷슴니다。 그후에뜰에는 아모도업시렁비이엇슴니다
그러나나는 무슨힘에쌀리는것처럼 난간읔써나지못하고 그냥 주커안커서 아페를나려다보고 잇섯슴니다。 사형은
맛치꿈속가틈니다。 맛치나는 무서운꿈을쑤면서 무섬고음산한 그림자들이슬금슬금가여단니는것을 구경하는듯아감
각되엇슴니다。 안개가차차나추버려와서 쌍으로김니다。 맛치엇든 초자언적 큰손이 이무서운한시간동안 감옥소컨
부를보이지안케 가리워노키위한야 무거운안개를 작고버리쑤리는것가탓슴니다。 감옥안에 갓처잇는남죄수들도 유
난히조용히잇슴니다。
그러케조용한속에서 대문열여는 문소리든 보통때보다뭅시요란스럽게 들리엿슴니다 집행인이문안에드러섯느다。
그는기―단검은외루를입엇는데 외루목을울녀취기여서 거의모자창에가 다앗슴니다。 그의얼굴은 유난히창백해보
임니다 그는고요하게 뜰을쎄뜰러가서커편무거운안개속으로 스러커업서지고만렷슴니다。
집행인의 모양이뜰에아직 보일째서지는 그해도거기정신을 쎄앗길수가잇섯스나 그의모양이스러쳐버리자 인케

―(66)―

는딴생각을할새간이업시 그생각만이 귄신을 힘씁니다。집행인이 이케다시 이들아려나라날빼에는 벌서사람하나

를 묵매주인후가 될것임니다。

나는그냥산간에 쪽구리고안진채 여자감방문을 힐긋치어다보앗슴니다。그리고그

창문에는 두사람이 꼭부러서서버다보고 잇는것이보임니다。메리도 물론집행인이 들아레로 지나가는것을 그구

망으로버다보앗슬것임니다……메리의 그림자는 흠칫하더니뒤로 스려커 버리고 지금엇든여자혼자서 버다봉니

다……。그다음몃분능안 뜨닥거리는 초침소리는 맛치순적순적한개미가 버척수속으로발발기여가는것가터 기여

갓슴니다。 그리고나는 지금이충에서 다들여러여자들과 한방에안커잇슴메리를 상상해보왓슴니다。메리도 지금기

다리고잇슬것임니다。

덜커덕하는소리! 그소리는 축축한고음산한공기에 분명히울리어왓슴니다。나는아모생각도 할수업시막연하게

멋분능안을 떠안커잇섯슴니다。

집행인의 모양이 들아레 다시나타낫슴니다。이번에는그는 거름을빨리거갓러감다。맛치도 두려운 무엇이쏘차

온것을 피해다라나는듯이!……감방여기커기서 오란한소리가나기시작함니다 왼감옥안이 자다쌔난것가름니

여자감옥안에서도 생명이 다시음즈기기시작함니다。나는재판장이 다시 도라가기시작하는소리를 드럿슴니다。

창문에는 인케는아모럼그림자도 치지안엇슴니다。퍼랑개비 입은 벌서도로켜워노핫슴니다 새로이러나는 여러잡

소리가 감옥을쌔뜨리는중간에 그레스의시원스런묵소리가 크게들리여옴니다。

「게집애들아ー어씨가쉬일물해 응ー어씨일물해……」

直言欄

乞寄稿

□ 年 記念事業으로ー라면 부쓰러운일。어쩌는 商人이어돈。

□ 閔丙徽 表現主義戲曲研究에서「후로ー코ー」라는 말뜻을 후엿다。후로코ー토는 말맹이가업다는 意味 또한 或우다비란 뜻도되지 울커니 閔丙徽의 手帖이란 元來업거든。

□ 「學燈」創刊號가 나왔다。漢圖의 十五週는것。

□ 愈鎭午 隨筆은 저녁먹고 쓰는것이라고 金晉燮 小說은 일업는사람만이 쓰는것이 라고。뉘말이 오른지。

□ 精力家白鐵。九人會를 無意志派라고 命名。모르는것이라고 반듯이업슴은 아닐런 명。

□ 鄭芝溶。朝鮮의 評論家는 月評밖에 모른다고 痛論。評論家와 月評家는 싸로々잇 는것。

□ 崔貞熙。每申에「多難譜」連載。잘둘 혀간다。

□ 中央社에서「月刊中央」創刊。東亞에「新東亞」「朝鮮」에는 웃는朝鮮?。

□ 文壇戰爭이 朴淚月에게 李瑄根、徐恒錫에게 李洽、閔丙徽에게 徐恒錫 그게 獎勵 할일。

□ 朝鮮月報 學藝欄。너우오련하고、東亞日

□ 報學藝欄。 너무 頑固하고。 中央日報學藝欄。 너무 難。 씻을 折衷햇스면。

□ 詞를 울리는 분이만라。 最近 日本文壇에서 傑作이라는作品의 그어느것이 뜨 그 어느곳아?。

□ 朴龍喆 文學雜誌發刊準備。「文藝月刊」이 밤은길만 또밤지말엇스며。

□ 新聞自體로는 新聞小說도 要求하겟지만 新聞小說아닌 小說을 실어볼誠意가 업나。

□ 은 朝鮮의 新聞은 新聞小說이 업슬순。

□ 毛允波。 詩選「빗나고雄廳」은 미노앗다。

그리케한다면、 方仁根가를 作家도 每申에서 한참자묵도 못 나? 럿만 아차그러면 方仁根은 延命도못함가。

□ 某氏 評曰、「一朝鮮의 자랑이다」某君 또 評해曰「一朝鮮詩壇의자랑우리다」。

□ 努力업는 作家일스록 早熟하기 쉽다。

朝鮮作家는 大체로 早熟이곤 페단。

□ 創作에 枚數制限의 非消을 날리든朝鮮 作家、制限을안는 一朝文에는 웨길게못써주 나。

□ 朝鮮作家여 그대들은 조선사람된것을 자랑할지어다。 그대들의 선하용도 幸福된

□ 日本民族은 넘무 幸福스러웟다。幸福된 民族은 곳不幸。 엇을지언정 偉大할수는

□ 아직도 朝鮮에는 日本作品에 盲目的讚

自銘할일。

民族의 絶따보다 힘이잇스나。

十月號本欄 蔡•安氏에關한것은 取消함

編韻者

—(69)—

밤 外 二 篇

金 起 林

1 밤

앙우에남은 빗의 殘後의 한줄기조차 삼켜버리려는 검은 意志에라는 검은
慾望이여...

나의 자근房은 燈불을켜들고 그속에서 눈보라속의 배와가치 흔들리고잇다。
유리窓넘에서 흘기는 어둠의 검은눈짓에 소름치는 슬픈 나의房아ー

문롱을 새여 흐르는 거리우의 여른빗의 물결을쥐시며 흘러가는 발자곡들
의 박石을따리는 자근音響조차도 어둠은 기르려고 하지안는다。
아름다운 푸른 그림자마쥐 내쌔앗긴 거리의 詩人 포풀라ー의 恭을낸몸아
리가 거리가 쑤부려진곳에서 떨고잇다

「아담」과 「이브」들은
「우리는도시 어둠을밋지안는가」고 입과입으로 중얼거리며 억개를겻고 춤춤
대를 나려간위
地下室에서는 떨리는 우슴소리 ...잔과잔이 마조치는소리ー
노픈城壁 꼭댁이에서는

꿈들을 버려보내는것조차 니커버린별들이 絶望을안고 조을고잇다

나는 불시에 나의방의 작은 속삭임소리에 귀를기우렷다

……『밤이 새는것을 보고십다.』

……『새날이 오는것을 보고십다.』

2 飛行機

파랑날개를 팔락이는 어린飛行機는 日曜日날아츰의 유쾌한樂士라오

새벽이 새여간뒤의 아츰 한울은 ⑥물라티나의 줄윽느린 ⑤하므프ー 그줄을

뜨리면서 훌륭한 音樂을하는 『푸로레라』는 ④자모ー』의 손보다도 입뿐손 ⑤

月의 바람보다도 더가벼운손 새벽한울을 수놋는눈송이보다도 더한손을 가

지고잇소

나의 가슴의 鍾한城壁에 물결처넘치는 音樂의 湖水ー구름박그로 나를실고

가는 한날개를 가진音樂을 라ー는그머리한손이여

3 새벽

발자취들은 밧비밧비 窓미틀지나갓다 길바닥을 굴는 수레바퀴의 이빨갈리

는소리 (그자식은 언제던지 군소리뿐이야)

날근 질의 게으른 鍾이 갑작이 우러야할 그의 義務를 記憶햇나보다

자ー나는 들窓을 여러하지 김거리의 雜音을 마시고 시퍼하는 작은임을ー

무은日記를燒却하는마음

金 沼 葉

나의冊橱속에 차곡〳〵 싸여잇던멋권의 낡은日記를

나는지금쓰집어내여 불을사르고 잇슴니다

고요한 가을밤 마당한복판에서 火葬을當하는 멋권의묵은日記!

지난날 그러케도精誠을기우려서 씨노앗던 나의조고만記錄이

나의冊橱속의 조고만자랑거리로녁이던 멋개의骨董品이 이제붉은火焰속에서 활

〿라오르고잇슴니다

燦爛하게 〿라오르는불人길! 이것을듸려다보고잇는瞬間 나의조고만野性은 無

限한滿足을늣기고 잇슴니다

燒却! 이런것을즐기는마음이 나에게도 潜在햇든모양이와다

그러나 나의손으로 사랑하는 이멋권의 日記를불사르는마음, 이것을쓸때의

그마음보다도 그멋倍나 썻굿한겟슴니까!

맑게개인 十月하늘은 琉璃알갓치 파랏슴니다

고요한낫 ……마당한복관에 나의묵은日記는 재가되렵니다

過去의 온갓矛盾과 不潔을燒却하는 나의마음은

이제새로운意氣와 熱熱속에 힘찬法悅을 늣김니다

「不義」와 「野慾」을 더난燒却!

나는 언제나 새로운〿〿〿〿〿〿하야 조고만 나치스가되려합니다

一九三〇, 一〇, 一四

S市의 밤

露野

밤이다 밤이다 散亂한 ××의밤이다

街頭엔 數만은 火光이 火炎을向하여

빗을던지고 잇지안느냐 이리하야

海洋의 적은都市 ××의 心臟은 빨가케라고잇다.

발들이 밀려간다 漢川橋에서 望洋亭으로

밤 그리고 낫 죽은生物들의行進은 繼續되여간다 싸—ㄴ간情熱의입술

반작이는 瞳孔

빨분 스카—트 살빗洋襪

한世紀를얼어단인 人形人間 모던껄들

都市의 밤街頭에달리는 魔女들이요!

누구의 그림자를낙그려 깁흔밤에달리고잇느냐

狂犬처럼 달어가는自働車 쇼윈드에는

紅顔色女들이 몸둥아리를 착부치고잇다

그들은 科學이지은 人造人間처럼 機械的으로 움직임을 밧고잇다

그들을실은 自働車는精神일은 動物처럼 소리를질으며 ××의밤도로에 달리

고잇다

섣죽하고　뭅흔빌딍이　靑春男女를삼키엇다

그리고　커다란鍾이　생그렁　생그렁　흔들고잇다

그것은　未來의　한世上을祝福하는　未知의殿堂이다　그리고그들의　爛嗳한　ㅡ오

케스트라ㅡ가흐른다　그熱烈한交響樂속에서　젊은그들의本性이춤추고잇지안느냐

그러나　시들어진　薔薇속의　애닯은　지나간날의꿈은

未來의歡樂의　殿堂보담　只今을嘆息하고　울지잇느냐

오ㅡ××의　밤은깁허간다　잠자려한다

바다의　呼吸소래조차　들리지안는　이밤은

온갓씀을　가삼에　가득하담은채로

고요히　고요히　새벽하날에　달리고잇지안느냐

ㅡ一九三三·一〇ㅡ

밤의 江邊에서

馬 春 海

므늣흔 하늘의 구름은 맑게개여
차되찬 달알에 느름나무 더위감고섯나니
江물은 반짝반짝 별人빗 담복실고
고요히 고요히 구비자아 흘너감니다

이슬매친 풀섭을 애처러히 것나니
가엽다 빗나는구슬 방울방울 써려짐이여
밤의 靜寂 쌔우치는 풀죽은 버레소래
가을의 江邊의밤 쓸쓸타 철워웁니다

반짝반짝 별人빗 물빗人도 흘너감이여
방울방울 풀이슬 베레소래 처량함이여
액타는 이가슴 풀곳이업서 목노아우나니
애듯한 가을밤 이한밤도 깁허갑니다

…癸酉年八月 대보름날 C江에서…

가 을

우수수 나무닙지네 누른닙지네
窓밧게 우는버레소리 구슬프네

애타는 이가슴 복노아우나니
애틋한 이한밤도 깁허거옵네

외기려기 님이그려 하늘놉히울며여
생각도안든 그사람 불면듯그리웁네
울어울어 이한가을 보내려니
그지업시 이마음만 더寂寞하이

一九三三‧ 一〇‧一〇

목 욕 간

吳 章 煥

내가 投業料를 밧치지못하고 停學을바더 歸鄕하엿슬새 달포가넘도록 淸潔을

하지못한 내 몸을 씨서볼녀고 나는 浴湯엘 갓섯지

뜨거운물속에 왼몸을잠그고 잠시 아른거리는 精神에 陶醉할것을 그리어보며

나는 아저씨와함께 浴湯엘 갓섯지

아저씨의 말슴은 「내가든주고 쪄씻기는 생전처음인걸」하시엇네

아저씨는 오늘 할수업시 허리굽은 늙은밤나무를비혀, 장작을만드려가지고 딸

너나오신길이엿네

이古木은 할아버지 열두살쩍에 심으신 世傳之物이라고 언제나 「이집은딸어

도 밤나무만은 못팔겟다。」하시드니 그것을베여가지고 오섯네그려

아저씨는 오늘 아츰에오시어 이곳에한밧개게업는 沐浴湯에 이밤나무장작을

딸으시엇지

그리하여 이나무로 데인물에라도 좀 몸을 대이고십흐서서 할아버님의 遺物

의副品이라도 좀더갓차히하시려고 아저씨의目的은 쪄씻는것이안이엿든것일세

씨시쑬해서 아저씨와함께 나는浴湯엘 갓섯지

그러나 문이다처잇데그려

「엇재 오늘은열지안으시우」내가이러케물을쩨에 「너 나무가더러커서」이러케

主人은 얼법으리엿네

「아니 내가앗가 두시쯤해쉬판 잔작을 다ㅡ새엇단말이요?」하고 아쒸씨는 의
심스러히 뒷담을처다 보시엿네

「ㅅ、實은 今日が市日で ぁかたらけの田舍っペーが群をなして來ますからね
엇。」하고얼떡가티생긴主人은 구격이맛지도안케 피시시우스며 아쒸씨를바라
다보앗네

「가자!」

「가지요」거의한쎄 이런말이 숙질의입에서 흘너나왓지

아쒸씨도 夜學에단이쉬쉬 그디위말마디는아르시네 우리는째ㅅ해서 그곳을
나왓네

그이튿날일쉬 아쒸씨는 나보고 다시 沐浴湯엘가자고하시엿네

「못하겟슴니다 .그런더려운 모욕을當하고…」

「음 네말도 그럴듯하지만 그래두가자」하시고 강제로 나를끌고가섯지

一九三三

허수아비 農場에익어가는 가을

李 瑞 海

한낫보람에 커ー다란 生命으로
주린배를 움켜쥐고익켜논 목숨의나락을！
이눔들 너희들이 몽탁 까먹어버리랴느냐?
새떼를노리는 허수아비마음은 憎悪와분노에 탄다

누룻〳 익어가는 들벌을바라보고
깃브듯 우숨지든 法悅의 微笑와
莊嚴한 그눈초리를 어떠로 아서가느냐?
自由롭지못한몸을 허수아비 한탄한다

어손이 움측이고 이발이 움측인다면
내가슴을 좀먹는 조눔의 새떼를ー
사람의 피땀을 빠라먹는 조눔들!
허수아비 남모를 설음에 한숨을 내쉰다네

沈黙한田野에 하날과 쌍이웃고
生의眞理만이 여기엔 흐르노니

남에일궈논　삶의핏줄을　쌀나가는者　누구이뇨?
하날따에　感謝를　드리는者만이　이곳엔　主人이거든

허수아비도　분노에　쌩을굴느고　울어대노니
하믈며　사람의가슴에야!
한여름　굴믄배를안고서　익켜논　이나락을
債鬼에게　한알도안남기고　쌔앗기여　버럴쎄야!

운들　소용잇스리　우는들　시원하리
거룩한핏줄을　훌러가는　무되인　그들債鬼의　가슴에야
두팔이잇서도　막을수업고　묵이잇서도　울수도업느니
千年의설음과　눈물을안고　農場의가을은　悲劇에익어간다

一九三三、九、二五

R、M 曠野에도 가을은 오것만

金 北 雲

그대여 흐리엿든江물도 벼에따라 맑어서
씻겨진夕陽 붉은노―근이 잘도反映되여뵈이네
그리고 바다가라가이업시 페인들에선
가울마지의 실음업는우름소리
고요한乾坤의 沈默을 쌔치고야마네

그대여 그대를기달임에 이曠野에멋百번왓든가
이날붓헌기달리든마음이 愛愁의눈물로 변하여
밤마다오든정을도라가랴면 옷자락을쯱시나니
그대처름 頑固와冷談한사람이 또어데잇슬까

그대여 밤도깁허서 北斗星기울어진지 오래엿고
銀河의엶야눈星雲조차 새벽을알리거늘
그대를실은백만 엇지하야 이밤에도 酒□에 떠일줄몰으는가
이밤에도 그커도라가랴니 썩는간장을어느하늘밋헤 버려야할지마음만답々하네

오― 그대여 燈臺의불은이밤도쉬지안코 바다에비치지안는가

그리고　거리　고요히呼吸하는　浦口의가삼우에는

그때를기다리는　젊은生命이　불라고잇지안는가

그러나　이밤도어케밤과　갓다고만　한다면

붉어올來日의　東쪽하늘을　또무삼면목으로보오리

아!　이해의가을도　기다림에傷處만주고

매말은大地우에　臨終짓고말러인가

―― 一九三三 · 一○ ――

吳河潤

푸라타-누의 淨化運動을 提唱합니다。Vravo Saloon platane

金尙鎔

통잇는머로 늘 오겠웁니다。

李惠求

길다란 담배며
싸늣한 茶와 親友

金晋燮

당신은 당신글 잘아오!

金珖燮

프라타-누의 럼프燈이어
燦爛한마음홀 나스게하여라

毛允淑

疲困한 行人의 조고만 安息所
리연은 路程의 고요한 旅舍요
클라타-누——
너의 誘惑을 멀리못함은
다못山宵春 나썬이랴

朴花城

몬지 뒤덥힌 서울거리에
홀로서잇는 클라타-누
외롭다 그립다 그림자
멀너가는 이거리에
싱슷한그림자 지어주어라

失名氏

甲「에이 한당갓호남」
乙「이놈아 한당이라니 누굴」
丙「너 말이야-」

朴龍喆

乙 「이 자식이 멋이 어쩌구어찌?」
甲 「아니 그럼 不한당일세」
乙 「뭐 불란당이?……」

바다업는 나의 港口
出帆한 幻想은 멀라파리의 街頭로

잠시너의 그림지가티
너의 使徒와가티
또한 이저진 너의 아담과가리
나는 沈默에서 숨가뿐戰慄을 느신다。

金東煥

이거리에 흐르는 때못맛난 英雄들
어머니의 품만차저 이리모이노라
플라타ㅡ누!
그대 첫가슴퇴어 주려나

鄭寅燮

풀라타ㅡ누!다정하고 시원한
그러나 날가로은 가을의리들이다
번창한 街頭에 내집갓흔
언제나ㄴ하고 멋번이나 감판을 처다보앗으라
동모차저 詩를차저 또한 都市의抱擁을차저서
내山넘고 물건너 또한 온지밥으며

풀라타ㅡ누! 풀라타누!
朝鮮의 아들과 쌀을이어!
그 行進曲을들으며 그림지밋헤
모여오라! 차저오라! 싸라오라

「플라타ㅡ누로가자!」
이것은 大京城의 새로운 멜로디다
이것은 인테리의 술로잔듸에 하나가 됨죽도하고
抒情的이나 그속에 現實的인 微笑가잇다。

李軒求

가을!
가을을 것은 이남의 젊은이들이어!
플라타ㅡ느의 그늘미테서
가을의 노래와
가을의 思索과
가을의 꿈을 매저다오
집업는 설헤미안의 그머들을
가슴기피 써안어주는 풀라타ㅡ누로

멀리 巴里의 불 바ー르에 기러가는 가을의 숨을
오!서울의 플라타ー누에서
고요이〳 우어보리라

그리운서을
서러운서을
그러나 플라타ー누 너만은
오직 한적은 倡다운 보금자리이니
봄 여름 가을 저울
밤 낫으로
가슴에 슴여드는 欧悶을
고이〳 감직해가라

尹白南

클라타ー누!
이 일홈은 일측이 東京서 나의戀人과가티 사랑하던茶房의
이름이올시다그려 나는 옛戀人을여기서 반가이 맛나게되는
幸福을마음껏 늣기고삽니다。

咸大勳

한세 深夜派의 一人이돈나
나는深夜에 蟲爵히 街路를 거른일이만타。아深夜한길거리에
서 下宿을向하야 돌아가는나에게 던저주는 플라타ー누의 芳

香 그것은 나의愛群을 慰安해주는 한個의戀人이잇다?
오늘날家庭을 가진나! 여기다시 茶房·플라타ー누에서 다
시家庭의 幸福과 아울러 더한層 慰安의 香氣를 마시노라

崔獨鵑

紅茶한잔 마시고 一二十分以上 안저잇어도 얼골을 씽그리
지 안으면 착한茶房 主人이다。

李無影

이世上에 薄香機란것이 업섯드라면
ーー아니 茶집만에라도 그랫으면
아니ーー그도바람수업다면
내귀 여페만이라도 그랫으면
鳴呼! 웨何必 이자리라던고

俞鎭午

近代的愛群의 맛아들로서의 茶房이
이 하엿는 感情에 對한 默想의 機會를주어지이다

尹石重

거지한분이 문안에서
[여긔가 뭣하는덴닛가?]
[그건 아러 뭐해?가!]
레코ード가 다시울아갑니다

文藝時評

丁來東

緖言

가을이되여가면서 朝鮮文壇은 比較的活氣가 잇는것가티뵈인다。이것은 勿論 發表機關이 그前보다 만허진것
과 또各新聞에서 新人의連載小說이 만이실리게 된것과 各雜誌의文藝欄等이 擴大되는것이 그重大原因이 될것
이다。이 만흔機關에 發表되는作品을 質的으로볼때 얼마나 普通水準을 넘어섯는가하는것은 아즉問題以外이지
만은 何如間엇던方面으로보면 文學은 發表機關이만흔데에서 急速度로 長成한다고볼수가잇다。

勿論 그發表機關이 만케되는데에는 社會的여러가지條件이 잇겟지만는 萬若發表機關이업서서 作品이發表되지
안는데에는 文學을論謂할 아무런건덕이조차 업는것으로보아 爲先이와가리 發表機關이 만허진것은 朝鮮文學의發展을爲하야 祝賀할일이라고볼수잇다。

이와가티 發表機關이 만허진것은 朝鮮文學의思想的背景을 볼때 各々한派의文學으로서 森次塑堂을獨山하려고하든 意想은 엇々싸해트러지고 各
現在朝鮮文學의思想的背景을 볼때 文藝思潮가 並立되여가며 그前과가티 絕對不可侵할것가른 所謂指導原理에對하야 緘口하고
派의社會思想 文藝思潮가 並立되여가며 或은 엇절수업시 黙認을한다던지 發表機關의獨占等으로 自己네의
服從한다던지 或은 엇절수업시 黙認을한다던지 現今과가티 公開的으로 서로討論 論駁을하게되는傾向은 一般民衆의
意見을 發表하지못한든例가, 漸々업서지고 現今과가티 公開的으로 서로討論 論駁을하게되는傾向은 一般民衆의
自由思想이 文壇에서지表現되는것으로 불수이잇다。

그리고 一般으로 그前과가티飜譯式難解의文章이 漸々쇠리를 감추게되고 普遍的으로 文章이 쉬으나平易하여
시고 簡潔하여진것은 大部分文壇人이 外國의理論을 比較的自己의것으로 消化한것임을 證明한것이며 또는 自

— 86 —

己의 意見을 文字로 發表하는 修練이 進步한 것임을 表明하는 것이라고 볼수잇다。

或누구는 文壇의 沈滯를 말하고 作品水準의 低下를 云謂하지마는 過去에 比較하여보면 戲曲方面이 顯著한 進展이 업슬뿐이요 一般으로 詩歌 小說 隨筆方面은 만흔 進步가 잇섯다고 볼수잇다。筆者의 意見으로는 抒情詩에 잇서서 그 一部分은 발서金岸曙에서 辛夕汀까지의 만흔 抒情詩人이 거의 그絶頂에싸지 到達식혓다고볼수잇다。그리고 繼九玄 宋順鎰 毛允淑 金起林 맑쓰主義文學派의 諸人은 그思想에잇서서 서로다르고 詩의內容表現에잇서서 그主張이다른만큼. 발서各々다른方向으로 詩를展開식히려는 企圖가 뵈인다 이에關한詳論은 다른論稿로 미루워둔다。

小說方面에잇서 筆者는 數三年前에 다음과가리말한적이 잇다고記憶된다。「新聞의連載小說을 幾個旣成作家에게만 맥씰것이아니라 만흔新人을 登場하게하는것이 오히려 조흔結果를招來할것이라」고 只今에와서 新聞의長篇을 새로쓰는作家가 許多히 만허젓다。朴花城 方仁根 朴泰遠 李無影 李泰俊 張赫宙等諸氏가 다新人에 屬할것이다 果然그네들의作品은 그根本立場이 서로다르지만 그前 連載小說에比較하야 그水準이 조금이라도 나을지언정 못하지는안을것이다。이와가티 新聞의長篇을 새로운作家에게 登場케하는것은、勿論 創作家의機會均等에도 關係가잇지마는 또新聞經營者로서 讀者에게 新鮮味를주는데에도 相當한 效果가잇슬것이다。

大體로보아 朝鮮文學은 一九二○年代에比較하야보면 만흔進展이잇섯다고볼수잇다。勿論아측도 外國의文學에並肩할수는업지마는 過去에比較하여본 一般作品의水準이 올나갓다고보는것이 正當할것이다。

筆者가 이評論을쓰면서 筆者 外國에잇는關係上內地의雜誌等을 全部바다 보지못하고 新聞도 朝鮮日報는 보지못하는 不得已 此論에서 除外되는問題도 만흘것이요 또누구論의嫌이업다고도 斷言할수가업슬것이다。그러나 結局생각하여보면 文藝時評이라 일흠을부첫다고 하야서욱 文壇全般의問題을 槪評하라는법도 업슬즉 이러한類評도 그리케허물될것은 업스리라고생각된다。

創作不振의 原因

朝鮮文壇에서만 名作이 나지안흘뿐아니라 世界各國文壇에서도 傑作이나오지안는것은 오늘날의큰問題어리라。

그原因을 推究함은 勿論文만하드래도 數를 헤아릴수가업도록만타 그러면 왜 아즉名作은 나오지안는가? 現今과가터 人類社會에 큰變動이만코 人類의 知的方面이 거의 極度에 達함에도 不拘하고 有名한作品은 왜나오지안는가? 더구나 朝鮮과 가티 經濟的生活이 根窮에 達한이째에 偉大한作品은 이現狀을 代辯하지못할 는가?。

그原因으로는 文人의 生活安定이업는것을 大槪들게되지마는 그보다 더큰原因은 文人의 經驗이 不足한것을들어야 하지안흘가?。하고 나는생각된다、 過去의大文豪를 그作品과그生涯로觀察하여보면 大槪우리에게 큰感激을주는 作品의作者는 그幼年時代에 或은靑年時代에 다른文人이 經驗을 여보지못한 苦痛과煩悶을 격근사람이 만타。 첫재「대비드、코•파필드」의 作者인 一되큰 즈는 어려서 自己가 그와가튼苦生을 여보시람시 인어든가? 「罪와罰」을지은「도스토엡흐스키」도 自己自身이 監獄生活과西伯利亞의 放浪生活을 經驗하지안엇던덜 그와가튼 深刻한作品이 나왓겟슬가? 또現在英文壇에서 海濱小說로 有名한「콘라드」도四十歲나되도록 船夫로 단이지안하얏든가? 또戰爭小說로 世界出版界의레코드를 만든「레마르크」도 그가 實地에戰爭을 하여본들들 그와가티 만흔讀者를 어들 수가 잇섯슬가?

勿論讀者가 만코 一般大多數人에게 歡迎을받는다고 그것이 다傑作이고價値잇는 作品이라고 발?기는 어렵지마는 何如間에 그만흔實感을 주는것이 事實일것이다 발서十餘年이나 되겟지마는 日本의讀書界에 큰세세一숀을 일으킨「賀川豊彦」의「死線을 넘어서」란作品도 그作者의 實地經驗이 안이 엿스면 그러케만흔讀者를 어덧슬는지가 疑問이엿슬것이다。「西部戰線無事平靜」이란든지「死線을 넘어서」나 小說로서 完成된作品인가

안인가는 또別問題이지마는 그와가리 一時의 盛을 일운것만하드래도 그作者의經驗에 讀者는 興味를느끼며 그만 치實感을 느끼는것일것이다。이와가튼 例는 어느나라文壇 어느作家에게서도 엿볼수잇는것이어서 더만흔例를들지

안커니와 何如間偉大한作家는 첫재로偉大한 經驗을 한사람이안이면안될것이다。

그다음에는 文人의 修練問題가 重大할것이다。普通우리가 經驗하는例로보면 人力車를 끌든사람은 自己가 그와가튼 苦痛을하면서도 흔히文字로 自己의苦痛을 發表할 修練이업스며、自己의苦痛을 觀照할餘暇를가지지못하고 現今의社會狀態로보아서는 人力車를 타는사람이 도리혀人力車군을 代辯하야 그家庭의慘酷한것을 推測하야서 쓰게

되고 或은 觀察하야야 쓰게된다。

그러자니 自然人力車夫의實感과는 그作品에 差異가 만흘것이다。現代文學의悲劇 喜劇은 이러한裡面에 潛在

連載小說에 關한 所感

하야 잇지안은가? 工場의 工人은 自己가 自己生活을 觀照하고 發表할餘暇를 가지지못하고 街頭에서 彷徨하는 事實이

룸펜文士가 그工人의 生活을 그려버리려 努力하지안는가? 이러한現文壇에서는 傑作이 나오지못할것이다.

다. 偉大한作家는 自己로서 偉大한經驗을하여보고 自己로서 能히그經驗을 表現할만한修練이 잇서야할것이다.

이두가지原因만을 든다고하야서 그外의經濟的條件을 侮視하는것은 안이다. 或經驗은 돈업시도 할수잇지마는

이修練은 時間의餘裕와生活의安定이업고는 할수업는일이다.

이外에도 社會의環境 直接活字化할可能與否 意識問題 作者의立場問題等도 그重大原因이 되지안홈은 안이나

다周知한事實임으로 畧하기로한다.

各新聞에 連載하는小說을 總評하려면 꽤長篇의論文을要할것이요 이와가를

다. 尹白南氏의歷史物을除하고는 그場面이 擧皆中産層을土臺로한作品이 만타. 大概는 知識分子들이

活의延長等을 그린것이만라. 나는 어느意味로보아 이러한傾向이 오히려效果를 써리라고 생각한다. 왜慘憺한農

民工人의生活을 그리지안코 學生의比較的豐裕한生活 戀愛葛藤等을 무엇이讚成할곳이 잇는냐고反問

활사람이잇슬런지 몰을것이다. 그러나 억지로만드려써는 罷工의小說 農民一揆의小說보다는 實感이잇는自己의生

活 或은 自己가 익숙한社會를 그려써는것이 그效果로 보드래도 훨신다를것이다.「크레어틈·하밀튼」의「現代戱

曲講演集」에「유진·오-닐」의戱曲을評하면서 그前「오-닐」이 그리有名하기前에 自己가勤하기를萬若에 戱曲을쓰

려면 열든社會에 나가서 그社會의習慣을 다배우고 그社會에서 쓰는말을 다알게되여야한다고 말하엿다한다.

「하믈튼」의이말은 非但戱曲에만 適用되는말이 안일것이다. 그럼으로 比較的 朝鮮作家들이 大概經驗한東京의學生生

活 朝鮮의中流家庭 朝鮮의知識分子를 背景으로하는것은 作家가 익숙하지못한農民生活이라던지 工人生活을背境

으로하는것보다는 만은實感이잇슬것이다. 勿論農民生活 工人生活에 익숙한作家가 잇어서 그런것을 잘쒸낸다면

그에떠 조흔일은 업지만은.

다시 各作家의 注意되는點을 들어보면 尹白南氏의 表現技術은 참으로 爛熟의 境에 達하엿다고 볼수잇다。萬若에 氏

가 그 表現技術을 가지고 좀더 民衆의 立場에서 過去歷史事實을 觀察하고 統治群의 黑幕을 좀더 露骨的으로 表現하고

中古朝鮮社會의 民衆의 相互扶助의 事實을 注意하며 過去分散的 經濟組織의 長點을 顯明하게한다면 非但 大衆小說

家로뿐만아니라 新文學의 作家로서 偉大한 作家가 되리라고 推測된다。

朴泰遠氏의 「半年間」은 中國이되여서 作家의 主觀은 알수가업스나 作中의 「캐릭터ー」를 그러케 뚜렷하게 그

려낸作家는 朝鮮文壇에서 보기드문例이오 氏의 作風이 比較的餘裕가잇고 燥急한곳이업는것으로보아 將來의 發展

性이 거의無限하다고볼수잇다。이곳에 發展性이란것은 勿論作家를 말하는것이안이라 作品을말함이다。

아마 巧妙한풀롯을가지고 自然스럽게 表現하는作家를 찾는다면 나는 李無影氏를 들게된다。氏의 思想的背景은

或者는 아나키쓰트라고말하고 或者는 맑쓰主義的作者라고 말하나 나의 確實한것은 알수가업스나 氏의 「적은 反逆

者」 最近의 「地軸을 돌리는 사람들」은 前者에屬한다고불수잇다。連載小說로서 一地軸을 돌리는 사람들」처럼

熱情的인作品은 別로업것스며 最後의 幾回는 或回數를短縮하느라고 그랫는지는 물으겟으나 오히려넘우나 感傷

的이라고꺼지말할수잇다。

「흙」과 「무지개」

中央日報의 「永遠의 微笑」와 「第二의 運命」은 아즉 곳이나지안은作品이라 무어라고말하기는 어려우나 沈薰氏

의作은 그事件의 發展이 넘우나平面한感이 (勿論大衆讀者를對象으로하고쓰느니와 그러치만은) 업지안으나 文章의平

易와發展의 「스이프트」한것은 泰國의作風을聯想식힌다。李泰俊氏의 「第二의 運命」은 두靑年의콘트라스트가 퍽滋味

잇게展開되는데 作者의主觀이 넘우나露骨하고 둘의 戀愛가 이야기 넘우나 擴張한지안은가하고 생각된다。다를短文에서 유모

아를連發한氏는 이小說에서 鑑憐것을차즐수업는것도 퍽으나奇異한일이라하지아울수업다。

이두作品을 따로말하는것은 그作品이 優秀하다던지 或은大作家라고하여서 그런것이안이요 最近의民族主義文

學과맑쓰主義文學이 여러가지點으로보아 共通된點이잇슴으로 上欄에서말하지못한것을 이欄으로 싸어말하려한것

에 不過하다。春園은 民族主義文學家로 自他가 다認證하거니와 問題가업지만은 「무지개」의作者張爆宙氏는 나의 某
友가 에쓰페란트譯의 該氏의 主張을보니 虛無主義ㅣ아나키즘ㅣ맑쓰主義로 轉變하얏다는말이잇다고하야 이와갓치
對照하야 쓰는것이요 나는 親히보지못하얏슬즉 萬若에 여긔를림이잇다면 諒解하기를바라는바이다。
筆者는 그前에 梁柱東氏를 評하면서 早晚間맑쓰主義者化하리라고 預測한말을한째가 잇섯다。그後로氏는 오래沈
默을 직히여서 그思想的轉變을알지못하거니와 그後春園의 「흙」이란作品에서 나는 過去及現在의맑쓰主義文學의
作品과 共同한點을 發見하고 나의 그째預言이 그리誤測이안이엿슴에對하야 苦笑를禁치못하엿섯다。
本來 嚴格한意味에서 말한다면 過去의民族主義文學의作品들은 主義文學作品이라고할만한作品이 엄것든것이요
一흙」이 그처음이라고불수잇다。그럼으로 過去의民族主義文學派에서는 在來의形式을 取하여왓섯스나 맑쓰主義
文學派에서는 거의過去의形式과技術을 假觀한作品이 만헛든것이다。그러다가 近來에와서 도로 平易한表現過
去小說의形式으로도라가는 傾向이 나타나게되엿다「무지개」는 아즉完結되지안하엿스니 以後엇더한變動이잇
을지몰으나 何如間只今까지는 小說로서 過去의小說形式과조금도 다름이업다고불수잇다。이것은近來에問題되는
集團描寫와 個人描寫와도 多少關聯이되는問題이다。過去의小說은 大槪個人描寫들을하여서 그種類의社會人을類推하는것
이엿다。곳다시말하자면 한勞働者를主人公으로한다면 그時代 그地方의勞働者를 그主人公으로써 類推하야 그時代
相 社會相을 觀察하며 作者의方面에서는 그런形式으로써表現하얏든것이다。近來集團描寫는 무엇을意味하는것인
지는 仔細히알수업으나 적어도 只今까지의맑쓰主義文學의作品은 擧皆이 一類推」式의小說形式을 取하야엿다。只
今 「무지개」도 亦是그러한形式이라고불수잇다。이두派의作品을 곳在來小說形式을取하는데에 接近되여잇스며 共
通하다고불수잇다。
또한가지 共通한點은 觀念的인點이다。過去맑쓰主義文學作品의弊病은 大槪가 觀念的이요 現實的이안이엿는데
잇섯다。곳밧구어말하면 한作品의內容이實地事實에 잇섯다고하자 그러면 讀者가 그作品을읽은後에 「이러한事實
이 잇슬가?」ㄴ하고 疑訝하는째에는 그作品을 現實的作品이라고말하기가어렵다。위그러냐하면 小說의效果는
本事實이라드「이것은表現技術어三園係되지만은」 잇든것이다。그러나 過去맑쓰
主義文學의作品은 이와갓치非現實的作品이 만헛고 또或은 「이데오로기」의 羅列에不過하엿든것이다。春園의 「흙」

은 確實히 이두弊病을 犯하엿다고볼수잇다。「흙」의옷에 「흙」의實地事實이 잇는것을 春園은 證明하얏스나 誌

者들은 「어되가 어떠한事實이 잇서!」하고 느껴지는것이엿다。

이問題는 곳主義를 小說에注入하는데에서 생기는弊病이라고볼수잇다。過去맑쓰主義文學도 이點에서 失敗를하

엿고 民族主義文學의 꼐作品인（具體的作品으로 첫이란말이다）「흙」도 이點에서 큰失敗를하엿다고볼수잇다。

이點에關하야 筆者는 最近新進諸作家들이 自己主義를 억지로表現하기爲하야 事實을 事實답지안케 展開하지

안코 참다운寫實主義로 傾向하는데 편同感을가지고 잇스며 過去에 想涉氏의諸作을 比較的조흔作品으로 評價

하고 또張燦宙氏의初期의作「餓鬼道」이 이後 朝鮮文學의取할길이라고 생각한다。맑쓰主義評家들

은 「餓鬼道」의옷치 無意義하게 맛치엿다고 低評을하지만은 社會의將來를暗示하는것이며 作品으로서도 價値가잇는것

이엇지할수가잇슬가 社會諸相을 그대로 그려내는데 그社會의實地問題에는 그러한例가許多하만은것이

이안일까！

이두主義는 그目的은 서로다르다고하겟지만은 고組織體에잇서서 共通하고 그手段方法이 同一함으로 文學上

에 낫라나는 「이데오로기」는 다르다할지언정 그方法論에이르러서는 이後더만은 共同點이잇스리라고 推測된다。

———（完）———

맑스主義文學論吟味

―아나키즘의 藝術觀的立場에서―

權 九 玄

「朝文」編者로부터、아나키즘의 藝術觀을 씨달라는 請托을밧기는 故鄕에잇을때부터 數三次엿다。그러나 발목을其 들어매고 싸도는 모든事情은 이에應할自由와 餘裕를주지못하야 不得已 好意에答치못하얏더니 이제 京城閣으로 氏를訪問하매 氏의 첫注文이 例의 이題目이다。그의 親切한誠意에 不得已拒絶치는못하얏스나앙호로 縮切日字가不過數日이니 그날그날의時間을 神通치못한 生活戰에 거의다虛費하는 處地로서 거다가 아무려한準備도갓지못하얏습어랴。조고마한틈을利用하야 붓을들기는들엇스나 羊頭狗肉의醜態를 免키어렵겟슴으로 차라리 初志를 고쳐 여긔에서는 맑스主義의藝術觀을 原則的으로檢討하면서 우리의 文藝上의立場을 略述하여보려한다。

우리는 事物을観察함에잇어서 現狀을 現狀대로 事實을非實대로 肯定하면서 그우에서 認識의方法을 取하여야할것이다。是는 非의否定에서 發生한것이아니라 그肯定에서부터 發生한것이다。世上에서는 흔이 이簡單하고도 明瞭한事實을 忘却하고서 덤벙거름이라는 서음으로 排他一貫의 외고집들만을 씨움으로부터 雜多無用한 物議를 이르키고잇다。오날날 朝鮮의文壇씨름이 그하나이다。

正統派文學論者가、、、、、、、、、、그나에도 맑스主義文學論을 非難하며『이데오로기ー』는 藝術作品의全的價値를 決定하는 要素가아니다。藝術은 맑스主義命令下에서 푸로레타리아의勝利를爲하야 政治的道具가될 아무려한 約束도갓지。안엇다』云々하는것이라던지 맑스主義文學論者가 正統派文學論을政擊하며『藝術의價値는 그作品

아가진이어떠로가가에依하야 自決定된다。무로레타리아의勝利를爲하야 活動하는作品만이 藝術作品의價値가잇느냐。

等々의論爭을 우리는 오랜前부터 各新聞이나 雜誌等을 通하야 너무도만이보고잇다。要컨대 前者는 形式高調論

일것이며 後者는 內容唯一論에 屬할것이다。이와갓치 形式問題、內容問題等만을가지고서 거의職業的으로 我黨

의理論만을 主張하기에沒々하며 甚으아는 侮辱的言詞를던짐으로써 凱歌를부르짓는 一方는업지안타。(最近에는

좀 沈靜된感이잇다하겟스나 조선에 所謂階級文學이 主唱된以來 論爭의 그大部分이 거의이러한類엇다고하여도

過言이안일것이다。누구누구라고 指名할것은아니나 極히하여서는 肉彈戰을試驗한 蠻勇文人들도外지잇슴에야 奈

何오)

勿論 이問題는 階級的對立關係에 歸屬식혀 論할수엇을것이다。그러나 自階級 自陣營內에서도 理論이一致치

못하야 서로視角을 이르키고잇는以上 그러케 單純하게 解決될수도업는것이다。그럼으로 簡單하여야할 이問題

가 荐嘗에에잇서서는 正反되는 現狀을이르키고잇다。

그러나 現狀은 어떠커지던지 現狀이다。그原則을究明함으로부터 모든現狀은 簡單이說明되며 解決될수잇다。

그러면 여긔서 우리는 原則的으로 맑쓰主義의藝術上의地位를 檢討하여보기로하자。

맑쓰主義는 한개의 政治學說이나經濟學說이아니라 一世界觀이다。(그것의 올코 그른것은 別問題이다) 그럼

으로 맑쓰主義作家나 評論家는 單純한意味의 作家와 評論家이기前에 먼저 맑쓰主義者라는것을 우리는認識하여야

한다。그러고 嚴格한意味에잇서서 그의面目은 組織化한 푸로레타리아에依하야 쌀르조아의政權××키爲한

政治的의一點에 푸로레타리아의 모든力量을 純化集中할것을 强要한다는것을 또한認識하여야한다。

이것만을 正確히認識한다면 맑쓰主義者가 그의政治的目的을 達成키爲하야 文學藝術을 한개의道具나 手段으

로利用하는데에 무슨異存이잇을 餘地를가질것이냐。맑쓰主義文學論者에게잇서서는 藝術作品에對한 批評的基準은

어데쓰지던지 政治的尺度일것이니 한개의文藝作品을 評價함에도 我黨의勝利를爲한 그貢獻程度의大小로서 價値

를 決定할것은 政治的見地에잇서서 正當한解釋이아닐수업다. 萬一 그가 이根本基準을忘却한다면 如何히 優秀한

作家이오·또評家라할지라도 그瞬間부터 그는발서 맑쓰主義的作家와 評家는아닌것이니 맑쓰主義圈內로부터 退

場을지안으면아니될것이다.

勿論 正統派文學論者의 主張과갓치 藝術文學은 맑쓰主義의命令과支配下에 政治的意味의 宣傳的道具나 煽動

的手段이될 아무러한約束도 갓지안엇다. 그러나 맑쓰主義가 宣言한바와갓치 푸로레타리아의×××를 絶對

目的으로한 政策論的立場에서 藝術文學을取扱하는以上 藝術은 어데까지던지 藝術이라는等의 所謂 純粹藝術論

的態度로서 對抗한다는것은 無意味한일이 아닐수업는것이다.

여긔에서 맑쓰主義의 文學은 藝術的立場으로서가아니라 政治的立場에서─文學論으로부터가아니다─政治論으

로부터 出發한것인것을 거듭認識을여야한다. 모든一切의것을 犧牲히면서라도 階級的對立을 絶滅함으로부터 푸

로레타리아의××을 그푸로그람으로하고 政治的一點에 總力量의集中을强要하는 맑쓰主義나만치 藝術만을藝術家

의손에 寫實特許品처럼 容許할理가업을것을 勿論이니 여긔에서 한갓文學理論만을가지고 是非를論한다는것은

從勞가안닐수업는것이다.

그러나 우리는 이런말을 각금듯는다. 即「社會主義文學도 藝術인以上무엇보다도 몬저藝術的이여야한다.」─이

말은 맑쓰主義文藝論者間에도 흔이論議되는모양이다. 勿論 맑쓰主義文學도 文學인것만은事實이다. 그러나 우리

는反問코저한노니 그런면 이提言은 果然妥當한것일가? 여긔에서 우리는 아모러한矛盾도 發見할수업을가?

「맑쓰主義文學作家도 作家인以上 무엇보다도 몬저 藝術家여야한다.」하면 우리는 무엇지될것이냐? 그러나「맑쓰主義文學

作家는 作家이기前에 맑쓰主義者여야한다.」는 맑쓰主義의原則은 이것을容許하지안을것이다.ᄋᆢ藝術家여야한다.」는

것과「맑쓰主義者여야한다.」,는것과의 이두가지는 맑쓰主義의 根本基準을 拒絶하고 아니하는데에따라서 各々成

立될兩個의 相極性을가진 물건이아닐수업다. 萬一「맑쓰主義文學도 藝術인以上 무엇보다도몬저 藝術的이여야한

다。」는것을 그때로 容認할수잇다면 이境遇에 「맑쓰主義文學도」라는것을 밧구어서 「資本主義文學도 文學인以上

무엇보다도도몬저 藝術的이여야한다。」는 理論과 理論上差異點이어데잇을것이냐? 「무엇보다도 몬저 藝術的이여야

한다。」 이것은 資本主義藝術의 根本基点인것이다。

그럼으로 社會主義文學은 政治的이데오로기ー를 그根本基準으로 하느니만치 「무엇보다도 몬저藝術的이여야한

다。」는 이「무엇보다도,라는것부터 棄却하여야할것이며 「藝術的인」이여야한다는것을 「政治的의」이여야한것으로

修正할것이니 말하자면 「社會主義文學은 무엇보다도 몬저社會主義的이여야한다。」는 이定義가맑쓰主義立場으로서

는 가장安當할것이다。

거듭말하거니와 맑쓰主義는 그綱領이 그러하고 政策이 그러한以上 어떠한 藝術論으로으로써 對抗할지라도

그것에는 少毫의勤搖도 웃가지않을것이다。 좀거북한例가드나 오날날의 法制를 非라하야 아모리絶따한들 六法

全書에 무슨勤搖가잇을것이냐? 六法全書의 各條文은 ——히政治上 避치못할 政策的手段으로써 規定된鐵則인

以上 問題는 法律條文에잇는것이아니라 이條文을낫케한 政治그물건에 잇는것이다。

以上에서 우리는 맑스主義文學理論의 根本基準을 究明하엿다。 따가서·맑스主義文學을 文學의本質에 矛盾된

것이라던가 文學의邪道라하는等의 非難도 그것이 成立될수업을것을 否取하엿다。 그럼으로 오날날 맑스主義文

學을相對로한 諸論의焦點이。 形式과技巧問題等만에 局限되는限에잇서서는 問題의解決은 未解決로서 一段의解決

을짓는수밖에업는것도 自明한일임을알것이다。

이러케말한다고 우리는 決코 맑스主義文學藝術의 不可侵的絶對性을 提言하는것은아니다。 論議한餘地는 일로

부러잇다。 即政治的헤게모니ー미테서 活動하는 맑스主義作家와 評家의 그安當性을肯定하면서부터 問題는 眞實

맑시스트의視角으로 불쩌어 藝術文學은한개의道具나 手段으로박게 다른意味를가질수업는것은 이미말한바와갓다

性을가지고 發展할수가잇는것이다。

그러면 果然 맑스主義藝術觀은 가장完全한藝術觀이며 非맑스主義藝術觀

乃至 藝術文學은 不完全 또는無價

値한것일가? 即 맑스主義的政治的價値를 갓지못한純粹藝術作品 다시말하면 藝術을爲한藝術作品은 아무러한意

味도갓지못할가? 藝術을爲한藝術이라면 그것은 곳썩루조아社會의 特産物처럼 思惟하는一群이 엄지안흠이나

이러한理論은 一定한社會條件아래에서 恒常反復된理論이니만치 充分이 그自體의存在的理由를 說明하고잇는것이

거니와 이것은 决코 썩르죠아社會가 함께 絶滅될最後를 가진 理論이아니라 社會主義社會에이르러서도 想像에足한한

存在의理由를 가진것이니 뒤 그러냐하면 藝術文學은 반다시 政治的指命下에 存立하지안흐면아니된다는 義務

를 그自身이가진것도아니오 文藝家도 반다시 政黨의命令에依하야 創作活動을하지안흐면아니될 義務를가진것도

아니다. 말하자면 社會主義者가 同時에文藝家일째에는 社會主義에忠實키爲한限에잇서 그創作活動은 社會主義的

實踐意識으로서 할수박게업는것이오 反動主義者는 反動的目的을 達成키爲하야 文藝를反動的手段으로利用할수

박게업는것이오 또民族主義者는 文藝創作을民族的의되것으로써 할수박게업는것이니 藝術이一定한目的意識을內

包한거되는것이은 그作者가 社會의客觀的條件과 및 그로부러必然的으로發生하는 階級的×××鬪爭의必要를 意識

할때에 藝術家가 同時에 主義者化함에不外한것이다.

이것을 더한번 要約하야말하면 文學作品을 社會主義的으로만드는것은 社會的條件에依한 階級的鬪爭의必要에

쇠强要될것이다. 그러고 이것은文學의弊害도아니오 幸福도아니다. 그럼으로 文學의完全與否는 이政治鬪爭의必要

와全然無關係한것은勿論이다.

그러면 以上의簡單한理由에 依할지라도 맑스主義藝術觀이 가장完全한 藝術觀이라는것은 한갓獨斷이아닐수업

다. 萬一 맑스主義藝術觀이 完全한藝術觀이라면 資本主義藝術觀、民族主義藝術觀도 모다함게 完全한 藝術이아니

면 아니될것이다. 위그러냐하면 文學藝術을 一定한目的의아래에 道具로取扱하는點에잇서서는 서로다를것이 업음

으로쒸말이다. 그러나 이미指示한바와가티 이모듯것이 相容倂存할수업스며 또한完全한藝術論일수업는것은 그것

이 藝術論이기前에 政策論인가닭이다。다시말하면 藝術과는關係가업는 即術藝術的價値와는 別問題인 各自의把撮

한 이데오로기―의必然的要求로부터 鬪爭을目的으로하는 文學인가닭이다。이와가튼文學藝術은 政治鬪爭의必要와

함께 發生한것이니만치 不必要와함께 消滅할것은 自然한일이다。

그럼으로 우리는 맑스主義文學論을 藝術論的立場에서 解釋하려고하지안는다。더욱이 完全한藝術論云々에對하

여서는 꿈이아닌 現實에서는 辯駁할價値도 늣기지안는다。이와가라말하면 或性急한讀者中에는 뿌루조아藝術의

擁護者가아니냐고 問責할분이잇슬는지도모르나 우리는 맑스主義文學의存在理由가 조고만치라도 動搖될줄아는분이잇

價値를定義함에 不外한것이다。萬一이것으로因하야 맑스主義文學의本質을 正確히認識하기爲하야 그의限界와

다면 그는 맑스主義本質을 認識치못한 분이 아닐수업을것이다。

이제 以上의論한바 맑스主義의藝術觀을 要略하면 다음과가티大別할수잇슬것이다。

一、맑스主義文學은 資本主義社會로부터 社會主義에의過渡期(?)에잇서 맑스主義政治××의必要가 文學을 그해

게모니―미테 從屬식길것이다。

二、맑스主義文學은 文學自體가가진 固有한 藝術的部分以外에 政治的部分을 必然的으로 所有하게된다。

三、맑스主義文學은 政治의部分을 絶對上位로하고 藝術的部分을 그下位로한다。

四、맑스主義文學에잇서서 政治的價値와 藝術的價値와 의混合은 自己否定이다。

五、맑스主義文學은 一定한時期에잇서서 그特殊性과 함께 自滅하고말必然性을 內包하고잇다。

이것이곳 우리의말하는바 맑스主義의藝術理論은 한개의政策論이오 藝術論이아니며 政治的方法으로부터요 法

文學的方法으로부터가아니라는 根本理由이다。이와가튼 目的意識的文學은 勿論政治的前衛만이 意識把握한文學이

니만치 民衆的일수는업는것이며 또한 藝術 그自體의 自律性에依한 發育은 기다릴수업는것이다。

그러면 民衆은 어떠한文學과藝術을要求하는가? 民衆과맛서 成長發展하여나갈 藝術은 어떠한것일가? 이것

이 여긔에論議되지안으면아니된다。그러나 時間關係上 이것은 次回에具體的으로 論하겟슴을 約束하여두고 여

과서는 爲先이것으로써擱筆한다。(續)

文藝座談會

時 日　一九三三年十月十六日
場 所　푸라타一누

出 席 者

金起林　柳致眞　金珖燮　白鐵　徐恒錫　林和　鄭芝鎔　李無影

隨筆文學에 關하야

無影　밤 무신데 이렇케 와주시니 감사함니다。이제부터 始作해볼가요 오래된것아지만은 金起林氏가 긘번 新東亞에 隨筆文學의 擡頭를 말슴하엿는데 거기對해쉬말슴해주시지요。

起林　엇재 그럿케話題가나옴니가

恒錫　兪鎭午氏가오섯드면조왓슬걸。鎭午氏는隨筆文學의 反對派니가

起林　趙容奭氏는 隨筆은問題거리가 되지안는다고하엿든데요。

白鐵　金起林氏論한데對하야 내생각에는 그럿차안흔것갓든데요。

起林　個人의 單篇小說은 볼파강케오그라시時代에 旺盛하엿지만은 지금은、單篇小說形態를 벗어나쉬 隨筆形態도 轉換하고잇지안슴니가 單篇小說쓰든 作家에게잇쉬쉬 形態의拘束을버리고 自由로운形式으로 自由로운主觀으로 새로운힘을 어더쉬 쓰도록함에 잇다든것이 제가 主張한바임니다。

珖燮　첫재로 趙容奭氏가 隨筆은 文學潮流에 들시못한다고하엿고 玄民氏가 隨筆을 雜文속에너엇스나 英國의文學史로보아도 隨筆이小說에 지지안엇스나가

白鐵

수필雜文속에 넛코십지는안소.

隨筆이 近日에와서 雜誌에 만히 發表되는것을 보
왓스나 金起林氏말과갓치 單篇小說이 轉換되여서
隨筆이만어지는것 갓지는 안슴듸다. 健實한 무엇
이업는이들이 쉽게쓸수잇게되고 讀者가 쏘한軟한
것으로 조와하는 關係라고 생각함니다.

起林

白鐵氏말슴에 나는不服임니다. 朝鮮에서 第一隨筆
이 要求되는動機는 白鐵氏말과갓치 長篇이나短篇
小說을 읽거나쓸수업는 사람들이 만키째문이라고
는 생각지안슴니다 한갓 自由를운形態로 아무拘
束도 밧지안코 마음떠로 表現할수잇게되는 關係
인줄암니다 한갓 突然한懷疑的이나 悲哀的으로된
것이라고 생각지마시고 適確한 制批的要素가 包
含되여잇는줄 알어야 할것갓슴니다.

林和

最近雜誌에 隨筆이前보다 만흔것을發見치못하엿소
그리고 將來에잇서서 隨筆이 文學的으로크힘을가
지라라고 보지안슴니다 맨첨文學者들의 關心하는것
은 文學의存在로부터 시작한다고보는바 朝鮮文學
十月號를보와도 隨筆은업습듸다 八年前乃至十年前
어느時代돈지 隨筆이周到的은 되지안엇슴니다 우
리나라와 小說을보면 資本主義社會制度에서 그支
配를바드며 形成된小說이 잇엇슴니다 엇재에도

隨筆도 잇엇다고생각합니다. 뿐만아니라 로빈손
크루소 物語에잇서서보아도 資本主義擁護로 主人
公이된小說이잇슴니다 特히 長篇小說이잇슴니다.
近代文學은 個人主義 人權自由主義의 貴族文學과
市民性文學이旺盛하엿고 朝鮮서는 露骨的으로 發
하면 良心的으로 된것이 업엇다고봄니다 「朝鮮文
學一誌의 朴泰遠氏의作品은 小說이라고 보지안슴
니다 이엇은 隨筆에갓갑슴듸다 近代隨筆이 繁殖
하고잇는것이 小說的形態갓든 꾀꺼달스러운 樣式
을버리고 自由롭게 現實의核心을 그릴수잇는 새
로운建設이나 發表의길로 나아가는것이라고 봄수
업지요 뿔로쏘아社會 沒落하여가는思潮의伴奏曲에
지나지안는줄암니다.

琓變

林和氏말슴은小說形態가 隨筆에近似하다는말이지요
그것은다르오 資本主義文學에잇서서 周到的傾向이
隨筆에잇다는것이지 長篇이나短篇은 안호로 明確
하게 隨筆과境界線이 分裂될것갓슴듸다 何如間一
般的으로보와 關心程度는늣흔데—

起林

林和氏말슴은 小說形態가 隨筆에近似하다는말일가요
關心程度도程度려나와 朝鮮에서隨筆을쓸는이가 詩
나小說을쓰라는이들인가 客觀的情勢가 그럿케만들
지안는가 쏘나리소듸가 目錄羅列을일삼기대문이
안인가 「가다구루시」한 形態을버리고 自由롭게 쓰

恒錫　라는데 勤機가엇지안나 하는것을 考慮하여볼必要
가 잇슬줄암니다.

詩나 小說보다도 隨筆을 쓰는이가만흔것은 雜誌쟁
이들이 目次를羅列하고 페이지를 쉽게들이기위하
야 隨筆을非로 編輯하는關係上 戱曲이나 小說
詩보다도 隨筆이만케되는줄암니다.

珖燮　文學史上으로본다면 隨筆이 文學潮流에엇서서 即
英國十八世紀로본다면 特殊하게ㅅ갓한것다고보는바
二派가잇서서 한번侮辱, 한번擁護하고위엇스나、나
는 隨筆이 文學的으로보아서 雜文이나傍觀的無價
値한것은 아니라고 생각함니다 自己의心情告白이
나너무희멀달한方面에 흘으지말고 金起林氏말과
갓치 人間生活裏面을 그리는 即社會意識營素가
될만한무엇이 잇다면 가장 充實한 文學的價値

無影　나는隨筆은 이以上 더發展하지못하리라고 생각함니
다.發展한다면 나쁜意味로서의 發展 雜文이되겟지요

起林　그야 客觀的條件에依하야 決定될것이지요

林和　發展할는지는 몰으나 徐恒錫氏말과갓치 짜나리스
특들이 目次를 채우기에主力하고 또는 讀者가약
삭한것보다도 軟한것을조아하는것만은 事實이나
社會的 階級的으로보와 文藝彼産時代의진인外닭에

珖燮　純文學的作品으로 發展하겟느냐가 問題인줄암니다.
朝鮮어ㅅ生生한文學價值는 隨筆에잇다고봄니다 外
國어도 小說보다도나은것이잇슴니다 文學的要求의
可能性이만슴니다 新聞이나 雜誌에 잇는것을 二
同三回를 거듭할수록趣味가만어집니다.

無影　朝鮮에서 짜나리스트나 讀者가 隨筆을要求한다고
햇스나 지금그들이 要求하는隨筆이란 몹시低級한
雜文에아ㅅ주운것으로 이以上더發展치는 못할것임니
다 그것은 隨筆이 創作될수업는外닭이지요 隨筆
을 創作할수는 업느냐.

起林　林 無影氏사이에 隨筆을 文學으로보겟느냐 아니
보겟느냐 하는問題에 拘束되고잇지안소 外國에서
도隨筆을文學으로取扱하엿스냐

林和　文學講義는 이만하여둡시다.

起林　글세ㅣ根本問題로 들어가드것만은 止止합시다.

林和　아모래도隨筆은 向上性의貧弱한것가려요.

起林　文學上 個個人의定義는 다를것임니다.

珖燮　問題가다른方面으로 다라남니다 方向으로規定하기
는困難할것갓슴니다 外國에서는 創作보다도 隨筆
이首位를占領하엿슴니다 朝鮮에는 隨筆쓰는사람이

아직 업것다하여도 過青이 안일줄암니다 短篇이나 長

篇小說을 쓰는사람보다도 이째에 完全한 隨筆家가

나섯스면 좃치안을가함니다。

起林

林和　同感이올시다。

林和　나도 全然 그럿치안타는 것은 아니오。

白鐵　隨筆文學이 過去에잇서서 英國갓흔데서 是認한것

　만은事實이다 東洋에서는크게發展될것을으것는데

林和　隨筆이 小說보다 더 發展된다는것은 나도물으겟는

白鐵　데英國에서 發展은 되엿스나 새로운形態 새로운

起林　文學으로 보기어려울것갓소

　앗가 林和氏말은 非現實的이라고봄니다 文學的不

白鐵　滿이 붕쳐서 詩나小說보다는 決局隨筆이 要求되는줄암니다。

林和　그거야 世界觀人生觀에 따라 다르지안흘가요

　起林氏말도 一理업는말은아니나 반듯이 그럿치는

　안켓지요

恒錫　雜誌에서 簡單한것을 要求하고 筆者가 쉽게쓰는

　것이니가 詩나小說보다는 輕視하는듯한데 좀더

　愼重한形態로 發展이업슬가요

白鐵　起林氏말은 認識不足인듯함니다 쏘나리을利用으로

　近代文學에엇서서 短篇이나長篇이變하야 뿌로즈아

　文學으로 發展하는데 따라서 隨筆도 發展하는것이

　라면 決局階級的으로보와서 發展이아닐줄암니다。

起林　根本問題가 뿌르文學이나 푸로文學을 論하려는것

　이아니고 形態을말하려는것이오 또는白鐵氏는 隨

　筆은 쏘나리을에利用된다는말인데 다른文學은 利

　用되지안엇든가요

恒錫　隨筆을 要求하는것만은 事實입되다。

林和　그럿치 쏘나리을이 隨筆을要求하고 文學의需要者

　側은 短한것을 要求하는것만은 事實입되다。

　決局 쏘나리을이란 現代文學發展

　은 資本으로말매암아 犧牲되고잇스니가 小說家나

　詩人의內的要求는 아니라고생각함니다 그리고 아

　나키스르는 盲目的反感에서 隨筆的傾向으로 轉向

　하고잇다고 생각되고 階級的으로 무슨批制的要素가

　豊富하다고 보지안소 空然한雜誌쟁이들의 廣告出

　版에잇서서 文學으로서의發展은 안인줄

　압니다 人類의幸福을意圖하는 自由로운體裁을 가

　진文學은 아니라고생각하오 歷史的으로보와서 隨

　筆은 文學的으로發展이 업는떠이라고봄니다。

　앗가의白鐵氏말을 내가觀念的非現實的이라는것은

起林　아니야 아니야요

白鐵　千萬에!!

琅變　徐! 新聞社에서는 엇더케取扱하시오?

恒錫　林和氏의見解와 갓흔點도잇스나 發展性이업다고보

…읽습니다 詩나 小說도 역시 發展이 업는 形便이니싸

林和: 그것은 그럿케 봄니다 現뿌르조아文學中 文學開拓過程에잇서서 向上性藝術로서 樣式潮流로보아 隨筆이 小說이나 詩보다 廣大한 生活相을 包含치못한줄압니다。

白鐵: 푸로레타리아小說이나 詩에는 不滿이업을가요 그야或잇겟지 小說이나詩로서 편지도쓰느냐가 피끈한대 달을보고쓴다면 그것이隨筆이냐가 文學的批判的의形式으로는 되지안켓지

珖燮: 小說은안쓰는사람이 隨筆만쓰는사람이잇슴니다 그朴泰遠氏小說은 隨筆하고 寸數가멀지안코군

林和: 隨筆이小說처럼 된것이잇슴니다 形態로도完成된듯 잇는듯합니다。

起林: 晋鹵氏隨筆은 食後심々푸리 거리로 쓰것갓지안코 무슨小說以上으로 鄭重한듯김을 줍니다。

林和: 形式이內容을規定하거나 內容이形式을規定하는것이 아니라 主觀的무엇이 잇서야하니싸

起林: 內容이形式으로 規定이內容을指定하는 機械的으로가아니라 文學의形態가 內容을規定하는事實임니다 詩갓흔것을 쓰더라도 조흔想을가지고도 그만 形式에支配되고마는수가 잇슴니다。

作家에 對한 總括的 批判

無影: 자 그 問題는 그만하시고 이번에는 朝鮮作家에 對한 長點 短點과 忠告할것이잇스면 말合하여주십시요

起林: 無影은 커나리스트로는 蔡萬植氏요 누구~ 뚝々떠서

無影: 말을시키시오

起林: 그럼다시問題를낼가요 李孝石 李鍾鳴 蔡萬植 朴泰遠

無影: 安必承이여러분은 어떠케달은가요?

恒錫: 엇더케달으냐고요? 性다르고 임홍달으고 다달으지요(一同笑)

白鐵: 蔡萬植氏의手法 傾向 構想等을말合하여주십시오 蔡萬植氏는 自由主義的의傾向이 보와알수있는것은 最近쓰는

無影: 「人形의집을나와서」를 보와알수있슴니다 朴泰遠氏는 手法機想에잇서서 特異한手法을가지고 잇는듯합니다。

珖燮: [新東亞]와「朝鮮文學」誌의것을보니 心理主義的 意識派傾向의 만슴니다。

林和: 新東亞에 것은 못읽엇스나 [朝鮮文學]에 잇는것을 보고 놀넛슴니다 現文學中에도 그런것이잇느냐하는 問題엿슴니다 그커隨筆갓슴니다。

珖燮: 朝鮮文壇에서 그런特異한것이 必要함니다。

林和: 意識的으로 우화的입되다 쉬래쓰부로데쓰外흔傾向이잇슴니다 가볍고 揷話的입되다。

珖燮: 隨筆을 小說로쓰는것갓흔데 一種그런風이잇슴되다

無影　張赫宙氏는　엇덧슴되가

白鐵　쩜쩜　그는주려갑되다。

無影　張赫宙氏는지금와서는　小說家가아니엿지요　그러치만　이케부러　그는다시出發할겁니다　改造의餓鬼道는　小說보다도　報告體엿으니까。

芝鎔　報告的입되다。

林和　文學은報告래서는　안되지요!

芝鎔　素質에잇서서取할만합되다。

起林　[餓鬼道」는　맑스文學이아니겟죠?

林和　맑스文學입니다。

評壇淨化에對하야

無影　評壇에對하야　이약이하여　주십시요

起林　評壇은몸보담　ニギヤカ　합되다。

恒錫　量으로보와　그랫지요。

芝鎔　刺戟는만습되다。

白鐵　朝鮮日報에서는　엇재서　作家가評壇에　보내는題目을　取한줄는지

白鐵　今明의問題가　來日의問題가될줄알고　取한줄암니다

林和　朝鮮日報紙上에　發表된作家들이　評家에對한　辱說은作家의水準이　나즌外닭인가함니다。

林和　作家의立場에서 · 批判은어려울줄암니다。

芝鎔　評家가그弱點을씰으지안으나外　무슨文化的批判　哲學的批制은업되다

恒錫　그러치는　안이함니다　지음은　月評윤인데　文化的批判은　좀더　歷史的觀念을가지고　나와주엇스면좃켓서요

芝鎔　그것은作品月評이지　文學의批制은아니요

琯嫯　月評도批制이　안일수업슴니다。

恒錫　조흔作品만評하고　낫분것은　評하지말엇스면　조흠

林和　낫분것이라고　置之度外하면　向上의업지안은가요

恒錫　낫분것은　評하지안을가요

恒錫　버릇은　아직問題삼지말고　習作하도록하자는것임니다。

起林　琯嫯氏말이　意義잇는줄암니다。

無影　同感이올시다。

林和　그럿소　月評은　批制的全體로보와서　不足하다고　할는지는몰으나　評論을　잡는사람의關心에　따라서　다르겟지요　月評이나라　日評이라도　相當한將來만包含되엿다면　훌륭한批制이　될줄암니다。

芝鎔　그것은文藝時評이지　文藝批評은안이나까

林和　批制은　天國에서　오는것인줄암니까　現在月評이

白鐵　朝鮮서는　辱說을避하엿스면　함니다。

林和　그럿치도안슴니다。

白鐵 왜요？ 辯說이 必要한째도잇죠！

琯燮 意味잇는辱이라면 물으지만은 無用한辱도잇스니가

起林 批評家는 確實한主觀이잇서야 할줄암니다。

琯燮 作品을 綿密하게 鑑賞하고 들어야지그게走馬看山格
으로 尺度에만 適合하게하는것은 不當합니다。

林和 作家的立場 世界觀的立場에서 相當한理解가잇서야
함니다。

白鐵 批評의 餘裕를두고 充分히鑑賞한後에할것은 누구나
다하여야 할일이니가

起林

白鐵 私的情實關係를떠나 公平한眼目으로 作品을 對하
엿스면함니다。或情實關係에 支配되는境遇도잇슴되
다。

無影 그런關係가만어요。

芝鎔 文學史上으로 볼때 批評家가잇서요

白鐵 베렌스키가의잇지안소？

起林 批評이 文學을 잇글고가는동시에 讀者를바른길로
引導하는것이니까 愼重한態度를 가저야할줄암니다。

芝鎔 앗가도 말한엇지만 文學批評家가 一部分으로月評
도 할수잇슬줄암니다。

白鐵 그럿치안슴니다 月評이든 時評이든 評의내容만잇
다면 文學的價値를 붓철수잇슴니다。

芝鎔 文藝時評은 文學的價値를 붓철수잇슴니다。

芝鎔 朝鮮에서는先入兄으로 白鐵氏와林和氏를評家라고
말하게되니 批判하는무슨基準이잇슴니가？

林和 基準이잇슴니다

琯燮 玄民氏가 말한創作만잇고 批判이업서도 文學運動
은健實하게나갈수잇다는點에 疑問이생김되다。

恒錫 나도그래요。

起林 作家와評家가 相爭하고不滿을 가지는데 그點은엇
덜가요。

林和 그래야文學運動이前進함니다。

無影 朝鮮日報에실리는것과갓흔 作家나 評家의對立은
추악한對立인줄암니다。

林和 앗가도말한엇지만 私情關係를 招越하지못한評家가
잇스니가 問題임되다。

起林 全然그럴和實이 업지는안켓지만은 特殊하게 著名
한作品을 엇지惡評하며 水準以下의 作品을엇지칭
세우겟슴니가 評家的良心으로는 그럿치안흐리라고
밋슴니다。

琯燮 評家도人間인以上 그렇케良心업는일은 하지안흘줄
암니다。

無影 인케이만합니다。

(閉會하니午後十一時。約三十分間無秩序한評壇에對
한漫談이잇섯다。)

五大特輯號

豫想못한바는아니나 『朝鮮文學』 의 發刊은 넘우나 큰關心을 우리文壇에 이르키엿다。 그리하야 每月十日發行이드든것은 一日로變更하야 每前月二十五日에는 期於히發賣하게하겟다。 그리고 十二月號와 新年號를合輯하기로하얏다。 그理山는 回顧와展望을 다함게하자는 意圖도잇지만은 아래의五大特輯이 이를 必要로하는것이닭이다。

一、 一九三三年朝鮮文壇의總決算及一九三三年度作品總目錄

二、 一九三四年朝鮮文壇의展望

三、 文壇人總名簿 (執筆者、 斷舌人) 別冊附錄。

四、 創作特輯

五、 世界文壇과朝鮮文壇 (獨、露、英、中、日)

그러쉬 總員數二百頁 이박에도 文壇앨범이 添加될것이다。 이번特輯號에 方今力作을執筆하시고게신분은

朴八陽 俞鎭午 嚴興燮 朴泰遠 沈薰 徐恒錫 成大勳 金珖燮 李孝石 丁來東

洪曉民 趙容萬 安必承 李鍾鳴 林和 李玄人 韓雪野 金起林 安含光 朴花城 李石薰

毛允淑 橫九玄 白鐵 趙碧岩 韓仁澤 朱耀燮 李洽 安夕影 李鍾洙 金素雲 崔貞熙 鄭芝鎔

더욱이 附錄으로 添付되는 斷舌人의 文人名簿는 出生으로붓터 趣味 嗜好 長點 短處等을유모아하게

풍자한漫文으로 興味盡々한 『文壇人物漫評記』이다。

(發賣十二月二十日)

朝鮮文學編輯部白

全集名　　　　　　　　資價（要送料）

全集名	資價（要送料）
漱石全集（全二十卷）	九、八〇
現代長篇小說全集（全二十四卷）	八、五〇
石川啄木全集（全五卷）	三、〇〇
生田春月全集（全十卷）	一〇、〇〇
芥川龍之介全集（全八卷）	一八、五〇
吉田絃二郎全集（全十六卷）	一五、〇〇
有島武郎全集（全十卷）	六、三〇
厨川白村全集（全六卷）	三、九〇
世界文學全集（第一期）（全三十八卷）	一三、五〇
世界文學全集（第二期）（全十九卷）	一二、〇〇
世界戲曲全集（全四十卷）	一四、〇〇
近代劇全集（全四十四卷）	一四、〇〇
近代劇大系（全十六卷）	七、五〇
トルストイ全集岩波版（全二十二卷）	一八、〇〇
ゴーリキイ全集（二十卷揃）	一一、〇〇
現代長篇小說全集（全十五卷）	一〇、〇〇

京城閣

定價表

定價表	
一個月	二十五錢
三個月	七十五錢
六個月	一圓五十錢
一個年	三個

注文方法
㊟注文은반듯이先金
㊞振替로
㊟郵票는一割增

編輯人　李無影
發行人兼　京城勳洞一四六

印刷人　金琪午
京城鍾路四丁目六

印刷所　金光堂印刷所
京城鍾路四丁目八

發行所　京城閣
京城勳洞一四六
振替京城貳〇六○番

朝鮮文學

二巻一号（新年号）

朝鮮文學

第二卷

第一號

編輯 前記

約束한대로 책을 내놓기는 하나 未
洽한 點이 적지않다。 더욱이 徐恒錫、朴花
城 俞鎭午 朴世永外 여러분의 原稿가 期
日에 늦어서 못들어간것이 한이된다。

□

그러나 一年동안 무거운 沈黙을 직히
고 北岳뒤에 숨어서 想을 가다듬고잇
든 嚴興燮氏의 力作을 얻은것은 자랑
이다。

□

創作欄에 嚴興燮、李北鳴、崔孤岳、趙
碧巖 이밖에 新人으로 鄭鎭石、金友哲、
朴勝極外諸氏。 朝鮮에있어서 創作八篇은
決코 적은數가아니다。

□

詩欄에 金起林、朴八陽、毛允淑、月村
李洽、金素雲、朴芽枝、모두들 우리 詩壇
을 더메고게신분들

金珖燮氏의 「英國文壇과 朝鮮文壇」異

河潤氏의 「米國文學과 朝鮮文學」은 本
號에자랑꺼리다。

□

途、新 兩號合輯을 모르고 經營難으
로 心應하는 讀者가 있다。 그러나 이
것은 十二月은 圖畵課에 多期休暇가있
기때문이다。 그런誤解를 품지않게 하느
라고 미리 言約한것이다。

□

前號에 發表한 懸賞募集 期日이 얼
마안남었다。 小說에 五十篇、戱曲에 二
十篇。 이또한 적은數爻는 아니다。 期日
까지 좀더 많이 보내주기 바란다。

□

그리고 應募된 作品中에서 選할것이
니까 헛말로 뇌여서는 안된다。 웬만한
水準에만 닳는作品이면 기어히 골라쓰
겠다。

□

文人錄은 住所不定과 쉬보냄에도 안
보내주신분 그밖에 많이 빠젔다 남어
지는 二月號에 繼續發表하겠다。 그리고
이번것은 文藝月刊에서 많이 참고하였다

絕緣

—안해에게 주는 편지—

嚴興燮

一

당신과 내가 결혼한지도 그럭저럭 발서 팔년이나 되엇나보우.

실로 빠른것은 세월이요

남으로 ○주 북으로 ×성 남북 천리에 꿈에도 못보든 우리가 백년의 구약을 맺든 그때는 바야흐로 따

지에 봄빛이 찻섯든가보우、

삼천궁녀의 치마자락 끌리든 만월대 옛터에는 이름모를 풀들이 꽃을 피우고 신축교 시내人가 능수버들

엔 파릇파릇 새쌌이 돋아나오든—

생각하면 아슴아슴하나 엇그제와같이 빨리도 지내간 옛날이 되엇소。

팔년간의 결혼생활! 당신과 내가 결혼할때3 남부럽지않은 리상적 가정을 건설해보겟다는 원대한 포부

와 건실한 신렴의 물결이 우리들의 가슴바다에서 몹시도 출넝거렷섯지、 그러나 팔년동안이지 오늘에와

서 한번 드르켜 추억해보면 실로 한심한감회만 들을뿐이요。

아마 당신과 내가 가정이라고 형청해서 부부생활을 햇다면 그것은 팔년동안에 겨우 사오개월에 지나지

못할것이요。

그나마도 시간적으로 계속된순간의 긔록이아니요 내가 그때 C주쎄 교원생활할때의 여름방학의 일개월동

안을 내하숙에서 동거한거라거나 어떤해 겨울방학에 내가 당신집에서 이십일동안을 당신과 동거한것같은

종류의것을 제해버리면 아마 서울 익선동서의 셋방사리와 그뒤 일년이지나 창신동서의 한달동안

의 셋방사리가 지금까지의 우리 두사람의 부부생활긔록의 전부인 모양이요.

익선동서의 한달동안에 우리는 돌이 몇칠남지않었던 게집아이 「기숙」 을낳어 따묻어버린 쓰라린 긔억을

지금도 되푸리할수잇고 그뒤 일년이지난 —지금으로부터 삼년전인 겨울— 창신동서의 한달동안에 우리들은

우리두사람사이에 그러케 되어서는 안될 부부애에 커다란 파증이생기게된 실로불행하다면 불행한 로맨틱한

긔억을 지금도 되푸리할수잇을것이요.

간단히 말하자면 당신과 내가 결혼한것이 불행이엇소、 첫재 당신의게 큰불행이고 둘재내게 조고만불행일

것이요.

당신은 팔년간을 당신의 마음쥔부를 기우려 나의안해로서의 임무를 다해 왓엇다고 나는보우、 그러나 나

는 당신의 남편으로써의 임무를 조금이라도 햇다고 큰소리할만한 아모것도 없지안소、그러기때문에 나의 안

해된 당신은 불행인것이요.

二

웨 우리는 이러한 불행을 만나게되엇겟소、당신은 흔이 말하기를 「당신은 독기로 당신발등을 찍은사람이

니까—하고 옛날의 고원생활을 부질없이 동경하거나 『복을 걸어차고 고생하는것도 팔자지!』하고 늘푼

수없는 숙명론적 관렴에서 모든 앞날을 비관해버리지않었소。나는 이럴말이 당신의 입에서 나올줄은 몰낫

엇소。

당신은 소위 중등교육을 받든녀성 조선의 신녀성이아니요。

내가 오즉 당신한사람의 남편으로서만 충실한사람——즉 당신의 충실한 남편으로서만 나의 몸과 마음을

밧처 바리려고 결심햇다면 나는아마 지금도 C 주 그 소학교어 그대로 교원생활을하고 잇슬것이요.

그리고 당신도 적어도 세아이나 네아이의 어머니가 되엿슬것이요.

참, 기막힌일이요, 내가 그대로 당신한사람의 충실한 남편으로서만 세상과는 아조 담치고 파무처바렷든

당신에겐 지금 얼마나 다행하엿겟소!

그러나 그무엇이 나로하여곰 오즉 당신을 위한 충실한남편이 못되게 만들엇는지? 아마 당신은 지금까

지도 무엇이 그러케 만들엇는지를 깨닷지못햇슬것이요.

내가 그때 교원생활할때의 내강청의 분위기를 당신은 아마 어느정도까지는 리해하고잇섯으니까 되푸리하

기를 피하려하지만——그때 내가 웨신경쇠약에 걸엿단말이요, 이것은 그때의 나의의식과 나의 생활행동과의

사이에 버러진 양극적(兩極的)모순이 가저온 고민! 그고민의 축쪽! 그고민의 축쪽은 마치 어떤국약의 중

독증처럼 나의 의식을 흐리게하고 파먹어들어가려는 무서운 위긔에 잇섯기때문이 아니엿소.

쉽게말하자면 나는 교원생활하기가 내량심에 가책밧은일이 많엇든것이요, 그것은 무슨 교원으로서의 교수

에 필요한지식이 부족하다거나 또는 어떤 비인격적 비교육적 비렬한행동을 햇기때문이 그런것이아니요, 다

만 나의의식——나의「의식」이 시키는일을 나는 감행못햇으며 따라서 허위의탈을쓰고 위선자의행동을 해야

만 하는것이 나로서는 너무도 내량심에 거릿겻기때문이엿소.

당신도 내가 교원을 헌신짝처럼 내던지고 생활의식(生活意識)을 바로삽으려고 하엿을때에 별로하 반다하

지않엇으며 오히려,

『설마 굶울나구요! 그만두섯요……』 하고내 나처단에 힘출기를 보래주지않엇섯소,

그때에 당신의생각은 이러케될줄까지는 몰르고 아마 그러케 말햇든것인가보, 「팔년간의 무의미한 결혼생

활—」

당신의 편지 쪽 가운데에는 흔이 이런구절이 잇으니 이것은 바로 그것을 잘 증명하는 구절일것이요。

三

교원을 집어던지고 서울로 올나올때엔 나는 조롱속에 가첫든 새가 푸른하늘을 마음껏 날느는것같은 흥패만 자유를 느꼇엇소, 그때에 당신은 당신의 친정인 개성에엇엇고 나는 서울로올나오자 어떤잡지사에 관계하게 되지않엇엇소。

잘가야 두달에 한번 그러치않으면 석달에한번 한번간다야 오래잇어야 삼일간! 이러케 나는당신에게 때해서 남편으로서의 무책임한 행동이라면 행동을 햇엇소。

내가 관계하는 잡지가 처음몇달동안 성적이 좋왓을때엔 당신은 아모런 내색이없엇으며 오히려 본능적으로 기뿐게색을 엿볼수잇엇든것이 그뒤 잡지사가 망하는바람에 나는 완전히 실직자가되어버리지않엇겟소。

그때 당신은 금방 굶어죽을것과같이,

『어떠케 하잔말이야요, 웨글서 교원을 내버리시고……』

너무도 소극적이고 갑갑한 녀성적 본령을 발휘 하므로써 나의 긔분을 뒤집어 놓지않엇섯소!

나는 그때부러 비로소 당신이 히비애락을 같이할 일생의 길동무로서 적임자가 아니라는것을 어렴풋이 깨닫게 되엇든것이요.

내가 실직을당하고 완전한 무직자로서 룸펜생활로 전락하려는 곤궁한시기에 당신은 덮어놓고,

『……친정에 잇을수없어요……딸은남이여요……』

이런구절을 느러노와 편지를하드끝에 내가 반대하는데에도 부득부득 집작을 묵거가지고 돌떠히 서울로올나오지않엇엇소—

내가지금 생각컨댄 그때 당신이 불이나케 서울에 올나온것은 다만 두가지 리유밖에 없을줄알우.

그하나는 내가 룸펜생활을 하다가 혹은 고비원주(高飛遠走)할까? 그러타면 앞으로의 부부생활이 질망이 아

닐가? 하는 다소 어진안해로써의 너무도 넘친 오히려 귀찮은 로파심적애정(老婆心的愛情)의 발현이 아

니면,

또하나는

룸펜생활의 최하충에빠진 나로하여곰보담더 귀치안케 굴어서 될수잇는대로 하로라도 속히 애정에 큰

정이 일어나게 해보겟다는 다소 리긔적 악마적 독부(毒婦)적 게략이라고 불수잇을것이요,

그러나 나는 당신의 상경리유가 후자에 속햇엇다고는 해석하기싫엇소,

비록혼자에 속햇엇다고 하더라도 나는 눈을감고 머리를 흔들며 그것을 부정(否定)해버리려는 감정의 의

도(感情의意圖)를 가젓엇소.

그것은 아마 당신을 안해로써 인식하고잇다는 실낫만한 애정이 가지고잇는 마련이엿겟지.

당신과 나는 익천동 한구석에 셋방을 얻엇엇고 겨우 한달동안을 살고거 또다시 짐작을매고 당신은 집

으로 나는 다시 룸펜으로 돌아가지 않엇겟소,

그바람에 죄없는 어린생명하나만이 가엾이 희생되엿을뿐……

四

교원을 그만두고 올때의 예상과는 모도가 달너서 나는 사실에 잇어서 그뒤 일년동안을 아모 성과(成

果) 없이 룸펜생활로 날을 보내지않엇겟소.

그러는통에 당신은 당신의 어머니로부터 적지않은 잔소리 말하자면 남편이 실직햇으니 당신의 앞길이 암

담하다는 당면된 괴로움에쉬나온 잔소리를 한두번들은것이 아닐뿐더러 또한 나역 당신에게 편지조차 잘하

지를 얻엇음으로

여두엇소。

그뿐만아니라 당신은 내가 룸펜이되어 하등의 가정생활할 경제적 실력이없는데에도 불구하고 또한 익선

통의 일개월간의 동거생활이 쬔연 불량한 성적으로 일관되어버리고 만데에도 불구하고 다만 당신의 어머

니의 잔소리가 듣기싫다는 리유와 또한 이웃 사람들이、

「저건 어떠케 잘못햇으면 한달동안에 아이를죽여버리고 다시 쪼껴와 친정에 처박혓나?」

「아마 소박마젓나봐ー」

하고 손가락질한다는 리유밑에서 또다시 일년도 못되는사이에 동거생활을 청하지않엇소。

당신이 만일 그때 동거생활을 원하는리유가 다만 당신의 이웃사람이나 어머니에게 대해서 면목을 세우

고 쳐면유지하겟다는 당신자신의 리긔적 지략이 아니엿던들 내 비록 룸펜이엿으나 반가히 당신의 청을

마쥐 어떠케 하든지 동거하도록 주선하엿을것이요。

이러케말하면 당신은 모도가 나의 오해라고 한말로막어버리겟지만 나는그러케 무슨사물에대해서 경솔이판단

하지안는사람이니까,

……나는다만 그실증을기초로하고 비판하는사람이니까……

보우。"그실증으로는 퍽적절치못할는지 모르지만

석달만에나。넉달만에 한번 쯤가려고계획한 나에게당신은 미리부터

「……이런에오실때엔 비누와 족하아이들 학용품과 또 내게 주실선물을 꼭사가지고 오쇠요」

이러한 선물을 미리부터 부탁하는 당신의 그의도〔意圖〕는 다만 당신의 쳐면만을 내쇠우겟다는 편협한

리긔적 지략인 그실증의 한가지가아니요.

그려기때문에 말하자면 나는 불래를 느껫섯든것이고 갈것도 일부러 중지해버리고 가더라도 한개의 사과

조차안사가지고 간적이 더러잇지않엇소

헌의복등속이 삼사개월 밀니면 찍은고리에도 한고리가 빡빡하지만 나는 그러한당신인줄안뒤부터는 어디 헌

옷을한벌이나 가쥐갓섯소

빈손으로 헐네헐네 당신집에 한번갓슬때 당신은 쉬금흔표정으로

「어쩌면 헌옷을 한가지도안가쥐오고……」하고 짜증을내엿섯지만 그짜증이내귀에는

「어쩌면 쉬푼짜리분한갑 선물로사가지고 안왓담……」하고 원망인데에 틀님없지않엇소

내가 그때 식컨에 잠이깨이지않엇을때 당신은 머리마테쉬 내죽가 호주머니와 내지갑을 가만이 검사하지

않엇섯소.

내가 직업이 잇어쉬 상당한수입이나잇섯든 그때의형편이엿드면 몰라도 뻔하게 무직자인나인줄 알은 당신

이 내주머니를뒤쥐보는것은 그심리가 다만 천진한 안해로쉬 남편의객지생활의 일단면을 족기속에쉬나 찾어

보겟다는호기심의발로라면 어느정도까지、애교로나 해석하겟지만

「……어디 찰차비나 잇나보자? 이번에도 또찰차비도 안가쥐오지안엇나?……」

하는정도의 당신인줄을 깨달은 나엿섯소、

말하자면 너무도 나의 신경이 극도로 과민했다고 볼수잇을것이오

五

실로 기적(奇蹟) 이요

당신과내가 팔년간이나 부부로쉬 관계를 맺고잇섯다는게……

내 성잘이 당신같이 급햇다거나 당신같이 리긔적이엿다면 아마 발쉬 당신과나는 아조 편남이 됫지가엿날

어엿겟소

허기야 지금도 말만 당신과내가 부부지 어디 남들이부부라고 하겟소? 또우리자신 을도리켜보떠라도 부

부로쉬의 특증과요소가 결핍된지가 이미 일개년이넘지않엇소,

당신은 몇달컨까지만해도 한달이면 두세 차레씩은 꼭꼭 편지를하지않엇소. 편지에담긴 당신의 감정이야 어

쩻든 마든 그만큼 내게대한 관심이잇섯든것은 실로 고마운일이엿소

그러나 요지음엔 내가 한장의엽서조자 당신에게 보내지못한원인도 잇겟지만

「……남이야비웃든마든 다시 옛날 그생활로도라가도록마음을고치쎄요……」하고 나의친환을 은근히 암시한

무서운 독필조차 찾을수없구려,

당신의 그런편지를 읽든나는나도모르게 달이떨리고 이가플여쩌쩌채 그것을 읽기도천에 부벅 버려고말엇섯

소.

아모리 「여자」란것이 사내의마음을녹여내고마는 마력(魔力)을가젓다하기로 당신의 유혹이나꾀임에 내의식

이—니가한번그러지않어서는않되겟다고 내자신의 밟을길을결정한의식이 강바람에갈떼처럼 좌우로흔들려질줄알엇

소?

여보 당신은 다만 실낫같은 미련만가지고 천형이라는 어리석은 관념만가지고서 또다시 옛날의 그생활로

돌아가자고 하지만 지금은 이미일천구백삼십삼년이요……누가 나로 하여곰 옛날로돌아가게만들어주겟소,

또한· 내비록 하여는성과· 가없는 조그만 무명쉬생이요 뭄케 할만한 인물이 못되겟지만 내양심아 그러케

까지는 허락지않소。

여보、 당신이 혹 지금까지도 그런미련과 희망을 가지고 날을보낸다면 (그럴리야 없겟지만) 깨끗이 당신

의 그생각이 불가능한 오해이엿다는것을 청산하고 단넘해바리시요。

나는 당신의 굽어진 마음을 바로돌리려고 몇번이나 계획한일이 잇섯으나 당신은 조금도 나의충고여 반

성이없고 오히려 또렷하게 더 반긔를 들으려하지않엇섯소。

이것은 좋은의미로 해석하자면 소위 무엇을 조금 배웠다는 신녀성이 덮어놓고 남성을 한번 무시해보겟다

는 철없는 병적심리에서 나온 유치한 천진적 애교라고 하겟지만,

소위 결혼한 동긔가 내 생각고잇는바와 합치된 소위 어느정도까지 동지적 결합인데에도 불구하고 이게

천연 내생각과는 딴길을 결눌려고 하니 이는 우리가 부부는 고사하고 단 남만도 못하지않소、아니 남과

남는 만나서 알어서 사괴일 가능성이나 가지고잇지만…… 아아……슬프오、당신과 내가 이러케까지 원

수가될줄이야!—팔년전옛날 그누가 알엇겟소。

六

간단히 말하자면 당신과 나와는 천연 부부관계를 맺는것이 당신의 앞날을위해서나또 나의앞날을 위해서

좋을것이요。

팔년동안 이란 기ㅣㄴ 세월을 당신이 나의 안해로서 무의미한——행복스럽지못한 분위긔 가운데서 지내

왓다는것은 떡으나 가엾은일이요、

당신이 첫번 어떤 충실한 월급쟁이와 결혼하엿던들 지금쯤은 그래도 상당히 안정되엇을 가정생활에 취

미를 부쳣을것이아니요、

생각하면 나같이 당신같은 조선여성을 사랑할줄모르는 사나히의 안해로서 팔년동안을 꿈갈이 허비한것은

그도 역 당신의 운명이겟지만 너무나 현실은 냉정하게도 당신늘 대한것이요、

어 차듸찬 현실속에서도 나를끝까지 남편으로——오즉 하나인 남편으로 대해나갈 용긔가 당신에게 잇다

면 나는 그용긔어 오즉 경의를 표할것이요、

요컨댄 우리는 불행한사람들이요、그것은 다만 내가 가정을 꾸밀 경제적 실력이 없다는것보다도 따른 원

인어 우에서 말한바 당신과 나 사이의 사상적으로 결합이 안된다는데서부터 생긴필연적 불행이요, 이불행

을 우리는 언케까지든지 계속할것인가?

우리는 이불행을 타개하지않고는 도커히 나나 당신의 개인적으로나 사회적으로 커다란 손실구렁창가운데

쉬 벗어나지못할것이요. 내가 하고커하는일의 그뜻이 뿌리까지 당신의 머리에 물들어서 동감이요 공명이될

때까지 등감과 공명이 아니라도(반대하지않을만한 리해가 잇을때까지 (지금부터 십년후 혹은 이십년후——아

니 죽음그찰라에라도——) 우리는 그때까지 모든과거의 산만햇든긔억을 맑아케 불살으고 서로서로의 앞날을

위하야 우리의 관계를 끈어바립시다.

지금 우리가 관계를 끈차는것은 다만 형식의관계 그것뿐이요. 다만 소위 법식적관계 그것뿐이요. 정신적으

로 육적으로 우리는발서 절연(絶緣)된지 오래이요. 그까진 법적관계를 귀태여 끈차는것은 그 「법」이란

것을 과대평가해서 그런것이 아니라 다만 당신의 앞길을 새로히 개척해 나가는데 편리하기위한 수단의외

에는 아모것도 아닐것이요.

실로 팔년간을——모든 청력이 성황한 지내간·팔년간을 아모런일의 성과와 농롱을 보이지못하고 첨처、

태만、루—즈가운데 파묻혀바린것은 아깝고 분한노릇이요.

그리유가 객관적청세운는 이라고도 하겠지만 중대한 그리유의 한·토막이 가정지옥、안해로서의 남편을리

해못하는데서부터 생긴것이라고 불수잇소、

세상의 젊은남녀들에게 우리는 우리둘의 과거의 부부생활의 실증(實證) 에서얼는 「냉정한리지의 판단에서

부러온 두동지의 결합이아니면 안된다」는 「의식수준이 동지에까지 일으지않엇다 하더라도 적어도 남편의

하는일을 리해하고 반대하지않고——수준이 야트면 야틀수록 남편의 하는일에 그힘을 기우려주지않으면 안

된다는 처험철학을 우리의 뒤를 거러오는 젊은남녀들에게 여쉬 설화하지않으면 안될것이요.

그것은 첫재 우리두사람의 허무헛든팔년간의 결혼생활의 암흑면을 무리하게 합리화(合理化) 시켜 미적지

근안 자위(自慰) 나마 맛보자는것인동시에 우리의 뒤를딸는 무수한 젊은이들로하여금 우리두사람사이에 연

출된 이 비극의 재상연(再上演) 을 절대 금지하자는 정성스된 의드(意圖) 로 해석할수잇슬것이요.

아아, 팔년동안이나 나의안해로써 가시덜불속의 한사람인—— 나의안해로써. 너무도 많은괴로움을 받엇소.

다만나는 나로인하야발은 당신의 그괴로움을 언케까지나 존경하겟소.

나는 결코 당신을 원망하지않소, 나를 리해못한다고 결코 당신을 원망하지않소, 오즉 당신을 키운땅과

부모와 때를 원망하는동시에 이런종류의 편지쓸날이 하로라도 속히 없어질것을 바라고 잇을뿐이요.

자! 여보 그러나 당신이 오늘의 나의 심경을 그림같이 알고깨닷고 리해할날이 잇을까? 없을까? 잇

다면 십년후? 오십년후? 자! 그림같이 깨닷고 리해할떠까지 우리는 단연 여거서 용감히 절연(絕緣)합

시다.

—— 一九三三·一一月 ——

병 든 사 나 히

李 北 鳴

어둠——

어둠——

산을허물크고 충충올나가면서지은 서양사람이보면 도야지우리라고할 조고만집들이 지금 어둠속에서 고요히 잠들고잇다。 나무가지를 묵어세우고 초벽을한집이다。 맨웃다락집은 산등에잇다、 바람이 모지게불면 씨룩씨룩 하고 바람이 초벽한참을 새어들어와서 집안을 부스닥거노앗다。

이다락집과 바로길하나사이노코 건너편에는 바둑판모양으로 벽돌집들이 네귀반듯하게 드러찻다。 그벽돌집압 호로 콘크리-트집이 수십동(棟)이 가즈런히드러찻다。 그것이 유명한 ××비료공장이다。 이공장과 벽돌집들 은 전등이반작거리며서 낫갓치밝다。 그러나 다락집들은 감안어둠에쎄여서 지금안민을 게속하고잇다。 쎄쎄로개들의 짓는소리가 적막을쎄트리나, 그러나 그집안에서 잠자고잇는사람들은 개소리에놀나 잠을쎌사람들은 아니엿다。 압집첨하꼿이 뒷집방덕에와서다앗다。 그어겨우두어자나 되는길이엿다。 아니 그것이뜰압이엿다。 그리고 쏘이것 이 그들이 아츰커녁공장으로 드나드는길이엿다。 장마써가되면 집웅에서 비가새고 초벽이쎄러키 하늘이써다보이고 흙이 그암 하수도로 흘너들어가는것이엿다。 맨웃다락집에서 써너진물는 맨아래다락집까지 흘너내려와안지 문허커서 집웅쇄트리는 일도잇섯다。

모ー든 녀음새와 오물(汚物) 그리고불결(不潔) 을 어둠이 한빗츠로 싸가지고잇는 지금은 첫새벽이다 다만 그

다락집가운데는 그들의 안민이 잇슬뿐이다.

압집에서도 뒷집에서도 코고는소리가 들닌다. 노동하는사람들의 코고는소리란, 유달느게놉핫다. 전날의노동에

강철갓흔육신이 소음갓치물넉물넉하여진채 그들은죽은듯이 수족을내던지고 꿈을우고잇다. 저녁에밤술노키밧부게

자리에들려누으며 사랑스러운안해와 귀여운자식과 놀사이도업시 그들은 그냥자버리는것이엇다.

꽁장에서감독한데 귀쌈을어더맛는꿈ー

죽어간동무의꿈을우는것이엇다.

그들은 이어둠이얼마든지 길어주기를 바래엿든것이다. 그들의피곤운풀기에는 하로밤이 너모나 쩌럿다.

위ー 하고 첫고동이 울엇다.

아들이코고는 아래목에 의복임은채로 누엇든어머니는 첫고동소리에놀나 자리에서이러낫다. 그고동소리가아니

드래도 어머니는 다년간의 습관으로 이쌔가되면 자작히눈이쯰엿다. 어머니의 잠쌔는시간은 시게보다떠정확

하엿다. 별로늣게자도 새벽첫고동이 울시간에는 눈이쯰엇다.

컴컴한방웃머리에는 한달친에 쌔상을쩌난 남편의령상(靈床)이 쓸쓸하게 한구석을 차지하고잇다. 어머니에게

눈물슬흐고도 슯흔새벽이엇다. 이집쥐집에서 안악네들이 꽁장으로 나가는남편의밥을짓느라고 야단들이다.

그릇씻는소리 어린애의우는 소리가들녀왓다. 이리하야 다락집들은 또다시밝엇다.

어머니는 일어나안즌채 이런소리를듯다가 머리를가다듬고 얼굴을눈부비더니 조심스러히어려나쇠 남편의령상압

헤섯다. 어머니는 령상우에다 촛불을켜노앗다. 아들의코고는 소리가요란하엿다

어머니눈압헤는 죽기친의남편의 모양이낫하낫다. 술을잔득마시고는 사랑을싹리고 집에들어왓는 그분푸리로

자기와아들을쌔려주고 욕하던남편의모양이 눈압헤써올낫든것이다. 그러나어머니는 지금에는 그랜방랑한것을 하도

라도살어잇섯스면하고 남편을 그리워하는것이엇다.

령상압혜한참묵묵하쉬쉬 감박거리는 초소불을보던 어머니는합장을하고 가느다라케눈을감고 임안에 소리로축

은남편에게 비는것이엿다。

——부시래 그리두살지못하구죽엇수 죽어쉬래두 내내아들의몸에 복을쥐어주오 커려케회사도안나가고 술만먹

고 드러누어만잇스니 참답답하오 저발줌오날아춤부터 회사도나가게하여주오 그래도영영죽엇소——

마치 살어안젓는 남편과 이야기하듯이 슬흠묵소리로빌고난 어머니의두눈에는 눈물이매처엇다,

회사도안나가고 술만먹고 다녀누어들을보고 어머니는 아츰마다 아들뇌눈에 쬐우지안케 자리에서 이러나면

의레어 남편의 령원에서 이력케비는것이엿다。어머니는 자기의성심이반듯이 죽은남편의 령혼을움지기여쉬

에게 행복을가져다 주리라고 굿게밋엇든것이다。어머니는 도라서서 드령드령 코를끌면서자는 아들의얼골을

려다보앗다。

방안에는 데주가 괴는냄새가떠돌앗다。어저쩌덕에 잔득먹은술이 상금에지 못한모양이다。얼굴에 비지않은

면쉬 입을뿔버리고 아들은세상엽시잔다。내려다보는 어머니의가슴은 쇄여길듯이 쓰라리엇다。이것이한두번이아니

고 한달을두고 이리하엿든것이다。어머니의가슴은 남볼지못하게 탓든것이다。천금갓치귀해주고 태산갓치밋든다

들이 점점개망난이가 되여들어가는것을불쎄여 어머니의압길은 캄캄하엿다。천신을 의지하엿든희망이가 믈어진

듯이 섬섬하엿다。그러지만나고 밤낫아들에게 일너주나 아들은 어머니의말을 귀스등으로 들엇든것이다。

어머니는한참아 들의얼굴을 내려다보다가 가볍게한숨을내쉬고 아들이차던진 니불을바로 덥허주고 부억에나

려가쉬。식사준비를하엿다。

오늘아츰이나 공장으로나가주겟는지 하는일두의 희망을가지고 어머니는밥을짓고 반찬을맨들엇다。불을녀흐면

쉬 어머니는멧번이나 눈물을씨섯다。발밧게서는 공장으로나가는직공들의 짓거리는소리가 들닌다。

「자네는회사덕에 집한간장만한구 이백원직켜급햇다지?」

「뤽기미친사람 어데 그러케 집한간건우별엇뎌」

——（16）——

이런소리를 부엌에안커들들써 어머니의 가슴은쓰라리엇다。집한간은커녕커닉 쌀이업서 걱정을하는자기신세를

생각하여보뀔써 어머니는 목을매여쉬라도 죽을생각이낫다。

——남들은 회사덕으로 커러케돈을 모앗다는구나——

어머니는 혼자말로 이러케중얼거렷다。

「상구야」

어머니는 아들의가슴을 가늘게흔들엇다。그러나 아모대답도업다。

「상구야 이러나려무나」

어머니는 조곰소리를 놉혀가지고 아들을흔들엇다。그케야상구는 기지게를쓰면서 두눈을가느다라케떳다。상구

의눈알은 주독으로 발가케충혈이되엿다。어머니의 얼굴을치어다 보든상구는 성가신듯이 아모대답도업시 확도

라누엇다。어머니는 아들의반항적태도에 엇지할줄을몰으고 한참 줄먹줄먹하다가 소리를지른다。

「그래오늘도 회사를안나가겟늬?」

「멧슬더놀러오」

상구는독 잡아떼는소리로 대답한다。

「애비를 죽여치우고 쓰어미를 굼어죽일작정이늬?」

어머니는 악을썻다。

「웨이리성가시게우?。 거참…………」

상구는실하듯이 눈을부비면서 일허낫다。일허낫스나 쏘그리고안즌모양이 공장으로 나갈성수가 나지를안엇다

상구는 머리맛헤잇는 냉수한사발을 단숨에듸려켯다 독한소주에 내장이몹시도 탓든것이다。

어머니는 한참이나 아들의하는모양을 보고잇더니 이번에는 묵소리를 나추어가지고 열나눈듯이

「그래말을종해라 엇재서회사도안가늬 애비죽드니 아들이애비난봉을 물녀가겟다구 남들이 욕들을하는구나」

【흠】

상구는 우습다는듯이 코웃슴을치고나서

「남을 욕할줄만아는세상인데 욕하는놈은 욕하라구 버려려두시오 커눈들입만압헛지……」

상구는 노존귀를들고 담배꽁지를 주어 가시고 신념시에 다말아서 부처물엇다。

「그런소리를말구 회사를나가거라 너싸지어에미의속을래우면 나는누구름밋고살겟늬 어머니는치마에다 눈물을씻

엇다。자기의눈물을 보면 아들의마음이돌아서서 회사로나가리라고 생각하엿기때문이다。어머니의안타가운 수단이

「글쎄을진웨을어요 나가는날이잇소」

상구는되려삼긴담배연기를 임울동그리고 니쌤는다, 연기가둥그람이둥짓고 뱅뱅돌면서 천정에울나가서사라진

다。어머니는 그연기를 치밀어보다가

「글쎄나가는날은 뿐날이냐 오늘이라도나가가거라 그러다가 쏫겨나면엇절테냐」

만흔경험으로 어머니는 이러케 아들을 써엇다。

「쏫겨나긴 그리케쉽게 쏫겨나겟다우」

상구는 틱을부비면서 문을반쑬열고 밧글내다보앗다。공장으로 나가는모쁠친구들이 작고만 압흘지나갓다。공

장쪽은 연기로보ㅡ야케 흐리엇다。상구는 침을탁너뱃고 문을들너다덧다。

어머니는 아들의마음이 풀멋다고 내심갑버하면서 부엌에가서 밥상을가지고 들어왓다。밥상을놋던커 남편의란

상에채려노앗다가 상구의 압헤가커다노코 어머니는 아조안컷다。

무거운침묵가운데서 아츰는끝하엿다。

어머니의가슴에는 엇지면오늘아츰에나 공장으로 나가주엇스면하는 생각뿐이엇다。그러면서 아들의동청만삼청

보앗다。그러나 아들은 좀처럼회사로 나가랴고하지안는다。어머니는 아모리생각하여보아도 이아들의속통을 아

러벌수가업섯다。

——먕영철몰으는 상구도아니겟지——

어머니는 이런케자긔로 자긔마음을 위로할써되잇섯다。 오늘아츰에도 이런생각이 어머니의 머리에써올낫다。

그러고어머니는 작년봄에 이웃집삼돌어머니가 공장으로 나가기실혀하는삼돌을 가진욕질을다하여가지고 공장

어머보낫다가 긔게에치여죽은사실을 어머니는잘알고잇섯다。 실흔일을 억지로하다가는 결과가자미업게 된다는것

을 어머니는 다년간경험으로 잘알고잇섯다。

아들과아츰마다 이런차움을하다가도 어머니의머리에 이런생각이올낫다。그럴써에는 어머니는 더강정하게 공

장으로 나가라고 요구를하지안엇다。

——너할써로하여보아라——

오늘아츰도 어머니는 이런케단념하고 어데로인지 나가버리엇다。

상구는밤상을물니고나서 무슨생각을하는듯이 묵묵히안쥐서 창을내다보다가 근냥모로 들어누엇다。

상구의눈에는 아버지의령상우에서 반작이고잇는 초소불이보이엇다。 순간상구의머리에는 니커버리엇다。

연슬퍼의 아버지의생각을 니커버리랴고하엿스나 상구는보지안으려고 령상을볼써마다 아버지의생각이 머리에되 살어나눈것을 엇지할수가업섯

아버지의생각을 니커버리랴고하엿스나 상구의머리에는 자긔도알지못하게 일종공포심이 써올낫다。 그것은죽엄 그싸문에나오는 공포

다。 령상을볼써마다 내가 도커련개죽엄을 하지나안을가하는데서 나오는공포심이엇다。

죽은아버지를생각할써 내가도커련개죽엄을 하지나안을가하는데서 나오는공포심이엇다。 단조로운생활을 게속하다가

——엇더케하면 나는아버지의 밤은길을다시넙지안을가?——

상구는지금이 생각에 머리를알코잇는것이엇다。 상구는괴로웟다。

——엇더케하면 사람다은생생활를하여볼가——

그러나 이문제는 상구에게는(상구뿐아니겟지만)더큰문제엿다. 잠복 한달을두고 머리를 썩여보앗스나 도

묘지생각이나지를안엇다. 상구는회사에도 나가구십지를안엇다. 아버지가 죽은현상을 지나칠써에는

—— 앗차내가 쏘아버지걸은길을 되푸리하는구나 ——

하는생각이 머리에떠올낫기써문이다. 그래상구는 자기가하는 생각의결과를짓기전에는 회사로안나기로 버심하엿는것이다.

—— 엇더케하면조흘가? ——

상구는생각하지말자고 멧번이나머리를내흔들엇스나 아모러케하여도 니처버릴수가업섯다.

—— 쎄 에 익 ——

상구는짜증이나는듯이 주먹으로책상을 한번쌔여지라는듯이쌔리고 후—하고 맥혓든한숨을쉬여쉬엇다.

——作者附記中——

中篇小說을中篇으로 發表하지못하고 토막토막 發表하는것은 作者의本意는아니다. 그러나本意아닌것을 發表하게되는裏面의 모든事情은 讀者의想像에만 맥기기로한다. 그리고機會잇는써로 또稿대로잇는原稿를 發表하겟다는것을 讀者에게約하면서——

一九三三、一一、(咸山一隅에서)

外套

鄭 鎭 石

목욕끝에 오는 엷은피곤과 흥분에 거슴츠레하여진 숙히의 눈가에는 다만한편 뜨거운양서의 검붉은 표지가

책상우에 흔들렸다. 다음 그의 눈빛이 방구석에걸린 털외투의 목과 수구를 스쳤을때 숙히는 단것이 검고

긴두눈섶을 붉이고 고개를숙이었다.

치마끈을끄르고 커구리롤벗고 한껍플한껍플 터질듯이 피어난 살결을덮는 말청만은 껍질을 훌훌 자거손으

로 버서버릴때에 날너갈듯이 가비야웁든 한시간컨 목욕탕에 자긔를생각하여보앗다. 그러나 다시 그실증나는

헌접으로 자긔몸을 묵을때에 불쾌와 쓸쓸한감정을 막을수는없엇든것이다.

「옷ー옷、외투 이세상은 허우를만들고 허우를라고 허위로버트여 나가는세상이야 옷는 이 허위에 가장 면

쥐필요한 그것의 하나이야」

생각은 차츰차츰 두달킨으로 몰녀갓다.

얄팍얄팍한 달력장에 히미히 빛어오는눈나리는 서울의거리를 바라다보며 둑게보다도 맵우에덮인 한껍플들에

아롱거리는 황홀한 문채우에 처녀의신경들은 날카러워지는것이다. 여름보다도 가을보다도 더욱 뚜렷이나타나

는저々옷의 청동이는 가를고날카러운 그들의신경끝에 마치 사닥다리를 보는것같이 분명한 다름(異)이잇엇다.

커구리 치마、양말、외투、장갑、목도리까지 옷의 가지수가 많어지면 많어질사록 길고짧은 검고붉은 껄그러

웁고 밋그러운 모든감각의 헤러지는관심이 자거를쫘고도는 불여의한 경제적 인습적 모든환경과 떠부러 고

민과 고민이 쫘여지는것이다。 겨울은 수만은 처녀들의 감각으로 윈거나마 보이든 사회보다도 무엇보다도 앞질너

이고민이 문뜩막고잇는것이다。

그러나 숙히는 옷으로 사람을 다루려는 그러한사람은 아니엇다。 그의동급생한사람의 말을빈다면 그는 천

문청도인 학교의지도적 인물이오 가장 영리한그중의 한사람이엇다。 만일 그가 로서아대통령의 이름을 모른

다고하지않엇드라면 그는 분명히 정치적상식에 잇어서도 남자에게 지지않으리라는 비평이엇다。 하여간 그의

지식문케는 케처좋고 그가인간적으로 어느정도까지 똑똑하다는것은 자라가 인정하는 사실일것이다。

그러므로 그의옷에대한 관심도 동무들을 감복시킨자거에 상당한리론적 근거가잇엇다。

「옷과옷으로 가장먼거 사람을구별하는 이사회에잇어쉬 참 자거를 모른는그들보하여금 첫번판단의 재료를

케공하는것옷에대한 관심을 나는 킨연 떠날수는없어。 그러므로 나는 옷읊임을떼어 바탕보다는 모양을 더 생

각하고모양보다는 빛을 더 생각하는것이야。」

그의옷에대한 태도가 이러하엿든만큼 많은처녀들과같이 몸을싼 헌겁조각에 대하야 신경작용의 태반을 쇠

약시키지는 않엇다。 그러나 숙히에게도 겨울은왔다。 그의 옷에대한 관심이 점점 깊어가는것을 부인할수는

없엇다。

쌀쌀한 바람결에 볼려나오는 헐외투와 그속에 차인수많은 녀성의지위를 그가조끔도 부러워하는것은 아니

엇다。 그러나 자거의 균형된몸집우에 언친헐외투를 차고도는 아지못할 수많은 남성의 또는 동성의 버릴수

없는호의를 상상할수 없엇든것도아니다。 숙히가 길가에서 헐외투에싸인 수많은녀성들을 더할떼어 거의 버릇

같이 자거두두막이를 흘너보게되는것은 결코 그것이 부러워서 하는것이 아니엇다。 만일 이러한행동이 부럽

다는 비루한관념에서 따러온것이라면 자거말의뜻을 자거로도 자거말에 확실한듯은 물낫으나 때로는 사회와

게답까지도 말해 분석이 잇는 그의량심이 허락하는일이 아니엇다。 그러므로 그는항상 이러케 해석을붙이고 잇

엇다。 마치 위상병의고민이 어떤것을 설명하랴면 그말의 권위를 쓰우기위하야 자긔가 위장병의 체험잇는사

람이 되는것이。 끌노한것같이 한사람의인격과 투쟁력까지 롱롱하게 쌓기쉬운 허명심의 상충인이 더운날의 털

외루를 무의미이상의 해득을 비판하랴면 먼저 자긔말의 위신을 쓰우기위하야 털외루임는 사람이 되여 불필

요가 잇다는 사실을 근거로 그는 털외루에 대하야 열은애착을 느끼고잇는것이엇다。

이러케 생각할때에 그가 가진 털외루어 액착이 아무런 비열한것이 아니엇다。 도리혀 그마음의 뿌리야말노 위

대한것이오 존귀한것이엇다。

숙히는 오늘도 세번이나 길에서 이러한 번명없하면서 준식어에 집으로 놀너갓든것이다。

숙히가 준식이를 왁가는 두달밖에 되지안는 짧은시일이엇다。 그러나 지금은 준식이를 쉬슴지않고 올바라

고 부르리만치 친숙한사이가 되엇다。 그들의사이가 이같이 빨리 발컨된데는 여러가지리유가 잇엇다。

학교다니는 길가에서 불과 스므발자죽이 되지안는거리에 그의하숙이 놓여잇다는 그것보다도 준식이에게

영어를 배호게되엇다는 그사실보다도 준식이는 안해를

가진남자와 아즉동청인 한사람의남자를 때할때의 마음의준비가 분명히 갓지않은것을 느껏

다。 그는많은 녀성이 실패의전례를 남긴결혼후 남자와의교제를 알면서도 그는 덮어놓고 믿고싶은 안심을가

젓다。 이것을 그의동무들도 함께고백하는 사실이엇다。

만일 준식이가 미혼자이엇드라면 그의 의혹을 걱정하여서라도 외따른 남자의독방을 그다지는 자초찾어오

지앙엇을것이다。 숙히가 처음 준식이를 만나기전부터 그에때하야 옵바의자리를 준비하고잇엇다。

처음 숙히가 준식이를 만나든날밤 그는 자리속에서 여러가지 생각에 잠이 오지않엇다。

아버님도 옵바도 뒤보아줄 아모도없는 자긔로서 앞날을 헤쳐나가기에는 너무나 허전허전한 자긔엇다。 그

를 붙드려줄 누의의 손건가 너무나 그리웟다。

「동지、지도자、그는 동성도좋다。그러나 남자 남자에게는 여자가갓지않는 분명한 힘이 있다。」

그는 이글이글한 불길우에서 덜컹거리며 끌어나는 쇳주전자를 없은교실의 란로를 바라다본다。

「불— 불은사랑이다。。사랑은 이해를낫는다。용기를낫는다。동청은 사랑의 쥔케다。옵바、연인 나에게는 불

이없다 불이」

그는 새삼스럽게 이성이 그리웟다。동지 (아모런구체적사상 행동의목표는 없을지라도 숙히는 단순히 동청

자라기보다도 이러케 부르고싶엇다。)로서의 이성이 그리웟다。

이러한남자가 잇다면 그는 곳「옵바」하고 뛰여가 그의팔에 안기여 모든하소연을 하고싶엇다。

숙히는 현재 자긔 생활에 우에서 울즉이고 잇는중요 한남자의 얼굴을 모조리 그려보앗다。그중에서 자

긔가 요구하는 이러한사람을 다시한번 돌아보고싶엇다。

가장 먼저보인것이 명수의 윤곽이다。

다섯개의 가즈런한 곰단추에 아로색인듯한 명수의 아름다운라원형의 얼굴이다。그러나 그는 연인 일지언

정 동지는 아니엇다。귀여운사람 임지언정 존경하는사람은 아니엇다。

다음 그는 선생의 침을한얼굴을 그려보앗다。그는 정히의 사사로히、가장숭배하는 선생이다。그러나 정히

로서 그선생의 지식의깊이와 생활의괴도를 알수있는것은 아니엇다 다만 그와그의 동무로서 가장어려운 분

처를당하야 정성껏 쉽게 해석해주는 그의견을 조차 실패해본적이 드물엇엇다。아지못할 그의지식의 깊

이보다는 ××회사건으로 욱사한 옵바의존경하든 생전의말이 그를승배하는 숙히의 선입견을 지엇다。그러ㄴ

그를 동지라기에는 너무나 단세상사람같엇다。더구나 그의사랑을 느낄수는 없엇다。그의 엄격한성격 병

정한태도는 조곰도 불을 붙일것같지는않엇다。

쉬번재 보이는얼굴은 준식이다。그의 사내다운체격 리해잇는말 풍부한듯한 지식 숙히는 동지로서의 준식

이를 보앗다。사랑잇는 옵바로서의 준식이를 찾엇다。

이리하야 청허는 짧은동안에 서슴지않고 준식이를 올바라고 불렀다.

오늘도 숙허는 학교에서 오는길에 준식이의 여관읗들넛다.

「어서들어와요 그러치않어도 지금쯤은 올텐데하고 잇엇지」

「선생님 뭐 주실것잇어요」

어리광섞인말끝을 흐리고 상긋웃엇다. 숙허가 아지못하는 준식의 동무가 잇음에는 조끔도 주커하지안는것은 과거에만은 남자고제를 말하는것이 아니다. 그는 모든이성을 대할때에 태면하기를 힘썼다. 여자가 남자앞에서 지나치게 부끄러워하는래도 상대를 연애대상의 후보자로보는 다소의 증명이라하엿다. 그러고 이것은 여자가가진 약한성격이라고 하엿다. 숙허는 여자로서의 자그를 살리랴기보다도 남자에가까우는것이 여성에 발달로보잇다. 그러므로 그는 힘씨 관대와 평온과 히네구레와 속에속을 간직하는 모든 남성의 성격을 배호기에 힘썼다. 준식이에 동무가 간뒤에도 숙허는 돌아가지않엇다. 어제 배다남은 「헤니슨」의 시롤해석해달라고 졸낫다.

책상우에 펴논책을 향하야앉은 두사람의 머리칼이 바람결에 엉킬덧이 그들은 훗훗한 쳬온을 느꼇다. 한넓두넓 책장을 넘기는 숙허의 손끝은 가늘게 흔들렷다. 준식이의눈은 책장으로부터 숙허의손끝을 향하야 할넛다. 엷은홍보석같은 손톱의 모진윤곽이 창틈을 기어드는 저녁해빛에 유난히도빛낫다.

「정허는 손톱을 이 상하게도 깎엇소그런」

「그렇은요 선생님 커는 언케든지 이렇게 써모지게 깎는답니다. 어디 선생님 손톱은」

스므개의하얀손구락이책상우에 나란히 놓엇다. 다른사람으로 이것을 본다면 누구손이 누구손인지 분간하기어려우리만치 하야코 가느단 이손구락의 라열는 차즘차즘 좁은간격으로 바투어컷다. 숙허는 엷은축면의 암력을 느꼇다. 다음순간 책상우에는 다섯개의 손구락이 비겹으로 차어컷다. 숙허는 준식의 불같은손속에서 용죽일수없는 자그손을 발견하엿다. 두사람은 아모말없이 한참동안 고개를숙이고 잇엇다. 숙허는 황급히 인사

龍하고준식의집을 나섯다.

이튼날 숙히는 수면부족의 무거운 머리를들고 가기싫은 학교를 갓다오는길에 그는 자기도모르게 준식에 집앞길을 걸엇다. 숙히는 놀랜듯이 발끝을돌렷다.

그이튼날도 숙히는 가지아니하엿다.

셋재날 숙히는 준식의집을 향하야 걸엇다. 오른락나리락 싯그러운 전차의 경적을 꿈같이 들으며 숙히의머리속에서 무서운 질문과해답이 번개같이 다름질치고잇엇다.

「동경、동경은 사랑이아니다. 동경이 사랑으로 변할수는잇다. 그러나 C 에나 M 에게대한래도는 단순한 동정뿐이다. 사랑이아니다. 그는 안해가잇는 몸이다. 그도 사람인이상 사랑을 느낄지는 모른다. 그러나 그것을 형식으로 표현할수는 없는것이다. 그의 악수는 분명히 동경이외에 아모것도아니다」

숙히는 이답변에 론리적근거를 청당하다고생각하엿다 먼거 그해석을 믿음으로보는 용기가 위선 필요하엿다.

숙히는 준식이와 두번재의 악수를한것이다. 이리하야 멧칠은 흘넛다. 어느날 숙히는 준식이와같이 커벅밥을 여관에서 먹엇다. 그러고는 반넘어둥근달이를 달빛이 히미히 빛이는 쇠울의거리를 향하야 향방없이 걸어나왓다. 마치 연인의 사이와도같이 정다운 부부와도같이 그들은 몸과몸을 맞붙이고 걸엇다.

것은동안에도 숙히는 명번이나 화려한 쇠의루에싸인 어엿분열굴들을 보앗다. 그러고는 나란히것는 준식이의 처격을 훌러보앗다. 후리후리한 몸에엇친수황색외투 붉은넥타이 그리고 번쩍이는 안경테를 보앗다. 숙히는 아까 지나가든 털외투에싸인 여자를 자긔대신 쇠워보앗다. 그는 분명히 한벌의 들어맞는따 조엿다. 그곳에는 무한한 영구성이 잇는것같엇다. 숙히는 평소에 맞지않게 침울하여젓다. 그는 가장 적은일에 컵컵약해가는 최근의 자기심리를 자기로도 아지못하엿다. 그는 선뜻 선생의말을 생각낫다.

「값싼연애는 사랑에서 생기는일이 없음으로 다른일에솔 모든일까지 배아서 이것을 이어가게된다」

숙히는 다시 생각하여보앗다.

「나는지금 연애를 하고잇는것인가 그럴수는없다 。그럴리도없다。 그는 안해를 가진남자이다。」

숙히는 또한 자긔일류의 논법으로 자긔를 변명하지 않을수 없었다。

종로. 양복점앞에서 준식이는 발을 멈첫다。

「숙히 의루하나 마춥시다。 날도 점점 치워갈텐데 숙히—옵바의 신물을· 거절하지는 않으려지」

숙히는 돌연한퀴의에 너무나 늘랫다。자긔에 외투에듸한 관심이 준식이에게 알도록 나타나지않엇나 하는것을 가장 두려워하엿다。만일 그렇다면 그것은 너무나 숙히의 자존심을 상하게 하는것이엇다。다는듯한 얼굴의 떨도와 히미하여지는 판단의능력을 어찌할수없었다。그러나 숙히는 병정하여지기를 힘썻다。그는 선듯 오늘까지 가지고잇든 외투에대한 태드를 다시 한번 해석하여보앗다。거기에는 조곰의잘못이 없엇다。 그는 비투함이 없엇다。그러나 준식이의 이선뮨이 오늘의 그가 즐 선물로는 너무나 큰것갈은것을 느꼈다。숙히는 항상 물질로정신을 추낭할수없다는 의사를 주장하여왓엇다。그러나 이순간에 그는 묻어지는 신뮴을 보앗다。

그러나 다음에 그는 그의한가지번민 (그는 번민이라가가 싫엇다。) 의해결의 열쇠앞에 대담하여지고 싶엇다。그러나 그것은 정당하듯한 구실뭐 같지않고는 자존심이 허락지않엇다。

「옵바에게 외투를받는다。 그것이 무슨잘못이야 리선생에게 책을받은것하고 무엇이달너 나는 리선생에게받은척을 여러동무와같이 더구나 등수씨와드같이 뒤적어려보지않엇나 나는 이외투를입고 그들과같이 즐거운거을 산보붓못할것이 무엇이란말이냐、또순식씨의 태도가 동정이상에 우애(友愛)이상에 무엇이잇다하기로 그것이 이외투에묻어 나라날리유는 없지않으냐」

숙히는 이러한 생각을이어 나가면서 두세번 형식상거절을 해보앗다。그러나 그가 외투물마치고 나올때는 벌써 이편한 결논을 짓고잇을때이엇다。

숙히가 샛로지은 외투를입고 준식이와같이 양복점거을어 자긔몸에빛어블때는 그후일주일이 지난닷이엇다

—(27)—

찻겨울 쌀쌀한바람결에 장미빛으로 물든자긔의 아름다운얼굴과 손목의윤곽이 눈같은 힌털속에 포곤히 싸인 자기의 모양을 볼때에 그는 새삼스럽게 자기가 귀여웟다。 이아름다운순간을 그는 다른생각으로 깨트리고 싶지는않엇다

그후로 그는 준식이의집을 더 자주다녓다。 그가 자기일로 준식의집을 들느지못할때에는 그리움과함께 미안한생각이낫다。 숙히는 외투를 내려다보앗다。

권연 본질이 다른물질로 사랑을섞을수없다고믿든 숙히의마음의한쪽은 분명히 외투보써두러워지는 사랑의존재가 머뭇머뭇밀려들어왓다。 사랑의근거라기보다도 그와의관계를 일종의두려운 친밀을 형식적으로 묶는외투의 힘을 아니느낄수없엇다。 준식이를 믿는 숙히의 절대적신념속에는 이너무나가까워지는 사실이 차츰 두려워지는것을 알엇다。 그러나 이런순간적느낌이 숙히를 준식으로부터 멀리하는 아모런한 힘도되지못하엿다。

숙히의새로 생긴번민은 이것만이아니엇다。 그의 논리로 정당히증명되든 이외투의출처를 아모에게도 간히말할수없는 자기의 괴로움이엇다。 그가 몇칠을 주저하다 이외투를입고 학교에 다니기시작한 어느날이엇다。 오후시간에 교실에들어가든 숙히는 이상한것을 보앗다。 자긔의 가장 친한동무(아모런비밀이 없으나 아주까지 이외투의 출처만은 비밀히해둔) C•S•Y•까지도 섞이어 직거리고웃는앞에 칠판에는 털외투를입은 여자의그림과 안경쓴남자의 얼굴을 그려놓앗다。 그러자 숙히의 들어오는것을보고 그들은 와 웃엇다。 C가 부리낳게 칠판을 지워버릴때에 숙히는 벌서그우에쓰인 글자까지도다 읽은후이엇다。

그후로 숙히는 외투를입고 교문을들어스기가 너무나 괴로웟다。 차츰차츰 머러지는 외투의애착과함께 외투를통하야 자긔를 비웃는듯한 동무의 애착이 점점 멀어가는것을 느꼇다。 그는 될수잇으면 모여앉인 동무들에 끼어잇기가 싫엿다。 학교밖에서도 그는 동무들과떠러저 혼자다니는날이 많어젓다。 나종에는 학교까지도 점점자긔와는 인연이 멀어지는것같엇다。

숙히가 외투를입고 학교에를간지 아흐레째 되든날이다。 C가 학교로온 영수의편지를 전하여주엇다。 집에 도

라와 창황히 편지를 뜯은그는 이러한 구절을 읽엇다。

「내가 숙히를 믿지안는것은아니오 나의외투에대한 질문을 대답지않은 숙히의태도를 의심하지않을수없소。

숙히가· 그와루의 출처를 명백히 말할수잇을때까지 우리는 가까히하지를 맙시다。마음을갈너쓴다는것은 그사람의출행이오 나는숙히를 사랑하는이만치 숙히의 행복을 바라는것이오」

숙히는 두번세번 읽엇다。그러나 편지를 더오래 자기손에 들고잇기가 괴로윗다。그는 책를에 편지를뇌고 것삽을수없이 솟아나는 눈물을 막을수가없엇다。숙히가 이외투를 해입은마음의 커주의하나는 분명히 자기의 아름다운 외형에대한 사랑하는 명수의호의를 생각하는 일면이잇엇다。그러나 이쩨는 도리혀 명수와의 간격을 것는상벽이 되고말엇다。그러나 명수에게대하야 변명을하고 오해를풀어 줄 아무러한 용기도없엇다。숙히가 지금까지 정당하다고 하고싶은 외루발은 심리의근거를 명수에게 설명할자신도 나지않엇다。

숙히는 준식이의집에를 다시 안가겟다 생각하엿다。그러나 그러기에는 너무나 준식이에게 미안한생각이 낫다。준식이는 자긔에게대하야 아모런 잘못이없엇다。잘못이없는 그와관계를 끊기에는 그래도 한마디인사가 잇어야할것이다。그러나 아모린 칠교를설명할 말이없엇다。그렇다고 이모든사실을 준식이에게 고백하기에는 너무나 정히가 약하엿다。

이러한 어려운일을 당할때에 정히는 항상 K선생을 찾어갓엇다。그러나 숙히가 외루를해입은후로는 K선생의집에를 가기가싫엇다。갈수가없엇다。외루를쏘을 불빛같은 리선생의눈동자가 너무나 두려웟다。그러고 평소게 어려운문제가 웃음속에서 아러지게하는 선생의 비꼬는어투가 또다시 괴로웟다。

이후에 숙히는 준식이를보기된 자긔보다도 더외로운자긔를 느꼇다。그뿐아니라 자긔는 격리병실에 누은페병환자와같은 병든자긔를 불뿐이엿다。동무도 연인도 선생도 동지도 이쩨는 다 멀어가는것만 같엇다。오즉 남은것은 상하고채인자긔만이 잇는것같엇다。

×

×

×

여기까지 생각한 숙히는 머리가 엇질엇질하여 젓다。 아모것도 더 생각 나는 것이 없엇다。 히미한 숙히의 눈앞에는

자긔방의 모든물건이 겁고 히기가만하엿다。 그는 별안간 고개를 돌렷다。 벽에걸린 헐은외투의 겁은빛이 눈앞에

확기리워젓다。 숙히의 눈은 병적으로빛낫다。 파란아래입살이 웃녀에눌리어 붉은피가 흘넛다。 그는 두손으로 못

에걸린외투를 그대로 잡어다니엇다。

외투는 찍소리를내고 땅에떠러젓다。 숙히는 이 음향에서오는 히미한 쾌감을느꼇다。 다음순간 그는 수없는

이소리를 들엇을것이다。 칼같이 찢어진 외투조각이 헐으러진진속에 숙히는 업더쿠느꼇다。

그가 냉정히 회복되엿을때는 열집시계가 열둘을칫다。 숙히는 고개를들고 몸을이르켯다。 책상우에 팔을집고

정신을 가다듬었다。 눈앞에는 다시한권 두러운양서의 겁붉은표지가 보엿다。 숙히는 그것을뽑앗다。 첫장을 제첫

을때에 그는 처음같이 이러한선생의 글시를읽엇다。

「마즈막 한사람이 남을지라도 진리를뽑고 나가는자는 익일것이다。 마즈막 맥박이뛰는 그순간이라도 너의

생명은 진리의광휘아래 새로워질것이다。 해훔은 너의방향을 확실히하고 걸음을 힘잇게할것이다。 그때에 너는

네가 밟어온모든 불운을 네가속하는 온계급에서 물리치는 위대한 한사람의 인류전사의 폐문자가 되리라。」

숙허에게

K.

숙히는 수없이 읽엇다。 열번도스므번도읽엇다。 그는 책을덮고 외어도보앗다。 한자도틀림없이 외우는동

안에 그에머리속은 다시 여러가지 지난일이 떠올낫다。 허영과엷은지식에서 뒷둥거리든 자긔의걸음을 보앗다

쇠약한다리를 기르지아니하고 집행이를 요구하든 지난날의 그를 보앗다。 그러나 이는벌서 지금과는 별로관

거가없는 간밤의 일과같엇다。 십분컨대 외투를찢든자긔까지도 어리석고웃우웟다。 숙히의마음속에는 끝없는기쁨과

광명이 숨여드는것같앗다。 담밖에서는 지나가는사람의 이야기소리가 분명이들려온다。

「올겨울에는 춥지가않으니 원일인가」

「나는 올겨울에는 칩지않은겨울에 외투는 무겁기만하지」

一九三三、十二、七日 夜

(끝)

平和村

鄭 靑 山

재운(在云)이가 며구리라는 동니를 와슷때는 낙려쪼이듬 딸월태양도 먼산에 숭엇을때이다 뻐두수나무와 썰

버나무가 엷키실키 얽크러진 어둠컴컴한 수살매기를지나 쉬우나무 움물두덩 잔듸물우에 두다리물 쭉펴고앉

어 떨리 내려다보이는 기름진들과 아람다지솔이들어슨 솔밭을 힘없이 바라보고잇엇다.

동리황게술닭들은 날개들을치고고개를 길게빼여 커뒥해넘어감을 안타까워하는듯이 울음운다. 한참이나 정신

이준사람 모양으로 앉어잇든재운이는 동리 젊은 안악네들이 오지 통방구리를니고 종종걸음으로 움물로 모

여드는것을 알게될때 그는 자다가 깨여난 사람모양으로 눈을 두손으로비비고 주위를 둘러보다가 놀라는듯

어 뻘떡일어나 그는 두의식적으로 밭윽음옴긴다? 압즉도 집에돌아가지않은 머슴꾼아이들의 소뜰기며 부르는서

루른 노래소리와 푸마시일꾼들어 논매는소리, 송아지들어 어미찾는 소리가 한데어울여 조그마한 마을에 진

등하고잇다.

재운이는 한참이나것든 걸음을멈추고 다시 자긔 옛집을 바라보앗다. 아즉도 넘어잇는 밤나무, 돗두리나무

는 이만큼커젓다는듯이 힘잇게 우둑의뻣쳐잇다.

고향을떠난지 십년만에 엿고향을 두경할때 엿삿긔생활이 새로허생각나며 그생활이 얼마나좋앗나 소끌고다

니며 밭매고 논매고하든 그생활이ㅡ서상에더한 아무러한불평(不平)불 만과(不滿)드없이 그날그날을 지나가든 그

때가 얼마나 행복(幸福)스러웟으랴 이것이 인생의 최대 행복 일까보다 나는다시 옛으로 돌아가랴고한다.

이편생각을 멫번이나 거듭허생각하며 걸음을 걸엇다? 논두덩뚤타건너 육촌동생 집가까히왓을때 또다시 컴

컴한 수풀때기는 또왓다. 뽕나무가 좌우편으로 열늬마추어 죽써잇으며 뽕나무 가지에는 쪄비콩, 강낭콩 넝

쿨이버더서 얼기설기 얼것으며 손바닥같은넓닙이 뽕나무 넓과 한데석여 길바닥을 내려덮엇다.

쉬슴쉬슴한길이 더욱 컴컴한까닭으로 또켜히 빨리 걸음을 걸을수없엇다.

한참이나 애쓰걸어온것이 육촌동생삼밭머리엿다. 버리나 싶어먹든 삼밭에는 뽕나무가 열늬마추어 쉬잇으며

밭두덩으로돌려 뽕나무가써잇다.

재운이는 전보다 모다가 변해진데 새로운흥미를가지고 알고싶엇다.

머뭇럿든발을 다시옴겨놓을때는 날는벌써쩌브러서 좌우를분별치못하게될때이다 쉬슴쉬슴한길을 억지로 더

듬어서 사촌동생집문까지왔다.

재운이는 발을 조용히 멈춘대로 숨을죽이 고 싸리문틈으로 안을드려다보앗다.

한참이나 드려다보든 재문이는 싸리문을열고 안마당에들어섯다. 방안으로부터 그케야사람에 목소리가들려오

고 등잔불어창름으로 내빛어나왓다.

재운이는 안마당에들어쉬쉬도 아무말도 못하고 기침만을 두어번햇을뿐이다. 재운이가 기침을두번 썼번햇을

때 비로소방안으로부터 누구인지 문을열고나온다 재운이는 아즉도 아무말도없이 컴컴한 안마당에쉬 잇을뿐

이엇다.

「여보십시요 이집이 동춘이라는 사람집입니까」

「누구요ㅡ」 이러케를어보며 재운앞으로 가까히걸어오며 거듭물어본다.

재운이는 그때야비로소 입을떼어서 물어본다.

방안에쉬나온 사람은 멀엇든문을 멀어젯친대로

「이러케한마디말을 캉캄한속에서 던지고 다시말을 게속지않엇다、

봉당여나와섯든 동훈이는 이상한 사람의 물음에 대답을 주저하다가 할수없다는듯이 봉당을내려스며「그렇

습니다」

이러케대답을한후 우두머니컴컴한 속에서있을뿐이다。 둘의사이에는 한참이나。 서로 의심스러운 눈초리로 얼

굴을 보랴고 애썻스나 얼굴은 보이지않엇고 다만 컴언 옷을입은사람과 흰옷임은 사람이 서로、 서、 잇는것

인것만을 서로직각적으로알뿐이엇다 한참이나 우두머니서잇든 재운이는한발작이 가까히걸어 동훈이앞으로 다거스며

「나는재운이다 서울갓든재운이다」

하며말을끝마치자 동훈이는 다름질로재운앞으로 가까히달겨들어 재운이를붙잡고

「아! 형님 동훈입니다。아! 형님」

하고 말을끝맷엇다。다시 입을떨어

「늦게 오시느라고 애쓰섯습니까」

재운이는 손목을 더듬어 붙삽고 봉당으로 올라갓다。방안에서 진지상을받고앉어 진지잡수시든 아주머니는숙

갈윤이든채 다름질로뛰여나와 재운이를 붙삽고 「네가재운이야!」 하시며 아무말도않고 손목을잡고 울뿐이엇다。

재운이가 자긔집 소를끌고 장에딸려나갓다가 소관돈을가지고 서울로 도망하여가지고 이리로커리로 유랑생

활을하다가 아버지와 어머이가돌아가는것도 보지못하고 이케고향에를 돌아옴으로 아주머니되는 마음은 괫심

도하고 불상도하며집안이 떠망을 당 하다싶이 되엇음으로 그슬픈마음이 족하름봄으로 불갈이솟아나왓든것이다

캉캄한속에 아주머니에 울음소리는 끝이지않엇다。방안에등잔불은바람에 이리로커리로 불리고잇섯을뿐이다。

×

삿자리에서 하루밤을 지낸재운이는 아츰일즉일어나 뒷동산에올라가 넓은들과 보지못하든 농촌의경치를 구

경하며 그무엇을 생각하게되엇든것이다。어케밤동생 동훈이 이야기를 거듭생각하며 서울동무들의 무서운눈초

리가 눈앞에 나타낫다. 자긔가 찾어온 이농촌이 얼마나 십년전 그때와 달러진것과 모두를 생각할때 다시 마음에는 큰공포심을 느꼈다. 그래 그는혼자 부르짖엇다.

「아ー어떼로갈까 어떼를가면 수선스럽지 않은 평화스러운 곳이 잇을까」는 모든동무를 배반하엿다. 그것은 너가 평화스러운곳을 찾기위함이다」

이러케혼자 부르짖엇다? 아츰 공긔와 동쪽에 떠올으는 빨간태양에 쉬너번의 흐흡운동을하고 천천히 걸어다시마을로 내려오기시작햇다. 그런에보지못하든 잔술밭 목판같이 네모로반듯반듯하게 만들어진「논」에 그림으로 그러는것같이 많으로 보앗다. 한일자 긔리로보아도 한일자로 심어논 벼는 보기에 눌탕만치 정이 되여잇다.

그리고 마을한가운데에 솟아잇는 학교, 면소, 진흥회, 사무소, 긔게방아간 모두가 형웅할수없이 새로워젓다. 그러나 아즉 도변치않은것은 담집들이 쓸어저 가는모양이다. 재운이는 동니에 새로워 집과 사촌동생 말과는얼마나 반대되는것일까 물론재운이도 이런것을 모르는것은아니다 짜르지않은 역사의지마는 좋은 친구들과 같이 지낸관게상 이런것을 대개알엇것지마는 그래도 설마라는 허명무실한마음으로 동무들을 늘버리고 모든괴로움 잇어버리랴는 마음으로 도망칠해 자연(自然)을 찾어평화를찾어 고향까지 왓든것이다.

재운이는 거름을천천히걸어 논들로걸어 가기 시작햇다. 논들 구석구석에는 네모진태목이 꽂혀잇다. 그리고그곳어먹 글씨로 글씨가쉬엇엇다. 한참이나 우드머니쉬대목에 쉬엇는 글씨를읽고는 고개를숙이고 다시걸음을걸엇다. 그의걸음은 행방없이 이리로커리로 걸어지는대로 걸어갓다. 그의걸음은 쌀방아깐까지 걸어젓다. 그런에 연자방 아외 돌과디딜방아의 방아공이는 쉬우나무밑에 동니사람들 쉬일자리로되고 새로진 쌀방아깐에는「모ー타」가장 치되여잇으며 문앞에는 조그마한 널쪽각에 글씨가쉬엇다. 그글씨는 언뮤글씨이다.

「비한말에 베두되 쌀한말에쌀한되를 내쉬야찌여드립니다 반듯이 한말이상쉬쩡지 않으시면 안찜니다」

이런 내용에 말이 쉬엇잇엇다. 때쪽읕다읽은 재운이는

「참?·시골도 펄니하게되엇는데 고양니 야단들이로군 그럼커럭사는 대로살지 무슨소용이잇어야자 참시쿨도좋아

—(34)—

것다」

이렇게혼자말로 중얼거리며 논들을다시 건너울불두덩앞으로 학교앞까지나 다시 동훈이집으로 걸음을걸엇다

아츰안개는 논들을 버려덮엇다。

안개속에 소모는소리와 일꾼들의 발자국소리가 아츰안개속에 싸여들려오며 학교아이들 몰려가는소리가 조

용하든 마을에 들려왓다。

재운이는 걸음을 빨리걸어 동훈이집까지 왓을때 · 윈집안식구들은 아츰밥을먹으라고 주━ㄱ 도라앉어잇엇다。

동훈이와 재운이도 버리밥한그릇을먹은후 둘이서는 들로 나갓다。

아츰안개는 다개이고 뜨거운 태양는 내려쪼이엇다。동훈이도 여러일꾼들 틈에싸이여 일을시작하고 재운이

는 논들에앉어 일하는구경을하고잇을때 첫두리참이되자 여러사람들은 재운이곁으로와 인사를한다。모두다 옛

동무들이다 서로커진대놀라지 않을수없엇다。그들은재운이이야기는잘듣고 잇엇든까닭에 그를 옛동무 그와는다

른 의미에서따하엿다。그러나 재운이는 오히려 그들이 다른의미에서 맞는다면 곧 이동리를 떠날것이다。

그들은 쌈지에서 담배를끄내여 곰방대에 꾹꾹 눌러담어 오지방구리 화루겟불에다 푸ㅡ그찔러 불을붙여빨며

쉬고앉어잇을때 누구인지 재운이앞으로둘러앉으며 「아! 재운인가」하는 사람이잇엇다。다시그는인사를하고

「나를모르는 모양일세그려 나는요성일세 금방동무」

이렇게 말할때 비로소 알엇다는듯이 재운이도 놀라는듯이

「아ㅡ참 몰라보게되엇네그려」하며 손목을잡고 반가히 마지하엿다。

그들의이야기는 쉬는틈을타서 하루종일 계속되엇다。

×

고향에 온지도 멀어지난날 다시 재운이는 이동리와 동훈이를 작별하고 떠나게되엇다。밤마다 만나는동

무들에게들든 이야기는모두다 서울동무들과는 조금도 를림없엇다。

그는이제 다시이동니를 떠나는것도 이웃동무들이없는곳 아즉 암흑에서 헤매고잇는곳을 찾어가는것이다。그

가찾는평화촌은 아즉도 잡자고잇는 그 곳이다 그곳이그가찾는 평화촌 불평을 말하지않고 사는그곳이다。

다름이없는 그곳이다。

그는아츰일즉 사촌동생을 작별한후 다시 뒤도 보지않고 어데로인지 산등성이를넘어가고 잇엇다。

그는지금어데로갈까

어데를가야 평화촌일까

그는 평화촌을 찾어걸어가고잇다。

銃알과 旗兵

金友哲

「헐헐헐헐、헐헐헐헐헐、……헐、헐、……헐」

뒷산 허리에서 긔관총소리가 낫다。마을압실개천뿔에 발을 담그고 「동싸홈」 하든 어린 우리둘은 고개를 들엇다。

「헐헐、헐헐헐헐。헐、헐……」

뒤니어 콩볶는듯한 총소리도 낫다。

「록、토드락 똑、똑、토드락……」

긔관총소래——그리고 총소래는 압뒷산을 츠렁츠렁 울렷다。무엇에 놀란듯 집집의개들도 마당 한 복판에 나와서 뒷산을 향하야 아우성을친다。

「우리 송청(松亭) 에 올라가서 군병들 싸홈하는것, 구경안할까?」

「그래 오늘은 우리총알이나 줍자、잉?」

「야—들아! 다들 가잣구나」

「어어나라 (웅어란뜻)」

우리들 띄흐릴개 나어린작란만 더여섯명은 자미나는 「물싸홈도」 거퍼치우고 송청으로 한마름에 달려갓섯다、

그때 (내나희 널곱살쌔)——우리마을 뒷산에는 한달에 두세번씩 십리쯤 상거한거리로부터 수비대(守備隊)군병들이 나와서 차홈연습을 하곤햇섯다.

맨처음 멋번은 총소래만 들어도 죽는가봐 겁이나서 차홈구경은커녕 문밧게도 나가지 못햇다. 잇다금 군병들어 촌가에 구두ㅅ발로 뛰여들어와서 더운물을 끌여달라고 「멍어리시늉」을 하는쌔가 잇섯다. 언젠가 우리집에도 한번 들ㅅ온적이 잇섯다. 그때 나는 겁을집어먹고 벽장속에 숨을죽이고 잇섯지만 줄박줄박 원은 우리할머니는 군병들의 「멍어리시늉」을 알아듯고 물을 기려다가 한가마 끌여주엇섯다.

물이 다쓸엇슬째——우두커니하고 군병들이 달려들어서 커각기 차고잇는 물통에 설설쓸는 더운물을 놋코는 뒷산으로 올라갓다. 나는 무섭고 무쉬워서 치가 떨리고 압히캄캄햇스나 할머니는 쌈쑥도 하지안엇다.

그뒤 대장(大將) 군병으로부터 할머니는 닷냥(五十錢)을 바덧다고——지금도 할머니는 친척사람들이 오면 녯말을 하신다.

그럿케 겁을집어먹고 대문밧게 긔여나가지 못하든 우리들도 두번세번 차레가 거듭할사록 무서운 생각이 사러지고 멀직이서서 그들의 하는양을 바라보게 되엇다.——촌애들인 우리들도 차차로 대담해젓다. 송청(松亭)에 올나가서 차홈하는 구경도 멋달 멋츨이 지나갓다. 그들이 송청에 몰켜와서 단소(談笑)하며 쉬일쌔마다 군병들저테가서 그들의 태도를 자미잇게 보기도햇다. 그리고 그들이 거리로 들어간뒤——뒷산허리에 써러진 헌 총알을 다토아가며 줍는것이 마음 애들의 흥미써리엿다. 그럿케 주어모은 총알로 낙씨「연쑤」도 맨들고 지금은 다나엇지만 하여튼 소용되는곳이 엇다. 그래 우리들 나어린 작란군애들는 그들이 나오기를 고대하게되고 총알줍기에 무엇보다도 자미를 붓치고 차홈구경은 송청(松亭)이 안이면 안되엇다. 그곳에만 올라선면 뒷산과 그건너편에 노힌 조그마한뫼——(우리들은 그뫼를 조산봉이라고 불럿다)——가발미테 바라보엿다.

우리들은 숨읔쌔물고 다름질하야 송정에 올라섯다。산상에는 싀원한 여름의 훈풍(薰風)이 잇섯다。바람에
춤추는 솔가지는 서로쌤을 비비쌔며 속삭이고 잇섯다。그곳에는 벌서 다른애들도 만이 와이섯다。

「———털털털털털털、털털、털털、털……」

「룩、툭、쪼드락、툭、툭……」

귀압흔 긔관총人소래ー 뒤니어 콩볶는 총소래가 조산봉뫼우에서 일어낫다。바라보니 뫼우에는 풀속에엄
드린 산병(散兵)들과 반씀안즌 긔관총 포병(砲兵)이 수업시만엇다。그들이 쏘는 방향은 건너편에 마조치는
뒷산허리엿다。그곳에는 벌서 붉은긔폭이 바람에 나붓기고 잇섯다。바로 그긔ㅅ때가 쇠처잇는위에 한길넘ㅇ
되는 함청을 파고 그속에 군병이 떠여섯 숨어잇섯다。

그군병들은 쥐쪽에서 총소래가 똑머즈면 번가라 한사람씩 밧게나와서 무슨리치인지 몰나도 붉은긔를 좌
우로 내둘으며 신호(信號)를 하는것이엿다。그러면 뫼우에서도 붉은긔를 잇다금 쌔렁긔를 내둘으며 반호한
다 얼마잇스면 건던산 긔병(騎兵)도 함청에 숨고 그래도 자미잇게 바라볼쑨 귀압흔 총소래가 폭발이 된다。
우리들은 무슨병문인지는 몰으고 그래도 자미잇게 바라볼쑨이엿다。그들이 간뒤 총알줍눈것을 은근이 긔
다리며 재미잇게 바라보고섯는 우리들이엿다。

「우ー와ー。우ー와ー」

이쌔 조산봉 뫼우에서 고함소리가 일어나며 업듸럿든 군병들이 별쑥별쑥 일어나서 압흐로ー 압흐로ー 총
알처럼 달려가고잇다。아마 총공격이 시작된 모양이엿다。조산봉뒤에 숨어잇든 긔마병(騎馬兵)들이 뫼우에나
타나드니 볼새업시 압헤달려가는 보병(步兵)들을 떠러트리고 건던산을 향하야 쌔포알처럼 말을달린다。쌘ー
얀몬지를 파르르。이것이 정말 싸훔이라면 그쐴해 넘어질것이지만 우리들은 천과갓치 궁둥이를 들썩거
리며 싸홈구경 취해잇섯다。

무서운 광경이엿다。이것이 정말 싸홈이라면 그쐴해 넘어질것이지만 우리들은 천과갓치 궁둥이를 들썩거

「우──와─ 우──와──」

이번에는 건넌산우에서 함성이 우뢰처럼 울어낫다. 바라보니 그곳에도 언제 숨어이섯든지 수만흔 군병들

이 조산봉뫼를 향하야 일직선으로 돌격하고 이섯다.

「헐헐헐헐, 헐헐헐헐헐헐헐──헐헐헐헐……」

조산봉 뫼우에서도──건넌산 쪽댁이에서도 번갈아 긔관총소리가 일엇다. 우리들은 담배인손으로귀를눌럿다,

두편의 거리는 점점 갓가워젓다. 그들이 질으는함성도 점점 놉하갓다. 긔관총소리는 귀가압흐리만큼 압뒤

산을 뒤흔들어놋는다. 잇다믐 대장의 명령에 뚯차서 달려가든 군병들이 쌍어 업드려서 닥치는 총소래가불

규측하게 뒤를닛고 그것이 쓴어지면 다시 일어나서 압흐로 돌진하는것이엿다.

「우──와─ 우──와──」

두편의 사이가 백거름쯤이나 갓가워젓슬쌔 그들군병은 일제이 대장의지휘밋테 군도(軍刀)를 쌔여서 총소

데 박엇다 그리고는 압흐로! 압흐로! 나아간다─돌격이다.

「앗!──」

하고 우리들은 눈을감엇섯번헷다. 그들의사이가 불과 대여섯거름쯤 되엿슬쌔 칼질을 마주할쭐알앗든 그들이

무슨 명령에 일제이 뚝머컷다. ──이리하야 무서운싸흠는 숫보고야 말엇다 뒤니어 일어나는 승리의 라랄

ㅅ소래!

「야아, 썹이난다!막」

「혼낫다야아, 난 쉬루 죽이는줄 알앗다──」

「야는, 치나라군병들쉬리 죽어는놈이 어듸잇다든?──」

「글세 그래두 혼낫다야아」

「너가른 접쟁인 쳔쟝엔 못가겟구나」

「말말아야 쉬거듸쳔쟝얘엔 조선사람만큼이나 군병이 죽엇다드라……」 (以下百二十行畧)

羊

◇

崔孤岳

이른 봄의 어느 날——。 이웃집 양봉장의 벌들에게 바야흐로 새 생명을 불어 넣어주고잇는 반낮이엇다

포근포근한 해ㅅ살이 넓은 밭앝마당을 함북 쪼이고잇고 커쪽구석 축축한 곳에서는 검서리가 아지랑이처럼

피어올으고 잇엇다.

이 집 머슴으로 잇는 검서방은 오양ㅅ간의 짚거름을 쳐낸끝이라해서 초당방 문지방에 걸어앉어、 담배를

피우면서、 마당을 하염없이 바라보고 잇엇다.

담배를 다 피우고 입심을 주어서 담배ㅅ대속에 남아잇는 연귀를 뿜어낸 뒤에、 섬돌 모서리에다가 탁탁

떨어서 꽁문이에 꽂고는 다시 하염없이 마당을 바라보고 잇엇다——

검서리 올으는 구석에서 나오는듯한 흙냄새가 금방 첫번소발피 냄새의 뒤를 받어서、 검서방의 취각을

건드렷다。 마흔한해란 장구한 시일을 두고 맡어오든 그 흙 냄새이언마는、 봄의 새로운 감각이 검서방을 접

적이는 머리에 그린 가장 친숙한 냄새라도 그의 혈관에 얼마쯤의 흥분을 넣어주기에 넉넉하면、 그리고

이같이 따스한 래양을 향락하고 잇는 자리라 그 흥분에 여러해를 두고 이성에 주리고 잇든 검서방이

허리일대를 깔근적어리고 잇는 것도 느끼지 아니치못하엿다。

「이놈의 영감이 발하고 여러끼지 않 나와?」

김서방은 노상、한 지점만 꺼물꺼물 멀뚱히 보고 잇다가、갑작이 무슨 중대한 위귀(危懼)를 느끼는 사

람처럼 눈을 찡으리며 벌떡 일어섯다. 그의 머리속에는 학어미와 우영감이 빙빙 돌고 잇엇든 것이엇다.

「우영감——!」

김서방은 안마당 쪽으로 고개를 돌어서 동료로 잇는 우영감을 불럿다.

「야——가요」

김서방의 부르는 소리가 끝나기 전에、메상와의 가까운 지첨에서、우영감의 대답소리가 낫다。그리고 뒤

맞어、우영감이 엉게발로 상처를 좌우로 거으면서、첨심상을 들고 나왓다.

「이놈의 영감아! 뭐하고 여러 잇엇서——」

「자랄봐라、뭐하긴 펌헛을가바、밥상가저 왓지」

우영감은 뿌리퉁하게 더스구를 하긴 하엿다마는 그와 함목 겁이 들어서、진작 부자면한 웃음으로 안면

을 흘으리며、

「조년 순이란 년을 한번 흔첨을 내야돼。고년이 생낀 말을 들어야지」

「애라 이영감아、시끄럽다——!」

김서방은 몹시 혀를 차며 밥상을 끌어다녓다.

「백게、또——」

우영감은 싱글거리고 김서방을 보며、같이 숫갈을 들엇다。

두 사람은 아무 말 없이 밥을 먹고 잇엇다마는、우영감은 방금 부억人간에서、학어미하고 작난치고 온

것이 즐거워서 배가 지글지글하는듯이 주름살이 좌우상하로 다라나잇는 텀텀한 얼굴에는 환희의 여울이 넘

을 거리고 잇엇다。

「아이구 오늘 밤에는 누하고 잘꼬——」

우영감이 싱글벙글하면서、노래부르듯 한 목청으로 학어미를 보고 빈정떠엿다.

「지랄한다、이늙의 영감」

학어미는 여러해 앓고 잇는 결막염으로 인해서 눈가죽이 빨앙게 물어빠져 잇는 조그마한 눈을 치며

「어른들 게시는데 시끄럽구마는——」

짜집엇다는 순이란 게집애 주인이 큰방마님을 그리어、학어미와 우영감을 나므랫다.

「누하고 잘꼬——하거든、나하고 자지——라 얀하고 머하노 이할미야」

우영감은 순이의 책망에는 귀도 주지 않고、학어미를 뒤로 덥석 껴안엇다。학어미는 눈이 뚝뚝히 보이지 않기 때문에、우영감이 뒤로 껴안는것을 알지 못하엿다가、갑작이 덥석 안기고 보니 옛날의 다음(多嬌)른 감각찌기가 친신을 넘덩하게 지배한 여음을 느껴젓다。그래서 례와 같은 특징잇는 웃음으로、

「지랄 안하나、이늙다리가——」

하며、일부러 뺑소니칠 그미는 보이면서드 그대로 안긴채 머뭇머뭇하고 잇엇다。

「늦그마는드、밥 어서 안 가쥐가고 뭐하노!가만잇자、마넘(마넘)한테 사릴게——」

순이가 골을 내며 나갓다。

「순아、참어라、봐라봐라 순아——」

우영감은、노상 학어미를 좋지 않고、그대로 쉬쉬 나가는 순이를 멈추랴고 돌아보지도않는 젊은 춘어미가 이 모양을 보고 심청 굿게 룩 쏘앗다。

「이쿠아、오늘 영감 할미가 일이 잇구나」

「하하하하」

「야― 일이 잇어요, 오늘 가을늦게에 장개 들낭 하지요」

「하하하하、이눔의 영감」

둘이는 늘 그따로 쓰서 안엇다 엄엇다 하고 작난을 첫다.

「움머、더런곡、얼굴에 따때질이나 하고 오느라 이 영감 할미야」

건방장이 춘어미의 혀차는 소리가 부엌人간을 울리엇다. 그리고 뒤맞어 둥둥한 호령소리로 점심밥상을

우영감 앞으로 밀어 놓으며 ―

「어서밥상 가쳐가소― 점심먹고는 작은 댁에 얌생이 (염소) 를 잡아야지 얼른 가쳐가소―」

「오늘 밤에 웅? 알아잇소까」

하며 우영감은 밥상을 들고 나가면서 학어미를 도라보고 빙그래 웃엇다.

「지랄한다、이눔의 영감쟁이가、……하하하하……」

우영감은 학어미의 웃음소리가 귀에 깔깔거리는 바람에 숫갈질이 고르지 못하엿다.

「이영감이 미첫나 와 이모양이고! 또、무슨 신이 동하나」

김서방은 숫갈을 놓으며 우영감을 찍어 보앗다. ――우영감은 일수 남들에게 귀신들녓다는 말을 들어 왓

다. 공연히 혼자 무슨 소린지 중얼거리며 신들 뿐들 질정치못한 걸음으로 왓다갓다 하는 영감이엇다. 그

의 하는 말들이야 모두 읋은 소리건마는 사람들는 그를 읋은정신이 아니고 귀신덮친 자로 돌리엇다.

「참 정심먹고 작은댁에 가서 얌생이 잡으라 하되면」

우영감은 진심을 뽑너서、눈을 둥글게 뜨며 말을 천하엿다.

「그따는 오름(정신) 이 발오 섯데」

김서방은 비로소 웃으며 빈정거리엇다.

「에이 짐상완(김생원) 도 무슨 소리를 그리 하는고!」

「에라 잡말 말어라 이 귀신아」

김서방은 밥상에서 물러나와 앉이며 응구막을 더듬어 담뱃피을 거동을 채렷다.

「흥. 쩨밀 복도많네 쥐런 양생이를 잡아먹는 넌은 다 엇든복인고」

우영감은 감개(感慨)도 없이 이말을 하면서 밥상을 들고 나갓다. 그쯤에. 동편쪽에 잇는 주인양반의 소가(小家)에서 장차 희생될 염소가 자긔의 닥처올 운명을 떼감하듯이 「에헤헤」하며 울엇다. 따뜻한 반낮의 하눌은 이 애닯은 원정의 소리를 멀리 친해주엇다.

「얼른 나오소ー 또 끈이 허껌짓지말고」

「야ー 얼른 나오지오 어헴」

우영감이 짓닥걸음으로 안으로 들어가자 김서방은 또 하염없이 마당을 바라보고 잇엇다.

그의 머리는 오늘은 이상하리만치 감개의 나라에 잠겨잇엇다. 양ー 주인의첩우영감ー 학어미 이러한 방종한 선들이 쉬로 읽히고 잡히고 하엿다. 그리고 그선들의 배후에는 근래에 드믄 강렬한 성욕이 용솟음을 치고 잇는것이엇다ー。

주인영감은 매양 룩용이니 삼게랑이니 하며 향락의 미쳔만 도우고 잇다. 첩년은 얼는하면 양이나 대보탕이니 하고 영감의 향락을 맞오 받들고 잇다. 그리고 우영감과 학어미는ー흥

김서방은 마당바닥에서 주인의. 첩되는 게집을 보고 잇엇다. 발끈 자긔 친구의 딸년이 기생질을 하드니 얼마안가서 주인영감의 소실이 되여왓다.

김서방은 처음에는 퀼녀의 고혹적으로 생겻는 얼굴에 경이를 느꼇다. 그래쉬 그다음은 정신이 퀼녀에게 빼여먹혀 허둥거렷다.

그러나 그는 감히 그런생의도 뿌지못하엿다. 무슨 중대한 천벌이 내린다하는 공포심이 들어쉬 못 버는 것이 아니라 일생 간쥐어왓든 관습적. 숙명감에 멍멍하게 눌려쥐서 거진 무의식적으로 퀼녀에게 끌려가는

자긔의 마음을 거부(拒否)하는 것이엇다.

본능적으로 동향되든 마음이 이 같이 게급적의 부자면한 숙명감에 억눌려 일종의 절망상태에 빠지자

이미 출발된 마음의 방향은 용이히 징오(憎惡)와 질시(嫉視)의 나라로 전향하여것다.

이 전향은 자긔가 그 첩년한테 상천대첩을 하지않엇서는 안된다는 현실조건에서 더욱 격렬히 일어낫

다. 발긴 자긔친구의 딸년이오 또 나이로 보아도 자긔의 딸쇠침한 주인영감의 소실한테 주종관계의 용어

를 주고밧고 하기는 참아 입이 떨어지지 않엇다.

그러나 현재의 상태로는 할수가없엇다.

「흥! 돈이다! 게집이다! 밥이다!」

자긔는 이 돈이란 보배를 얻기위하야 고향을 떠나낫다. 자긔는 게집이란 보배를 우엄코커하야 고향을 떠

낫다. 한번 상처를 한 다음에는 두번 취처한다는 행복은 자긔에게는 오지않엇다. 작부보 갑비 꿈장으로 갑

네 첩으로 갑네하며 게집은 결코 없는것이 아니엇다마는 그들을 먹여살릴 힘이 없는 자긔에게는 게집은

잇어도 없는것과 마찬가지엇다. 이리하야 최후의 철박한조건──논과 게집의 조건은 도커히 실현될 보중이

쉬지않것지마는 맨나중의 가장 박칠한 변통없는 분여상대로 돈이란 보배가 손에 쥐여지지 않으며 따라서 게집이란

태서 사년이란 날人자가 지나갓다마는 분여상대로 돈이란 보배가 손에 쥐여지지 않으며 따라서 게집이란

보배와 손을 맞잡고 한집을 유지해 간다는 행복은 언케나 올는지 막막하엿다.

거기다가 장차 쇠잔긔에 들어가라는 생리적 반동으로 성본능의 충동은 더욱 칠실해것다. 어떤때는 안마

당에서 일할고비에 주인댁의 젊은 며누리의 아릿다운 맵시에 등뼈가 결니고 맥이 풀리는 변율 당한지

가 한두번이 아니엇다. 그리고 그 젊은 고운 며누리는 자긔 남편에게 갖은소박을 받어오는 사람이엇다.

「인물이 못낫다。아무것도 모른다──? 이 점은 검서방의 도시 리해하지 못하는 세겨이엇다.

「인물이 없다──? 아무것도 몰은다──?……흥 그런 천더를 받는 몸을 다못 하로라도 베게 빌려

「주엇으면……」

무심결에 이런 간절한 원의(願意)가 입밖에 뛰여나왓다° 그리하야 자긔의 말소리에 깜짝 놀래듯이 얼굴을 붉히어 벌떡 일어서서 좌우를 살피엇다°

「집상완 뭘 찾는고?」

우영감이 레와같이 짓닥걸음으로 나오다가 하근청스리 물엇다° 김서방은 불가치에 숫돌을 찾는다고 핑게를 하여 그 자리를 다스리엇다°

◇

·김서방은 우영감을 데리고 주인의 소가로 발을 음겨놓앗다° 불상한 양의 목숨이 한걸음 두걸음 줄어처 가고 잇엇다°

김서방은 오날은 레외라 할만큼 감개의 세개에 잡겨잇엇다° ——양을 내 손으로 죽인다!—— 이 마련한 낫 자루가 그 어린놈의 배를 갈러벌것이 아니냐! 주인영감의 향락을 위해서 그반면에 얼들이도 주러고잇는 내가 애처럽게도 양을 잡고야 말것이로구나° 도시 알지못할 일들이엇다° 흐리멍멍 자격만 외품을、왓다갓 할뿐이엇다°

두사람이 소가 집 대문人간에 들어서자 개가 다라나와 허리를 흔들어 환명을 하며° 주인영감의 첩은 둥의자에 앉어서

「김서방이냐」 라고 안연한 말을 던젓다° 「비ー」 소리는 못할지언정 「양ー」 라고는 대답을 하지아니치 못 하엿다마는 그 소리가 입밖에 나오지를 않엇다° 그댁 어린광쟁이 우영감이、

「양상아 양상아 울으ー느냐」 하며 어린애 부르듯 손을 저으며 껑충덧엇기 때문에 대답기 서룩서룩 하든 공고가 죽석에 사라저 버렷다°

양은 무엇을 청하는 눈으로 우영감을 보고 「에헤헴」 하며 하소연하엿다 그동안 김서방은 할그된 사람처

렴 주인의 첩아씨를 멀둥이 보고잇엇다。 우영감의 어리꽝머리에 김서방의 눈요긔와 시간이 그만큼 길어저 갓다。

「던커는 노랑내가 나서 안됏더라」

우영감의 어리꽝짓에 야글야글 웃으며 퇴마루를 내려서면서 이번은 노랑내가 나지않도록 해 달라는 당부를 하엿다。 그리고 일부러 신을 질질 끌면으서 메깥진 걸음을 김서방앞으로 옴겨놓기 시작하엿다。

김서방은 뻐물너 양의 두뿔을 쥐고 눌르면서 밑을 내려다보며 빙그레 웃엇다。

이 빙그레 웃엇는 리유는 자긔 스사로라도 잘 알지못하엿다。 다못 생리적으로 빙그레웃을 상래에 다달어잇엇고 따라서 거긔서 빗어나온 일종의 유희적 운동으로 양의 고개를 눌러본것이엇다。

「이번은 작은뽑아라서 잠기쉽겟지?」

첨은 김서방앞에 닥아서면서 이렇게 아모 소용없는 질문을 떤것다。 김서방은 분향긔와 살향긔가 일시에 대질러 오는것을 깨달엇다, 생전 처음 맡아보는 향긔이엇으며 따라서 맞어 그향긔를 받늘만한 생리적 준비가 서지않어서 한순간은 자못 당황하엿다。

김서방은 앉은걸음으로 뒤로 서너걸음 물러나앉엇다。 그러나 한번 경험한 취각신경은 그 향내의 발원치(發源體)의 거리 원근에불구하고 꽃다운향긔를 잘 긔억하고 잇엇다。 뿐아니라 그 향긔를 받을 준비가 생리적으로 차차 성립되여 옴을따라 그에 대한 감각과 감정이 한층 더 정리되여가고 명백해저가서 그 반응으로 혈판들이 허리일대에 집중되는것까지 느껴젓다.

뿐을 잡힌양은 주위의 꽁긔가 자긔에게극히 불리한것을 직감한듯이 고개를 내저으며 뗑손이를 첫다。 그리다가 아귀찬 김서방의손이 뿔에서 스르르 풀리자 반대편으로 울컥다라나며 에헤헴 소리를 짚어첫다。

그러나 묵밋가레줄이 그리 길게 매여잇엇지 않어서 그 아질아질한 에헤엠 소리도 그 이상 더 멀리도 망질할가능이 없엇다。

김쉬방은 한심을 삼키고 양을 뺏어 보앗다。 쉬가 쉬의 목숨을 뺏는다—— 목숨을 뺏는 사람은 따로 잇건마는 쉬 미물은 나만 겁을버려 도망질을 하겟지!

양을 대상으로 한 김쉬방의 철학은、 이 쉬―글을 넘어쉬지 못하엿다。 그것이나마 자못 막연하고 미약한 것이엇다。 사실 또 젊은 미녀의 아릿다운 향긔에 지배되여잇는 이 자리에쉬 그 이상 더 복잡하고 청엄 한 철학한 발전이 잇을수가 없엇다。

그러나 차차 시간이 지나고 첨에대한 한발심이 평상 상태로 돌아지자 지금 자긔가 쉬 애쳐러히 울고 잇는 어린양을 뭇질려야 한다는 용병(傭兵)적 운명에 대한 감개와 및 이런 운명을 작구 지어버리고잇는 이 세상에 대한 불평이 일즉 경험해 본적이 없으리만한 정도로 움즉기는 것이엇다。

『돈과 계집!』 그래쉬 이 『돈과 계집』의 종놈이 되여잇는 자긔! 김쉬방은 가슴이 콱 밀리는 것을 느꼇다。지금 쉬 울고잇는 어린양을 자긔손으로 잡아쉬 옆에쉬쉬 웃고잇는 요、 아양쟁이 계집의 상품적가 치를 복돋아주게 되여잇다는 곳에쉬 느끼는 적의(敵意)가 『돈과 계집』의 나라에쉬 영원한 분의 불꽃을 이르키고 그 불꽃이 다시 약한 자의 발악으로 돌변하엿쉬 무고한 희생물에게 느끼고 잇든 런민(憐憫)의 정을 어린 양의 목잇가레술을 사정없이 잡아다리는 동작으로 변케해 버렷다。

양은 발을 버티고 뻥손이를 첫다마는 속이 잡채로 되여잇는 김쉬방의 발악의 힘에 당해별수가 없엇다。어리하야 김쉬방은 우영감을 때리고 양의 네발을 묶어쉬 잡발쥐놓고는 큰통에 물을길어다가 그 안에양 의 몸둥이를 씻고 어레빗으로 헐을 오랫동안 빗기엇다。

양은 물이 어떠한것인줄은 너무 징글스리알고 잇는지라 주둥이가 물면에 닿이지않겟노라고 발악을 치고 잇엇다마는 이쩔때의 비명이 도루실없자 우영감의 입에쉬 나오는。

「오―냐、 얌상아――아직 물은안먹인 때――이 잡놋고잇거래――」이 라는 어릿광 소리여고수한 웃음을치고잇는첨아쉬의 한청떠 유쾌한오락적대상이 될뿐이엇다。

—— (49) ——

어렷슬적으로 흔컷 빗겨면뒤에(이리하는것은 노린내가 덜 나게하는 방법의 한가지라한다)비로소 양을죽이기시

작하엿다。석유부음때쓰는 생철나팔을 가쥐와서 양의입에 수쉬넣고 가느다란색기로 우쉬혀 아래ㅅ덕을 갈라

동여매여 좌우로잡아다리니 입은한컷벌려쥐쉬 끔쩍할수가업섯다。

김쉬방은 양의입을 이리해놓고는 조금의가 차도업이 미리준비해두엇든 쌀뜨물을 나팔속으로 막들어부엇다

모든울분의 발악과 모든 생리적 자겨의반동이 어린양의입에 풍풍들어가는 쌀뜨물에쉬 헐고 발산해지는 것

이엇다。

입에 물이들어 오자 양은 한칭더 처참한비명을 내질르며 용을썻다。 여러번 이방면에 길들지않엇든 사람이

면 참아 그참담한 형상을 보고잇을수가업섯다。 원악 즘생이약하고 양컨한것이니만큼 린민의정은 더욱 간절

케하엿다。 차라리 개나 소의피살 상태처럼 순간적일진댄 여복행복할가!

그러나——

첨아씨... 끌끌이 보고잇엇다。 심심소일로 구겨도할만햇으며 또 성황人증(性荒症)에 걸닌다음 녀의변태성욕

은 이희생물의 림종을 야근자근 효성스러 직히고잇게하엿다。

양을 다죽여놓고는 김쉬방은 이러쉬며 첨아씨를 힐긋보고빙그레웃엇다。 이역시 리유가 똑똑치못하엿다마는

여태끌 머리속에 쉬리어잇든 철학의세게와 감개의 나라가 양의목숨을 빼앗기에 성공한 정복자의 쾌감에 밀

너어쉬 잠시동안 형체를 감추엇든 것이엇다。

「인컨 김쉬방도 얌생이 잡는데는 어력이낫네 호호호」

첨은 그고혹쩍인 눈깔로 김쉬방을 녹후어버릴듯이 웃고잇엇다。우영감도 한마듸 거들엇다。

「암요 집상완이야 머못하는게 잇나요, 허허」

김쉬방은 첨아씨가 자긔에게 보내는 칭찬의시선을 피하기위하야 우영감을보고 큰댁에가쉬 거적자리한앞만

가쥐오라 명령하엿다

「야— 거적자리피고 양생이 초상이나 치볼가 애햄」

우영감은 례와갓은 거럼치로 꺼불꺼불 거러나가며 자긔일류의 익살을부렷다. 첨의입에서 터지는 쾌의의옷음소리가 몹시 명랑하엿다.

김쉬방은 문득 무엇이 깜작생각하는 듯이 첨아씨를보며

「참 그거주소。 커머스기 삼베주머니요」

「오 참—」

하며 첨아씨는 재빨니 자긔 방으로들어갓다.

오후가 지내가는 햇으나 해人살은 더욱 퇴마루를 쪼우고잇엇다。 김쉬방은 퇴마루로가서 옆으로걸어앉어방안을 보고잇엇다。 찬란한 방써간이며 침구들은 그의눈을 황홀케하엿다。——청백색을 란사하는 자긔장롱이며 이불장이며 의거리등속이 거울을환하고 달고번쩍 거리고잇으며 이불장같은데는 참경문짝속에 찬찬금칩들이 혼란한 비갈들로 차개차개 재여잇엇다。 모든것이 생혼첨보는 것이엇다.

김쉬방은 잠시 멍떵해잇엇다。 그리다가 그강렬한 인상들이 차차 사라지자 그의머리는 안뒌에 나라나잇는 이불상속의 침구에그면(緣機)되며 주인영감과 첨아씨의 밤에서거동을 함부루 상상하게 되여갓다。 그결과 결은그대로 가만앉엇지 못하엿다.

「그친 엇거없는따요?」

김쉬방은 이말을 얼턱이로삼아서 드듸여 몸을뻘어 배를깔고 엎드렷다。 마루바닥이 태양에 띄듯하게 잇어 그의허리일대를 더욱철박하게 쥐즐어놓앗다.

김쉬방의 허리에는 성감각의 유동(蠕動)이 일어나고 일어나고하엿다。 그는 이럼한자위(自慰)적 행동으로서 자긔자신을 주인영감에겨 누고마루바닥을 첨아씨로 겨누어 가상(假象)의나라에서 백일몽을 자잘치게 꾸고잇엇다.

「온 여긔잇는거괄루고――」

하며 첨아씨가 목적물인 삼배주머니를 찾어내여나왔다。이주머니어다가 양의내장중 냄새의 발원처라할것말

등속을 따로뽑어쓰 다른그릇에삶어、노린내가 침범치안토록하자는 것이엇다。

김서방의 백일몽은 그바람에깨여젓다。그러나、주인영감도없는 이쯤이라는듯이、일부러친큰어 그대로엎되려쓰

첨아씨를보고 빙그레웃엇다。

「자、여긋다」

첨아씨는 퇴마루로나오면쓰、삼베주머니를 김서방에게주엇다。김서방은 삼베주머니를 한손으로받엇다。――노

상엎드려잇으면쓰。

그순간、뻐몰너마음이 울쩍하고 골치가 웽하는 것을늣겻다。

검간! ―아모도없다――아모도없다!―커、퉁퉁한손목을 덥석쥐여라― 아모도없다!

그러나――

우영감이왔다。떨넝떨넝왔다。드러오는길로 소리치기를――

「앗다요、커거는 또야단이낫네」

김서방은 펄쩍이러낫다。야단낫다는 한말이 오즉족하다。그러나 우영감을 뻔이보고 잇을필요도잇엇다。미상불

자긔의 란삽한생각이 캥기엿든것이엇다。

우영감은 멋도몰으고、일쯕보지못한 진심의얼굴어 애석해하는 표정을해쓰、보고와비관을 점해버루엇다――

「온、머때문인지、그꽃같은마누래를 발길로차며、당장에나가라고 빼락청풍이나떼그럼。온、머가마음에 안들어

그라는지、알다가모 몱을쎄。그달등이같은 마누래를인물이 없다는동 미련라는동、하며머리처를쥐고 끄잡어내니

온、불상코애석해쓰……온」

「첨넌이 둘이나잇으니까 그러치」

자긔는 첩이아닌듯이、첩아씨는、영감아들의첩을 말하자면 자긔의며누리를「년」ㅅ자로불으며 빈정거리엇다。

김서방은 잠춧고、양의배를 따갈느고잇엇다。가소러운 의문이 여긔저긔퍼쩍퍼쩍 하엿다。게집이남고 게집이

업고、게집이남어서 곰팡이가피고 게집이업어서 백일몽을울구고! 아! 백일몽의쎄게가 어듸쒸엇고! 어듸

쒸왓기에、어린양의배를 갈느는것인고!

김서방은듸되며、학어미를 생각게되엇다。어듸쒸왓는지 뺀이알고잇으면서 그래도 알지못하는 이백일몽은 그집

박한 고비에 이르러쒸는 드듸여 김서방에게 평시에그더러운걸을 어여 건드려——』하고 머리를버흔드든 그학

어미에게로 것삽을새업는형세로 굴너가게하고 말엇다。미(美)와추(醜)의선별은 그들에게는 천연물가능이엇다。

다못 게집의긔관만가짓는 대상이면 오즉 족하엿다。

◇

석후가되자 날새는 조곰차워컷다。큰채 적은방에는 대소가의종반간의 아씨들이 굿덕 들어안엇서 한가한작

난에웃음이 끄쳐질사이가업엇다。

남자라고는 이넓은집에 한분도잇지안엇다。호주양반은 떼에의하야 첩의집으로 향하엿고 아들되는분은 저녁

젼에 무고히 마누락를두달기고는 화사집에 나가버리고 돌아오지안엇다。모여잇는 아가씨며 아씨들은 마음에

눌너는곳이업어서 은근히좋왓다。

「우리 학어미를 뺄가벗겨볼가」

어느분의입에선지 이같은 케의가낫다、이댁졂은분네들은 얼는하면 늙은학어미를 발가벗기는 작난을 일수 잘하는

것이엇다。영양이 충분한끝에서 빗어나오는 근질근질한 졂은피들은 이럴렁게저럭분으로 발산식히고 배설식힌

다는 극히 자면스러운 작난들이엇다。

더구나 오늘저녁은 이댁졂은며누리의 비쳐한심사를 위로해준다는 첩으로보아 이케의는 더욱 맹렬한 반향을

이르컷다。

큰방에는 마나님되는분이 단배만죽이고잇것다。 대주양반의 첩질에는 감정이 여려해 마비되여온바라 심상사의

일종으로보고 잇엇지마는 그대신 아들녀외간의 풍파에 가싀는 마음이 몹시상해쉬 지금도 그대책을 생각고잇는

중이며 또는 아들의란행을 다스리지못하는 영감의소위쉬대해서 자못불쾌한거분에 휩차여잇엇다。

「아쉬 쉬방에 어머님이거시느데」

머누리는 수심유겁우고 여러종반시누어며 월케들사이에 끼여잇다가 이케의가 나자 시어머님을두려워쉬 즉

석에반따하엿다。

「괜찬어 큰어머니야 딴은 내가담당할게。 자발가볏저보자、 웅? 형님」

하며、적은댁치운딸이 혼자자잘처쉬으면쉬 첫의된바물 찬성하엿다。

그와한목 다행하기는 이찬성이나는동시에 큰방마나님이 이웃으로 마슬을 나가는거죽이낫다。

「쉬봐 큰어머니 마슬나가시찬나。 됫다ー!」

「우우 학어미다라난다。 꼭붓들어라」

다라나는 학어미를삽아 앉히느라고 한바탕웃음이러럿다。 그에딸아 큰방마나님의 수심뿐려러하든 사람들의

마음까지 무의식간에 학어미에게로 솔여가고말엇다。

학어미는올에 쉰셋살에나는 늙은것이엇다。젊은시철부터 이댁로마나님의 몸한긋으로 잇엇든하인인데 천성이

음탕해쉬 치우기컨부터 쉬방질이심해서 로마나님의 쾬녀의머리까치를 잘나쉬 별을준일도잇엇든 위인이엇다。그

동안자식도 칠팔개낳엇지마는 그들은 누구의자식인지 성도 몰으는 인생으로되여 이리커리 내낄어커잇엇다。

이러한놂은것이 지금이라도 쉬방이라하면 그몽겨즉눈을 허벼뜨고 귀를기우리는 것이엇다。

그럼으로 젊은아씨들이 자긔를 잡아앉히고 불가볏기기시작드라도 도리혀 그리당하는긋에 일종의감각젹 패의를

늣겨 별 황거도하지안코 려와같은 특청뼌웃음으로 아씨들의작난을 받어주는것이엇다。

이리하야 오늘도 처면으로 다라나랴 는체하고는 ᄀᆮ다음은 아씨들의손이 자긔의옷을 한벌식 벗겨버는것을 아하

아 하 옷을뿐으로 별로 반대은 하지안엇다。 그래서——

붉은몸둥이가 벌거벗겨젓다。 자잘치는옷음소리가 집을러지게 이려낫다。더구나 짓궂은적은 댁따님이 학어미를

뒤로안어 세우는고비에 이르러서는 만장어 방바닥을 두다리며 궁굴처엇다。

아모리 학어미라도 여긔에는 질색을하며 치마로 아래스두리를 가리우랴하엿다。 그러나 몃에 잇는한아씨가 그치

마를덥석쥐여 후리첫기떠문에 옷은완건히 붉은허리일대에서 떠나가고말엇다。

만장은 더욱 궁굴처엇다。 학어미는 두다리를 우으로 옥우리여 사처를가리우고 억개를비그적거려 뺏어나라고뺑

송이 를쳣다마는 한사람두사람 덤벼드는 아씨들의손은 한 붉은것의자유를 첨첨 더 속박해버렷다。 이리하야 전라

쳐의장면이 나라낫다。

보라! 거룩한배人가죽을——

력사적사명을 맞이 고닛는 옛날청춘의 무듬더의비애를! 거긔는인생의 음숙한긔록선(記錄線)이 두다리사이로

물결지어 훌느고잇다。

「커녁의를은거 처보눅으니 할수업구나 그롱롱하고 부둑 좋돈다리가 커모양이나——」

옷음의절정에서 이러한란의소리가 새여나왔다。자긔네들의 장차 올 한한이 옷음과아울너 비애롤끼고돌앗다。

「빌어먹을년 그흔하든 사타리×드커리뺏고 말엇구나……」

「그래도 우영감은 곧 죽겟다고 껑춘거린단다」

우영감이란소리에 지금까지미다지구멍으로 방안을들여다보고 정신이 야질야질해잇든 우영감이 깜작하여 뒤로

주춤 물너섯다。 그래서 둘길가겁을내여 허리를굽혀 머슴스방으로 다라나버렷다마는 눈에는 여러끌 목격햇든 학

어미의몸둥이가 얼는거리어 앞이 잘보이지안엇다。 그덕택에 우영감은 돌에발을차여 앞으로 꺼불꺼불해염을쳣다。

◇

졀어누어서 목청을 빼여 소리를 끝잘하고잇든 이 옷집머슴 춘돌이도 어느사이인지 코를골기시작하엿다。 우영감은

인젼 안체에는 죄다 잡이들엇으리라고 추측하엿다。이추측이 점점 확실성을피여요자 학어미를대상으로한 환영(幻影)도 떠욱 강렬하여갓다。

한쪽편으로는 김서방을 경게(警戒)하는신경이 가슴을 조마조마하게하여 마지안엇다。이 유월의 요경게자(要警戒者)인김서방도 인젼 잡이들엇는것갓다。악가까지 일상하든 룽담도 오늘밤은 하지도안코어리둥굴 쩌리둥굴 몸을 되비쩍거리고잇는꼴이 우영감에게는 쩌욱 허뻡너되는 것이엇다。

그러나 이런 뼙련를하면서도 한편으로는 또한 안심되는구석도잇엇다。그건 다름이아니라 자긔가어느쩍 룽담일체로 학어미를 한번 건되려려보라는 말을 한쩍이잇엇는데 그시에 김서방은 머리를내흔들며 환장한놈이아니고야……하며되려 그런말을끼잡아내는 자긔에게 편잔을 주드라는것이엇다。

그럼으로 우영감은 안심과뼙련를 등량(等量)으로 늣기고잇엇다。그리다가 김서방도 드되여 잡이들은모양이다。우영감은 가만이일어낫다。목을슬며시들어 김서방의동정을 살폇다마는 갯동벌레불 만한첨첨한호등불에 겁으로 침침하게 빛어진얼골이 확실히잡자고잇는 얼골이엇다。

우영감의 머리에는 문득 용한생각이지나쳐 낫다。그래서 일부러 소리나게 몸을 이르켯다。

만일 이바람에김서방의 잠이깰것갓으면 그것은완전한 잠이아닐것이며 딸아서 그쪽에 학어미방으로 가는것은 안켄척이아닐것이다。만일 또 김서방이 수잡을하다가 웨이러나느냐고 뭇는다든지 또는 그리못지안트라도 수잡을자면서 자긔의거동을살피고 잇다든지하면은 자긔는 일부러 큰소리호룽人불을끄면서 기름많이쓴다고 야단들인데……하면 김서방보기에는 불끄러이려난 것으로보이며 일점의사추(邪推)도끼일틈이 없으렷다──우영감의용한생각은 실로 이러한것이엇다。

이리하야 우영감은 일부러 소리나게 몸을이르키여 불을꺼버럿다。방은 몹시 캄캄하엿다。우영감은 그캄캄한 중에들여다보면서 김서방의 동정을 귀로살폇다。아모 긔동없이 잠만자고잇엇다。

우영감은 다시 김서방의의표(意表)에、나쉬겟다는 생각으로 진작으로 이러쉬지안코 불끈되뒤로 그대로 다시 누엇다。

그래서 조곰동안 숨을삼키고잇엇다。 시간은 지나갓다。

세상은 죽은듯이 잠잠하엿다。 먼촌에서 개짖는소리가 어섬푸리들녀왓다。

우영감은 인컨뜰사록 소리를죽여 이럭낫다。 한동작으로 방문을믜엇다。 그래서 방밖에버려섯다。 방에쉬는 아

모소리도나지안엇다。

우영감은 신거럼에 학어미방으로향하엿다。 개가꼬리를치며 반가워한다。 우영감은 개를 한번 쓰담어주고는

다시 거름을 옴거놓앗다。

학어미방에 다달넛다。 우영감은 허리를굽혀 어둠속으로 방문앞에 신발들이 몃켜려잇는지 살펴보앗다。 자긔

의예상처럼 순이신발도 잇엇다。

우영감은 혀를차며 허리를폇다。 그찰나에 ——

우영감은 깜짝하고 뒤를돌아보앗다。 김서방이 서서잇다。

우영감은 혀ㅅ줄기가 쓰리해젓다。 김서방의 모든뜻을 직각하엿다。 집쇠방! 잡쇠방! 젊은김상원이다!

떨걱 락담되는반동에 우영감은 속깊이색여잇든 『김쇠방─!』을 속으로웨쳣다。 그의머리속에는 잠시ㅅ동안은 『김

쇠방─!』 뿐이엇다。

『에엇 뚝은도쩍놈까드냐─ 능글능글스리 이럴짓만 해라보자』

김쇠방이 먼저 납둥이같은 침묵을 깨트렷다。

우영감은 몹시 켕기어 뒤로뿔너섯다。 그래서

『집상원인교? 난누구라꼬』

하며 두손을부비며 싱글악웃음을 지으편서 어뿔쭈뿔하엿다。

김쇠방이나 우영감이나 자긔마음속으로는 이자리를엇대케 다스려야될가 잠시 망쇠리고잇엇다。 피차에 모든

뜻을알아채고잇는 이자리로쉬는 이우에더 시침을따는수작은 할배에쉬지안엇다。

어자리를 다스림에는 한편이 퇴각할 필요가잇섯다。그러나 두편이 함목 퇴각할필요가 더욱컷섯다。그러찬

라면두사람이한가지로 차례를딸아서 이방에들어갓다나오기로 할필요도잇섯다。

「짐상완요。그럴게아니라……」

우영감은 드되어 맨끝엣조건을들어서 타협을 피하엿다。자긔혼자만 불너간다는것은 도커히 마음이 허락치

룰안엇다。그러타고 돌이 함목 자리를다툰다면 아모래도 김서방에게 봉변만하고딸것이다。

이러코커려코하니 비록되人자리를 차지할지라도 김서방과 타협을하는것이 이자리의 제일량책이엇다──「짐상

완이먼커돌어가소。」

그러기에 우영감은 김서방의타협조건을 듯자마자 닷자곳자로 학어미방방문을뭘고 방안으로뭘어가는것에 대해

서는 불법행위라는 관념이일지안엇다。맞히 메칭된순쇠때로 진형하는것으로 인정되엇다든것이엇다。

우영감은 김서방의방문달는소리에。딸아서누구냐고뭇는 학어미소리를 확실히들엇다。그래서 가슴이 뻐근해커서

그자리에 거운없이 주커앉어버렷다。

그러나 아모리 자긔가 제출한 타협조건일지언정 늙을늙이 주인지키는개처럼 방문앞에우두커니 앉어잇다는것은

너무비위가틀니엇다。더구나 혹시 우채에서 누가오짐누려나오는 사람이잇어서 둘킨다면 랑패이겟기로 란맥이

된다고。버둥버둥하면서 몸을목욕人간뫗대기로 날너 다갓다。

뒤숭숭한 시간이 간신히 얼마쫌 지낫다。스무다섯날의 어그러지고 남은하얀 달이 떠올라 우人채게와집웅

을 볿으스레 빛우어잇고、하늘에 별들은 벌서 새벽의 조락(凋落)을 까물거리는 같것다。

「엣、재길──」

이우에 더 기다리지는 못하겟다는듯이 자리를 차고 앞으로 나갓다。그머리에 개가 의심스리알고 컹컹짖

으며 달려왓다。

「워리워리、나다、껌둥아」

우영감은 소리를 죽여서 개를 손짓하엿다。개는 다시 꼬리를 처면서 환영하엿다。우영감은 개를 밀어내

며 소리를 죽여 학어미방으로 재발나갓다。방에서 소리가 낫다。학어미의 소리다。

「우영감 쾌거는 백쩨 지랄이지 쾌고리하나 해준다 해준다 거짓말만하고——」

소리는 다시 이어지지 않엇다 우영감은 학어미의 이 소리의 내용에는 즉시방안에서 두사람이 어떠한
동작을 하고잇는지를 상상하느라고 맞어마음갈 여유가 없엇다。쾰의코에는 뜨거운 김이 새여나가며 쾰의귀
에는 시근거리는 김서방의 숨소리가 들려옴을 느꼇다。쾰은 무의식중에 소리첫다——짐상완요!

「꼭 쾌고리를 해주야되——웅。」

「내가 언케라고 거짓말을하나」

물림없는 시근거리는 숨소리로 대답하는 소리엇다。쾌고리 한벌소리——김서방의 때답소리。짐상완요! 고

불넛는 우영감의 소리는 방안의 소리들에 부대쳐서 소리로 완성치 못하엿다。그래서——

「짐상완요!」

라고 다시 불넛다。이번은 먼귀와같은 함목 부머치는 소리라고 없엇다。방안은 잠잠하엿다。또 한번 불

넛다。

「짐상완요!」

방안은 더욱 잠잠하엿다。우영감은 바짝 쉬둘엇다——

「짐상완、자는교? 짐상완요!」

하며 우영감은 드되여 방문 쇠고리를 잡엇다。와 함목——

「에락 지눔의 명감쟁이!」라는 소리가 나면서 문이 울켜 트려켓다。우영감은 그바람에 문쩍에 이

마를 몹시 부대쳐 뒤로딴쿵으로 넘어젓다。

쿵——하는 소리와 함목、어쿠——하는소리가 불상한 우영감의 늙음의 비애를 왼집안에 뿌려주엇다。

「어거 무슨소리냐ㅡ」

큰방마님이 드디여 잡이깨여 놀래서 미다지를 열고 하인들을 불넛다.

「순아 쥐고 머슴들을 깨와라! 무슨 이상한 소리가 나는구나」

순이는 단잠을 설깨여 어물어물 대중을 못하다가 겨우 불을 켜놓고 좌우를 살펴 보앗다。겁쇠방은 간

끝이 없고 우영감이 분류가 명확치못한소리로 굼를 거리고 잇섯다。

그러다가 마님이 뜰에나오자、우영감은 쥐리맞은 구렁이처럼 시르렁거리면서 머슴ㅅ방으로 기어갓다。

마님은 학어미방에 와서 방안을 둘너다본 뒤에 다시 우영감의 뒤꼴을 흘겨 보앗다。

「여거 금시에 누가 왓드냐?」

마님의 뭇는말에 학어미는 얼는 대답을 못하엿다。순이가 그 뒤를 받어서 대답하엿다ㅡ

「인제 곰새 집상완소리가 얼핏납듸다」

마님은 사건의 내용이 어느종류의 것인줄을 직각하엿다。

「온ㅡ이런 죽일년놈들이 잇나ㅡ!」

마님은 문을 탁닫고 큰방으로 돌아왓다。집안은 확실히 란맥상태에 빠저잇다。그 원인과 책임은 모든것

이 자긔남편에게 잇다。

「안되겟다ㅡ 이레서는 집안이 말이 못된다ㅡ래일아침에는 영감을 단단히 단속해야 되겟다」

마님은 확황한 등붉율、받어 얼굴이 더욱 창백해거서 담배만 피우고 잇섯다。방문이 조심스리 열리면

쇠 며누리가 들어와서 선다。마나님은 물끄럼이 쳐다보앗다。애처러운 생각이 가슴에 밀려왓다。

「거긔 앉어라」

며누리는 소곳이 앉엇다。그리고 머리를 숙엿다 쳐밀려올르는 설음에 추슬러서 어깨가 떨고 잇섯다。능

번(能辯)의 침묵이 눈물나라에서 이어갓다。

초당머슴방에서는 김쇠방과 우영감의 겨루가 시작되어 잇섯다. 겨루율해도 두사람이 쇠로 떡살을 쥐고앉어 잇는것이 엇다.

춘돌이가 기지게를 부둑부둑켠뒤에 다시 돌아누어쇠 잔다. 우영감은 분함율을 이기지못해쇠 이를 갈며 김쇠방의 떡살을 힘잇는대로 취여 조루엇다마는 힘찬 김쇠방의 억센팔뚝은 우영감의 팔을 제어하기에 넉넉하엿다.

뿐아니라 이러쇠쇠 한번만 발길을 사용한다면 이 늙은 동료의 목숨을 좌우하기는 아모 일도 아니얼고

또 그리할 욕망도 가젓다.

하나 김쇠방은 그 욕망을 억컷하엿다. 아까 학어미방에서 이 늙은동료를 문짝으로 꺼굴쳐드리기는 햇으나 지금 이갈이 쇠로 떡살을 쥐고 어렁셩거리고 잇노라니 우영감이 갑작이 불상해보엿다. 자긔의 쓰라린경험은 자긔와같은, 아니, 자긔보담 한층 더 비참한 상태에 빠저잇는 이 늙은 동지에게 지금까지 겪어본적이 없는 동정심을 이뫼켯든것이엇다.

「영감! 내가 잘못햇소!」

김쇠방의 이 소리는 떨리엇다. 그와함목 그의팔은 아래로 떨어져쇠 자긔본자리로 가버렷다. 우영감은 의아하는 눈으로 그러나 노긔는 여전히 부둑부둑하는 긔색으로 김쇠방을 노려 보면쇠 사못 떡살을 놓지않 엇다.

「영감 이거놓소─ 내가 잘못햇소─」

김쇠방은 우영감의 떡쥔팔을 잡고 처량한 어조로 이렇게 말하엿다─
「내가 잘못햇다. ─우리는 이레 싸흠질을 할새가 아니다. 우리들끼리는 쇠로 싸울 절력이가 없다. 나는
─우리를 이갈이 싸호게한 원인은 다른곳에잇다─우영감 이것놓고 내말을 돌어보소─」

그후 얼마안되어서 김쉬방은 순사에게 절박을 당해서 검사국으로 호송되엇다。죄명은 강간죄어며 상대자

는 주인령감의 첩이엇다。

강물은 윤택하고 강록에섯는 포푸라숲은 새로운 연한신록(新綠)을 강물속어 던지며 봄의새명을 향락하고

잇엇다。

김쉬방과 순사는 이강 나루러어서 나루ㅅ배를 기다리고 우두커니 쉬쉬잇엇다?

(一九三三、五)

————끝————

詩人 岸曙 金憶。流行歌를지어들
고 蓄音機會社로 구보로ー 詩壇에
辱됨을 모르나?

○

鄭順貞、劉道順。京城日報에서 朝
鮮文壇이 어떻고、어떻고。이야말로
內外文壇을 남의집에 가서 하는세음
아니 그보다도 제불기치며 흥타령
찾는세음。

○

六堂 崔南善 ××國民을 늘어서
우니 可히 본받을일?

○

아모것도 없이ーー然ーー하는것처
럼 딱한게없다。安必承。이의좋은例
일걸?

○

崔貞熙。連作小說「젊은어머니」에
對한 朴花城의 總評을 再吟味하며
「花城은 自己의 이데오로기로 崔貞
熙를 規定햇다」고。崔貞熙는 元來
朴花城과 꼭같은 이데오로기로 젊
은어머니를 쓸것!?

○

最近 朝鮮日報에서는 새말이 작고생
긴다。朝鮮日報의 「學校小說」「新東
亞ー에 「海外小說」?????

○

發表中에 있는作品을 評한다는것
처럼 쑥스러운짓은없다。그것은 作
品을 評하기爲한 評이아니라 評文
을만들기爲한 評? 참 읏지 그건 豫
想批評이지。

○

延專主催의 文藝講演會。괘나갓엇
어

○

外國作家 한분 紹介하는데도 日
本書籍을 參考(?) 하겠고는 못하
나 論調를 參考함은 좋지만 用語
까지 參考하는것은 參考할 性質의
것이 아니지。

○

梨專文科에서는 翻譯專門家만나
걱정 英文科라고 다 그렇지는 않
겠는걸。

○
꺼십이란 元來 깎아도 過히 傷
치않을 程度라야 하는것 「中央」 꺼
십에 朴花城이 좀아 피쓸걸.

○
「三千里文學」 發刊準備. 이번에는
나와야지.

○
改造社 日本文學講座의 朝鮮文學
을 李光洙 執筆. 또 問題가일것군
「오늘날의 朝鮮文學」 程度에 그치짢
기를 빌뿐.

○
아이누와 朝鮮은文化的으로나 地
理的으로나 달러야할일. 이를 承諾
한 그의解釋如何?

○
李鍾鳴. 每申에 「愛慾地獄」連載.
반갑지는않은일

○
朴泰遠. 또 每申에 「落照」連載.
큰일덫어……

○
한女性이 한男性에게 秋波를 보낸
다고 또 딴男性에게 秋波를 보낸
다면 世上은 그를 妖婦라고 부른
다. 사람은 지조만은 갖어야할일.

○
玄鎭健 十年만에 東亞에 「赤道」
를執筆. 이作에對한 關心은크다 만약
그가 思想的으로 轉向만했드면 世
眼은 더한칭 集中되었을것을

○
新聞의 學藝欄에는 創作이라고는
웃쳐 실허한다 創作薄待尤甚無所不至

○
安舍光. 金融組合을 그만두고 새
로운 스타ー트로섯다. 뒤人거름치는

사람들에 보혀주고 싶은일.

○
韓雪野의 創作評. 昨年보다 지거
라가죽음밖에 안나켓어.

○
毛允淑詩集「빛나는地域」의 出版
紀念會를 梨專에쉬發起. 梨專는 母
校랄것 뿐이지. 그렇기에 司會者가
祈禱를 올리자고했지.

○
朝鮮에는 웬 文壇否定論者가 그
리많은지. 否定을해도 남말하듯해!

○
方仁根. 故人된 崔曙海를 발아쉬
遺族保養(?)을 한다고 文壇人의주
머니를런 五十四圓은 어웼나? 方
仁根、金東煥. 이들이 曙海의 遺族
인가

編 輯 者

湖 心

金 素 雲

湖心을 겨누어 돌을 치네.

사랑할스록 미워지는마음
이나라에 태여난것이 슬프고나,
어리석은 情熱에 돌을 달어
千길 물속에다 가란쳐 버릴까.

모래우에 쉬운 百가지 맹세
하로人밤물결이 쓰러가니
懷疑는 循環小數
벌레같은 孤獨아 나를 부르네.

湖心에 잠긴 팔매人돌 하나,
고흔 물결 흔들리어
湖水의 푸른빛 근심같이 퍼여지네.

(一九三三年 一二月, 서울)

명랑한 삶

朴 芽 枝

1

옥아! 너는 무엇이 그다지도 기뿌고 만족하냐?

제사공장의 실뽑는 기게소리 소란한 그 가운데서

허구한날 시달린 그때의너는 우울하기 그지없어

마치 피기도전에 시드는 꽃과도 같드니

오늘의 네얼굴엔 기쁨과 만족이 넘치는고나

한낮의별에 시들든 나팔꽃이 석양이슬을 머음은듯이。

× ×

× ×

이른새벽 일터에 갓다가 밤 늦게야 돌아오는 그때의너는

먹이도 못찾고 죽지만 지쳐서 돌아드는 새끼새 같드니

오늘의 너는 범삶은 포수와도같이 씩씩하고 명랑하고나

옥아! 너는 어떻게 그같이 명랑한삶을 찾었느냐?

2

옵바―

「너는 어떻게 그같이 명랑한삶을 찾엇느냐」고
옵바가 ××하다고 곁에도 가지말라든 그이를 만나서
나는 처음으로 얼굴이 붉어지고 가슴이 뛰엿읍니다。
그것이 사랑인줄 알엇을때 새로운 기쁨을 얻엇읍니다。
그러나 사랑은 애닯기도 슬프기도 하엿읍니다。
그때에 나는 그이의게서 바람(希望)을 배웟읍니다。
그래서 바람없는 삶이란 녹쓰른 삶인것을 깨달엇으며
녹스른삶은 우울할뿐 진취가 없음을 깨달엇읍니다。

　　　×　　　　×

그러나 그이의게서 배운 우리들의 바람이란 너무나 컷읍니다。

　　（十一行略）

　　　×　　　　×

어 바람을 위하야 이 노력을 다하얏을때
지치고 녹스렷든 나의 삶의박퀴는
굉연한 음향을 내며 무쇠운 기세로 돌아가기 시작하엿읍니다。
이때로 부러의 나의삶은 명랑하기 그지없엇읍니다。

――끝――

오늘과 來日

李 洽

31 이란 이 날이되 되곱하 드날제

默想에 젖어 몇번이나 웃고 울엇든고.

함이 없든 오늘을

바람없는 래일을

구지 오늘과 래일을 갈러놓고 색임질하는 어리석음이여!

좀먹은 뿌릿채 未練없이 차가거라.

화장터로 가고야말 오늘이라거든

삼백예순장속에서 까마케 속아사는 人間!

「카렌다」와같이 無로 돌아가는 人間!

케아모리 속엿기로

케아모리 악착스런 現實이기로

無를 찾는 人間은 급힐줄 몰르나니——

원통하든 어데는 오늘을

오늘은 래일을

나날이 싸호든 싸홈은 끝장날때도 있으리니。

지꺼분하게 눈물 흘리며 쌓은 體驗은

래일의 앞길을 밝히나니

또한번 래일을 경윤하는 맘。

希望의 불라는 太陽!

새아츰을 맞는 삶!

보다더 아릿답고 보다더 값있으리니。

밤 閣루시!。

오늘과 래일에 境界를 라고 앉아。

두번 생각하고 쉬번 快心하는 聖스런때여!。

——三四年을맞이며——

미라에게

毛允淑

미라! 나는비일홈 떨며부르든
밤길의 외로운 行人이였다
눈물은 동자를 뜨거이 적씨여
창문안에 놓인 화분도안보이드니。

미라! 그렇게 굳이닷인 네창이
간절한 이애원을 모른체 하드니
熱情잃은 바람의 行列새에서
沈默과 함께 말없이 열려질줄이야。

미라! 어이해 네얼골은 石灰같이 창백코
히맑은 눈엔·찬눈물이 흔들려
허공에 거미줄도 떨고 배회하노나

벌써 네시치는 「힘」에서 멀어젓느냐?

미라! 東方 가을나라에

黃昏은 아침을 멀리 끄을어

기난언덕 숲밑에 그림자 짙어가고

희미한 숨결뒤에 希望이 떨고 있다。

미라! 허무한 탄식으로 피곤했든 네창에

밤中에 회人불이 달려온다

生命의 心柱를 가진

날센 未來의 光彩를실은。

미라! 전통의 회색습관、덧없는고집에서 떠나

산 심장에서 再生의 生命을 意識하라

미라! 그때 너는 東方에、黃昏속에서

呻吟하는 네사람의 자취를 알어보리라。

나의 聖書의 一節

金 起 林

生은 다만 死에의 冒險이 아니고 무엇이랴?

生活— 現代에 잇어쉬는 大部分 그것은 自己의 虐殺이다 (結局 申叔舟가 最高의生活哲學者엿다)

사람은 무엇이고 밑지않고는 견디지못한다。 그것은 사람의 永久한疾病이다。

아마 하나님도 創造의 前夜까지도 사람이 이다지 慾心쟁이 일줄은 집작도 못햇을것이다。 그는 自己의 하는일에 最大의魅力을 느낀다。 同時에 自己하고는 全然다른 世界에도 그의興味는 움직인다。

小兒聖書

나의 祖先은 어린 아이엿다。나는不幸이도 어느새 어린아이로부터 어른으로 자라나 버렷다

어린마음— 그것은 世界의 心臟이다。宇宙의 焦點이다。藝術의 肥料다。

아이들의 世界에는 戀愛가없다。잇는것은 愛情이다。그러니까 幸福할밖에 잇소?

아이의 理智는 시끄러운論理를 모른다。그것은 道德觀念과 法律條文과 規律의習慣과 批判을 超越한곳에 서 無明속의 寶石과같이 차게 빛난다。

事實을말하면 「메—텔링크」도 수염은 갈라붙엇어도 어린애가 되고 싶어서 「파랑새」를 쓰게라고 自白하 지는 못하고 죽엇다。

「마티쓰」가 一세상에서 참말로 부러 위한것은 翰林院의 椅子가 아니고 「어린애의 눈」— 바로 그눈이엇다。

어린애는 작난할때에만 때때로 本來의天使의 얼골로 도락간다。

모—든 사람이 참말로 사람이 되려면 演說工夫를 해가지고 國際聯盟으로 가기前에 純金한 어린애로부러 다시 出發하는것이 좋을것이다。

人類를 그早老에서 救援하는 方法말인가? 간단하다 이地上에 永遠한 幼稚를 汎濫 시키는일이다。

送年詞

月　村

一

갈이는　어서가야느니

시비　없이　보내야느니

밋천없는　카렌다　쪽에　부러

하로　밤비　가야느니

三三의　자래가　너무도　아리ㅅ답기에

지나간해의　바람(希望)은　너무도　컷섯드라니

지커분하게　속아버린것이　삶의　피임수

텅ㅡ빈　마음만　피까다랍네

무엇하나　본바듬하나없이　失望만을　언커준　고집세인　巡禮者를　구지　붓잡을수도　없고

더군다나　붓쵀도　아니하고　자긔　갈길만　가고잇는것을　든척　스럽게　쿰을수도　없고

러나 오즉 그가 끼쳐준 가느스름한 體驗만이

새해의 새꿈속에서 묘하게 더러지겠지

二

올이는 어서 와야느니

시비 없이 맞어야느니

래몃풀인 時計소리 마춰

한시 밥비 와야느니

三四의 자래가 너무도 秩序답기에

未練많은 이해를 돌찾어 보라고

낫서른 새해를 차근차근 따려볼 결심

아―슬한 憧憬만이 안타가움네

무엇하나 꺼리낌없이 希望만을 믿기삼아 번연히 쇠길 巡禮者인줄을 알면서도

더군다나 푸념하나없이 실금이 물너앉을 늙은이의 버릇인줄을 알면서도

러나 오즉 그가 끌고가는 必然만이

현실의 파악속에서 묘하게 꾸며지겟지

────三三年을 보내며────

失題

金　麗　水

친구께쇠는 길을 가시다가
길가의 한포기 조고마한 풀을
보신일이 잇으실것이외다。

짓밟히며、 짓밟히면쇠도
푸른하늘로 쬐은손을 내여쥐으며
그어히 그어히 살어보겠다는
길가의 한포기 조고마한 풀을。

목숨은 하늘이 주신것이외다。
누가 감히 이를 어찌하리까
푸른하늘에는 새떼가 날르고
고요한 바다에 고기떼 뛰놀며
그대와나는 목숨을위하야

따우에 뒹글고 또 뒹글것이와다。

病床

──舊稿에서──

병들어 누어잇는 그대를 생각하며
나는 나의책상앞에 눈감고 앉어잇다。
밤。고요한밤。정다운사람이 그리운밤。
항상외로운 그대의 벼개머리에는
지금쯤 그대위로할 누구나 와쉬잇는가。

병들어 누어잇는 그대를 생각하며
나는 외롭게 지금 혼자 앉어잇다。
밤, 쓸쓸한밤。바람소리 들리는밤。
가엾다, 뜻과같지못한 첫사랑에
가슴조이다가 병든 純情의 젊은그대여!。

──一九三三年十一月──

달빛흘으는浦口의밤

金 朝 奎

구비치고 울부짓는 바다의물人결——

머리풀을 휘커으며 맷 미창에서 悲鳴을치고

人跡끊어진 埠頭에는 창백한 달빛이 흘을때

깜박이는 고기배불이 水平線우에 哀傷을 그린다。

◇

바다의 찬바람이 입빨을 깨물고 양철집웅을 울니고 숲虛한 밤한울로 지나고

웃둑솟은 電線柱의 창백한 가슴을 두드릴때

木船에선 씩어빠진 이날이 지은 斷末魔의 悲嘆이 흘으는데

내가 무엇하려 깊은밤 흘로 이곧에 나와 울고잇나

내가 웨 바늘같은 쉬소리 들으며 헤매이는가

◇

아하 달人빛 흘으는 港口의 밤이여

몇時間친 얼마나 暗膽한 그림자들이 이우에서 비슬거렷나

飢餓에 푸득거리는 妻子들을 눈앞에 그리며 漁船에 올으든 사나희들이

멀니 처멀니 풀은섬 감돌아 夕陽에 돌아올때

수많은 고기비눌 落照에 번득거릿으려니

「ㅇ기여처」 아름다운 노래 바다에 가득찻으려니

◇

그렇나 아아 모즈락스럽게도 깨여지는 처녀의 배人노래여

철석철석 山떼미같은 고기를 埠頭에 나려놓을때

그것이 마즈막이엇구나、 탐스럽든 보배도 줄기차든 배人노래드

(드르라 貨物車의 뒤모양바라보는 얼빠진 눈동자)

아하 빈손컷고 돌아쉬는 바다의 사나히야

白銅貨ㅂ닢이 피흘니며 쌓은 오날의 代償이란 말인가?

◇

가슴 앞어라 달人빛 깨여지는 바다의 물人결이여

드높이 林立한 파리한 돛대(船柱)여

酒幕에선 船人들의 깨여진 愁心歌 걸게 흘으고

흐늑여 울든별이 抛物線을 그리며 떨어질때

浦口의 밤은 울부짓든 아우성도 피비린내나든 情景도

몰은다는듯이 미끄러운 꿈속에서 헤매이는구나

——一九三三、十一月——

感想의 拒絕

閔 丙 均

언제나 沸騰點을 훨신 넘고잇는

끓는 내 血管에도

때로는 내 피를 冷却하는

재빛 寂寞이 흐르고 잇섯나니

그때마다 不然듯

어지러운 내神經을 訪問오는

無聊로 곱게 裝飾한

感傷의 華麗한 女王이여

외롭게 젊은나는 너의게

아름다운 微笑를 짓기위하야

怨恨에 팽팽 켯든

붉은 내 눈가죽을 힘없이 감었고

피를 실어하는 너는 나의게

오래 갈아(磨)오든 내 비수를

부드러운 키쓰 너의 혀끝으로

조희장같이 날(刄)을 묻여주엇나니

오오 너는 언제나

나를 弱者로 만드러주는

魔의使徒 姦惡한 妖女이엿구나

나는 이제붙어 너의게

영원히 訪問을機會를 拒絕한다。

(一九三三、 十月)

無能한 아버지

金 大 鳳

아즉 배꼽이 떨러지지 않은 어린애를
엄마의 젖통에서 떼어걸리는
벗아 너도 좀 눈물이 잇서러마
아우야 형아 너도 좀 울러 주려마
버아들은 나를 위해 젖 배앏고
二千里 먼걸로 떠나게 되엿다

아즉도 피빨안 어린애를
自由없는 내 몸에 처막하는
안해여 너도 허명을 좀 버리라
네형도 네엄마도 좀 따뜻하라구
버아들은 나를위해 젖을 잃고
四顧無依한 異鄕에서
떠나지 않으면 안되게되엇다

아즉도 아모것을 모르는 어린애를

남의 품안에 맡기게 되는

돈아 원수놈의 돈아

나에게 웨 돈이 없어든고

내아들은 나를위해

재젖을 잃고

다른 어미를 찾어 가게되었다

이러타시 부모도 벗도 돈도 自由도 없는나는

어린애를 구할수 없었건만

그래도 내 어린아들을 떠나 보내기에는

참아 못할 노릇이엇나니

나는 내自尊心과 내廉耻를 돌보지 않고

동정을 얻으려고 헐떡엿다만

感應없는 이놈의 쎄상이었음에야

내 어린아들아 내가 사랑할 내 어린아들아

네가 너를 사랑할수없는 理由가

무엇 어디에 잇는것을 안 나는

너를 받어들고 그집 문칸으로 걸어나올게

내가슴은 칼 맞은것같이
떨린다 분함에 떨린다
몇일듯이 내가슴은 애독함에 아펏다

눈물은 흘녀쇠
너누둑이웃을 얼게하고
내발결은 찬돌같은 언땅을 더듬엇음에
새파라케 찔린 달빛아래 울어가는
인적없는 촌길에쇠 강을 건느는새
혹혹 내울음을 짜아내엿을뿐이다

어쩌면 좋흘러인가 어린 내아들아
나는 너를 구할수 없엇음에
나는 웨 이세상에 낳으며
너 어미같은 사람을 맞낫을까
그리고 나는웨? 돈이 없어스며
오른 친구를 가지지 못햇든가

에잇!-거즛의친구여 안해여 세상이여
내어린 아들은 나를위해
그차에 몸을 실게 되엇다
너희들은 커 어린애에 대하여
악한 마음을 가지지 않엇고

험악한 행동을 않애스니

거 어린에게 죄를 지지 않엇다고 하겟는가

아모런말도 아모런다항도 없이
그차소리 따리 떠나가는
내어린아들 보내는 내마음은
젖통을 물어야 할 어린이로 하여금
고무줄을 ·물리는가 하면
그어린애를 지옥에 떨어트리는것갓은 苛責에
울듯 울듯하면서도
오히려 칼날같는 소리로
동지를 보내는듯이
「죽지 말고 살어라」라고 할수밖에 없엇다.

그러면 내 사랑할 어린애야
엄마가없고 압바가 없더라도 잘 크거라
네가 살이찌고 보둥보둥한 얼굴로
五個月後 자유를 얻어서
너를 찾울때 나를 맞허주면
얼마나 기쁘겟는가
그때부러 너를 포근히 안어주마

——— 一九三三, 一一 ———

貸書外一篇

異 河 潤

우리愛書家들이 自古以來로 第一苦痛을 받어오는것은 한번빌려준書籍이

쉽게다시 도라오지안는일이엇다. 더구나 그것이달리求하기힘든 珍稀한書籍

인경우에 實로愛書家의嘆息은 그以上더큰것이 없다할것이다. 東西洋을勿論

하고 이러한愛書家들의苦痛은 여러가지形狀으로 世上에傳해나려오고잇다.

어떤한사람은「오래빌려두는사람은 미개읽지안는사람이다」라고 하엿으며

英國의「앤드류·랭그」「도書籍을빌린사람은 故后에생각할것은 그書籍을읽

는일이다. 그리하야 그보다좀더 먼줘생각할것은 그것을 返還한다는것이다」

라는말을하얏다. 또「데이빗드·갤릭크」라는愛書家는 그藏書票에使用한「췌

스피-어二午身像옆에「書籍을빌리고서 第二첫재할것은 爲先읽는일이다. 速히

그것을 돌려줄수가잇도록」이라고한「메나-쥬」의말을記入하얏다. 「메나-

쥬」는 어떤사람이 四年間이나 他人의書籍을빌려가지고 돌려보내지않는것

을 가장미워할만한 不德行爲라고 非難까지하얏愛書家이엇다.

이란 勿論 잘보고速히돌려만주면 빌려줄생각이 全然없어잘수도없는일이

나 大槪는破損되며 좀처럼도라오지하느니 現代와달라서 寫本의保管을爲主

로하든 옛날의 愛書家의 煩悶은實로 적지않엇을것을 推測할수가잇다.

「書籍은 不變의벗이다」라고한『피세레커-르트』도 한번書籍을 다른사람에

게 빌려주는것으로그만 그것은『結婚한벗과같이』變해버린다는것을 認定하

지아니하고는될수없엇다. 그의圖書室에는 이러한文句가 삭여잇엇다고한다.

一、一九三三年度에 읽으신作品 中 가장印象에 남은것

二、一九三四年에 期待하는作家

金 珖 燮
一、金晉燮氏의隨筆
二、柳致眞氏

趙 容 萬
一、無名生作「血淚錄」
二、兪鎭午、李泰俊

李 北 鳴
一、막심꼴키「母」德永直「太陽없는 거리」「失業都市東京」

權 九 玄
一、韓雪野、李箕永、金南天、林和
二、李無影作「吳道令」 朴花城、李無影、趙碧岩

趙 碧 岩
一、꿀키-「母」「四十年」
二、李箕永、朴花城、兪鎭午

兪 鎭 午
一、쇼-로흐作「고요한돈河」「開拓된 處女地」
二、別로없읍니다. 앞으로의努力이問題이니까

李 甲 基

"Tel est le triste sort de
tont lire prete,
Sorvent il est perdu, tonjours il est gate,"

（가끔 잃어지며 늘汚損되는것은 모든빌려진 書籍의 한갓설음이다）

氏를보고 어떤사람이 書籍의借用을申請한즉 그는눈살을 찡흐리면서 그 샤람을 門으로끌고가서 아모말도없이 그글句를가르첫다。그래그사람도 그 릴듯하게역이고『果然그렇습니다。그러나 쇠만은 例外이겟지오』하면서 아 모怳悚한듯한 氣色을 보이지않으므로 그렇드시强硬하든『픽쎄레카ー르』도 그만그대로 書籍을 提供한일이잇다고한다。

그는 또婦人이 冊을빌려가는것을 몹시싫여햇다。그래서自己딸에게까지도 드되어 그는한卷의書籍을 貸與하지않엇다고하는데 너저란 그通性으로서 如何間書籍에對해서 冷淡한것으로 그것이 그녀들의손에넘어가서 虐待되는 것이『픽쎄레카ー르』에게는 더없이 무서웟든모양이다。

女子가 書籍을싫여하는데對해서는 앞서말한『안드류・랭』도 至極히同感 하는바잇엇다。小說을除外하고서는 거의全部의女子는 書籍의敵이다。

一一히列擧치않드라도 有名한女性愛書家가 例外로서 存在할수는일은일 지만 여러愛書家들이 隨喜渴仰하는것같은書籍은 何如間女性에게는 미움을 발고야마는것이다。爲先第一로 그녀들은 그것을理解하지못하며 第二로는그 秘的魅力에 嫉妬를感한다。셋재에가서는 그값이너무빛싸다는데 잇는것이다。

이러한原因으로 書籍은自古以來로 그녀들에게잇어서는 눈의원수이다。이 러케『안드류・랭』은말하엿다。그러므로 이러한夫人을가진愛書家들은 그새 로히손에넣게된 書籍을書齋에 듸려놓려고함에는 마치密輸入者가 官吏의눈 을숨겨 國境에潜入하는것같은 愛書家들이 물으는書籍이

大體로 小形의 版이 만흔 理由가 주머니에넣기 便하게하는데잇다고 말하는이도
잇으나 別般根據잇는말까지는못된다.

그리하야 이러한性惡한借書家들때문에 苦心한善良한愛書家가 어떠케해서
그들의 禍根을防止하려엇는가 가까이日本古來의 藏書部中에에도 借書의訓戒를
빌려주는것이니

이冊을빌려다가 보는이가잇으면 읽고나서 그길로 돌려보내라
라는等의意味로 누어서읽거나 침칠을하거나 컵어두거나하지말고 잠시는
빌려주는것이니 될수잇는대로 速히返還하라고 한것이잇엇다고한다.

다만借書하랴는사람들의 一考를要할뿐이다.

航空家 모ー팟상

요색오는 飛行機를탄다는것쯤 別般이야기꺼리도 못되는일이지만 十數
年前만해도 그것은世界를뒤흔들러리 매우듬은일이엇다. 우리
一먼커 航空을햇으냐하는것은 오늘날의우리에게도 相當한興味를 자아내게
함이事實이다.

數年前佛蘭西의 某文藝週報에揭載된記事를보면 모ー팟상은 輕氣球를搭乘
한 佛蘭西最初의文學者이라하엿다. 佛蘭西에서뿐이아니라 아마어느나라할것
없이 文學者中에서는 嚆矢이리라한다. 우리는「기·더·모ー팟상」을태웟든 輕
氣球의操縱者「모리스·마ー러」는 一八七年七月 함께飛行하든때의 記
憶으로서 다만「모ー팟상」의性格을稱讚하야 마지않을뿐 事實은그보다도
數年前「보ー들레ー르」도 亦是 航空을試驗코거하엿스나 막搭乘하기얼마前
에 突然히發病하야. 그만이를가량이나 몸커 눕게되고마럿다. 여기다比하면
「모ー팟상」의神經은 무어니무어니하긴하엿어도 相當히 健全하엿을뿐아니라
「보ー들레ー르」처럼 過敏하지도 않엇든모양이다. 「마ー레氏의 말을들은건다

一, 外國것은 많이 못읽었고 朝鮮作
品으로는 詩에있어서 片石村、毛允
淑、林和、鄭芝鎔等諸氏의 作品은가
장 印象깊게 읽었으며 小說은많
이 보지못한 中에서나마 李泰俊、
李孝石、朴泰遠 여러분의것을자미
있게 읽었으련만 그날그날의 身邊
雜事에 매여 읽지못하고 지난것은
스스로 부끄러워합니다.

二, 새해에는 現實을좀더明確하게
把握하고 좀더아름답게 군세게表
現하여주는 作家가 나왔으면 합니다
勿論이미 同然한 境地에 들어간作
家들도 없는바아니나 우리는 恒常
보다더 貴重한 作品과 보다더深
遠한「文學으로의길」을 追求하야마
지않게 될것이므로 恒常보다더한進
步가 있게되기를 希望하는것은 맛당
한일이겠지요.

朴八陽

特히 石仁海、金裕貞、安必承、金南
天、李無影、蔡萬植 여러분.

一, 最近에읽은 옛세ー닌詩

一, 없오

一, 張赫宙

張德祚

李洽

輕氣球를타는쾌음부러 나리는끝까지 泰然自若하기 이를데없엇다고한다。그들의輕氣球는 南風에밀리어 白耳義의海岸近處로 흘러갓으나 그동안「모—판상」은 愉快하게 이야기를끝이지아니하엿으며 눈에비취이는 하늘과땅의 異常한光景에 刺戟됨이많어서 그는드듸여 詩를暗誦하기始作하엿다고한다。무거운沈默에 잠기워바린 密雲속에서 그가勇敢하게도「엑토르·유—고」의 名詩를 크다란목소리로 몇절인가 詠吟한것을 操縱師「마—레」氏는 아직도 뚜렷이 記憶한다는것이엇다。또한「모—팟상」이 胃가튼튼하엿다는것은 그가 그氣球안에서 닭고기를 메사로먹어체웟을뿐아니라 그것을 한잔「샴펜」으로써 쉽사리 입가심을 하엿다는것으로도 넉넉히알수잇는일이다。

먼커 도말한바와같이 現在의 우리들에게는 이만한것쯤 같은冒險中에서도 매우平凡한일같이 보힐는지도모르겟으나 적어도 一八八七年代에 잇서서는 이것이 决코平凡한冒險은아니엇다。이일때문에「모—팟상」은 眞正으로 失神하기前의 그의친구들한테 임의 狂人說을當하엿든것이라고「마—레」氏가 말하는것으로도 그때일을推則하고 남어지가잇는일이다。

오늘날와외는 몇몇조아들한 임이 無心히看過만해버리랴고 애쓸것이라 菊池寬一行이 京城에 講演을하려왓엇고 西條八十이또한 京城에서平壤을날녀 式飛行機旅行을하는게하엿스니 엿지또한 飛行機結婚 단멋스니「모—팟상」의輕氣球가 이자리에 무슨比較꺼리가 될것도아니려니와 荒凉한우리文壇에 너이러케「센셔이슌」을 한이야기를 드른일 아직없으니 이런雜文이나마 草하는意義가 더욱깊어지는것갓다。

비단航空에만限할것도아니나 何如間 우리文人의實質的活躍은 다시말할것도없겟다 좀더餘技的으로 潑剌한動機를주도록 或은스포—츠 或은다른무슨 注目을끌만한것과 힘쒸드좋을것이나아닐가 생각한다。

二、林和、李箕永、俞鎭午、

嚴　興　燮

一、없오
二、李箕永、宋影、方仁熙、韓雪野、李無影

宋　影

一、읽지못햇소。
二、李箕永

朴花城

一、읽기는 精誠껏 읽엇읍니다。

林　和

一、李箕永作「鼠火」
二、金南天、韓雪野、그러고 李箕永은 朝鮮文學의 現代的代表者가 될만한 本格的의作家라 생각합니다。또한 李無影——其他傾向의作家는 朝鮮의生生한 現實의大海를 헤염칠 勇氣만가진 廣大한文學의處地가 그를마지할것입니다

崔 貞 熙

一、없읍니다。
二、여러분의외다。 한사람을 指摘해서 말하는것은 罪합니다。

韓 仁 澤

一、말할수없오
二、글쎄요。

現代英文壇에 對한 朝鮮的 關心

金 珖 燮

十九世紀 삑토리아女王時代의 英國은 政治的 平和와 經濟的 安定으로 自己의 優越에 陶醉하고잇엇다. 「日沒없는大英帝國」을 스사로 稱頌하며 世界의 産業的 原動力인 蒸氣機關의 獨占을 서로 祝福하며 世界地圖를 自己의 商品市場의 圖面으로 自解하고잇엇다.

그리하야 桂冠詩人 「테니슨」이 世界의 帝王으로 讚歌한 大英帝國의 老眼에는 北亞米利加와 露西亞는 自己의 穀物用같엇고 「시카고」는 穀物倉庫 「카나다」는 森林 「오―스트라리아」는 綿羊牧場 南亞米利加는 牧牛場과 恰似한 엿다. 거기에 다시 國民生活의 風味를 加하기爲하야 茶와 香料의 提供地로 中國과 東印度의 農場을 헤엇고 葡萄園으로 西班牙、佛蘭西를 그리고 地中海沿岸을 果樹園같이 보고잇엇다.

一小島인―― 삑토리아朝의 英國은 世界의 存在인가 自己의 安逸을 目標하고잇는듯한 誤謬의 假定우에 安座하야 한때 의 豊盛한 經濟的 基礎에서 成立된 보기좋고平易한 道德과 倫理와 社會的 慣習을 滿足하는한便 自體에 對한 崇高尊敬 의 表現으로 「黑人은 他體에 對한 紳士의 謙遜까지 돌보지않게되엇다. ――卽 英海峽을 건너서 佛蘭西의 적으만한埠頭「커레―」어서부러 모두다 黑人이라는 커레―」에 서부러 始作한다」는――

그러나 英國이 삑토리아朝의 榮光에 그 進步를 멈추려고慾望할때 世界大戰이 일어낫고 또한 佛蘭西와 亞米利加가 英國이 생각하고잇든대로 잇지않은데 一層을加하야 「쩨너럴 스토라이크」(一九二六年)가 잇은以後는 老

英帝國의 悲哀는 物質的享樂의 過去를 가젓든것만큼 오늘에잇어서크다。物質的으로도 그러커니와 그順良하던。 또 大한植民地들밋아가 老主人紳士의 愛撫에 진커리나서 發狂한다싶이하고잇다。

現代의 英文學은 政治的經濟的으로 이러한 多樣的背景을 가지고잇다。그文學에의反映은 엑토리아朝의體面좋은 道德과宗敎와社會的慣習――거기서 세워진 權威와 指導精神에對한 積極的反抗으로 나타낫으며 또한 人類共存 의精神에 立脚된社會意識으로 表現되엇다。그러나 그反抗과 그리고 世界가 共通으로 發見한 그社會意識임에 도 不拘하고 아직 새도운道德―倫理의指標가 樹立되지못한데서 오늘의 英文學은 世界文學과 共通된混亂가―는데 잇다고할수잇다。

이모든것은 文學의形式으로보아 詩歌와評論에서보다도 小說과戱曲에 深刻하게 表現되여잇다。(詩歌와評論은 前世紀같이 閃光을 내지못하는듯하다) 오늘의英文壇의 小說과戱曲을 便宜上 傾向的으로 分類하면 (一)科學的乃 至 社會主義의方面 (二)意識的心理主義의方面 (三)通俗的大衆的方面으로 要約된다。(一)에屬하는 代表的作家가 「H。G。웰즈、버—너드、쇼」翁 今春逝去한「죤•골즈워—듸」等이며 (二)에屬하는 作家로는 「D•H•로렌스」最近 問題 되여잇는 「젬—스•죠이스」 또는 「해—지니아•울프」等을 헤일수잇고 (三)의作家로는 「길버—트「캐난「프랭크•스위너 —튼」「베레•스포—드」等이다。

이가운데서 우리의文學的興味가 끌려지는것이 社會科學的方面과 心理主義의方面이니 前者는 大體로社會主義 에根據된 新興文學이오 後者는 프로이드의精神分析學에依據된 中間的色彩의文學으로 世界의두潮流의對立이다。 朝鮮文壇에잇어서도 前者는勿論 後者의傾向으로도 「젬—스•죠이스」의 短篇譯을爲始하야 最近 心理主義의作法이 보 이기도하나 아직 그發展性을 豫斷키는 不可能하다。그러나 이 懷疑的心理主義的傾向은 外國文學을 理解할수 잇는 優殊한文學的賦質을가진 極少數의인테리作家에게서 發展될 現實性이 잇지않을것도아니다。그러나 거기에 는 逃避的危險性이잇다。따라서 文學的形式에서의愛着보다 그것이 成立되는 現實的條件에 充分한吟味가잇어야

할것이다。 부러조아 生活의 皮相性에 滿足치못하면서 새로운 社會理想을 가지지못하는 心理主義文學의 現實性은 純

粹한 潛在意識을 通하야 個人과 社會의 모든것을 解剖하는때에잇다。

이 心理主義의 傾向의 作家보다 朝鮮文壇이 切實히 攝取하여야할 現代英國의 作家는 「H•G•웰즈」나「골즈워-듸」나

「쇼-」나「오-케시-일」等이아닐가한다。 그들은 自己의 文學에 現代英國의 苦悶을通하야 世界의 共通된苦悶의 樣相을

如實히 反映시키고잇는떼서 우리의 注意를끄은다。 兩性問題、 社會組織問題、 或은 指級問題等의 提示가가는것이다。

그러나 새로운 明確한 階導的原理의 樹立을보기前에 그들은 무엇보다도 安價한 無難的

의 道德 慣例思考에 對한 攻擊과 價値의 顚倒를 文學의 內容으로 삼엇다。 여기에 그들의 文學이 時代의 苦惱에 對한

積極性을 가지고잇다。 오늘의 朝鮮文學이 社會的、 啓蒙的役割을 行할랴면 明日의 指標에 對한 絶叫도 必要하지만 그

것을爲하야 오늘의 朝鮮이 가지고잇는 偶像과 道德과 慣智에 對한 現代英文學이 「벡토리애니즘」에 對한것과같은 役割

이잇어야할것이다。

그 偉大한役割者로 누구보다 爲先 靑年「쇼-」翁이잇다。 그는 말하엿다。

「Marx는 나를 사람으로 하여주엇다「소시알리즘」은 나를 사람으로 하여주엇다。 그러치않엇든들 나는 나와

이러한 思想的立場에서 「쇼-」는 虛僞와 腐敗로 平和를꾸만 「벡토리애니즘」을 完全히 暴繫햇고 諷刺했다。 더군

다나 偶像破壞者로서의 그는 世界의常套에 가끔戰慄을주엇다。 이 「偶像」이란 人類文化속에 파묻처버려온 그

것으로 朝鮮의 偶像의概念보다 적어도 半世紀의進步를가진것이다。 英雄「나포레온」에 對한 盲目的崇拜 或은 戰

爭、 愛國心、 英雄崇拜、 浪漫主義等에對한 偶像——「쇼-」翁出現은 世界를 偶像속에서 벗거늘 앓으로나가게하엿

다。 그破壞를爲하야 쇼-翁의 機智諧謔은 必要하엿고 또한必要도因하야 發達하엿다。 그것은 民衆에게 「쇼-」式哲

學과思想을 傳播하며 消化시키기에 巧勞잇는 武器이엇다。 朝鮮의 脚光을입은 「武器와人間」에서의 초코레-트兵丁

은 戰爭과軍人에 對한 稀有의 輕快로운 諷刺가아니엇든가。 오늘까지의「쇼-」를 보건대 思想家로서의 自體의 發展

은없으면서「쇼―」의劇을가진英國民은 많은發展을하고잇다。確實히 民衆은 쇼―가變하지안는사이에 變하엿다。그

리하야 民衆은 向上되고「쇼―」에對한認識은 常識化하엿다。그러나「쇼―」에對한理解가 常識化되기에는 템포가느

린 英國의時間으로는 앞날이 잇을것이다。

니는 朝鮮의作家가운데「쇼―」를私塾하는作家가 나오기를 期待하여본다。이것도 한길일것이다。民衆에게 自己

의思想과哲學을 提示하랴는作家에게 잇어서는 눈물도 必要하겟지만 웃으며 먹이는方法도 必要할것이다。朝鮮

의作家는 너무도 눈물겨웁고 眞實하야 民衆에게 웃으며 달여들랴는 態度가없다。그러라고만 眞實하다면「쇼

―」는한番또 眞實하지못햇을것이다。우리는 朝鮮의文壇에도「그랜빌•바―커」같은「쇼―」의弟子가잇다면 讀者로서의

幸運은 오늘보다 클것이다。

社會思想家로서의「H•G•웰즈」에게서도 살펴볼點은 많다。現在의「캐피탈리즘」의否定과 世界의體制에對한不滿에서

새로운 鞏固한社會理想을 把握하야 그것을 小說의內容으로하는 그의思想은「맑시즘」이나「불쉐비키즘」에 始終하

지않고 科學에立場된 世界共和國의建設에잇다。따라서 그는「유토피애니스트」이기도하다。그러나 武者小路實篤과

같은「유토피애니스트는아니다。「월렴•크리솔드의世界」는 그 理想社會에의 必然性과建設에對한 記錄의報告이며

集大成이다。그러므로「웰즈」이것이잇어서는「쇼―」와한가지로 小說은 觀念 思想의宣傳이 그目的으로되여잇다。

우리가「웰즈」의小說에서 注目되는것은 現代社會의檢討에서 整頓된世界平和의可能을 어떤形態로 實現하려는가

함에잇다。現代의世界에잇어서는「맑시즘」도 決定的이아니요 파시즘도 確定된코―스는아니다。世界的共和國의體制

를 세우는「웰즈에게도」오늘의 混亂이解決될 方策은講究되고잇다。風雲을앞둔 世界의平和가 그의理想社會의提

示로말미아마 實現될가하는것보다「웰즈」의偉大한點은 現代社會史의研究와 體系의文學的記錄에잇다。

小說의內容에서보면「웰즈」의小說은 科學小說、社會小說、寫實小說로 大暑 分類되며 純粹文學的興味對象으로는

寫實小說을들수잇으나 그의本領은 社會小說에잇다。그리하야 그것은 現代社會의發展史의意義를 가지고잇다。그

는 現代英國作家가운데서 가장精力的、 多産的이며 明確한 建設的社會觀과 世界觀을가진作家이다。

正義와同情의作家 「존•꼴즈워-듸」는 紹介硏究 劇本의 上演과 小說의譯으로 最近 朝鮮文壇에 가장 잘알려지 고잇다。英國中産階級의擡頭로부터 沒落에의過程을 그린 「포-사이트사家族史」는 小說로代表作이며 그外 現 代美國의 社會間題를 取扱한劇과 對照를일우고잇다。가장 인데리的作家로 우리가 이作家에게

서 攝取할것은 小說에잇어서 한個의家族이 어떠한時代의區劃內에어서의 生長、發展、沒落을 集大成한것으로、이 것은「하-듸」나「졸라」같은 偉大한作家에게서만 볼수잇는것이며 劇되잇어서는 現代의社會間題、階級間題等을 인 레리的良心으로 取扱한데에잇다。따라서 「꼴즈워-듸」의劇은 朝鮮의現實的啓蒙性에 適合한點이 많다고할수잇다。

인레리作家로 「헉스레-」도 들수잇으나 여기서는 割愛하고 나는 「숀•케-시를 보고저한다」 그는 愛蘭의農民 劇作家이다。數年前 「예-츠」와의衝突이잇엇고 英國에와서 「銀盃」의上演으로 그일흠이 높게되엇다。그의劇의舞臺는 愛首都 「더불린」의貧民窟이며 登場人物은 勞働者이다。英國人의紳士的氣質이 이러한貧民窟이나 勞働者生活을脚

光앞에서 즐길바안이나 그 讀語와滑稽味로써 觀衆을恒常魅한다。朝鮮文壇에도 이미 그의劇이飜譯되엇고 더욱 「土都」「버드나무선洞里의風景」은 이 오-케시의硏究에서 그手法이 洗鍊되고 影響되엇다。이것은 우리의文壇 에어잇어서 極히 故近의現象이나 農民作家方面에 意圖하는作家에게어서는 「오-케시」는 硏究의對象으로 意義

가클것이다。

小說과戱曲이 題目의內容을 局限시킨 나는 여기서 적어도 英文學을 論題로하는以上 「엣세이」라는 隨筆文
英文學이 歐洲文學에對한 特異한現象은 文學形式으로보아 詩도小說도戱曲도아니요 隨筆文學을
學을 看過할수는없다。

理解못하고 英文學을 안다는사람은 英文學을아는 不幸한存在이다。

隨筆文學의 創始者로 文學史에 일흠잇는 「몬테ー느」는 佛蘭西人임에도 不拘하고 佛蘭西에서 發達치못한 隨筆

文學은 英國서 完成되여 오늘의 隆盛과 멀치는 文學的 位相에 達하고잇다。英、佛兩國民의 文學的性格은 여러가

지로 對照되나 나는 사양없는獨斷으로 前者를 隨筆的 後者는 論說的이라고 보는데도 一理가잇지않은가한다

이러하리만치 隨筆文學은 英國的이다。

現代英國의 隨筆家로서는 散文속에 抒情詩를 담는듯한 「애리스・메ー넬」女史나 生活의 모든現象을 豊富한智性

을通하야・淸新한感覺으로보여주는 「A・G・가ー듸너」또는 「A・A・미른」等이잇는中에서도 隨筆家로서 「쇼ー」와같이

世界的人氣를가진・諷刺와逆說의 「C・K・치스터ー튼」이잇다。

今後 朝鮮의 隨筆이 感傷的退嬰의危期에서 眞實한文學으로의 境地에 水準되려면 隨筆의나라인 英國의文學에서

그槪念을 가저와야할것이다。

以上에서 나는 朝鮮文壇이 參考하며 硏究하여야할 現代英文壇의作家를 나의主觀的見解에서 簡略하기 羅列

하엿다。그들은 이미 世界的名聲을 가진 作家들로 現代英文學은 그들로말미아마 世界文學에 優越한地位를가

지고잇다。따라서 佛蘭西나獨逸같은나라에서도 相當히 硏究되며 注目되여잇는 作家들이다。그러나 朝鮮의作家

들은 그들에對한 어떠한認識을가지며 어느程度로 硏究가되여잇는지는 알수없으나 오늘의文壇現象으로는 오즉

海外文學派에一任된 無用한特許같이 되여잇다。外國文學을 그나라말로 들어본다는것은 朝鮮에 잇어서만 不幸

스러운일이나 그代身 所謂 海外文學派가 文學을 아는데對하야 文學을알지못하는創作家가 朝鮮文壇에는 各金

많다。이것은 許多한 朝鮮의特殊事情中의 하나일것이다。

언젠가 創作을特殊한 餘技로하는 一法學士가 海外文學人에게 外國의作家에對한 專門的硏究의勸告로서 그判

出發을 力說한일이잇다。모든 勸告와致示는 謙遜으로는 傍聽하여도 無害한것이나 今日朝鮮文壇으로서 外國文學

研究의 急務는 創作活動모르는 世稱海外文學派人보다 創作活動안다는 作家에게 더욱 急하지않은가한다。그 意味

에쇠 勸告의 對象이 誤選이 되엿음을 記憶한다。

우리는 오늘까지의 朝鮮文壇에 對하야 文壇이라고하는 슬픔을 가진다。그러나 文壇을가진 기쁨도없지는않다

그럼기때문에 悲痛한 事實이잇는것이다。우리에게는 無數한 文學어될 材料가 散在한대로잇다。그러나 材料의

記錄은 곧 文學이아니다。어떠케選擇하야 어떠한態度와 어떠한方法으로 文學行動을하여야할것인가 이것은 우

리에게잇어쇠는 外國의作家에게쇠만 學習될問題이다。（끝）

一九三三•一二•九日　午前三時了

文藝의 傳統的 精神의 探究

李 軒 求

朝鮮文學이 佛蘭西現文壇에서 배홀바 思潮란든가 또 作家에對해서 좀 써보라는것이 編輯者의意圖다 나는본 커 이題目의 課與에잇어서 넘어도問題가 局限된듯하면서 할이야기가 넘어도 엄청나게 距離가 떠러젓슴에 그 무엇을 써야 올흘자를 몰낫다.

問題가 朝鮮現作家들과는 相當한距離를 두고 展開가 되어야할것을 말하기前에 大體 얼마마한 佛蘭西文藝의呼吸을 우리는 朝鮮의 이 至極히 幼稚한 初步的文學生産에서 차즐수잇는가? 勿論朝鮮에도 「박토·유고오」의「레·미제라블」이 相當한 讀者를 가저왓고 小듀ー마의「椿姬」라든가 大듀ー마의「三銃士」「몬테크리스토」가 알려저잇다는 事實만으로도 또「모ー파상」이나「졸라」의作品이 紹介되여잇다는 적은例로서 朝鮮文學은 相當히 佛文學의影響을 받엇다고 할까?

그러나 이런 몃個안되는 作品의影響으로서 佛蘭西文藝가 朝鮮文學에 어떤足跡을 남겻다고는 敢히 論하지못할것이다. 即 몬커 그러한作品을 消化할地盤ー文學的教養이없이 그커 外國現文壇이라거나 外國의古典을 云謂하는것이다. 恒常 皮相論者의 잡고대박게는 안될것이다. 群盲觀象格으로 그어느한部分만 드더가지고 이러니커러니하고 全體를評하랴는것은 甚히 어리석은짓이요 또 잘못하면 첫불리 배탈나기 쉬운일이다. 即佛蘭西現文壇을 云謂하고 그文學이가진 文學傳統에對한關係가 없이 그커 至今 이러니 커러니하는것은 너무도 安質

한수작밖게는안된다。 왜그러냐하면 至今와 그어느作家를 勿論하고 그들은 임이 어떤偉大한作家의感化와 敎訓

과 한感情과 表現을 배흠으로써 새로운自己라는 文學的素質을 發見한것이다。 그러나 그러라고 여기서 佛文

學史全體를 論爲할수도없으며 課題에對한 簡單한解答을쓰는 單純한行動을 取하기로하자。

무릇 作家의 文壇的人氣라는것은 恒常交替되여잇는것이요 또 그當時의人氣作家만을 그文壇의 主格으로 모

실수도 업다。 그러나

여기 「로맹·롤랑」이라는 人道主義的 熱情的作家를 먼저 들기로하자 「롤랑」은 임이 七十에가까운 老翁으

로 멀리 瑞西湖畔에 隱退하야 至今은 온가지 哲學的思索에 무치고잇다。 이로翁에게서 우리의 배흘바는 그

의情熱이다。 그情熱은 톨스토이의人道主義를 高度로 灼熱식힌 英雄主義다。 朝鮮에도 理想에불타는 作家가잇다

면 그의 끈칠줄 모르는 生命의불꽃에 그藝術의全心身이 한가지로 불탈것이다。 그러나 로翁의 情熱的人道主

義는 浪漫的英雄의 偶像化는아니다。 그의典型的 代表作인 「장·크리스토쁘」에는 모든 社會의不正과 因襲의

醜惡과 情熱의解放과 無上한 藝術的感情의 淨化를위하야 싸호는 한낫人間을 描寫하엿다。 만일 革命的浪漫主

義를 새로히 文學思想의 胎胎로써 論爲되다면 이作品은 그最上의 最高의儀表일것이다。 우리에게는 넘어도 모

든社會와 싸화나가라는 灼熱된情熱과 不屈의意志로써의人間이 없다。 오새로히살냐는者로써 또 새로운社會를

라보는者로서 現實의追從 그는 現實에의屈從만으로 滿足하지안으라는 새로운 革命的熱情의作品의 出現을 企

圖하지안을까? 作品表現에잇어서의 技巧問題를떠나 그가운대는 온가지人間의 피와 눈물과 發憤과 爆發하랴

는感情의發露及 군센의意志의 싸흠이 잇는 그러한作品을 쓰랴는 커다란 自我犧牲의 高貴한 野心을가진者는

업는가? 맛도안되는作家의 自尊의野卑에서떠나 로翁을배호랴는 作家는 업는가?

다음은 「마르셀·알ㅡ랑」이라는 젊은作家의 存在를 이야기하자 假令 한낫 自自에充實하면서 社會의不安에

對하야 가장敏感인人間이잇다고하자 구태여 容觀的現實을 標榜하지아니하고 恒常充實한 自我의告白과 主觀的

感情 思惟의 流露를 거짓업시 또虛構없이 그려나가는作家 그러타고 그는現實을 逃避하지안는다。 그는現實가

운데의 모든悲慘과 不幸과 苦惱를 各各 다른 各層의 人間을 通해서 告白케한다. 그러나 그에게는 自己를超越한

라는 그런懲窒은 結局 自己自身으로도라와서 解決된다는 極히 個人的表現文學을 自己思想의 母體로하고잇다

日本에잇서서도 널니 알려지지안은 이作品에게는「秩序」라는名作以外에「未知의土地」「에티엔」等이잇다. 可能

하다면 나는 이作品에對한 充實한 朝鮮的消化에로 努力하고십다. 朝鮮의作家도 먼저 이러한 出發點에서부터

始作하야 거짓없는 作家의良心的努力의評價를 깊이 所重히 역여야할것이다.

다음「쥬고•로멩」이라는 所謂 유나니미슴(全一主義)創設的作家가잇다. 그러나 이作家의 어려운 文學紹介

以前에 (될수잇으면 後期에仔細히쓰기로하고) 이들을 中心한 所謂 僧院派運動을 말하랴한다.

一九〇六年巴里郊外에 한廢墟된 僧院에 文學靑年(二十三四歲까지)의 그룹이생겻다. 그들五六名은 그집을修理

해가지고 돈을얻기위하야 印刷業을始作햇다. 이러한그들은 喬板代身에「라불데」의「세상의누구든지 다오라 여

기安息할곳이 잇나니」라는 名句를 쒸부첫다. 이運動이 그리오래는 繼續못되엇으나 이속에서 今日佛文壇의

重鎭인「쯀쯔•듀아멜」「쇠앨•빌드라크」와「르네•아르코스」等 比較的 急進的思想과 佛蘭西의左翼的傾向을

가진文人詩人이 이속에서•커갓든것이다. 그中「쥬을•로멩」만이 群衆의心理描寫에 獨自의見解를가지고 所謂全

一主義로 더나아가 近代古典派的 知性所重의傾向으로 흘러갓으나「르네•아르코스」는「로맹•롤랑」의 感化를

多分히밧은 人道的無産階級의 詩人文學者요「쇠알•빌드라크」와같은 感情과知性의 中和에서 人間에對한無限

한愛情을 가진作家와「듀아멜」과같이 人道的情熱로 다려난 不幸과悲慘에서 人間에對한無限의

하면서 그以前의 그들의 文學에對한 無限한 獻身的努力을 朝鮮作家의 깊이 배흘바이다. 一人一

色으로가아니라 十人一色으로 完全히 伯來의 素質과傾向과 그獨創性을 一切個性으로의 獨自的文學을 創設

좋더 큰 相互包容과 臃長의 이러한 寬大가 한덩어리속에서도 넉넉히 並立할수잇는 雅量들 朝鮮文壇에서도

더욱 가지고십다.

最近 轉向作家로서 世界的關心이되고있는 「앙드레·지드」그는 藝術의完美를爲한 無限한 慾望의 涉獵家라고

나할까? 그의左翼轉向의 아직作品化는없다。다만 그의日記를通해서 그가 基督敎 特히 加特力敎에對한 反感이

라거나 모든 現社會의 不平다 不安과 不滿에서 더나아가 蘇聯에對한 積極的好意가 더디여 이러한表明에 이

르럿다。그러나 그의藝術은 近代的古典復興의 第一人者이다。精練된 人間感情의 單純한理智 又는知性으로의 純

制 그의말한바 「浪漫主義를 通過해온 文學에잇어서 作家가 오히려 感勤시키위하야는 人間個性의 깊은속에

粗對한熱을가진 나즌地層을 究明하지않으면 안되며 그를秩序잇게하는것이 正當한藝術의役割이다」思想으로의轉

換는 곳作品으로의 곳表現을臨來하지못한다。거기에 藝術의 具現으로의 境域이 잇지않을까? 「지드」의 思想

的轉向에서 그의現된品作을 찾으랴는 燥急症은 暫間保留해야한다。作家의 오래인文藝的敎養이 決코 時間的

心境의 轉換으로 곳約變하지못한다。여기에 文藝家의 形象을通한 오랜苦心의자최가 잇는것이다……

이外에도 校學하기에 張邊하리만치 現在의 佛文壇을代表할作家는 너무도많다。그러나 여기서 더한가지 添

加할것은 佛蘭西作家의 藝術的傳統이다。그들이 文學으로의 가쳐온바 敎養이란實로 우리의 想像과는 顯著한

距離를가지고있다。명篇안되는 作品을읽고 몇篇안되는 짧은文章의發表로서 構成된 朝鮮文壇에서 네가 佛文學

에서 무엇을배호랴느냐?하고 뭇는者가잇다면 文學이란 決코 淺薄한管見者流의 달는말에 채쭉혀언는것과같은

速成物이아니고 그속을흐르든 오랜遺産的繼承과 그를表現할 豊富한形象、文字、言語、思想에서 비롯함을 배

우게되엇고 알게되엇다는 以外에 率直한對答이없다。假令 여기 偉大한 薛藥家가잇어 平凡한作曲을 가장豊富

하게 노래하엿다면 그音樂家의 豊富한素質에對하야 驚嘆함은 勿論이나 그러나 그것이 노래로서의 어떤內容

과 形式을 가추어오지않으면 그偉大한音樂家의 聲量과 그素質만을 짓밟어 密들게할뿐일것이다。우리에게 한

個의 참다운노래와 참다운歌手의없음과 마찬가지로 우리에게 참다운 豊富한言語와 文字를通하야 그를 表現

한 한個의作品을 가지지못하엿다。할일없는 적은野心으로의 文字的表現이 좀더큰 배홍에서 새로히 살어나기

(以下一二五頁)

露西亞文學과 朝鮮文學

咸 大 勳

緒 言

東京잇을때 革命以前 모스코바大學에서 文學을 專攻햇다는 白系露人과 知友가되여 一週二三次式 만나는 機會가 잇엇다.

그는 나에게 어느날 露文學을 硏究하게된動機가 어듸잇느냐고 물엇다. 그때 나의對答은

「露西亞文學은 그民族 그社會階級의 思想과 感情을 如實히 反映한 作品이 만기때문에 산生命이 그作品上에 躍動한다. 그러므로外 社會와人生과의 遽闊性과함께 가슴에 산現實의 波浪이 물결지는것이다. 이리하야 나는 露西亞文學이 가지는 社會思潮의 發展과 犧牲的 情熱의 主人公等참된 人生의 情熱에 이끌리어 露文學을 硏究하려하엿다……」

그는 나의 이體系없는 이 答辯을 쉬루른 露語를通해 짓거린 그 意味를알어듯고 이러케 混잔탈을 하엿다.

「푸ー쉬킨, 레르몬톱흐, 고ー골리, 도스토옙흐스키, 톨스토이, 오스트롭흐스키, 체홉흐……等等」

그는 레르몬흐흐를 좋아햇다. 「現代의 英雄」에 나오는 페초ー린을 좋아하엿다. 「現代英雄」첫머리에 나오는 캅흐카스 風景描寫를 나 거읽혀즈면서 自己말ー그女子는 二十歲前後의 美貌의 處女이엇다! 에게 캅흐카스風景寫

眞帖을 가쳐오게하고는 섯어쉬안었어 그作品에쓰인 風景과 寫眞等을 對照하며說明해주엇다……옛날의 이 생각어 只今 이글을쓰는 刹那다시음생각난다.

閑話休題 大體露文學과에쉬 朝鮮文學은 무엇을 배와야할것이냐? 이것이 編輯者가주는 試驗答案을 쓰기前에 若干의苦言을 朝鮮作家에게 주고싶다.

朝鮮의 作家는 自己作品을 쓰기는해도 남의 作品을 읽지안는다. 外國의 優秀한作家를보면 누구나 그들이 大作家되기까지 많은作品을읽고 自己가 特히 스승으로 모시는 作家가잇다. 그것은 그作家의 思想哲學에 同感되고 그作家의 手法에 배을點을 알기때문이다. 그리하여 많은作家의 諸作品을 읽으면서 어떠한思想哲學에 立脚하게된後에 創作을 始作하면서 第一期二期三期도 思想哲學的으로 또는作品製作의 手法上으로 漸次確立되어 가는것이다.

그러나 朝鮮의作家의 거이大部分은 十年前이나 只今이나 어떠한 思想哲學的根據가없이 作品製作을 하기때문에 그作品에는 哲學的深刻味와 現實에呼吸과 脉搏을 感할수없는것이다.

露文學에서 무엇을 배울가?

現代싸베ー트 文學界에서는 古典의批制的擄取라는 意味에쉬「푸ー쉬킨」을 배우라「레르몬톱흐」를배우라ー는 等의말이퍽도 많이流行한다. 이것은 싸베ー트文學이 가지는 百퍼ー센트의 이데오로기우에 燦然한 古典文學乃至近代文學으로부터 文學的知識을 배우자는것이다. 이런意味에서 나는 朝鮮作家가 맛당히露西亞文學中에서 많은敎訓을 받어야할것이란것을 主張한다.

우리는 그러면 露西亞의 어떤 作家를배울것인가? 勿論이는 朝鮮의作家가 露西亞의諸作品을 읽는동안에 그의思想哲學에 同感되는데서 바로소 그배울만한 作者를選擇할수가 잇을것이다. 그러나 이제 내가 어느것을 배우라고 指摘할 그러한 高慢한態度는 바리고 다만 내가배울만한 몇作家의 思想과藝術을 紹介하려고한다.

形式美로배울 푸―쉬킨

우리는 푸―쉬킨으로부터 形式美를 배우자! 朝鮮에는 詩가잇어도 그가가지는 形式美가없다. 여기서 첫재

나는 푸―쉬킨의 形式美를 배우자는것이다. 푸―쉬킨의 詩를 읽어보면 「참으로 아름답다. 이以上쓸수가없다. 이

以外로쓰는 안된다」는 소리를 連發할것이다. 그의表現法에잇어서 가장無意味한 叙述에잇어서도 또그의詩中에 包含된

가장 無意味한 적은일의 描寫에잇어서도 또그의表現한 人間의感情의 種種相에잇어서도 또그의詩中에 包含된

여러가지 境遇에잇어서의 戀愛表現에 잇어서도 그가쓴이들 作品가운데는 自身의 個性을깊이 印刻한 點이잇

는것을 發見할것이다.

그러므로 그의詩에잇어서 우리는 形式美、表現法의 巧妙한것 詩句와 押韻의 驅使의 巧妙等을 特히注目할

것이라고본다.

이케 푸―쉬킨의 叙情詩와 쉴러―의 叙情詩를 比較해본다면 쉴러――는 人生에對한 哲學的理解를갓는다는

點을 發見할것이고 푸―쉬킨에잇어서는 炎炎한 불길과 生氣가充滿하야 그自身의 個性은 그가쓴 詩上에 反

射하는것을 찾을것이다. 푸―쉬킨는 感情의 아름다운表現、表現의千變萬化에 그才能이 더어잇는것이다.

犧牲的情熱을배울 데크라―솝흐

우리는 데크라―솝흐의 詩에서 犧牲的情熱을 느낀다. 나가十月에 中央日報紙上에 飜譯한 「로시아婦人」같은作

品에는 犧牲的情熱을 우리는 感할수잇다. 一八二五年 露西亞에 잇어서 最初의 ××運動 데카브리스트事件은

많은 사람을 西伯利亞로보내엇다 이流刑當한 男便을따라가는 公爵夫人! 이作品의 主人公의 熱情的犧牲의 心理

는 떼크라ー솝흐의 情熱의 發露가 아닐까?

「모ー든 名譽、 地位、 金橫을버리고 오죽 流刑간 西伯利亞의 男便을 따라 떠나가는 公僑夫人 이夫人은 父母의 苦留도 못지않고 눈날리는 西伯利亞曠野 空山暮雲에 猩猩이의 우름소리찾아 둣기어려운 이 차디찬 뜰로 苦難을무릅쓰고 떠나간다。 弱하되弱한 一婦人의 情熱에라는 犧牲的心理ー 이것은 當時露西亞婦人의 特徵的事實이라하드래도 作者가 取扱한 이長篇詩에나타난 情熱、 犧牲! 은 또한 우리가 배울만한것이 아닌건가?

떼크라ー솝흐는 五十六歲에 죽는날까지 한個의雜誌編輯者로 지벗지만 그가 大學에다닐때는 三年間 배두리지않는날이 없엇다한다……… 一生을 주림과 苦難속에지내며 製作한 그의作品! 거기는 情熱과犧牲의 아름다운 물결이 흐르고잇다。

찌르는듯한 아이로니를 배울 고ー골리

고ー골리의 찌르는듯한 아이로니 그의눈물을通한 우슴속에는 참된現實에對한 憎惡가잇다。 特히 그의 散文喜劇 「檢察官」 에 잇어서는 그것이 그當時 腐敗된 露西亞官權에 對한 크다란 毒矢엿다。 한개의 가난한靑年이 「三年間말을 달려도 아모데도 갈수없는곧」 에 나라낫을며 그곧市長은 이것이 自己官廳事務를 檢査하러온 檢察官인줄로 잘못알고 郵便局長、 慈善病院長、 判事等을 불러서우고 그事務에對한 臨時的 카므굴라ー즈를 시키려다 結局 事實檢察官이 왓다는報知에 大驚失色하는것은 고ー골리의 찌르는듯한 當時露西亞官權에對한 「아이로니」 엿다。

이作品을通하야볼때 고ー골리는 그當時에 腐敗된 露西亞官權을 餘地없이 비웃엇든것이다。 이는 고ー골리의 天才的 表現 方法에依하야 이러한 題材로外 쓸것은 現代에잇어서 어느나라에서나 쓸수 잇을만한것이다。 더구나 貪官行東외 塗炭속에서 헤매는我等을 題材로한 「春香傳」을 좀더 作品답게 敬作하는것도 朝鮮作家의 할일이 아닌가생각한다。（春園의 改作小說도 잇지만 이런것은 戱曲形式으로 改作하는것이 좋을줄 안다）

商人階級을 解剖에서배울 오스트롭흐스기

오스트롭흐스키）는 一八四八年 大學敎授와 衝突이되며 大學을 中心하고 엇던 商業裁判所에 奉職하면서 商人階級의 視面을 잘알게되엇다。그리하며 그의諸作品（그의作品은거이 戱曲이다）에 잇어서 商人階級의 貪慾的인 高利貸金業的 ××手段을 暴露하엿다。더구나「破産者」에 잇어서는 이것을 더욱明確히 取扱하엿다。이제「貧困은 罪가아니다」란 戱曲에 나타난것을보면 여기에는 商人階級의 惡한手段을 間接的으로 暴露하엿다。이 劇은 어떤 富裕한商人의 딸의 結婚問題를 中心으로 쓴것이다。그의 딸을 自己의友人인 어떤 富裕한商人에게 주려한다。그러나 그딸은 벌서 自己집書生과 戀情을 속삭이엇다。그런데 이것을안 그主人의동생은 自己게드라온 財産을蕩盡하고 크리쓰마스 安食日에 登場한다。그리고 그딸을주려는 商人의過去의 惡德을 暴露하고 그書生에게 딸을 주라한다。主人도 性을낸다。그리다 結局書生에게딸을 주는것이 여기에서도 惡德을많이한 商人을 暴露시켜 商人의反對的立場에서 劇을 進行시켯다‥‥‥

當時의 露西亞의 商人階級은 不道德極히 非人間的行動은 많이하엿든것이다。오스트롭흐스키―는 이商人階級의 裡面은 暴露하는데 그의 題材選擇이 잇엇든것이다。特히 이題材을 더욱 잘살린데서 오스트롭흐스키―의 文學的價値가 잇엇든것이다。

知識階級의 悲哀를 그린 그리에드봅흐와 체―홉흐

그리예트봄흐는 十九世紀初의 作家요 체-홉흐는 十九世紀末의 作家이다. 그러나 이두作家는 知識階級을 取拔한데서 나는 같은呼吸을 느끼는바이다. 그리예트봄흐의 戲曲「智慧때문의悲哀」에는 外國留學하고 도라온 차-츠키란 젊은인테리를 主人公으로 그리엇다. 차츠키는 社會人으로부터 自己의옛날戀人까지 그를 狂人으로 取扱하는同時 이다. 到處에서의 그의 拜佛思想의 反對宣傳은 腐敗된 露西亞上流社會의 盲目的 拜佛思想을 暴露하는同時進步的인테리의 苦悶을 그리엇다. 것이다. 이當時 그리예트봄흐는 이 作品에잇어서

그런데 안톤・체-홉흐는 「三人姉妹」에잇어서 沒落에瀕한 軍人의家庭에 태여난 인테리 三人姉妹의 生活을 그리엇다. 「英, 佛, 伊獨語를한들 이런地方에서 뭘하느냐! 모스크바로갈일이다. 모스크바로갈일다......」라고 하여 愛愁속에잠긴 그鬱閉氣에서 새로운 光明의나라를 憧憬하는 生活을 그리엇다. 모스크바로갈일다......」라고 하여 그當時反勤政治에 숨못쉬는 知識階級의 苦悶을 그린것이다. 그리하여 知識階級이가지는 優柔不斷, 幻滅等을 그리어 그當時 反勤政治에 숨못쉬는 知識階級의 苦悶을 그린것이다. 그리하여 朝鮮의 知識階級은 果然 苦悶이없을가? 知識階級의 苦悶相을 그리는 作家가 나와야할것이아닐까?

勞農作家로서의 고-리키에게서

막심-고-리키라하면 누구나 小學校도 못다닌 가난뱅이의 아들로서 世界××文壇에 麒麟兒로 登場한作家인것을 알것이다. 우리는 막심・고-리키에게서는 무엇을 배워야할것이냐? 막심・고-리키는 幻滅期의 文壇 안톤・체・홉흐의 바로後에 文壇에 登場하야 그의 力作은 世界무로 文壇에 커-다란 衝動을 주엇거니와 고-리키는 니-체의 超人哲學에서 맑시즘에 立脚한 作品을 쓰는동안 그의苦難의 가시길을 背景으로 力作을 다-發表하엿다.....나는 고-리키에게서는 무엇을 배워야하겟다는것을 말할수가없다. 資料가 너무도 많음으로-다

못 一言으로써 그가지녀온 人生의 산哲學을 또는 勃興되는 思潮와 時代波汲的思想哲學을 그 作品에 如實히 쓰

엇다는것을 우리는 좀더길게 硏究해보자 할뿐이다.

結 言

이렇게 쒀나가자면 限이 없다.

樂을 쓰기 困難한것이다. 웨냐하면 좀더 作家作家를 깊이 硏究批判、紹介하여야 하겟기때문이다. 그러나 우리

面과 時間은 이를 許諾지안는것이다. 나는 이 課題에對하야 그거 槪念的으로 答案을 作成햇을뿐! 오즉 우리

는 外國의 優秀한作家의 諸作品은·많이 읽을것 또 우리는 作者가 가지는 哲學的思索이 잇어야할것 또한

朝鮮現實의 史的探究、朝鮮社會情勢의 批判的取扱 現實描寫의 科學的方法等에依하야 世界文壇과 比肩한 훌륭

한 名作이 續出할것을 바랄뿐이다. 이것이 이 文學그대로의 이 拙稿를 내어놓는 意義이다.

(一一八頁에서繼續)

를 비는마음은 나와같은 文學을排호고 더배호라는 한學徒로의 自己告白以上으로의 무엇이 아닐까? 即換言하

면 朝鮮文學은 實로 임이 建設된것이 아니요 建設되는 過程에잇어서 그 커다란 未來建築을위하야 적은돌도되

고 적은가지도 되는것이다. 때때로는 그偉大한建築의 남모르는 한便구통이 에 무쳐도좋다. 그것이 조음이라

도 도움이 된다면 그만큼 그사람은 犧牲的幸運에 列하는者일것이다.

「그대는 한個의집이 되기前에 몬저 한個의벽돌이 되라!」

一九三三 十二、十一日새벽

中國文學과 朝鮮文學

丁　來　東

一、緒言

朝鮮過去의文化 곳政治、思想、社會制度、宗敎、文學等이 거의全部가 中國文化의移入이엿으며 間或 純조하게 移植한것이아니요 朝鮮固有의것이 잇엇다하드래도 最少限度로 不斷하게 中國의影響을 받아온것만은 감출수업 는事實이다。또佛敎와같이 中國固有의宗敎가 아닌것까지도 朝鮮서는 直接輸入할機會를얻지 못하고 中國을거처 서야 輸入하여드렷든것이다。이와같이 過去의中國은 朝鮮及東洋諸國의 文化根源地와같은 處地에잇엇다。그리다 가 十九世紀中葉以後로 中國과朝鮮은 數世紀동안 自然科學을 無視하여오고 民意를抹殺하여 오든結果 끝끝내 歐米物質文明의敗北者가 되야 거위同一한運命의狀態에 빠저잇게되얏다。

그럼으로 現今의朝鮮과中國은 文化上 서로指導를하고 서로影響을주는立場에 스지못하고 各各 歐米及日本의 文化、文明을 輸入하는데 汲汲하고 잇는터이다。이러한關係上 文學方面에 잇어서도 現今은 거위그進展步調를 同一히하고고잇다고볼수잇다。

筆者는 近幾年以來 朝鮮文學과中國文學을 아울러關心하는분들의 거위 흔히 아래와같은 總評을하는것을 가끔 듯게된다。

「朝鮮文學이나 中國文學은 비슷비슷해─」

果然 朝鮮新文學의 發生年數와 그諸分野를 中國의 그것들에 比較하야보면 或一短一長의 差는 잇다하드래도 大體로보아 비슷비슷하다고 말할수잇다. 이러한時機를 當하야 비록 이와같이 概括的이나마 兩地文學을 比較하며 보는것은 퍽 으나興味잇는 問題아 닐수없다.

過去兩地文學의 互相交涉을 研究하며 比較하는것은 이와같는 短文으로할바가아니요 또該博한泰考、考證、研究가 必要한것임으로 此文에서는 畧하거니와 兩地新文學이 兩文壇에 서로紹介된것을 여기서 多少말할必要가 잇다고생각한다.

筆者의記憶에依하면 梁白華 李殷相等諸氏가 或은 作品의翻譯 或은 文壇의紹介를한것이 잇엇고 近年에이르러 筆者 天台山人 李慶孫 金光洲等諸氏의 新文學紹介 作品紹介 作品翻譯等이 잇엇으며 金岸曙氏의 古漢詩의朝鮮語譯等이 잇엇다. 그外에 單行本으로 朝鮮에서 出版된것은 開闢社의「中國短篇小說集」이오고 中國舊長篇小說「紅樓夢」「水滸傳」「三國演義」其他武俠小說等이 朝鮮各新聞紙上에 或은抄譯되고 或은未完譯으로 끝나든 것이 잇엇다고 記憶된다.

다시中國文壇에 朝鮮文學이 紹介된것을보면 퍽으나 少數엿엇다. 어느機會에 筆者가 旣往말하엿는지는 몰으나「朝鮮民間故事」란書籍이 譯譯──佛譯──中譯으로 三重譯이되야 날아난일이잇엇다.

이와같이 朝鮮文學書籍이 中國에譯出되는例가 퍽困難하엿으며 이方面에 努力한사람이 없엇든것이다. 近來에 이르러 가끔 밝으主義文學雜誌에 朝鮮作品이 譯出된것을 보기는하나 朝鮮文으로든 보지못하든作品이요 또 그 作家도 朝鮮文學壇에서 보지못하든가 많다. 날쉬數年前에 朴英熙氏의「鬪爭」(?)이란 短篇小說이 東方雜誌에 發表되엿으며 李光洙氏 廉想涉氏의 論文이 紙上에譯出되엇으며 그外에 數篇의 다른作品이 잇엇다고 記憶되며 最近上海新聞紙에 朝鮮民謠가 翻譯된단말을 들엇고 「現代」雜誌九月號에 「朝鮮文藝運動史」(朝鮮─鄭學哲作 俞逃譯) 等이 잇엇다.

勿論이外에도 또잇엇으리라고 생각한다. 그러나 이편것 저편것을 莫論하고 그大部分이 誤譯이 만하엿으며

紹介에 이르러서는 一面的紹介가 만하엿다고 記憶된다. 勿論 自己의 主見을 세워서 一地方 或은 一國의 文學

을 論할때에는 그 一部分만을 論하거나 或은 다른部分을 抹殺하거나 關係할바가 아니거니와 旣往 그대로를 紹介

은 一國의 文學을 全般으로 紹介할때에는 比較的 主見을 制止하고 될수잇는대로 그文壇의 現狀 그대로를 紹

介하며야 할것이다. 그런데 흔히 題目만은 그나라의 全般에 關한 題目을 내걸고 內容은 一部分에서도 極히少部分

이요 作品으로도 極히幼稚한作品을 紹代하는例가 적지않다. 甚至於 한文學派가 다른文學派를 全部克服하엿다 여

기까지 實地에 反對되는 紹介를 흔히 보게된다. 筆者가 以上에 列擧한論文 作品譯에서도 이러한例가 만으나 여

고서 ――히指摘할必要가 없을것이다.

또한가지 弊害는 日本文의 紹介에서 朝鮮中國에 再紹介하는例다. 過去의日本翻譯術 文學紹介範圍는 어떠케正

確하고 어떠케廣汎하엿는지 筆者가 ――히對照를하여보지않엇으니까 말할수 없거니와 最近中國文學의 紹介翻

譯에 이르러서는 참으로말할수없는 誤譯과偏俠이 많다. 그러한紹介와翻譯을 再紹介再譯을하면 그結果는 推測

할수가잇을것이다. 여기서 許多한例를 들수는없거니와 魯迅의 例를들면 足하나라고 생각한다. 魯迅은 三四年前

부터 맑쓰主義者化한것이 事實이다. 그러나 그後로는 創作이 아즉까지 없엇든것이다. 그리고 그前作品「吶喊」

「彷徨」等은 조금도 現在맑쓰主義作品에 마즐條件이 없다. 勿論轉變以前의作品이라도 或 한主義綱領에 適合한作

品이 잇기는잇는것이나 (日本에서 하이네를 林房雄이 再吟味하는것과같이) 魯迅의「吶喊」은 맑쓰主義에

드러마질것이 없을뿐만아니라 또맑쓰主義者로 轉變하기以前의作品들이다. 그런데 「改造」의文藝時評中에서 或

은日本譯의「魯迅全集」等廣告에는 버젓하게 「푸로作品」이라고 宣傳한다. 勿論그解釋評論은 以後敬讀할바이어니

와 이러한紹介를 다시朝鮮에다 移植한다면 誤譯의差譯가 甚할것은 筆者의曖昧를 必要치않으리라고 생각한다 쏬

勿論 이後로는 漸漸이러한弊害가 淸算될것이며 兩國文學에 關心하는분들이 率先하야 各各이러한方面에 努

力하여야할것이다.

二、朝、中新文學의 發生原因과 그 發展狀況

中國新文學의 源流에關하야는 여러가지意見이잇다。그러나 여기서 二大部分으로 區別하여보면 (一)胡適과같

이 文學上工具 即用語로서 그源流를 찾는學者도 잇으며 (二)周作人과같이 그文藝運動의思潮 即 反抗精神에

그源流를 探求하는文人도 잇다。그럼으로 胡適은「白話文學史」「五十年來中國의文學」及其他文學革命當時의 諸

論文에서 觀察한것과같이 新文學 即文學革命의系統을 過去의白話文學과聯結하고 文言文學으로 排斥

하엿으며 周作人은「新文學源流」及其他論文에서 말한것같이 文學上用語를 그러케까지 重要視하지않고 도리혀

文學作品의背後에 흐르는 新思潮 傳統文學에對한 反抗의精神을 新文學과聯結함으로 그源流를 滿朝의桐城流等

諸派와 白話文學等에서만 演進하야 追求하지않고 더힐신을라가서 統治者의勢力이 薄弱하고 自由思想이 勃興

하든明末의 公安、竟陵兩派의 當時新文藝運動에 그源流를求하게된다。여기서 中國新文學運動——即文學革命運動

의源流와 胚胎時期에關한것은 더詳論할것이없거니와 何如間에 意識的으로 文學革命을 불으짓기는 民國六年(一

九一七) 胡適의「文學改良芻議」에서 發端하엿다고 볼수잇다。只今 이一九一七年이란年代를 다른運動과泰西하야

보면 一九一九年 朝鮮의己未運動의二年前이요 中國「五四」運動의一年前이며 이前後二三年間은 歐洲大戰의結果

弱少國의再興運動이 甚하든時期요 英米文壇에서 口語詩運動이 勃興하든때이다。이와같이 中國新文學運動은 偶

然的發生이 아닌것을 알수가잇다。朝鮮新文學도 그初期를말하자면 李仁稙 李光洙諸氏들의作品이 나오든데 即

二十餘年前이라고 말할수잇으나 참으로 文壇이 形成되고 作家의集團이 생기고 作家의思想이 確定된것은 亦是

己未(一九一九)以後라고 볼수잇다。이와같이 朝鮮이나 中國의新文學運動이 正軌로드러스기는 모도다歐洲大戰의

餘波 新思潮의普及 外來壓迫에對하야 自覺、舊傳統의一切을 反抗하는데에서 發生하엿다고 말할수잇다。그럼으

로 新文學의草創時期는 그뉘過去의一切에對한 反抗精神이 濃厚하엿슬뿐이요 確定한理想이라던지 旣定한手段方

法이 없엇든것이 事實이다。

이와같이 中國朝鮮新文學의 草創時期만이 서로써似할뿐이라 그後約五六年을 經過하야 맑쓰主義思想 無政府主義思想等이 文學部門에 浸入할때의 情形도 比較的 相似한點이 많다。歐洲大戰後 何等의 實益을 얻지못한中國에서는 社會上많은 「主義」가 或은 新輸入하게되야다。이에 文壇人들도 社會運動에 直接參加하게되야 郭沫若沈雁氷는 武漢政府時代에 要職에까지 잇섯고 其他의 文人들도 社會思想에 더욱傾向하얏든것이다。그러든中 一九二七年에 蔣介石은 淸黨運動을 일으키여 맑쓰主義者들은 實地運動에 失敗하게되고 다시文化運動을 일으키게되얏스니 이해의 「創造社出版部」 「泰野書店」等 많은 赤色書店이 생기게되얏다。이것은 朝鮮프로레타리아藝術同盟이 成立한 一九二五年에比하야 多少느진感이잇스나 郭沫若이 맑쓰主義者化한것은 一九二四年頃이 엇든것으로보면 그年代가 비슷하다고말할수잇다。이後로부어 一九二九年「中國著作者協會」가 成立하기까지에 中國文壇은 極히 混亂狀態를 일우엇스니 곳旣成文人의 맑쓰主義化한者가 많이나기게된것과 民族主義文學派와의論戰이 極盛하야엇든 것과 無政府主義文藝雜誌가 全中國에 數種이 나왔섯든것等이다。

이時期의作品은 멫篇은 니여노코는 참으로陋作이요 퍽으나幼稚하얏스며 文人들이「主義」를理解하는데 波波하야 餘暇가없엇든것이다。勿論朝鮮에서도 이時期에 많은論戰이 잇섯든것이요 大槪는 中國朝鮮莫論하고 且本理論의直輸入이요 日本作品의完全한 模倣이엇다고 불수잇다。이時期의評論 作品、作家에關한評論은 紙面關係로도 一一히 다말할수없거니와 그後로 現今에이르기까지의 中國文學의 思想的背景을 簡單한表로써 記錄하면 大槪아래와같을것이다。

(一) 民族主義
　　(實은國家主義)
　　　　法治派(胡適、羅雄基氏學者派)
　　　　獨裁派(現政府派)

(二) 맑쓰主義
　　　　第三國際派(스탈린派)
　　　　토로츠키派

三、其他의比較

朝鮮의創作家나 中國의創作家가 모다 日本留學生인點은 뭐으나 異常한共通點이다。朝鮮의例는 더말할것도 없거니와 中國의魯迅 郭沫若、郁達夫、田漢、周作人等 헤일수없거많다。그外에 徐志摩 聞一多等詩人의歐米留學生도 잇기는잇스나 大部分이 日本留學生인것으로보아 歐米의思潮도 日本을거처서 中國文學에 浸潤된것을 알수가잇다。

또朝鮮新小說의慕을 연(開)李光洙氏나 中國의新小說을 처음으로 創作한魯迅이 各各露西亞作家 톨스토이 치홉흐의影響을 받은것은 當時 (李光洙 魯迅諸氏가 日本에留學하든) 의日本文壇에서 露西亞文學思潮가 膨漲하엿 든것인것을 推測할수잇다。李光洙氏는 理想主義의作品을 發表하고 魯迅은 自然主義의作品을 發表한것도 좋은 對照이며 各各初期에잇어서 自叙式小說을 쓴것도 共通되며 魯迅은 短篇을 쓴것도 그녀들留學時代에 받은影響의餘波가 않인가하고생각된다。

矛盾과廉想涉氏가 現今에는 그思想에잇어서서 서로相反되지만은 各各寫實主義者인點이 共通되며 各各長篇을 많이쓰고 魯迅은 短篇을 쓴 것도 그녀들留學時代에 받은影響의餘波가 않인가하고생각된다。

다시一般創作界의 共通된點을 들자면 첫재로 農民問題를 特別히注意한것, （二）都市의黑暗面을 暴露한것 （三）宗教의裏面生活을 그려낸것等이오 그前에 인테리을 主題로하든傾向이 漸漸低下되는 點들이다。現在中國의文藝作品에서는 그러나 下層社會化한것이며 過去小說의 터크닉을 無視한點들이 注目된다。그리고 中國과같이 이 天災많은곧에서 罹災民의生活을 그린作品이 많하야것이며 農民에關한것도 그意識狀態와 그生活現狀과 그들의 爭方式等에 特別히注意하는것이 顯著히날아나는것이다。

評壇에잇서 中國의 文學革命當時에는 吳宓의 「論衡」派와 周作人의 新絲派等이 對立하얏섯다。吳宓은 文學批

論을 道德等準繩에 빛우여서 批評하야야한다는것 即「文以載道」를 主張하얏섯고 周作人은「詩言志」곳 그러한究

三標準이 必要치않고 한개作品으로서 完成되엿는가 完成되지 못하엿는가가 問題라고 主張하얏섯다。그리하야

郁達夫의 頹廢派小說을 許多한文人이 淫猥한文字라고 攻擊한데對하야 周作人은 相當히 高價로評하엿든것이다

現今과같이 밝丛主義評家들이 떠드는때 周作人은 沈默을 직히고잇지만은 草創時期에는 相當히活動을하얏스며

많은 新進을 拔擧하얏섯다。

最近의「第三種人」問題는 朝鮮文壇의「同伴者」問題와는 그內容이相似하며 그時期에잇서서도 相差가 別로없

엇다。

詩壇을보면 朝鮮의 新詩가 比較的活氣잇는데反하야 中國의 新詩는 沈滯되야잇스며 朝鮮에서 舊詩形「時調」가

再興하는것같이 中國에서도「詞」의 月刊雜誌가 刊行되고 歌謠研究가 興盛한것等은 거위共通되다。

戲曲方面에잇서 朝鮮의 新劇은 以後發展할可能이 많이뵈이나 中國의 新劇은 舊劇에 壓倒된感이 없지않다。또

映畵의 長足的發展은 新劇의發展을 如干妨害하는것이 않이라고생각된다。(끝)

(附記……本來는 좀더系統잇고 좀더 作品과作家에關하야 쓰려하든것인데 文學革命後의「아우트라인」만위도

발서 所限의 紙面이 다차지함으로 爲先이에서 中止하고 中國作家의 動態 作品의紹介 各部門의研究는

다음機會로 미루기로한다)

一九三三年度文藝總目錄

文藝家名簿

金東仁 一九〇〇年十月 平壤에쉬出生。朝鮮日報學藝部長을 지난일이잇고 小說、評論、隨筆等「創造」同人時代부터「靈臺」를지나 오늘까지 專혀 文華에從事 小說集「舞台」。現住는 京城杏村洞一二〇의九六

金京煥 號는白人 一九〇一年九月 鏡城에쉬出生。多年間新聞記者로잇다가目下「三千里」를經營。著作으로는 詩集「國境의밤」과「昇天하는靑春」이잇고 現住는 京城崇二洞

金億 號는 岸曙 一八九五年 忠南都郭山여쉬出生。教員及 新聞記者歷任다。現住는 京城市外城北洞

詩集「해파리의노래」及「금모래詩集」과 泰彩新韻詩集「지새는밤」「동러일치」그리고 譯詩集으로「懊惱의舞踊」와「잃여진眞珠」「시모로詩選集」이잇

金起林 號는片石村 一九〇八年五月 城津에쉬出生。現朝鮮日報在勤 詩論「象牙塔의悲劇」外詩作이잇고 特히 新詩論을 研究中。現住는 京城孝悌洞一

金基鎭 號는八峰 一九〇三年六月 忠北淸州에쉬出生。佳所는 京城市外城北洞鮮日報記者歷任 카프盟員 現在는研究中。時代日報 中央日報 朝

金晉燮 一九〇三年八月 安東에쉬出生。京城帝大圖書館에잇고 紀行文 隨筆을 發表。現住 京城市外城北洞

金昌述 號는野人。全州에쉬出生。카프盟員 第一詩集「熱과光」第二詩集「機關車」(그러나出版치는못햇다) 現住는 全州大正町三의九

金華山 一九〇五年 京城에쉬出生。法院에勤務。在學時부터詩作에專心。現住

◇ 自畵像 ◇

林 和

一、一九〇八年一〇、一三日 京城에서出生
一、열一女 惠園
一、舞台美術
一、飮食中、食은大槪다조와하오
一、處女作 五六年前에 여섯이슴에 熱中하엿슬때 처음自己로서 아름답다는詩를쓰고 조와한일이잇섯스나 只今생각하면 얼골이붉개짐니다。
一、一九三四年에 하고싶은것 大端히만슴니다。가고싶은것 別로업슴니다。사고싶은것 조혼書籍。
一、現住所 京城梨花洞一九五

李泰俊

一、江原道鐵原
二、明治三十七年十一月四日

는京城苑南洞二四六

金珖燮 一九〇六年。鏡城에出生。中東學校의 敎諭을삼고잇다가 콘ーー골즈워
ー의 小論外 論文이잇고 批評文學의 體系的研究를 研究中。現住는 桂洞
一三一

權煥 本名景完。一九〇四年一月慶原에서出生。前 京城女子醫學講習所講師로
잇다가 現中央日報記者로在勤 카프盟員。詩、評論、小說等을 發表해왓는
데 單行本「카프詩人集」(그一部分)이잇다。現住는 紅把洞八三의一

檻九玄 一九〇二年八月永同에서出生。美術을 研究하는外 아나키즘文藝를研
究論文外詩集이잇다。現住는

田榮澤 號는 ㅁ름. 鎭南浦에서出生。女子神學校敎師로잇다가 現今은 敎會牧
師著作으로는 小說集「生命의봄」外에 說敎集이잇다。

鄭寅普 號는爲堂 一八九三年京城에서出生。延專敎授「朝鮮文學源流」라는 著
作이잇고 現 朝鮮文學史及 漢文學을注力하야 研究하는外 時調를짓고 漢詩
를읊는다。現住는 京城市延禧商延專校舍內。

鄭寅燮 號는 雪松 一九〇五年六月蔚山郡彦陽에서出生。延專敎授 住所는 京
城市外延禧面延禧校舍宅內。

鄭芝鎔 一九〇三年五月 沃川에서出生。詩作이 잇는外 카톨릭文學을研究。住
所는 樂園洞一三一

丁來東 一九〇三年一月谷城에서出生。中國文學現勢紹介와 作品飜譯하는外 詩
와 中國革命期의文學을研究 住所는 中國北平民國大學內

梁建植 號는 白華 一八八九年五月 京城에서出生。魯迅의阿只正傳外 中國文
學의研究紹介 飜譯이잇고 中國文學史及戲曲을研究中。現住는 竹添町三丁目

三、딸하나、아들하나
四、이러러할 餘技업고 持技좋아하는飲食
은 冷麵이라할가
五、나의長短点을 明確히모르는것이 技点
六、五夢女
七、좋은作品을 내고싶은것 어디던지천□
아서 잘생긴 소나무하나
八、京城市外城北里二四八

李甲基

一、大邱府東城町一丁目三十二番地
二、一九一〇年六月二十四日
三、아직장가를 가지아니하여서 이關은나
모서 對答할거리가업소
四、美術ー조아하는飲食보다 만이먹을수우잇
는것을取하오 □러것이좃소
五、내自身이 말삼드리기에는 거북한質問
이요
六、別로 記憶되지안습니다。
七、A讚쯤 B、C□은먼저손에쥐어야 가
고십흔 곳 사고십흔것을 알겟습니다。
八、大邱府南山町參七七 그러나매양 京城
에서 쩌도라다니오

梁柱東　一九〇三年六月　開城에서出生。平壤崇實專門敎授。詩集「朝鮮의脈搏」이잇다。現住는平壤府新陽里四七

廉尙燮　(想涉)　號는　橫步。一八九七年八月京城에서出生。敎員記者로多年잇다가　現今은研究中。著作으로는「牽牛花」「無花果」가잇는外　隨筆及評論等이잇다。

李箕永　一八九六年五月　天安에서出生。카푸盟員　小說集「民村」이잇는外　短篇「無情」外十餘種이잇다。現住는樓上洞

李光洙　號는　春園。一八九二年二月　定州에서出生。現　朝鮮日報副社長　著作으로는「無情」外 小餘種이잇다。現住는西大門二丁目九

李殷相　號는　鷺山。一九〇三年十月　馬山에서出生。前　新生社記者　現住는桂洞
文科講師로와잇다가　現新家庭編輯을맛하보는外「鷲山時調集」「朝鮮史話集」等의　著作이잇고　時調를研究中

李泰俊　號는　尙虛。一九〇四年十月　鐵原에서出生　多年記者生活을하다가　現今은　創作의主力을한다。現住는　京城市外阿峴里四六八

李軒求　號는　宵泉。一九〇五年四月　明川에서出生。論文及詩童謠其他　主로佛文學　女性文學　劇研究及創作에힘쓰고잇다。現住는　京城樂園洞二三六　申成旅館

李孝石　號는　亞細兒。一九〇七年二月　昌午에서出生。小說集「露領近海」外「씨나리오」及　短篇小說　現鏡城農業學校敎員　現住는　鏡城邑南門外

李北鳴

一、咸興府
二、明治四十一年九月十八日
三、
四、運動「野球」飲食「支那料理」
五、나의長点은　겨울에추어하고　녀름에더위하는것。短点은　女子를　조하하는것。食은　大黒湯
六、處女作은　短篇小說「屍人船」
七、위선하고십흔것은　溫突房에　한번자보고십고　가고십흔곳은업소。사고십흔것은　백타이◦편
八、

柳致眞

一、南朝鮮의 조그마한 漁港에서出生
二、明治四十一年九月十八日
三、
四、運動「野球」飲食「支那料理」
五、長点「忍耐性」短点「조곰나一즈한것
六、處女作은　短篇小說「屍人船」
七、위선하고십흔것은　溫突房에　한번자보고십고　가고십흔곳은업소。그러나아모때나가고십소。사고십흔것은　백타이◦편
八、

李甲基 號는 玄人。一九一○年六月二十日 大邱에서出生。
大邱南山町三七七 (그러나 매양 京城에있다고云云)

李鐘鳴 一九○五年十月十六日 (그러나 매양 京城에있다고云云)
生) 外短篇이있다。現住는

李北鳴 一九○八年九月十八日 咸興에서出生。「窒素工場」外數篇 短篇。現住는

李石薰 一九○八年一月二十七日 定州出生。現 京城放送局在勤 現住는 京城

李洽 一九○八年三月十九日 忠北忠州에서出生。詩作이있고또 그에研究中 朝
性文學編輯同人。現住 京城鐘路二丁目

林和 一九○八年十月 京城에서出生。詩作과 評論에主力。現住는 京城梨花洞

朴龍喆 號는 懷月。一九○四年六月 光州에서出生。譯詩 評論이있고 主로文學原論을 研
究中 現住는 京城積善洞二一七一

朴英熙 號는 懷月。一九○一年一月 京城에서出生。多年記者生活을하다가 現
今은 經濟學을主로 研究中。現住는 天然洞六九

朴泰遠 一九○九年十二月七日 京城에서出生。小說「寂滅」外數篇이있고 方今
申예 中篇執筆中 現住는 京城茶屋町二六

朴八陽 號는 (金)麗水。一九○五年八月 水原에서出生。現 中央日報記者 詩
作에主力。住所 一九○○年十二月 京城花洞四九

方仁根 號는 春海。住所 一九○○年十二月 牙山에서出生。朝鮮文壇을經營 했었
고 宗敎文學을研究하는外 長篇小說數篇이있다。現住는 京城紅把洞五의七

朴 八 陽

一、水原郡安龍西谷汗亭里
二、乙巳年八月二日
三、딸들 恩淑(六歲) 惠波(尊歲)
四、剝般餘設도없고 特히조와하는 飮食도
없습니다 (欲食이면 아모것이나 다같이 먹
으니까요)
五、나自身으로서는 잘모르겠습니다.
六、新照詩로 「그날」을 지어본듯(一九二○年頃)
이 記憶됩니다、 勿論 新詩로서 當초에 되
지안은(것) 으로서 지금보면 얼골이 붉
어질뿐입니다」 그러나 지금 亦是 (되것)
은 하나도못쓰고 허덕어리고 잇습니다
七、하고싶흔것은 語學工夫 (英語、露語、
中國語、에스페란토、獨語等等) 가고싶
흔곳은 人情風俗은 또一邊 朝鮮의 名山大利、
또는名勝地、窮僻한 農村等도보고싶습니
다 그리고 사고십흔것은 돈이업스니
에초에 생각도아니합니다.

趙 容 萬

一、京畿道京城府長沙洞
二、明治四二年三月十日

三、無
四、無
五、내自身 어더케 알수잇겟슴닛가。
六、彷徨(東亞日報所載)
七、별로엇습니다。
八、京城雲泥洞八三

金珖燮
一、咸北鏡城郡漁郎面漁大津
二、九月廿二日生 年廿八
三、오쎅ー미아
四、水泳、숙기약기
五、(長点)過分의憂鬱性 (短点)自己不信任
六、꾼·꿀 주워! 의小論
七、批評文學의 體系的研究 上海 世界漫
八、京城桂洞一三一

檣九玄
一、一九○二年八月十七日
二、永同
三、一一
四、餘技、美術、술
五、長点 眞意、短處、人格을 얼굴만치라 도 無觀말으면 각가지로해보는 그어니
六、만치나는 個性的이라。

朱耀翰 號는 頌兒。一九〇〇年十月 平壤에서出生。現 朝鮮日報編輯局長 詩集「아름다운새벽」「봉사꽃」外詩作이잇다。現住는 京城

梁萬植 一九〇四年六月 沃溝에서出生。多年記者生活 小說戲曲等이잇다。現住는 京城齋洞八

崔象德 號는 獨鵑。一九〇一年 信川에서出生。多年記者生活 僧房悲曲外 短篇, 長篇小說이잇다。

咸大勳 一九〇七年八月 豊川에서出生。前 朝鮮日報記者 飜譯과 露西亞文學 現勢를紹介。現住는 觀水洞大東音樂協會內

玄鎭健 號는 憑虛。一九〇〇年八月 大邱에서出生。現 東亞日報記者 著譽로는「墮落者」「朝鮮의얼골」等이잇고 長篇小說을 執筆中 現住는 京城彰義門外岩里三二五

洪命憙 號는 碧初。一八八八年 槐山에서出生。敎員및閭閻生活。現「林巨正傳」執筆中

柳致眞 一九〇五年冬至달 南朝鮮 조고마한漁港에서出生。小說「屍人船」外戲曲이잇다。現住는 京城長谷川町五十의七

韓仁澤 號는 步雲。一九〇五年二月六日 利原에서出生。「旋風時代」外數篇잇다。現住는 利原邑

白鐵 評論家 一九〇七年 鐵原에서出生。評論家로서 一九三三年度에 가장 活躍하잇다。現住 嘉會洞四三의一

俞鎭午

七、放浪——하도많고 하도없으니까

一、京城

二、一九〇六、五、一三

三、一男二女

四、餘技는 別로업습니다。但 美術이고音樂이고 遲鈍이고 듯고보기는 조하합니다。

五、自己의長點 短點은 남이말하는것을 엇지오 但決斷性업는것을 短點으로스스로 늣기고잇습니다。

六、一般雜誌에처음실닌것은「復興」(朗光)로 늣기고잇습니다。

七、一九三四年에는 나의文學的生活의 第一期를記念할만한 作品을쓰고십흡니다

八、京城雲泥洞六七

金東仁

一、平壤府

二、一九〇〇、一〇、二

三、子一、女二

四、陰技、寫眞、釣魚。조아하는 飮食。肉食과糖分

五、一

六、處女作「은약한者의슬픔」

七、

(次號續)

異河潤譯詩集

新刊

失香의花園

限定七百部 詩文學社 版
頌價六十錢 (郵稅四錢)

英國、愛蘭、米國、印度、佛蘭西、白爾耳等
六十三名家의詩百十篇

블레이크、워一즈워드、바이론、쉘리、테니슨、브라우닝、스윈번
로젯티、시몬쯔、다우슨、하一듸、브릿지스、하우스맨、옛츠、메이
스필드、데이애스、더라메一어、블런덴、브둑크、여이츠、렛셀、콜넘
나이두、리一즈데일、샌드버억、其他
사맹、뜨리、구르몽、샤므、노아이오、앨렐리、콕토、마一텔링크、
에르아一링 其他 한사람한사람의 世界近世詩의 자랑인 이여러名
家의詩를 우리말을通해서 또한권의冊으로 接觸할수잇다는것은 우
리에게 驚異라고까지할수잇다。世界의詩에잇서서도 가장 그絢爛을
자랑하는 英佛兩國語의 詩의花園가운데서 自由로운遊客으로 또가
장욕심만흔探檢者로 故國에가거운 奇花異草의 一大採集이다。

京城閣

定價表

本號限	四十錢
一個月	二十五錢
三個月	七十五錢
六個月	一圓五十錢
一個年	三圓

注文方法
● 注文은반듯이先金
● 振替로
● 郵票는一割增

昭和八年十二月二十四日 印刷
昭和八年十二月二十五日 發行

編輯兼發行人 李無影
京城府堅志洞三二

印刷人 金鎭浩
京城府堅志洞三二

印刷所 漢城圖書株式會社
京城府堅志洞三三番地

發行所 京城閣
京城府寬勳洞一四六

振替京城貳〇六番

朝鮮文學

三巻一号（新年号）

朝鮮文學=新年號=第三卷第一號次例

朝鮮文學

新年號

第 三 卷 ・ 第 一 號

비 나리는 저녁

金 尚 鎔

비나리는 거리

천하밑 젖은거적이 오즉이나 답하랴

그거적을 깔고덮고

수최한 어린애

더수최한 늙은 할머니가 누었고나

아마 祖孫의 사인가 보다

냄비 양철통 깨여진 쪽박

떠찌든 걸레뭉치

이것이 그들의 모든所有다

五層돌집이

같은 별 아래있것만

아———

來日 아침밥 빌려갈 걱정속에

그들은 잠이 들었으리랑。

그 때도 黃昏이 면

찾아도 보는 고마운 너 잠아……

네恩惠로운 魔術로

꿈속에나마 깨끗한 衣服

사람으로 밤을 한상밥을

그들에게 꾸워 해다오。

旅愁

趙碧岩

해만 저물면 바다人물 처럼 잠조름이 켜린旅愁

오늘도 나그네의 외로움을 車窓에 맡기고

언제돈 갓 떨어진 풋 송아지 모양으로

안타가이 못 잊는 鄕愁를 反芻하며

바람이 분다。

강마는 언제 개려나

눈물의 밤만 한없이 깊어진다。

丙子、九、二 새벽한時

안윽이 살 어둠 짓드린 안개 마을이면

다스한 보금자리 그리워 포드득 날려들고 싶어라

——— (湖南線車中에서) ———

憂鬱華

‖젊은 인테리羣의 苦悶을 안고

‖地球는 오늘도 제대로 돌아간다‖

金 海 剛

一

푸푸른 비 얼굴에는

장마철 노란 버섯이 피고

이마를 짚고 무근책장을 넘기는 네 힌 손까락에는

오늘도 탑스러운乳房을 건드려보지 못한슬픔이 떠돌고 있다.

때묻은 太陽을 빠려먹는

賣淫하는계집──化粧한舖道우에서

아름다운 眞珠를 캐려는 너의어리석음!

×

벌레먹는 네靑春을 너 스스로 吊喪하려느냐。

×

가장 날카로운듯 가장 무딘 네神經은

빛나는 鑛脈을 찾기쥔에 가벼운 痙攣이 시작되느니

그때도 너는 네傳統의 未練에 사로잡혀

弱한 네마음은 귀떨어진 錯覺을 버리지못하는구나。

二

드높은 집웅밑어서 사는 都會의 젊은사내들──

──우슴도 노래도 멀리 흘러가버린

──해뜨는 아침도 달뜨는 밤도 永遠히 무덤으로 돌아간

그들은 마음의 靑春을 잃어버린 무리──

눈나리는 堡城의 밤

李 燦

보라! 찌으린 그들의 굵은 이마ㅅ살에는

蒼白한 哀愁가 누비처 흐르고

축 늘어진 그들의 두 어깨쭉지에는

千斤이나 무거운 재ㅅ빛 憂鬱이 찬骸骨처럼 뻗어있지않느냐.

×

颶風이여! 오라。

그리하야 그들의마음우에 明朗한諧謔를 뿌려주라。

시원스럽게 열리는 마음의 들窓ㅣ

오ㅣ 詩소에 흐르는 힘찬 노래소리가 듣고싶다.

시월중순이었만

함박눈이 퍼ㅡㄱ 퍽……

傑城의밤은 한치 두치 積雪속에 깊어간다。

깊어가는 밤거리에ㄴ 「誰何」ㅅ소리 잦어지고

鴨綠江 구비치는 물결 귀ㅅ가에 옮긴듯 우렁차다。

江岸에ㄴ 錯雜하는 警備燈・警備燈

그빛에 閃閃하는 森嚴한 銃劍。

砲臺는 산비탈에 숨죽은듯 엎드리고

그기슭에 나루ㅅ배 몇척 언제나의 渡江을 緊備코있다。

오호 北滿의 十五道溝 말없는 山川이여

어서 크낙한 비秘密의 문을 열어라。

여기 오다가다 깃드린 설음많은 한 사나이

말끔 沈痛한 歷史의 한瞬間을 을어나볼가하노니。

夕暮의 思想

金 朝 奎

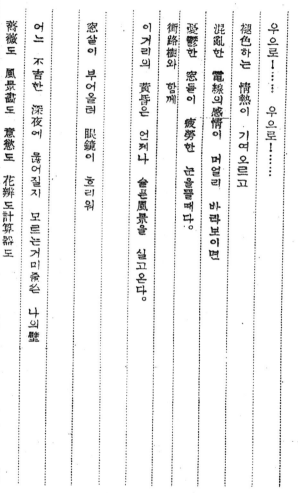

우으로—…… 우으로!……

褪色하는 情熱이 기여오르고

混亂한 電線의 感情이 머얼리 바라보이면

憂鬱한 窓들이 疲勞한 눈을뜨다.

街路樹와 함께
이거리의 黃昏은 언제나 슬픈風景을 실고온다.

窓살이 부어올러 眼鏡이 흐리워

어느 不吉한 深夜에 뭉어질지 모르는거미줄은 나의壁

薔薇도 風景畵도 意慾도 花瓣도計算器도

오호 한송복을 파고들든 휘동구런 燭人불도

——잃어버리고

電話가 깨여지는것은 이리도 가슴아픈것인가

追憶은 한나비가 되여 壁우에 파닥인다

(너는 살론의 紅薔薇)

나는 헐벗은 路邊樹

아아 버어린날의 公主 마음의 喪紋이여

파아란 琉璃面의 觸感이 여윈 뺌우에차다。

오늘도 이거리 집웅넘어 해는커무러

슬픈옛服은 「바알」처럼 너울거린다。

마음은 비여젓는 荔標같이 쉽어워…… 쉽어워……

諦念을 부른다 눈을 감어보다。

未鍊도아닌 悔恨도 아닌 渺漠한 憂愁는

이저녁도 柴煙을타고 퍼지고 엉키고 또흩어지여

祈禱

柳致環

짙어 오는 黃昏、黃昏속으로 沈潤한다。

이애는

病든 강아지처럼 혹혹 熱에·따러 않는다。

안어 주어도 모르고

아빠 엄마는 어쩔줄 모른다。

어디다 祈禱를 드리랴—

이애손을 이끌고

뒷山 동성이로 올따 가랴。

색파랗게 언 쪽빛 저녁 하늘에

앙상한 나무들이 팔아귀를 빨리고 잡으라는

쇠술이 차늘한 거 초생달에 所願을 걸랴。

얘 임은 당응치마를 남어다 걸고

찌꾸만 신발을 벗겨 흙에 묻고

土人처럼 뭐라고 呪文을 외우랴。

音樂도 없고

숲속에선 회한 밤이 얼른 가라고 한다。

그래도 얘가 이버 낫지 않으면

초생달 하고 부엉이 하고 동무하라고

외로운 등성이에 버다버리고 울러다。

하야 빨간 버선과 좋아하든 나무코끼리를 남겨둔 房안에서

아빠 엄마는 풍경같은 아야 얘기는 안건드릴러다。

黃昏이 올때면

金 光 洲

黃昏이 올때면

情熱의 漂浪—— 계집애—들의 치마자락이

하로해의 告別을 거리거리로 꼬리치고 지나갈때면

아! 젊은 내마음은

무엇을 찾어 이다지 서글푸뇨。

내땅에 삶을 두지못할

人生의 얄궂은 旅程에 시달려

故鄕 老母의 품이 그리워 눈물집이뇨。

그런지 않으면——

港口—— 浮雲같은 길손의 漂浪의 거리거리어서

아침 이슬같이 반짝이다 사라진

어느 異國處女의 玲瓏한 微笑를 못잊어 가슴태움이요。

또 그렇지도 않으면——

개와 도야지도 싫다는 저 돈과 地位와 名譽를

지니지못하고 하로해를 지움이 설어워 한숨짐이요。

까닭을 캐라면 이도 커도 아니언만

아ー 젊은 내 마음은

무엇을 찾어 이다지 서굴푸뇨。

때로 하날같이 텅뷔이고 때로 바다같이 파차는

이 길손의 黃昏의 마음은

말못하는 벙어리의 가슴속이 아니뇨。

黃昏이 올때면 ·

길손의 가슴속을 ·까닭없이 설레이는 저港口의 고동소래

오늘은 몇개의 悲劇을 실고 들어왔느뇨

오늘은 몇개의 喜劇을실고 떠나려느뇨。

音響

李 奭 求

音響—

時計속에 그가는단秒針이 놓고간 音響이

지금 삐고요한 방안에

, 담뿍 차 있다。

○

기뿜도 없고

슬픔도 없고

생활조차없는 내방안에

그러나

音響이

아아 그귀중한때의音響이 있다.

○

내가 옳은것은

기쁨도 아니요

슬픔도 아니요

오ー직 커 音響이였느니

——過去와現在 그러고未來까지도 갖다주는 커音響

○

바다 물결같이 높지도않고

시내물결같이 아름답지도 못한 커 音響

그러나 原始서부터 오날까지

다만 다만 청직하게 흘러온 커音響

시시 때때로 새것을 찾다주는音響

歷史의音響

○

성할도 없고

씹어 보는 내 故鄕

鄭　昊　昇

주검도 없고

鼓勵도 없는

내 캄캄한 가슴에 찾어드는 쳐끔鄕은

내 太陽

내 귀중한 마음의 太陽

虎骨堤 고인물이 自由을읽고

大海를 찾어 흐르는 淡江水을 憧憬할때

詩人의 아들을 갖은 어머니의 슬음을 위로하지 못하고

故鄕을 떠나온 나그네몸이 고달퍼라.

아버지의 차늘한 시체가

聽琴亭된산 숲밭속에 묻어지든날

多情하시든 할머니의　無言이되신　原因도모르고

어머니의　목노와우시는　영문조차　모르든時節엔

끝없는　地平線을　떠돌어　보지도　않었건만——

故鄕의　울든곳　웃톨거리를　누비질하여　보느니。

문허진　城터어숨은　슬픈傳說이나　짜내는듯　나의넋은

깊어가든밤　외로히　차듸찬　달그림자에　왼몸을　의지하고

아침마다　鷄足山　등허리로　웃는太陽을　따해놀때

지개우에　오손도손　이야기를　싫고

풀무고갤　넘어　이십나

마지막재우로　꼬부라진　나무人길이　눈앞어　쉬냐하다。

아아　惜겨워　뛰놀든　나의옛搖籃터

至今쯤은　이웃을　모르는　물사흥으로

가난한　보금자리여　아름답던　情도　바쉬지고

모실애ㅅ 넓은돌은 누르렇게 무르익어
뉘 목어치가 될는지 너울치고 있을게다。

넓은 夕陽노을이 다소곳이 비치이는 우물둥치에
타리박줄로 그리버리든 고흔꿈은
장구채에 마추어 풀없이 시든다고—
옷자락이 찢어지도록 부뜰고 놓지않든 貞愛
뉘라쉬 아즉껏 너만을 머물너 키워주겠니、

붉은 敎會堂 칭칭머로 몰리는
피식은 人生들만 옹기종기 · 살쩌갈게지
주관알만 헤아리는 반드려운 눈알들이 쿨느는 거리거리는
화려하여 젖을게묘。

밉쌀머리 스러운 내故鄕 밉다가도 그리워
놓지못한 실날같은 未練이

情솟든 곳곳만을 헤매울가도

울음이 솟을듯 억지한 가슴은 한숨마커 죽이고야 말게다。

逢變한 將軍의 赤血은 變色한지 오래고

늙은솔 낡은바위조차 記憶인듯 싶지안는 내故鄕

언제 무슨일이 그곳에 있었드냐 싶어

漢江水는 如前히 彈琴臺만 無心코 감도라 흐놀게다。

밤과아침의 岐路에서

崔 光 遠

祭壇의 초人불이

南國의 머ㄴ하늘아래 椰子의푸른고작을꿈꾸고

祖父의 목메인 울음어 밤은 고요ー히운다。

나란이 엎드린 祖父와 야비와 아들。

五色의 實果는 커마다의 故鄕이 그리울때

여편네의 울음은 또커마다의 슬픔을찻는다。

(울음。哭。沈默)

惶惚한 祭壇우에

祖父가 神을 볼때

아비는 돈을 쓰고

젊은손자의눈초리는 그現實의 참意義를 찾나니

아하 世代는 흐른다。

孔孟의길을 일르며 老眼에 눈물짓는祖父

머리만 끄떡이는아들

밤은 새인다。

숙 으린채 말없는 손자

춤추는 초人불

暴風雨의 아침을 눈속에 그리며

像感에 靈魂이드든 젊았불붓은

늙은이의 가슴을뚫고 며느리 祭壇의 彼岸을 넘는다。

丙子年度
作壇·批評壇의 回顧와 그의 展望

安 舍 光

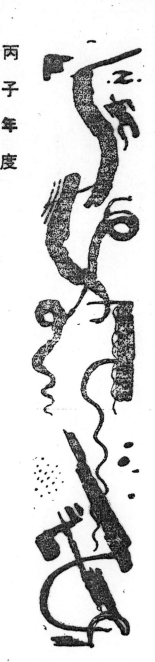

한토막의 「라임」이흐르고 또 한토막의 「라임」이 새
로히展開되려는 그어떤, 人爲的時間의境界線上에 쉬(표)서
지난날이寄與하는바 材料를恭底로하야 오늘날의코-스라
든가 또는 樣態를 考究하여본다고하는것은 그것이 한
개의 年中行事的인慣例로 되여버리고말었다손치드라도
그가 가지는바意義의 決코 가벼웁지않음을 自認케하는
바있다.

이러한意味에있어 不過 一個月餘를많어걸고있는 이해
의作壇, 批評界를回顧하야 그의앞날을展望하여본다고하

는것도 이亦無意味한일은 아니리라생각된다.

지난날의 作壇과批評壇! 그것은 正히 섭섭하게도「貧
血」과「無力」의症狀에서 自由로울수는없었든것이니 創作
界는 그의量的氾濫에反하야 質的으론 極히 老衰한貧血
의表情가운데低迷되였었으며 批評은 그의「貧血」을救出키
에는 너무나 無力하였을 뿐만아니라 또 그「無力」을
超克하려는 積極的意慾까지도 커바린 無風地帶에서
로지 道化役者의行狀만을 繼續한듯한感이있다.

그러면 그症狀의 具體的面貌는 어떠것이었든가?

筆者는 이에關하야 이야기의便宜上 批評界에對한打診으로부터 始作해나가기로한다。

×

朝鮮에있어 藝術批評이 한개의 科學으로서의價値와 權威를樹立하기始作한것은 이러니저러니해도 朝鮮에 新興藝術이 擡頭하기始作한때부터이라는것에對하야는 그立場의如何를莫論하고 誰某나 다같이 共認하는바이리라생각한다。

이는 두말할것도없이 朝鮮新興藝術의짤막한歷史가 가지는 한개의功績이다。또한 자랑이아닐수없겠거니와 이와 同時에 그當時 批評의直接的對象으로서의藝術價値에對한原始的理解와 또는 草創期的客觀的情勢의制限때문에 往往히 한개의 方法論的誤謬를犯하여왔든것이니 그當時의藝術批評은 文學과社會와의相互關係 또는 美學的인것과 政治的인것과의相互關係를 그의 複雜한푸로세스에서 理解하지못하고 오로지 藝術現象의 政治的註解를建造하기에만 忽忽하였든것이다。

이러한 公式主義的極左病은 그當時 懷月 朴英熙氏로하여금 理論的代表者로하였었으며 그餘潮의波動은 相當히 긴時日동안 持續되여왔었다。

勿論 大凡한意味에있어 社會全體가 啓蒙의段階에있을때 藝術作品은 그自身만으로서 批評家에게 別般 이렇다할興味를 喚起시키지못하는때가많으며 따라서 批評家는 藝術作品을 그自身의目的으로서가아니라 그當時의浪漫的인時代精神이라든가 또는 社會的 政治的諸問題를 發掘 提起해나가기위한 한개의手段으로 使用해버리는수가많다。

暫間 視野를 過去의文學世界로돌려 첼누이셰프스키ー의 政論的批評의特質과 그當時의 社會狀勢를 想起해본다고하면 그사이의 消息은 넉넉히 推察되는바있었으리라믿는다。

그리고 이러한現象은 當該批評家의 個人的趣味라든가 또는 敎養의偏頗等의問題가아니라 客觀的情勢가强要하는바 한개의必要한歸結이었든것은 두말할것도없는노릇이다 그렇다고해서 朝鮮의푸로 文藝批評의發展過程이가지는바 原始的段階의過誤를 全然 그와同一한意味로서 取扱하야 自慰하기에는 그것들은 너무나 尤甚한程度로 哲學的인 深度를가지지못하였으며 그方法은 客觀的合理性에서는相當한距離를 가지고있든것이나아닐가?

첼누이셰프스키ー와같은 權威있는 政論的批評家도 規準으로서의社會的有用性에對한 性急과偏重의罪過로서 藝術作品의 美的側面에對한抛擲에서는 이렇다하고 評價되여질만한 何等의業蹟도남기어놓지못하였거늘 朝鮮에있어서의文藝批評이 그러한政論的批評의 亞流에로떠러저 그批評的視野의焦点이 狹窄한袋路에로 集中되였을때 어찌或定의藝術作品에있어서의 美學的인것과 政治的인것 또

는 社會와 文學과의 關係를 그의 複雜한 푸로세스가운데서正

當히 看取認識할수 가있었을 것이랴·

勿論 朝鮮푸로文藝批評의 發展過程이 가지는 이러한 草創

期的過誤는 그를 그當時의 社會的條件과 分離해서 單獨的

側面에서만 論議할수없다는 것에 對하야는 지난날의 拙論들

가운데서 累次 이야기한바있으므로 또다시 評論할煩勞

를 省略하거니와 左右間 汗顔과함께 回想하게되는 어러한

過誤도 數三年來로論議되여오는바 創作方法問題의 轉換을

契機도하야 實體的으로 淸算되여지기를始作하였다.

말하자면 經驗의累積에 隨伴되는 叡智와藝術的眼識의光

茫이 極左的蹉跌의揚棄의路線에서 最大限度의 效果的인

照明을 發掘하고있다.

그러나 이와同時에 丙子年의 批評界는 極左的偏向에

對한 批判으로서의 右翼的觀念論에로의轉向이 가장支

配的이었든데해(年)이라는것을 銘記하지않어서는아니될것이

다.

過去의偏向은 急角度的인 反對方向의偏向을다하야 美

學的인것과 政治的인것 또는 思想과感情은 辯證法的統

一關係를떠나서 各其 范城의 離脫狀態를 呈露하고있다.

이에 우리는 不遇를嘆息하든 白鐵氏의鑑賞主義批評이

이여의로 따라서 그것들은 相互區別될만한 何等의特殊

時期到來의喜悅을갖고 새로(?)히 紛裝한面貌에對하야 우

리의視線을 던지어보기로하자!

氏의 批評態度를 論理的으로 提示한 이른바「나」의批

評體系〕(朝鮮日報紙所載)란것을 몇에가지꼬있지못한지

라 그럼 具體的으로 引用하야批判할수豫없으나 내記憶

에依하면 그를一貫한趣意는「印象」이라든가「感情」이라

든가를 藝術過程의 가장 主要한 決定的要因으로서 擁

護함에依하야 作家의階級的課題에適合하는바 思索의指導

的役割을 過少評價하였고 이리함에依하야 古塚씨서發掘

하였든 鑑賞主義批評의 不遇한身勢을 復興해보려하였든

것이다.

이는 科學을抽象的이고 文學을具體的인것이라다든가 科學

은 槪念 即 論理의法則에依하야 顚取하기위하여야는

形象에依한思惟이라는 너무나 至當한 原則的見解가운데 이

러한 原則의낫홀을 가지고 있는지도모르거니와 그러나 이

그理論의낫홀을 가지고 할때 그가운데는 必然으로 科學과藝

術의方法。좀더 表面的으로는 思索과感情이 圖式的으로

分離되여커버리고만다.

그러나 우리는 그境遇의如何를莫論하고 科學과藝術은

같은存在 말하자면 같은內容에依하야 決定되여커있는를

건으로서 따라서 그것들은 相互區別될만한 何等의特殊

한內容을가지고 있는것은아니라는것 다만 그形式에依하야

區別될다름이라는것을 認識하지않어서는아니될것이다.

다라서 藝術作品에 있어서의 主要한 要因이 思想이냐?

感情이냐?하는 類의 設問 乃至는 問題의 提起는 그自身 尤

甚한 認識不足에 基因하고 있음을 發見하기에 우리는 아모

런困難도느끼지안는다.

그는 過去 어느 時代에 있어서나를 莫論하고 科學이 人

間의 思想만을 開示하고 藝術이 人間의 感情 情緒만을 表現

하였다는 文化史的 類例를 發見하지는못한 것이기때문이

다.

다만 科學은 全世界 思想과感情을 아울러 所有한 全

人間을 特히 概念의힘을빌어서 認識함에對하야 藝術은

그모-든点! 卽 全世界 思想과感情을包含한全人間을 形

象의힘에依하야 認識하는点이 相違하다는것을 가르치

고있을따름이다.

따라서 藝術의形式도 究極은 其餘의모-든 다른 이

데오로기-와마찬가지로 一定한 社會의 具體的諸條件 그것

의 具體的인諸課題에依하야 決定되는것임으로 두말할것도없

다. 그러기때문에 科學의創造는 意識的思素의結果이고 藝

術의 創造는 意識下의感覺또는 情緒의結果이라는 白鐵의

詭辯은 이곳에서 그自身의無原則을 靑天白日下에 暴露

하고있는것이며 따라서 이러한無原則한見解를繼針盤삼

아 鑑賞主義批評과의通路를開拓해보려는 그의豪華로운天

才的工事앞에는 同時에 華麗(?)한失敗와 馬脚의暴露만

이 不絕히 繼續되여질것도自明의理다.

이와같음은 그의 鑑賞主義批評과 對한降伏과 觀念의役割의縮

少는 마츰내 文學의階級的傾向性의歪曲으로作用하고있는

것이 뚜렷한事實임에도不拘하고 이를極力否認하야 自說

鑑賞主義批評만이 明日의文學을위한 指標가될수있다는곳

에그의「데다라메」는始作되며 이「데다라메」를 動키호-

테的情熱을갖고 固執하는곳에 要領不得의 되잖은醜的은

廻轉運動을 開始한다.

이리하야 그의 그어떤論文 가운데에는 則或 藝術은階

級的現象이라는것을辯解하면서도 實際로는 그의根本的인레

-키에依하야 그辯解의意義를 曖昧한霧圍氣가운데로 去

勢하야버릴뿐만이아니라 具體的인創作評에있어서는 藝術的

創作을 階級的行動과階級的志向에서 要領不得의無原則한

方向에로 虛實한運轉을開始한다.

該論의性質上 그의批評的實踐에만局限하야 우리의記憶

을喚起해본다할지라도 어떤必要에應하야 先哲의命題들을

用하는境遇에있어서도 許多한灰色의辭辯으로써 그引用文

의 眞正한意味를 曖昧케할뿐만이아니라 思想의貧弱과不忠實

을 古代神話의濫用과 虛實한多辯과 또는 要領不得의述

語의羅列등으로써 彌縫하여왔던것이다.

이를 基本的인意味에서 一括하여버린다고하면 藝術作

品의創造過程에있어서의 情緒의役割을 決定的要因으로봄

에依하야 或種의作品이生産된바 社會關係에對한 能動的

評價의科學性을 抛棄해버린것이 그의 이른바 鑑賞主

批評이가지는 金體貌이다。同時에 全性格인것이다。

吾人은 金煥泰氏가 鑑賞主義批評의 文藝史的考察이라

돈지 또는 그외持論「人間描寫論」에 對한批判等도 아울러

取扱하고싶으나 前者에關하야는 數年前 中央日報紙上에

서「朝鮮文藝批評界의 動向」이라는論稿로서 이야기한바있

고 後者에關한것은 該論의性質上 그範疇外의것이라 생

각되기때문에 適當한後機를擇하려한다。

그러면 吾人은 다음으로 金煥泰氏의 批評態度에對하

야 몇마디 意見을 披瀝해나가기로한다。

氏의辯釋에따르면 批評文學의確立을妨害하는 一切의그

吴된 批評的傾向에對한 致然한抗拒로서 形式主義的批評

과는 儼然히 區別되여質性質의것이라는것을 이야기하고

있으나 果然 그런가?

勿論 氏는 情勢의明晰에따르는 코—스의變改로서가아

니라 그의 始終如一한設計者이다。 또한 實踐者이였든것

이니 우리는 그를一貫하는바·氏의 主觀的眞實性을 뿌

俗하게評價하는바는아니나 그主觀的眞實性이 果然 客觀

的眞實性에까지 高揚되여있느냐(?)하는 問題에있어서는

冷靜한批制을 絶對的으로强要한다。

그러면 氏의批評態度만 果然 어떠한것인가? 이에있

어서 우리는 氏自身의 肉聲을 드러보기로하자—

「文藝批評은 한作品이 얼마만한宣傳과 啓蒙의價値를

가젓다거나 어떠한思想과 現實과 意圖를 가젓다거나를

測定하고 指摘하는것이아니라 그作品에나타난 思想 現

實이 얼마만한程度에있어서 作家의想像力과 感情속에溶

解되였으며 그것들을 어떠한方向으로 指導하려는 그作者

의意圖가 얼마만한程度에있어서 實現되여있는가 그리고

그結果 그作品이 얼마만한程度로 우리를 感動시키고 기

쁘게한였는가를 말하지않으면 안된다」

上記命題가운데서 吾人은 氏가如何히 辯明한다손치도

라도 그것은 結局 形式主義的批評態度라는것을 斷定

的으로 喬破케된다。

그理由는 極히簡單하야 氏의 批評態度란것은 結局形

式的側面만을云謂하고 內容的側面에對하야는 全然 吾不

關心의것이기때문이다。

무릇 藝術作品에있어 素材(!)그것이곧 作品의內容

이될수는없다。 같은素材를갖고도 作者의社會的立場에따

서 그內容은 相異해지는수가있는것이니까!

그러나 일단 素材가운데로 作者의意圖가作用될때 그

것은 곧 作品의內容을 構成케된다。

이에— 氏의命題「어떠한思想과 現實과 意圖를 가젓다

거나를 測定하고 指摘하는것이아니라 云云한것은 이를

解意的으로 고쳐서말하면 作品의素材로서의現實과 그에

對한 作者의意圖의 如何를莫論하고라는뜻으로 轉化되는

것이며 이리하야 究極은作品의內容은 어떤性質이물건이

든지關係할바없다는 論理的歸結에 그의最終点을가지고있

다。

이와같이 作品의 內容은 어떤性格의물건이든지間에 作

者의 想像力과 感情에對한 그內容의 溶解程度만을 測定하

者는 足하다는 氏의 批評態度가 形式主義的이아니라는것을

면 어떠한 論理로서 辨明하려는가?

이와같이 內容 即 作家의 志向을 度外視하는批評態度

氏는 必然으로 作家의世界觀까지도 그關心外에 둘수밖엔

는 必然으로 事實일것이니 이와같이 藝術的創造過程에있어

없는것이 事實일것이니 이와같이 그것의 完成의特質을決定하는

그形象의選擇이라든가 또는 그것의 完成의特質을決定하는

말하자면 作品의組織的根源인 世界觀如何를度外視하는

이러한 批評態度는 作風과의關係에있어 結局 리아리즘의

卑俗化를 撤布 宣傳하는以外에 아무것도아니다。

이러한 批評態度에있어서는 文學的眞實이라든가 作者의

世界라든가 現實이라든가 또는 環境이란다든가 歷史

的 社會的概念에依하야 理解 照明되지못하고 個人的生

活의 市井的 小主觀的인 多元論的解釋말에照明되고있으

며 또한 그때도 無妨하다는것이다。

그러나 이와같이 歷史의峻嚴한指示를커바리려는 創造

의自由란것이 究極무엇을意味하는것이겠느냐(?)하는것

에對하야는 各自의批評으로 말김과同時에 作望回顧時에 그것

르해나가려거니와 吾人은 여기에서 氏의 批評態度에對

하야 가장 決定的인懷疑를품는다。

이른바 氏의 批評態度는 言語의眞實한意味에있어서 科

學으로서의 意義와 價値와 權威를 가지고있는것이냐?

이에對하야 나는 懷疑라가보다는 斷然「노」라고對

答한다。

文藝批評이라고하는 槪念을 가장 一般的인規定의方法으

로이야기한다고하면 그는 藝術의價値의檢討를意味하는

것이아닐수없게된다·

그리고藝術의價値의檢討를위하야는 그의社會的起源에對

한究明이라는것이 藝術(文藝)批評에 責任지워진바 複雜

한課題가운데의 하나가아닐수없다。

그는 藝術作品이 起因하는 가장本質的인條件이라고하

는것은 天才的個性도 아니며 文化的環境도아니며 또는

藝術的傳統도아니라 正히 社會的 좀더具體的으로

는 階級的存在이기때문이다。

그러기때문에 文藝批評이 「科學」으로서의 價値와權威

를갖고 文藝學과 主要한 前衛的의一部로서의 自身의任務

를 다하랴고할진댄· 作品의社會的起源을 文學的事實의藝術

的特殊性의分析 그의 社會的機能等에對하야 綿密한究明

을 갖지않어서는아니될것이다。

그럼에도不拘하고 素材報者의現實이 作者의想像力과感

情에 溶解되어진程度만을보고 그의社會的機能을明示하는

術에 그自身을封鎖해버리는 氏의批評態度가 한낫

의形式主義的批評의範疇에서 自由로울수없다는것에對하야

는 앞에서 累累히 論證해온바이어니와 이러한批評態度

가 어찌 藝術價値의 檢討를 社會的條件과의 照明에서 遂
行할수가 잇겟으며 이와같이 藝術價値의 正當한 檢討를가
지못하는 藝術(文藝)批評이 어찌「科學」으로서의 價値

와權威를 가지게될 것인가?

이리하야 氏의 이른바 眞正한 批評文學의 樹立을 妨害하는
그릇된 批評傾向이라는 것은 都大體 어떠한 性格의 것인가
를 나는 알배없으나 그 工作의 基礎는 한개 規模적은 戱戲의

材料다.

然而 오날이라는 轉形期的 特質에 緣由했음이 안가?(?)이러
한 路線에서 그 操心스럽게 발길을 내디디는 知的要素는 決코
적지가않었든것이니 그의 着實한實踐者는 朴英熙氏를비롯
하야 몇몇作家의 몇몇批評行動이 커낼라즘우에 그足蹟
을 捺印해두었다는것을 添記해둔다.

그리고 文學的 對象의 한개 登記簿的行使를 한 崔載瑞
氏의 批評行動이 있었으나 이에關하야는 作品評의것므에
서 觸해볼機會를 만들가하며 앞으로 바삐 발부리를돌리
어나가기로한다.

X

今日에잇어 作壇의 領域을 侵蝕하는바 한개의 特徵的現象
은 今日의 社會的特質에서 緣由되는바 直觀的 心理主義的
네오 로맨의시즘的 또는 其餘의 一切의 神秘主義的傾向
의 擡頭다.

一括하야 藝術을 現實에 對하야 自己의 世界를 創造하는

唯一의 眞實이라는 傾向밑에 無力한休息處를 求하고잇
다.

이리하야 그 取材의 大部分은 人生의 積極的志向을떠난
市井的인事實이라든가 身邊雜事 또 때로는 自然에對한
人生의 觸感을爲主로하였고 그가 演出한바 客觀的塲面은
엣센트락한 觀念遊戲가 그太牛이었다.

우선 李孝石氏의 作品行動을 想起해보라! 資本主義的
現實에對한 坩堝의 能力과同時에 그限界에對한 超克의意
思까지도喪失하였을때 當該作家는 必然으로 唯心的傾向
에對한 親蜜 또는 融合의世界를 創造하게되는것이어나와
氏의「山」「들」「大田散文」等은 正히 이러한傾向의 雄
辯的解答이아닐수없다.

便宜上 氏의「들」(新東亞三月號所載)을 들어보기로하
자!

玉粉이와의 戀情으로 編音으로면서「나」와 文洙와의 自
己의로맨틱한 情緖를 發散하면서도 언제나 그靈感의눈은
現實의障壁과의 格鬪에서 複雜한思索과 現實的인苦惱의世
界를 이루(成)게되거는 하물며 時代的의思潮에對하야 제
閑暇한날 들에누어 한점의희끝도없는 蒼空을우러러自
然 들(野)에對한 愛着이 綿綿한筆致도 그어커있을다
름이다.

법 敏感한存在로 提示되여가 잇는 『나』와 文洙가 現實과
分離된 別天地에서 自然의恍惚境만을 讚美할수가잇을겐

渡期的푸시코·이테오르기—의産物이다.

그다음 安懷南氏의 諸作、「惡魔」(新東亞三月號)、「花園」(朝文十月號)、「香氣」(朝文六月號)、「憂鬱」(中央四月號)、「黃昏」(新東亞七月號)、「香氣」(朝文六月號)、「憂鬱」…等은 大體로 그作家的呼吸이 極히 微弱하고 狹小하야 부질없은身邊雜事에對한愛着과 淺薄한觀念遊戲에始終하므로서 그才能의 全部를삼고있다.

社會의事實을 그題材로한 「黃昏」에있어서도 氏의 메타피식스한 어데一의過剩때문에 極히 歪曲된形態로나타나버리고말었다는것은 過般의創作評에서도 이야기한바있거니와 氏의作品行動의 全系列을特徵무처주고있는 한개의現象은 頗多한言語에比하야 그理念이 極히稀薄하다는것 다시말하면 言語에隨作되는바 影子로서의思想의地帶이 極히 狹小하고 또 曖昧하다는点이다.

「香氣」「花園」을비롯하야 「憂鬱」等이 그러한거니와 가령「惡魔」를갖고이야기한다할지라도 한개의推理를위하야不極히 많는 言語 羅列은 驅使되여있음에도不拘하고 結局은 宗敎에對한 反駁도아니며 懷疑도아닐뿐外라 또여수가惡魔라고하나 그가男子때문이라는 作者의推理는 그

가?

그러기때문에 主題에對한 이러한取扱을할냐면 作者는「나」와 文殊를 社會思想을研究하는 良心的靑年으로만도는것과같은「時代」에對한 부질없은阿諛를버리고 차라리 그人物을? 童兄나 白痴에서取함에依하야 그들의自然界에對한奇異를보여줌이 보담훨신 自然스러웠으리라생각한다.

그리고 氏의 「人間散文」(朝光七月號所載)에對하야는揷稿七月創作評(朝鮮文學誌所載)가운데서 이야기한바였기때문에 이곳에서는 그煩弊를省略코저하거니와 여기에서 한마디 添加코저하는바는 무릇 어떠한小說이든지 그는 그自身의方法에依하야 或種의說明을갖지않어서는아니되리라생각한다는것이다.

勿論「心臟은 理性이모르는 그의論理를가지고있는」(파스칼) 수가있는것이니까、小說이包含하는바論理는 知的論理이기보다는 과토스的論理라고도 活性質의불건일게다.

따라서 小說이가지고 美學的說明은 파토스的論理에依한說明을 包含하지않어서는아니될것이며 또 이것없이는 何等의迫眞力도가지지못한다.

이에 何等의 파토스的論理에依한說明도 따라서 何等의 美學的說明도 招來하지못한 「人間散文」의 無秩序와無繫頓은 現今 資本主義的秩序에對한 堪忍의能力과 아울러·새로운秩序에對한 獲得의能力과準備를갖지못한 過

社會의發展을 招來하지못한 吾人의 如上의見解의所以가 氏의作品에對한 批評的知識의 成立의發當性을 招來하지못한다.

他人의 如上의見解의所以가 氏의作品에對한 批評的知識의 緣出되여진것이라고하면 치

리 欣幸이리만치 氏의作家的態度는 結局 「言語의戲

弄」(!) 이라는 名譽롭지못한 暮間舞臺우의 照明을 받고 있는것이라고생각한다。

間或 氏의 批評文에서보면 端的으로나마 思想的眞實과 藝術의眞實과의相互關係에對한 正當한見解를披攊하고있음. 에도不拘하고 氏의藝術的實踐은 그와의距離가멀뿐만아 니라、 또 그와의近接을意圖하지도안는듯하다。이点에 筆者 의 疑惑이있다。

이러한路線의行客으로서 우리는 又 作家 金裕貞氏를 들수가있다。

하나 같은狹路廊間을 걸어가는行客中에어도 이行客에게 는 螢螰의挑底가 더욱激한듯하며 이리하야 그呼吸의律 勳은 極히 微弱할뿐만아니라 자리잡히지못한勳作은 不 絶히 枠에말지안는 能奸能手의씨음새만을風散하고있다는 것이 한갓 恨스럽다。

中央誌四月號所載의 「이런音樂會」와 朝光誌七月號의 · 夜 櫻一等은 더부러 이야기할것까지도없거니와 朝光誌卅月 號所載의 「貞操」를볼지라도 그는 不自然의極致를이루고 있다。

房의 掃除를하게하였다는것 이리하야 男便이 형낭어멈에 게 金二百圓을手交할機會를가지리만치 放心하였다는것等 은 純全히 小說을만들기위한 한개의 强索附會的方便일 뿐이지 自然性은 그의一敗片조차도 찾을수가없다。

前進의一路에서의 그豊饒한姿態를豫想하였든 氏가、 狹 路廊間을걸어가는 한개 초라한行客으로變해가려고하는것 에對한 原因探究의解說은 上論과의重複을避키우하야 省 略해버리고말거니와 左右間 이러한事實은 氏와더부러 省 히생각해 마땅할일이아닌가?

이外에도 이러한路線의것으로評價되여질作品으로 朴英 熙氏의「葡萄園에서」(朝文誌十月號)가있으나 이것이 過去 의文學(푸로)을가르처 얼은것은 이데오론기ㅣ요 읽은것 이바藝術 이라고懺悔한 先覺者(?) 의作品인가(?)하면 오 즉啞然히질다름이다。

氏가 文藝學에對한無原則과 또 無理論主義를 文壇에 向하야强要했을때에도 是非를超越한 이野人的인부르짖음 에對하야 그를 論理的으로批判할興味를갖기前에 百거를 謙步하야 極히 善良한意味로서 이懺悔者의心境을搊取 하려하였었다。

이리하야 尤甚한無理가있고 또 甚히恣意的이기는하나 吾人은氏의文字어나타나지않은背後의雰圍氣를理解함이 「오 날」의人性性한誤解를 모一든性한誤解를 藝術作 品의誠實한創造로서 解消 起克하려는 成熟한內意이겠기

행낭어멈의性格이 너무 誇張되여 아씨에게對한態度에 있어 행낭어멈답지않은蹶氣! 뿐만아니라 아씨의서방님과 不義의關係를맺인 행낭어멈으로는 너무나 不自然한松 悠自適等보다도 좀더 根本的으로는 치가떨리게생이날 不貞女행낭어멈으로하여금 아씨가 그以後도 男便누은안

나하고 생각하였다 아니그렇게 생각하려고 努力하였었
다.

그는 是非를超越한 이 데카단한부르짓음을 單純히表
面的인論理만으로써 對하기에는 氏의敎養에對한信賴가
그를 가로막는바있었기때문이다.

하나 그藝術的實踐의路線과水準이 「葡萄園에서」의程度
이라고하면 이는 氏를위하야 슬퍼해야할일이아니냐?

氏에對한全面的인批評은 後日을期待리어하기로하며 다
음으로 藝術을 現實에對하야 自己의世界를創造하는 唯
一의眞實이라고生解밑에行動하기는하나 前記諸作家와는 그
視野와 發顯形態에있어 多少 區別되여질作家로써 우리
는 朴泰遠氏를 들려보기로하자!

現今에있어서는 어떠한傾向의文學者임을莫論하고 現實
의자미릏지못한情勢가 歷史의過程을抑制할힘이라든가 또
는 分裂된두개의뭉치를 單一한全體로서組織할수있는「이
떼아를가젓다고생각하는사람은 하나도없을것이다.

그러나 그代身 全世界의格鬪에서의「隔離地帶를發見하
려는 低徊的인文學態度가 可能하다고생각하고 또 實踐하
려는作家의한사람으로써 우리는 朴泰遠氏를 들수가있으
며 具體的으로 그의作品「川邊風景」(朝光誌十月號)을본
다.

하나 언제어느때부러 그眞實한 歷史의行程이 全世界
的格鬪에서의「隔離地帶」를 作家의休息處로提供하여야왔든

가?

이 作品의視野는 되도록은 狹路塵間을버서나 社會의이
모 저모를 自己의世界로하려고는하나 本質的으로는 歷
史의同伴者로서의役割 同時代의世態에對한批判等의 當然
히 藝術文學이가저야할 文化敎育的意義를 疎外로한作品
이다.

評家 崔載瑞氏는 이作品을 리아리즘의擴大라는名目으
로 추천하고 作家의눈을 카메라에比하면서 레아리즘의正道
는 寫眞術的인것을力說했다.

이리하야 諸事實을 가상 리아리틱하게描寫하였다는点
에 頽口讚辭을아끼지않었다.

그러나 우리는 事實에對한偏愛는 偶然的인것과必然的
인것 典型的인것과非典型的인것 根本的인것과非本質的인
것과를 混同해버린다는 것을알어야하고 이作品「川邊風
景」은 正히 이러한過誤에서 自由로울수없음을 看破하
지않을수없게되었으며 이리하야 吾人은 事實에서그意義
를抽出하는것은 作品의存在的意義를 那邊에서認定하는것
인가 (?)고묻는다.

表現의레아리틱! 이것은 正히 生活過程의리아리틱한
表現을 意味하는것이 아니어서는아니될것이고 이生活過程
가운데는 具體的인諸人物 具體的인諸事件 未來의諸要素
를 內包한 運動의諸傾向이 包含되여있는것이 事實이라
고하면 「川邊風景」에侵透되여있는 리아리즘의性格은 果

然 崔氏의見解와같이 謳歌의歡聲을받어 마땅한것이냐?

하나 年前 小부르文學家의劍舞場으로化해버린 朝鮮日報學藝紙上에서 當來할朝鮮文學을論하면서 그것은리아리즘의文學일것임에틀림이없으나 現今에盛論되는바社會主義的리아리즘은 그것이벌서 社會主義的이라는 階級的主觀이冠名되여있기때문에 正當한리아리즘일수없다는 空前絶後의卓見(?)을말한氏이니 이러한氏와더부러 이제 리아리즘의性格이 이러니저러니論謂한다는것이 오히려 好事家의徒勞인듯 멋없는생각이든다。

하나 文學은 常識的인意味에있어 現實의反映이고 이現實의主人公乃至創造者는 意慾的인人間의集團的勞働이라고하면 이現實의反映이 寫眞術的일수없을것은 두말할것도없다。

이곳에氏의批評的態度는 모ー든藝術的事象의 한낫의登記業的役割을하는外에 그아모것도아니었다는것을 우리는容易히 看破케된다。

그러면 朴泰遠自身에게로 다시 이야기를廻轉하면 氏는 要컨댄 自己技術에對한 孤高的沈溺을强作하야 一種의 脫俗遁世的態度를갖고 生活의意義라든가 目的을떠나서 그를單純히 小說의材料로서만 冷視할따름이다。

하나 現實은 過然 언제어느때부터 또 언제까지나 生活의드람마와悲劇과의 冷然한觀客의地位에다 作家를安置해두는것인가고 再次 反省의門을두다린다。

그다음 丙子年에있어 새로히 그雰圍氣를發散하기 始作한 한개의現狀으로서 우리는 니히리즘的文學態度를看過할수는없다。李箱氏의「날개」(朝光誌九月號)와 許俊氏의「濁流」는 그程度의 濃淡은있을지언정 左右間 이러한雰圍氣의世界를 構成하고있는作品이라고解釋된다。前者는 至極히淺薄한 觀念遊戲의洞窟的形態를갖고 後者는 世代的呼吸에相應한質的深度를갖고……。

이리하야 前者「날개」에는 希望과野心을喪心한 서글흔心情이假裝하는바 現實에對한 眞 善 美의觀察이 結局은 한줄기煙氣와도같이 이루어지지못하는虛無가있고 後者「濁流」에는 애초부터現實에對한虛無的인蔑視가 結局은 그러한人生觀이約束하였든바濁流가운데서 懶怠의精神만을浮出시킴에依하야 그虛無를 더욱깊게하고있음을본다。

「날개」의 主人公 나는 醜雜한不貞女 自己의안해를꼿꼿내 醜雜하다보지않고 不貞하다보지않으려고 무척努力하고苦心하나 結局은 그로부터 安定된마음을얻지못하고 端正한收容所를 받지못한다。이리하야 現實의葛藤과不正을 애써 그反對向에서보려다 失敗된心情이 安溫한休息處에도 逃避의行脚을떠나려하였으나 峻嚴한歷史의過程은 雨雷와暴風雨로서 그를 收容하지안는다。그렇다고 現實에對하야 새삼스러운恐怖를느끼거나 怨望하거나 또、는透徹히 憎惡하는것도아니다。마치 그안해의殘忍한心思에對하야 恐怖를느끼거나 또는 그醜惡한不貞에對하야도 透

徹한 怨望이라든가 憎惡를 가지지안는거와도같이一。

여기에서 아우뜨호一커스에依하야 人爲的으로朦朧化되

였든 니히리즘의 面貌는 그蒼白한 表情의 素顔을 鮮明히 解

化하고있다。 그러나 結局 그質的深度에있어서는 始終이

如一하다。 이가 곧 이 作品으로하여금 迫眞力을 喪失케한

重大한 原因의 하나인것은 두말할것도없다。

그러나 許俊氏의 「濁流」에있어서의 「철」은 現實에對한

意慾은 勿論現實에對한 自慰的肯定의 紛裝도없이 「새삼스

러히 다시解決할것도없고 또 解決할수있는것도아니라」

는 現實에對한 自藥와 蔑視의 態度로서 求하야얻(得)지못

한 不滿된心情을 한잔의 알콜에다解消하려하였고 음분한

蕩은 唱婦의 肉體에다。그몸을내던겨 休憩의安息處를 求한

다。이리하야 그의 深刻한心的苦悶은 언제나 隣伴潛

在되여있으면서도 그의 表面만는 極히 平穩無事한軌道를 求

을고있다。

하나 그의 生活列車가 한번 危險地帶를突破하려고할때

조을고있든 房은 소스라치겨놀라 俗物的인自己墮落을 오

히려 房안의 懷抱에서幸福되히生각하고있는 순이의卑俗한

精神과 偏向에對하야 最大限度의 反心을느낀다。

自己의太凡한 니히르즘의 態度의 內面的苦悶이 순이의市

井을 고있든 房의 彼岸의火災보化해버릴뿐 偏心과誤解는

外라 그우에 순이의偏心은 誤解를낳었고 偏心과誤解는

마춤내 體勇으로發現될때 그는 다스리지못할 커一다란

있다、

傷處를안(抱)고 마음傷한몸부림과함께 어디로가 머믈리

떠나버리고만다。

이리하야 現實에對한 니히리즘的蔑視와 泰然自若한太凡

밑에는 亦是 深刻한苦悶이 去勢되여있지는않었고 이去

勢되지않었든든心的苦悶이 일단 生活의最後에이르자

積極的으로表面化되여, 그니히리즘은 그어떤質的轉換을前

夜로한 故火限度의切迫性을表示한다。

이와같이 主觀的眞實性을다한 니히리즘의三角葛藤과

그의質的深度가 이作品을其流에 얹혀흐르고있는바니히리즘에

對하야 通俗物的인嫌惡를가지지않게할뿐아니라 또 迫眞

力을느끼게하는 根本的理由다。

文學上에있어서의 이러한니히리즘的衆愚氣의 發散!이도

要컨댄 該項目頭에서말한바와같은 社會的特質에緣由하고

있음은 두말할것도 없는노릇이며 앞으로 좀더새로운魅力

과 刺戟性을갖고 어느程度까지의 範圍넓은衆愚氣를 構

成해나가는바 있으리라 믿는다。

그다음筆者는 上論한바와같은諸傾向의 文學的志向과는

根本的으로 그趣意를달리하고 質的으로相反되려고努力하

는 몇個의作品에對하야 이야기해나가기로한다。

年前의푸로作壇이 主로 勞働者의世界를 그題材의要素

로하여왔음에反하야 現今의푸로作壇은 農村의所在를

主要한題材로하고있다는곳에 그特徵이

勞働者의世界를取扱한作品이 全然 없는배는아니나 그
는亦是 舊態依然한 公式主義的 햅피 엔드의領域을 免
하지못하고있다。

假令 新朝鮮誌新年號所載 李北鳴氏의「現代의序曲」을
보자。

이作品은 下向線을밟으려는 裕福한인테리弱洙가 그의
戀人 美蘭의품을떠나서 좀더둙게는 自己過去의「美蘭的
인世界」를떠나서 한개의 意識있는工場勞働者가되기까지
를・보혀주고있는作品이다。

그러나 弱洙의意識的飛躍의過程이 極히 이지고
잉하게밝히는 取扱되여있지않기때문에ー (다만 어떤同窓
生의(說敎)에依하야 ×銀行支配人의아들인弱洙가勞
働的의生活을한다고 作者는말한다)ー 弱洙에게는 飛躍以
前의深刻한苦悶도 飛躍以後의眞摯한鐵의意志도없고 一種
의 아메리카的明朗性만이 나타나있다。이런것이 讀者로
하여금 現實感을적게하는 理由며 이作品으로하여금 古色
을蒼然케하는所以다。

그러나 農村을題材로한作品들에있어서는 그視野가全
體的이거나 또는 部分的인것드이거나를莫論하고 어느程度
의成功을招來하고있다。

勿論 이런現象의原因은 그題材가如何에있는것이아니라 作
家의經驗 作家의生活的傳統等에 있는것임은 두말할것도없
는노릇이나 이에對한具體的인論究는別個의獨立된論文을必

要로하는것이짚으므로 이곳에쓰는다만 그런것의藝術的具
象化의面에로만 우리의視線을돌리기로하자!

爲先 朝鮮文學誌十月號所載 朴魯甲氏의「泰甫의得失」
을보면 그가운데 泰甫의人物은 極히 優秀한形象性에依
하야 提示되여있음을본다。

그의思索과行動은 俗되지않고 미웁지않을뿐外라 失笑
의후에 憐憫의情緒를갖게한다。

路上에서拾得하였든 大金壹百圓을 궁리만거듭하다가 한
푼도쓰지보지못한채 紛失者의甘言利說에 사람좋게너여줘버
리고 豫期하였든生活上의希望(小作權의獲得)이 水泡化해
버릴때

「흥 없는친구가 있는친구 돈백원 더보태주었다。무
어냐? 너의소득은……」

이렇게自嘲하고있거나와 이自嘲가운데 讀者는應當 너
의所得은 奴隷의勤勉으로쓰일하고 룸펜의名譽로죽는다는
「運命」과最高意志에對한支配를 새삼스러히느끼게하는外
에 아모것도아니라는 憐憫의情緒를자아내게한다。

그리고 文章은 極히簡潔하고 또 魅力이있다。잔사살
이없으며 한字한字彫琢되여있어 조금치도 허술하지가않
다。이렇듯 調密히 整頓된文章은 우리文壇에있어 그리
많은것이存在하는것이아니다。

그러나 이「泰甫의得失」에比하면 보담意慾的이고 그視
察이 보담全體的이고 그리고 그人物과行動과事件이 生生

한生産場面을 그基盤으로하고있는作品으로써 軍自鳴氏의

「轉落者」(『朝鮮日報紙』)를본다.

이作品은 貧農의描寫에있어서 單純化와均一化에서 完

全히自由로울수있는 榮譽를얻었다. 다시말하면 貧農의個

性化에있어서 어느程度의成功을 收拾한作品이다.

七農이 치백이 양친히 과수댁 강바우……이들은 모

다 貧農이면서도 各異한程度의農村의狹隘性을가지고 各

自의經濟的苦境에서. 脫出하려고한다.

그리고 이平面的인 스토ー리가 立體的인印象을傳達하고

있는 理由는그脫出의方途가 各其 特殊한結末ー이러한

深村에있어서의 生活의經驗이없고서는 到底히생각조차할

수없는 그러한特殊한結末을보혀주고있다.

農果에는 若不關心한態度로 蓋뿌리를찾어 一種千金을

꿈꾸든致伯이가 凍死를僅免하야 臥病하고 債務辨濟의計

策으로 깽을줄았든七龍이가 금주린鷹瞥房의生命을잡었고

惡德地主 姜坐守에게 貞操를발히여가면서까지 아양을떨든

과수댁이 豫期와는딴판으로 定租를減收하기는커녕 더욱前

酷히함에야 憤怒하고 강바위네가살수없어 流浪의길을

떠난다.

이러한 混脈的인인罪件을通하야 우리는 農民의特殊的인

性格 보담굳세인我利主義 좀더基本的의으로는 ××財產에

對한愛慾이 그들의生의權利를 얼마나剝奪하였는가를 活

語的으로느낄수있다.

凶作을當한小作人一同이 切迫된肉身的인絕望을안ㅅ고

姜坐守에게 定租減下의陳情을하였을때 全部에게對하야ᄉ

律的인惠志를베풀수는 없으나 사람에게다라 適當히생각해

주겠다는 ㅡ그의약은피에 넘어가버린다. 이리하야 이웃小

作人에게ᄉ 定租全部를微收할때에도 自己에게마는 惠志가

있겠거니하는 미련한期待때문에 그의㷱忍極한惡德에도 定租

口無言한結果가 그個體를包括한小作人全部로하여금 定租

全部를微納하고 빈킷작으로도라서게한다.

이곳에서作者는 表面的인아모런따喚도 아모런主張도없

이 極히冷靜히서 (立)고있음을따름이나. 우리는 그의生生

한形像性에依하야 農民的性格의㥸惘을 直感할수가있다.

그리고 七龍이와양친이 과수댁과姜坐守의愛慾이 單純

한世態的의方面을超越하야 生産的活動에서 보혀지고있다는것

도 特異하게 優秀한点이다.

그러면 이作品은 何等의缺陷도 갖고있지않은作品이냐

(?)하면 그렇지는않다.

가장基本的의인缺陷은 地方的限界에있어서의中農 卽 貧

農七龍이의部類보다는 上位이고 姜地主보다는下位인層의

描寫가 全然없다는것 둘재로는 七龍이의깽이 虛업청이

過수댁의所願이 不自然그대로이며 쉬재로는 貞操까지발진

가죽는場面은 不自然그대로이며 定租減下程度의것이었다는것은 常

識의許諾치안는 不自然以上의强附임을免치못한다.

過수댁 그의所願이 아마 그뿐이었다는것 그리고 七

婦의몸을맛보고도 定租減下조차 듯지않어 公衆앞에서辱보왓다는것 이는要컨댄 生活의切迫相의強調와 地主의惡德化를위한 한개의主觀的 爆急性의公式을 버서나지못한것이라생각된다。

하나 이러한모ㅣ든点을 「掛引キ」하고생각한다할지라도 過去의圖式主義的인農民文學이라든가 또는 農村의情景을 外의美의見地에서讚揚하야 그美를 審美的으로賞玩하려는 膜想家의幻想을撲滅하고잇다。

그리고 그文章의潤澤한리듬과 描寫의繪畫性에잇어서도 優秀한光茫을보혀주고잇다。하나 그以後 全然 沈默狀態 여잇음은文學의情熱이 俗事의支配를받고잇음이냐? 作品의質은생각하는 過度한緊張力이 그反對面의弛緩에로떠러젓음이냐? 失敗의累積을覺悟하고서라도 多作함 이잇기를바란다。

그다음 우리는 現今에잇어서의 인테리에苦悶을取扱한 作品으로서 晄光誌十月 十一月所載 李北鳴氏의「明日」과 朝文誌十月號所載 李北鳴氏의「한개의典型」……等이잇으나 前者는아직未完中에잇는지라 그의論評은 後機를約束하기로하고 여기에서는 다만 後者에關한 몇마디의所感을 이야기하기로한다。

이作品의主人公 상수의不幸 상수의無力 그것은勿論上수自身에게責任이잇는것이아니라 그를招致한 社會體制가운데있다、 그러기때문에 이러한境遇에잇어서는 當者그自身을미워하기前에 社會를怨望하게된다。

하나 이作品에잇어서 그와反對로 社會를怨望하기前에 상수그自身에對하야 傲蔑의感을抑制할수는없다。生活能力의拂底 그에對한消極的인態度等以外에 何等의深刻한苦悶도 따라서 如何한境遇에잇어서라도 希求의方向을따라움즉이는 世代的情熱의閃光도發見할수는없다。

더욱이 企業(製粉會社)에잇어서의失敗를 社會的紐帶關係에서描寫하지아니하고 火災라는偶然的事實로써說明하고 잇는点은 結局 意識의이든無意識이든 「없는놈은삼바쥐도코깨진다」는宿命的諦觀을 撒布하는外에 그아모것도아니다。

이리하야 상수의性格은 한개의市井物的인領域을버서나지못하고잇다。

要컨댄 이作品이 담고잇는바는 社會的存在의不安定에關한 個性의페시미즘的意識이나 그의質的深度가 極히淺薄하야 何等의實感도傳達하지못할뿐外라 또 時代的인意味에잇어서의 典型性도갓고지못한다。이곳에 「한개의典型」이가지는失敗가잇다。

하나 混亂과不安을 安定과樂觀으로偽裝하려든 過去의 外皮를剝落하고 混亂不安(ㅣ)그대로를 心血的인苦悶과함께 버던커보히려는 誠實한作家的態度에 敬意와强味를느낀다。

上論한바와같은 諸傾向가운데 包括되여질것으로 아직 이

를 支配하고 있다.

이러한 狀態 가운데 있어 批評은 또 批評대로 何等의 救出

的인 힘을 갖고 있지 못한다. 文學的現象의 客觀的인 評價에 對한 假藏

을 出演하고 있는 現象이다.

劇을 出演하고 있는 現象이다.

作家가 現實의 常識面을 것고 批評家가 그 피리에 발마추

어 何等의 指導原理도 文學的節操도 停軍함이 없이 한낫의

「소피스트」로서의 行脚만을 繼續하는 反面에 새로운 世界觀을

悲底로한 眞正한 리아리즘的 作品의 生産과 藝術的生産의 客

觀的評價만이 아니라 그앞에 새로운 課題를 設定코저하는 誠

實한 作家 批評家가 全無한것은아니다.

하나 客觀的情勢의 不利 모ー든 發表機關의 墮落化의 過程

共他여러가지條件에 緣由되여 고ー스롬이 非常히 混亂된

文壇의 樣態가 어느程度까지는 表面的인 盛裝을이루어온것

만도 事實이다.

하나 앞으로는 一聯의 誠實한 文學家의 足跡이 그 質的深

度를 表示하면서 現實의 多樣한 歷史的過程의 具體的인 相貌에

對한 리아리즘의 表現과 이러한 藝術的事象에 對한 最大限

度의 明瞭한 秩序, 그리고 詳細한 分析으로 그의 藝術的特性과

社會的機能에 對한 誠實한 解明을 가지움으로서 새로운 文學

의 山脈을 그의 最高峰에서 最上級의

그러면 이에對한 最上級의 信賴와 同時에 굳은約束을 난

호(分)면서 이論을 荒怨히끝맞는다. （十一月下旬）

外에도 여러作家의 많은 作品이 남어있으나 意外로 支離해진

紙面의 關係로 이것들에關하야는 따로히 別個의 形式으로 論

해볼 機會를 가질가 한다. 또 詩集「浪漫」의 出版과 長篇小說

에對한 要堅과 그全集의 刊行等……實로 論觸하고싶은 問

題가많으나 紙面의 關係로 모다 後代로미두고 該項의 論評

은 이近處에서 中斷키로한다.

×

上論해온 回顧 그自體가 벌서 그自身으로서 展望의 方向을

提示하고있는것이라고 생각하기는하나 上論한 諸傾向이 依

據하는바 한개의 動機的條件은 結局 리아리즘에對한 見解

의 相違에있있고 이 리아리즘의 眞正한 攝取를 自身의 것으로서

達成할수있는데에서만 明日의 文學은 最大限度의 豊饒한 開

花를가저올수있을것이다.

現今에있어어서는 리아리즘이차지하는바 文學上의 地位의

重要性에對하야는 誰某나 異議가없는듯하나 그의實踐은

極히 歪曲된 形態에서 行하여지고있다.

日常性의 美學을 最高의 理想으로하고 리아리즘을

上級의 술보ー강으로함에依하야 리아리즘을 小市民의「常

識」에로轉化하였고 리아리즘的 藝術態度를「中庸」的藝術態

度와 結付시켜버리고마렀다.

이리하야 作壇의 回顧에서 보아온바와같이 身邊的인 取材

와 心境的인 內容과 觀照主義的 文學態度……等 一括하

야 藝術을 그「自體」目的으로하는 一聯의 作品이 作壇의 大勢

文藝評壇의 回顧와 展望

洪 曉 民

一、序　言

朝鮮의 文藝運動은 年復年 그 基礎工事가 鞏固히됨과 아울러 또는 그 普及이 普遍化함과 아울러 越近 二、三年은 分明히 朝鮮文壇及朝鮮文學은 踏步를 하는 그러한 傾向이 있거나와 이것은 첫째로 우리의 客觀的情勢가 그렇게 되지아니치 못하게되었고, 둘째로는 이에 따른 우리의 生活態度가 急變한데 起因하나니 그의 가장 좋은 例로는 昨年까지도 푸로레타리아 文學思想을 固執하든 그러한 사람도 或은 純粹藝術派로 또는 民族主

義文學思想으로 轉向하는 그러한일을 볼수한것이다。
그와 아울른 過渡期的 現象이 나타나기도하고 구러치않
으면 아주 文藝運動에서 脱落해 버리려고하는 一群도
없지않어있는 것이다。따라서 이것은 무엇보다도 朝鮮
文藝運動에있어 어느때 朝鮮文壇의 中心的勢力이 文藝評
論에 있었드니만큼 文藝評論으로서 이現象과 이傾
向이 露出되여오고 論爭되는일이 많은것이다。
朝鮮의 푸로레타리아文學理論을 가장 率先하야 朝鮮
에 移植시키기는 누구보다도 가장 先駆이오、가장 熱
心者이었든 八峰이나、懷月은 果然 그어찌되었든가。또
岾은 朝鮮푸로레타리아藝術同盟을 「리드」하면서 大聲疾
呼하고 떠닷든 白鐵과 林和는 다 어찌되었든가 이들
은 林和를 除한外、或은 沈默을 직히고、或은 純粹藝
術을 云謂하고、或은 人間探求를 爲하야 새로운 情熱
을 붓고있지않은가。또한 아주 根本的으로 變換되지아
니치었다는 林和도 亦是 偉大한 浪漫的精神을 云謂하게
쯤 이들은 念激히 生活態度가 變하고있는同時에 文學
에對한 態度도 變하고 있는것이다。

그러나 이階級文學은 아즉도 젊은 朝鮮靑年의 中心
的搖籃으로되어 安含光、韓曉、金斗鎔、金仲遠의 諸人은
有限한 精力을 無限히傾注하고 있는것이다。
이러한 文藝現象이 朝鮮文藝評壇에 있는가하면 超「을
른라」의 金文輯의 散論이란 寄怪한 文藝評論이 또 流

行하고 있는것이다。
朝鮮文學及朝鮮文壇은 昭和五年(一九三〇年)以來의
中心動向을 喪失하고 踏步하는것은 이러한것을 맥강口
는데도 나타나고 있는것이다。
그러면 우리는 이러한 現象을 悲觀하여야겠는
가、또는 樂觀하여야하겠는가 하는 생각이 머리를 煩
惱하게하는 우리의 한 큰課題인것이다。허나 이는 決
코 悲觀할 그러한것은 아니라고 생각한다。이는 一例나
하면 어느나라의 文學史를 보든지 이러한現象이 따로
는 새로운 文學으로의 좋은契機를 주고 있음을 보고
있는 까닭이다。

그러면。이丙子一年에있어서는 朝鮮文藝評論은 果然 이
러한 雜多한現象과 또는 이러한 雜多한傾向에 對하야
얼마나한 새로운 「文學의길」을 걸었든가、나는 아래에
이것을 總括하야 檢討하고 解剖하고 分析하랴고 이봇
을 드는바이다。

二、回顧

回顧컨데 丙子一年은 言論機關의 厄年인感이 있다。그
것은 첫재도 東亞日報의 停刊을 筆頭로 中央日報가 休
刊되어있고 亦是 「新東亞」、「新家庭」、「中央」等이 停滞
되어있는外에 「藝術」、「文學」、「高麗時報」、「學燈」、「婦
人公論」、「新朝鮮」等等의 諸誌가 或은 休刊、或은 閉刊

되고있는것이다。따라서 이것은 곧 朝鮮文壇에 影響되
고 이것은‧또 朝鮮文藝評壇에 影響하야 다른해에比하
야 훨으로 顯著히貧弱한形態를 呈하고있는것이다。이
제 民間 三新聞에 낫타난 文藝評論을 暫間 一瞥하면
이러한것이다。

가、 評論의 數量

먼저 文藝評論의 發表될것을 말하기에 잠간 머리이야
기할것은 東亞日報와 中央日報는 한갈같이 八月까지 發
行되고 그後는 停刊、或은 休刊狀態로 아직까지 그대
로 있는것이다。

㊀東亞日報＝偉大한浪漫的精神(林和)▲自由主義의本質(韓植)
▲丙子胡亂에남진詩歌、趙鏞綺▲統과技巧問題(金文輯)▲高麗詩
歌의哀禍外歌篇(趙潤濟)▲新春創作評(李鍾洙)▲文學의非規定性의
問題(林和)▲藝術理論의一般法則(韓曉)▲文藝時感(蔡萬植)▲나치
스文壇의新傾向(曹希醇)▲中國文壇의最近動向(金光洲)▲詩話十題
(趙鏞萬)▲諷刺文學에對하야(洪曉民)▲劇壇漫動의길(柳致眞)▲文
學과趣味評(洪曉民)▲日本文壇、劇壇의動向(金斗鎔)▲高麗詩
術의近代的의感覺主義의一面(金文輯)▲人類의敎師로서의『로맨‧모
랑』(韓植)▲劇藝術研究會第九回公演評(朴松)▲技巧主義說의虛妄
『朴龍喆』▲最近獨文壇의諸問題(韓植)▲劇文學建設의길(朴英鎬)▲
(朴龍喆)▲朝鮮文學의世界的의水準觀(金珖燮)▲
『劇演』第十回公演評(李雲谷)▲떼카단스論(曹希醇)▲演劇史
『럭스래이』의諷刺小說研究(金永石)▲『헨릭‧입센』과現代(徐
上에있어서의『헨릭‧입센』의位相(金珖燮)▲『헨릭‧입센』의

恒錫)▲國際作家大會의敎訓(朴致祐)▲衣裝의考現學(金文輯)▲劇
演第十一回公演評(金煥泰)▲實詩餘興(趙鏞萬)▲朝鮮文學向上의길
(金斗鎔)▲朝鮮詩歌史上의로맨스(趙鏞萬)▲『막심‧꼬ー키ー』의文
學史上의地位(韓植)▲通俗小說에對하야(韓雪野)▲最近英國評壇의
新傾向派(安永變)▲中國의『國防藝術』(金光洲)▲꼬ー키가殺人者라
면(徐恒錫)▲現代와浪漫精神(金龍濟)▲最近文壇에對한臨感敬三(韓
植)▲最近英文壇의群像(金仁錫)以上四十二篇。

㊁中央日報＝世界文藝思潮論(金光)▲朝鮮文藝演劇의回顧一束(閔
丙徽)▲兒童文學復興論(申鼓頌)▲新春創作界槪觀(李泰俊)▲義의
義의詩人『루드야드‧키플링』論(韓曉)▲朝鮮文學의新情勢와現代
的諸相(林和)▲映畵藝術의『몬타ー주』論問題(徐光霽)▲文藝雜誌界의
界의諸傾向(崔載瑞)▲詩와思想(楊雲閒)▲文藝散策(林和)
(金煥泰)▲눈물의詩人金億論(朴勝极)▲一九三六年을맞은各國文壇
▲進步的的文學에있어서두가지問題(林唯)▲二月創作界槪觀
哲(林唯)▲作家의批評와技巧問題(金友哲)▲批評의批評(安懷南)
文學(林和)▲作家와批評家의文藝批評의中庸性(李海文)에
概况考(朴勝极)▲『黃昏의노래』評(金文輯)▲米國文壇의近况
法論考(朴勝极)▲『입센』의生涯와藝術(朴松)▲現代의腐敗한表徵인人
의哲面課題(林唯)▲近代文學에있어서의性格問題에對한一考、尹圭涉)
의當面課題(林唯)▲近代文學에있어서의性格問題에對한一考、尹圭涉)
(金煥泰)▲近代文壇의群像(金仁錫)以上四十二篇。

㊂中央日報＝最近英文壇의群像

作家的印象抄(李箕永)▲그의苦難앞에敬親한다(李泰俊)
壇時感(蔡萬植)▲『꼴키』를哭함(金南天)▲『막심‧꼬ー키ー』에對한
間探求와苦悶의精神(林和)▲文學의眞實한勢展을爲하야(韓植)▲文
法論考(朴勝极)▲『입센』의生涯와藝術(朴松)▲現代의腐敗한表徵인人
岡)▲『입센』의生涯와藝術(朴松)▲米國文壇의近况(韓晶鎬)▲創作方
의哲面課題(林唯)▲批評의批評(安懷南)▲進步的文學友
哲(林唯)▲作家와技巧問題(金友哲)▲朝鮮과佛蘭西의
鷗)▲進步的的文學에있어서두가지問題(林唯)▲『文學』創刊號의新年文
鷗)▲坂賀主義文學(韓晶
關聯斷想(金南天)▲三月의創作界『閔丙
的諸相(林和)▲映畵藝術의『몬타ー주』論問題에
義의詩人『루드야드‧키플링』論(韓曉)▲朝鮮文學의新情勢와現代
丙徽)▲兒童文學復興論(申鼓頌)▲新春創作界槪觀(李泰俊)▲帝國主
㊂中央日報＝世界文藝思潮論(金光)▲新春創作界槪觀(李泰俊)▲帝國主
(金煥泰)▲눈물의詩人金億論(朴勝极)▲一九三六年을맞은各國文壇
면(徐恒錫)▲現代와浪漫精神(金龍濟)▲最近文壇에對한臨感敬三(韓
植)▲最近英文壇의群像(金仁錫)以上四十二篇。

의 科料報을둘고(金仁燮) ▲「꼴키-」逝去後報(印貞植) ▲批評文學의方
(金南天) ▲兒童文藝時論(李殷祚) ▲陳芑數題(林和) ▲批判하는것과合理化하는것과
性格(安懷南) ▲文學에있어서의進就的樂天主義(金龍濟) ▲文藝評論
의史的과吟味(金文輯) 以上五十一篇。

(四)朝鮮日報▨ ▲作家의基本任務와朝鮮現實의把握(殷興燮) ▲詩人
으로서現實에接根關心(金起林) ▲國際作家大會가開催된動機와原因
의父要性(李軒求) ▲米國代表「뜨랭크」와新鄕土主義文學(李皓根)
鄕歌의解說에就하야(梁柱東) ▲放逐作家「그룹」와獨逸文壇의現勢
(金晋燮) ▲「쓰시알리스틱·레알리즘」提唱後의朝鮮文壇에의趨向(安含
光) ▲批評의精神과倫理의感情(李源朝) ▲詩人으로서現實에積極
關心(金起林) ▲英國文學의傳統과自由(崔載瑞) ▲「샤베르」作家와國
壇의近親(金文輯) ▲職孕期의作家의態度(成大勳) ▲文學과行動(林
際文學의遞關性(成大勳) ▲職孕과文學의史的考察(洪碧初) ▲東京文
和) ▲現代文學의課題인人間探求와苦惱의精神(白鐵) ▲文壇時感,宋
影) ▲創造的精神과우리時詩歌의常爲性(尹崑崗) ▲中國劇의聽戱에關하
야(金友琴) ▲文藝時評(白鐵) ▲能動的人間의探求(金午星) ▲新劇樹立
과「觀象本位」問題(韓曉) ▲創作의方法論에抗하야(李年基) ▲朝鮮文
(車自鳴) ▲詩에있어서의形式과內容(韓曉) ▲生活과藝術의享樂性
(李軒求) ▲五月創作評(嚴興燮) ▲苦悶과文學其他(白鐵) ▲文壇偶感
(崔載瑞) ▲四川創作評(李源朝) ▲文藝月評(白鐵) ▲映畵의
鮮新劇運動의常面問題(全一劍) ▲文壇時事數題(金翰容) ▲永郎詩集
評(李源朝) ▲「헨릭·입센」의社會劇(朴英熙) ▲「입센」斷想(金晋燮)
文學的考察(朴英熙) ▲五月名詩選集評(成大勳) ▲朝

▲美國槪評(安碩柱) ▲創作方法問題論議의 發展過程과 그展望(安含
光) ▲藝術과創造(李泰俊) ▲創作에있어서의個性과普遍性(白鐵) ▲六
月創作評(朴英熙) ▲懊惱의詩人(이네)研究(徐丙珏) ▲文壇抗辯(李
軒求) ▲「고리키-」生涯와藝術(成大勳) ▲批評私論(白鐵) ▲七月創作
評(李右蔘) ▲劇研組織의檢封와新劇運動의進路(全一劍) ▲批評基準
(朴英熙) ▲現段階의文學(李萊珏) ▲現役作家群의伎倆(安懷
南) ▲中國古代劇의斷片의考察(林學洙) ▲最近의批評的傾向(白鐵) ▲
現代英詩의動向(安懷南) ▲「네오·휴마니즘」論(金午男) ▲九,十月
創作評(安懷南) ▲魯迅論(李陸史) ▲「川邊風景」과「날개」에對한評(崔
載瑞) 以上六十七篇。

代文學의新局面(金午星) ▲八月創作評(金煥泰) ▲文學의沈滯와虛無
的傾向(金龍濟) ▲現代詩의生理와性格(崔載瑞) ▲現役評論家의群象
(朴英熙) ▲移民文學의過去와現在(韓植) ▲現役作家星의伎倆(安懷
南) ▲現段階의文學(李萊珏)

民間三新聞 곧東亞日報의 八月卄六日까지의 四十二篇과
中央日報의 八月末日까지 五十一篇과 朝鮮日報의 十月末
日까지 六十七篇을 都合하면 一百六十篇이다。東亞와中
央은 다가치 停刊과 休刊이라는 九月前後를하야 그의呼
吸이 막히어있으니 問題할것도없고 朝鮮日報는 十二月
까지 한다면 出산어도 八十篇은 될것이다。 그러고 이外
에 有秀한雜誌「新東亞」,「朝光」,「中央」,「四海公論」「三
千里」,「新家庭」,「女性」,「文學」,「藝術」,「中央時報」「高
麗時報」,「批判」,「文藝街」,「婦人公論」,「新朝鮮」,「庚林」
「朝鮮文學」等等의 諸雜誌를치면 朝鮮의文藝評論은 아무리

적게 잡어도 今年中의 發表된것이 二百篇은 될것이다。

이 二百篇等이나 되는文藝評論은 決코 적은것은 아니다。兩新聞이 停滯된狀態에 있어서 昨年보다 준것은 아니다。그러나 量으로는 이렇게 많으나 果然 그質과 그質的 傾向은 어떠한것인가。

나、評論의 質的傾向

이러한 많은評論에서 나는 너무나 評論답지 못한評論을 많이 發見하였다。곧 文藝評論家 스스로가 眞摯한 態度와 學究的인 그런것으로 쓰지못하고「쩌낼리즘」에 支配되어 盡한데 이르려는「하기 싫은말」을 쓴것을 處處에서 發見되는것이다。

그래서 이들의評論은 거의 通弊라고할만한 一般論에 머커진것이 너무 많은것이다。亦是 新聞이나 乃至 專門的인文藝雜誌에 이르기까지 그들의 眞摯한 態度와學究的인 誠意가 缺如됨感을 주고있는것이다。

今年中에있어서 가장 活躍을 많이한 白鐵、金文輯、韓植、韓曉、椎載瑞、安懷南、林和、金南天、朴英熙、諸氏에있어서 더욱이 그러한 느낌이 있다。

白鐵은 누구보다도 가장 많이 朝鮮日報와 朝光 四海公論等어서 거의 每月 그의 論文을 發見할수있는데、焦燥와 不安밑에서 性急히 그의文章과 理論을 몰아친 感을 주게하였다。이곳에 紙面關係로 그例는 들지않거나와 그의一貫한「人間探求의精神」이란것이 往年「人間描寫論」을 쓸때와 조금도 進展의인것을 踏步的인것을 返復하고있는 것이다。이는 多少 그의生活이 그로하여금 그렇게 몰아놓는지도 모르나 몇개의評論이 發表되었다면 二、三個乃至一、二個밖에는 優秀한것이 없는것이다。이것은 白鐵이 좀더 깊이 과고들지앉고있는것을 나타나는것과 原稿料를 探索하랴고 强仍이 쓴것이 아닌가하는感을 주는것이다。

그다음 金文輯인데 이사람亦是 白鐵에있어서 느낌을 그대로 가쿠다주고 있는外에 白鐵에있어서는 글에對한 誠意、다시말하면 文章에對한誠意는 있다。一言一句를허탄히 쓰려고 하지안는 그러한氣脈을 가진것을 느끼나 이사람은 白鐵과는 反對로 自己의才操것 文章에對하야 才能을 보이려고하나 欲巧反拙이란 文字가 있거니와 이사람에게 쿠으히 安當한것이다。그러고 흔히는 이사람에게 中心論理를 一喪失하는 奇怪한것을 發見하는것이다。金文輯은 自己스스로는 常識的인 그것을 超脫하랴는努力인지는 모르나· 이것은 分明히 狂的의것과 가까운그것이라고 하기에 足한것이다。그것의進한것으로는 東亞日報의 六月中에發表한「衣裳의考現學」이라는 그것이 가장 代表的의일것이다。

그다음 多量生産한사람으로는 韓植인데 이사람은 多少 眞摯한態度와 學究的인 誠意를보여 주었으나 ㄱ사람의 論文은 너무나 常識的이오 率直한데 脈痒이 나는것이다。 그가 쓴 東亞日報의 一月中에 發表된「自由主義의 本質」이라는 것과 同 二月中에 發表된「諷刺文學에 對하야」라는것과 同三月中에、「人類의 敎師로서의 로만、로랑」는 語論文의 한결같이 常識的이오、甚한데 이르러는 紹介的인것이다。아마 朝鮮의 常識文學評論家를 云謂한다면、韓植、이사람이 가장 代表的일것이다。따라서 「째낼리 줌」을 迎合하는데는 가장 適任者라는 感을 주었다。

그다음 韓曉를 들수있는데 이사람은「批判」、「中央時報」、「朝鮮文學」等等 各處에서 發見할수있다。허나 이사람의 論文은 그質이 懸吐和文인것이다。이말은 무엇이냐하면 日本內地의 左翼評家의 論文을 移植함과아울러 그것을 消化하지않고 그대로「에」「의」「나」「을」「은」이나 고쳐서 위로놓고 아래로 놓는 可憎한 手段을 쓰는것을 處處에서 發見하는것이다。그래서 이사람의 文章은 까닭없이 꺽꺽하고 難澁한것이다。「新東亞」六月號에 發表한「李甲基、白鐵兩氏의 論을 駁함」이란것에서도 發見할수가있다。나는 이런것을 가리켜서 懸吐和文文藝評論이라하는것이다。또한 移植左翼文藝評論家라고하고싶은 것이다。

그다음 崔載瑞라는 사람을 들수있는데 이사람은 韓植의 亞流인것이다。이사람의 論文은 多少 그態度는 眞擊하다。허나 이 反面에 그의 文章에는 驕傲가있다。朝鮮

文壇에서는 이것을 나밖에 알者가 누구인가하는 態度가該氏의 論文을 읽으며받는 感銘이다。이는 鄭寅燮의 執擧態度와 비슷하다。그의 例의 甚한것으로는「川邊의 風景」과「날개」에 對한 批評이다。

그다음 白鐵이 相當히 크신한사람이 또있다。이는 安懷南이다。安懷南의 自負한 그것이다。朝鮮日報九月中에 發表한「一現役作家들의 伎倆」이란 무엇이라할수없는 自己天才 廣告文이다。허기야 小說을 쓰는外에 今年中에 文藝評論을「中央」을 비롯하야 各處에 때發表하였다。허나 어느때이나 이사람의 論文은 읽고난後남는것은 自家의 才能이나 智識을 廣告한것아닌가하는感興을 자아낸다。이것은 젊은 제네레이숀의 覇氣일는지도 모르나 그도 나이를 더함과아울러 이는 分明이지나친 白負가 아니면 아니된다。

이와 大同小異한 사람으로 金南天이있다。이사람이야말로 經天緯地之才가 있는지는 몰라도 唐突을 지나쳐眼下無人이다。이사람은 多少「맑스」主義라는 思想的根據를 自己딴은 가장높이 가진 새世代에 眞理를 把握한者인처하고 筆鋒을되나 안되나 돌리고있는데 이는 稚氣가득찬 그것인것이다。그는 웨냐하면 現代人으로서「맑스」主義는 벌서 常識化한 그것이오,「맑스」主義云云하고「사구라」몽둥이 들고 지나든 時代는 벌서 지나간때문이다。이사람은 朝鮮文壇에서 붓으로 一사구라」몽둥

여를삼고 橫行天下를 하랴는 사람이니 이稚氣가득한 그
야말로 그들이 恒常 使用하는 「돈큐호테─」이다。나는
決코 그가 「맑스」主義를 抱懷한것이 나쁘다는것은 아
니다。「맑스」主義文藝思想을 抱持하였거던 좀더 眞摯하
고 誠意있고、熱意있는 研究論文을 發表하란말이다。되
지못한 筆鋒으로 左兩右突하는 것보다는 朝鮮의 「하유젠
슈라인」이나 또는 「멜링그」나 「마즈아」가 되어 달라는
말。다。

이 金南天보다는 研究的이오 誠意있게 글을 쓰는사람
은 林和다。이사람도 「맑스」主義를 信條로하는사람이오
남의글을 일수 反駁잘하는 사람이나 金南天과같이 「사
구라」동등이를 휘두르는사람은 아닌것이다。多少 文藝家
의體面은 維持하는程度의 文藝評論家이다。더욱이 그의
詩에있어서 現朝鮮文壇에있어 가장 뛰어난 存在인것이
다。何如間 「맑스」主義文藝評論을 試驗하고、있는사람이
메 나는 林和와 安舍光의 그것은 높이 評價해줄 그
것이오 傾慕할點도 많이 있음을 敢히 말하는바이다。
文藝評論으로는 一한때 頭領인感이 있든 朝鮮文壇의 老
將朴英熙이분은 徃年의 銳氣는 많이 減殺되었고 그의
그의 文章에서는 謹愼하는 態度를 歷歷히읽을수있다。
文章에서는 謹愼하는 態度를 歷歷히읽을수있다。따라서
그의 文章은 徃年보다 平易하고 明晳하나 많이 「쩌널리
즘」에 脾胃를 마추어 쓴것이 確然한感을 차아낸다。朝

鮮日報八月中에 執筆한 「現役評論家의 群象」같은것은 너
무나 그例의하나 되기에 足한 두무레진 存在인것이다
그러면 今年中에 새사람中으로는 누구가 가장 有望
하든가 첫재는 朝鮮日報를 中心으로하야 나오는 金翰
容、金午星、李乘珏、이세사람과 昨年부터 評論을 쓰기
始作한 金永石、趙鏞煕、金友哲、韓黑鷗、金龍濟、等等諸
人이다。旣成人보다 堂堂한 策鋒을 달린것을
欣喜하여 마지안는다。그러나 金仲遠만은 채評論家로文
章이 成立되기도前에 例의 「맑스」主義 「사구라」동등이
를 휘두르는것은 딸된송아지 뿔부러나는 상찡그릴現象
이라고하기에 足한것이다。이러한態度를 取한다고 一躍
大文藝評論家가 되는것은 決코 아니다。젊은銳氣로 「맑
스」主義를 攻擊하는것이 義憤에못이기어 뛰어나왔다하드
래도 그렇게 金南天式의 「사구라」동등이 휘두르든 文
藝評論은 아무反影도 없고 어느때든지 黙殺程度에서 머
거지는것을알라、그런데 이런사람이있는가하면 또 金翰
容과같은 熱意이있고 朝鮮文壇을 이만치사
랑하는사람을 처음보는것이다。同時에 그의論文은 것날린
그것이、아니오、깊히파고드러가는 그것인것이다 朝光一
月號와 同三月號에 실린 「朝鮮文壇振興策小攷」라던가
「美의 時代性과文學의 健全性」이 죄다 優秀한 그것인것은
勿論이어니와 그態度가 熱意있고 眞摯한 그것인것이다。
이外에도 數篇있는데 죄다 그러한것을 느끼게하는것들

인것이다。

그러면 評論의 一般的 思想은 어찌되어있든가 그것을앞으로 보기로한다。

다、 評論의 一般的 思想

丙子年中에 發表된 評論이 二百餘篇이라는것이나 亦是 朝鮮文壇의 思想的分野가 民族主義文藝思想과 푸로레타리아文藝思想과 이들 兩者量合한 中間思想、곧 同伴者思想으로 되어 있는이만큼 · 또한 그렇게 되어 있는데 評論의 一般的傾向과 一般的思想은 往年에있어 人言壯語하든 時代는 지나가고 多少라도 研究的이오 熱意的이오 眞摯한態度와 · 많이 있는 세가지의 文藝思想이 다같이 進步的인點에 對하야 있는것을 볼수있는 것이다。그러고 世紀의 動向에 對하야 呼吸하랴는것을 隨處에서 發見되는데 흔하는 日本內地의 그것이 朝鮮에서 再現되는 일이 많은것이다。 그것은 지금 朝鮮의 文化輸入은 오로지 日本內地에서 오고 있음으로 二、三個月前에 日本內地에서 文學에 對하야 自由主義를 論議하였으면 이곳에서도 그것이 論議되고고있는것이다。

그래서 一種 熱病患者모양으로는 朝鮮文壇人은 丙子年中에도 文學에對한目由主義를 비롯하야 「諷刺文學」、「偶然文學」、「네오·휴맨니즘」文學論、무엇무엇 죄다 치든것이다。

그러나 이런것들이 朝鮮文壇에서는 固定的인것이 못되고 그대로 지내가기때문에 自由主義文藝도 或은 行動主義 文藝者도 其他 諷刺文學者도、偶然文學者도、또는 「네오·휴맨니즘」文學者도는없는것이다、亦是 朝鮮文壇에는民族主義文藝思想과 푸로레타리아 文藝思想과 그中間을 거리가는 同伴者思想의文學者들이 自由主義文學을 비롯하야 流行인것같이 한바탕 紹介나 或은 論議하고 지내가버리고 말고있는것이다。

丙子年中에 例와같이 모든것을 「파노라마」式으로 것치기는 한번씩 죄다 것친것을 일수가 있는것이다。

三、展望

展望이란 汽車를 타고 · 前景을 觀光하는것은 滋味있는일이다。每年 되푸리하는 이러한 展望은 흔이는 虛지못한 先知者노릇밖에 못하는것이다、따라서 흔이는 言을 하는수가 많은것이다。내가 이말을 왜 吐露하는가하면 나亦是 先知하지못하고 다만 昨年의足跡을 · 빛이어 新年、곧 오는해를 打診하는데 그치고 마는 까닭이다。

가、 評論의 一般的 現象

丁丑年中에있어서 文藝評論의 一般的現象으로는 昨

年여 雜多한 그러한것이 엇든만큼 그範疇에서 버서나
지 않을것이다。 多少 豫測되는것은 世界情勢가 마치中
世紀的暗黑時代로 돌아가는것 같으므로 여기에 對한反撥
로의 「人間探究」와 더나가서는 「휴맨니즘」이 具體的、
또는 普遍的으로 우리文壇에도 影響하지 않을까 생각
된다。

原來「휴맨니즘」이란 中世紀暗黑時代、 곧 寺院專制時代
에 이編絆을 脫出하야 다시 人間으로 돌아온것이 만큼
現代도 亦是 모든 反動的潮流에 依하야 熱病患者와같이되
고 있는것이다。 곧 歐洲大戰以後에는 勞働階級의 進步
的인運動에 對하야 熱病患者와같이 이것에 對하야 謳歌하
고 鼓噪하고 날뛰었으나 이것의 反撥的影響으로 이것
을 拒否하는 運動이 이제는 前者와같은 그러한 擧措
를 하고있는것이다。 이러한 時代에 오즉 나아갈길은 沈
着、 또는 冷情히 생각하야 오즉 「휴맨니즘」으로 나아
가지 아니하면 아니되는것이다。

그리하야 「네오、 휴맨니즘」은 지금 한世界的潮流도의
물결을 크게 捲起하고 오ㄱ있는것이다。 이潮流에 對하야
拒否할 아무런根據도 없는同時에 處女地인 이 朝鮮文
壇에는、 一般的으로 文藝評壇이 이「네오、 휴맨니즘」에對
하야 많이 取扱하리라고 생각한다。

이 「네오、 휴맨니즘」에 對하야는 벌서 昨年十月以後、
朝鮮文壇에서 漸次 그色彩가 비록 稀薄하다고는 할수
있으나 떠어오는것만은 事實이다。

나、 評論의 個別的現象

朝鮮文壇도 十餘年 오는동안 많은作家도 나었지만은
많은 文藝評論家도 나었다。 그래서 最近 朝鮮文壇은 그

發表機關이 적고、 그報酬가 低廉한것일지나 相當히 質
로도 좋은 文藝評論이 나오고 있는것이다。

그러나 이들 文藝評論이 雜多히 發表는되지만은 竟
竟 그抱容하고있는 思想을 分析大別하면 역시 三個큰
系統밖에 없는것이다。 곧 民族主義文藝思想과 푸로레타
리아 文藝思想과 이들 두가지를 다肯定하거나 그렇지
않으면 다否定하면서도 進步的인 性質을 띄인 곧同伴的者
思想이 있는것이다。

朝鮮文壇에는 진실로 日本內地文壇과같이 行動主義文
藝思想家 或은 自由主義文藝思想家、 乃至虛無主義文藝思
想家로 내붓칠만한 그러한것은 없는것이다。 하기야 多
少 自由主義나 虛無主義를가진 사람도있는지는 몰으나
그렇게 두드러지게 表現된것을 볼수없는것이다。 따라서
新年의 朝鮮文藝評論은 雜多한 現象은 多少 表面的으로
이루워질는지 몰으나 그裡面에 있어서는 亦是 세개의 귀
다란 思潮가 흐르리라고 나는 敢히 말하고 싶은것이
다。

다、今後評論의進路

朝鮮文壇에서 今後 作家나 評家가 가질바 態度、더 나가서는 그進路는 亦是 내생각으로는 먼저 世紀의 熱病者로부터 깨끗이 불러나올것이다。世紀의 熱病者란 무엇이냐하면 이世代에서 가장 波紋을 많이 이르키는 「콤뮤니즘」과 「파씨즘」인데 朝鮮文壇에도 여기에 浮動되고 있는感을 주고 있는것이다。朝鮮文壇에서 一般文藝思想을 따진다면 民族主義文藝思想과 푸로레타리아文藝思想과 同伴者思想이라는것은 먼저 말하였거나와 民族主義文藝思想이란 저 歐洲의 「파씨즘」과는 달으나 亦是 아주끔 이 닷지아니한다고 할수없는것이다。그래서 이곳文壇도 「파씨즘」이나 反「파씨즘」이 浮動되고 있는데 이것에서 우리들은 冷却되어야하겠고 超脫하여야 할것이다。이것들은 完全한 文藝思想으로하야 固執할것은 못되다는데 起因하는까닭이다。또한 이두개의 大潮流와 浮動한다는 것은 結局 世紀의熱病患者밖에 아무것도 아닌것이다。이곧에 오즉 나아갈길은 「人間으로 돌아가자ー」하는것 이다。中世紀를 脫出하고 或은 離反하고 뛰어나온「네오、휴맨니 줄」이 今後 우리文壇의 中心的인 進路가되었으면 하여서 마지 않은다。야나 中心的인 進路가 되어야 할것이다。

四、結 語

어느때든지 그論을 結合에있어서 느끼어지는 느낌이 지만은 이번도 亦是 結語를 쓰고자함에 좋더 具體的으로 論치못하였음을 恨한다。하기야 具體的으로 論할 바의性質이。못되는것도 아니지만은 時日과 紙面과 客觀的情勢는 그렇게 그러한것을 要할處地가 못되는것이다。이어 이곧에서 論을 結하랴하거나 昨年 같이 朝鮮文化運動에있어서 多難한때는 듬을다 보아진다。아울러 나는 거듭말하거니와 世紀의 熱病에서 冷却하여 超脫하야 새로운걸인「네오、휴맨니줄」으로 나아가기를 主張하여서 마지안는바이다。何如間 오늘 이 世界現象을 뚫고 나갈것은「네오、휴맨니줄」이 이〻程度까지 믿엄즉한것은 不誣한事實인것이다。(十二月五日 朝脫稿)

ーー發士洞越便골목어서ーー

劇作活動의 新展望

韓 曉

非常히 頑強한 非文化的先入見이 다른 如何한 藝術部門에 있어서보다 월신痼疾的으로 支配化되여있는 朝鮮의 劇作界는 이제야 새로운 昂揚期에 다다르고있다.

昨今의 消息通에 依하면 이번 새로組織된 朝鮮演劇協會는 今後 主로 創作劇의 上演에 主力할터이라하며 벌서오래前부터 在來의 高踏的인 外國劇의 飜案을 揚棄한 劇藝術研究會가 次를거듭하야 國産劇의 上演에서 比較的 成功을 示하고있는一方, 劇研戲曲賞制를 創設하고 第一回戲曲作品을 公募한바도있으니 이는實로 朝鮮의 劇作活動을 質的으로 昂揚시킬수있는 가장效果的인 契機인것이다.

그리고 最近朝鮮文學誌가 號마다 新人들을 發見하야 그들의 力作을 揭載하는것은 實로 敬賀해 마지않을 事實이며 또 新聞의 當選作家들이 繼續해서 活動하고있는 事實과 一部旣成作家層이 劇作方面에 매우眞實한 關心을 가지고있는 事實等은 이곧 劇壇에있어서 實로 未曾有의 高揚된形態를 呈示하고있는것이다.

더욱 戲曲界의 가장獨特한存在 柳致眞氏의 劇作活動이 철신復秀한 境地를 開拓하고있는事實과 作家李無影氏의 戲曲이 次를거듭하야 上演레퍼토리—에 올은事實은참으로 特記할現象인것이다.

여기서 나는아무런 躊躇도없이 朝鮮의 劇作界는 이제

야 새로운 品揚期에 到達하였다고 斷言하는 것이다.

우리들의 戲曲은 決코, 터ー마의 積極性에 있어서 小說이

나 詩에 뒤떠러지지않는다. 오히려새로운 스타일의 探求

여있어서는 훨신 優秀한成果를 物露하고 있는것이다.

例를든다면 李無影氏의 새로운 스타일의 戲曲과같은 作品

은 質도 그諷刺의 새로운스타일이 놀날만큼 充實히探

求되여있으며 柳致眞氏의 『姊妹』에 있어서의 카집의 性格

같은것은 그描寫의 緻密됨이 훨신 大膽한手法을 表示하

고있는것이다.

그리고 新人 南宮滿君의 諸作에 있어서의 리알리즘的意

慾의 最大限의 膜括과 思想的 充實性의 巨大한昻揚은 實

로높이 評價해야할것이며 李曙卿君의 作品「어머니」에서

發見할수있는 內容의 深度와 描寫의 奔放과 形式의 新鮮은

斷然在來의 悲觀的 粗野를 克服할 可能性우에 立脚하는

것이아니면 아니될것이다.

그러나 우리는 오늘날 이러한 現象의 讚揚을 爲한寬

大한 〔處世訓〕을 以上더 繼續할것이아니라 現代의過

程이 指示하고있는바 가장重要한 諸任務를 執拗하게우리

自身의 손으로서 究明하고 宣揚하지않으면 아니될것이다

現質 現在우리가 到達하고있는 이른바 그새로운 昻

揚期란 決코 우리들의 劇作活動이 在來의 不振狀態를 克

服할수있는 可能性우에까지 昻揚되었다는데쉬만, 命名되

는것이아니라 今後에의健康한 發展을 圖謀하기為한 一層

意義있는 飛躍을 前提로하는 自己成熟의 美學的諸要求에

서 命名되는것이다.

그러므로 우리는 오직 今日에 이르기까지의 歷史的過程

에對한 總計的인 回顧만을 일삼을것이 아니라 그보다

도새로운 人間的個性의 數百萬勤勞大衆의 속에서 싹트고

있는 現質의 肚大한 過程을 어떻게하면 戲曲은 그藝術

的諸形象의속에 具體化할수 있겠느냐하는 問題의究明에

精力的으로 昻揚되지않으면 아니될것이다.

過去의 如何한劇作家도 이미손을 떠보지못한 따라서

그表現의手法에 있어서까지 훨신 進步된바의 가장複雜한

가장質任있는 素材의領域에 있어서의 執拗한活動만이우

리들의戲曲을 참으로 그偉大한 歷史的試驗에다 結付시

킬수있는것이다.

이러한 劇作活動의 一般的인 인테ー마及 그의 歷史的限界

는 質로 無限定하게 크고 넓은것이며 一方 그러ー

마의性質上 必要的으로 크라쉬한 研究와, 相伴된 大膽한

革新과 根氣있는 探求의 必要가 豫想되는것이다.

그러므로 今日의 無原則한 現象의 讚揚은 至極히 部

分的인 觀察에서 招來되는 皮相的인 輕擧와 無緣될수

는없는것이다.

問題의 本質은 現在의 우리들의戲曲이 아직 것먹이어린

애기 未成熟된 過程을 過程하고있다는事實과 우리들劇作家

自身의 全才能을 다하야서의 前進向上이 强要되고 있

다는 事實과의 苛酷한 眞理의 속에있는것이다.

事實에있어서 우리들의 戲曲이 眞實로 美學의 諸原則과

政治的合目的性의 諸모멘트의 結合 即 驚異에値할 生活

의美와 어땅에있어서의 生活創造의 奔騰을 具體的으로描

寫할 巨大한 事業에까지 昂揚되자면 아직 前途瞭遠한것

이다.

그러므로 現實의 昂揚期는 戲曲의 새로운 藝術的質을

爲한 그리고 表現手段이 새로운內容에 有機的으로 結合

되는 높은技術을爲한 日常의 當面의 인間問題를 모ー든 劇

作家들의 行程에 提出하고있는것이다.

이 提出된問題의 解明과더부러 現實的인諸問題에서 流

離됨이없이 더욱讀者의趣味에 阿諛함이없이 그自身의藝

術家의 素質을 一層豊富히하고 그의 藝術的趣味를 徹底的

으로 進步시김이 今日의 昂揚期에 處한 良心的劇作家의

當面的인 最高의 任務인것이다.

多幸히 這間演協과같은 進步的劇團이 出現되여 過去

的實踐에對한 性急한 諦觀的偏向과 그의 批判의 非科學的

인 實物主義的態度에서의 冷情한 絕緣을 宣言하고 그의 本

格的인 實踐을 示하랴하는中에 있으니 이는 單只 演劇活動

의 再出發을 敢行한다는 一般的意義만을 包含한것이아니

라 部分的으로는 그것이 日常 良心的劇作家의 眞實性

있는活動과 密接히 結付되여 戲曲의質을 훨신 高揚시길수

있는 偉大한 客觀的條件이 되여질것이라는것을 우리는여

기에 豫斷할수가 있는것이다.

그리고 또한 劇研의上演레퍼토리ー에 不絕히 創作劇

이編入되는것은 무엇보다도 劇作家의 活動을 意義있게

하는것으로서 實로 敬意해마지않을바이다. 더욱 戲曲賞制

의 創始는 그의 階段的役割을 不問하고 劇作活動의 發

展을爲해서는 적지않은 도움이 되여질것이라고 나는생

각한다.

劇研의 戲曲賞制의 設定이 本質的으로 어떠한 意圖밑

에서 發現된 事實인지는 새삼스레 알배아니며 또 여기에

記錄할배도 못되지만 그것이 事實上 現實의 無慈悲

한 非文化的의條件下에 있어서는 숨은劇作家의 出現이나

마 企圖할수 있다는데서만도 或種의 意義를 包含하고있는

것을 우리는 承認하지않으면 아니될것이다.

이러한 演劇運動의 潑溂한發展이 客觀的으로 盛行되

는時代의 美學的諸要求는 必然的으로 戲曲의테ー마素

材及 잔루의가장豊富한 多樣性을 保證하게되는것이다.

그리하야 最近盛히 顯現되는過程에있는 戲曲의 偉大한

諸形式의 多樣性에의 傾向은 歡迎해야할 좋은 成果인

것이다.

例를들면 柳致眞氏作「姉妹」에있어서 作者는 現實의 資

本主義制度下에서 흔히볼수있는 離婚事件을 들어가지고

又離婚事件의 悲慘한 犧牲者 尹집을 가르쳐 慰藉料二千圓

에 그子息을 팔고 子息에對한 어미된權利와 男便에對한

안해된權利 靑春에對한 特權等等을 罪관것이라고 强調

하고 靑春과 하라범과의 對話에 이르러서는 一層 諦觀的

態度를 示하고있는것이다.

하라범「근심걱정이라구는 도모지 모르구자라신 아저

씨까지 걱정되니 참外상두 웃어워요」

榮道「커렁 심경에빠져 있는사람한테는 무어던지 자기

를 웃어버릴수있는일 그런일이 있으면 거기에 루

시기기는게 제일이지마는……」

하라범「커렇게 되야커씨가 무슨일을 해요.

過去에있어서 우리는 例外없이 이러한場面을 非常히

痼疾인 政治主義的闘式制限에다 全面的으로 沈染시켜

왔다. 그러므로 宋影氏의 一切面會를拒絕함과같은 作品

은 그思想的優秀性이 最新 高揚된形態를 示하고있으나

上演時의興味라든가 讀破時의感興等은 너무나 不自然한

機械的偏向과 無緣될수가 없었든것이다.

이는 作家의主觀의意圖의 誇張에서 由緣된結果로서 一

面藝術性의 抹殺을 招致하는 가장危險한 創作的路線이였

든것이다. 그러므로 作家가될수있는限 現實에의 充實을

期하야 至極히凡한日常的인 對話의속에서 藝術的形象을

의具體化를 圖謀하는데 있어서만 戱曲은 그의本源的인

形態를 發現하게될것이다.

여기서 柳氏의作風은 確實히 높이 評價되어야될 眞實

性을가지고 있는것이다.

形象의完璧 性格的典型의 創造를 圖謀하기爲하야서는

우리는 아무런圖式도 아무런 誇張도 必要로認하지않는것

이다. 그러므로 우리는 좀더 實感있는 藝術的形式의多

樣性을 撤頭하는同時에 作家의 奔放한 個性과 空想의多

樣性을 承認하는것이다.

그리고 우리들의가장 優秀한 劇作家들의 創作上의探

求의基礎에는 다른藝術의領域에 있어서보다 훨신 豊

富한 諷刺의傾向이 銘顯되고있는바 이것亦是 多樣性에

는 품揚되는 過程에있는 즉은創作的인 形式인것을 우리는承

認하지않으면 아니될것이다.

例를들면 宋影氏의作品 「新任理事長」과 李無影氏의作

品「無料治療術」等은 實로諷刺術의 좋은標本인것이다.

그리고 또 우리는 最近 朝鮮文學誌에 發表된 新人들

의作品에서 形式의多樣性과 더부러 思想의深度가 巨高

揚된形態를 呈示하고있는 事實을 默過할수가 없는것이

다.

卽 南宮滿君의「靑春」과같은作品은 퍽도多樣한 形式과

複雑한 內容을가지고 있으면서도 登場人物들의 性格을

하나도 機械化하지않았을뿐아니라 事件과의 聯結을 매

우 自然스럽게 描寫한것이다.

그럼으로 자못 機械化되기쉬운 勞働爭議를 그리면서

도 典型性과 形象의個性과를 한개의連續된 全體의속에 結

村시가가에 이 作品은 成功한것이다.

더욱 『우리 만잘하면곡되네(致男의 寃解)』하는 군은思想
的信念을 强調함에있어서 이作家는 秋毫도 自身의 主
觀的慾望의 抽象化를 圖하지안코 보다眞實性있는 生活
現實의描寫를 通하야 그를實證化한것이다.

이러한 生活的眞實의 具體化에서 表象되는 思想的深
度는 如何한 境遇에있어서든지 優秀한藝術的水準을 獲
得하기에 決코 困難되지는 안는것이다.

그러나 以上 例證의 諸成果에도 不拘하고 其實되는
그 肯定의 範圍가 至極히 狹少함을 여기에 自白하지않으
면 아니되겠다.

그것은 아직우리들의 戱曲이 그描寫의 緻密性에있어서
리알리즘의 意慾의 蔚然한 平俗性에서 解脫되지못하였다
는것과 作家가아직 現實에對한 眞正한 藝術的洞察者로
서 成熟되지못하고 單純한 傍觀者로서의 消極的인手法
을 槪念化하는데 一律的으로 挫折되여있다는것에서 結
果된 率直한 告白인것이다.

말하자면 우리들의 作家는 거의 例外없이 現實을 再
現하면서도 그것을 表現할수없는 偏狹한 牧場리알리즘의
領域에 熱居되여있는것이다. 그들은 題材의 選擇에있어
서 그것이 가진 歷史的社會的性質을 理解하지 못하고
으직 平板한再現에의 充實에만 挫折되여 寫眞機와같은
內容없는 觀察者以外의 아무런役割도 다하지못하는것이

다.

그것은 때로는 前記의 諸成果에까지 滋味붙지못한影
響을 洗시켜서 極惡한形象의 破壞를招致하는 動因이되
기까지 하는것이다.

例를들면 柳致眞氏의 『姉妹』와 같은作品은 前記와같은
좋은傾向을 가지고있으면서도 그藝術的水準이 훨신 完
成될地點에까지 昻揚되지못하고 氏의 偏狹한 리알리즘的
意慾의 抽象化에依한 形象의寫眞的 描寫의 機械的偏向
이 鑄型되여 있는것이다.

假令 『姉妹』에있어서의 貞淑의性格은 퍽도 히스테리
칼하고 퍽도 自暴自棄한데도 不拘하고 作家는 貞淑이
로하여금 그렇게되지않으면 아니되게한 社會的條件 或은
그의周圍의 事情에 對하야서는 아무런 視察도要하지않는
것이다.

더욱 第三幕에일으켜는 貞淑이가 너무나 첫을 알어버
렸다는理由로서 仲介結婚도못하겠고 또戀愛結婚도 못하
겠다고했으니 이는應當 氏自身의 作家的主觀의 誇張이아
니면 아니될것이다.

說或, 前慕와의 連結을 가지고 이場面의 誇張性에對한
一步의 讓步를 가진다손치더라도 거리로나가는 거지라
도 붙다더가 하로밤의 慰勞를 받고싶으리만큼 참을수
없는 春情을 느끼는 貞淑이일진댄 그의結婚忌避의 理由는
決코 그가 너무지나치게 첫을낳었다든가 處女로서 二

十六歲라는 많은年令을 먹었다든가하는데 있지는않을것
이다.

왜 그러냐하면 貞淑이에게있어서 婚期가 超過되었다
는事實이며 . 그가 철을알었다는 事實等은 더욱더 그의結
婚을 催促할 거다란理由는 될수있을지언정 決로 그로하
여금 仲介結婚도 戀愛結婚도 못하게할 아무런理由로도되
지못하는 까닭이다.

그러한 理由가되기에는 좀더 貞淑의性格的特徵과 그
의周圍事情에對한 緻密한描寫가 있어야할것이다.

그러므로 이러한 平板한 寫眞的描寫의 不完全性은 不
可避的으로 貞淑한사람의 性格만을 低下시킨것이아니라
그의어머니와 父親의性格에도 적지않은 機械性을 包含하
게한것이다.

作家는 如何한境遇에있어서든지 가장完全한 地震計의
正確함을가지고 現實의 一切의事件에 對한 振動을 登記
하는 同時에 그事件의 具體的性格과 發展的途程을 明
確히表現하지않으면 아니되는것이다.

貞淑의 性格描寫에있어서의 柳氏의 作家的態度는 完
全히傍觀者的傾向을 揚棄하지못한것이다.

이러한誤謬는 單只 柳氏에게서만 發見할수있는것이아
니다른 어느作家에게서도 容易히 發見할수있는것이다.

그리고 最近 一部의 非文化的 復古主義者群의 古典再檢
討의高調에 拍車를 걸었음으로써인지는 물으지만 何如間

現在이 곧 文壇에 前例에없든 歷史小說이 非常히 流
行되는것과同時에 昨年度에있어서 柳氏의손에依하야 春
香傳이 再脚色되고 劇研에서 上演되기까지 한事實을우
리는 또한看過할수가 없을것이다.

最近 東京文壇에있어서도 貴司山治와 德永直等에依하
야 所謂 實錄文學이라는것이 떠 論議된바있지만 어쨋든
古典을 再換討하야 그것을 脚色하고 小說化한다는것은
作家에게 事業에있어서보다 훨신 高度의 批判的態度를
要請하는것이다.

그러나 우리는 이러한 原則的意義에도 不拘하고 이번
柳氏의 春香傳脚色에서 作家로서의 아무런批判的態度도
發見할수없었음을 無限히 섭섭히생각하지안을수 없는것
이다.

여기서 作家柳氏의 世界觀乃至作家로서의 現實에對한
迫眞性이 또도消極性을 包含하고있는事實과 그럼으
로써 氏의 今後의作家로서의 昂揚이 무처 氏自身의現
實에對한 理念의積極化를 强要하고있다는事實을 우리는
想起하게되는 것이다.

그것은 氏의作風이 應當 高調되여야할 批判的態度가
氏의主題에 充實하려는 偏狹한 消極性에依하야 微頭徹
尾 窒息되여있는 까닭이다.

그럼으로 氏의今後에의 一步前進은 氏가 劇作家로서
充實한 現實의觀察者가 되는同時에 . 思想的으로철신 進

步的인 理念을 確保하는데있어서만 可能한것이다.

그리고 우리들의 劇作家들의 藝術的認識의 基礎에는

거의 例外없이 民族的特殊性에의 傾向이 濃厚한것이다. 그

그것은 民族愛라든가 或은 國民性等의 不可避의 人 係 件이 作家의 主觀에 痼疾的으로 普遍化되여있는 까닭일 것이다.

그러나 우리들의 作家들에게있어서 特 性이라는것이 必要以上으로 强調되는事實을 우리는 容認할수없는것이다.

우리들에게있어서 民族的特殊性에關한 問題는 階級的 限界內에서의 社會主義的民族性以外의 아무것도 아닌것이다.

여기에依하야 民族的特殊性의 朝鮮的 乃至 排斥的인 說明 或은 物產獎勵會式 一切의 非階級的解釋의 可能性이 決 定的으로 否定되는것이다.

우리들의 進步的인 民族性은 封建的農民傳說의 諸手法의 盲目的인 暗贍한複製는 決코아닙니다. 그것은 民族的形式 의 諸特質을 保持하면서도 그의基礎에 社會文義××의 國際的인 性質을 가지고있는것이다.

따라서 그의限界는 非常히 廣汎한同時에 그의 民族性에關 한 課題는 뒤떠러진 讀者層의 趣味에의 阿諛에對한 抗 拒이며 流行歌集的 復寫에對한 排擊이며 나아가서는 作 品의 藝術的完成을爲한 가장높은 水準에의 昻揚인것이다

그럼으로 그것은 레-마와 思想的課題에 對한 明確한 理解와더부러 가장複雜한技術의 獲得과의 結合에서 胚 胎되는 높은 藝術的認識의 把握을 强要하는것이다. 그 리하여 그것은 今日의 社會리알리즘의 方法을 獲 得하는 가장 重要한 모멘트가 되는것이다.

單一的인 方法의 獲得은 戲曲의 가장 多樣多彩한 스라 일을 豫想할지언정 決코 그것을 否定하는것은아니다.

왜 그러냐하면 그것은 事件及現象에對하야 同一한理 解와 評價를 規定하면서도 形象어의 一樣한 表現을强 制하지안는까닭이다. 戲曲的創造의 諸特性에서 胚胎되는 强制的인 戲曲의 創造의 諸特性에서 社會主義리알리즘은 形象의 寫眞機 械的인 描寫를排하고 그의 歷史的生活의 寫眞의 根源을 基礎 로하는것이다.

그것은 創作活動의 全體의 有機的인部分으로서 進步的인 로이슴 페-소스 大膽한飛躍性 現實의諸事實에의 進步 的인革新的影響力을 갖이고있는것이다.

그럼으로 우리들의 戲曲의 質的昻揚이 소시알리스틱 리알리즘의 方 劇作家自身의 創作的基準이 무었보다도 ，먼저 創作家自身의 創作的基準이 소시알리스틱 리알리즘의 方 法에 原則的으로 融和되는데있어서만 그리고 그方法의 理 解에對한 一切의 書物主義的態度의 揚棄에 있어서만 可能 한것이다. 좀더具體的으로論할 機會를가지게될것을 믿으 면서 爲先이것으로 若干의展望에 代하려한다.

病苦作家援助運動의 辯

—金裕貞君의 關한—

金 文 輯

裕貞金君은 朝鮮文壇서 내가自信을 갖이고 推賞할수 있는 唯一의 新進作家다。朝鮮에 도라와서, 한글藝術을 鑑賞하기 始作하는 第一먼커 내 눈에 띄이는 作品하나가 있었으니 그가 끔작안해」라는 短篇이요 이「안해」의 作者가 未知의 新進金裕貞君이였다。

그後얼마하지 않으사 中央日報社主催의 所謂劃的期의 文壇大座談會가 民安某料亭에서 열렸을적에 果然 斯界의 名星驥들이 한자리에 다모힌그자리에서 나는 조곰도 躕躇치않고 劈頭로 君을 推薦한것이였다。그때 나는君의 作品하나,보서 그의 藝術을 大略다음과 같이 評價했다。即「안해」의 作

◇ 執筆者略歷

一、原籍
二、住所
三、生辰
四、最終學歷과經歷
五、處女作과發表年度

◇ 李 箕 永 氏

一、忠南天安邑
二、京城府孝子町〇〇
三、明治二十九年五月六日
四、東京正則英語學校、郡雇員銀行員記者
五、「오빠의秘密片紙」大正十三年夏

◇ 宋 影 氏

一、京城蜆底町
二、市內付岩町二三
三、明治三十六年五月二十四日
四、培材高普

者는 所謂 文豪를 꿈꿀 作家는 못된다。그러나 濃厚한 獨自性을 享有한 稀貴한 存在로서의 그의 앞길을 祝福할수는있다。이作品하나로서 推測컨대 君은 깊은 文學的 敎養이라거나 長久한 作家修養을 蓄積한 친구는아니다。그에게는 스케一ㄹ의 큼도 없고 近代的智性의 豊足를 들수도없고 制作上의 骨(コツ)도 아직 體得치 못한作家로 觀察되며 따라서 名工의 計劃을 세워서 그를 操縱하는 技能을 發見하기도 아직은 어려운 作家다。그러나 一般朝鮮文學에 있어서 가장 내가 不足을느끼는「모찌미」(持味一體臭또는 個體香)를 고맙게도 이作家는 넘칠만큼 갖이고있다。그의 傳統的朝鮮語彙의 豊富와 言語驅使의 個人的妙味와는 所謂朝鮮의 中堅、大家들이라도 따를수없는 그의 性質의 그것이니 이러한 事象들을 아울러 考察할 때 우리는 그의 藝術을 朝鮮文學에서 一個要素로서 이를 相當히 높이評價할 義務를 갖이는 同時에 君의 成長을 助護하는 權利를 갖이지않으면 안될것이다 云云

너무나 荒粗했으나마 同席의 速記錄이 同紙新年號에 發表된以後로 나는 一斤더한注意로서 金君의 活動과 努力을 傍觀한바 있었다。果然 君은 나의 期待를 억이지않고 뒤를이여 可賞할 作品들을 産出해주었다。短時日이 뚜렷한 成長은 勿論바랄수 없었으나 그래도 그가 持續하는 그의 「모찌미」는 언제나 나를、깃겁게 해주었든것이다。

일즉 그는 나를 찾었으나 나는 그를맞나는 機會를 얻지못하였다。그러다가 某日 나는 朝光社에서 病的으로 誰遜해보이는 特異한 어떤人物 그 하나를 有心하게 觀視했다。그는 質素한 한복을입은 元氣없는 美男子였다。그茂盛하고도 一種調和를 爻흔頭髮風景으로서 나는그가 寫派에 屬하

運送部來務員、郵便局事務員、硝子工場職工、雜誌編輯
五、『男男對戰』大正十一年

◇李泰俊氏
一、鐵原邑
二、市內城北町二四八
三、明治三十七年十一月七日
四、上智大學文科中途退學
五、『五夢女』大正十四年時代日報開闢、中外日報、中央日報等記者講師

◇韓雪野氏
一、咸南咸州
二、咸興府城川町一丁目一〇四
三、明治三十三年八月三日
四、日本大學社會科
新聞記者、雜誌記者

◇柳致眞氏
一、慶南統營
二、京城弼雲町
三、明治三十八年冬至人달
四、立敎大學英文科
어려서 郵便局事務員으로 三年間

는愛鬱의 詩人인가하는 印象을얻었었다。

大廳앞에 나온 罪人과같은 恭遜한 態度로 編輯室에서 무슨用件을 마
치더니 그는 默默한얼굴로 혼자 도라가는것이였다。
一步戚兄에게 都大體 쓰게뉘기요 혼자 도라가는 것이냐 물으니 그게 다름아닌 金裕貞君이라
한다。나는 말없이 고개만 끄득였다。
그後 君은 또한번 나를 찾었으나 亦是 맞나지못하였다。그때는 벌서
나는 그를 別로 맞나고싶지않었다。멀리두고 보는것이 더興趣와 맛이있
으리라고 느끼여졌기때문이다。

그러나 어느날 우리는 途上에서 서로맞나 인사를 바꾸지 않으면 안
되는 아름다운 運命을 呼吸했다。藝術에關한 이야기를 해보니 안해에서
觸取한 나의純粹推測과는 조금도 틀림이없는 친구였다。
그는 막걸리를잘먹는다는 말은들었으나 그날도 퍽술이먹고 싶은모양이
였다。나는 그를 南村 어떤집에 築地해서 가장高價한 洋酒를 먹는眼마로
待接했다。初見의 두친구가 一夕에 十年知己가 된것은 勿論이나 안중에
는 서로 意識을 맞나는 至境에까지 이르렀다。

이렇게 알고부터 七八個月을 經過한 어떤날이다。(그동안나는 機會있는
대로 公席에서나 公文에서 그의藝術을 擁護해온것은 周知와같다。)
어떤친구의 招待로 재미있는 하루저녁을 따뜻한 家庭에서 보내고 例
의 쓸쓸한 獨身獨房(一種의 監獄을 意味하지만)으로 도라와보니 오래동
안 消息이 없든 金裕貞君으로부터의 人便便紙一通이 다른 郵便物에 섞여
서 冊床위에 쌓여 있었다。不吉의 豫感。……나는 불안듯이 君의 封簡을

지나 본일있음
五、「土菜」昭和七年
四、中學 會社員
三、明治四十一年二月六日
二、市內林町二四三
一、咸南利原
◇ 韓 仁 澤 氏

五、「友情」昭和四年度
四、中學 會社員
三、明治三十八年十一月二十二日
二、京城府明倫町三丁目五三
一、平北定山
◇ 金 台 俊 氏

五、朝鮮小說史昭和六年度
四、京城帝大法文學卒業 講師

一、京城府敦岩町四三五
二、京城府鍾路五丁目
三、明治三十七年一月二十一日
四、東京正則英語學校文科 新聞記者
五、第三戰線에發表한文學論文大正十
一年
◇ 洪 曉 民 氏

◇ 金 珖 燮 氏

먼저들었다。 미지건한 눈물 박새로 한時를 가르치는 時計를 顏皮에 感觸效을적에는 내눈이벌서 니 電車잇을 道理업고 또 忠信町이 쉬울인지 江原道인지 그것조차 모르는 나는 그날밤은 어쩌는수도업서 홀로 뼈개를 안(抱)고 그의 人生과 朝鮮作家의 經濟狀態의 好個의 一象徵物로서의 君의 存在를 곰곰히 생각햇다。나는 너무나 설어웠다。第三期의 重患에빠저 衣食을 欠하는채 搖動처도못하고 藥한번 못쓰고 누어잇다는 그의人生이 氣맥히게 볼상하기도 햇거니와 이놈의 朝鮮社會와 이놈의 文壇은 이처럼도 沒情漢우의 堆積뿐 이엿든가? 돈잇는집 子息이 죽게되면 別別慰問客이 다날나드려오고 唐突쓴의「兄舞品」이 둘못없이 뭉치뭉치 드러오건만 瀕死의靑年藝術家金裕貞君에게는 이처럼……나는 義憤을 느꼈다가보다 이가갈여서 잡을이루지못하는채 東方이 밝어왔다。

燥急히 朝飯을 쉬걸친나는 準備한 果實한상자를 쥐고 安國洞派出所로 달여나렀다。忠信町이 쉬울임에는 틀닛업섯다。半年만에 보아하니 그야말도 꼴不見이엿다。兄嫂와 두족하와 네食口가 사는 그房한間에 누엇든 超蓬髮의金裕貞先生은 正히 來日커녁어 昇天할 阿片쟁이엿다。キビが惡しら는 일본말은 이刹那에 쏠라고만 들린 말인지 모른다。— 내顔面神經은 緊張의 度를넘어 威壓에 가까운 一種嚴肅을띠 怨恨의 沈默이 깨틀리자 蒼白그것의 化身인怪物裕貞像여게 盟哲아닌盟誓의 齋詞를 중얼거리는것이엿다。

— 金君! 安心하게、萬若자네가 내人間을 밋거든 자녜를 慰安해줄 社원을것이다。

◇朴芽枝氏

一、鏡城郡漁郎面松㟁洞
二、京城府壽松町八五
三、明治三十九年九月二十一日
四、早稻田大學英文部卒業 教鞭生活

一、咸北明川
二、京城府外恩平面龍山里
三、明治三十八年二月二日
四、東洋大學을中途退學 教鞭
五、密行은아직까지도판찬었다고生覺합니다。昭和七年一月。

◇朴世永氏

一、京城府長沙町一九九의一
二、京城府蓬萊町四丁目六七의二
三、明治三十五年七月七日
四、延禧文科中途退學、中國留學 教育、雜誌編輯、英字報校正
五、海濱의處女外二篇 大正十四年

◇安舍光氏

一、海州邑北幸町
二、海州邑上町六六의一
三、明治四十三年五月十八日

會가 朝鮮에도 있을것을 믿어주게。決코 文壇을 恨歎치말게 여지것 자

네消息을 몰랐으 나를 怨望해주게……

勿論나는 어떤 적은 푸란을쉬워쉬 있었든 것이다。

裕貞의 貴歷을 爲하야 나오는 그瞬間(十月十八日午前八時)부터 二十日間이내가

標題한이 運勤을 爲的으로 消湯한 時日이다。

元來 나는약지못한 爲人이라 한번 情義를 느끼면 물과 불을 가리지

않고 뛰여드러가는 어리석은 小市民氏로서는 後世上失敗와 損害가많

은代身에 약은 紳士 또는 눈밝은 小市民氏로서는 想像도 못할 恍惚한

愉悅을 經驗하는수가많다。이번일도 그의 하나로서、失敗와 損害가 적지않었

으나 痛快을 滿喫한적도 적지 않었다、

「藝碑」의 적은印別所에서 없는活字를 제 발로가서 사와선 제 손으로版

을쩌서 前後 네時間晩秋에 맛죽같은 땀을흘리면서 無我夢中으로徒復하書

를印刷 해버든 일을 生覺하면 다시 더할수없는 「生き甲斐」(삶의보람)이

였다고 느껴진다。

始作는 動機는 勿論 朝鮮文學의 아름다운 資源의 하나인 裕貞君을 살

려야되겠다는 느낌에 있었지마는 한편 일을始作하면 「일」그自體에 熱中

해쉬쉬 裕貞이야 죽든 살든 加速度的 情熱로 그일을 하지않고는 못견딘

다는것이 「白痴의 能勤的精力家」로 自處하는 나의 氣質이다。이 氣質로 말

미아마 이번일에 當하야 나에게 某種 性格美를 느낀이도 있을지 모르나

境遇에딿아 나에게 不快와 疑惑을 느낀친구도 한둘은 있었을것을 모른

는 내가아니다。여기에 事實인즉 나의 智識人的悲哀가 있기는하나。

莫論하고 前後二次、 一口五十錢單位의 同情金을 모으는 印刷物을 發送하

四、海州 高普卒業 普校教員
五、朝鮮푸로藝術運動의 現勢와 混亂된 論壇 昭和六年

◇韓 曉 氏

一、咸南咸州
二、咸興府、
三、壬子四月十六日
四、徽文高普中途退學 會社員
五、藝術과 世界觀의 問題 昭和七年

◇丁 來 東 氏

一、全南谷城邑
二、市內惠化町八八의三
三、明治三十六年一月十一日
四、北平民國大學英文科卒業 新聞記者

◇安 懷 南 氏

一、京城府茶屋町三
二、京城府體府町一七二
三、明治四十二年十一月十五日
四、學歷이랄건거이없오。
開闢社記者、會社員
五、「段子」昭和五年 以下次號

는데當當하야 나는 자조 맞나는 俞鎭午 李泰俊의 두親舊外에는 한사람에게도 承諾을 받은적도 말한일도없이 (이일은 在來의 文壇會合과는 性質이다름에도 不拘하고)在來의 習慣에 따아 그時印刷所에서 내머리에 먼저 떠오르는 十餘名의 文壇親舊의 이름을 蠻勇的覺悟아래서 純卒히 獨斷的으로는, 무슨 辱을 얻어먹어도 좋다는 活動한 結果別項과 같은 金品을 모아 完全히이를 病苦의 赤貧作家 金裕貞君에게 보낸것이였다.

附言하거니와 이적은돈을 모우기爲해서 非經理家인 나는 二十日동안七十圓이란 엄청난 私財를 消費했다. 勿論自辦이다. 印刷費니 葉書代니 電車賃이니 하는것은 不過十七八圓이다. 몸소 當局해보지 않으면 모를돈이 빠안한 그돈보다 훨신 더 많이드는것이였다. 내몸이 하나요 내발의 둘 인限 나는 到底히 내혼자의 肉體도쇠는 해내지못하겠었다. 그렇다고해서 助力해줄친구가 文壇에 있느냐하면 遺憾이나마 絶對로 없다. 비록있다할지라도 그가 機械와같이 내命令을 絶對服從치않는限 獨制未發者인 나로쇠는 같이 일을 하지못한다는 非憺이 있었다.

그래서 나는 내周圍에 있는 많은 失業靑年가운데서 두사람 떠러는쇠 사람식을 擇해서 故低의 生活費를 供給하고야 手足과같은 臨時 秘費(?)로 採用한것이였으나 二十日間의 그費用이 相當한 總計에 올랐다. 내손으로 길르쇠 某國文壇에 登場시킨 그君의 當選을 眞心으로祝賀하기爲해서 때마침돈한푼없어쇠 性急하게도 신고있든 구두를 一金五十錢에 東京典當에 넣어 祝電을친것은 五年前 春三月의 일이지마는、쇠로 알게된지 不過몇달의 利도得도없는 이君金裕貞을 爲해서 洋服두벌을 쇠울典

文壇消息

◇金台俊氏滿洲旅行을갔다오셨다오、

◇金珖燮氏 上同

◇李箕永氏惶感을當하셨다고.

◇白鐵氏얼마전에上京하셨는데 內資町九四番地로下宿을옮기셨다고.

◇洪曉民氏錦町五丁目二八二의九로移轉하셨다고.

◇安含光氏 지난十一月三十에 私로上京하시였다가 歸鄕하셨다고.

◇韓曉氏 成興府로移轉하셨다고.

◇李無影氏 木浦等地로旅行하시라고.

◇金裕貞氏 忠信町六二의九로移轉하시였다고.

◇洪九氏 風林을編輯하신다고.

◇姜鷺鄕氏 寫實을發行하시겠다고.

61

當어 넣은것은 이번 秋十月의 일이다.

웨 그런 어리석은일을 했나? 性格問題뿐만이 아니다. 나의 タテマエ에 따르면 이는 決코 一個新進作家 金裕貞君에 問題가 아니고 金朝鮮文壇의 問題라고 또한 나게는 느끼여젓기때문이다.

朝鮮作家는 웨 이처럼 貧窮한가? 가장 高貴한 朝鮮의 産物이 朝鮮의 藝術임에 틀림없는데 그를 生産하는 이땅文人들은 웨 이처럼 報酬가 없는가? 原稿紙의 報酬가 그렇다면 그러면 文學人을 救助하는 機關이 웨 이처럼 없는가? 文化事業에 有意한 資産家로서 文學과 文壇의 認識이 그처럼 不足하다면 그러면 文壇內部에서의 相互扶助의 精神까지도 果然 이땅 서울바닥에는 없는가? 진실로 나는 그것이 알고싶었다.

其實인즉 나는 앞으로 어떤 큰직한 일을 하나 始作해볼 野心을품고 (朝光新年號排文「文壇投資論」이 바로 그것이다)對外的인 그運動의 前提運動으로서 우선 對內的으로 小規模의「小手調べ」를 우선 이機命에試驗해본다.

해본 結果 나는 크게 安心했다. 나뿐만이아니라 모두들 나와뜻을 같이하고 있다는 것을 이번일로서 알게되었다. 文學人의 生活과 그福利를 圖謀해야 되겠다는 맘은 너나할것없이 모도들 充分히 갖고있으면서 다만 나와같은 어리석은 活動家, 약지못한 情熱의 총각이 文壇에 그리많지못하기때문에 서로 눈치만보고 있다가 해가 넘어가고 四十도채 못돼서 老衰大家가되고 香불을 피우고…… 그렇지않으면 肺病이나 腸窒扶斯로 자리죽어버리고 들 하고 마는모양이다. 이어찌 哀惜치 않으랴요

讀者通信

良心的이든 非良心의이든 自己의 作品을 되고말고 많이 만내서워우고 그것을, 誇大評價함으로써 自己個人의 價値를 引上식히기에 没没한 利己的 商行爲를 빗어나서 文人이거든 文人답게단한편이라도 좋으니 心血을다한 眞的期의 大作을써서 朝鮮의文壇을 世界的으로나 歷史的으로나 燦然히 裝飾하고싶지않은지!

不過몇몇에 지나지안는 旣成作家들만 한할만한 새로운 天才兒의 出産을하여야 이손바닥만한 文壇을가지고 남은글을 가지고 찢고 싸우고 까불고 어쩌나오늘이나 내일이나 進展이없는 그군들되 직혀 파러먹지말고 적어도 새날을約束 힘쓸 責任感을 느끼지안는지! (서울文青)

×

編輯先生! 朝鮮日報學藝欄十一月創作評을 읽고 朝鮮文學誌가 있아옴을 처음아렀읍니다. 그리고 서울동모에게 사서보내달라하야 十一月號를 跋讀하였읍니다. 如何튼 많으로나 우리朝

어떻든 「만 무쓰 레―러 벨트 빼차―렌」이란 獨逸俚言도 있지만、나는

적은 代價으로써 朝鮮文壇의 앞날을 樂觀하는 根據를 發見하는 化學實

驗에있어 意外의 좋은 反應을 看取한것이니 이위에 더할收穫이 있을

것인가。

在來 朝鮮文壇서 하지않었든 作亂은 무엇이든지 다 한다고 나를 乔

삼아 辱하는 친구도 있다。果然 李無影君結婚 文壇祝賀午餐會같은것이나

의所謂 作亂의 範例로 들것이다마는 그의 認識不足의 度는 쌀? 올틸나

고 太田胃散을 먹는다는것과 伯仲할것이다。그午餐會는 「가게우동」한그릇

노눌수 없는 處地로 장가가는 李君과 나와의 友情이 勿論 基調를지었

을것이기는 하다。그러나 決코 그것만은 아니였다。내가본 朝鮮文壇은너

무나 殺風景이다、너무나 來日 모래 죽을發營不足의 感化院收容兒童 모

양으로 밉고도 불상한 꼴들을 하고 있다、좀더 꽃다울수 없나 좀더 潤

澤과 和樂과 滋味(ヂミ)가 있을수없나 좀더 心胸에 餘裕가 있을수없나

까? 또는 좀더 同燦的血族意識이 있을수없을까、그리고 어떻게 우리는

좀더 經濟的으로도 좋은 位함을 받을수 없을까 等等하는 안

타까운 意慾에서 나온 나로서는 至極히 自然한 行爲이었다。

純潔한 勤機에서 始作한 일로서 後悔해야 될 結果를맺은 일이 없다。

는 아직 經驗한적이 없다。午餐會에서도 나는 充分히 成功의 祝杯를 맘

願컨대 一般 朝鮮智識人은 虛心恒懷함이 있거라―― 아무것도 하지도않고

活能力도 없으면서 못난시누의 모양으로 꼬작꼬작 욕이나하고 흠음이나

하고 調之曰 亡國之種이요 人出의 クヅ요 永遠의 三流文幇이요 또무엇

으로올렀다。

鮮文壇에 唯一無二한 文學誌라고 믿습

니다。이러한 雜誌를 發刊하여 주시니

大端感謝합니다。꾸준한 努力을 希望하

며……(長興 金洵玄)

　　　×

編輯兄 다달이 보내주시는 貴誌는 아

주 滋味있게 읽읍니다。더구나 創作이

많음으로 퍽 조아합니다。그런대 ?

對할때마다 저윽히 遺憾됨은 (勿論 ??生

의 進備知識이 不足한탓이겠지만) 몇몇

執筆家先生의 詩와評論은、아주무슨소린

지를 알기 어려울뿐더러 억지로 글자

를 역거보고나면 일변 不快하고 일변

시쁜맛이 완?드러서 여러先生의 心血을

부어진 마땅이 공손이 바드려여할때을

아무런 反省과 躊躇도없이 방바닥에 동

댕이치게됩니다。이것은 저편이아니라 이

곳 동무들이 뜻갈은 짓들을한답니다。

編輯兄 願컨대 이 無智한 무리들을

귀하고 애끼시는 맘씨로 多忙이 차저가

쓰고 執罪家諸先生님께 일일이 차저가

서서 좀 平易히 써주십시사)고 懇諭

하야 주십시요 여쭐말슴 만사오나 이겸

로 주립니다。(大邱 金泰昇拜) 編輯先生

이요…… 그런친구들이다.

過去엔 몰라도 적어도 앞으로는 요다위 劣等輩는 默殺以下의 方式으로 花國으로써의 文壇王國으로부터 摘出할 勞働과、自信과는 充分 享有할것을 이 機會의 말해둔다.

人間은 더구나 致發人은 眞正한 意味의 貴族이여야 한다。무슨 傷이니 몇位니 하는 그따위 아니꼬운 貴族말고 人間으로써 아름다운 갈래란 意味의 貴族、사나희면 사나자식다운사나、게집이면 게집다운 게집.—價値로서의 美意識、美意識으로서의 藝術、藝로서의 性格、이性과 格을 完全허 消化해서 淳化된 個體가 貴族으로서의 사나요 게집이다.

朝鮮文化는 이러한 男子와 女子로서만 造成된다。文化의 最高表象인 文壇의 境遇에 있어서는 더구나 그러하다.

사람들이 좀더 無邪氣해락。무쟈끼란말을 皮相的으로 味得해서는 안된다。一切의 勇氣와 誠意와 精力이 이 無邪氣에서 發顯되는것이다.

그만하고 이번일에 贊同하여서서 不過얼마식의 적은金品들이나마 同情을 表해주신 諸氏에게 끝없는 感謝와 祝福을 올린다。아직 面이 넓지못한 裕貞君의 일이라 이中에는—아니 同情者의 太半이 面識이없는이요 君의 이름조차 몰랐든이가 三分一以上이다。이얼마나 感謝한일인同時에 나로서는 過한 榮光이리요.

끝으로 이번일에 金君과는 未知의 사이인 漢圖의 李瑢根氏로부터 某種 便宜를받게 된것을 이자리어서 謝禮해두고싶다。또 하나는 이滙勤 初해어서 人肉的으로나 나의 가장사랑하는 벗인 尙盧李君이 危急한 重病에 걸렸음으로 크게 精神的 打擊을 받는同時에 거기에

이것은 日前에 서울서 도라온 R이라는 親舊가 조용히 傳하야들 말이올이다。生은 이말의 眞否를 考慮할時間的 餘裕도없어 斷然 憤怒와 幻滅을 同時에 느끼었으니 드디어사로면 編輯者들이 新人의 作品은 質의 高低를 莫論하고 或閑視하며 等閑視하며 或好意를 表하다드래도 그늘속에서 容納지못할 隱感을 이룬다하니 이어져 寒心한노릇이 아니오며 더욱이 公正을 徹頭徹尾主張한다는 評家亦然 和感에 支配되는事 종종이라하니 地方에서 앞날에 多大한 希望을 가지고 邁進하는文情으로써 이어찌 可嘆할바가 아니겠아오며、南行爲을떠나 헐신 良心的이려니하고、泰山같이 믿어오든者로써 이非人格的 行爲를 嘲罵한들 누가 非라實할것입니가。쓰다보니 너무 過分한에이른상 싶습니다.

同業者諸先生들게도 이런말여쭙고단단한 忠告와 鞭撻을 祈하야주시기 懇望하며 큰으로 先生의 個閑를빌며 擱筆하나이다.

十一月二十九日 (承仁植拜)

얼마간 精力을 分用치 아니치못하게된 私的事情이 있었기때문에、作家로
쇠는 보다적은 存在할지라도 裕貞君의 件은 對文壇的運動이라는 性質
上全力을 傾注치 않을수 없었음에도 不拘하고、 뜻과 같은 活動을 다하
지못하였다는 事實은(나로쇠는 常然事이면쇠도)적지않게 遺憾으로늣기
는바이다。

何如튼 써사랑하는 두친구가 魔神을 克服한 壯快를 目見하고、이케야
나는 미루워오든 大邱行을 斷行한것인데 벌쇠 追憶篇에 編入된 이야
기를 아무련 拘束없이 自由롭게 披瀝할 機會를 얻은것은 나의적은 기
쁨에 하나이다。

그리고 裕貞君으로부터 文壇에 올리는 謝禮의 言詞가왔으니 같이 發
表한다。

　　　十一月十旬於 大邱

文壇에 올리는 말슴

平常 肺結核으로 無數히 呻吟하옵다가 이즈막에는 客症 痔까지 幷發
하야 將近 넉달동안을 起居不能으로 顚倒되어 있아온바 原來 변변치
못하야 糊口之方에 生疎한 쇠의 일이오라 病苦 服容 兩難에 몰리어
勞窮力盡한 廢軀로 筆頭에쇠 進退가 아득하옵더니 天幸히도 여러先生
님의 敦厚하신 下念과 및 벗들의 赤誠이 있어 再生의 길을 얻었압거
늘 그恩惠 무얼로 다갚을지 感謝無地에 惶悚한 마음 이를데
없아와 今後로는 銘心不忘하옵고 다시 않기로 하겠아오니 이렇
게 文壇을 不安스리 만들고 加外 여러 先生님께 心慮를 시키어드린 쇠
의 罪愆를 두루두루 海容하야 주시기 伏望伏望 하옵나이다。

　丙子 十月三十一日

　　　　金 裕 貞 再拜

─昭和十一年度─

朝鮮文學의 動向

諸 ──氏

一、 昭和十一年이 지내가는 동안에 朝鮮文學은 어떠한 길을 걸엇습니까?

二、 昭和十一年度의 代表的作品은?

三、 評論에 있어서 今年의 重要한것을 回顧하면?

四、 創作方法問題는?

五、 文學團體의 活動을 본다면?

六、 作品에있어서 十二年度에 期待되는 新人?

七、 「朝鮮文學」誌에 對한 批判과 要望?

◇── 韓 雪 野

一、昭和十一年이 지나가는동안 朝
鮮文學은 文化反動의 情勢에 따라
支離滅裂만 混亂의 길을 걸었다고
나는 생각한다.

이러한 一般的 雰圍氣는 昨今에
비롯된것이 아니라 멀리 三〇年代
부터 있어온것이고 또 우리도 여
러번 그것을 指摘해온바도 있지만
十一年은 그傾向이 사뭇 甚하
였다고 斷言하기를 나는 꺼리지
안는다.

作家와 作品은 몇해前보다 많
이 늘었으나 그것은 卑俗한 쩌나
리즘의 피리에마추어 추는 亂舞
에지나지않고 그러한 混亂中에서
의 量的 增大임을 意味하는것뿐이
다. 어지러운 空氣는 雜菌의 繁殖을
갱신容易케하는것이니까……

그러나 우리는 한편 이러한 暗膽
한 가운데서 보다 眞摯한 努力이 不

二、昭和十一年의 代表的作品이라고
는 별로 指摘할만한것이 없는줄
안다. 從來의 慣例로 흔히 既成作
家中에서나 그렇지않으면 既成作
家中에서 季節的으로 特히 聲望
이높은 作家의 作品中에서 代表作
을 뽑아왔고 또 그래야 할것같
지들 생각하는 버릇이 있었으나
나는 그런意味에서가아니라 大體
로 그作品에 있어서 人間生活乃至
人類歷史上의 指導的精神──前衛
精神이 缺如란點에서 代表作이라
고 할만한것을 指摘할수 없음을
유감으로 생각한다.

그러한 意圖를 求한다면
차라리 新人들의 作品에서 求할것
이다. 車自鳴、金廷漢、崔仁俊·許

遠히底流로 흐르기시작할것을 밀
는다.

鄕暾君은 놀라운 進境을 보이고있
다. 이떼─의 高度性보다 技巧의 早
老가보이는點이 있는듯하나 그매
도 이作家에게는 아직 젊은良心
이 橫溢해있음을 볼수있으니 우
리의 期待가 어그러지지 않을것을
밀는다.

그리고 女流作家로서는 朴花城、安
의 散慢한「가끼나구리」에 反하야
姜敬愛氏의 不斷한進就를 기뻐하
는바이다. 氏는 初期와如何한「날림」
이덜려지는 反面에서 事物의 核心
을잡으라는 良心的努力이 있음을
볼수있다.

三、評論에 있어서는 亦是 林和、安
含光、韓曉諮若을 들수있고·尹崑
崗君에게서도 적지않은進境을 볼
수있다.

大部分의 잡동산이評家들이 混
亂中에서 偏狹問隘한、自家見을느
려놓고있는 反面에서 어들몇몇評
家는 正當한世界觀의 把持에 努力

新進이라고 부를作家는 아니나 玄

하며 거기 沿한 力線에 一般의 研摩

를 加하고 있기때문이다.

四, 創作方法問題에 對한 熱意있는 評

家를 나는 寡讀한탓인지 別로 發

見한일이 없다. 다만 極히 示唆

的이지만 安含光君의 몇개의 評論

에서 볼뿐이다.

五, 文學團體의 活動은 거의없는듯하

다. 내가 文壇의 권밖에 있는 사람이

되여서 그런지는몰라도……

六, 作品에있어서 十二年에 期待되는

新人은 亦近 前述한 新人몇사람

을 나는 들고싶을뿐이다.

本來부터 問題안되든 이른바旣

成作家는 말할것도없거니와 過去

에있어서 進步的이라고 自他가共

認하든 作家들의 萎縮과 不振을

보라.

七, 「朝鮮文學」誌에對한 나自身의率

直한告白을 許한다면 나는 同人

雜誌의 感이있다고 할것이다. 勿

論 同誌는 同人雜誌는아니다. 그

러나 어쩐지 所謂「同人」的인 極

히 纖細한用意가 어딘지 떠도는

것같고 그당執筆者는 한利用物로

取扱하는感이 있다.

◇──李源朝

導問에對해서 若干의 愚見을 述

하겠읍니다.

一, 朝鮮文學의 걸은길은 그다지뚜

렷하지못합니다. 말하자면 실오리

같은 산길같이 慈微한것이였읍니

다. 評論에있어서 話題에오른것은

「휴마니즘」이니 「모랄」이니 「眞實」

이니 하는 한개의 經衛地帶를찾

이려고 한것같습니다. 따라서 創

作에있어서도 이데오로기─니 社

命的인 振幅이니 하는것보다는 作家

들이 主로技術에 選重한것같습니

다.

二, 代表的作品이라고는 하지안습니

다. 한개의 異彩있는 作品으로서

李箱氏의「날개」를 들겠읍니다.

三, 評論에있어서는 朝鮮日報新年號

에 실렸든 朴致祐氏의「自由主義

論과 根據瑞氏의 話作을 事要한

것이라고봅니다.

四, 創作方法의 問題는 寥寥無聞한

것같습니다.

五, 文學團體란것이 없으니 그活動도

본일이 없읍니다.

六, 期待되는 新人은 金東里氏입니

다.

七, 賞誌에對한 批判이나 要望이란

것보다도 어떻게하든지 다달이빼

지말고 내여주었으면 합니다.

◇──蔡萬植

一, 간단한設問에 이것은 無理겠읍

니다마는 「뼈」는조라들고 살은 조

끔쪘다 고나 할가요.

二,──그中에 나은것은 있겠으나

代表作은 못보았읍니다.

三, 表題는 잇었으나 金斗鎔의것이

四, 몰라요.

五、그렇게 있었나요?

六、몰라요.

七、그저 그런대로 꾸준히 해가는 거지요. 要望은? 主宰하는분이 金鑛이나 큰눈하나 發見해서 稿料나 듬신 주었으면—합니다.

◇—金珖燮

一、十一年度의 朝鮮文學이 걸어온길은 純粹文學的傾向이 濃厚한것과 亦是 沈鬱한 社會的인 色彩가 있었다는 것일것 같습니다.

二、十一年度의 代表作은 作品을 一히 읽지못하야 말하기어렵습니다.

三、評論에있어서는 李軒求氏 金煥泰氏 李源朝氏等의 것을 읽은記憶이납니다.

四、創作方法問題는 近年 너무 論議되더니 今年度에는 좀 적어진 것이 오히려 愉快한듯합니다.

五、文學團體라는것이 別로히 없고

或時있다 하여도 別로活動이 띄이지않었고 海外文學派라 해가지고 늘상 詰難하든것이 不快하였습니다. 그리고 特히 注目되는 것은 同人文藝誌의 活動인듯합니다. 謙遜한 勞力과 活動이 있기바랍니다.

六、十二年度에 期待되는 新人에對해서는 그方面에 늘상 注意하지 못한까닭에 잘 알지못합니다.

七、貴誌에對하야는 創作은 다달이 많이 실으니 좋습니다만 評論같은것도 좀 좋은것을 求하야실었으면합니다. 앞으로 한世紀고 두世紀以後까지라도 續刊될基礎를 잡아놓기바랍니다.

◇—安含光

一、藝術의 認識的意義를 否定하는 受動主義的態度가 非常히增長된 勢力을갖고 때로는 公然히 때로는 暗默히 實踐되여온해(年)라고 생각한다.

二、代表的作品(?)하면 좀對答하기가 거북하나 내가읽은範圍안에서의 優秀한作品을 든다면 李箕永氏의「寂寞」, 朴魯甲氏의「夜哺의得失」, 許俊氏의「濁流」, 車自鳴氏의「轉落」

三、浪漫精神에關한 林和氏의論文

四、理論的解明의 程度에比하야 作品的實踐의 程度는 極히 微弱하다 從前과는 좀더 다른 形態로서의 論議를要한다.

五、文學團體의 活動? 글쎄 알수없다.

六、李東珪、玄鄕駿、車自鳴、許俊、其他諸氏。

七、評論欄의 充實化를바라며 많은 新人을 排出시키기만 바란다.

◇—金文輯

一、藝術의 故鄕(하이마―트)으로바른길을 찾기 시작했다고 할가.

二、代表的作品! 어찌 그를 들수
있음니까。다만 내가읽은가운데서
比較的·재미 있었다고 回顧되는
것은 泰俊의 가마귀 耀燮의 醜
物、明翊의 비오는길、泰遠의 川
邊風景、箱의 날개。以上五篇은내
가 標準하는 新進文壇에 登錄시
킬수 있으나 醜物은 그形式의 舊
套、비오는길은 그作家의 苦勞의
不足、날개는 그 小說家의 肉體의
脆弱으로 그의 老婆心을 괴롭게
하는바 있다。

三、나는 내 評論만을 重要視하는
사람이다。

四、創作方法의 問題? 朝鮮에
專門學이 있었든것을 ツイ 나는
물맀기때문에。

五、文學團體가 朝鮮에 小說
을 나는 아직 發見치 못했으니
까。하물며 그活動이 있었을가부
냐。

六、既成的新人으로 金裕貞君未顯的

新人으로는 張永浪孃。

◇——尹基鼎

七、1、平素의나의 忠言을 指導原
理로삼을것。

2、現下朝鮮의 唯一의 文學雜誌로
서의 位相을 가추되 眞正한意味
의文學 잇ー나리즘을 樹立할것
(그는 活潑하고 斬新하고 問題的
이여야 한다)

8、너절한 創作을 淸筭하고 硏
究論文과 文藝評論 그리고 文
壇人物論等에 主力을 傾注할것

4、爭者의 文壇的 位相에따라線
雜誌以上의 稿料를 支拂할것

5、合評會를綜合을 原則的으
로는 每月가질것。

一、低氣壓속에서 憂鬱과 低徊에 허
덕이며 케각기 닥어놓은 未完成)
서는 더한층
코ー쓰를 스타ー트하야 혼자뜨면
않을수없으며
서ー等못할가? 怯내고 두려워한
였었다。허나 創作評에 있어서는
다시금 큰소리로 「SOS」를 외

二、朱耀燮氏의 『醜物』李孝石氏의 『들』
朴榮濬氏의 『敎諭夫人』
三、金台俊氏의 『朝鮮文學』
에對한反駁、또 以上二論文에對한
林和氏의『學藝自由의擁護』란 評論
은 昨年度에잇어서 가장 눈에띠
우고 귀기우린바의 論評이었다。
그리고 懷月、白鐵、甲基氏等 세
분評論에對하야 南天、韓曉、林和
氏等의 根本的의 駁議 花至於 嚴對
行爲的論調의 相反背馳되는 評文
들은 確實히 누구나 關心하지아
니치못할 問題의 評論들임에 쯕
림있었다。
또는 林和氏의 靑語에關하야 眞
摯한態度로써 떠높게 評價할만한
數三論文은, 創作을 쓰는사람으로
서는 더한층 重要하게 生覺하지
않을수없으며 創作評에 있어서는
였었다。허나 創作評에 있어서는
다시금 큰소리로 「SOS」를 외

처자 아니치못할만큼 評壇의 非
常時요 評家의 貧窮을 느끼지않
을수없다。

四、未解決된채 그대로——

五、그래도 九人會를 文學團體로본
다면 「詩와小說」하나낸것을 그나
마 「活動」이라고나 할가?

六、朴榮浩·李順九·張德祚·李善熙·
金東里·朴魯甲·玄鄉駿·朴鄉民·
尹崑鼎等等……。

七、참으로 얌전한 文學雜誌었읍니
다。앞으로도——。그중에도 創作을
많이 실리시는데 脾胃가 당기고
하잤지않은 귀의作品을 間或 揭
載해주신데는 더욱 마음에듣니다
의뉴―쓰와 創作月評과 內外文壇
의 뉴―쓰를 실려주섰으면합니다.
高尚하고도 滋味있는

◇――安懷南

一、例年보다 活潑하여젔읍니다。

二、朴泰遠氏의『川邊風景』。

三、우리의 評論界는 아직 成立되
어 있지안습니다。거의全部가 外
國先輩의 文章을 變造한 雜記帳이
니까요.

四、評不成說이었읍니다、

五、하나의 文學團體도 없는데 무
슴 活動을 봅니까。

六、作家金東里氏。詩人安龍灣氏。評
論家推戴瑞氏다。

七、原稿料를 支拂하시고 좀더 多
彩한 編輯을 보여주시요.

◇――韓 曉

一、十一年度에 있어서 朝鮮文學의결
어온길은、새것과낡은것과의 決定
的인 꼿麗의 過程이였다고 생각
된다.

二、代表的 作品으로는 韓雪野氏의
『靑春』과 玄鄉駿氏의『鄉約村』입니
다.

三、重要한 評論은 많습니다만 實質
로 새로운날개의 昂揚을 爲한巨

大한現念에서 釀州된 評論은 얼마
어 있었을까읍니다。그것은 一般的인 社
會的情勢에서 出發된 不得已한現
勢이였을지 모르지만 事實로 一
部의 日刊新聞이 公然한 非文化
的行動을 敢行한데 重要한原因이
있었다고 봅니다。그러나 그가운
데서도 林和·俞光·南天·斗錦諸
氏의 論文은 重要한것이라고 생
각됩니다.

四、創作方法問題는 應當 一部의文
學的 墮落漢들의 反對에도 不拘
하고 『소시알리스틱、리알리즘』의
確立으로 歸結되여질 좋은雰圍氣
가 胚胎되였읍니다.

五、別로 特記할 文學團體가 없으므
로 그活動을 記憶하고 있지못합
니다.

六、十二年度에 期待되는 新人으로
서는 玄鄉駿·南宮滿·金東里諸氏
라고 봅니다.

七、貴誌에 對한 批制과 要望은 참으

로만습니다.

첫재 너무 創作欄에만 主力하지
말고 詩와 評論을더많이실을것。

둘재 中間趣味記事를 초끔식놓
을것。

쎗재 中堅作家의作品과 新人들
의作品과에 對한 差別的待遇를 徹
廢할것。

넷재 筆者에게 多少의 誠意를
表할것。

◇——白 鐵

一, 十一年度의 朝鮮文學이 걸은길
은 別로 뚜렷한것은 없었읍니다。

二, 十一年度의 代表的作品이라는것
보다는 比較的 나두 머리에 印
象깊게 남은 作品을 몇개 列擧하
면 朱耀燮氏의「醜物」宋影氏의「月
波先生」殷熙耕氏의「蜻艇」李泰俊氏
의「가마귀」朴泰遠氏의「川邊風景」許俊氏

氏의「狂風客」張德祚氏의「자장가」
李孝石氏의「들」「人間散文」「모밀
꽃필무렵」等。

三, 朴英熙氏 崔載瑞氏 林和氏 金
煥泰氏의 評論文。

四, 創作方法問題는 몇분의 評論人
들사이에 問題된듯하나 別로進展
된것은 없었다。

五, 文學團體의 活動은 別無。

六, 十二年度에 期待되는 新人은 許
俊 鄭飛石 金束里 牟自鳴 李鳳
九氏等。

七, 「朝鮮文學」에대한 希望은 研究
論文과 外國文壇의 紹介論文을 揭
載할것。其他

◇——李 北 鳴

一, 各色朝鮮의文學은 그色을 따라
제좋아하는길을 걸었읍니다。꿈을
찾어 쇠리친꽃동산으로 가마귀 죽
엄을 像告하는 墓地로 동러오는大
地로 검은굴뚝아래 콩크리-트집

강월문으로 어떤「文學」은 길을잃
고 十字路에서 들먹거리기도 하
였으나 大體로는 各自나아갈바길
을 着實히걸었다고 봅니다。

二, 今年은나도모르게 無事분주하여
서, 作品을 많이읽지못하였읍니다
그러나 읽은中에서는 旣成作家들
의것보다도 新人들의作品이 좋았
다고 生覺합니다。玄鄕駿氏의「鄕
約村」은 許좋드군요。

三, 束亞日報를 本陣삼아가지고 싸
워진 韓曉, 安舍光, 金斗鎔諸氏의
「社主的리아리즘」에關한論爭은 近
年에드문 評論戰이라고 生覺합니
다。

四, 社主的리아리즘創作方法이 朝鮮
文壇에서 正當한 方法으로 承認
된듯합니다。「리아리즘」을따난創作
方法論은 암만해도 肯定하기 어
렵습니다。朝鮮의文學도인제야 正
當한 本道를 찾어나왔다고 生覺
합니다。

五、나는現在朝鮮文壇에 있어서 이
렇다할만한文學團體를 是認하지못
하겠읍니다。그러니까 그活動如何
는 不問可知겠지요。

六、누구누구할것없이 新人들은모도
期待됩니다。玄鄉駿、權仁俊、金東
里……이분들의 좋은作品이 三
七年度朝鮮文壇을 찬란하게 장식
하여주기를 只今부터 期待합니다

七、獨子「朝鮮文學」아! 비일홈이외
롭다 설어말고 부대부대 百歲長
壽하라。

◇──李鍾洙

貴設問이 範圍가 廣大하야 어떤
程度의 答案을 要求하시는지 는
모르겠읍니다만은 左記로 免責이
나 하고저 합니다。

一、今年一年동안에 朝鮮文學은 어
떠한길을 걸었는가─하는 設問을
보고 먼저머리에 떠오르는 것은
亦是 平凡한一年、歷史의 惰力으

로無力하게 지난二年 愛惜히 지난
一年─이러한 생각입니다。作品中
에는 創作方法으로 보아서나 文
學技術로 보아서나 多少의 興味
를 이끄는것이 없지 않으며、作
家는 亦是 創作을 하려고 하는
意慾을 가지고있었고 評家는 亦
是 評論의 붓을 들었으나 또한
편을 생각해보면 文學은 自由로
운 表現을 잃고、作家는 時代의
重要한 面을 겯눈질하는때 不過
하고 그러고 文學하는 사람의生
活은 困窮을 繼續하고 憂울히 지
나는동안에 一年은 또 흘러가고
朝鮮文學도 또한 그렇게 一年을
지나지 않었나합니다。朝鮮文學史
上으로 보아서 丙子年이 이렇다
할記錄을 갖지못한다고 생각됩
니다。

二、筆者는 今年初에 생각하기를 今
年一年동안 創作活動이 活日을 創
作方法으로서의 새로운「리알리즘」

을 實踐할것과 「조선말」을 더 깨
버리고 同時에 文學語化할것이라고
생각하고、文學批評의 일도 그 두
가지에 集中되어야할것이라고 생
각하고 作品과 評論을 보아왔읍
니다。그런데 前者는 設問範圍밖
이니 말할것도 없지마는 後者─
即評論에 있어서 불때에 筆者는
이렇다할 論文을 發見하지 못하
였읍니다。다시말하면 文學評論에
는 別로記憶에 남는것이 없고 創
作方法問題만을 가지고 보면 새
로운 「리알리즘」의 發展이 있지
못했다고 생각합니다。

三、「朝鮮文學」의 發行을 繼續하는
努力에 對하야 編輯關係諸氏에게
敬意를 가지고 있을뿐입니다。

◇──洪曉民

一、昭和十一年이 지내가는동안에 朝
鮮文學은 어떠한길을 걸었는가생
각할때 漢城圖書會社에서 『長篇小

說全集」을 發行하게된것이나 또는 中央印書舘에서 發行하게된 「朝鮮文學全集」等은 今年에있어 劃時期的인것인同時에 朝鮮文學運動에있어서 亦是 特記하고 그것이라고 하겠읍니다.

二、昭和十一年度의 代表的作品은 나로서는 大膽이 말할수가없읍니다 別로히 代表이라고할만한 特記할 것을 못읽었읍니다.

三、評論에있어서 今年의 重要한것으로는 내생각에는 懷月의것 몇와 白鐵의것 몇개와 林和의것몇개와 推敲端의 것 몇개라고 생각합니다. 具體的인 이야기는 別稿로 말했으니까 이곳에는 이만한 程度로 끝칩니다.

四、創作方法問題는 亦是「리알리즘」과「로맨티즘」에對하야 論議가있을 法하었는데 그대로 넘어가게 되어 섭섭했읍니다.

五、文學團體의 活動으로는 글세 무었이든가 잘삼각나지안습니다. 九人會같은데서 무엇이든가 올치南「詩와小說」이란 것이 몇번 나오드니 그만 아니나 오드군요. 그리고는나의 寡聞한탓인지는 몰으지만은 別로히 있는것같이 안습니다.

六、作品에있어서 十二年度에 期待되는 新人으로는 金沼葉、李根榮諸氏를 들수있겠읍니다. 두분다 才能이 있는분이라고 생각합니다. 따라서 앞으로도 括目할것이 많이 나오리라고 생각합니다.

七、「朝鮮文學誌에對한 批判과 要望은 좀더 페이지數를더하고 앞으로는 한달도 쉬는일이없는 그러한 雜誌가 되기를 바라며 때로는 文人親睦을 위하야 圍遊會、懇談會같은것을 開催하였으면합니다.

◇ ── 丁 來 東

一、昭和十一年은 文學上各派의主張이 緩和되고 文學上多角面이 展開되었다고 볼수있읍니다.

二、昭和十二年度의 作品全部를 ?지못하야서 말하기는 어려우나 蔡萬植氏의作品에서 用語에對한關心이 깊은것이 注意될것이읍니다.

三、浪漫主義에 對한關心.

四、創作方法問題는 이렇다는進展이 없었다고 봅니다.

五、文學團體의活動은 注意되는것이 없음니다.

六、十二年度에 特別히 期待되는新人은없고 新人은 다 期待됩니다

七、「朝鮮文學」은 創作에對하야 注重한傾向이 있어 꽤좋으나 創作은분만없으라 評論 外國文學 文壇의動向에 좀더 注意하기를 바니다.

追悼會

民村生

김여사의 추도회를 오후 다섯시에 동대문밖 청량사에서 열기로 하였다.

◇

아츰에는 명랑하든 하늘이 저녁때부터 구름이 끼기 시작한다。 면덕많은 가을일기가 금시에 무엇이 올 것 같기도 하다。

쉬병호는 쓸쓸한 하숙을 나와서 안국동까지 거러와서는 청량리를 향하야 전차를 잡아탓다。

오늘 저녁의 추도회는 김여사를 생천에 존경하든 모모 지친간이 가족적으로 모혀서 간단하게 그의 평소의 행적을 추모(追慕)하고 그의 아까운죽엄을 다시 슬퍼 하기 위함이였다。

망인(亡人)이 사회적으로 무슨 사업을 한일이 있었다거나 또한 그의 이름이 널니 알녀졌다면 일반 사회적으로 아무 이름이 없다고 추도회도 못해야옳 적으로 떳떳하게 추도회를 여럿으련만 출가한후로 가 청생활에만 억매여서 남모르게 숨어살든 그를가지고 그래서 김여사의 친가와 그의 남편 삼군이 추도

그렇게 떠들수도 없었다。

그렇다고 그대로 있기는 섭섭한일이였다。 그는 비록 사회적으로 드러난 사업을 한것은 없다할지라도 그의 숨은 덕형은 누구나 따러가지 못할컷이 많다。

가정은 한개인의 사소한 생활이라 하자。 우리가 현 정은 사회의 한찌꾸로 불수 있지아는가? 우리가 현 실의 가정을 일조에 떠날수가 없는이상 가정을 도 시 할수는 없는일이다。

그렇다면, 김여사가 오늘날 낡은집과 같이 구페가 많은 조선가정에서 가족에게는――구고를 효양하고, 부군을 어질게 섬기고, 자녀를 착하게 가르치며, 또 한 이웃과 지친간에는 현철하게 부덕을 가추워서 히 남에게 사표(師表)될만한 소형이 있었다면 그가 사회적으로 아무 이름이 없다고 추도회도 못해야옳 을것인가?

── (1) ──

회는 고만두자고 만류할때에 그때 누구보다도 불유
쾌하게 그들을 반박하기는 서병호였다. 그는 심군에
게──나중에 생각해보니 좀 심한말을 했다할만큼 이
렇게 말했다.

그것은 자네가 아직도 남존여비의 비열한 사상을
가지고 하는말일세. 사람은 누구든지 그를 추도할
만한 행적이 있으면 할것이 아닌가? 지금 여기에 김
여사를 평소부터 잘알든 여러분이 계시지만 자네
의 빙장이나 자네의 이름이 사회적으로 드러나기
는 아마 자네부인의 이상이 껬지. 그러나 아주 러홍
고 인격으로 따커본다면 자네가 그래 부인을 당
하겠나?……그렇다고 오해하지는 말게 이건 무슨
자네를 모멸해서 하는말은 아닐세. 자네의·과거를
결코 과소평까 하랴는 것은 아닐세마는 시종이 여
일하게 그인격을 직히고 그부덕을 가지고 온건히 죽
을때까지 태연자약한 자네부인에게는 누구나 탄복
하지 안을수 없을겔세. 그런데 그량반을 도라간뒤
에도 추도회를 못해야 옳단말인가? 어듸 그게 될
말인가─!

몇철컨어──김여사를 장사하고 나쉬 추도회를 발
론(發論)할때였다. 그때 다른친구들도 모두 서병호의
이말에 동감하고 찬성하기 때문에 심군과 망인의 친
가에쉬는 다시 아모말도 못하고 그대로 추도회를 발

기한 것이 오늘날짜로 된것이였다.

◇

서병호는 김여사가 세상을 떠난뒤에 더한층 우울
해졌다. 그는 스물아홉해째나 하숙생활을 하
고있는데 그래쉬 그의 친구들이 도라오는 그의 생
일날에는 독신생활 삼십년 기념축하회(紀念祝賀會)를
하겠다고 지금부터·벼르고 있다한다.

서병호의 하숙생활은 그의 중학시대부터 계속하는
것이였다. 그는 올에 마흔세살이다. 그동안에 그는 시
내시외로 이리커리 굴러다니다가 지금은 삼청동 막
바지에 있는 어떤 조고만 학생하숙집에 몸을 부치
고 있는데 우중충한 구석방 한간에쉬 밤이나 낮이
나 혼자 옹쿠리고 있는 그는、인케는 고만 실증이
나고 청승마진 꼬락신이가 자기깐에도 보기 싫었다.
사람은 무엇이든지 사랑하지 않고는 살수없는 물
건인가부다.

그의 방에는 사철 꽃이 퍼있다. 한겨울에 꽃이 없
을때는 난초같은 화초를 기르고 금붕어를 키웠다.
한때는 새도 걸너보았으나 차차 나이를 먹어갈수록
귀찮은 생각이 나쉬 그것은 고만 두었다.
그래도 어떤때에 그는 자기의 독신생활을 만족히
역일수가 있었다. 그것은 그가 잘아는 친구들을 돌
려가며 보아도 가정을 가진 그들이라고 반듯이 행

──(2

복하지 않기 때문이였다。 형세가 넉넉한 집안이라도 자식들이 울고 짜고 어디가 아푸머、 누가 죽네、또 뭐사주 뭐해주 하고 조른돈지 그렇지 않으면 내외 간에 불화하거나 로소간에 신구충돌등의 왼갓 가루 (家累)와 차워나가기는 여간 신정이 무딥 소갈은 사 람이 아니고는 참을수없는 일이였다。 그럴때 이따의 악착한 현실에서 황차 자기와같이 가난에 쪼들니는 사람이라면 그것은 도처히 감내할수가 없는일이다。 날마다 쌀이없네 나무가 없네하며 여편네는 바가지 를 긁고 자식들은 월사금을 못주어서 학교를 못가 느니 가느니하고 집세를 못내여서 셋방구석으로 쫓 려 다니고 그래 굼네 먹네하며 친구들에게 비럭질 을 다니고 하는 아이구 그런짓을 겪을생각을 하면 몸쒸리가 처진다。 그것은 금방 죽어도 못하겠다。

그렇다면 비록 하숙집에서 외상밥을 먹을청자 기는 아모도 시비할 사람이없고 누구하나 거리낄것 없는 한몸으로 지나는것이 오히려 그들보다 팔자편 하고 행복하다 할수있지 않은가?

그러나 그는 또한 킨에없이 중년의 고적을 느끼 었다。 삭십년 동안의 하숙생활아 진저리가 나거니와 그것도 물질켜 고통이나 그리 느끼지 않는다면고 독을 넝광으로 알고 자위(自慰) 할수도있다。 그렇지 않더라도 여러가지로 위안할 방법이 있으련만 그도

커도 막다른 환경에만 가루놓여 있고보니 만사가 무 심해지고 인케는 오직 구름같이 우울한 기 본만 떠올렀다。 그래 그는 답답한 심정을 걷잡을수 없어서 근자에는 켠에는 입어도 마지않던 술을 먹기 시작하였다。

그는 술을 먹는것이 여러 첨으로 좋지 못한줄을 잘안다。 그러나 오래도록 눌녀온 성적본능과 호라비 생활에서 우러나는 고독감은 늙어갈수록 더욱 기력 (氣力)이 쇠잔한테 따라서— 인케는 그것을 자쳐할 용기 마커 없어졌다。 더구나 지금과같이 아무 할일 도없고 만성인 신경쇠약증에 걸려서 밤마다 불면증 으로 잠을 못자는 그에게는 그것을 빼커나갈 길이 라고는 오직 술밖에 없었다。

술을 먹는다고 우울증이 없어지는것은 아니다。 하 나 그래도 먹는동안은 친구와 떠부러 유쾌하게 담 화 할수가있고 또한 그것을 먹으면 밤에는 잠을잘 수가 있다。

그래서 그는 친구들이 그를 이해하지못하고 술먹 는것을 시비하는 말도 많이 드렀으나 현재의 환경 을 떠나기켠에는 그는 술을 끈을수없다고 솔직하게 대답하였다。 그러나 그는 할수있는대로 첫음은 하고

◇

쇠병호가 유명한 독신주의자 인것은 말할것도 없거니와 그도 본래부터 그런것은 아니엿다. 그는 어려서 조혼을 하고 지금도 그처자가 시골집에 산다. 또한 그는 무슨 니—최와 같이 철인(哲人)의 흉내를 버랴는것도 아니다. 그렇다면 그를 웨 독신주의자라 하는가?

세상에는 허다한 주의가 많으되 그주의대로 실행하는 사람은 그리 드물다. 그럴때 쇠병호는—시골에 친처가 있고 결코 지금도 여자를 친처로 미워하는건 아니지만 사실상 오늘날까지 독신생활을 계속해왔은즉 불가불 그렇게 말할수밖에 없지않은가? 하나 그의 독신주의는 일종 색다른것만은 사실이다. 그것은 그가 본래부터 여자를 싫여해서 그런것은 아니나 말하자면 불합리한 결혼제도에 회생(犧牲)이 된 부산물(副産物)이라할까? 세상에는 그런 사람이 많다. 안해가 보기싫여서 찌룩째룩 하면서도 한집안에서 그냥 부러사는 사람도 많고 그렇지 않으면 강제로 이혼(離婚)을 하는데 그는 이것도 저것도 아니다. 안해는 안해대로 자기는 자기대로 관계를 끊었을뿐이다. 만일 그안해가 이혼을 해달라고 자청한다면 그는 지금이라도 그것은 쾌락할것이다. 그안해는 구식부인이라 개가를 죄악으로아는 소위 양반집 태성인데다가 자식까지 있고보니 남편과 동거는 않더라도

쇠씨문중에 그냥 민적을 두고 싶어서 그대로있는것이라 한다. 그리고 그는 시어머니가 아직 생존해있음으로 그어머니를 섬기고 그자식을 키우는것으로 오직 락을 삼어서 사려간다.

쇠병호는 그안해와 발을 끊었을뿐 아니라 그어머니와도 발을 끊었다. 그의 시골집은 그리 한미하지 않어서 지금도 거기에는 삼촌이 사려있고 사촌오촌들의 당래가 한마을을 이루고 살지마는 그는 한번 고향을 떠난뒤로는 발그림자를 다시 드려놓지않었다.

그의 이러한 성격을 친구들은 허무주의라고 탓한다.

그러나 그는 그렇다고만 할수없었다. 왜년—한참당년에 그도 사회운동에 몸을 받쳤었다. 그래서 영오의 몸으로도 여러해를, 있었는데 자라가 시대의 선구자로 인정하는 러에 가루에 구애가 되어서야 무슨일을 할까부냐?……더구나 우리녀의 가정이란것은—그중에도 소위 양반의 가정이란것은 완고한 품이 짝이 없어서 봉건사상이 화석(化石)같이 차라리 났고 맛당히 때러가정은 있는것보다 없는것이 차라리 났고 맛당히 그러려쓰어야만 될일이라는것이 그의 이론이였다. 그렇다고 동지적 대상을 구할수없는 바에 다시 결혼을 할수도없다. 그는 지금이라도 절혼생활의 조건

어구비하고 이상적 대상만 있으면 독신을 면하고
싶다. 그것은 하루 바삐 면하고 싶다. 하지만 그는
자기의 지금 환경과 여러가지 사정이 허락하지아니
니 차라리 이룰깨뭍고 단렴하자고 결심한것이다. 여
기에서 비로소 그의 독신주의의 이론이 소서났는데
미상불 드려다보면 그럴상도 싶다. 올—오아、낫씽、말
하자면 그는 온전한 기와보다도 부서진 옥쇄주의(玉
碎主義)를 직히자는 것이라할까?

그래서 그는 집안하고는 발을 끊고 하숙으로만 도
라다니는데 그동안에 자기많으로 있든 땅마지가나마
좌다 파러다 쇠버리고 지금은 외상밥값에 날마다 졸
니는 형편이였다.

작년은 외로히있는 모친의 환갑이였는데도 그는
버려자보지도 안었다. 그아들이 보고 싶으면 노는 모
친이 찾어 올나왔다. 그는 맞나는 족족 집으로 버
려가자고 울며 아들을 줄녔다. 시굴로 가기가 싫으
면 서울로 가따를 파려가지고 있겠대도 아들은 그
도커도 마다했다. 그는 모친의 우는것이 보기싫었다.
한편으로 죄송한 생각이 둘면서도 도커히 그의딸을
청종할수는 없었다.

어떻떢는 그끝이 보기싫여서 모친이 찾어와 맞나
보아지라는것을 일부러 피해 다러나며 끝까지 안맞
나고 로모로하야금 공헝(空行)하게 한일도 있었다.

그럴때——그는 자기의 불효를 철커하게 뉘우처보기
도 하였으나 그의 감정은 좀커럼 도려서지 안는것을
어찌하랴!…… 그는 가정과는 영구히 등지자는 셈
심이였다.

◇

서병호가 김여사를 알기는 지금으로부터 사년전이
다.

그는 그때 김여사의 남편인 심군과 함께 모신문
사에、같이있든 관계로 먼처 심군을 알게 되였는데
심군과 친해짐을 따러서 그의 안해인 김여사와도 알
게되였다.

그뒤로——신문사가 경영자를 박귀는 바람에 그들
도 선후하야 거기를 불너나게되였으나 그들의 교분
만은 그때로 계속하였다. 더욱 근자에는 서로 술친
구가 되여서 무여 날마다 추축하다 싶이 하였다.
김여사가 현철하단 소문은 그친부러 드렀으나 과연
그는 처음보고 놀내였다. 첫재 그는 외모도 단아
거니와 사괴여불수록 고결(高潔)한 성격을 드러냈
다. 담담(淡淡)하나 변하지않고 근엄(謹嚴)하나 청소
(情踈)하지 않게 따하였다.

그는 ○○래생으로 고등학교를 졸업한 당대의 신
여성이라 할수있으되 그런에도 늘 그랬지만 최근에
는 더구나 생활의 곤란까지 겪고며 사철 드러운옷

을 두르고 부엌구석에서 구정물을 흘리는 천역까지
하였다. 급박한 현실에 부닥치는대로 남편은 모든 불
평을——사회적불평까지 그안에게까지 화푸리를·하려들
고 그리는대로 남편은 술이 심해갔으나 그는 조금
도 사색없이 그남편의 술바라지를 하고 아이들을 착
하게 거두었다.

쉬병호도——어떤때는 술취한 심군에게 끌녀가보면
김여사의 고생하는 끌이 참아 볼수없었다. 한데 심
군은 그대로 잔소리를 퍼붓고 음식을 타박하고 술
루청을 하지안는가. 그것은 옆에 있는 사람까지 민망
해서 볼수없는데도 김여사는 일언반사없이 여일하게
그수중을 느럭주었다. 그는 어떤때——남편이 너무심
하게 굴때는 눈쌀을 찌푸리는 대신에 옷어보
이며 마치 어린아이의 응석바지를 하듯이 너그럽게
포용하였다. 그라고·술이 깬뒤에 조용히 남편의 잘
못을 꾸짓는것이였다.

그럴때마다 쉬병호는 감심하였다. 종로 네거리를 활
보하는 소위 신여성들중에 과연 이런 신여성이 하
나나 있을까? 그들은 무슨짓을 하드라도 남보다 사
치하고 유행에 뒤지지 안으랴고 눈이 벌겅고—
그래 자기의 허영심을 채우지못하면 날마다 풍파를
이루고 그것이 이혼조건으로 서로 갈녀서는일도 비
월비재가 아닌가?

그런데 김여사는 이런 신여성에게 비하면 아주 구
식부인이라 할만큼 그런데는 무관심하다. 그는 신구
를 겸하였다. 아니 그는 또한 어느 구식부인으로도
감당하지 못할만큼 살림사리에도 능난하였다.

쉬병호는 어떤때 심군을 찾어갔다가 못맞나고 혼
거 음식 대접을 받을때가 있었다. 김여사는 그가 술
을 좋아하는줄을 알고
「약주좀 드릴까요?」
하고 던짓이 뭇는다.
「비—」
쉬병호는 거짓을 꾸밀수없어서 이렇게 대답할나치
면

「그럼 석잔만 잡수서요— 그이상은 안드립니다」
하는 언케와같은 근엄한 태도에 그는 더먹고싶어
도 참아 말을 못하고 도리여 술먹는 자기를 그앞
에 부끄러하는 인격의 모자름을 자지리 느끼게 하
였다.

그리고 그는 그남편이 있을때에도 취하지안은때는
그의 과음하는 술을 책망하기를
「당신들은 무슨 할일이 그리 없기에 술을 자시나
요?」
하고 정색을하며 처다볼때는 미상불 붓이 확근거려
서 그대로 있을수 없게한다. 그럴때에 심군은 그래

도 지지안으랴고 술먹는것이 뭐나뿌나고 때 들면서 사

비가 술못먹는건 병신이요 줄장부라는등 유주강산에

다호걸(有酒江山多豪傑)이라는등 술을 못먹는 사람은

한가지 행복을 모른다는등──심지어는 술먹는 사람

에게만 비로소 삼생(三生)이 있는것이니 그것은 취

생(醉生) 몽생(夢生) 각생(覺生)이라고──별별 소리를

다하며 호가를 피우지만 그것은 한개의 억설로서 마

치 으른앞에서 까부는 어린애의말 폭박에는 안되는

것이었다。 그럼나 치면 김여사는 다만 미소를 머금고

그남편을 쳐다볼뿐이였다。

◇

시간이 임박하는대로 참회자는 얼추 모여든다。 염

녀하든 일기는 필경 한복새를 하고만다。 별안간 뇌

성벽력을하며 밤톨같은 우박이 퍼붓는다。

추도회장은 관두방 넓은 광장으로 정하였는데 간

단하게 설비를 했다。 흰보를 덮은 테불위에는 화분

모두 열다섯 사람에게 통지를 하였는데 부득이 한

사정으로 한사람만 빠지고 죄다모였다。 그들은 모두

망인과의 생천에 지친간인 가죽과갈은 사람들뿐이였

다。

청각이 되자 추도회는 요란히 퍼붓는 우박소리속

에서 열니었다、 천둥과 우박소리에 그들은 더한청 엄

숙한 기분이 떠올느게하였다。

중논에 의해서 추도회의 사회는 서병호가 하기로

하였다。

그래 서병호는 테불앞에 이러쓰서 개회사를 하는

데 그의 목메인 첫소리에 만당은 일제히 오열한 우

름을 삼키었다。

──여러분! 우리가 지금 김여사의 추도회를 열

기위해서 이렇게 다시 한자리에 모이고보니 망인

을 애석하는 슬픔이 더욱 새롭습니다, 이세상은 현

자(賢者)도 죽고 악인도 죽고 늙은놈도죽고 젊은

놈도죽고──사람은 누구나 다죽읍니다。 그래서 그

것을 예천부터 천명이라고 합니다마는 참으로 인

생이 너무나 허무하지 않습니까?

더구나 어케까지 아무병도 없이 건강하든 사람

이 천염병으로 금방 죽는다거나 어린이와 젊은사

람들이 일직이 죽는다는것은 너무 허무하

다거나 무상하다느니 보다도 차라리 사회의 책임

이 크다할수 있읍니다──웨그러냐 하면 젊은사람

이 죽는것이나 건강하든 사람이 유행병으로 죽는

다는것은 너무도 부자연(不自然)하기 때문임니다。

그것은 결코 천명이 안임니다……」

서병호는 차차 열변을 토하였다。

「그럼으로 만일 현대과학이 사람을 죽이는데만 친

력을 다하지안고 사람을 살니는대로 힘을 쓸것갈
으면——다시말하면·현대 과학의 정예(精銳)를 총
동원 해서 위생과 의학을 연구했을것갈으면 그까
지 오늘날 천염병쯤은——장질부사나 적리같은 병
군은 벌서 뢰치되였을것입니다.

그런데 현대과학은 지금 무엇을 연구하고 있읍
니까? 문명을 자랑하는 과학은 지금 무엇을하고
있읍니까? 오늘날 과학은 사람을 살니는것보다도
죽이는데 치중하고 있지않습니까? 세게각국은 지
금 커마다 살인병기를 남보다 잘만들냐고 혈안이
되여 있지않습니까? 그들은 군비확장을 하고 있
지 않습니까?

여러분! 우리는 어려서부터 귀가 첫도록 들기
를 악한자는 망하고 착한자는 흥하고 어진자는 수
한다(賢壽)하였습니다. 그러면 김여사는 웨 수를
못했읍니까? 그같이 현숙한분이 웨 수를 못을
가요? 아니 그럼 그가 악해서 요사하였읍니까?
그래서 장질부사에 걸니섰읍니까? 아—여러분! 말
일동은 낙수물처럼 눈물을 흘니고 또한 낙수물처
럼 우름소리를 훌!훌!늣긴다.

「여러분— 그러면 예천말도 허사가 안임니까? 또한
현대의 악용되는 과학도 미들수가 없지않습니까?

여러분! 그래서 우리는 이중으로 김여사를 슬
퍼하지 않을수없읍니다. 그가 본시 불건강하다든
지 천명을 케대로 살다가 도라가도 슬플터인데 함을
며 이렇게 삼십을 겨우 너머서 불의에 작고한다
는것은 얼마나 모순에찬 이세상임니까? 얼마나 인
간의 생명을 통분할 일임니까?……부자민한 죽엄
에는 누구나 더욱 슬퍼할수있읍니다? 또한 그것은
누구나 공분을·늑길수있는 인생의 권리를 가졌읍
니다. 그것은 다시없는 인간의 비극이 안임니까?
여러분! 지금 나는 현대과학을 악용하는 모든저
도에 대하야 그래서 다시없는 공분을 느낌니다——」

만당은 더욱 처연한 빛이 떠돌았다. 더구나 그의
유족들은 방바닥을 치며 애통하였다. 과연 서병호의
말은 마디마디 그들의 심장을 찔넜다.

◇

망인의 약력소개와 몇사람의 추도사와 묵상(默想)
이 있은 다음에·누구나 자유로 감상담을 하게되였
는데 그들의 말을 종합해서 드러보면 김여사는 가
정적으로 현부인동시에 과거학생시대에는 그아버지
도와서 남의일에도 많은 구급을 하였다한다. 그아버
지가 집에 없을때는 그는 크낙한 집안살림을 총찰
해가며 동생들을 가르치고 부친의 뒤바라지를 하고
인아족척을 건저 나갔다는것이다.

그래서 쉬병호가 마지막으로 감상담을 할때에도—

「나는 김여사를 생전에 존경하던 만큼 모든 가면을 버리고 기탄없이 말하겠읍니다. 친구의 부인이 작고한데 울음을 운다는것은 망발일는지는·보른겠읍니다마는 나는 진정으로 아니울수가 없어쉬 아까도 울었읍니다.」

그래서 망인은 친구의 안해라는이보다도 차라리 쉬 친구이와같은 감정이나고 그것은 그양반이 살었을뺴나 지금이나 늘 마찬가지로 느껴집니다. 또한 나는 그량반에게 생전에 은고를 많이 입기도 하였읍니다. 그량반은 내옷을 손수 빨어주시고 가끔 음식의 머컵을 받기도 하였읍니다. 그러나 나는 그러한 내개인에게 대한 사사로운 은고를 감사하는 마음보다도—일반쩍으로 그량반의 인격과 행적을 숭앙하는 편이 더욱 크다고 생각합니다.

지금여기에 그량반의 남편이 앉어 계시지만 그량반은 출가한뒤의 가정환경이 그의 천부한재능을 제대로 발휘하지 못하게 한줄압니다. 만일 그로하야금 좀더 자유의 환경을 가질수있게 하였다면—그는 비록 오늘날의 절막한 일생이나마 버덤 큰 일을 했을는지도 모를것이요 따라서 그의 원만한 인격은—누구도 어떤 남자라도 추종치 못하게 사회쩍으로 들어났으리라는것은 여러분도 잘아시는 바

와같이 결코 과언이 아닐줄 압니다……」

좌중은 그말에도 모두 동의 하였다. 그리하야 김여사의 추도회는 참으로 극진한 애도밑에서 청의있게 마칠수 있었다.

여러딸중에어도 그딸을 제일 사랑하든 망인의 부친은 목이 붓도록 울어쉬 말도 못하고 울도 못하고 그커 벙어리처럼 눈물만 흘리였다. 그의 남편인 심군도 안해가 죽고 보니 현숙한 그안해를 그의 일생중에 너무 가엾게도 가사에만 몰두하게한것이 일번 누우처지는 동시에 친구들을 떠하기가 면괴한 생각이들게 한다. 그는 진삼으로 그의 친우인 쉬병호에게 말하기를

「여보게! 날이갈수록 나는 못살겠네. 천에는 그런줄을 몰랐는데 어디다가 의지하고 살든 기둥이 문허진것같애쉬 도모지 못살겠네 이러다가는 나는 미처 죽겠네—」

쉬병호는 그말을 들었을때 참으로 그의 말을 수긍할수 있었다. 김여사는 과연 심군의 기둥이였다.

일동은 간단하게 식사를 치르고 제각기 헐어젓다.

밤은 어두운데 개인 하늘에는 별이 총총났다.

◇

쉬병호는 그길로 다시 쓸쓸한 하숙을 찾어 기여들었다. 발길이 허전허전 하였다.

그는 끝없이 야릇한 적막감이 떠올는다。장근 한
달동안——그는 김여사의 일로 마음을 매여 지났다。
그가 입원을 했을때는 병원으로 날마다 문병을 가
다싶어 하고。뜻밖에 그가 죽은뒤에는 그의 초종범
절을 그의 유족들과같이 치러왔다。

그런데 오늘저녁의 추도회로써 그 어떠한일이 마지
막으로 끝나고보니 시원하다 할는지 섭섭하다 할는
지 야릇한 감정을 종잡을수가 없다。그리고 그는 그
만큼 할일도 없어졌다。

그는 더욱 술밖에 생각나는것이 없었다。술은 그
전에도 먹었지만 인케는 자기의 술을 진심으로 충
고할 사람도 없는것이 쓰은하였다。

하긴 다른 친구들이 자기의 술을 권고하는 사람
이 지금도 없는것은 아니다。그러나 그들의 하는말
은 개소리로밖에 안들려서 도려혀 반감을 품게 하
였다。술안먹는 쥐의돌의 하는일은 술먹는것 이상으
로 나쁜짓을하지 않느냐고——, 그러나 비록 아녀자
라고 불러오는 김여사는 여자일망정。그의 근엄한말
로 충고를 돌을때는 미상불 고개가 숙어지고 충심
으로 반성하고 싶은 생각이 들게 하였다。
사실 그는 술을 조심하라고 자켜하기도 하였다。
그는 이렇게 생각하고 무거려한 자기 자신을 비
웃어도 보았다。그럴것같으면 자켸(自制)를 웨 못하

느냐고 하겠지만 인간의 약점을 그런것이라고나 할
까? 그리고 그는 쥐에없이 모친의 생각이 났다。
가끔 모친이 보고 싶은것이 이상하였다。
그뒤의 쉬병호는——그때의 늦인가을 철과같이 더
욱 침울해 갈뿐이였다。
그는 우울을 참을수 없을나면 외상으로라도 술
사먹었다。

밤중에 잠은 안오는데 술도 먹을수 없을때는 문
을차고 거리로 내다렸다。그는 공연이 뒷산 솔밭으
로 미친 사람처럼 헤매기도하고 어떤때는 바위우에
돌부처처럼 우둑허니 눈을 감고 앉었기도 하였다。
그는 하루바삐 지금의 환경을 벗어나고만 싶었다。
그렇지않고서는 무의미한 생존을 지속하는 것뿐이라
고——。

그래 그는 그동안에——오직 바래는것이라고는 그
날그날의 하루를 죄없이 넘기는것이라 하였다、그
지금도 쓸쓸한 하숙방에서 자리를펴고 누울때 일종
의 행복감에 가까운 가벼운 한숨을 내쉬였다。그리
고 임속으로 중얼거렸다。

「아! 그럭저럭 오늘하루도 무사히 넘겼구나——」
이리하야 독신주의자 쉬병호는 一九三六年 十一月
을 오늘까지 살어왔다。

丙子十一月六日 作

거울을 꺼리는 사나이

尹 基 鼎

1

용봉이는 몇일전부터 집어서 돈오기를 고패고패 하든것이 오늘에야 간신히왔다.

그원에는 그렇게 신고를 하지않고 선뜩선뜩 주더니만 이즈막은 노루꼬리만한 버리었으나 고나마 그만두었다니까 버리할쪄보다 적게 청구하드라도 여간 힘을끼는게 아니다.

아마 아버지와형의 생각에 「버리도 못하는 여석이 돈만쓰나」하고 밉살머리스럽게 역이는 모양이다.

다른때같으면 돈 올듯한낯쪄가 약간 억으러진대도 그다지 조바심이 나도록 하지않었으나 이번만은 천에없이 돈 오기를 느려 기대렸든것이다

참으로 얼굴이 흉하게생겨 시골집에 있을쳐이나 서울로 올라와서나 추남으로 소문이 자자하게 높은 용봉이가 일금백원야를 버젓하게 자기집에다 청구해

놓고 날마다 몸이닳고 목이 말러서 기다렸든것도 그 서울로 올라온이후 서번째나 연애를 걸었다가 번번히 보기좋게 실패를 당하고 금년 이름봄부터 차레로 너번재— 이번에는 게법 둑둑히 거운거운 어울려드러 가다가 그나마 바루 한이십일천어 남이보 아 속이시원하고 자기가보아 질껍을하게되는 괴상하고도 얄구진 선물 하나를 최후로 받고서 그만 막을닫고 말게되니 천에없이 서상이 귀찮고 매사에 쓸징만나서 속처럼 더워지는 날로닥처와 점점 불화로 더위는 하루를 더 머물러있다가 과시 액색하였다. 그래 돈만오면 즉시 서울을떠나 원산으로 피서를하 라갈 작정을하고 있었기때문에 올돈이 좀더디어 문

애를대고 안을 바첬는것이다.

몇일을 버리두고 밖에 나갔다가 하숙집으로 도라오기
만하면 쥔마나님을 대하자마자 첫대 말을 건늬는것이
『어디서 편지 않왔나요?』
하고 뭇는것이었다. 그러면 마나님은 그어글어글하
게 생긴 얼골에 의미있는듯한 미소를 띠우며
『아무 편지도 않왔소. 또 어느 여학생 한테서 올
편지를 그렇게 기다려유?』 하고 말한다.
『않요』
하고 자기방으로 휙 드러가곤 하였다.
이래 버려오다가 오늘은 마당에 드러서자마자 마
루끝에 앉어 담배를 풀석풀석 피우든 마나님은 입
어물었든 곰방대를 쑥빼면서 용봉이가 말을 꺼내기
전에 앞을 질러
·『쥐- 그렇게 기다리든 편지가 오늘이야 오ㅅ수……도
장을 찍어가나 돈이 온게지 아마』
하고 벌떡 이러나 안방으로 드러가더니만 편지한장을 내
다준다. 그것은 틀림없이 그의집에서온 쉬류우편이었다.
그럴리는 없겠지만 혹시 보내달라는것보다 덜보내
지나 않었을까? 하고 약간 마음을 조이면서 봉투
를 찌진다음 편지내용을 보기전에 먼저 세턱에 쥐
헛수고였다.
일백원야(壹百圓也)라고 거믄빛으로 뚜렸이 넉자가

찍켜있는드룽상가와씨ㅅ었다. 새삼스럽게 집안사람들이 무
척 고마웠다. 금시로 어깨바람이 저절로 나는듯하였다.
저녁밥상을 받고앉어서도 몇번인지 모르게 돈표를꼈다
집었다 하면서 혼자 가쁜웃음을 즐겁게도 연해웃었다.
──내일 오전중으로 우편국에 가기만하면 십원짜리
열장이 자기손에 쥐어질것과 원산가는 밤막차 이등실
안에 자기몸이 건들거리며 앉어있을것을 눈앞에 그
려보면서 남이 맞보지못할 느긋한 행복을 혼자 만느
끼는듯이 빙그레 웃기도한다.
그는 자기집에 돈한가지만 없었드면 설령있다손치
드래도 그의아버지와 형이 돈을 잘주지 않었드라면
벌서 이세상사람이 않이었을는지도 모른다.
사는게 허무하단 생각이들어 죽고싶다가도 돈한가
지부자유하지않은걸로 그생각을 가시게하고 『못난작자
:』라고 남들한테 손꾸락질을 받는줄 번연히 알면
서도 「내겐돈이 있어」 하는걸로 그분푸리를하며 이성과
좀가차워질듯 하다가도 마침내 천리 만리 거리가 떠
러지고 말게된때 자살까지 하고싶은 마음과 무한한공허
와 비할데없이 쓸쓸한심회를 눈물겨웁게 느끼다가도
돈한가지로해서 석시사근 마음의위안을 얻게되는것이다.
그는 조물주의 시기었든지? 자기어머니 배人속에서 잘
못된 라작이었든지? 허나 그의아버지는 자식

을 생각하는마음에 얼굴은 못생겼으나 어름이나 잘
지어준다고 지어준것이 용봉(龍鳳)이었다. 그렇지만
자랄수록 용과 봉을 담끼는커냥 점점 얼굴이 흉악망
칙만 해가쉬 동네사람들이 용봉이라고 부르는 대신
에 못생긴애라고 별명지어 불렀다. 그나 그뿐이랴 그
의집을 못난이집! 그의부모를 못생긴애아버지! 못
난이어머니! 하고 이렇게 마을사람들이 불러내려왔다
용봉이는 자랄수록 얼굴하나만이 못생겼다뿐이지 사
람됨됨이 영리하고 똑똑하며 인정이 많었다.
이해력이 다른애들보다 투철이 뛰어나고, 기억력이
놀랄만치 동부하였다. 잔난어드려쉬도 남한테 뒤떠려
지지 않었다. 산이면 토끼처럼 치달르고 나무면 다
람쥐처럼 횡횡 올르고, 여름이므 겨울이나 응당이
만보면 것고리같이 뛰어들어 을정이처럼 헤엄치느라
고 해지는줄을 몰랐다.
시골쉬 배천이나하는 패부유한 집안에 태어난 용
봉이라 얼굴은 못생겼으나 돈이 있는 덕분에 열다섯
이 겨우넘어 장가를 들게되었다.
혼인날 당나귀를 타고쉬 색시집엘 가는데 거운.신
부집 건처에 이르니 동네사람들이 보는족족
「참 신부가 아깝다. 쩌기 쩌런 신랑이 연분이었
드람?」

「색시인불이 분한걸…… 재물두 재물이지만 흥—」
이렇게 신랑귀에 드러오도록 크게 웅얼거린다. 얼
굴에다 모닥불을 퍼단붙는듯이 화끈하고, 귀여쉬
모기소리처럼 앵앵거리며, 나중에는 현기증까지 나는
것을 억지로 참으면쉬 신부집 마당엘 턱드러서니
떠들석하든 사람들의소리는 별안간 쥐죽은듯이 고요
해지고 이쪽 쥐쪽에 옹기 쥐있는 사람들은 묵
묵히 고개만 외로틀고 도루 밖으로 뛰어나가고싶은
생각이 치미러올랐으나 간신히 참었다. 가삼어쉬는 두
방맹이질을 치는데 이구석 커구석에선 여전히 여인네
들이 둘식 셋식 몰켜쉬쉬 수근거리고 있었다.
더러떠나고만 싶었으나 달을까 바투 그날밤부터 그만
ㅡ 있든 어떤쪽 각시한테 ㅡ 소박
을 맞으ㄴ 깔렸었다? 쩐시는 울며 겨자먹기로 시집살리라
고 석달을 쳐지못하고 본가로 가드니만 죽기를 기
쓰고 다시 도라오지 않는다. 허나 용봉이는 (그까진
년 않이면 세상에 계집이 동났느냐)고 뽐내는 마
음과 코큰소리를 하다가도 여기에는 케아모리 영리
한놈도 별수없고 지나치게 똑똑한 사람이라도 어쩔
수없는 노릇인지 행여나 신부가 마음을 돌려 다시
도라오지나 않을까하고 헛되히 기대리고 기대려 보
았으나 달이 가고 해가 지나도 한번간 색시는 영
영 도라올줄을 몰랐다.

그리하야 사년동안이나 한번간각시를 연연히 그리
워하면서 적적히지나다가 이번에는 소박떼이 하나를
어물어물해 데려왔다. 그렇지만 그여자도 일년동안을
마침 십년 맞잽이로 역이고 무던이 참다가 마침내
머슴과 배가 마쳐가지고 어디로갔는지? 부지거처가
되고말었다.

이리하야 용봉이에게는 다시 적적하고 쓸쓸한날이
찾어왔고 집안사람들도 그를 동정하기 마지않었다.
그의약은품이 남들한테 가엽게 역임을 받거나 동
정해주는것을 달게역이고있을 위인은 않이었다. 그래
쇠울로 뛰어올라온 이후 잘해야 일년에 한두번 집
에 내려가거나 말거나 하였다.

그는 보통학교도 우수한성적으로 맞쳤지만 그의집
에쇠 한백리가량 떨러쳐있는 S읍 상업학교를 우등
으로 졸업했기때문에 쇠울로타오든 그 이듬해봄부터어
느회사에 취직하게 되었든것이다.

시골있는 그의아버지는 자기아들이 취직하게 띠견
도하지만 그것보다도 무슨일이든간에 그기다가 마음을
부치면 자기못생긴것을 비관도 덜할것이며 혹시 모
진마음도 않먹으리라고 일상 마음이 안놓이든것이 커
욱이 안심을 하게되어 돈을 붙며달랄적마다 그친보다
도 떠잘 월장분부로 아들의뜻을 거실이지않고 내려
왔든것이다.

2

저녁밥을 먹고난 용봉이는 우연히 손을 드러 머
리를 쓰다듬다가 너무자란 머리카락이 거운 귀박퀴
를 뒤덮게된것을 깨닷게되자
「이리구야 떠날수있나?」하고 모처럼 리발할 결심
을 하게된었다.

커법 얌전하게 꾸며는 방안이었지만 크든 적든간
에 거울이라곤 씨도 없기때에 머리가 얼마나 자렀
는지도 모르고 지내지만, 떠군다나 거울과는 아주 인
연이 먼 않이, 거울 따하기를 심히 꺼리는 그로쇠
떠구나 으리으리하게 버턴는 큰처경속으로 자기의얼
골모습이 나타나는것을 아모리 안보려고 애를쇠도 줄
잡어 쇠네번식은 자기눈에 띠우니까 그것이 괴로워
머리를 깎으려 리발소에갈 용기가 좀처루 나지않어
미적미적 미러내려가는 버릇이 생겼다 그런버릇으로
해쇠 어느때는 떠벅머리처럼돼쇠 가뜩이나 흉한얼굴이
떠욱 흉해보인적도 적지않었다.

오늘은 큰결심을 하고쇠 벽에걸린 맥고자를 떠어
쓴다음 밖으로나와 어슴프레한 길거리를 천천히 거
렀다.

「어디로 갈까?」
하고 잠간 속으로 망쇠렸다. 다른때와 마찬가지로 꼭어느리
집에서 나올쩍부터

발소로 가겠다고 작정하고서 나온게 앉아있었기때문에

어제 길에서 망쇠라는 것이다.

그에게는 망할라발소가 없다. 말하자면 깎을적마다

깔리는편이다.

른길로 한참써리끄리며 리발판인듯 싶은곳을 찾어보았다.

개를 두리번거리며 리발끼려오다가 어느 좁은골로 드러서서 고

중력줌을라오니 좀 멀리떠러저서붉고 푸른 빛쉬인

것이나사처럼 빙빙도는게 보인다.

용봉이는 그앞까지 가까히와서 발을 멈췄다. 아모

리·그 묵은기억을 떠듬어 올라가보아도 왔든생각

이라곤 아예않나는 처음보는 리발소였다.

그는 쉬슴찌않고 그안으로 드러섰다. 요행이 머리

깎는사람이라곤 하나토 없었다. 될수있는대로 치경

있는쪽을 외면하고 햇길을 내다보면서 옷을버서거는

듯한 그앞까지 이르렀다. 모자와 양복웃거고리를 벗

으니 아이놈이 받어건다.

〔이리와 앉이시죠〕

노상젊은 리발사가 한쪽교의를 가리키며 말한다.

소리나는편으로 휙ㅡ도리키는 바람에 자기의얼굴이

벌쉬처경속에 나타나있음을 보았다. 그의가슴은 선뜩

하였다. 그래서 리발사섯는 앞으로 가까히 가는동안 그

는자기의 발등만 굽어보았고 의자에 걸러앉어서도 두

눈을 팍감고만 있었다.

〔어떻게 깎으시렵니까?〕

〔상고 머리로 깎어 주슈〕

용봉이는 리발사가 묻는말에 이렇게 대답하고나서

여전히 눈을 감은채 오늘붙어 한이십일전에 이

런난일을 눈앞에 그려가며 생각해 보았다.

자기의얼굴을 거울에 빛어보기는 바루 이십일전에

한번 있었고 오늘 지금이 두번째였다.

매일같이 찾어오든 경애가 거운 한달동안이나 오

지않고 아모소식조차 없다가 하루는 기다리든 그는않

오고 경애대신 그가 보낸 소포(小包)하나가 왔다.

용봉이는 아머든지 반갑고도 기뻐서 조금 머므를

나위도없이 즉시 그것을 조심청스럽게 헤치기 시작

하였다.

차고、차고、또쌌다。겹겹이 쌋것을 헤치는 동안이

문청 지루하였다. 그리고 가슴이 조마조마 하였다.

이렇게 호기심과 기쁨이 갈마들려 무슨 귀중한 보

물이나 찾어낼것이랬든 마음먹었고 바랬든것이 최후로

싼 한껍데기를 베끼고 보니까 (그나마 등관이 먼저

베졌드면 그처럼 거상이 떨되었을는지도 모를것을 공

교히 알맹있는쪽이 따人바람 룩배지는)손바닥만한 석

경이었다. 질겁을해 놀랐다. 정신이 아찔해지며、맨이

불이나 찾어낼것처럼 리발사가 한쪽교의를 가리키며

영낭。
「이 거울이나 드려다보고 짐작이나 하슈」
하고 비웃는듯한 경애의태도가 치가 떨리도록 분해
쉬 견딜수없다。
옆에놓인 목침을 번쩍드러 거울을 향하야 이를 악
물고 힘껏 내리첬다。
거울은 아직근!하는 큰소리를 내며 산산조각이나
쉬 방안으로 하나가득 헐어지고 말었다。
부었어쉬 무엇을하고있든 주인마누님이 눈이 휘둥
그래가지고

「뭘 그류? 뭘 그래?」
하면쉬 한다름에 달겨든다。
용봉이는 뒤이른 사람처럼 멀ー거니 앉어쉬 아모
대답이 없다。

「그건 웨 그렇게 짓마수? 난 별안간 벼락치는 소
리가 나게、깜짝 놀랐구료。대관철 그거울은 어
디쉬 난건데 웨 깨트리는게요?」
하고 달ー는다。
용봉이는 괴로운듯이 고개를 흔들며

「아무人말슴 맙쇼」
하고 머리뒤에다 손으로 깍지를 끼고쉬 반드시 드
러눠 버린다。좀 수다한마나님은 연실 강금징이 나쉬
거예、알고야 말겠다는듯이

「여보ー 나도 무슨 곡철인자 좀 압시다그려」
대답을 하지않으면 끝끝내 청가시게 굴겠으냐 그
것이 귀찮어쉬 ·
「그렇게 알구 싶으십니까? 커ー 얼마천까지 자
조오든 경애라는 여자가 있지않읍니까……」
「그래쉬」 ·
신이좀 나는 말씨였다。
「그여자가 보낸거랍니다。이제 속이 션하십니까?」
「그림데 오지는 않고 거울은 웨?」
용봉이는 쓰윽히 구슬픈 어조로
「뭐 알쪼조……。네 얼굴이 거울에 빛이는것
럼 그렇게 흉하고 못났으니 나도 나려냥 일후에는
다른 여자한테라두 짐작을 좀 하라는 그런 수작이겠
조」
「뭘? 그래쉬 거울을 보냈을나구 설마」
「앙읍니다。제말이 조금도 틀리지 않읍니다。그래쉬
커는 지금 결심했읍니다 이앞으론 생전 계집이란
요물과는 칠때로 가차하 하지않기로 굳게굳게 맹
쉬했읍니다」
잠간 숨을 돌려가지고 다시 말을 이어
「이세상에쉬 가장 어리석은것이 사내가뵈요。다시는
속지 마자면쉬도 번번히 요렇게 속고마니……。
앙이。그것은 알고도 속고 모르고도 속으니 그게

어리석은 물건이, 잉애요? 인제야 설마 또 속겠
읍니까』

하고 얼굴에 결심한빛을 띠우면서 벽을 안고 도라
드려눕는다.

고 한참 위로 한다는것이

『얼굴은 쇠래두 맘씨 좋은줄은 모르고』

『누가 알어주나요……』 사실 내가 - 생각하드래두
이임빠뚜렁이한테 어느 눈갈먼넌이 뎀빔니까?』

『앙야, 앙야, 임은 삐뚜러졌으두 주라만 바루 불
면 그만이지 뭐』

용봉이는 하도 어이가 없어서

『빛갈은 이처럼 검어두 속 고지식한줄 몰라주니까
걱정이 조』

하고, 용봉이는 쇠출물에 픽——웃어버렸다. 그웃음은
확실히 기맥힌데쇠 나오는 탑탁지않은 쓰디쓴 웃음
임에 틀림없었다.

어느틈엔지 머리를 다까고나쇠 면도를하려고 비누
물을 얼굴에다 바른다. 여짓것 눈을 한번도 뜨지않
었다. 마치. 술취한 사람이나 조는사람모양으로 두눈
을 실눈으로도 뜨지않었다.

면도하는 때에 눈을뜨면 쳬경에는 바루 빛이지않

젔지만 이번에는 지금까지 이상스럽게 역이고있었든
발사와 시선이 마조칠까봐 그것을 쓰리기 때문의 종
시 눈을 감은채 있었다.

리발사는 필시 빙글빙글 웃으리라, 그리고 다른사
람들도 자기의얼굴! 또는 비리 눈만감고 앉었는꼴
을 훌끼훌끼 보면쇠 비웃음을 눈감은 내얼굴에
다 살머같이 쏘드리라. 예라! 너희놈들은 어쩌든지
나만 이렇게 보지않으면 그만이다. 하고 속으로 생
각하면셔 귀로는 면도칼이 살에 닷는대로 아조 간
엷이게 쳐각쳐각하고 털버지는 소리를 드르며 죽은
둣이 가만히 있었다.

얼마지낸뒤 등뒤에서 참다참다못해 러커나오는둣한 킥
킥어리는 확실히 조소하는 웃음소리를 그안에다 남
겨놓고 리발소문밖을 나와버렸다 불쾌하지도 아모렁
지도 않게생각하면셔……. 오히려 묵어운 짐이나 버
셔논둣이 마음의 후련함을 느꼈을뿐이었다。

3

용봉이가 밤막차를타고 원산역어와 닷기는바로 먼
몽이드기 시작하는 때이었다.

역밖을 나쇠서 인력거한채를 잡어라고 해수욕장에
쇠 그리라가 떠러지지않은 일등여관을 찾어가 진
을 잡았다.

밤새도록 차ㅅ간에서 시달려 자는둥 마는둥 했으 때문에 여간 고단하지않어 상모르고 녹으라저서 한잠 푹은히 잘자고났다.

아침밥을 먹고나서는 즉시 해수욕장으로 나갔다.

범서 사람들은 펙많이나와 물재맥질을 하는빛에 헤 염을 치는빛에 모래옹으로 왔다갔다들 하는빛에…… …야단 법석들이다.

멀리 아마득하게 내다보히는 바다 커편! 크고 적 은 배가 그림처럼 가많이 섯는지? 웅직이고 있는지 잘 분별할수없게 떠있고, 좌우편 뎀직한 바다봉으 론 감매기들이 때를지어 물에 잠겼다 꿋중에 떳다 하고 한가롭게도 날아단인다. 바라보기 만해도 속이 시원한데 게다가 쉬눌한 바다ㅅ바람이 물결을 쫓아 오는듯이 물려와가지고 온몸에다 쉬눌한맛을 쥐휘 담 어 붓는다.

용봉이도 옷을 훨훨 버서부치고 얼룩떨룩한 해수 욕복 하나만 걸친채 물속으로 뛰어들어갔다. 오장속 까지 시원하다. 그때 한바랑 보기좋게 물오리처럼 마 음껏 헤염처 도라단였다.

한참만에 기운이 지친듯해서 그만 모래사장으로 나 와 네활개를 적버리고 해를 향해 반드시 누어있었 다. 구름한점없이 맑엉케개인 하늘이 차차 내려와 자 기 몸동아리를 덮어 누를것 같기도 하다.

이렇게 잠간 쉰뒤에 또다시 물로 뛰어 들어갔다 물속으로드러가 한참식 잠겼다가 물위로 고개만 내 밀어 숨을쉬고는 다시 물속으로 잠겨 버리곤하였다 이리다가는 경계선 밖에까지 흘러가지 써차고 수선스럽게 헤 염처 나갔다가 빠르게 도루 드러와가지고 모래사장 으로 올라와서 앉었다.

낯겨직하니까 사람들이 둘식 셋식때를 지어가지고 몰려나오느니 몰려나온다. 남자、여자、어린애……이 렇게물속에 드러가 있는사람은 무척 많은데 벌이쨍 쨍이내리쪼이는 모래들과 양산을버틴아래와 또는 천 막속에서 쉬고들 있는 무리가 어지간히 많다.

용봉이는 해수욕장에서 간단한점심을 사먹어가며 온 종일 물속에서살었다.

해가 뉘엿뉘엿해서야 그때도 쉬운한듯이 겨우 려 판으로 도라왔다.

좀 피곤한듯하지만 마음은 여간유쾌하지 않었다. 커녁밥을 먹고나니 더욱 노곤해서 조금 쉬성거리다가 그대로 쓰러저 세상모르고 잠드러 버렸다.

이렇게 하기를 몇일 계속하였다.

그의 거믄얼골이 떠껌애컷고 그리 허지못하든 속 살까지 이케는 얼굴빛과 과히 차가나지 않게되었다.

이리로온지 열홀이나 바라보는 어느날이다.

오늘도 다른날과 마창가지로 아침밥을 먹자마자 밥

도 너릴껌해서 해수욕장을 향하고 왼왼히 거렸다。

여관집에서 해수욕장을 돌지않고 좀가까운길로 질
러가려면 누구의별장인지? 해변에서 그리 떠러지지
않는 동썽이엔 그다지 크지는않으나 아담하게꾸며는
양옥집 그앞을 지나가야만한다。

그는 요몇일컨부터 이질음길을 여관집에서 심부름
하는 아이늄한테 배워가지고 그뒤로는 꼭꼭 이길로
만 왕래하였다。

지금도 이앞을 막 지써려니까ㆍ해변에서 사람의소
리가 난다。

용봉이는 거름을 잠간멈추고 바다편쪽을 흘끼 바
라보았다。

해변에서 떠러쳐 한오십간동이나 실히돼 보이는물
가운데에는 사람하나이 불끈솟았다가 다시 쑥드러가
버리고、해변 모래우으로 막 물에서 나오는 한사십
식이나 바라보히는 남여두사람이 눈에 띠운다、그들은
뭐라고 재미스닿게 이야기한다。이망경을본 용봉이는
불시로 씀징어나서 못볼거나 본거처럼 외면을하고 거
름을 좀빨리하였다、
바로 이때이다。

해변으로 나오던 두사람의 모래들우에 양산을 버
터논 앞으로와서 막 앉이려고 할지음에 물속에 도
러가있는 또한사람이 불끈솟드니만 손을 내젔는다。

그리고 파도소리에 어렴풋하기는하나 좀 째지는듯한
여자의 외마디소리가 가난다。두사람은 앉이려다말고 바
다쪽으로 귀를 기울였다。물위로 나타났던 그사람은
다시 물속으로 사라졌다。두사람의 얼굴어는 이상한
빛이 떠돌기 시작하였다。조금 지난다음 다시 불끈
솟드니만 팔을 재게 내휘둘은다。두사람은 무슨 소
리가 또 나지나 않을까하고 숨을 쥐며 귀를 기울
였다。

『발…… 자개바……』

천후가 동떠러진 날카러운 비명을 겨우 들을수있
다。그두사람의 얼굴은 갈사록 불안에쌓인다。

『자개바……라지 않소?』

하고 여자한테 뭇는다。

『참 자개바라고 그리는 구료。자개바가 뭘까?』
하고 여자가 맞장구를 친다。그사람은 물에 다시잠
겨 그림자도 않보인다。

『올치、올치、큰일 났군그래。자개바람이 난다는말
이구료……이를 어쩌나? 뭘이 나가지말라구 그리 성
화를、해두 거예、나가드니만 엥』

두사람은 몹시 당황해 절절맨다。남자가 이리 저
리 휘휘 둘러보다가 사람하나가 눈에 띠우자 반색
을 해서

─（ 19 ）─

「여보―」 이리 잽깐 오슈」
하고 목을느려 귀닭게 불렀다.
용봉이는 흘끗도라다 보았다. 좀 급한듯이 재게 손
찟을한다. 용봉이는 그들의 앞으로 가까히 거러왔다.
「여보! 사람좀 살리유」
하고 남자가 숨갑뿐듯이 말한다.
「여보슈―」
하고 여자도 여간 초조해 하지 않는다.
이때에 쥐쪽에서 외마디소리가 바람결에 히미하게
들린다. 학실히 조급하고 몸단 음성이었다.
「……살……사람살……주……」
사람은 일치히 바다편짝으로 고개를 도리켰다.
그리고 제각기 귀를 기우렸다. 그사람은 또다시 물
속으로 사러저 버리고만다.
이광경을본 남녀두사람은 얼굴이 핫숙해가지고 어쩔
줄모르게 조바심한다.
남자가먼커 퍽 떨리는 목소리로
「여보―! 쥐기 멎따 가력않었다 하는게 내딸인떼
자개바람이 나서 당장축을지경인 모양이나 얼핀좀 돌
려가 구해주시유……간청이요.」
하고 해결하다싶이 말한다.
「제발 준일 하눈셈으로 빨리좀 구해주시유……」
하고 여자역시 진청으로 애걸 복걸한다.

용봉이는 재바르게 옷을 벗어부치고 해수욕복만 임
은채 물로 텀벙 뛰여들어 그쪽으로 차
츰차츰 빠르게 헤염쳐간다. 용봉이가 그근처까지 살
동안에 그여자는 …단한번밖에 물우로 솟지않었다.
어림치고 그여자가 솟았든한곳까지 이르러서 물
속으로 잠겨 이리 쥐리 찾어보았다. 한군데서 애를
쓰며 허우적어린다.
용봉이는 그여자의 커드랭이를 이끄러가지고 물의
로 솟았다. 그리고 다시헤염쳐서 그의부모가 쉬서 기
머리는곳으로 차차 가까치 왔다.
이광경을 바라보고있는 그의부모는 기뻐날뛴다. 죽
었던딸이 다시 살어오는거 같았다. 사실 용봉이가 않
이었드면 그여자는 꼭 죽고 말었을는지도 모른다.
사실조금만 더느젔드면 아주 영영·물에 장사지별번
하였다.
「헤옥아! 인케 정신이 좀 나늬?」
그의어머니가 이렇게 말하는 바람에 눈을 떠보니
양산이 해를 가렸고, 아버지와 어머니의 얼굴이 보
이고, 또 생전보지도못하던 어떤사나이의 험상구진 얼
골이 꿈속에서 보는것처럼 어른 거린다.
물속에서 「인케는 꼭죽었구나」하고 마음먹었을때 뭘
지? 억개를 잡아 꺼는바람에 자세보니 사람인듯해
「올치 살었다」하는 생각이 번개처럼 머리에 떠올으

그의양친은 딸의얼굴을 내려다보면쉬 이렇게 번가
러가며 말했다。

헤욱이는 이러앉이며 공손히

『참 고맙습니다。꼭 죽을목숨을 살려주쉬쉬……。
아 래산같은 은혜를 뭘루갑나?』

하고 고개를 숙인다。

『온 천만의 말슴을。그러……그까짓게
은혜될게 뭐 있읍니까』

『청말이지 조금만 더늦었으면 이세상 구경을 다
시 못할번 했어요。은혜가 않애요? 죽을
번한 목숨을 살려주신게 은혜가 안이고 뭬 은햄
니까?』

하고 헤욱은 진심으로 치하하는듯이 말하면쉬 생그
레 옷는다。요염하게 생긴 미인이다。아주모ㅣ당멀이
다。

『암、그렇구 말구……。비 말이 옳다。그은헤는 차
차 갑기로하고 어쉬 집으로 드러가자、이분도 모
시고 같이……』

그의아버지는 이렇게 말하고나쉬 딸의손을 잡아이
르킨다。그리하야 네사람은 해변을 등지고 별장으로
패아담하게 지어논 양욱집 그안으로 드러갔다。

자ㅣ뫳이 타ㅣ풀려 그만 깜으려쳤다가 이케야 겨우
깨나는판이다。그의부모도 이케 숨을 돌렸다。
헤욱이는 눈을 슬으믄 감었다가 또떠보니 확실히
꿈은 않인데。그괴상한 남자의얼굴은 여전히 자기의
시선을 버쉬나지 않는다。더 똑똑히 보일뿐이다。
이마가 숙붐은데다가 숫한 웃눈섭으로 해쉬 이마가
더좁아 보이고、어지간히 옷이나 했으면 덜
훌활것을 넓지럭하게 얼굴 한복판을 차지하야 좌우로
뚝불그러진 광대삐는 그덕에 조화가되지만 쾌하게 드
러간。옴팡눈은 더욱 뱁새눈을 닮었다。입이 삐뚜러
쉬 뎍쫓아 일그러쉬 보이나하고 자세보니 입보다
도 더하면 더하지 조금도 덜하지않게 왼쪽으로 쐴
그러졌다。빛갈은 해수욱한죄로 돌리려고해도 별로만
꺼러쉬 그런게 않이라 본시 빛갈없는것을 뙥뙥히 찾
어 볼수있다。

헤욱이는 참다참다못해

『커분은 누구요?』

하고 어머니더러 물어보았다。

『너를 구해주신 양반이란다。정신이 좀나거든 이러
나쉬。인사드려라。』

『너、이분이 않이었드면 꼭죽었지……모두가 인연이야……
마른면 큰일 날번했지……모두가 인연이야……
어쉬 치하를해라』

혜옥이 아버지가 용봉이더러 여관에있지말고 이별
장으로 옮아오라고 하는것을 처음에는 구지 사양했
으나 나중에는 그가 성을 내다싶이 하니까 어쩔수
없이 그날커뒥때로 옮겨오고야 말었다.

그리하야 용봉이를 위해서 한쪽 처소를 잡아주었
다.

혜옥이 부모는 커뒥밥만 먹고나면 딸더러 용봉이
있는방에 가 놀다오기를 권했다.

혜옥이는 어쩐일인지 실쭉하면서도 마지못해 용봉
이있는 방으로가서 이야기도 하고 그럼푼에는 치고
소설책또 보다가 밤이 이슥해야 자기 있는방으로 도
라와줬다. 그리고 낮이되면 둘이서 별장앞 바다에나
가 물속에서 해를 보냈다.

그의부모는 둘이 물속에 놓고있는것을보고 기뻐
하며 또는 얼마쯤 멀리가드라도 안심하고 있었다.

하루는 혜옥이 아버지와 어머니가 가장사리 아주
앞은 풀어드려가 한참 뜰자맥질을한후 모래톱으로나
와앉었으며 멀리나가 헤엄치고있는 그들을 바락보편혜
옥이 아버지가 별안간

「여보— 나는 속으로 작정했다」
하고 불숙 말한다.

「아니 뭘 작정했다구 그리슈?」
그의 안해는 자기남편의 하는말이 무슨의미인지 몰

라 되었다.

「사람이 지버보니까 외모와는 아주 딴판이거든…
…. 사람도 영리하고 글자도 꽤 반반한모양이고、
게다가 배상하고 공순하단 말이야…… 그렇지 않
습디까? 아주 나는 사위를 삼을 생각인데……」

「허지만 속이 깔금한 갸가 눈에 찰라구? 속이
여간 깔끔한 갸가 아닌데。개만 딴소리 안한다면
야」

「커도 생각이 있겠지、속칩없이 죽을걸 살여준사
람이 아니까……。두고 봐하니 그렇게 싶여하는기
색도 안보입디다」

「이런 이야기가 있은즉 사흘되든날 혜옥이 아버
는 별안간 볼일이생겨 그의어머니와함께 씨울로 올
라가고 말었다.

그가 떠날때 용봉이를 던짓이 불러가지고
「여보게— 앞으로 해옥이에 대한일은 모두 자네
에게 마끼네……그래서 지금도 자네나 믿고 우
리돌이만 올라가는 게니 여름이나지나서 찬바람이
나 나거든 개와같이 올라오게……。인께는 자네
사람이나 다름없으니 매사를 아러차려하게……」

이렇게 의미있는말을 남기고 간것이 용봉이에게는
거짓말 같기도하고 꿈속에서 드른말 같기도하다. 허
나 거짓말도 않이오 또는 틀림없는 현실이었든것을

생각하면 맞일듯이 기뿌다。

그런의미의 말은、자기한테만 한게아니라 필시 혜욱이한테도 눈치껏 빛었으리라고 집작하고서 혜욱이의 동정을 살폈다。제자가 선생님한테 대하는듯한 삼가는태도는 그의부모가 있을적이나 매일반이었다。정답게 굴면서도 어느구석인지 살우는듯한 기색을 어느모여 쉬든지 찾어낼수있다。

어느날 처녁이다。

여천히 잘때만은 각거를 하기때문에 밤이이슥하도록 놀다가 혜욱이가 자기방으로 갈려고 이러섰다。용봉이도 따라 이러섰다。사면은 죽는듯이 고요하다。오즉 은은히 들려오는 파도 소리와 여름밤이라야 드를수있는 뭇버레의 우름소리가 이밤에 적막을 깨트릴뿐이다。

용봉이는 그의아름다운 얼굴이 흘낏 눈에빛일때 불타는정열을 죽으면죽었지 더참을수 없었다。죽자꾸나하고 용기를내어 혜욱이앞으로 번개처럼 와락 달겨드러 그를 자기가삼에다 힘있게 이끄러 앉고서 볼길이 활활 나오는듯한 입으로 키-쓰를 하였다。혜욱이는 약간 놀라는 기색이었지만 앨쒸「키-쓰」는 헤옥이를 맞난뒤 비로소 처음으로……。

까지 거칠하지 않었다。허나 자기방으로 도라와서는 고민하기를 마지않었다。

「어머니와 아버지는 결혼할때까지 했으면하는 눈치신데 이를어쩌나? 앗돼 앗될말이야 그처럼 총한얼굴을 누가 평생 보고산담。아하! 허지만 날 구해준 은인이 않인가……이 노릇을 장차 어쩌나?」

한쪽방에선 이런생각을 되푸리하느라고 잠을 이루지 못한다。

또한쪽방에선 자기의 키-쓰까지 거역하지않고 달게받는것을보면 인켜는 아름다운 우불없이 하나 생겼구나하는 한량없이 기뿐생각에 밤을 밝키다 싶이 하였다。괴로움과 기쁨이 얼크러진 해변별장의 이밤도 어언간 먼동이 트기시작 하도니만 아주할짝 밝았다。

헤욱이의 태도는 컨과 조금도 변함이없었다。같이 한자리에 앉어서 밥을 먹었고、함게 불속에 드러가 헤염을치고 밤이오면 서로 이석단이 章하면서 자미게놀기에 단멸밤이 바야흐로 깊어가는줄을 몰랐다。이렇게 혜욱이가 거루로는 조금도 내색을 버지않고 추룩같이 대하지만 속으로는 탐탁지 않을뿐 않이라 때로는 무한히 괴로웁고 쓰라렸다。쏨바퀴를 씹는거처럼 싫고、송정이울대하는 거갈이 마음이꺼림치하면서도 단지생명의 은인이란 그것만으로 마지못해 올며겨자먹듯이 그날그날을 보냈다。

못맛당하고 보기싫다가도 어떤때면「날 살려준 사람

인데ㄴ하는 친절으로 고마운생각이 마음속으로 合여들
어떤커 탑탁지않은 생각을 불시로 고처먹곤하였다
이세상에서 듦은 추남인 용봉이는 이와같은 혜욱이
의 괴로운 심정과 안타까워하는 속을 아는지? 모
르는지?

그로서는 알턱이 없다。

오히려 날이 갈사록 기부기만 할뿐이다。질겁기만
할뿐이다。

밤이되어놀다가 혜여질쩍에 쉬로「키-쓰」하는것은
벌써 한습관처럼 되고말었다。용봉이로쉬는 하루人동
안에 그순간처럼 기뿐쩍은 또다시 없다。

그를 자기낭으로 보내놓고는

「혜욱이는 인케 아주 의심할 나위도없이 내사랑
이다。내 애인이다。아니, 아주 내사람 내안해임에 틀
임없지 뭐」

하면서 경정경정 뛰기도하고、두팔을 쩍버리고 방안
을 몇바퀸지 모르게 빙빙 맴돌다가 그만 어질어쉬
침대옹에 푹ー쓰러쩌쉬도 여천히 기뿐생각이 머리에
쉬 가시질않어 어쩔줄을 모른다。

이렇게 낮은 작고 지나갔다、

하로는 혜욱이 혼자쉬 여러사람이 둘끌는 해수욕
장으로 나간적이 있었다。

우연히 어느 남자와 혜욱이와 쉬도 눈이 마조치
게되었다。한번 이상스럽게 시선이 부다쳤다음에는 자
조 마주치게되었다。

그남자가 도라갈때에 눈여여보니까 각모를 썼다 어
느 친분한고나 대학에 단이는 학생인모양이다。얼굴
도 잘생겼지만 거러가는 뒷모양은 더욱 혜욱이눈에
참으로 훌륭한 체격으로 날아났다。

그날밤에 혜욱이는 그학생의얼굴과 용봉이의얼굴을
머조해가며 자진공을 끝없이 하느라고 밤을 하양게
밝키였다。

그리하야 그다음날부터는 혜욱이에게 또한가지 고
민이 생기고야 말었다。

그눔눔하게생긴 학생의모습이 머리人속에쉬 아여 떠
나지 않기때문에 ……。

이렇게 사홀동안이 지나갔다。

오늘도 또낮의직해쉬 혜욱이는 여러사람들의 득실
거리는 해수욕장으로 혼자만나갔다。용봉이는 이집으
로 온뒤 한번도 여러사람들이 있는 해수욕장엘 나간일
이 없었다。간혹 혜욱이가 함께가자고해도 혼자만
단여오라고 구지 사양하고쉬 별장않바다에만 홀로있
었다。

자기의 못생긴눈굴로해쉬 혜욱이의 눗이 쌕길까바
쉬가 않이라 남의얼굴과 자기의얼굴을 머조해보고는
혜욱이의마음이 혹시 도라설까 겁이나기 때문이었다

헤옥이는 해수욕창에 이르자마자 그학생의자취를 눈여 살폈다.

하여 사람들이 많어서 눈에 잘떠우지않는지? 아
직 않나왔는지? 아모리 애를써 찾어보아도 종시 눈
에 떠우지 않는다. 헤옥이의 마음은 용면히 쇠운함
을 느꼈다.

「아주 가버렸으면 어쩌나?」

이런생각이들자 무슨 보물이나 가졌다가 잃어버린
거처럼 마음이 허전허전해진다. 또 이렇게 마음먹는
것이 한편으로는 용봉씨한테 무슨죄나 짓는거처럼
송스럽고 불안하기도하다.

헤옥이가 물에드러가 얼마人동안 헤염치고 있으려
까 이제야 마음속으로도 은근히 찾고 기다리든 그학
생이 커편쪽에서 휘적휘적하온다. 헤옥이의 마음은 공
연히 기뻐 견딜수없다. 그학생도 물속으로 드러왔다
그들은 하로人사이에 퍽 숙친해졌다.

물속에서 쇠로 충돌된것 (그것은 헤옥이의 일부러
한짓)이 원인이 되어가지고 말을 건늬게되었고, 그중에
도 헤옥이가 자조 말을 붙이게된것이 둘의 사이를 매
우가깝게 맨드렀다. 그래서 쇠로 오래전부터 숙친했
든사람처럼 되고말었다.

때로는 둘이 나란히 헤염처 나가면서 말을 주고
받기도하고, 혹은 물속에잡겨 쇠로 숨박꼭질도 하였

다. 또는 해人뽓이 뿌리쪼이는 모래틈에 나와앉어서
쇠로 사랑하는 사람이나 진배없이 자미人다게 이야
기도 하였다.

그들에게 있어서 떠욱 헤옥이에게 있어서 오늘는
길떠로 길었으면 좋지만 원망스런해는 쇠산에기울어 쇠
길人떠에 길어갔으니 헤옥이도 하는수없이 그와헤여지
는것도 여간쇠운한 노릇이 않었다. 그것은 그학생이 오늘밤
에 이곳을 떠나쇠 석왕사로 간다는것이다. 그의사정
이 그렇게 하지않이치못하게 되었다고 그로쇠도 떠
섬섬해 하는모양이었다.

그뒤 헤옥이는 사흘을 내리두고 용봉이와함께 별
장앞바다에나가 아모 내색도없이 질겁게 날을 보냈
다. 그리고 밤이되면 자미있게 놀다가 헤여질때에「키
―쓰」하는것도 잊어버리지 않고쇠 꼬박꼬박 실행하
였다. 「키―쓰」를할순간에도 그학생의 스타―일, 어글
어글하게 잘생긴 사내다운 그의얼골이 눈앞에 사러
커본적은 별로 없었다.

헤옥이는 어찌 더참을수 없었다. 그맨쇠
한가지 게교를냈다. 그것은 자기의생명을 구해준 은
인을속여 집에 잠간 단여 오겠노라고 거짓말을하고
쇠 이곳을 떠나 석왕사로 그를 뽓아가 자기심중에
매친마음을 토파하고쇠 속히 결혼까지라도 하리라는

생각이 었다。

「자요、별 첫차로 서울 잠깐 탄여 내려올테야요」

「별안간 서울은 외요?」

「집안이 궁금도 하구……또 동무들이 보구두 싶
고해서요」

「그럼 몇일 동안이나……」

「파직 한사흘 되겠죠」

이렇게 천연덕스럽게 말하는 혜옥의 가슴은 을렁거렸
다。그래 이상한 눈치를 않보히려고 애를 썼다。허
나 양심이 부끄러워 그의 눈을 마조 대하지못하였다

「그럼 안녕히 주무세요」

하고 자기방으로 얼핏 도라갔다。

5

혜옥이가 약속한 날자는 어느듯닥처왔으나 약속하
고간 사람은 도라오지 않었다。

약속한날자에서도 나흘이 또 지니갔다。그래도、헤
옥어의 자취는 용봉이 눈앞에 나타나지 않었다。

날마다 기대리는 그는 그림자도 빛이지않는 동안
에 날은 쉴새없이 하루가고 이틀가고、사흘가고……
…이렇게 멫멫이 언뜻지나서 이제는 피서객들도 하
나식 둘식 이고장을 떠나게 되는때가 닥처왔다。해
수욕장으로 물밀듯 몰려나오든 사람들도 날마다줄고

해변에 경성드뭇이 처있든 「텐―트」는 하나식 둘식 거
치기 시작하였다。허지만 기대리는 사람이 있는 용봉
이는 도라갈생각이라곤 꿈에도않고 한번가서 도락올
줄모르는 애인이 다시 오가만、날마다 애태워 기대
리면서 별창직이 버외와함께 별장을 직히고 있을뿐
이다。하늘은 날로 색파랗게 높다래만가고、밤이 되
못버레의 우는소리가 차차 염우처간다。

새벽이되어 잠이 깨기만하면

하고 혜옥이가 도라오기를 진심으로 바랬다。허나 또
하루를 헛되히 기따림으로 날을 보내고나서 밤이 닥
처와 잘척에는

「형여나 오늘이야……」

「설마 냋일야……」
 ―

하고 밝는날의 희망을둔다。

 ― 이렇게하고 잘나치면 반듯이 혜옥이꿈을 꾼다。좋은
옷으로 호사를해 떠욱 어여뻐 보히는 혜옥이가 자기
앞으로 가까히와 앉기도하고、또는 방금 주련앞에 나
란히서서 철혼식을 거행하는 참으로 질거운꿈을 꾸
기도하다가 소스라처 깰나치면 떠욱 미칠듯이 쉬운
해 못견딜 지정이었다、안타까왔다。

이렇게 멫일 또지나갔다。

 선들바람이 부러오고、낙엽이지기 시작한다。인제는
밤만먹으면 몰려드러가는 대신에 이리 커리 거니ㅜ

버릇이 생겼다。

오늘도 저녁밥을 일직 먹고나서 차츰 차츰 저므러가는 황혼의해안을 슬슬 거닐기시작하였다。붉으스름하게 물드른 황혼의바다를 멀리멀리 바라보니 불시로 헤옥、와함께 산보라도 하고싶은생각이 간절해진다。

─어쩐일일까? 나를 아주배반하고 말려나? 그럴 리야 없을텐데……」

이렇게 생각하면서 발을 천천히 또옮겨놓는다。저 법 선선한바람이 얼굴을 스치고 지나가고 발아레선 낙엽이 딩군다。고개를 도리켜 저쪽 산등성이를 치

어다보니 바람결을 쫓아 나무잎새가 나부긴다。

오늘밤 막차에는 나려오겠지、설마……」

이렇게 입안으로 웅얼거리면서 요란한 파도소리를 귀로 들으며 발길을돌처 오든길을 다시 거렀다。쓸쓸하게 부러오는 가을바다의 소슬한 저녁바람을 어쩐지 허전허전한 가슴에 한아름 붓안고 늘비하게 헐어저있는 락엽진 가람으豆을 힘없는 발뿌리로 삿붓삿붓 밟으면서……。

─【끝】─

丙子十月二十八月

답 싸 리

1

李北鳴

닭의 목을 쥐고자는지 늙은사람들에게는 새벽잠이없다. 먼동이 틀임 시하야 일어난 호룡(虎龍)영감은 토마루에다가 담배한대를 맛나게 피우고 나드니 인분통을 들고 어둑컴컴한 변소로 들어갔다. 선잠에서 깬똥파리떼가 으앙하고 호룡영감에게 달려들었다. 호룡영감은 인분에다 오줌을섞어서 한통 퍼 담어들었다.

대문밖에나가 개천물 두박아지를 떠다가 통에 붓고 나무가지보 콸렁콸렁 쥐었다. 인분은 아조흙거위젔다. 고약스런 인분냄새가 무럭무럭 떠올라서 호령영감의 코구녕을 즈먹으로 쥐어박누듯이 쿡쿡찔렀으나 호룡영감은 코 사마루한번 씰룩하지않는다. 해마다 이계철이오면 호룡영감의 가슴에는 남알지못하는 욕심이 하늘하늘 불타올랐다. 돈푼이나 있는집 영감같으면 호사끝에 허리가꼬불어서 날씨 지팽이를 작만할 나이되었으나 그런호사를 못한덕으로 우리호룡영감은 아직 완쿼하다. 인분한통을 코스타령을 하면서 외손에 가볍게들고 다니는 기력이 아직 남어있다면 그만이아닌가! 영감의 나이 금년에 육십! 다섯평이 되나마나한 마당 그중에서 방문앞 한평쯤 내놓고는 온마당이 어린답싸리로 푹덮였다. 그뿐일가? 수숫대바자 밑에는 한미돌 가량씩 간격을두고 보동보동살진 호박모가 덩굴을 수숫대에 틀어감으면서 자라고있다. 밤 이슬을 잘맞은 뜰악의 식물들이 팔팔한기운을 발산하고있다. 호룡영감은 둥빠진 무명척삼 사매를 훌걱걷어 올리고나서 똥물을 박아지에 담어들고는 답싸리 사이를 앉은걸음을 치면서 뿌리마다에 알마춤씩 부어준다. 답싸리에 거름을 주고난 다음에 호박모에다는 답싸리보다 다량으로 똥물을 부어준다.

「암만해도 호박모가 모자라……」

호룡영감이 허리를펴면서 하는말이다.

구슬같은 이슬을 잡북먹음은 시원하고도 명랑한 ⑧

름아침 공기를 독한 인분썩새가 슬슬 구비처지면서 호
른다。 답차리와 호박모에 거름을 주고나도 킨기ㅅ불은
깜박깜박 줄면서 모기와 하루사리의 성화를 받고있다。
밝기쉬운 여름아침이나 아직밝자면 대담배를 천천히
네멋대피울 시간은있다。

『삼금자니? 해올라온다 일어나거라』

호룡영감은 부엌문을 향하야 이렇게 소리를치고 인
분통을들고 대문밖으로 나갔다。 통형보는 S강제방부리와 대
강제방이 가로막고있다。 대문앞을 숨막히게S
문사이의 넓이 한미돌이나 될가? 하는 개천뿐이다。
이개천에다 큰돌을 두개를놓고 그돌을 다리삼아 통
행하고있다。 하수가 빠질데없는 이마을어 장마가계
속이되면 집집 마루앞까지 만경 황파가되었다。 이때
가되면 이동리 주민들은 발간까치 아글거리
는 하수를 바지를 무릎까지 걷우고 맨발로 건너다닌
다。 혈없는 어린애들은 이물에서 목욕을한다。

호룡영감네집 앞제방은 제방이자 곧 호룡영감의 밭
이다。 제방중 허리까지 무성하든풀을 답
차리가 한뼘씩이나 간을두고 장하게 들어섰다。 우리
호룡영감의 농사는 풍년이다。

『이쌍놈에 개들아』

호룡영감은 답차리 밭에서 불어돌러 내치면서 어
부중을 하고있는 개쌀향하야 흙덩어리를 주어던지면

서 소리를질은다。 개들은 심술궂은 호룡영감을 원망
하는듯이 컹컹 짖으면서 S제방우로 뛰어올라갔다。

『워리워리 꼬도꼬도』

호룡영감은 손바닥에다 흙덩어리를 놓아 내밀면서
개를호린다。 그러나 한번 혼난개들은 초리면 호릴수
록 컹컹 짖으면서 반천쪽으로 넘어갔다。

『한마리 붓들기만해라 잡아먹는다』

호룡영감은 이렇게 중얼거리면서 아까당어서 하
든대로 답차리 밭가운데에 숫개앉음을 앉어서 뿌리
마다에 거름을준다。 호룡영감의 이마와동에 땀이 축
축히 내돋았다。 거름을 다주고난 다음에 호룡영감은
조심조심히 답차리의 맨웃순을 똑똑잘라 주었다。 답
차리는 순을잘라주면 잘자라기 때문이다。
빈 인분통과 바아지를 더위앞 하수에 씻어서 쩌자
리에 디려다놓고 또한번 부엌문을 향하야 소리를치
고 호룡영감은 손을 S제방우에 올라섰
다。 소오줌 만큼씩 멫줄로 흘출흐르는 S강물우롤 회
색의 숨갈은안개가 낮게슬슬 흘러다니고있다。 건닌편
제방넘어 보이는 집과나무들 즉농촌의 한폭의 풍경이
안개에 쩌여서 수평선 커쪽멀리 떠보이는 신기루같
은 환멸의 감을준다。 그신기루와 회색의 솜을뚫고 여
름아침 녹신녹신하고 시원한 바람이 불어와서 호룡
영감의 이마에달린 땀방울을 하나둘씩 따가지고 귀

말을 스쳐서 뒤로 날아가군한다.

그러나 호롱영감은 이 모든 강변풍경에는 아무 감흥도 느끼지않었다. 그거 회색안개가 자욱한 강을 내려다볼때, 그 강바닥이 천부가 자기의 천답이 되어주었으면하고 천근같이 무거운 한숨을 내뿜었을 뿐이다.

호롱영감은 가래춤을 거세게 내뱉고 풀섶에 앉어서 곰방대에다 희연을 꼭눌러담어 붙여물었다. 담배맛이 꿀같이 단지 건진이 흐르는것을 담배연—에 반죽하야 묵을 올리면서 넘구군한다. 호롱영감이 발묵까지오는 강물에 들어서서 뿜모래로 이름닭다 세수를하고 다시 방천우에 올라섰을때 이랫다을세있는 점쟁이 박훈장이 호박모를 신문지에 싸쥐고 털렁걸음으로 내려왔다.

「신훈장아니우? 일측허니 어데갔다오우?」

「하 금년는 호박모두 어떻게 이바쁜서 다섯집안에 가서 쳐옥 몇모종 얻어가지구 오는길이우」

호롱영감도 호박모가 그리웠다. 마당구석에다 호박씨를뿌려 놓기는 하였으나 안해가 모르고 소금물을 주어서 모조리 죽어버렸다. 거리에서 호박모를 파는 줄은 알지만 호박영감은 돈을주고 사서까지 심을생각은 없었다. 호롱영감에게는 아직호박모 열아무모종이 필요하였다. 그렇게 구하든 호박모를보니 호롱영감은 눈이번쩍띄었다.

「당군 몇모종 나를줍게……」

호롱영감은 호박모를 어르만지면서 사청을붙인다.

「원 천만에 상금이만큼 더 있어야 하겠음메……」

「뉘집에서 얻었음메?」

안줄줄아는 호롱영감은 호박모 얻은 처소를 알어가지고 손소 가볼 생각으로 어떻게 붙었다.

「옷말, 곱장 영감네게서……」

호롱영감은 곱장영감이란 말을듣더니 귀가바짝떠서 이거기하든 신훈장을 방천우에 내버려두고 두추먹을분간쉬고 잔진걸음으로 곱상영감네 집으로떠났다. 호롱영감은 곱상영감하고 히룽하기까지 친한처지다. 곱상영감네게 가보았으나 발서 호박모는 남지않었다. 곱장영감은 사청사청하여서 겨우 네모종을 얻어가지고왔다. 집에돌아온 호롱영감은 흐미를쥐고 나가드니 방천의 품을 호미로 빤빤히 긁기시작하였다. 거기다 호박모를 심을생각이다.

「쥐영감이 망녕을 부리누군 방천을 쳐렀게……」

「장마에 방천이 미어지면 어쩌자구 쳐두상이 영감 그만두오 패—나 콩밥먹지말구……」

아침 산보객들의 호롱영감의 환상한듯한 행동을보고 쳐이끼리 수군거리기도하고 입바른 사람은 그렇지못하게 전말로 핀잔을 주기도한다. 그러나 호롱영

감은 눈도 거듭떠 보지않고 숨차서 헐덕거리면서 호
미로 풀뿌리를 빡빡 긁어번린다。그러면서 도리여 산
보갬들을 욕하는것이다。

『미친놈들 같으니 쥐놈들 배부르니 쥐배 긁청 부를
줄아니? 여북하면 방천을 갈겠니……』

호롱영감은 입으로 흘러들어가는 땀방울을 푸ー푸
ー 니뿜으면서 거대스럽게 풀을굵는다。영감의 머리
쏙까지 삶에대한 욕심이 어룽거리고있다。

호롱영감이 방천풀을 한짐이나 굵어모았을때 아들
경덕이가 수건을 어깨에걸고 치솔을입에물고 나왔다。
강으로 세수하러 나가는김이다。경덕은 작년봄에 그
것도 겨우 보통학교를 나와서 학교소개로 T백화점
청원으로 취직이되어서 지금까지 착실히다니는 아이
다。아버지와는 성미가 청반대로 양처럼 유순하고거
짓말을 하기를 몹시 무서워하는 정직한 소년이다。
경덕은 아버지의 지나치는 행동이 불성사무라와서

『아버지! 방천의풀은 왜 자꾸만뽑소。남들이 욕하는
데 그만두오』

경덕은 이마를찡그려 울상을 지으면서 뾰루퉁한음
성을 아버지등에 던진다。

『안 이놈의종재야 너를시비하라니』

아버지는 되도 돌아보지않고 아들에게 뚝잡아떼는
듯한 거센소리를 던진다。

『물써기에 방천이러진지문 어떻하겠소』

『이놈 너를 그런걱정을하라니 빨리 밥이나먹구 가
개(상점) 나가거라』

아버지는 어데까지 아들의말을 짓밟어버린다。

『글세그만두오。띠렴(이옷)에서 자꾸만 시비를하는데』

아들은 자기를 어데까지돈지 젖비린내나는 어린아
이로 취급하는 아버지가 아니꼬웠다。

『안 이간나새끼야 애비하는일에 참견이 무슨참견
이냐』

아버지는 흘적 뛰어일어나드니 불꽃이 튀어나올듯
한 두눈으로 아들을 쏘아본다。

경덕은 아버지의 무서운기세에 눌려서 아무말도못
하고 혼자무어라고 두덜대면서 방천을 넘어갔다。분
푸리로 아버지보는데서 답었리와 호박모를 빼내버리
고 다라나고 싶은생각이 어린가슴에 무럭무럭 솟아
올랐다。

호롱영감은 두어평잘되게 방천을감았다。간풀을 안
어서 저방우에다 쭉널어놓았다。쩡쩡한 이들볏만 보
이면 두댇딸 나무는되었다。그리고나서 호롱영감은두
어발자욱씩 간을두고 호미끝으로 네군데를파고 물을
조금씩붓고 호박모를심었다。그리고 호박모가 이글이
글 불붙는 햇볏에 시들어죽지않게 남비깨어진것을 물
동이 깨어진쪼각을 주어다가 호박모를 덮어주고 비

귀에다 말뚝을박고 새끼줄을 띠어놓았다。호룡영감은 방천우에서 부닥지를 하는개를 멀리쫓고 집에들어가 쉬 감자아침을 먹었다。

2

호룡영감이 이 S 째방밑집으로 이사온것이 작년삼월 이다。아직까지 이마을은 대부분이 부유자다。백골의 사래가난든이 부락에 부락이 형성된것은 최근의일 이다。좋은의미로나 나쁜의미로나 하여든 이 지구(地區) 비약적 발건을한것만은 사실이다。오륙년건까지 도 이지구는 못살고죽은 귀신의굴보 이른난 모래동 이로 백주에도 사람그림자를 볼수없는 빈터였다。지 금으로부터 침팔십년건때의 일이라고한다。그때 이모 래동이는 공동묘지였다。그런것을 당시의 지방청에 서 묘지의 정리를 단행하게되어 이모래동이의 묘를 기한부로 발굴하야 이장하기를 엄명하였다。부유한생 활을하였으나 자손들은 선조의 백골을파서 시산에 이장 을하였으나 영락한 자손들과 우가취립하기있는 어린 백골들은 그냥 써버려두었다。또 어느뼈가 자기조상 의 뼈지알지못하야 한백골을가지고 사오명이 내해니 네해니하고 차우다가 마지막에는 칼부림질을하야 살 상이난 일까지있었다。나라에떠한 모든히망과 생활에 대한 안정을 잃어버린때의 민중들은 조상의 해골을 명산에 안장하는데서 부귀를누리고 다자손하며、마음

의 안정을 얻을수있다고 확신하였든 것이다。이것이 소위 이 H 지방의 만지(民誌)에게 재뽑이한 유명하 백 골란(白骨亂)이다。백골란때 자손을 찾지못한해골 임 자없는무덤은 그냥깊이 파묻어두었다。그랬든것이 그 모래가 기성상풍우에 씻기고 날리고 흐르고 하누동 에 백골들이 모래우에 나타나게되었다。마치 바닷가 에 조개껍질이 어지럽게 쌓여있는것과도 같이 백골 이 불성사무랍게 굴러다뒀다。지금도 눈밝은 개들이 사람의 두개골을 물고다니는것을 종종불수있다。호룡 영감의 증조부의묘도 이모래동이에 있었다。그러나 영 락한 호룡영감의 조부는 백골란때 아버지의 백골을 찾아내지못하고 돌아갔다。이것을 호룡영감은 늘상섭 섭하게 생각한다。육십평생을 밑바닥 색활만 하여온 호룡영감은 조상의벌을 받어 못살게되었다고 생각하 는때도있다。"금년봄 어느따뜻한날 아침에 호룡영감 방천우에앉어 있으라니까 말같은놈의 개가 사람의두 개골을 물고가는것을 보았다。그때 그것이 자기의증 조부의 두개골이겠는 채육감에 찔려서 한십분동안 이나 그개를 쫓아다녀서 겨우 두개골을 빼왔었다。 호룡영감은 그두개골을 자문잠사하게 자기집마당 한 구석에다 과묻고 제사를 디뒀다。그리고 지금도 한 달에 한번쎅 밤늦게 정성을다하야 제사를디뒀다。 이렇든 「사피나무동」(옛적에 이모래동이에 늙은사

피나무가 많이 쓰이었었다고해서 지금사람들은 이마을

을 이렇게 부른다) 은 지금에는 생활에서 버림을받고
광명에서 쫓겨난 사람들의 최초의피란 부락으로 변
하여졌다。그러나 지금에왔어는 이피란처도 컴컴자본
의물살에 휩쓸려돌어가기 시작한다。건건하고 공기
신선하고 천망이좋은 이마을에는 네귀 풍덩기와집들
이 「와나쓰」 기름냄새를 발산하기 시작하고 석양곽
같은 이층양옥이 모든 자기외의 생활을 비웃는듯이
높이 솟아있다。이리하야 발서 치의의 피란처를찾어
S강을 건너간집도 이삼호있다。이것은 남의일아 아
니다 호롱영감이라고 어찌들이 딸어나지 않으랴!그
러나 지나간 그들의 고생은 시금초 먹기였다。앞으
로 닥쳐올고생 앞으로 밀면밀수록 뒤로밀리는 생활을
생각한다면 호롱영감이 방천을갈아 밭을 맨드는것도
그렇게 미련한헛동은 아니다。째어지나 미어지나 발
악은 쓸데아안하자를 쓰보아야하지않는가!외래 자본의
진출 여게다른 K읍 대화학비료 공장의건설 기하급
수적 증가를보이는 H부의인구 소시민과 소자본가의
필면적 때북……이들은 약속이나 한듯이 「이사피나무
등」으로 밀려나왔다。이리하야 부락형성된 지금은치
범「사피나무등」은 부녀에편입까지 되지않었는가!세
산이 K읍 비료공장에 딸려서 그돈을 분배하는데 한
사방으로 돌아다니든 호롱영감은 작년이월에 문중의
지고 나설수도없는 우리 호롱영감의 사정도 딱할만

묵끼어서 육십아원어 생겼다。그것으로 지금집터 열
평을 사가지고 말장 ㅣ집을지었든것이다。이 집한간이
호롱영감의 총자본이다。그러나 집은 밤을치조하는 기
과 방천밑에 답차리와 호박을심었다。가을어 답차리
비를 사십자루나 매어서 한자루에 십원씩받고 딸어서
사원을얻고 호박을딸아서 일원오십전을샀다 호롱영감
은 그돈으로 겨울사리 광목바지 커고리를 꾸미고 김
장을 한동이 당쳤다。아들이 한달에 받는 월급이라는것
이 육원밖에못된다。이원은 자기삽비로쓰고 사원을집
에 디려毛는다。이 사원에다 안해가 品을팔아서 그
럭커럭 살어가는 형편이다。작년의 경험도 있고해서
금년은 대규모도 방천을갈고 답차리를 대량으로보심었
다。그리고 호박농사도 광장히할 뱃상이다。물론
리가 콩크리ー트 같이 용롱성이없고 세상번천을 알
지못하는 호롱영감이나 여름마다 습래하는 S강의범
람을알고 오만주민이 제방격정을하고 가슴을 조리며
천천 경경하는것을 모르는배는 아니다。그러나 방천
이라또같고 호박을심어서 푼푼전이라도 얻어
생활에 보태지않고는 제방이러커 죽을때까지 살어갈
일이 걱정이되었다。아무리 가난이 쇠아들이라고는 하
지만 나이원수라 수건을동이고 노동도못하고 지계를

치딱하다。이 호룡영감의 머리에 남을위한다는 생각 이 자리삽고앉었던 여유가 어데있엇을가! 호룡영감은이 자기의 경작구역내에는 아이들은물론 개 날짐생까지 도 건드리지못하게 말장을박고 새끼줄을치고 지킨다 그러나 호룡영감의 지획은 이로쎠 끊치지않었다。호 박을따고 답싸리를버히고 지칠이 늦지만않으면 그자 리에다 가을배추를 심을지획이다。호룡영감은 자기의 외아둘 경덕이보다도 답싸리와 호박모를 더애지중지 하며 보살펴준다。

굼먼은 일흔닷냥(십이원)은 사아지…… 호룡영감은 은근히이렇게 혼자궁리는 하면서도 자기의지획을 일 처 임박에 버지않었었다。경정자가 생기고 권리의 침 해자가 생길것을 두려워하기 때문이다。

3

곱장영감네게쇠 얻어온 호박모와 다른데쇠 얻어온 웡쿱모종의 호박모가 하룻밤비를 맞 나드니 한모종 도실수없이 기운좋게 줄이버들기 시작하였다。호룡영 감은 버가개인날아침에 긴말장을가지고 호박덩을 하 여주었다。색기로 임구자로 그물을떠치고 호박덩을 조 심스럽게 끌어다가 색기그물에다 붙이고 노끈으로여 간 매어주었다。

호룡영감이 호박줄을 모조리 매어주고 집에들어가 쇠 감자아 춤을먹고 담배한대를 붙여물고 돗자리를 쥐 고 대문을나섰을때 호룡영감의 입에쇠는 벼락이 떨 어졌다。앞집 고부덕이란 게집아이가 호박순을・잘느 는현상을 보았기땀문이다。

「비 이놈의간나야」

호룡영감은 입어물었든 담배때를 빼들고 고부덕을 쫓왔다。

「엄마아—」

고부덕은 짤늬호박순을 내던지고 넛나간 소리를질 으면쇠 방천으로 달녀올나가다가 풀섶에 미끄러쳐 넘어졌다。

「이 쌍못된년의 간나야 다시……」

호룡영감은 이렇게 소리를치면쇠 담배人대를 꼭자로 업드러진 고부덕의 영덩이를 힘을주어 내려갈겼다。

「아가 가……」

고부덕은 맞은엉덩이를 웅켜쥐고 소스라치게 울면 쇠 풀숲으로 대굴대굴굴렀다。

「이 쥐색기같은 간나야 다시꺽겠니?」

호룡영감은 담배人대를 친손을 내떨면서 으르렁거 린다。

「아아아아 아이 그러겠오」

고부덕은 고사리같은손을 삭삭부비면서 머리를 좌

「다시한번 꺽어바라 목아지를 배틀어죽인다」

호룡영감이 이렇게 읊느고 호박덕에가서 순잘난호박
모를 살피고있을때 이웃집에 불일이 있어갔다가 그
집아이에게서 쌉보를들은 고부덕어미가 이를 부득부
득갈면서 달녀나왔다. 고부덕어미라면 이마을에서 영
악스럽기는 제일가는 부인이다. 남편은 K읍공사지때
로 돈버리를가고 지금은혼자서 고부덕을다리고 그날
그날 채석장에나가서 돌을깨고 이삼십전식 벌5다가
살아가는 부인이다. 동리에서는 하도영악스럽기에 「악
돌」이라는 별호까지 붙어주었다. 그렇나 죽은아들의
왈흠을 떼어다가 그만 「박돌」이라고 흔히불은다.

「박돌」은 미친개모양으로 가게품을 입술에물고 치
마고리가 빠커서 뒤ㅡ문이 연닌술도물고 달녀나오드
니 풀에누어 우는딸을 안아서우고 치마를들고 맞
은자리를 디려다보았다. 맞은자리가 읱천동화대로 끔
직스럽게 발장게 과랗게 부어올났다. 「박돌」은 딸의
손묵을 뿌리치기 바쁘게 앉어서 호박모를 어르만지
는 호룡영감의 떡살을 어깨넘어로쥐어 뒤로채췄다.
호룡영감은 아모 취항역도없이 두어번 떠글떠굴너
쉬 하수구가에 쓰러진채 한참일어못났다. 너모나 의
외의습격에 정신을 차리지 못하였든것이다.

「이간나 호랑아 자아(커아이)를 죽여다구」
호룡영감을 이마을에서는 호랑영감이라고 불렀다.
호룡하고 호랑하고 비젓한컴도 있기는하지만 호랑같

이 강하다는데서 붙인별호다.
「너 이년 이죽일년아」
호룡영감은 어질어질 일어나드니 갑작이 기운을 도
꾸아가지고 벽력같는 소리를질은다.
거센목소리가 오가고고하자 좋은구정이 생겼다고구
경좋아하는 이동리로 아이할것없이 슬슬모아왔다.
「이두상아 야 엉덩이를바라 호박모를 빼났으면 아
들죽이겠구나 자 모두 이거보우」
박돌은 딸의치마를들고 겸퍼벗이는 상처를
모아선 사람들에게 돌아가면서보인다. 동리사람의 동
정이 자기에게로 모아지게하자는 「박돌」의수작이다.

「너이 도적년같으니 네간나만 중하구 나호박모는크
지앓다는 말이냐?」
호룡영감도 배스심총게 너벌인다. 안해가 맨날도따
어니와서 영감의딸을 끌어다니면서 말닌다.

「웨 이렇니? 이년 이거놓아」
호룡영감이 딸을핵뿌리치는 바람에 늙은안해는 뒤
로 곤두러졌다.

「도적년이라니 그래 두상네집어가서 무슨거 도적
질했단말임메?」
곰처럼 땀이난 박돌은 입술에 거품을들고 덤벼든
다. 열풀에서 악이 이글이글끓는다. 모아선군중은 구
경만할뿐 한사람도나서서 말니자는 사람은없다.

『이년 그래 삭년동삽에 헛간 짚응에다 널이놓은 은어(도두메기)를 훔치다가 내 한레들켜나지 있었니?』

이 도적년아!

호롱영감은 박돌의 패풍을 떨기시작한다、

『내 언제 그랬니 이간나두상아 지난오월달에 옷장에가서 멋식기를 도적질하다가 들켜서 젊은사람들한더 허면쉰(수염)을 끌기우면서 망신하든임은 어쩌구 쮀뭬더럽다』

박돌은 가래침을 호롱영감의 면상을향 하야 내뱉었다。아이차웅이·어른차웅이되고 호박모차웅이 패품차웅으로 변하여젔다。

『이년나는 그런임이없다。 너 언이나 도적질하지 나는원그렇다』

호롱영감은 담배ㅅ대로 「박돌」의 면상을 겨누면서목떠물쓰온다。

그때마춤 신훈장이 올너오다가 이광경을보고 뛰어둘었다。

『이거무슨즛이오 낫살식먹은 사람들이……』

신훈장은 호롱영감도 어련히대하는처지요 박돌이도짐치려다녀서 선생으로 모시는터이다、중재자로쓰는흘븅한자격을 가지고있는 신훈장이다。

『아니 글쎄선생넘 아 엉뎅이를보시우 호박순을하나잘났다구 이렇게 떨릴데어떠있소』

박돌은 고부덕의 치마를들고 상처를 신훈장에게보이면서 안타가운듯이 말한다。

『저년이 글쎄 늙은사람을 풀우어 메쳐놓고 막쥐어박겠소。저 쳐죽일년이 이럼범을보았소?!』둘이나 쳐갈하였다는 발명뿐이다。

『글쎄 누가옳든그르든 그만두라니까』

신훈장은 호롱영감의 등을밀면서 말한다。

『안오늬』

그때 박돌이가 무엇을 생각하였는지 신훈장앞에나섰다。

『쥐 따(땅두아닌 방천을 이렇게 과뛰지구 답차리호박을 심구는거는 경무청에서 말하지않소?』

『이넌 경무청에가서 일느겠으면 일너라』『아니 일느잔말 두앙한다。우리집앙에있는 방천을나농아라 우리두 호박을심구겠다』

호롱영감이 호박모심은데는 바로 박돌네앞방천이다。『이넌내가 만커상은따이다』

호롱영감은 거룩하게 호령한다。『아니 영감 이돈을주구 사단말임메 안됩메 내농아뽄안하메』

『못늬놓겠다。할것이있거든 해바라』호롱영감이 이렇게 대수롭하면서 다문앞까지 신훈장에게 등을밀녀 갔을때다。

「안되기는 무어시안되 어떡죽을 내가틀해보자」

박돌은 이렇게 악을부리면서 달아가드니 호룡영감
의 호박모 열한모종을 단참에 뽑아버렸다.
「이 못된 간나야 호박모를……」

호룡영감은 표범처럼 험상궂은얼굴로 박돌에게 덤
벼들었다. 숫범과암범의 육박전이 시작이되였다.
이렇게하야 차홍은 석양까지 계속이되였다. 결과는

박돌의 승리로 돌아갔다.

호룡영감은 할수없이 담차리를심은 웃쪽을다시갈고
박돌이 가뽑아버린 호박모를다시심었다.

「저상에 범보다 더무서운 연두었다」

이렇게 중얼거리면서 호박모를심었다. 이차홍은 방
천밑집들에게 커다란충동과 각성을주었다. 이땅차홈에
귀떤 아렛마을 사람들은 이만큼 내땅이니 쥐만큼네
땅이니하면서 쇠로자기집앞·방천을구분하였다. 그리고
이날밤부터 방천을갈고 호박모와 담차리를 심으기시
작한집도 있다. 그런 광경을볼때 호룡영감은 분하기가
짝이없었다. 박돌이도 그날처녁에 장마당게,가서 호박
모를 오천ㅇ치를사다가 호박모종을 심었든자리에다심
고 색기줄을 띄어놓았다. 호룡영감은 화가 치밀어서
그 화풀이로 다모도리 소주석잔을 사마시고 밤늦게까
지 방천우에앉어서 누구를 욕질하였다.

4

영감게시우」

이튿날아침 해뜨기전에 S청X청목총대가 호룡영감
을 찾어왔다. 답차리에 물을주든 호룡영감은 총대가
무엇때문에 일측허니 자기를 찾어왔는지 때략짐작할
수가있었다. 호룡영감은 불쾌한얼굴로 총대를내하였다

「영감 거무스럿이오」

호룡영감은 처음부터 아름답지못한 목소리로 꽁박을준
다. 호룡영감은 토마루에 두무릎을 세우고앉었다 담
배를피우면서 꿀먹은 벙어리모양으로 아모말이없다

「수십년원을 디려서 쌓은방천을 영감이 지금 헐어버
리자는거요」

「그렇니 어떻겠소」

호룡영감은 뭐한번 깐닥하지않고 대답한다.

「그렇니 어떻었다늬? 그래쥐 방천이러지면 영감이육
만여명이 되는 부늬 주민을 모두 먹여살녀 주겠소?」

「수십만원을 디려서 쌓은방천을 영감이 지금 헐어버
만여명이 되는 부늬 주민을 모두 먹여살녀 주겠소?」

박눈다.

「글쎄 만들 이런줄 저런줄을 물의겠수 그렇늬 가난이
쇠아들이라구 달녀무슨수가 있어야지요. 죽지못해한
일이 아니오」

호룡영감은 조곰도 아첨하나 애결하는빛없이 가장
당연하다는듯이 말한다.

「아들이별구 노친이별구 했으면 황소미밥이나 못얼

—— (37) ——

어먹어서 아랜무쇠운일을 쥐줄넜소。 파출소에서알면

명감은당장 콩밥을먹소」

호룡영감은 하고싶은대로 하여보아라 하는듯이 대

꾐이꿇는 담배ㅅ대만 맥없이 빨고앉었다。 가난하게 살

아보니 되지도못한 연놈들에게서 이소리 쥐소리듯는

것이 설가도하고 원통하기도 하였다。 총대는 주머니

에서 권연한대를 끄집어내어 불어불더니、 아까보다조

곰 부드러워진 목소리로

「곰먼은 기와라 이렇게 쥐줄너놓은 일이니 할수없거니

와 내년부러는 철대로 답싸리나 호박을 못심으오 그렇

고 내년에는 품값은 자리에다 띄(?)를 떠다심어서

원상회복을 하여야하오。 명령이니까 꼭직혀야하오」

젊은총대는 억찌로 위엄을 보이느라고 원상회복이

니 명령이나하는 관용어를 내세우고 기세가 등등하야

가버리였다。

「봄삼은 포수의쇠슬이군 흥 되기는되겠다」

호룡영감는 총대가 미처대문을 나가기도천에 총대

의등에다 이렇게 빙청댔다。

총대가 가자 집안에서 숨을죽이고 총대의 말을듣고

앉었든 경덕이가 방문을사납게 열고나왔다。 꼬부라진

「아버지는 웨남이 싫다는일을 작구만하오」

아들도 아버지의 모든행동이 아니꼬왔다。

얼굴표정이다。

「야 아간나색기야 너를걱정하라나」

화가치민 아버지는 아들에게 분푸리를한다。

「방천을 헐어서 밭을 만드는법이 세상에어데있소」

아들도 악이 낫다。 줴여라 자기잘못을 뉘우칠줄을몰

으고 닷자곳자로 자기한일만 옳다고 써미는 아버지가

미웁기 짝이없었다。

「야 이간나색기야 애비하는일에 참견이무슨 참견이냐」

아버지는 호닥닥 뛰어일어나드니 아들의 중의머리

를 보기좋게 두번감겄다。 그것은 살기우하여서는 물

질외에는 너같은것도 쓸데없다는 최후의 울분과 이상

더참을수없는 분노의폭발이다。 그렇나 아들을 따리고

난 다음순간 아버지는몹시도 가슴아펐다。 굼지말고

한일이 아들에게까지 미움을받고보니 그굼이 형처

있다면 독기로패어 버리고싶었다。 아들은두손으로 머

리를 부드키고앉어 쿡쿡 느끼면쇠울다가 거내를끌고

마당에내려섰다。

「오 오 무슨 잘헌일을했다구 막때리구……」

아들은 눈물을씻고 아버지를 노려보다가 대문밖으

로나갔다。

「상곰 주둥이질을하니 쥐놈의 간나색기는 애비하는

일은 하나빼지않구 모두나불어겠다」

경덕은 방천으로 올너가다가 아버지어데한 분푸리

로 답싸리쇠대를 잡아빼었다。 그리고 호박한모종을게

다끝으로 짓찔너버리고 방천넘어로 뛰어넘어갔다。약
간속이 시원하였다。이것은 두말할것도없이 아버지에
대한 반항의객관적 표현이다。

아버지는 화가 치밀어서 담배ㅅ대꼭지를 돌우어 탁
탁두드려 담배ㅅ대를 털어버리고 삽을쉬고 밖으로나
갔다。방천을 철반쯤올나가다가 호룡영감은 깜작놀나
며 발을멈췄다。담차리가 서모종이 넘어쉬었고 호박
모가 한모종이 짓 밟혀쉬있는것을 발견하였기때문이다。

[이거 어느면눔이 이렇게했나 개 되지같은 간나ㅅ
나 당장벼락을 맞어죽어라]

호룡영감은 임애담지못할 악설을 퍼부으면서 답차
리를 도로심고 호박모를 호박덕에 다시 매어주었다。

[보기만했드면 손목아저를 독기로찍어버려줄걸……]

아버지는 이렇게 중얼거리면서 방천을넘어갔다。바
지를 신다리까지거두고 강물에둘어선 호룡영감은 삽
으로 물모래를떠쉬 한군데 모으기시작한다。

뒤ㅅ마을노요을 어떤부자가한평에 팔십친식 사가지고
매립하는데 우차를사용하면 한평에모래를 열수레를넣
어야한다。한수레에 이십팔친식이래도 필수레에 이원
팔십친이다。영리한부자는 명안을 생각하여내었다。마
을 부인네들에게 한하꼬에 팔천식주고 모래를 함지
박어 니우게하였다 스므히꼬면 훌훌히 땅한평을 매
립할수가있다。스므하꼬라도 이팔어십육 일원육십친이

니 이얼마나 이익인가!

마을 부인네들은 좋은돈버리가 생겼다고 첫새벽부
러 삼삼오오로 무리를지어가지고 함지박을니고 효가로
몰녀들었다。경덕어니나라고 그축에서 빠질리가 없었
다。아니맨먼커 참가하였다。부즈런히 니어날느면 하
로에 여덟하꼬는 할수가있다。육십사천버리다。이리하
야 나종에는 중류가정 부인들까지 참가하게되었다。

호룡영감은 안해가 모래를 축돌보다 빨니날느게하
느라고 짠만있으면 강어나가서 모래를한군데와 쌓었
다。이렇게하면 니어날느는데 빠르기도하려니와 물이쎈
모래는 물모래보다 훨신가볍고 의거에따르는 기하ㄷ수

대머부건철과 화한공장의설치 여게따르는 기하ㄷ수
적 인구의증가 신흥도시 기분에 춤추는 호경기따라
건축떨이 팽창하여진 작음어는 이편매립공사는 게속
하야 얼마든지있었다。이것이 방천밀무락민의 생활을
어느청도까지 도와주었다。부끄러운줄도 물으고 힝힝
뿔는껏뿔을 들어내놓고 땀을철철 흘니면서 맨발로모
래를 니어날느는 부인네들에게는 절박한 생활에대한
불안외에는 아모 기쁨도없었다。

호룡영감이 모래를 적은무덤만큼 쌓였을떄다。허리
가 붙어지는듯이 아퍼서 삽을 집행이삼아집고 허리·
를펴면서 무심히 집쪽을 바라보았을떄다。바로 답차
리밥이라고 집작되는 방천아레로 일본말안필이 버려

가는 것을 보았다。호룡영감은 고비낀눈을 부비고나쉬뒤
시집 황천나무를보고 밭이내려간 지점을 짐작하여 보
니 틀림없는 답차리밭이다。

호룡영감은 이거 큰일났다고 삽을끌고 방천우에올
나쉬보왔다。아니나달을가ー 키가 구척이나되는 말이
답차리밭에 들어쉬쉬 답차리순을 막잘나먹고있다。

『쉬ー……』
호룡영감은 삽을메고 숨차게 달녀가드니 닷자곳자
로 삽으로 말항뎅이를 멋덜지게갈겼다。

『이 못뙌간나 말아』
호룡영감이 모로쉬 갈겼으니 말이지 만약 정면
으로쉬 갈겼다면 말이후닥락 뛰는통에 뒤ㅅ말굽어채
어쉬 그냥 어떼가부러지든지 꽁동묘지로 가던지하였
을것이다。놀난말은 뛰어쉬 방천우로올나갔다。

『영감』
방천우에앉었어쉬 담배를피우든 승마복에 도리우찌모
를 눌녀쓴 중년신사가 넛나간 소리를치면쉬 일어섰
다。곁에누었든 승냥이같은 쇠파ー트견이 주인을따라
일어나쉬 호룡영감을 노려보고섰다。

『이 쌍간나딸아』
호룡영감은 자기를 원망스러운듯이 바라보고섰는말
을 이렇게 욕하면쉬 삽을둘너매었다。말
은놈나쉬 방천넘어로 뛰ㅓ넘어갔ㅅ。

『영감』
승마복임은 신사가 하쉬게소리를 치면쉬 호룡영감
곁으로 나아왔다。

『쉬기 당신말이오?』
호룡영감은 신사의곁에쉬밧싹 나아쉬면쉬 언치를건다。
또무슨벼락이 떨어지고야 말듯한 호룡영감의 거동이다。

『웨그로오。내가밟엇소요』、
신사도 어지간히 약이올은 모양이다。
『남의 답차리밭을 쉬렇게맨들어놓았으니어яHrrel러오?』
답차리가 한이십모종이 말굽에 짓밟혀쉬 아조 볼
형편이없게 들어누었다。

『남의 답차리밭? 방천에난풀을 말이밟었는데 답차
리밭이란 무슨말이오ー』
신사는 래연스럽게 말한다。쇠파ー트견은 점잖게앉

쉬 호룡영감의 거동만、쏘아보고있다。
『방천에난풀? 이놈 쉬기너밭이다』
호룡영감은 호령을한다。
『이놈이라니 이영감의 정신이빠젔나……』
신사도 눈을부릅뜬다。

『이놈 무어어째? 안된다 답차리값을내라』
호룡영감이 신사의 양복앞섭을 쉬랴고 팔을 내미
순간이였다。잘좄고앉었든 쇠파ー트가 주인의 위가를
감지하였는지 비호같이 뛰어들떠니 호룡영감의 왼쪽

넙적다리를 물었다.

『아이쿠——』

호룡영감은 넙적다리를 껴안으면서 그자리에 푹고
꾸라졌다.

『아 영감 어떠봅세다』

신사는 황황히 호룡영감의- 바지를거두고본다. 한줄
어내군데식 두줄로 개이가밖혔던 자리여서 검붉은피
가 눈물만큼식 비밀었다.

『아이구 어놈……』

호룡영감은 단칼마적 비명을질은다. 어비명에 놀난
집어쥐는 안해와아들이 밥술을내던지고 뛰어나왔다.

경덕은 신사와 한바랑차울 곁심을하고 두주먹을 불
은쥐고 방천으로 뛰어올나갔다.

『앗—』

경덕은 신사를청면으로 대하였을때 깜짝놀나면서

『주인님이시오』

하고 각별나게 인사를하였다. 승마신사는 T백화점
주인이였다. 자조 주인집으로 신부럼을 다녀서 낯익
은 쐬파-는 경덕을보더니 끼리를 커으면서 경덕
의 다리살에다 몸을부빈다. 그것은마치 잘못하였다고
사죄하는듯한 모양이다.

『너의 아뻐지냐?』

신사도 손수건으로 손과임술을 닦으면서 경덕에게
묻는다.

『떼』

그때야 비로소 신사도모자를 벗어쥐고 호룡영감어
게 미안한 인사를드린다.

자기아들 상점주인인줄알자 호룡영감은 아들의 억
개를 붓잡고 일어섰다.

『이거참 미안하외다. 나는 경덕이가 주인인줄은 몰
으구 실례갓수다』

호룡영감의 노기와 비명은 어떼로 날아갔는지 그
그림자쫓 아찾어보기어렵게 태도가 부드렵워졌다.

『물닌자리가 앞으오?』

『좀 앞으기는하나 팬찬수다. 우리 최뭄집은 옛쩌부
터 개독을라지않는 집안이우.』

이렇게 말하고나자 호룡영감은 실없은소리를 하였
구나하고 가늘게 호회하였다.

『참 미안하게 되었읍니다』

신사는 이렇게 말하며나서 돌아서서 포켓트속에손
을찔으고 무엇을 뒤적거리드니 경덕에게

『야 경덕아 이것으로 아버지에게 약을사 되려라』

신사는 일원짜리 지페두장을 주었다.

『웨 그런시우 그만두시우』

어머니가 몸을 쪼그리고서서 말닌다.

『쌍개면 독이있겠지만 쇠양개니까 독은 없을것임

「니다만……」

신사는 씨사람의 인사를 귀ㅅ등으로 흘녀버리면서

바삐 말을뛰어. 가버리었다.

「그돈을 이리 보내라」

신사가 떠나자 아버지는 아들에게서 돈이원을찾었다.

호룡영감은 안해를식혀 물넌자리를 작고만 빨너었

다. 그러나 피는 나오지를 않었다.

호룡영감은 안해에게 돈이천을주어서 장마당에가서

가지를 사오게하였다. 개독을 치는데는 가지가 명약

이라는 이야기를 전붙어들어 두었든것이다. 호룡영감

은 물넌자리에다가 가지를솔아서 붙이고 점심때나되

여서 국수한그릇을 사다가 물치여서파낸 산지렁이를

십여마리를 넣어서 눈을꾹감고 국수와함께 먹었다.

개한테물닌데는 산지렁이도 명약이다. 하여튼 호룡영

감는 돈들지않는약으로 개독을케하라는 심산이다. 그

리고 석양에 신사에게서 받는돈 이원으로 감자를너

말을샀다. 너말이면 엿새는 그럭저럭 살수가 있었다.

5

경덕이가 T백화점을 쫓겨난것은 바로 이사건이있

은 엿새후 석양이다.

리유는 이러하다.

T백화점 주인의아들 창수는 십칠세(경덕은십육세)

의 소년 난봉국이다. 공부하기가 죽기보다 더싫여서

학교도 보통학교 삼학년까지가고는 안다니고 지금은

술먹고 담배피우고 극장에만 다니는아이다. 사람질을

하기는 꿈에도불닌 아들을 아버지는 문제밖으로쳤다.

믿다고 아들에게는 귀ㅅ더럭진돈 일전한푼주지를 않

고 그의자유를 구속하였다.

돈을쓸데는 많고 주지도않고하니 최후의수단을 피운

것이 상점점원들을 얼녀가지고 값많은물건을 훔쳐내

는 것이였다. 그날 점심때다. 아버지가, 없는틈을타서

상점으로온 창수도 경덕에게 아버지가 오늘커녁차로

경성으로 여행을가는데 제일좋은 트렁크를 하나가져

오란다고 능청을부렸다.

경덕은 참수의습성을 아는지라 몰으겠다고 머리를

내흔들었다. 창수는 눈을붉히면서 경덕의 뫃구리를주

먹으로 콱콱질너 주기도하였다. 그래도 경덕은 창수

의요구를 끝까지 거절하였다. 창수는 경덕을 얼너다

못해 최후의일을를 꿈꿨다. 트렁크를가지고 함께 아

버지있는데까지 가자는것이다. 경덕의 임창에 있어서

이요구까지 거절할수는 없었다. 경덕은 십팔원오실컨

릿텔이붙은 아거껍질 트렁크를쥐고 창수를따라 상점

을 나섰다. 창수는 좁은 골목길로만 경덕을 다리고갔다.

「어데루가니?」

숨막힐듯한 좁은골목에 산아들었을때 경덕은 가슴

이 울넝거려나서 이렇게물었다.

「가방을、여게 보내라 그러구 너는 상점으로 가거라」

창수는 자미 시성없는 얼굴여다 씬웃음을 띄우면서

「안된다。너 아버지 있는데까지가자」

경덕은 트렁크를 가슴에 부드켜안았다。

「안옹겠니이? 간나색기 죽여치운다」

창수의 이말과동시에 그의주먹이 경덕의 으른쪽불

다구지를 쥐어박았다。

「아구」

경덕은 트렁크를통고 그자리에 쪼그리고 앉어버렸다。그사이에 창수는 트렁크를쥐고 삼십육게를 놓아버렸다。경덕은 한참영영、느끼면서울다가 상점으로갔다

이사실을 오후세시나되여서 경덕은 주인에게 고백하였다。그러나주인은 경덕을창수와 꿍모하였다고 몰았다。경덕은 울면서 그렇지않다고 백번천번 자기의 겹박함을 발명하였다。그러나주인은 너무나 무자비하게도。경덕의고백을 짓밟어버리고 그우에 불량첨원의 렛텔을 붙어서 경덕을 그즉시로、쫓어내었다。

집에돌아와서 울면서 자기의 억울함을말하는 아들의 말을듣고누었든 호룡영감은 비호같이 자리에 일어나 앉으면서、벽력같이 소리를질렀다。

「쥐 죽일놈이 케아들놈이 때가잔줄은 물으구 죄없는 너아들을 쫓어냈겠다。이놈 어떠보자」

호룡영감은 이들 부득부득갈면서 자리에서 일어섰다。

「아버지 웨이러오」

경덕이가 아버지의 바지뒤에 매여달렸다。

「이거놓아라 내 그놈에게가서 한바탕해대구 그길로 병원에가서 진단쓰를 맡어가지구 오겠다」

호룡영감의 오장육부는 푸둑푸둑 뛰었다。

「글쎄 그만두오」

안해가 한사코말닌다。

호룡영감은 한참 발악을쓰다가 기진하야、도로자리에누어었다。누어서 T백화첨 주인을 죽일놈 살녈놈하고 커믹때까지 욕질하였다。

호룡영감은 개에게물닌 이튿날붙어 지팽이를 짚고 담쌓리 호박모 시종을하였다。물닌자리가 떠끔떠끔쏘고 앞은것도 꾹참고 욕심이나서 일을하였다。그러다가경덕이가 백화첨을쫓겨난 이튿날 아츰붙어 물닌자리가 렁텅 부어올으고 몸에열이생겨서 할수없이 자리에누었다。이 소문을들은 동리 영감네들이 마을도리삼아 문병을왔다。

「개한테 물닌데는 그개의간이 약이지약이없인면다」

놈은 문병객들은 약속이나한닷이 그개를삶아 간은 내어먹으라고 호룡영감에게 타일너주었다。호룡영감도 그럴듯이 보이든상처가 다시부어올으고 몸에 열까지떠올으게되니 어지간히 접이생겼다。T백화첨 주인놈의

분푸리 도합겸호룡영감은그 개의 간을먹을 결심을 하였다。

경덕이가 백화점을 쫓겨난 사흘후아침에 호룡영감은

아들을 머리맡에 불너앉겼다。

『경덕아 네애비는 아마 죽을것같다』

호룡영감은 아들을 겁먹일작정으로 이렇게 무서운

말을하였다。과연 그말은 효사과가있었다。어린아들은

죽는다는 말을듣고 낯색을 흐리우면서 눈을크게떴다。

『이병을 고치는데는 단한가지 약밖이다』

호룡영감의 능청스러운말이다。

『무슨약이오?』

『내 다리를 문개를잡아서 그간을먹어야 낫는단다』

『그개를주인이 칠십원에 샀다는데…』

『이놈 개만크구 애비죽는것은 무섭지않으냐 불효막

대한놈같으니…이놈 네애기를 들어바라』

호룡영감은 옛날 아이들이 아버지에게 효성하든이

야기를 한참동안 들녀주었다。분병을온 늙은영감버들

도 그렇게 하는것이 자식이하는 도리라고 경덕에게

타일너주었다。

경덕은 무어라무엔지 정신이 어린둥절하야줘서 선

약을 판단할수가없었다。개간을 먹지않으면 아버지가

죽는다는말이 처럼 따그웠고 동시에 그의마음에 다

그렇게하기를 강요하였다。개와 아버지를 비교하여보

면 물론 아버지가 더중하였다。그리고 아버지가죽는

것보다 개가죽는것이 정당한일이라고 생각하였다。경

덕은 암만 생각하여보아도 아버지를살니고 효사가될

수밖에없었다。경덕은 입술을 악물어 맹세하였다。

석양에경덕은 무서움에 뛰노는가슴을 내려누르면서

T백화점 주인네집앞에갔다。대문쩜으로 몇번이나 정

원을 살펴보았으나 『퐁』(개일홈)은 보이지않었다。

『어데루갔을까?』

경덕은 가시방석에앉은 사람처럼 마음이 짜릿짜릿

하였다。그만 갈가하고도 생각하여보았다。그러나 아

버지가죽으면 나는혼자다——

경덕은 이렇게 공상을하면서 주인첩의집으로갔다。

『퐁』은 첩의집마당에 누어있었다。

경덕은 조고만 흙덩이를주어서 『퐁』을 향하야던졌다

자든『퐁』이놓나 머리를들고 사방을살피다가 대문밖에

섰는 경덕을보드니 솔넝솔넝 뛰어나왔다。그리고는하

도 만나본지가 오래다는듯이 흘적흘적뛰면서 경덕에

게 취룡을부쳤다、『퐁』은 경덕을 딸아왔다。

경덕은 『퐁』을다리고 사람없는 좁은골목길로만 들

어섰다。그러다가 곱장영감녀 옆길을빠쳐서 방천우에

올나섰율때 경덕은 원일인지 갑작이 애수와 불안의

습격을받었다。『퐁』이 뻐가커리도록 가엾어났다。몇분

후에 죽는다는줄도 몰으고 자기들 주인대신 들들히

믿고 딸아오는 『퐁』을볼때 무서운생각이 머리끝까지

치밀었다。 어데서 누가 이가미를살고 자기를 뒤쫓아오는듯한 치욕감에 찔니기도하였다。 경덕은 걸음수가없어서 풀밭에 맥없이앉었었다。「퐁」도앉었다。 경덕은 「퐁」의 기름기도는등을 부드려운손으로 어르만저주었다。

「퐁 너는죽는다。 그러나나는 아버지를 살녀야겠다」

경덕의두손에서 어느듯 뜨거운눈물이 두볼다구지를 뚝뚝흘녔다。「퐁」은 경덕의 얼골을 유심히 바라보더니 살그머니 경덕의짤다구지의 눈물을 싹싹핥아주었다。 경덕은 자기혀를 빼어들었다。「퐁」은 조심스럽게경덕의 혀를핥아 주었다。 경덕은 「퐁」의등에다 손을올녀놓은채 눈물어린눈으로 물마른S강을 한참 내려다보다가 호ー하고 한숨을내뿜고 일어났다。집이가까히 보일수록 경덕의마음은 쪼그라지고 자기집마당에 뛰놀았다。 토마루에 늙은이가세분이 앉어있고 뒤ㅅ마을을떠에는 우차ㅅ군춘만이가 숫돌에다 식칼을 씻씻갈고있었다。

「어ー육밧군」 경덕을 칭찬하는 늙은이도있다。「퐁」은 눈치채렸는지 밖으로 뛰어나 갔다。 경덕은내버려두었다。 그러나 아버지의 호령에 할수없이 딸아나가서 귀를 끝고 들어왔다。

경덕은 자기아버지와 모든사람이 미워났다。 모도가 자기와눈달는 악독한 사람들같이 보이였다。 소리치울고싶은 생각이나고 분하기가 짝이없었다。 경덕은 눈물을 뚝뚝떨구면서 춘만이가 ,시키는대로 머리털로전

밤은 얼룽하야 「퐁」의 목에다걸었다』 춘만은 밧줄한쪽끝을 대문아래 구멍으로 밖에내밀고 밖에나가서 대문을 단단히잠겄다。 그리고밖에서 밧줄을 잡아다렸다。「퐁」은끌녀서 점점 대문밑으로 들어갔다。 그러면서 살녀달나는듯이 경덕의 머문얼골을 바라보았다。

기둥을붓들고 눈물만 뚝뚝떨구던 경덕은 「퐁」의비명을 길에서 물똥을 갈기는것을보자 뒤ㅅ문을나가 수수대 바자구멍을빠저 미친사람처럼 방천우를달녔다。 멀제까지문지 「퐁」의 비명이 귀에들녀왔다。「퐁을먹구 모두죽어라 모두죽어라」 이렇게 선소리를 치며서 방천우를달녔다。

이날밤늦게까지 허룡영감네집에서는 술취한 영감네들의 요란스러운 이야기소리가 들녔다。 한잔마신김에 노래를부르는 늙은이도 있다。 노래가끝나고 영감네들이 헤여저가고 새벽이되여도 경덕은 돌아오지않었다。 이튿날도 개고기를많이 먹으자고 늙은부모는 눈이빠지게 기다렸으나 경덕은 돌아오지를않었다。

집을뛰어나간 경덕은 그날밤 동무의집에서자고 그 이튿날아침에 T백화점 주인네집 통청을살피라고 주인네집대문앞을 어름어름하다가 주인의아들 창수에게 붓삽혀서 귀동을 한개업어맞고 모든것을 자백하였것이다。

(끝)

少年과 妓生

安懷南

갑용(甲龍)이는 문학소년(文學少年)이 었읍니다。생활이 퍽 가난하면서도 그 위협는 조끔도 인식하지못하고 매일 책읽고 글짓는것만 생각하였읍니다。마음이 썩 어리였읍니다。

대문밖을 나스며

오늘도 속으로 빕니다。

거짓영예(榮譽)와 의(義)아닌 행복보다는

몇번이라도 참다운

삶의 비극(悲劇)이 있으소라고。

아츰에 이러한 시(詩)한편을 지어놓고는 그것이어지간히 잘된것같이 넉더젔읍니다。문학 하고 헤아려보면서 앞으로 언제든지 이것 하나를위하야 노력하고 살아가리라 하였읍니다。

그는 날마다 도서관(圖書舘)엘 갔읍니다。재미있는 소설(小說)과 달콤한 시집(詩集)을 중일토록 뒤지어리며 읽었읍니다。물론 점심은 굶었읍니다。그러나언치든지 마음은 든든하였읍니다。

저녁때가 되여서야 그는 거리로 나왔읍니다。돈백원을갖이고 그들이 불러말하기를 식당여자(食堂女子)라고 하는 게집애와 삭세방을 얻고 살림을 시작한 어느동무를 찾어갔읍니다。감용이는 이동무에게 여러번이나 신세를 젔읍니다。

「연애(戀愛)라는것은 자기자신의 인격을 오히려 향상식히고 또한 미화하는것이지 너처럼 그렇게 퇴때하고 타락하는 길로 떨러뜨리는 그것은 참다운 연애나 정말사랑이라고 할수없다。」

「열정(熱情)만 있으면 고만이라고 하지만 지시하천 곤충(昆蟲)들도 수컷이 암컷을 좋아하고 암놈이 숫놈을 사랑할줄은 안다。아니 심하면 제몸뚱아리를 상대편에게 아주 맥기여버리는 빨려지까지 있는데 결국 아렇게 단지 열정만있다고 옳은것이 아니라 연애 그속에도 우리의 가장 거룩한 인격이 미화하야 나라나야만한다느

요컨날 그동무들 갑용이가 이런한말로 공격을하였드니 그것에 노했는지 오늘 동무는 동무를 반갑지않은 눈치로 맞이하였읍니다. 그래서 하는수없이 그른발절을 도리키켰읍니다.

한 친최댁떨 갔으나 벌서 저녁끼니가 지난때였읍니다. 사람들이 밤먹었느냐고하매 갑용이는 미안한생각에 먹고왔노라고 대답하였읍니다. 지금쯤 분명히어머넘께서 저녁을 얻어 자시고계실 아주머니뿔 되는대로 갑까 하다가 다시 함께 같는 문학의길을 밟으랴는 어느 동무에게로 갔읍니다.

이아기끝에 책을팔아서 술멏잔 먹어보자고 말하였으나 그동무는 고개를 내둘으면서

「우리는 밤낮 책은 보지도않고 팔어먹었었는데 앞으로 나는 열심히공부하고 그런 나뿐버릇은 곳치겠다.」

말하였읍니다. 갑용이는 여러동무들이 자기에게 대하야 열번잘하고 한번 잘못하는것 같아였읍니다. 그는 처음으로 점심과 저녁 두때를 굶어보는 경험을 하였읍니다.

순간 눈물이 핑돌며「센리멘탈」한 가슴을 쥐시였읍니다. 쯜으떠러지는 배를 쥐도물으는 사이에 차츰차츰 허리띠로 졸라매었읍니다. 그러나 길을 거를면서는 가끔 아까 지은시를 마음속으로 되푸리하여보면서 흡족하여 횄읍니다.

육치는 말은 잊지마는 정신은 살쩌뵈것 같아였읍니다.

×

춘화(春花)는 아직 어린 기생(妓生)이였읍니다. 그러나 퍽도 조속하였읍니다. 아버지나 할아버지같은손넘들과 술먹고 노래하며 놀다가 갑용이를 때하면동생같은 기분이 돌았읍니다.

소년들은 입장권(入場券)만 사가지고 기생집엘 들어갔읍니다. 입장권이란 담배한값을 가르침이었읍니다 꿀목에둔 뭉여서 놀다가

「기왈이 두룩 재써」

하나이 이렇게 말하면 모다들 좋다고 찬성이었읍니다. 기왈이는 기생. 두룩은 집. 재써는 가써.

의미로

『기생집 가써』

하는 부랑자들의 것말을 배운것이였읍니다.

언제인가 갑용이도 동무들축에 끼워 춘화의 집으로 그들이 말하는 토벌(討伐)을 갔었읍니다. 춘화는 그때아직 기생으로서 한목을굣보든 시절이었읍니다. 소넌 부랑자들은 춘화앞에 담배(피존)를 꺼내여놓고

는 그것을 빼여피우면서

「이사람은 문학가(文學家)」

이라고 갑용이를 아주 추켜세웠고 그날밤 나올때
춘화는 던즈시, 갑용이에게 언제한번 혼자서 조용히
찾어오라는 부탁을 하였든것입니다。

나는 퍽도 귀여운 사람입니다。

왜요 하고

뿔어보지도 마십쇼。

그렇게 아름다운 나의애인(愛人)을
그렇게 정성(精誠) 껏사랑할줄아는 내가
그래 귀엽지 않습니까。

그이를 사랑하는 나에게는
그이를 사랑할줄 아는 내가
큰·보물(寶物)입니다。

그후 갑용이와 춘화는 서로 사랑하는사이로서 둘
이만 가끔 맞나게되였고 어느새 소년시인은 이러한
시까지를 소녀기생에게 꺼주었읍니다。
벽란간 춘화가 갑용이의 목을 얼사안고 그의 입
을다마추었읍니다。 기생은 방그레웃고 소년은 이 처

음당하는일에 어찌할줄을몰으고 당황해하였읍니다。
춘화가 자기의 사진 한장을 애인에게 선사할때일
부러· 줄듯줄듯 놀리었읍니다。 갑용이가 그것을 빼았
으라고 달겨들때 "서로 몸이 닷게되고 자면 손과손
이 부다쳤읍니다。 갑용이는 그것이 부끄러웠으나 춘
화에게는 몹시 유쾌한 감촉이었읍니다。

갑용이가 얼굴을 북히며 멋적게 물러앉으니까 춘
화는 안빼아끼랴든· 사진을 그에게 내밀었읍니다。 갑
용이가 그것을 방바닥에서 집어들자 다시금 이번디
는 춘화가 달겨들며

「부끄러워 이리내요。」

하며 달라고 하였읍니다。 사진을 빼아스랴고 하는
척 집짓 치가슴을 가쥐다 갑용의 가슴을 눌으랴하
며 얼부러 그의손목을 잡어단기는데 사나이는 또다
시 황겁하여 사진을 먼쥐자리에다 놓았읍니다。 갑용
이에게 춘화는 무한 아름다운여자로 보였고 춘화에
게 갑용이는 그야말로 순진한 남자로 벽여젔읍니다。

그러나 그들의 연애는 종래 「푸라토닉·러브」로 게
속되였읍니다。 어린시인의 아직 유치한데 비하야 어
린기생은 너머나 조숙한 까닭이였고 그리고도 왜그
러냐하면 갑용이는 밑이 찌여지게 가난하였읍니다。
그의 검정두루마기는 기름처럼 때국이 줄으르 흐르
고 머리는 잘깎지도 못하여 언제나 푸수수하였으며

구두는 다 해여져 밑창만 남어서 진흙물이 새여들어
와 떨어진 양말을 질축하게 적시고는 하였읍니다。
그러한 갑용이의 모양이 너머자조 화려한 세간으
로 둘러싼 가생방 비단보료우에와 앉으면 춘화의어
머니가 정말로 눈을 흘기는 때문이기도、하였읍니다。

×

갑용이는 먹는것으로뿐만 아니라 잠자리로도 무한
고생을 당하였읍니다 이부자리를 차들고는 나날이누
울곳을 찾어다니는 처지였읍니다。동무의 호의를 입어
그들의집에서 묵기도하였읍니다。그러나 간혹 갑용이
가 어머님앞에서 찬밥덩이를 떠운물에 말어먹고 오
래간만에 이야기로 모자간 밤을 질기다가 이식하여가면

「사람을 따고서 혼자만 구경을 갔다온다?」
천진스러운 동무는 그가 자기만 슬며시 활동사진
을 보고 오는줄로 오해를 하였읍니다。그러면 그날
밤의 갑용이 잠자리는 몹시 불편하게 되는것이였읍
니다、

이런종유의 사소한일로 친밀한 동무사이에 서로 격
의와감정을 갖게되는것이 그는하도 마음에 안타까
웁고 억울하며 그집에서 스스로 하직을 하곤 하였
읍니다。

깜깜한 밤거리를 걸으며

골백번 생각하여 봐도
동무야 오늘만은 네잘못이다。
하나 나는
동무를 책하지않기 맹서하였네。

그러한 어느날밤 갑용이는 이런 단상(短章)을 짓
기도하고

안개 끼인 밤거리는
창부(唱婦)의 입술
나는 병든 몸이면서도
싫여하지않고 새도록 차다닙니다。

이렇게 잘막하게 읊으기도하였읍니다。어느때 그는
극도로 피로하여 금방 쓸어질것같이 느껴진적도 있
었읍니다。

동무들이 누구나 「식당여자」라고 일컷는 시악시가
임신을하야 만삭이 가까워오는 동안 그남편되는 동
무에게 몇일가서 자기까지하였읍니다。늘 서로 충동
도 있으나 또한、항상 다정한 친구의 사이였읍니다
하루는 갑용이가 도서관에서 여권히 달콤한 시집
과 아기자기한 소설을 읽다가 찾어가니까 동무는그
의 앞에다가 커다란 신문 뭉치를 하나 내어놓았읍니

거리가 치웁고 바람이 불사록 환한등불이 비추인
방안은 더욱 평화하고 행복스러워 보이는것입니다。
대문앞까지 나와서 갑용이가 가난하지마는 가난하지
않은척 환이 등잔불비추은 방문을 잠간 넣을고
바라보며 있을때 방에서는 애기의 울음소리가 간지
게도 들리어왔읍니다。

「나는 어름판우에서 자드라도 애기야、너는 잘커
라。」

감개무량히 갑용이는 속으로 웨치면서 갈곳도없는
거름을 음기웠읍니다。석커먼 밤 한울에서 때마츰 눈
이 사선(斜線)을치며 떠부었읍니다。

같은 길을 오고가고 한참이나 눈덮인 길우에 새
밟자욱을 내이며 돌아다녔읍니다。자정이 지나고 밤
이 한참 깊어서야 갑용이는 춘회의집 문앞에 당도
하였읍니다。

　　　×

춘회도 갔 쇠울올라와서는 단간방에서 너멋식구가
지냈읍니다。그임시 소년 난봉쟁이들이 임장권만사들
고 토벌을 왔을때도 식구들은 잠시 이웃집으로 몸
을빼고 하였읍니다。그러나 어여뿐 기생의 출세는 빨
렀읍니다。처음에는 동래 차전집 큰아들이 돌락어리
며 식량을 대어주고 하드니 「식도원」에 자조불리고
춘회에게는 무슨회
「명월관」에 지화를받어 가게되자

다。그속에는 갑용이의 밤마다 비고자는 벼개가 두
토막에 난호여커 있었읍니다。동무가 돈백원을 자기
집에서 몰래갖다가 「식당여자」와 살림을한게될때 그
돈의 반넘어를 빼왔어갔다는 여자의 아버님 말하자
면 동무의 장인되는사람이 오늘 술이잔득 취하여와서
「세상에 님의 내와둘이만 자는방에와서 붙어있는
놈이 어느놈이냐。」

야료를 하며 갑용의 벼개를 도끼로쳐서 두쪽에
버어놓았다는 것이었읍니다。

다른것과 달러 벼개가 그리된것은 흥사히 자기의
목아지가 동강 짤리워진것같은 느낌이 었읍니다。더구
나 잠자리가없어 돌아다니는 아들을의하야 맨들어조
신 어머님의 칭애를 연상하매 더욱 아득한 마음이
돌었읍니다。

그러한 뒤이었은후 연약한갑용이의 매월밤꿈은 작
구살란하고 무서워커서 어머님앞으로 돌아왔읍니다。
한간방에서 어머님과 누의나외 쇠식구가 기거를하는
매부의 집이었읍니다。그는 그룸에서 새우잠을자며 밤
이면 되도록 늦게놓고 아춤에는 할수있는한 일직이
일어나고하였읍니다。

그러나 그의 누의가 갑용이의 귀여운 족하딸년을
나하놓든날 산모와애기의 넓고 편안한 잠자리를위하
야 갑용이는 따시음 밖으로 허페여야만 되었읍니다。

사 취체역(取締役)인가하는 큰부자영감이 봉으로 걸
려들었읍니다。 투고(投稿)를 한 갑용이의 시가 신문지
한귀퉁이에 조고마케 두어번 나는사이에 춘화의 머
리는 금푸성이 가되고 손가락은 보석으로 번쩍어리었
읍니다。

얼마안있다가 십여간이나되는 집으로 전세를 얻어
갔읍니다。 삼층장 양복장이 번질으하게 들어섰읍니다。
백여원을 드려서 모본단 이부자리를 새로 지었읍니
다。 행낭과 안잠자기를 두고 하인들은 찾어오는 손님
들의 복골을 보아서 들였읍니다。 복골이란 의복이라는
은어로 추레한끝이면 으레히 춘화 가없는 법이였읍니
다 물론 이때부터는 소년부랑자들은 담배를 몇갑식
사더라도 늘 입장거절(入場拒絶)이었읍니다。

그러나 춘화는 언제든지 갑용아만은 맞날 도리를
차렸읍니다。 그는 에누리없는 그여자의 애인이였읍니
다。 갑용이는 그만나이로 아직 여자에게 떠담하게달
겨들지못하는 숫백이였읍니다。 그는 시를 썼습니다。 갸
름한얼굴은 조금도 기름세가없고 귀여웠읍니
다。 돈으로 자기의몸을 자지하는 늙은영감과 우락부
락한 건달들의 던떠리나게 싫음에비하야 갑용이는 매
력이있고 늘 그리웠읍니다。 봉에게서 울거미온 돈을
갖이고 갑용이에게 쓰고까지싶은 마음이 생겼읍니다。
자조 이발을식하고 양말도 좋은것을 사주고 새두구

마가를 하여주고 싶었읍니다。 어머니 몰래 방한간을
얻어갖이고 갑용이와만 맛나는 살림을 차려볼까나 하
고 계획하여도 보았읍니다。 바단옷으로 가라입고 꼽
게 단장을하고 있으면 자기가 갑용이를 맞난하려는 모
신부(新婦)인양 하는 꿈을꾸며 아랫목에 펴처있는 모
분단 이불속에다 한번 나어린 갑용이를 높여봤으면
하였읍니다。

청해봉고 일주일에 씨번식오는 취채역영감이 춘화
의 가는봉을 열사안고 둥글던날밤 깊어갈사록 ·눈
은 점점더 퍼부었읍니다。

「아 눈은 잘두온다」

잠간 밀창을 열고 내어다 보든 춘화는 그광경에 넋
을 잃었읍니다。 그등뒤로 영감님도 술기눈에 얼큰하
야 봉고 커다란 얼굴을내어밀며
「어 오너라 오너라 잘 쏟아진다。」
유쾌한 목소래로 떠들었읍니다。

후에 갑용이에게서 걸다란 편지가 왔을때 춘화 는
비로소 그날밤어 그가 단기어간것을 알었읍니다。 늙
고 뚱뚱하고 얼굴이 부르퉁하고 비틀거리는 놈은누
구냐고 편지 맨꼭대기에다 물었읍니다。 그날밤 우리
집의 환한방속에서는 씨상에도、 귀여운 갓난애기의 울
음소래가 들리었지마는 당신집의 환한방안에서는 더
립고도 추산한 질깔거리는 소리가 들리었다고 말하

였읍니다。 어찌할줄몰라 밤을 새일작정하고 돌아다니다가 순사한테 취조를 받아 파출소에서 날을 밝히었노라고 하였읍니다。 그러나 춘화는 이왕 그리된몸이나 놈들에게서 될수있는대로 돈을많이 빼앗는것이 가장 좋은일이고 조곰도 양심에 거릴거는 없는것이라고 강조하였읍니다。 춘화의 덕택으로 뚱뚱보가 패가망신을 하면 더욱 훌륭한일이라고 하였읍니다。

나의 사랑하는 빨간 장미(薔薇)야。
겨울이 와서
눈이 오시고 바람이 불면
내 너를 따뜻한 온실(溫室)로 옴기어주마
너는 아모 걱정은 없어도 좋아。

맨끝에다는 이러한구절로 시작되는 시한편이 여에 의하야 씨워있었읍니다。 춘화는 기생이니까 그말로는 비참하게 되고말것인데 그때가 정말 당신에게는 무서운 겨울이라는 것이였읍니다。 당신이 아무리 라락한 여자이라도 언제나 나에게는 사랑하는 빨안 장미꽃이요 당신이 다음에 늙고 병들어 고생이 오면 내 따뜻한 온실로 옮겨 잘 여생을 보내도록 하여주리다。 그러니 기생이라고 비관을 말고 조곰도 걱정하지 말라는 의미었읍니다、

어린 소년의 생각에는 자기는 다음에 훌륭한 문학가가 되고 그리고 크게 출세도 할것 같아였읍니다。 현재 자기는 밥을숨고 잠자리가없어 돌아다니나 장내에는 정말 춘화는 비참하게되고 자기가 언제나 사랑하여 보호할것이라고 믿어졌읍니다。

(丙子 十二月 十日)

〔詩劇〕

어머니와 딸 (全三幕)

朴芽枝

人物

母　四十五歲

그의 딸 玉伊　二十一歲

玉伊의 父　四十二歲

玉伊의 오빠 金九　二十三歲

玉伊의 外祖父　七十歲

玉伊의 愛人 林浩　二十五歲

林浩의 母

下女　六十歲

代書人

郵便配達夫

洞里處女

洞里老婆

乞人 等

現代의일 늦은봄날 中部朝鮮의 조그마한 都市에있는 玉伊母女가 別居하는집과 그近郊의 林浩의집에서생긴일。

第 一 幕

낡은개와집 三間마루 右手前方으로 부엌에 後方으로 안방에 通하는 문이있고 左手 後方으로 건너방에 通하는문 前方으로 조금떨어저서 대문 마루는 유리분합문을 左右로 다어케치고 後面벽에 기대여 안방쪽으로 화려한 찬장 그밑음에 三尺高의 金庫가있고 조금 사이를 띄을때에 쌀뒤주 그위에 축음기가 얹혔고 건너방쪽으로 조금사치한 書籍 그앞에 테ー불 의자두개 그리고 테ー불위에는 몇권의책과 잉크, 필통 화병등속이 질서없이 놓여있다。後面벽 中央기둥에 時計가 午後한時를 가르키고있고 그위에는 風景畵의 자수가 걸려있다。마루中央 천정에는 전등이 달렸고 마루앞 첨하끝에는 풍경이 달려있다。마루앞 섬돌위로는 「석유」「과초」「지자」등의 화초분이 놓여있다。

늦은봄 첫여름에 적당한 산뜻한 出入服을입은 玉伊가 테ー불결에 기대여 화병에꽂힌 赤色 장미꽃을 만지작거리며 慇然히 쉬고있다。

玉伊。黃金의 威力으로 人間의 意志를 征服하려는意志
人間의意志로 黃金의威力을 征服하려는欲望
나는 相反한 이欲望과 意志의 사이에서
永遠히 방황하며 괴롭지않으면 안될것인가?
（가만가만 건너방문에 귀를 기우린다。老人〈外祖父〉의 신음하는 소리、기침소리、다시 테ー불결에 돌아와서 꽃송이를 입안

액 사르르떼며 꿈을보는듯한 표정으로）
그것이 벌써 삽년인가?
그이가 장미꽃 힌송이를 주든때가
작년에 주신것은 확실히 당홍이였지
이번에는 이같이 피빛같은 장미꽃!
힌 것은 사랑의 純情!

담홍은 사랑의 맹서!

피빛같이 붉는것은 목숨을바쳐 사랑하는 뜻이라지

그이는 이같이 나를 사랑하것만은

나는 어찌할가 그이를 따라갈가

나의사랑 나의청춘을 살리기 위하야──

아니 아니 안될말이여 어머니를두고,

외로우신 어머니를 홀보두고

한평생 적막하게 지내신 어머니!

나에게만 정을 부치신 어머니!

나는 인자하신 나의 어머니를 위하야

나의사랑 나의청춘을 희생하는것이 옳을듯하여──

아니 아니 그것도 안될말이지

삼년전 그이가 처음으로 나에게보내든 그 미소!

그셋빛같은눈 정렬에 타는듯하든 그표정!

나는 어찌도 부끄럽든지 줄다름쳤지

그러나 내가슴에 숨었든처녀 은근히 내손길잡고

「아니오 그것은 당신을 부르는 無言의 노래요」

이렇게 속삭여 내걸음을 멈추게 하였거니

나는 어느한때 가슴떨리든 그순간을 잊어본적이 있었든가?

그따부터 나는 어머니사랑에 불만을 느꼈었지

고요한 봄날 기우러지는 새벽달이 자짓빛 안개속에 아즉일때에

허공을껴안고 발발떠는 가슴에 사모치는 외로움!

그때부터 나의가슴에 깃드틴 이외로움은 얼마나 쓰리고도 달콤하였든가?

어머니의 사랑은 잔잔한 물결과 같을뿐,
나는 천길폭포에 침차혀 떨어지는 순간과도같은,
짜릿하고 긴장한 사랑의 모험을 시험었었거니
그의 체격, 그의 意志는 참으로 폭포를 이고섰는 바위와도 같지않은가!
어느때나 빙글거리는 활발한 그의기상, 우렁찬 그의음성!
쏟아지는 폭포같이 웅장하고 헛날리는 물방울같이 시언하지않은가?
어머니의 정을 차바리고 그의품에 뛰여갈가?
그의사랑을 물리치고 어머니품에 기어들가?
어머니와 그이는 영원히 딴길만 걸으려하시니
平行도아니오 交叉된 直線과같이 점점 멀어만지니
그사이에선 나는 어느길을 더듬어가야 옳을가?
아! 괴로워─ 나는 괴로워─
그러나 오늘은 가보아야 할터인데,

(화병을 도로놓고 의자에 힘없이 걸러앉어 안방문을 바라보며)
어머니는 아직도 주므시나
아이 갑갑해 언제나 나가나
낮잠을 길게도 주므시지─,
(때문이 열리며 學生服에 四角帽를쓴 金九가 들어온다)

金九。 (분망한 여도나 다정한 말씨로)
玉伊!

玉伊。 (토끼처럼 가볍게 깡충뛰며 마루끝에나서 반색하며)
아이 오빠!

金九、 어머니는? ·

玉伊。 주므신답니다。
아버지는 안녕하세요,

金九。 아버지도 ·이라 오실듯하다。

玉伊。 네?(깜짝놀다 오 의얼굴을 말없이 바라보다가)
아버지가 이리 오시다니요?
참말이세요? 네?

金九。 글세?

玉伊。 (구두끈을 풀드고 마루에 올나서는 오빠의팔에 때달이며)
오빠! 아버지가 오시다니요,
십년이넘도록 돌보시지않던 아버지가 오시다니요,
그러면 우리들은 한집에 살게되겠지요? 비?

(너무 기뻐서 어쩔줄을 모르는모양)
(안방문이 책열티며 낮잠이 바야흐로 무르녹은 거슴츠레한눈을 부비며 어머니가 나오신다 이십년 갑갑게 독신으로 지낸
것만치 아직도 늙는티 하나없는 풍부한육체 조금 구기여졌으나 사치한 옷맵시다。한때 女學校 단인만큼 교양있는 느릿
한말씨다)

母。 너 언제왔니?

金九。 어머니

母。 (男妹는함께 어머니쪽에 도라서며 아들은 허리를굽히고 玉伊는 어머니께 뛰여가서 때달이며)

玉伊。 어머니 아버지가 오신대요,
밤낮 그리읍든 아버지가
얼마나 기쁨가? 아버지가 오신다면──

母。 (어떻게하면 좋을지 마음에 결정이없는듯 한참이나 묵묵히섰드니 갑짝이 생각난듯이 얼는도다서서 금고앞으로 금고
를 스트르 만저보고 단단히 잠겼나를 시험하여본다。이때 金九는 그걸보고 玉伊와 눈을마추며 가늘게 한숨을짓는다。어

머니 다시 도라오며 냉정한 말씨로)

너의아버지야 오시나 마나

우리집안에 무슨기쁨이 있겠느냐?

벌써 옛날에 남이된 그가 아니냐

잠간단여가는 나그네나 다름이 없을텐데

玉伊야! 무엇이 그다지 기뿌겠느냐 .

九야! 앉어라

玉伊야! 방석을 갔다 까라주어라。

(玉伊 안방에가서 방석을갓다가 어머니와 오빠께 까려준다。 어머니도앉고 오빠도 앉는다。玉伊는 오빠곁에 앉을가? 어머니곁에 앉을가? 한참 망서리다가

玉伊。 난 오빠곁에 앉을레야요。(앉는다)

母。

(한참이나 男妹를 물그림이 바락보다가 처연하게)

가엾은 아이들아

玉伊는 아버지의 사랑을 얼마나 그리웠으며

九야 너는 어머니의품이 얼마나 그리웠느냐

작은어머니의 학대도 있었을게요、

너의아버지도 친절한편은 아니였겠지

玉伊가 사년동안이나 서울학교에 단였으나

너의집에 찾어가지안은걸 너는알겠지

너는 우리집에 찾어 오것만은──

우리집이야 외하라버님과 나와 玉伊만있으니까

허나 너의집에는 수원집(작은어머니)이 있으니까 그빈정거리는 눈총이 시려서 안갔느냐。

金九。어머니 우리집 소식은 돌으섰겠지요、

아버지는 장사의실패로 파산을하시고
작은어머니는 싸우고 떠나시고
하라버지와 할머니는 한숨만 지시고
어린애들은 울기만하고
나는 학교에도 못가게되고
흥 얼마나 비참한 집안임니까?

玉伊。　아버지는 약주만 잡수시고
반듯이 올때가 왔것만은 아버지는 화만내시지요,
당신한몸도 주체를 못하시면서 내걱정은 무던히하시지

母。　어머니 (애원하는듯한 말씨토)
오빠는 우리집에서 사시고 학교에 단이게하시죠
아버지도 같이와서 사시게하시고요,
玉伊야!(한숨을지시며)
이철모르는 거집애야
너의아버지는 나와남이된지 오래다
젖먹는너는 거집애라고 돌보지도않고
너의 오빠는 공부를 식힌다고
나의품을 안떠나려는 어린것을 빼아서갈때
나는얼마나 원통하였겠느냐
얼마나 울었겠느냐
九야 너도 생각해보아라
네가 철들어 내집에 올때마다
너의집 모든 식구들은 얼마나 꺼려하였느냐

그래도 너는 어머니의 정을 못잊어 찾어올때마다

버진정으로 너를 붓삽고

외로운 나를 바리지말고

나의곁에 있어달나고 엄마나 애원하였느냐

그래도 너는 외로운 우리 母女를 바리고

아버지께로 도라가드니

아! 그때의 나의가삼을 무엇이라고 말하겠느냐

인정 없는 야속한 자식이라고

아버지편만하는 얄미운 자식이라고

나는 너를 얼마나 원망하였겠느냐

玉伊를 훌륭한 사람을 만들어

九야! 너보담 더훌륭한 사람을 만들어

나의 원통한 가삼을 씨스려하였다

그리고 이를깨물고 돈을모아서

돈으로해서 받은설음을 갚으려하였다

그때의 너의아버지가 나를 쫓기위하야

눈꼽만큼 주든 그재산이

이십년가까운 나의피땀어린 노력으로

오날은 십만을 헤아리는 나의 자랑이되였다

아이들아 웃지마려라

정직한 고백이다

너의 아버지의 몰낙을 나는 은근히 빌었었다

오늘이야 나의 五十平生 쌓이고 쌓였든 원통한 가삼을 씨슬가보다。

（玉伊 만망한듯이 오빠의 얼굴을 쳐다본다 九는 당연한 일이라는듯한 표정으로）

金九。　나어 차니까 어머니가슴도 짐작하겠읍니다。
방랑하든 아버지 半生에는 맛당히 올날이 왔읍니다
어께는 이아들의 어깨에 집안의집을 지우려고
나를 붓삽어 집안에 두실 작정입니다
그러나 나는 곰팡쓴집안에 하루도 못있을것입니다
그질식할듯한 무거운공기를 나는참아 못견디겠읍니다
나는 시원한 새공기가 그리워젓읍니다
조롱에 가친 새가 허공을 그리우듯이
연못에 가친고기가 바다를 그리우듯이
시언한 넓은세상과 새공기가 그리워젓읍니다
그래서 나는 집을 나왔읍니다
나를 그조롱속에 잡어 가두시려고─

玉伊。　오빠 그럼 우리집에 게시지요、
어머니 그렇게 하시지요、 네─

金九。　돈버는 어머니집도 나는싫다
내가오니까 어머니께서 금고의 잠을쇠를 만지지 않드냐

玉伊。　（업는 말을 가루젓녀）
아니 오빠 그건 어머니의 습관이여요、

金九。　아버지나 어머니를 배반하는것이 아니지요、
（못맛당하다는듯이）

母。　그렇겠시 아버지를 배반한자식이 어머니라고 배반하지 않겠느냐?

나의시대 나의세계에 새로운삶을 찾으려함이지요,

(대문이 열이며 아버지가 드러온다. 키는 보통키나 나이보담은 훨신쇠약하고 초최한모양, 남은양복, 찌그러진모자, 기운구 무 모두가 물낙한 옛날의 재산가임을 설명하는듯하다. 거름까지라도ㅡㅡ)

父。 九가 여기왔느냐?(마루아레서 어믐어믐한다)

玉伊。 아버지ㅡ

(玉伊는 마루앞에나서고 九는 四냥 이러서기만하고 어머니는 앉은채 몰그럼이 남편을 바라보다가 냉정하고도 침착한말 씨모ㅡ)

母。 어느길가에서 한번지나치며 본듯한 얼굴이오,

무슨일로 오셨소

길을 잘못드셨나보오

참, 九를 찾어오셨다지오

九야 너를찾어오신 손님이다 나가보아라

나는집에 안드러 갈것입니다

(혹명소럽게 말하고 의자에가서 걸터앉어 冊을 뒤적어리며)

金九。 아버지 아무리 찾어오셔도 소용없으십니다.

玉伊。 아이 어머니(눈물이 글성글성하여 발을동동굴는다)

아버지 되집오신 물그릇을 나는어떻게 할수없읍니다

아버지 자신도 아마 회복하시기는 어려울 것입니다

그헌크러진 집안속에 젊은아들을 가두려하시나

나는 절단코 드러가지 않을것입니다.

玉伊야 손님이어든 비집에 모실것이 아니냐

너를찾는 당처도 않다

땅。

玉伊야 그유리문을 다더라(아주 냉정하게)

父 흥 이건 누구집안떼?

(성난듯 빌정거리는 때도는 마루에 걸터앉는다)

玉伊 아버지 울라 오십시오、비

(마루아때가서 구두를 벳기려한다)

父 그냥 뚜어라(성난듯이 말을 끄떠드린다)

玉伊야 이불상한 저집애야、

얼마나 아버지의 사랑이 그리웠기에

지나가는 나그네를보고 아버지라 하느냐

너에게 인자한말 한마디 하여주실 그가아니다

어쇠울라와 어머니곁에 앉어있거라。

(玉伊 무참하게 머리를숙이고 울타와서 의자를 끄러다가 오빠와 마주앉어 눈물을 씻는다。무거운침묵——)

金九 내가 장사에 심패를 하였으니

九를맘어 공부를 시키든지

이집을 비여놓든지 하란말이여

(분연히 일어나서 아버지앉으로 한발나서며 큰소리로)

아버지 이게 누구잡인줄 아십니까

아버지가 사섰으나 아버지 소유는 아닙니다

아버지는 아버지의 권리를 주장하기의하야

아니 그보담도 어머니의 권리를 뺴앗기위하야

한평생 別居는 하드라도 戶籍에만은 그냥두어달라는 어머니의 애원을 물리치시고

어머니의 일훕우에 붉은줄을 긋거하지 않었읍니까

그때문에— 그렇읍니다。그런형식때문에

어머니는 아버지께대한 모든요구의 권리를 뺴앗기고 말었읍니다

낭.
그대신 어머니는 이집을 소유하는 훌륭한형식을 ∙ 차리섰읍니다
아버지는 이집에대한 조고마한 권리는 없읍니다
사내다운 의기를 보여주는 귀여운 나의애기야
그렇다 형식으로 사람의권리를 빼앗기도하고
형식으로 나의권리를 주장하기도 하는시대다
나도 그런형식에 짓밟혀 안해로서의 권리를 완전히 빼앗기고 말었다
그렇거든 나의명의로 등록된 훌륭한 형식이 있는 이집에
나의권리를 주장함이 정당하지 않으냐?

玉伊. (어머니 곁에와서 무릎을꿇고 앉으며)
어머니 형식은 무엇이고 권리는 무엇입니까
어버이로서의 인자함이 있고
자식으로서의 그리움이 있지않었읍니까?

金九. (의자에 주저앉어 피로운듯 두손으로 얼굴을 가리우며)
인정이나 의리를 말하는것은 우리의시대에 생긴말이다
아버지나 어머니 시대에는 적당치 않은말이다
형식과 권리만 주장하는 아버지와 어머니는
영원히 일치하지 못한것이다
그렇다 영원히——
그사이에 짓밟힌것은 우리들뿐이다
우리들은 우리들의 시대를 주장할때가 되였다
나는 인제부터 아버지 아들은 아니다
어머니의 애기도 아니다
학교도 일이 없다

나는 나대로 살어야 겠다

(부엌히 어머나 뚜벅뚜벅 마루아뱃가 구두를신고)

아버지 안녕히

어머니 안녕히 —

자식들(색시대)의 존재란 영원히 이해하지 못할더이니

당신들의 시대에서 당신들의 권리만을 주장하다가

당신들의 형식속에 고요히 도라가소서

어것이 영원한 고별인것도 알어주소서

그런면 玉伊야 나는 간다。

(획도라서서 대문밖으로 나가버린다)

玉伊。 아ー오빠ー(마루끝에 뛰여나온다)

母。 (극히 냉정하고 침착하게)

九는 갔읍니다

玉伊。 어머니는 넘어 잔인하십니다

九를 찾어오신 손님이어든 九를따라가소서

어린딸이 밤낮 그리든 아버지를 오게하소서

우리집에 오게하소서

아버지의 호화롭든 꽃은 떠러젔읍니다

어머니의 쓰리든 눈물은 열매를 맺었읍니다

그것만으로 만족하소서

어머니의 승리를 삼으소서

그리고 아버지·어머니의 쓰리든 심사를 생각하소서

떠러진꽃이어든 익어가는 열매의앞에 머리를 숙이소서

父。
다정하게 머리를 숙이 소서
　　(간만히 한숨을짚고 어색한 말씨로)
玉伊야 네말싸같이 나는 몰락하였다
그러나 사나이의 자존심은 머리를 숙이지않는다。
나는 가아겠다ー 나는 가야겠다。

　　(수연히 이러나 나간다 玉伊 맨발로 마루아래 나려서며)
玉伊 아ー아버지ー(땅에 주저 앉는다)
귀여운딸아 나의비닭이야 울지마러라
갑사람은 가야한다
　　(잡작이 침착을 일으며 미친듯이 이러나서)
하ー하ー하ー 하하하ー 하하하ー
아ー롱쾌하다。 돈、돈、돈、
　　(최도라서서 금고앞에가며 주머니에서 열쇠를 그내여 금고문을 연다。그리고 지전한뭉치를 그내들고 도라서며)
돈、돈、돈、
인정으로도 정성으로도、 눈물로도、 거러오지못하든 사람을
그렇다 돈아! 네가 끄러왔고나
너의앞에는 모두가 머리를 숙이는고나
아ー 돈、돈、돈을 모아야한다
더많이 모아야한다
얘 玉伊야 어멈을 불러라 어멈을 불러라
　　(대문밖에서 찾는소리난다 玉伊 나가 문을연다 代人八이 검은가방을 끼고 모자를 한손에들고 들어스다 玉伊 허리를 조

代。 어머니는 제신가요,
곰 굽힌다)

玉伊。姆

姆 (전너방에서 잠작이 기침소리 신음하는소리)

姆、 어서 오십시오,
(자전풍치를 금고에넣고 방석을 마루곰에 깔어준다 代書人 걸터앉는다 下女가 약을다려들고 부엌에서나와 조심조심 마루
에 올라서떠다)

玉伊야 이약을 하라버지께 갔다드려라

어멈 거중섰게、 내말좀들거나

(玉伊 약을바다들고 전너방으로 드러가고 어멈은 어쩐일인지 몰라서 멀거니서있다。어머니 큰소리로)

어멈 오늘부터。그만두고 나가주게

玉伊、(깜작놀라 뛰여나오며)
아니 당장 나가주게

뻔안간 무슨 말슴이세요、
집도없고 친적도없는 그이더러 나가라니
인정많으신 어머니께서 그런말슴을——

(下女는 눈물부며 글성글성하여 아무대답도 못하고 애원는하는 눈으로 바라보고섰다)

姆。
(잠작이 백서운 말씨로)
험없는 계집애야 돈、돈이 제일이다
인정이 무엇이냐
이십년 가깝게 그림자도 안하든 너의아버지가
돈앞에는 머리를숙이고 오지않었느냐
돈을 모아야— 더많이 모아야한다
어멈이 ᆢ면 밥을먹는다 돈을 주어야한다
인케는 어멈도 소용없다

내 손으로 밥을 지을러이다

옷도 짓고 빨래도 할러이다 (어멈을보며)

자—어서 나갈준비를하게—어서—

(下女 치마꼬리로 눈물을씻으며 안방으로 드러간다 玉伊 울상이 되여서 따라드러간다)

代。갑짝이 원일이심니까?

母。(도로 침착한 말씨로)

　아이참 선생님 웬일이세요

代。잇으섯읍니까 그일때문이지요

母。참 그렇쿤요、그래 가쥐왔읍니까

代。가쥐왔으면 문제가 없게요

　한달만 참어달나고 애원하는데요

問。(난처한듯이 머리를 극적극적한다)

母。안될말이지요 기한이벌쇠 지났으니

　집이라도 비여놓아야지요

代。경매하여도 또. 팔백원쯤은 되겠지요

母。리자와 비용은 어찌합니까

代。가장출물까지 경매한다면 되겠지요

母。그러나 마츰그집이 순산달이되여서 길가에 나갈수도없고—

代。그거야 내가 안니까 나의알배 아니지요

　나의발울건만 받으면 그만이지요。

玉伊。(안방에서 나와서 어머니곁에 [꿇고앉으며]—나직한 말씨로)

　어머니 뼈머 심하게는 마르십시오

母。(못마땅 하다는듯이 딸을 흘겨보면)

삼한것이 무엇이냐 정당한관리를 주장하는데——

　마땅히 받을것을 받는데

　나의 피땀으로 모은돈이다

代。 그야 그렇지요 만은 ——

母。 선생님이야 관계할배 무엇입니까

　나의권리를 대신행사할것 뿐이지요

代。 그야 그렇지요、 그럼 되도록 하겠읍니다

母。 안녕히 계십시오(이러선다)

母。 안녕히——

　(代辯人 나가자 우편배달부가 대문밖에서 편지를던진다)

玉伊。(문깐에 뛰여가서 편지를접드니 자기에게 온것이 아니니까 좀 낙심한듯이

　하라버지께 오는편지야요、

外祖父의혁。팡주쉬왔지?(건너방에서)

玉伊。네、 광주쉬 왔읍니다(편지를 뒤저보며)

　(하라버지 건너방에서 겨우 비틀거리며 나온다 방석우에가서 앉는다 성성백발 수염도희고 걸다 몹시 쇠약하나 엄숙하고

　점잔은태도다 기침을 한참하다가)

祖。 이리가커오너라(玉伊 두손으로 드린다)

母。 아버지 또 그사건이지요、

祖。(눈을 스므드 감으며 머리를 끄떡끄떡。고요하고 엄숙한래도로 딸을향하야)

　이것이 마지막 편지다

　나는 이편지를 뜨더보기도 겁난다 ·

　(한참사이—。늘어보드니 낙심한듯이)

나의딸아 나는 인커 죽을것이다

나의 소원을 너는 못들어준단말이냐

수십대 혁혁하든 양반의집안이

나의대에와서 이같이 몰낙하다니

커 대대로 워하여오든 수십편의 죽보를

어떻게 처치하고 죽는단말이냐

네가 한채 집과 몇마지기 땅을 준다면

촌수는 비록 먼죽하나 이놈을 불너다가(편지를들며)

양자를삼어 커족보를 마껴야겠다

양반의 가문이 일조에 없어지다니 말이되느냐

너논일상 나를위하야 우리집안의 명예를 위하야

한평생을 희생하겠다고 말하였지

그렇거든 인케 나의 마지막소원을——

그렇다 이것이 나의 마지막 소원이다

이것을 너는 못들어 준단말이냐

양 (몹시 피로운 모양)

아버지 못하겠읍니다(아버지앞에 고요히 머리를 숙이며 침착한 말씨로)

(죠안는 민망한듯이 하락버지와 어머니를 슬금슬금보며 다시 안방으로 드러간다)

허 (몹시 엄숙하고 정충한말로)

허— 양반의자식이 아버지의 명영을——

양 (또렸한말로)

아버지 그들은 돈을주고 양반을사려고

아버지는 양반을팔어 돈을어드려고

그사이에 무참히 희생된것은 이딸뿐이외다

그러나 그돌은 양반도 소용이 없을때엔 나를버렸읍니다

나는양반의 체면으로해서 원한을품은채 나의청춘을 희생했읍니다

그때까지도 집안의명예를 존중하였읍니다

그러나 지금은?

양반도 집안의명예도 나의원통한가슴을 씻어주지는 못했읍니다

그러나 돈、오직 돈만은

나의가삼에 쌓이고 쌓였던 원한을 깨끗이 씻어주려합니다

돈앞에는 모다 머리를 숙입니다

아버지를 자식을위하여 당신의시대에 고요히 도라가소서

집을주고 땅을주어야 양자가되고

사당을모시고 족보를 물여받는다

그사람도 벌서 새시대에 머리를숙인 사람입니다。

그렇게 돈에 양심이딸이고 눈이어둔 사람에게

양반의 집안의 명예를 보존할수 있겠읍니까

靑

(결심한듯이 머리를 끄덕끄덕하면)

그렇다 너의말이옳다

나부럼 돈에팔렸든 양반이다

그렇게 존중하든 족보를 길가에바리고

地下에 도라가서 무슨면목으로 先親의얼굴을 대한단말이냐

차라리—— 아— 그렇다 차라리——

朴

(고요히 이러서 건너방으로 드러간다 딸은 無表情하게 않은채 멀거니 바라볼뿐、한참사이——靑人은 도포물입고 갓을쓰고

수십전의 고물안고 나온다

아버지 그걸가지고 어디로 가시렵니까?

145

(묵묵히 마담도없이 책들을 왜—불우에놓고 그앞에서 경건하게 세번절한다 玉伊 出入한며고 양산을들고 안방에서 나오다
가 이걸보고 어떤영문인지 물나서 눈을 크게뜨고 멀거니 바라보고섰다 어머니는 묵묵히 앉었을뿐 老人은다시 책들을안
고 마루아래 나려가서 마당가운데 고요히놓고 마루끝에 놓인 석양을집는다)

玉伊。 (깜작놀나 한거름나서며)

앗— 하라버지

(老人은 못들은듯이 석양을 득 그어 책에댄다 잠시간에 불은 훨훨타 오른다—철통한 얼굴빛)

玉伊。 (절망한사람처럼 추저앉어 어머니무릎에 엎드며)

어머니 너머니 인색하십니다

너머나 인정이 없으십니다

너머나 잔인하십니다

母。 (잡작이 히스테리칼하게——큰소리로)

하하하 —— 하하하

하하하 —— 하하하

(아무소리도 안들리는모양, 고요히 합장하고 하늘을 처다보며)

아—우리집안도 끝났다 나의시대도 끝났다。

祖。

———{ 幕 }———

夏夜散話

方仁熙

에——참 바람하고는 한번 시언하다。바루 살이오
르겠네 대청마투에 붕흥모기장을 치구서 두러누은거
부렇잖은걸

「여ㅅ다거——」

요런놈에 모기좀봐 바람이 부는데도 머들어서 이렇게
뜯어먹었네……여 김서방 보리깔끄랭이갓다가 —모거ㅅ불
좀봐 웅……모기는물어두 그놈어 지긋지긋한 해빛이
내려 쪼지않으니까 살겠네 오늘낫에는 웨 그렇게 해빛
이 따거운지 목덜미서부터 꿈무니까지 강그라 데어버서
젔어 버 그런놈에날두 첨봐 천여 우리 어렸을시절에
는 이렇게 더웁거나 요지음 겨울마냥 지악한추위도 없드
니 세대가 영악해커서 그런가 추우나 더위가 아주심해
여……여 김서방 담배한대주게……그럼 안
첨지 한머주게ㅣ……허허허허 바루 한머가 듬뿍한걸 그
런데 안첨지네논은 뜸었나 비루(비료)거름두 얼마나하
구……우리두 거름을 하기는해야 겠는데 · 도모지 외상

비루를 안주는구먼 그래서 군청에다니는 칠촌족하보
구 한가마나만 얻어달라구 그랬더니 코대답만하고는
아주 시청이를 딱떼는구먼 그러니 내자식이라도 마
음대로 안되는ㅅ세상에 족하자식이야 뭐 마음이나 먹
을수있나 그래서 퍽 과ㅅ심하드구먼두 잇어버린체 하구
서 신지무이하고 그만뒀지만 참 세상은 야릇하게된
'세상이여 전에 우리살림에는 나이가 양반이라구 나ㅅ
살이나 먹으면 젊은놈들도 고분고분하게 굴고 패 사람
사는 세상같더니 아 지금은 어떻게된놈의 세상이길
래 대가리에 쇠똥두 안떨어진놈들이 끌때짓을 하는구
먼 글세 내얘기좀들어봐ㅣ 요전날 모심으는데 · 물이
모자르기에 청주사네논으루 대는물ㅅ고를 조금 많다구
서 우리논으로 좀대렸더니 청주사네멈사리하는 쌀쇠
란놈이와서 눈깔을 부리대고 도로 뚤어막으며 놈으
니심사가 고약하니 멀ㅅ정하니하고 지랄이라구먼 하
두괘ㅅ심하고 분하길래

「얘 이놈에자식 너는 네 애비두없구 에미두없느
냐」

고 한번 호령을 했드니 아 이놈좀보자 아주 시덥
잖은드키 코똥을후뀐쉬,

「시팔 돌아가는꼴 모르슈 괘니 옛날생각만하구쉬 또
물꼬물 타났다가는 경을칠런니 생각해서하슈」

하고는 휘적휘적 가버린단말이야 그래 아무리 쎄상인
심이 사나워졌기루 이런데가있담 그런 괘씸한이야기
가 났으니말이지 그 우리 칠촌족하애가 군청에다닌
다구 꼬라잖었어 그러니께 개가…응 욳지 살구물
구장의 아들이구먼 그 살구물 장아들이 우리족하하
구 핵꾜럴 가치 다녔느니 어려서 코스물을 찔찔흘
리고 다닐때는 나도 귀여워쉬 궁둥이도 뚜들겨줬었
지 그런데 그녀석이 요천날 우리동네루 출장을왔기
에 즈아버지며 동네사람들 문안도햇구 나야 인사범
절차릴것을 다차렸지 그래도 이녀석이 들로 돌아다니
다가 우리논을 와보고 줄올띠웠을때 흰텅거려서 모스
리이 삐뚜른것을보고는 당장에뽑으라구 나
리네그려 하도 어이가없구 기가막혀서 그렇게불쾌
하게 말할것이 어떼있느냐고 그랬드니 함부루 빠가
니 키사마니하구 욕을한단말이야

「참 기가막혀쉬」

나는 돌아서서 하참은웃음을 웃었떠니 관리의말에

건방진수작을 하려든다구 양쪽뺨에서 불이나리지 하
두분하구 어굴해서 이놈에자식을 다리뻑따릴 분지러
놀려다가두 그커 자식들생각하고 법생각을하고서 고
만두었단말이야

뭐 이런거야 다 돈없는탓이 겠지만 이렇게늙은이둘
이 더운포양에 죽을힘을들여쉬 농사롤짓는댓자 별소
용이 있어야지 그래두 어리석은놈은 농사꾼이라 한
해라두 못지면은 . 큰야단이날人가보아쉬 허위단신을
하고 짓는단말이야 그야 농사짓는놈이 아무리 큰소
리를 한댓자 농사아니짓구 무얼하겠나만 쌀값이 떨어지
고 빗은 느는데두 윗잔놈에 농사미친은 그렇게도많
이드는지 품삯이 왜그렇게도 많이오르는지몸라 아
하며 장레 쌀이자는 비루 가마니나 겨거볼려구 내동양치는 뇌를
마 김서방네논에두 비루 가마니나 좋이들었을걸 나두
올봄에는 비루가마니나 .
첫녀그려 뇌(누에)를 꼭 한장을첫구먼 이놈을 갖다
농구서 아들에게구 며누리하고 마누라하고, 네식구가
밤을새워가면서 키우지를않었나 뇌라는놈은 미물중에
도 돈을낳는놈이라 그런지 굉장이 그란하드군 양잠괴
사(교사)라나 양쪽 쫓구다니는 여인네한테 돌으니까 뽕두
뇌뿔는 방에서는 당최 담배를 먹어서는안되고 뽕두
물물은놈이나 때 가문은놈은 먹어면 병이난다나 그리구
방이 깨끗해야지한다구 뇌가 나올무렵이되니까 염병

치루고난방을 경찰서에서하듯 우리네 네식구 아모랄없
아 살든방에다가 무자우 품푸를 도리대구서 약물을
뿌리구 야 단이란말이야 그리구서 뇌를 치는데두 그거
「깨끗하게 깨끗하게」.
하고 양잡과사냥이 달르구먼 봄내 한달동안을 우리네
식구가 죽을똑경을 치르고나니 고치말이나 따게되데나
다름집에는 두채반이나 죽어쉬나갔느니 써채반을 버
렸느니 하더먼두 우리는 바루 잘돼서 열일곱딸이나
땄단말이여 아 백옥같아 하ー양고 곱사란고치를 소
두열일곱딸이나 따고보니 어떻게도좋던지 돼보구 또
돼보구했구먼 우리두늙으니는 그거 고치를 귀사가
에다가대구서 쨀래쨀래 흔들어보기두하구 해빛에다대
구서 번데기란눔이 꿈틀거리는것두 들여다보구 여간
좋아한게 아니라구먼 그리다가 큰아들이 홋이불에다
가차서 질머지구 군청에로 갈때에는 비료 가마니가
구루마루 실려오드키 좋아했지 글세 존김에 나두아
들뒤를 따려서 군청까지 갔었으니께……아 그런데
놈에고치꿈종봐 그거 쳐년까지도 한관에사오원 오륙
원씩하드든게 올에는 한관여 일원팔십전 밖에 안하니
이런눔에끌이 있단말이야 분하고 원통한대로 했으면
그눔에 고치보스다리를 시궁창에다가 메때뜻꾸서 질
경질경 밟어니려도 시원치를 않겠지만·단몇푼이라도
밭을 생각을하니 어디 그레야지 그래서 울며게자먹기로

고치를 내가지구 돌아서서 나오려니까 이런눔에 딱
한일좀보게·청인송방의주인이 돈반는주머니를 들고나
서며
「아 이거 오서방좌라미 오래간만이 왜쌌어와두우
리천빵 안들어와해구 고얭이 같이 도망갔어 오늘
뇌꼬치팔어서 도반었어 인꺼 웨윌베가비하구 광목
가비 취해야지」
하고 보채는 어린애마냥 드리뗌비지 하도기가막혀서
고치값이차서 얼마못했으니 가을에나발으랴고 빌다싶
이해두 인석이 고개를 회회내둘으며
「이거 무슨말이 지금까지 돈안뎄거 도독놈사람의한가
지 돈되구 또안뉘는거 무싱경울라마 우리·대국놔라미
이런경우없어……오쇠방좌라미 어쇠돈뉘 응 돈뉘구심
꺼버리먼·당신조와나조와 아주 종거시아니」
하고 찰그머리마냥 달라붙는단말이야 그렇지만 논에
비루사다쥐얄 생각을하니 주머니끈이 끌러쥐야지 그
래서 이늙은눔이 새파란애송이 대국놈을 부뜰고 턱
을까부르면서
「왕서방 쳐발 우리를 살리는셈치구 갈너나받우 응
그만한 사정은 다 봐줄만하면서 그래여……자
우리 막걸리나 한잔하세」
하고 빌부러두 이런뚝묵한눔좀봐
「이거 무싱모양이 우리술먹을쯤 몰라 돈뉘라는거안니

먼 우리 오서방 못봇짜버구 쌈이 했어 쌈이 해구 돈
버 봐딘다 싶이 무슨끄리니
하고 일르다싶이 달려들다싶이 외상
값을 치르고나니 또 달라는놈이 그래서 할수없이 외상
금씩 치르고나니 꼭 이원이 남데나그려 대강 조
놈에 이원을 가지구 멀한단말인가 집에서 나올때는 마
누라가 바지꺼리감에 고무신까지 사 오라구 신신부
탁을 하고 어린손주새끼들은 왜떡을 사 오라구했구 별
루 입이라고는 별리잖는 메누리애까지 간신
히 고개를내밀구서

「간띠같은 허리띠하나만 사다주세유」

하고 당부를해서 모다 고개를 끄덕이고 왔으니 금새
이놈에일을 어찌면좋단 참 가만이 생각을하니까 기
가맥히데그려 그래서 이생각 저생각에 임
맛만다시다가 생각을하니 좀 출출한기가 들기에 일원
짜리 두장중에서 한장은 아들애를 주고서 맘대루쓰라
구그리구 남어지한장을 가지고서 술회사루가서 화스
김에 술을먹다보니 삼십전어치나 먹었데그려 그래서
열간한김에 식구가 모다먹어나본다구 명태두어마리를
사고서 생각을하니 달은청은 못들어두 머처름한 메
누리청이야 안들을수가있어야지 해서 또허리띠를 사
고나니 삼원어 남가에 일전짜리 뉴깔사탕 여섯개를 사
가지구서 집으로 비틀걸음을 치고갔네 그려 아 그랬
더니 이놈에끌좀봐거나 허허허허 아들애도 놈이 술이
거나해가지고 저택네허리띠만 사가지구왕데나그려 허
허허허…… 아모든 세상은 별난놈어세상이야
응 보리는 버서 다 어쨌느냐만 암 다 돈으로 들어서
기야했지 그렇지만 안췸지! 그게 어디 남으로 들어서
어 그야 보리섬이나 남었으니까 지금 먹고있고기야 하
지만 그건 청주사넷빗값에 떼맡기구 도지하구 덕무
니방죽에 물세버구 뭐 헐든이튼날두 다날러갔지 어
디 턱이나 남을게있나 번이 농사를 적보면서두 그런거
를무러 뭐 감자농사두했구 마늘농사 좀했지 그렇지
만 남에땅을 얻어'부치는놈이 눈가림도해야지 꼭 도
조만 별수가있어야지 그러고보니 감자스말이나 마늘
몇을 얻어먹기는 했지만 돈이야되나
암 그렇지 옛시절이 좋구말구 그때시절이야 지금
에다비하면 호랑이 담배먹던 시절이아닌가 안췸지가
그때여야기를 내놨으니말이지 그때 날리는 심했어두
참 좋왔느니…… 갑자년 임청쳔쟁이 있은 뒤로부러나
라에서는 별별 일이 다생기구 시끄려웡지만 인심이
야 좀 후했나 그때는 어른애를 똑바루알어보고 돈
두 풍성풍성해서 엽친엿돈만주면 쌀이한말이오 얼마안
취두 명지니, 청국비단이 막생기잖었나 쌀값이 그렇
게 쌌다니까 뼈앉인절믄네들은 농사짓는놈이 어떻게 그
살었었나 하고 이상하게 생각할른지도 모르지만 그

때는 다른물거두 그렇게 쌀뿐더러 지금같이 농사짓는때, 미천이 많이 들었었나 도자가비썼나 뭐 아주 두러뉘서 떡먹듯한 씨상사리지 팡무이년거부러는 돈이 딱 쏟아지다싶이 혼해서 경자、신축、임신、계무년에는 큰도적이 없다싶이 인심이 좋았느니 그때우리두 나이는 어렸었지만 어쩌다가 백룡천한냄만 얻어가지구서 강에나가면 육개장국에 술에 참외에 실컷먹구 씨완구먼

갑오년 청인 날리를 치르고나서 동학당이 생기구 다음으로 의병날리통에 돈푼이나 지닌 사람들은 높은 벼개를 비고서 편한잠을 못잤다구하지만두 우리네 농사짓는사람은 농사만지면 백구야ー하고 배를뚜드리고서 살었지 어ー디 배고푼일이야 있었나 그때 도조말이넜으니 말이지 지금짓는 덕므니앞들에 김주 도조가 두섬밖에 안됐으니 지금 구실뿔고 엿섬이나 사네논을 지여봤지만 한마직이 양석씩이나 나는것을 하는데다가 비하면 한섬꼴밖에 안되는셈이야 암 후하고말고 후하다뿐인가

아 글씨 그때부러두 우리는 술을 좋아했지만 술 한잔에 엽전한푼 두부한모에 엽전 한푼이든일을 생각하면 참 살기좋은 씨상이지 그리구 어떻게 사람들의 인심이 후한지 우면만 한집에는 담을 쌓지않었구 월 먹을걸 근하면은 · 도모지 혼자서 · 먹을술을 몰렀으니……

그러든게 지금읜심은 왜 그꼴이 됐는지몰라 지금은 그때보담 사람수효가 놓기도·했지만 그때다 비해보면 땅도놀구 농사짓는법도 개명을해서 양석나든거면 삼배출이나 하게되니 살기는첨첨어려워 드는구먼

살가가 어려워지니까 인심도 흉악해쥐서 그저 씨루뜰어먹지못해하구 씨상이 어떻게되게 어뤠해두없어쥐서 살구뿔 구장아돌이나 쌀쇠같은놈이 한둘이 아니라구먼:…

지금은 저 남산골로 이사간 이진사네나 씨울두간 박주사네 옥골로간 채주사네가 다 떡어버리지게하고살었지 떠욱이 읍씨서 양조장하는 이참관네는 아주잘 살든게 귀신곡하듯이 그거 나가는줄모르게 다 휩어쥐버리구는 고만 망해버리는구먼

그네들이 난봉을 부린다든가 미두를해쥐 그런것도 아니지만 돈이 귀해지면서 부러는 씨물로 없어진단 말이야 말을 듣은즉선 대개는 쥔어있든 빗때문에 도 그렇고 시속이 달러쥐서 그렇다기는 하드구먼도 그거 어름녹듯이 없어졋단말이야 그관에 아주 큰부자루있던 박진사네 같은이는 즐부가 돼쥐 임등호씨를 문다드먼두 원 임등호씨는 얼마나되는지 물러두 그때 안첬는가 우리두 우리 깜냥에는 아주 탄탄한

게 편찮었지만 또 자식들이 난봉을 부린배도 아니
지만은 그게 시부렁찮게 없어지잖었어
우리네 살림이 동켠한푼도 빚이없어는 살수없는 노릇
이기때문에 여기 커기 빚이 있기는했지만 요꼴이될
줄이야 누가알었느냐 말이야 허 참…
「옛다거—」
바람이자드니 모기란놈이 짹구대드논구나 모기人불도
거진 다탔지 에ー이런때 막걸리한잔 먹었으면 참좋
ー겠다만은 어디 옛날같어야지
옛날일을 생각하다가 지금일을 생각하면 꿈을깬거
같어 그러니 뭐 죽은자식 나이세기지 쓸人데가있나
언제나 그런시절이 또올려는지 별 볼일두있구하니 눈
부침을 좀해야지 날밤새을 이치야있나
커런 김첨지좀봐 단배가있으면쉬두 아까 한대달라
니까 안주는구먼 그게 지금인심은 커래젔다니까…
금점엘 다니더니 더해젔어ー

玩具商

李周洪

「고만 어린애나 업어요」

「당신좀 업구려」

「그까짓것 생칀먹구 살쩬가 글쎄 그만두고 먼커나 가요ㅣ」

「생칀 먹구사러야 그만인가 성미가 커모양이니 밤낮 이끝이지 뭐야」

구지 맡니는것도 듣지않고 버렁버렁 치마끈을 좀 나매면쉬 그의안해는 안집으로 드러갔다.

허기야 불과 삼사원 미만의 소반 한개쯤으로 이 상더 마음을 씩이고 싶지않어 되도록은 그까진것 없는셈치고 때들석한 울분이나 피하고커 그만 내버 러두기를 권하기는했으나 그랏다고 결코 마음이 깨 분한것도 아니요 또 일편으로 생각하면 살님사는 여 자의욕심치고 삼원이 아니라 단돈 삼십칸이나마 헛되 히 버리고십지않을것은 뻔히 알고는있다. 뿐만아니라 안해 가 경우에 벗어난짓을 한다면 모

르지만 또 그런것도아니요 사실은 돈몇푼 꾸어준것 청탈을 띠고쉬 그물건을 송도리챈로 배왔으려는 주 인집여편네의 뱃장이 터문이없는 엉러리인것을 잘 알 고 있는것이다.

안해의 성미를 잘 아는 그라 주인여편네와 다들 니면 반듯이 한바람 일고야 마리라는 불안과 우울을 느끼면쉬 그는 과자부시럭이로 우는애의 입을 틀어 막고 담다남은 상자속에 시게 괘력 수건등을 차례 없이 집어던졌다.

상자구석에 비르러커누은 날근 회색목쉐두렌코드를 바라볼때 그는 쓸쓸하였다. 자취거 다이야가 러커나오도록 물건을 잔득 자 학교로 면소로 도라다니든 회색 렌코드 입은 자기 의 초라한 형상을 그려보았다.

그래도 그날의 렌코드는 미지의 희망을 갖었었고 생기있는 정신과 아름다운 꿈을 갖었었다.

그러나 이날 아츰의 레코드는 풀어없이 청설이 없
이 생각이 없이 소매쉬슬이 닳고 검은기름의 얼룩
이 진체로 초라하게 꼽처 누었다。
그는 다시 짐을 챙겼다。
다시 쓸바도 없을것만 잉크가 묻지않게 신문지쪽으
로 고무도장(店印)을 쌌다。
산판마커 봉으려하였으나 어린것은 좀처럼 빼끼지
않으려한다。자동차인냥 한쪽발로 올나쉬서 넷방구석
을 줄줄 미끄러커 다니는것이 몹시 질거운모냥이기
로 그는 문턱에 걸어앉어 두팔로 턱을고이며 어수
선한 방바닥을 마음없이 바라보았다。
「하나로다」
옆집 포목가개에서는 신이 나게 옷감개는소리가 들
였다。
손님이 없이 한가할때면 언제나 상소리나 농담으로
심심을 풀던 포목전주인 난쟁이 곰보소리가 이
날은 그와도 같찮게 이상한 충동을 주는것이 심술
인듯 다청인듯 분간할수없는 감정은 귀에익은 그 멍
든 생활소리같은 그의 목소리가 들녈때마다 울고싶
을만큼 쓸쓸하였다。
어쩨까지 한이웃에있는 상사꾼이 동모였다。그러나
이날엔 한 동모가 떠러젔다。

한사람은 회색만이면으로 면접허 옷감을잰다。그러나
한사람은 고적한 표정으로 집을 챙기고 앉었었다。
세상이란 어찌 이렇게도 귀천이 있을까「이사람!」
하고 이럴경우에 어깨라도 특치고서 위로해줄사람이
어디 한사람이라도 있단말인가
세상의 모든 생존경쟁에서 떠러커나가 흔들녀고 짓
밟히고 킨덕구렁이 누구하나·돌보아줄이없는 자기의
현실을 생각할때 누구에라 원망할바없이 오즉 쳐자
신의 너무도 약하고 못나고 보잘것없는 그품이·분
하고 원통하고 울고싶을뿐이었다。
목관짝이 덧문을 달어놓은더이라 짐심때가 가까워
감사록 방안은 더욱 어두워졌다。
아츰에 이사 사집을지고간 한행부한 임꾼이 다시
라왔기로 안해가 싸둔 보따리한개와 손가방한개만 남
겨중고서 짐을 죄다 지어보내고나니까
「이넌!」
「이넌!」
기엾고 안에서는 안해와 주인집 여편네간에 싸홈
이버러졌다。
남보기에 창피스럽너나보다도 알뜰히도 케것커것을
구분해가지고 끝까지 살려고 나브대는 안해의 인간성
이 얄밉고도 경멸스런생각이나서 당장 퇵숭이라도 쥐
고나왔으면 싶으나 남의 안집이라 그렇지도 못하고

우래만차서 염성 몸이 부들부들 떨니는판인데 어린
것마저 때어미의 발악소리를 듣자 쏘는듯이 앙—하
고 울며나브댐으로 행여 ㅇ'소리나 들고서 나오라는듯
이 어린것의 볼기짝을 마음놓고 철석 붙어버렸다。

여자들의 사유관렴이란 정말 남자들의 상상도 못
할때까지 섬세한것이라서 생각하면 양편에 다 동청
할 여지는 있는것이었다。

두어달친엔가 한창 침방서월어 없는판에 조부님 제
사날이 닥어왔다。

가뜩이나 물건않팔닌다고 소문이난판이라 그들의 없
수이덕이는 꼴이보기싫어 단돈일원일망청 이웃가가
에 꾸어쓰리라고는 청말자준심이 허락하지않으나 그
렇다고 찾어온 귀신을 맨임으로 돌보낼수도없어 가
슴만 앓고 망서리든판에 급고에서 굵은돈 삼원각수
와 안해가 주인집 여편네한테서 꾸어온 이원으로 그럭
저럭 제사 사장— 보았다。

말많은 여자이라 무엇보담도 그여자의 돈부러 얼
핏 갚어주고 싶어하였으나 일천 이천 딸니 눈돈으로는 좀
처럼 그것을 갚을만큼 목돈이 손에쥐여지지 않었다
그러구러 이빽까지 밀여지고보니 주인여편네도 도
을못받어낼건슬 짐작했던지 평일에 랍을버든 팔모잡
이 룡영소란을 빌여쓴다는 구실로 갖어가서 종래 돌
여주지 않었든것이다。

역지라서 역지가아니라 사실 없는놈에게 남을것이
라고는 억지밖에 없다。

뒷날 갚겠다고는 하지만은 사실 그렇게쉽사리 갚
어질것도 아니다。

갖득이나 파산을하고 침방문을 달는날이라 이렇게
가면 언제 맞날지도모르는 형편이니 꾸어준돈을 않
받고서야 마음놓며지지않을 경우를 생각하면 주인여
편네의 떠드는냥이 조끔도 미운일은 아니다。도리혀
남의사정은 생각잖고 제것만 아까워하는 안해의 심
정이 밉살맞다。

그러나 또일편 돈 이원 못갚은 죄로 뻔한 삼원
오십전짜리 물건을 빼았기는것도 어쩐지 신선치는못
한일이다。

이렇게 되고보면 쓸데없이 무슨 자랑거리나되는듯
이 그 소반을 이곳에 갖어온 안해의 허영심이 얄
미운것이었다。

손자놈 밥상이라고 장인되는사람이 항구에 비웃치
러갔다가오는편에 갖고들고싶도록 여쁘단 진짜룡명소
반한개를 사왔든것이다。

「아이 자그맣게 꼭 우리 떡이한데 알맞구나」

안해는 처음 몇일인가 어린것의 밥그릇을 그우에
놓아주면서 즐겼다。

그랬든것이 이놈이 청하게 가지고놀기는커녕 막우

밥상우에 올나가서 펑펑 굴니고 숫곱노리 합네 하고 안집을타리굴밀으로 끌고도가고 자동차노리 개를 그우에다 굴여 허여케칠을 베끼고 야단임으로 안해는 높은실경우에 엇어놓고 좀처럼 나려쓰는일이 없었다. 간혹 손님이라도 와서 술상으로나 쓰고 마루끝에 내밀어둘때에 흑 눈에 띠게되면 주인집의떱네는 그것을 몹시 탐을내였다.

「우리집사람은 술상 사갖어오라니까 이렇게 큰것을 사 오지않었겠수」

그는 꿈중에다 두팔로 큰 동그람이를 그렸다.

「이건 바루 진짜 통영소반이라우」

「글쎄 칠도 어찌면 이렇게도 잘했을고」

「어린애들은 함부로 못주고 그거 술상으로나」

「글쎄 내말이 그말이여요」

그러든것이 오날은 기엉고 별다른 더회로 바꾸었다

「촌년이 시근방지게」

「그래 읍내년은 남의 소반 집어먹으란 법이있나?」

「소반아니라 네년 가마솥이라도 빼지 못배서」

「뭐—끼 도둑년 같으니」

「어녀봐라 네가 도둑년같으니」

무엇이 넘어지는소리가 나자 어린애우는소리가 연달녀나고 마루바닥이 쿵쿵거렸다. 새벽닭같이 쥐놈의 우름소리가 끝나가건에 또 그가안고있는 어린것도 오앙—하고 운다.

안밖집 어린애들 우름판에 그들의 싸홈소리는 잘 분간되지 않더니 그럭저럭 어느사이엔지 앞뒷집 부인네들이 싹 밀여드러가고 머리를 풀어헤친 안해는 어떤여자한테 끌여서 참는듯이 밀여드러왔다.

「그만 참으오 참으오」

말니든 여자는 손수 부엌간으로 드러가서 바가지에다 찬물을 떠와서 먹였다.

안해는 옷고름을 고처매고 입안을 굴켰는지 피섞인 침을 몇번뱉더니

「여—끼 상도둑년—」

그냥 친신을 벌벌떨었다.

첨방문을 닫고 읍내를 쫓겨가는것만도 남부끄럽고 분한테 그도 모자라서 이렇게우사를 시키고야마는것을 생각하면 당장에 안고있든 어린것을 지버던지고서 년의 따귀라도 한개 갈겨주었으면싶었으나 선불만 건드렸다가는 조선 악을 다쓰며 달겨돌더임으로 그는 부푸러오른 가슴을 푹—눌너 억지로가러앉쳤다 쎄상은 어찌 이다지도 나를 끝까지성가시게좋아할까 그는 간소했든듯이 무거운 한숨이 나왔다.

이 읍내에와서 친방을 버려놓가는 지금으로부터 반년이못된 지난 봄이었다.

한택의 다른 젊은이들과 마찬가지로 인류의 행복
어느 사회의 진보니하고 하랴는 직업을 다 팽개치
고서 군색한 체집안 형편은 돌보지 않었다。
또한 그도 남과함께 끼니를 굶고 쉬밭을 거니
는것으로 무상의 자랑을 느껴본때도 있었고 또 때로
는 해없는 세월을 보내여 지리한 시간을 저주해본
날도 있었다。

그러나 꿈과 현실을 불안과 회의를 남겨줄뿐 그
는 무엇보담도 ·생이란 개청을 잃어버린 지난날의
생활을 회오하였다。

개청을 찾어올것! 그것은 무엇보다도 자기자신을
살리는데서 출발할것을 생각하였다。 그뿐않니라 무엇
보담도 늙은부모와 허무러저가는 자기의 살림을 수
습해나가야될 눈앞의 현실에 정신이도 라왔다。

무엇을할까?

그러나 역사자기의 ·앞에는 사나운 가시길이 가로
놓였을 뿐이다。

「자— 시작해보자」

물고기를 잡으려는 사람이 소매와 바지가랭이를 걷
어울리듯이 그는 먹고살려 나브내는 세상의 물결에
첫발길을 드 ·좋았다。

그가 처음 ·마음잡고 살겠다는 약속으로 처가에서
인쇠부러는 우선 이백원 자금을 제공해주었다。자기집 논 두
말직이 마 귀금융조합에 붙어가지고 백원을 만들었다。
이렇게 적은 자본으로는 아모것도 붙어볼것이 없
다。적은 자본으로 남의 큰 상점과 경쟁해가며 나
간다는것은 거의 불가능한 일이다。"장사란 남아니해
본것을 남몬저 하는데에 수 가나는것이다。
그가발전한 진리란것은 끝 ·고 것이었다。

그래서 마츰 친구들의 권고도 있고해서 이곳에서
는 순친히 처녀지인 작난감장사를 해보기로 한것이다
개점하는날부터 인기는 굉장하였다。
원쳐 시골에서 벌린 완구(玩具)의 전문점이라도
시와는특수한 사정이 있기야하지만 어린애 부인네
어른들 할것없이 점두에는 언쳐던지 사람들이 와글
와글 끌었다。
오뚜기 인형 고무공 불총 딱총 피리 비행기 자
동차 전차 기차 또라크 칼 루구 하모니카 피아노
자라 개 강아지 곰 이로헤일수없는 작난감이 사람
을 웃긴다。

그의 생활은 직업관렴을 떠나서 새로운 향기를 느
꼈다。
그가 직업으로서 대하는 손님이라고는 물론 어린
애들뿐이다。
그의 세게는 어른들의 세게와는 판연히 교섭이언

동화의 세계였다.

어여쁜 인형을 탐내서 어린져집애들은 날마다 기둥에 붙어서서 손꼬락을 빨고섯다. 인생의 욕망을 갖는데는 그세게도 조금도 다름이 없었다.

그러나 청말사람같지도않은 인형을 또 청말강아지같지도않은 누비강아지를 왜 그들은 진실한 욕망으로 갖고싶어할까

그것은 그들의 예술인게다.

그는 처음으로 그것을 발견하였다.

그것아니면서 그것같은것에 사람이란 일종의 귀염과 사랑을 느낀다.

그것이 예술이 아닐까

그것같으면서도 그것같지 않는것! ─문학이나 미술이나 연극이나 음악이나 다 그렇지 않는가

그렇게보면 돈짝만한 숫곱노리 가마솥을볼때에 귀여운생각이 나는것도 곧 예술의 생각이요 진널창속에걸닌 큰 멍석만큼이나한 액고보자의 광고품이 눈을끌게하는것도 예술의 침일까

또 그러면 어른그것같이 생겼으면서 사실 어른그것과는달른 어린애를 보고 귀여운 생각이 나는것은역시 그것이 예술이라서 그럴까

그는 이 불가사의의의 세계에서 날마다 새로운 진리를 캐내랴 노력하였다.

「우루루루─」

「우루루루루─」

공중에는 솔개만큼이나 히미하게 비행기가 지나갔다.

「비행기!」

「비행기다─」

사람들은 이마우에, 손을언고서 하눌을 처다보았다골목골목에서 아이들 어른들은 짓그리면서 하늘을 처다보았다.

날서 그들은 이조고만 그것같으면서 그것같지않은진널대우의 조고만 비행기에는 눈도뜨지않는다.

역시 예술은 현실의 다음인가

공중의 작난감은 진널대우의 작난감을 짓밟었다.

그는 가벼운 환멸을 느꼈다.

쉬로 목칼을 들고 차홈흥내를 내다가 청말 어마쉬로 목칼을 들고 차홈흥내를 내다가 청말 어마에 상처를 내고는 엉엉울고 차홈질을 하는것을 볼때엔 예술과 현실의 경계가. 어디인지 눈에 보이지않었다.

역시 사람이란 차홈을 즐기는것일까아니면 차홈이없을것을 믿지는 못하는가 칼 총 비행기 땅크 기관총 대포 이런 무시무시한 작난감들이 이 상품증류의 반수이상을 차지하고 있는데에 그는 새삼스러

「아저씨 가세요?」

분이기를 내뱉을곳없어 · 어린것의 응덩이를 툭치고
쉬 등에걸치고나간 · 안해의 발자욱소리가 꺼지기도전
에 그가 손가방한개를들고 구멍이라도있으면 드러가
고싶은만큼 남부끄러운생각에 고개를 빠트리고 집을
빠커나가랴니 날마다 컨방에나와서 성화롤대든 용칠
이란녀석이 기두렷던듯이 집모롱이에서 쑥 나왔다.

「응 간다」

「인제 또 안오세요?」

「또 와」

그는 되도록 간단한대답으로 그자리에서 얼는빠커
나가고 싶었다.

「야— 아저씨가 청말 가신대」

용칠이는 두활개를 Y짜로 벌리고서 고구마가개를
둘러차고있는 애들 덤불속으로 다러갔다.

「청말 가실요?」

「인젠 작난감 안갖어 오세요?」

러비선수들같이 죽—몰려와서 짖거리려는데는 청말
집색이다.

동회의 백셩들이라고해서 반듯이 이런경우에까지 천
남의 눈을 숨기고싶은 이런경우에는 도리혀 그 어

린것들의 떼드는양이 청가시다.

그러나 덕이다 같이가느냐고 웃는데는 그의가슴도
덕이는 그의 어린것의 월흠이다.

그둘이 덕이란 동모하나를 잃어버리는것이 섭섭해
쉬 무려보는것도 가궁하거니와 읍내에와서 얼굴을 이
키고 동모의맛을 드리자마자 떠나버리는 덕이녀석도
섭섭할것을 생각하니 청말 슬곤생각이난다.

내 무슨죄로 어린것의 청(情)세계를 방해하나? 이
런것을 생각하면 덕이한테 애비노릇못하는 케자신이
부끄럽기도하고 또그렇게되고보면 날마다 보기싫도록
보든 · 용칠이란놈의 크레운같이 달고다니는 노란코물
이라던지 댄추없는 경수의검은 누데기양복이라던지 모
두모두어 일종의 않다까운 우킁을 느낀다.

그는 지갑속에서 동전을 끌라 죄—한푼씩 농아주
었다.

「너들, 잘들 있거라 응?」

아까보다는달리 말한마디라도 더 건너주고싶었다.
그것은 또 덕이 대신 인사가하고싶은청도 같었다.

「여보 여기좀 쉬어갑시다」

그는 공동묘지있는 산모롱이 걸에서 잔디밭에 주
커앉었다.

안해는 말없이 어린것을 내려 오줌을 누이고는 것

는 모처럼안해가 불상한생각이 났다. 대초벌갈이 무지하게 달겨둘든 주인녀편네의 모습을 생각하니 새삼스레 머리끝에 열이 날만큼 분이 났다.

「어린애나 엄우 얼는 갑시다!」

길바닥에 앉어서 아는사람이나 만나는것도 재미없기로 그는 어린것을 덤숙들어 안해의 등에 걸쳤다

「선생님 왜 오늘 왼방문을 닫었어요?」

꽁문이에서 네댓놈이 발자최소리가 요란스러나더니 마을애들 통학생이 몰켜왔다.

올타 이놈들이 학교에서 지나오다가 문다친것을 본게로구나하고 그말을 대답했다가는 성가시게 말이길어질러임으로 그는 창호란놈의 모자우에걸친 띠끌을 집어떼면서

「응 네들이나 왜 오늘은 발써들 오나?」

하고 애들의얼굴을 둘너보았다.

「토요일이여요」

「똥요일이여요」

한놈이 따답을하니 다른놈들은 수프렛트림이나하는듯이 또 일치히 대답한다.

「선생님 오늘집에 제사지내시나뵤?」

점방문을 다친것이 그예 궁금한지 또 묻는 아이가 있다.

「웅」

그는 담배에 불을붙여 읍내쪽을 바라보면서 자기꼭지들 했어 물였다.

가있든 천방집을 더듬어 보았다.

T도시에서는 도라크가 몬지를 이르키면서 읍내쪽으로 숨어드러간다.

그가 물건사러다널때 잘 타든 K운송컴의 차인것이 분명하다.

운쯴수는 장가인가 양굽추박가인가 꽁면히 그럼것이 생각났다.

박강쩔으면 자기가 낙동강나루에서 막걸리한잔 사주면서 「뒷날 장사 성공하거든 복상 은공도하지요」하고 옷실을 벌켜쥐든 기억이 난다.

거개는 도라크 운쯴대에 같이라면 담배값이나 술잔값 적여주는것이 보통이었으나 그와 박가와는 무냥 공차만 해워주든 사람이다.

「이 뺏술빼를 세상에 어디 장사가 성공하기 쉽소?」

그의 말과같이 정말 장사 성공하기는 어려운것인지 모른다.

「뾔표으지 않수?」

처음으로 안해는 입을 열었다.

그뿐아니라 안해역시 아침밥은 않먹었었다.

불을 글키고 한쪽입술이 부어오른 상취를보니 그

그는 또 청가시었다。

습자시간이 있었든지 모두들 손등과 입술에 먹이

무쳤다。

「덕아 응 이거 먹어ㅡ」

창호는 책보속에서 붉은것을 한개 끄내더니 어미

의앞으로 도라가서 어린것의 손에 쥐였다。

「응 너 감 어디서 났니?」

안해는 어린것의 손에서 빼서 한번 훌러보고는 다

시 쥐어주었다。

「네 샀서요」

자기가 준 감을 먹는것이 몹시 귀여운듯이 창호

는 연성 어린것의귀를 잡어다리면서 장난을쳤다。

「쿠런것도 우정이란 것일까?」

그는 감과 창호의얼굴을 번갈러보면서 생각하였다

「아모 사욕없는 인정임에 틀님없다。그러면 나는

그에게 인정을 갖고있는가」

쿠자신을 반성해볼때 그는 문듯불패를 느꼈다。그

것은 쿠자신의 과거의 량심상가책이 연상되는참회에

가까운 불안이 일어나기 때문이었다。

「너 돈두안내고 작구외상만 갖어가면 어떻거니?」

반지 일컫어치만 달나는데 안주고 피밭든 안해의

차운목소리와

「녀ㅡ」하고 아모말없이 그대로가버린 창호의 목소

리가 떠올났다。

그는 이 감과 반지를 겨우어붙때 이때까지 생활,

가분을 이끌고나온 자기의 모든자존심이 실상은 아

모란 가치도 없는 허위인것에 부끄러웠다。

돈과 욕심은 별물건이다。돈이 없다고 하고싶흔것이

하고싶지않게되는법은 없다。

돈한푼 없어도 전방앞에 몰여오는 어린눈들의 심

정을 그는 잘 안다。

지금커눔은 비행기가 탑이 날것이요 또커눔은 고무

풍선이 갖고싶을것이다。

다른데 나가놀나해도 그냥 기둥에 매딸여 왼종일

작난감만 노려보고있는 코흘니는 어린것을 바라볼때

일편은 구찬으면서도 또 가긍한생각을 참을수 없었다

애들을 귀엽게 넉이고 사랑할줄은 발서 사립강습

원선생할때에 몸으로써 많이 배워왔다。

이닌게아니라 애들이란것은 정말사랑스럽고 귀여운

것이었다。아동문한연구자나 유치원선생이나 이러한축

사람들이 아니고는 이말을 잘 못알어 드를넌지도모

른다。

돈 일컫을 손해보는 쓰라림보다 돈·일컫이 전으로

애들의 하고싶은욕망을 끊는것은 더욱·쓰라린 생각

이 났다。

「섬마 이것쯤으로」

그는 잔소리꾼 안해의 눈쌀을 숨겨가면서 애들에
게 갔싼 작난감을 자조 나누어주는 일이 많었다.
그것이 동기로 애들한테서는 여간 인기 있는 아저
씨가 아닌것이다. 그와 애들사이에는 말할수없는 인
륜이 생겨졌다.

그러나 그에게는 석달이 넘지못해서 일대 변회기
가 닥어왔다.

처음 인기와 같이 불건이 잘 팔여지지도 안는것
이요 이럭커럭 외상으로 나간것은 한푼도 돈이라고
드러오는 일이없이 흐지부지 점방물짱만 엉성하여갔
다.

사람들의 심사가 나쁜것을 처음 알었다. 앞면보아
가면쇠 쳐사람은 그렇지않오려니하고 외상을주면 갖
어다쓸때엔 좋은빛으로 갖어가놓고 애들이 실건값이
고놀다가 부시고 못쓰게되면 거커나주는듯이 값을내
기가 몹시 아까운모양이다.

「비려먹을, 이까진 장사가 다뭐야」

가뜩이나 장사못되여나가는것도 고롱스러운데 안해
의 날카로운 신경질에는 정말 질색할 지경이었다.
그러나 벌여논눈총을 그냥 둘수도 없는형편이라 그
동안 별별교섭으로 안해와 타협이되여서 천방에는 다
시 볼건이 차게되였다.

한층새로운 결심이다. 안해가 친정에서빌여온돈으로

인제는 작난감이외에 과자류와 학용품을 갖다놓왔다.
친하니없는 친분의자리라도 외상은 안쓸을 작정이
었다.

학용품 전본을 자전거에싣고, 각학교를 도라다니면
쇠 주문을받고 배달을했다.

「군수를하래도 안한다든사람이 인젠 배속에 돈대가
올났나보다」하고 낚들」 조소함을불때엔 일편쓸쓸한
생각도 났으나 그래도 억지로참앗다.

그러나 이것도 적은 자본으로는 실패 였다. 메일
염여 없다는 관공쇠에는 넌도말결산기가 아니면 일
너도 석달넉달은 걸여야 수금이 된다. 그차에 헐금
으로만 팔여너 찾어오는 손님은 작구 줄어든다.

「장사는 독해야 된다」

「돈과 인청과는 별물건이다」

그는 장사사람의 이 훔언(術言)을 굳세게 직혔다.
어린것한테 눈깔사랑한개안주고 볼기만실건 때려쫓고,
지내는 안해의 심청이 독하다면 미상불 독하다.

「이것은 우리동리 김선생님의 천방이야」

하고 이십리나 되는 자가마을어쇠·사는 동학생들이
맘씨좋은 선생님을믿고 외상이라도 (래도 일천이 쳐어
치 반지나 면필다워지만) 얼을까하고 오면 그는 마
음에는 찔니면쇠도 실못이 안해한레만 마껴놓고 숨
어버린다. 그리면 식허나 안식허나 안해는멋시게 거

훨해 버린다.

그뿐인가 천방구경한다고 마을부녀들이 찾어와도 첨 심한꺼 않해먹이고

「어구 그년 맘이 변했나보러라」

먼길을 비틀거려가며 마을로 도라간 이웃노파들은 황토문은 보선짝을 빼면서 안해를 펫심하게 뇍였다.

「그사람이 그렇지는 안을렌데」

야학선생시대에 그를믿고 존경하든 마을 늙은이들은 의심을 냈다.

그러나 인정을 끊고 외상을 안주는것만으로는 도저히 천방을 유지해 나갈수가없었다. 그래도 아는듯모르는듯 외상은 작구 나가고 한달두달 집서는 밀니고 거래하든 도매집과는 장벽이쌓였다.

십원 이십원 급한대로 둘너쓴 집주인한테의 부채는 밀여진 집서말고라도 현재 상품의 재고품총액보다 철신 더하였다.

집주인한테 천방을 너마끼고 페점을 하는수밖에는 아모래도 헤워나갈도리가 없었다.

돈 잃고 인심 잃고 남은것이라곤 지금어린것이 불고있는 귀떠러진 나무피리뿐이라고나할까

「얘난인제 (?)ㄹ부터 천방 안보기로 했다」

그는 그들에게 참말을 하지않을수없는 갸륵한 생각이 났다.

「선생님 왜 그랬세요?」

학생들은 눈을똑 바로뜨며서 놀냈다.

「응 그만 다첬쉬……」

그는 죄다 이얘기를 해버렸다.

애들은 아모말없이 발자욱소리가 낮어젔다.

「뿌——」

「뿌——」

어미등에서 부는 어린것의 나무피리소리는 슬픈 회상(回想)을 자어내었다.

배나무고개를 올나서자 집웅우에 빨간고초와 하얀 목화가 통인 가을빛의 마을이 보였다。(끝)

印刷所高麗社 （全一幕）

韓笛仙

時。現代
所。東京
人物。

金昇柱……(高麗社主人。中年)

洋靴修繕人……(主로 길거리에 앉어서 구두를 닦고 간
혹 수신하는사람)

헌것장사……(집집이 돌아다니며 헌것을 몽아 古
物商店에 가쩍다 파는사람)

春子……(女給하든女子)

京子……(女給)

尹……(春子의 情夫)

李爆壽……(大學生)

張秀英……(大學生)

朴……(高麗社二層에 사는사람)

나
인……

勞働者……(高麗社二層에 사는사람)

한글신보編輯員……

少年……(勞働者의아들)

舞臺。

上手에는 거쳐하는 다다미방。下手에는 活字있는 마
루방。두방사이에는 「후스마로」막혔다。다다미방은 마
루방보다 약간높다。
마루방뒤로는 유리창과 우충으로 올라가는 층계가
있다。유리창은 행길로 지나다니는 사람들의 上半
身이 보일만치 크다。써스하는 드르믄미는 문은 마
루방 담벽의 반쯤을 점령하였다。이문외에 충계몇
으로해서 밖으로 나가는 적은문이 하나있으나 보
이지는 않는다。
새캄에긴 다다미가 깔린 방안에는 그릇장과 오시
이레 적은 책상등이 있고 벽에는 春子의 비단의
복과 허출한 사내양복 「기모노」동이 되는대로 걸
려있다。그릇장우와 방구석에 쌓여있는 신문지 삽

지에는 본자가 뭉쳤다。「오시이레」에나 후스마에 발
리운 종이는 군데군데찢어져 너덜거린다。마루방안
에는 活字가 꽂힌 판떼기를 두줄 써워놓은것이 있
고 삐꺼어리는 의자가 두엇、活字사이를 메우는 鉛
조박이 담긴 좀큰 나무함이 서넛、文選할때쓰는 적
은 나무함이 며여섯이 질쉬섰이 놓였다。그밖에 解
版하다 그만둔 活字 組版할때쓰는 나무쪽 紙型新聞
紙 雜誌 其他 종이쪽이 지저분하게 널려져있다。
방한몸에는 일어쉬쉬 組版할만치 키높은 組版床이
하나있고 그우 담벽에는 原稿紙 校正본 종이등이
못에 걸려있다。인쇄소라 하기에는 어느첨으로 보
나 너무나 빈약해보인다。다다미방이나 마루방이나
모도 습기가 있어보이고 더럽다。구석구석이 거미
줄까지 쳤다。

우층에는 마루방을 通해서 올라간다。
(印刷所「高麗社」라 하였지만 印刷所따고 부를수 없을만치
보잘것없는곳이다。여기서는 組版만해가지고 그實의 印刷는
다른印刷所에 갖어다한다。東京에는 印刷機는 없고 朝鮮活
字만있는 高麗社와같은곳이 두어곳있을뿐이다)

———가을 낮———

慕이열리면 ——
허룩한 양복을입은 高麗社主人 金昇柱는 왼손에原
稿와 文選함을들고 왔다갔다하며 活字를 뽑아넣기

에 분주하고 朴은 組版床앞에서서 느릿느릿 組版
春子는 애를안고 다다미방에 앉어서 웅얼웅얼 流
行歌를 부른다。후스마는 반쯤 열려있다。

金昇柱。......약、약、약——요놈의「약」자가 어데있나?
春子。 (뽑아넣고)약——혼——지——를——춘자——무얼 좀 끄
려。

金昇柱。여 여ㅣ자ㅣ의ㅣ춘자 귀먹었나?
春子。 무어요?
金昇柱。그만큼 빠랐으면 인젠 이런것을 빨자。
春子。 아침에。몽땅 먹어버리지 않었어요。
金昇柱。아 요놈의 泰자 가없나? 또 사와야겠군
春子。 어? 뭐할게。없어?
金昇柱。손 손ㅣ가ㅣ락ㅣ에ㅣ끼 끼 끼 (뽑아넣고)무
어? 뭐할게。
春子。 어디뭐할게 있어야 뭐이지요。
金昇柱。점심먹게 무얼좀 끄려。
春子。 무어요?
金昇柱。아 요놈의 泰자 가없나? 또 사와야겠군

春子。 (돈을쥐며) 모두十전? (웃는다)
金昇柱。무어 十전이면 넉넉하지。있는대루 먹구사는
게야。지금 굶는사람두 있을텐데ㅣ朴상 거기 어디
미泰자없소。

春子。요전에 받은돈을 좀 애껴썼드라면 좋았을걸ー

朴。무슨 래짜요?

金昇桂。태산이 높다하되의 래짜요ーー무얼 있는때엔
좀 흔히쓰구 없는때엔 없이 쓰는게지。

朴。클래짜 말이요? (찾어보는척하고) 여긴없소。

金昇桂。제ー길할 「泰」자를 또사와야겠군。(原稿紙에표
한다)……태ー산ー같ー은……

春子。무얼사 오노?

金昇桂。야 배고프다。빨리 사다 묵여。

春子의 情夫가 유리창으로 印刷所안의 동정을
살피다가 숨는다。허름한 양복을입고 鳥打帽를썼
다。뒤니여 洋靴修繕人이 온다。

洋靴修繕人。(유리창으로 머리를 드려밀고 긴상 안녕하시
오?

金昇桂。아 형님이시오。바쁘지 않거든 좀 들어오
소。…고ー요!ー바!ー람!……

洋靴修繕人。내야 어디 바뿌구 안바뿌구 할게있소。
그럼 잠간 들어가 볼까。

春子。(애들 누인후 조선옷웅에 스프링코ー트를 걸친 다음
後스마를 닷고 마루방으로 나온다)

洋靴修繕人。(드떠오며 마루방으로 나오는 춘자를보고) 야
춘자야 이쁘게 차리구 어데가나? 으으으 춘
자야 나 술먹었다。(둘러메엿든 구두수선합을 버서

놓으며) 나 정말술먹었다。헛소린줄 아니? 자 술내
나나 안나나 맡아봐라。술내나지? 으흐흐흐……

春子。글쎄 누가 술 안마셨대요。(얼굴을가까히 가저다
대려는것을피하며) 맡아안봐두 술내가 물씬 나
는데요。

洋靴修繕人。나나 안나나 맡아봐라。술내가 물씬 나
나。

春子。새쉬방이요? 내가 어디 그걸묻나? 춘자지금
만나려가는가 물었소。

洋靴修繕人。새쉬방 찾어가는 너를 막을내가 아니야,
젊어서 정든님 찾지않구 언제 찾겠니。노자 노
자 젊어노자ーー웅 내한번 넘길게 들어보련。

春子。……　……

洋靴修繕人。노자 노자 젊어노자
늙어지면 못노나니

春子。……　……

金昇桂。허허 노래 잘하시오。

洋靴修繕人。흐흐흐 긴상 나보구 하는말이오? 그놈
의술을 한잔했드니 도야지목소리가 튀여나오는구려
(나가려는 춘자더러)춘자 찬사려 간댔지。나가는김에
「야끼두 좀 사오렴。방금 「야끼집」앞으루 지나
오려니 「야끼」내가 물신나는게 먹구싶드라。

春子。(나가다가 고개를 돌리고) 그렇게 먹구싶은걸 좀
사들구 오지오? 나도 한개 얻어먹어보게요。호호
호……

洋靴修繕人。（주머니 를룩치며）야말마라。돈몇푼 생긴

걸 톡톡털어 술을 다 쳐넣었다。흥 그놈의 술이

내주머니를 온롱 말렸단말아。비러먹을……（춘자는별

서 적은문으로 나갔다。유리창으로 춘자와 춘자의뒤를쪼

차가는 尹이 보인다）긴상 요즘 돈버리 잘하는데요。

으으으 흰다。

金昇柱。그거바쁘기만 하오。그래 형님은 어디서 술

값을 버렸소？

洋靴修繕人。여래【화세다대학】앉에 앉어있었었쉬다。글세

오늘은 바람이 어디루 부렀는지 아 버리가 괜찬

습디다。행졌않어서 二十四전을 벌지 었겠수。하

그걸 말끔이 헐어 한잔했쉬다。비러먹을―우리아이

새끼들 되콩을 그렇게 먹구싶어하는걸 안사다주

술을 처묵었소그려。경주집술 좋아요。술 두어잔에

막취흔데요。

金昇柱。그래 술을 혼자 자시오。남은 밥을 굶는다

어쩐다 지랄병인데―。요좀 같애서야 어디 살아먹

겠다구요。

洋靴修繕人。여보― 버리는 긴상혼자하면서 무엇 그

러시우。으으으 흰다。경주집술 좋단말이야――우리

야 이렇게 슲기나 쳐넣고 지꺼리는 자미루 살지

앉소。자―집에들어가면 애들성화 여편네짜증에 견

디어날수없구 밖에나오면 우리같은거아 어디 사람

으루―보아주기나 합니까。

길거리에 앉어서 구두한켜레 닦으면 겨우 三전밭

는걸 그래두 그걸 버리라구 지나가는사람 지나오

는사람 할것없이 『구두닦으시우 구두 닦으시우』하

구는 머리를 굽실 굽실 숙어지앉소。그더러운 구

두를―그런따루 구두를 척 척 내밀면 좋기나하지

요。글세三전을 애끼누라구 손을버커으며 내피는끌

이란참 （춤을락뱉고）그러니 우리야 술안마시구뭐

슨 자미루 살겠소。대체 술 안마시는 긴상의속을

알어벌수 없거든 흐흐흐……

金昇柱。나는 술 안먹소。술마시는거야 무어 관계있

겠소만 술마시는 자미루만 산대서야 되겠소。

洋靴修繕人。호호호 그럼 긴상은 돈버는자미루 사는

가보구려 하기는 돈버는 자미두 무던한가 봅디다

하 옛날 돈모은 양반들은 한나까리 쌀홍구

두 조밥된장을 먹었다니 참 이건 우리동리에 있

은일인데 응 내가 일본으루 건너 온께가 몇년됐

니？（손율꼽아보고）육년째로군。내가 일본으루 건너온

께가 육년이됐으니 벌서 십년이 넘었소그려。아

우리동리에 바루 그런영감이 하나 있었는데 돈을

애끼구 애기다가 외아들을죽였소그려。땅재세를 뽑

시두 하드니 친벌이 나렸는지두 모르지오。

金昇柱。그래 나두 돈버리하누라구 이러는 것같소？

돈이야 어디 하루종일 쉬도라가는 사람에게루 둘어가오。 게집무릎이나 배구 맛있는 요리나 시켜놓구 뚱땅거리는 양반들에게 술술 모여들지않소。ㅡ제ㅣ길할 한줌을 번커농구 뽑아 놓았군。ㅡ내정신봐라。 첫(머리를 긁는다)

洋靴修繕人。 흥 게집무릎을 나두 배구었어야겠군 흐흐흐 빌어먹을ㅡㅡ우리야 어디 그런걸 생각할줄알아야지오。

金昇柱。 하루종일 三원짜리 구두를 닦어보소。 그걸두 영감쟁이 백원 한장이라두 모아볼것같소。 나는 돈벌기는커녕 밥굶기를 떡먹듯하오。

洋靴修繕人。 말마소。 원 백원짜리가 어떻게 생겼는지 알지두못하오。 하루사리에 영감쟁이를 손에취여보아요。 안될말슴이죠。 아 무어 내가 돈 모을려구 이짓을 하오。 ㅡ오늘。 순먹구 너무떠들어쌌서 안됐군。 원 술 두어잔에 내가 이렇게 칠수있나ㅡㅡ정말 간상 경주집이 요즘 쉬방을 부처먹는걸 압니까?

金昇柱。 누가 그런걸 알수있소。

洋靴修繕人。 오늘 써거다 딘줏이 눈찟을 하지않었수 누가 요줌 경주집이 쉬방을 부처먹는다구 그러니 그게 아 참말인가 봅디다그려。 인제 그래도 十두 못났으니 한창이지 무어 흐흐흐흐。

金昇柱。 본쉬방은 어떻게하구 쉬방을 부친다구 그리오?

洋靴修繕人。 그야 돈버리하러 나단기다 한달에 한두번 들어온는거 집에서야 무슨일이 있는지 알력이있소。 설사 안다구한들 술장사를 시킬적부럼이야 그 쯤 생각이 있어야지……무어 인제 딸녀석두 좀 크면 쉬방을 부처먹을걸ㅡㅡ자미난골에 범나린다구ㅡㅡ(다다미방에서 웃는다)

洋靴修繕人。 (후스마를 열고 드려간다)응 응 울지 마라 인제 엄마 온다。 자자 달린녀석이 울어쌌서 쓰겠나。 울지마 응 울지마。 그놈 울음소리큰게 크면 한목볼라。(나오며)아애 아버지는 자주 옵니까?

金昇柱。 여보ㅡ朴상 거기 ㅡ콱쯔 있나보소。 응 여기있군(뽑아녛고)그애 아버지는ㅡ

洋靴修繕人。 아니 무얼 도적하다 잡혀갔소?

金昇柱。 무얼 도적해야만 감옥에 가오?

洋靴修繕人。 그애아버지가 있으면야 웨 여기와 있겠소。 지금 감옥에 있소。

洋靴修繕人。 호흐흐 그거 나는 돈을 도적하다가 삽혀간줄만 알었소그려。 긴상은 남좋은일을 잘한단말야。

金昇柱。 그럼 어떻게하오。 애는 뱃는데 쉬방은 감옥에 가구 그렇다구 쉬방의 친척하나 찾어볼수없으니 하는수있소。 그래 여기에라두 와서 놓으라구 그랬드니 와 낳은거요.

洋靴修繕人。낯설은 타곳에와서 애를 배놓구——그참

긴상이 아니였든들 야 단났번 했소그려。빌어먹을——

담배나 한대주소。(춤을 탁 뱃는다)

金昇柱 거기 어떠있나 찾아보소。

洋靴修繕人。(두리번거리다가 꽁초를 주어 불부친다) 꽁초

밖에 없드군。——긴상 오눌이 며칠이요? 쌀값 받으

러 울날이 또 거진 됐겠군。빌어먹을——

金昇柱。몇일인지 그런건 모루구 사오。

朴。……열이틀이 오……

유리창으로 春子와尹이 보인다。尹은 春子를 얼

리는해도 春子는 不安해하면서도 끄덕인다。잠시

후에 가버리고 春子는 죄은문으로 찬감을

사들고 들어온다。

洋靴修繕人。춘자야——야끼 사왔니? 사왔으면 내놓

렴。허—야끼내가 불선 나는구나。

春子 어디서 야끼내가 난다구 그래요?

洋靴修繕人。네가 들구 들어오는 신문지꾸레미속에서

나지 어디서냐。

春子。호호…여기서 야끼냄새가 난다구요? 참 개

보다두 님새를— 찰맛소。

洋靴修繕人。나를 개라구 흐흐흐 개라두 좋으니 어

서 야끼나 내놔。

春子。누가 야끼를 그거 주어요?

洋靴修繕人。그래 야끼를 안사왔다는 딸이지? 요란

깍정이 같으니라구—운 너의 아들 크면 한목보겠

드라。우리딸하구 혼사해두자。

春子。(드러가 코-트를 벗으며)잘났는지 못났는지……에

잇 속상해(가늘게 한숨을쉬고。사운것을 그릇에 넣어전

기회로에 올려놓고 스웟치를 둘런다음 앉어서 애에게 첫

을 물린다)

洋靴修繕人。이뿌면 이뿌다구 그래라。이세상에 너갈

은 색시하구 어린에하구밖에야。이뿐게 어떻있나。

죄아모리 장수라두 거집한텐 죽드라。

春子。(애를 드러다보며)남기르라구 주는데야 이뿌면무

얼해요。

洋靴修繕人。아모래도 이뻐기는 이뿐게로구나。(헌것장

사가 헌것이담긴 참대광주리를 둘러메고 유리창밖으로 지

나가는것을보고) 아—형님 아니요? 여보—형님。

春子。(누가 찾는가 뒤를 도라본다)

洋靴修繕人。아 형님 어데를 가시오? (유리창앞으로

잔다)

헌것장사。헌님이 불렀소그려 (유리창으로 머리를 드러

밀며) 오늘은 어쩔 돈버리 안하구 노는날이오?

洋靴修繕人。아침에 돈멫푼 번걸루 술마섰소。경주집

술괜찮습디다。술두어잔어 뻑쩜이 후훈하니 풀리는

데요。

헌것장사。 딸자좋은소리 그만하소。

金昇柱。(活字를 뽑다가) 드러와 앉어서 이야기나 하다 가시오。

헌것장사。 그새 안녕하시오。진상 요좀 바뿐가 봅니다 그려。(길가에서 꿩초을 줍고)정양있소? 洋靴修繕人 담뱃불을 주엇다가 도로 받는다

金昇柱。 요좀 돈버리 잘됩니까?

헌것장사。 무얼요、굶지나 아느면 형이지요。이렇게하로종일 터덜 터덜 도라단겨야 어디 푼푼 손안에 걸려드는가요 글쎄 조선서 건너올때야 이럴꿀을하구 살줄을 알었소。이런줄 알었으면야 무엇하러건 너왔겠소。그래두 큰맘먹구 온것이 이꼴이 됐소그려、

金昇柱。 없는사람이야 어데가나 마찬가지지요。여기라 구 다 뭐겠소。

洋靴修繕人。 헝님 헌것줍기나 구두닥기나 피장파장이 아니요。돈푼이나 손에드러오면 술이나마시구 그저 되는대루 사라가지 어떻게하오。그렇지안소? 헝님

헌것장사。 말맙쇼。그래두 헝님은 밤마다 색시를껴앉 구 자겠다 아들딸있다 하하 미운청두 한번드리면 못잊는다는데 흐흐흐……그래 가버린다

두 이따금 아무데두 매운데없는 헝님이 부러운때 가 있다우。벌써 색시죽은지가 얼마나 됐소?

헌것장사。 벌써 이래나 됐소。아이색기하나 있든것이 죽지를 않었겠소。그예가 죽은지 한두달지나서 애 를 낳다가 죽었지요。그까짓건 생각해 소용 있소 (하늘을 치여다보며)웨 이리 날이、흐이러분한구 나 는 가보겠소。

洋靴修繕人。 헝님 같이 갑시다。나두나가서 돈벌어야 겠소。(少年 웃층에서 나먹와 놀고있다)

金昇柱。 좀더 이야기하다 가소。

洋靴修繕人。 그만큼 지꺼렸으면 또나가보아지。(修님 함 을 자랑하는 少年에게) 야ー커리비켜ー(둘러멘다)에라 이번에 벌어선 우리아이색기들 되콩이나 사다주자

金昇柱。 돈많이벌소。(나간다)

헌것장사。 허튼소리 많이 지꺼려쉬 안되였소。이야기 를 시작하면 허튼소리를 끄내게 되는구려。안녕히 게시오。

金昇柱。 잘단여 가소。

洋靴修繕人。(유리창밖에서 춤을 락벗고) 헝님은 어데루 가시려우

헌것장사。「신쥬꾸」짝으루 가보겠수。(洋靴修繕人과갈이 가버린다)

少年。오지ー상?

金昇柱。왜그래?

少年。오지ー상?

金昇柱。말해봐!

少年。잇씽 구레나이?

金昇柱。지금 돈없다。

(친동아 소리 차츰가까이 들려온다)

金昇柱。응친동아)지나간다。나가서 팡고지나 한장 얼어와!

少年。이야다요!

金昇柱。이담에 줄게웅? 나가 놀아라。

少年。이야ー! 이마 호시인다요。

金昇柱。정말 돈 생기면 줄게 나가노라 웅?

少年。[뿌리웅해 나간다]

春子。(음식물이 오글보글 끌는것도 물으고 머ー이하니 무엇을 생각하고 잇다)

金昇柱。돈떠러진줄은 몰으구 그냥 달나구만하니……

(원고물놓고 다다미방으로 들어간라)벌서 끌는구나。朴상! 점심 먹읍시다。

春子。아이 참。(그릇장에서 ·그릇을 끄내고 밥합을 비눙는다)

朴。(돌어가며)먹을께 남어있소?

金昇柱。없으면 없는대루 먹지。맛있는거 사왔나?

春子。그런문요。둘이쉬 먹다 하나가죽어도 물을걸요

金昇柱。(밥합을 드려다보고)허어ー어디 죽구말구 할나위나 있다구。밑에 말라붙은걸。물이나 좀더와 (밥을 공기액담어 먹는다)케ー길할 밥한끼 케대루 못먹다 죽겠군。(朴도공기에 밥을 담는다)

(春子 주전자를 들고 적은문으로 나가 물을떠온다 친동 야소리 멀어진라)

金昇柱。왜 안먹구 앉었어?

春子。나는 먹구싶지 않은데…(공기에 밥을 담는다

李燦壽。(大學生, 李燦壽、張秀英、유리窓밖으로 보인다)

李燦壽。이야기하며 오다가)인제 다왔네(문안으로드러스며) 昇柱氏게시유?

金昇柱。(밥을 그냥먹으며)누구요? (후스마두물열다)아찬 수씨요 드려오소。점심안삽수시었으면 같이 먹읍시 다。

李燦壽。어서 많이 삽수시요 우리는방금먹구오는길임 니다。

金昇柱。그럼 거기앉어서 잠간 기다려주소(후스마닫었다 는다)

張秀英。(도라보며)그래 印刷所가 도무 요거야。그런데 印刷機는 어쩨 한대두불수없나?

李燦壽。자네는 아직 朝鮮印刷所란 어떤것인지를 모르네그려。동경에는 이런 印刷所밖에없네。그두 두었밖에 없으니 참박하지 印刷機없는 아마 朝鮮사람의 印刷所밖에 없겠지 그러기에 여기쓰는 組版만 해가지구 印刷만은 다른곳에 갖어다 박어오네° 여기야 그거 朝鮮活字뿐이지°

張秀英° 그래 東京에 · 朝鮮印刷所 하나 똑똑한게 없단말이야° 드럼 드럼 건너와는 다들 무엇들하구 백여있는거야° 동경이 좋은곳이라고 겁적겁적 건너오기는 잘하거든° 에잇 모두들 죽어야해° 조선사람은 입만 까먹었지° 말없이 일을해야할렌데 니 참기가막힐일이지° (도라단기며 이것저것만저본다)

李燦喬° 그렇게 흥분허지말게° 印刷所라는건 印刷物이 많어야 발달하는게안인가° 똑똑한 印刷物은 없는데 어떻게 印刷所만이 똑똑하겠나° 이런데 몰려드는印刷物이란 그야말노 너커분한것뿐일세° 돈을내면 하는 그런 印刷所을 가지구야 하는수있나 그러기 때문에 印刷所에서는 혼자선 손자라는따루 해주는 돈두 도라가는따루 받어서 그날그날을 생활하는걸세° 이런 印刷所가 생긴것두 어떤기관에서 기관지 출판하기위하야 만드렀든것이 지금까지 굴러

張秀英° 똑똑한 印刷物이 없다는구? 똑똑한 印刷物이 없다는건 무엇을 意味하는가? 이렇게 사라갈바엔 차라리 없어지는게 시원하지° 이렇게 지꺼려대는나

부러 ---

李燦喬° 『기운찬 건설사업은 나부러 ---』하구 왜자네는 생각지안는가? 이제부러 우리 가하면 안인가?

張秀英° 이제부러 할수있다구 군은 믿는가?

李燦喬° 할수있구 없는건 · 둘째문게지° 침있는데까지 해보구 할말일세° 나는 무슨일이구하면 되리라구밑네° 무슨일이구되네°

張秀英° 하하 ... 君의 理想論이 또나오는군 그려°

金昇柱° (다라미방에서)찬이 좀 슨거웁지 않어요?

妻子° 호호호 ...

張秀英° (넘겨잇는 종이쪽가운데서 신문지를 한장 끌라들고)『한글신보』---이게 여기서 만든건가?

李燦喬° 어디(본다) 여기서 만든거로군°

張秀英° (읽어보며)껄넝하군그래° 만들려거든 좀잘만들거지 왜이지경이야° 한달에 도무 두번 발행하면서야 이렇게 맹그럼낸단말이야°

李燦喬° 나는 그렇게라두 만드러내는걸 용허다구 생각하네° 우리두 잡지를 내려구하네만은 동경에쓰불상없이라두 만드러내기는 그리 수월한일이 안일세 희생적이 안이구쓰는 도처히 만드러내지 못할걸세 다른것은 다 집어치우구 조선글자를 보존해나간다

는 이미로만「보드라두 이의 가있다구 생각하네,

張秀英。아까 오면쉬두 한말이지만 조선글자는 인제 페ㅡ지될것일세。

얼마동안 계속할던지가 문제일세。아조 없어질는지 두 모르지。그렇게되는날은 조선문학이란 말할것두 없구ㅡ지금 인쇄소에와쉬보니 더욱 그런생각이 드네。자ㅡ먼지가 까맣게앉은 이활자들의끝을 좀보게

李燦壽。우리가 쓰구 발친시키면 언제나 죽지안네。죽어쉬 될말인가。

金昇柱。웨 술을 놋소? 많이자시소。

朴。많이 먹었소……(술을놓고 마루방으로 나온다)

李燦壽。(朴에게)안령하시오? 요좀은 무엇을 짭니까?

朴。신문을 짜는중임니다。

張秀英。「한글신보」인가 그것말이요?

朴。네……

李燦壽。담배 피우시오。(써민다) 그건 언케쯤 끝남니까?

朴。(담배를 받아피우며)글쎄요。

金昇柱。(손으로 입을막으며 마루방으로 나오며)이거 밥을 혼자먹어 미안허우。

李燦壽。삼지를 또하나 해불려구 왔소。

金昇柱。요건번것과 같은것이오?

李燦壽。안이요。◯◯學校안에있는 조선학생들끼리, 모여쉬 하나 해불려구 시작헌건데 좀 급히 해줘야

할거요。이원고를 보소。

金昇柱。좌우간 해드릴게 념려마소。(원고를본다) 한백 페ㅡ지될것갔소。이그림은 컷트로 드려갈것이오?

李燦壽。네 컷트로 드려갈것이 다섯장하구 첫장에두 러갈 사진이 한장하구 모두 여섯장이오。그런데그 거야 차차 할릭때구 천같이 삽지하나 허는데 두 달식 걸려쉬는 안됩니다。참어럽데쉬 책을 만드러 낸다는것은 기적이야。된선 조판 해판을 모두 자쉬 해버니……

金昇柱。속히 해드릴게 념려말소。쵠에야 나혼자 했으니 그럴밖에있소。이번엔 朴상두 있구해쉬 속히 될가요。朴상 어쉬 판짜주소。「한글신보」를 來月끝 내주마 했는데ㅡㅡ(머덕틀긁으며)이거 바뻐 야단났 다。春子ㅡ나와쉬 글자좀 끌나너。(글자를뽑기시작한 다)

春子。(그릇을 챙기며 말없다)

朴。(슬며시 이러나 조판상앞으로간다)

張秀英。이제라두 이小說은 빼쉬。되지두 않은것을넣 는것만 나는 찬성못하겠네。공면히 지면만 없새는 게 아닌가。

李燦壽。그건 우리끼리 이야기하야 할걸세。그보다두 우리는 값을 청해야지。昇柱氏는 다알지만 豫算이 넉넉지안은것을 시작하는데 먼커번처럼 차게 해줘

야 해보겠소。 넉넉지안은 학생들을 주머니에서 나오

는 돈으로 할려니 어디 맘대루 됩니까。

金昇柱。 조선사람이 豫算을 넉넉히 세워가지구 ·일을
하게되요。 이 신문두 돈을 별루 못받구 하는게요。
좌우간합시다。 내가 무어 이걸 영리쪅으루 하는게
아니요。

李燦薰。 미리말슴을 드리구 해야지 우리두 맘을 놓
구 하지요。 참말 昇柱氏같은이가 조선함자를 갖이
구 있기에말이지。昇柱氏는 文化事業에 큰 功勞者요。

金昇柱。 여보 그런소리 말소。 부끄럽소。 천에는 자미
없다구 생각되는것을 하지도 않었오。 뭐니뭐니하는
化粧品廣告며 약廣告를 朝鮮新聞에다 廣告별려구廣
告文을 짜달라구 그러는걸 안짜주었소。 그런건 한
페―지만한걸 짜주어두 십여원씩 받는건데 요좀은
해달라면 하오만 천에는 안했소。 아―참 그놈돌자
동차를 타구와서 해달라구 야단해쌓는걸…… 너 성화
많이 받었소。 방금 이십원받는건 좋지만 그
광고루해서 조선서 이리루 건너오는돈이 얼마나되
겠소。 그야 내가 안하면 다른사람이 하겠지만 내
어디 良心상 할수있소。 그럿것만 꽃아단기며 하면
밥걱정 안해두 돼오。

李燦薰。 그러기에 팔이지요。 高麗社가 東京에 있기때
문에 조선신문지가 나오구 삽지가 나오게 되지안

소。 위선 우리잡지붙어 昇柱氏가 허성쪅으루 해주
시기에 해볼려는것이지요。

金昇柱。 먹을것만있으면 돈에 그러는사람은 아니요。
하나 잘 만드러 봅시다。

張秀英。 종래 그 小說을 안띨려는 셈인가。 공연한努
力과 공연한費用을 드려두 君은 좋다구 생각허나
누가 그小說을 읽는다하세。 그리면 우리는 그讀者
에게 罪를 짓는게 되지안는가。 君은 大衆에게 毒
毒을 끼쳐두 좋단말인가。

李燦薰。 어디 우리가 지금 걸작만을 써놓을수야 있나
다음번에 力作을 쓰게 도록하지。 첫번부터 되었다안
되였다 쇠를 차우는 것보다는 일을 해나가며 價
値있는 글을 많이 실도록하는게 좋을줄아네。대번에
滿足을 얻을수야 있나。

(다다미방에서 애우는 소먹。)

李燦薰。 누가 아이 나었소?(후스마틈으로보고)그래 昇
柱氏 이뿐색시를 가만이 앉혀놓는법이 있
소。 어쌨든 잘됐소。 갓마흔에 첫버선이라드니 긴상
을두구 헌말이였소그려 하하……

金昇柱。 허허 ……내아이 아니요。

李燦薰。 아니 그럼 누구아이란 말이요? 그런 농담
을 누가고지 들겠소。 오늘 昇柱氏 첫아이난 턱을
톡톡이 써여야 하겠소。

金昇柱。 내아이 아니요。 내집에 와있는 女子의 아이요

李燦壽。 무얼 그러슈

金昇柱。 저 朴상보구 무러보소。 장가두 안들구 애를 어떻게 낳겠수。

金昇柱。 친척두 아니요。

張秀英。 친척두 아니면 대체 누구란 말이유?

金昇柱。 글쎄 촌에집애가 공부를 식혀준다는 바람에 사내들꽃아 동경엘 왔소그려。 어디 그게 될말이요 속아넘어가서 술집에 가있다가 거기서 애를 뱃는데 술집에서 없구해서 나 으라구합니까。 그렇다구 누가 오라는사람두 지랄병하기에 여기라두 라구 그래떠니 온거요。 그애친척두 찾어볼수없으니 어떻게하우。

張秀英。 동경에 공부하러와서 술집에 있었소그려。

金昇柱。 동경에 그런녀자가 많소。 공연히 바람마쳐와서는 저모양이오。 ──「짝자가 어데있니? 짝, 짝

張秀英。 망할게 집애같으니。 촌에서 땅이나 파구있지。 저런女子를 보면 참 딱하단말이야。 살기좋은촌이면 웨뛰이나 오기나 했을나구。 좀 나은곳을 찾어오느라구 온게.그모양 되겠지。 다른곳에 가기만 .하면 좀 나은세상이 올줄만 알구……

張秀英。 그거 남들이 동경동경하니깐 뛰어나온거겠지

金昇柱。 燦壽氏 참한 새쉬방하나 중매하오。 애는 기르겠다는사람이 있으니깐 애걱정은없소。

張秀英。 저애 새쉬방은 어떻게하구、또 새쉬방을 찾수?

金昇柱。 그렇게 아니요。 저애 아버지는 지금 감우에 드려갔소。 ──마땅한 새쉬방이 없으면 조선으루를 려보내 주어야지。

張秀英。 이제 朝鮮農村에가서 땅을파가는 글벗소。 속은없어 눈만 높았으니 村에드려가 백여있겠수。

金昇柱。 (原稿를 들고와서)이건 어떻게 짜람니까?

朴。 (보고)남는자리 가있거든 조고맣게 놓으소。

朴。 (말없이 초판상앞으로간다)

(京子登場。 조선의복용에 스프링코-트를입엇다)

京子。 진상 안녕하슈?

金昇柱。 응 경자-ㄴ가。 요즘바뿌다。

京子。 돈을 그렇게 작구 버러더면 어떻게 할려구 그러십니까。

金昇柱。 내가 할소리를 네가 하는구나。

京子。 진상은 돈버러서 무덤에라두 갖어갈려는가봐。

金昇柱。 돈많이 버는데 오늘 무얼좀 사오슈。

京子。 애끼면 똥으로 간다는 말을 몰라요。 요천에 우리 동무는 반지를 끼구두.애끼드니 .잃어버렸는데 요。 애끼면 그거날러간다우。

金昇柱。 그런소리 애야。 마라。 무덤에 가거갈돈이 있으

면 왜이러구 있겠니。그런데말야 요전번에 누군가

갈이 구경같든사람 있지안니。그사람이 작구 너를

이뿌다구 야단이드라 그래 이뿌거든 다려다 살라

구 그랬드니……

京子。 들기싫여요(流行歌를 부트며 다다미방으로 드러가서

春子머리) 요좀은 좀 어때?

春子。(웃을만지다가) 에이그나 경자로구나。나야 무얼

이꼴이지。朝鮮舘엔 별일없니?

京子。 별일있을게있나。응、요번에 유리끼라는 기집애

가 드러왔는데 난 고기집애가 미워서 죽겠다 애

春子。 유리끼?

京子。 응 글쎄 우리가 무슨애기를하면 말을 모르니

깐 그거 커를 승보는줄만알구 헬끗헬끗 보겠지。

에이고 고눈깔을 병큼 파내구싶드라、바루 게가잘

나가나 한듯이……(애를 드려다보며)그동안 퍽두 컷

다。

張秀英。(原稿를만지다가)커여자는 누구요?

金昇柱。 지금 드려온 게집말이오。

張秀英。 아ー커게집말이오? 『홍고ー』에 朝鮮舘이라는

조선술집이 있는때 거기있는 女子요。

李燦淑、 애 낭은 女子두 거기 있었소그려。

金昇柱。 애 낭기쉰까지 거기있었소。찬수씨 놀려가보

시오。이뿐색시 많소。

李燦洙。 요좀은 방값줄돈두 없어서 뻘뻘매는관에 술

집이 다 무어요。

春子。 난 무언지 속상하기만하다 애 애를 나놓기는

했어두……

京子。 무얼 긴상있는때。그래 넌 朝鮮舘에 언케쯤나

갈련?

春子。 애 말마라。긴상은 사람이나 모이면 별루 무

언지 알지두 못하는걸 하라구 그리구는 일하기싫

으면 밥먹어선 안된다구 떠드는구나。글쎄 긴상이

야 그거 나가는대루 그리는지 모르지만 그말을드

를때마다 내가슴에 백이눈듯이 뜨끔하는구나

그럼땐 굶어죽드래두 나가구싶드라。그래 애는 마

침 기른겠다는 사람이 있기에 그사람더러 기르라

구 그랬다 애。에이 속상해。내가 애는 무엇하려

구 나었는지……

京子。 그럼 하루바삐 나오렴。

春子。 ……응。

京子。 잘했다。그래 별수있니。어서 네가 버려 네밥

을 먹어야지。우리처지에 애를 달구 어떻게 사러

가니。난 그러기에 애야 애를 안낳게 한다애。

春子。 누가 글쎄 그런걸 아렀니、월촉이 좀 가르쳐

京子。호호……그러기에 정신을 바짝 채려야하는거야
　새서방마닥 애를나면 그걸—어떻게 처치하니 (팔목
　시계를보고) 에그 벌서 두점이 지났구나。가봐야겠다
　얘。어디 맘대루 오래 나단니게하니。내 그럼 주
　인보구 춘자 나온다구 말해두지。
春子。………용。
京子。(나가며다가)………저 尹상 자주 맛나니?
春子。아니………
京子。녀 한테 홀딱 반했다구들 그리두나。
春子。얘는 허튼소리 그만해라。그도 애낳기전 말이
　지。
京子。나를 못속일걸。네얼굴이 빨개졌다얘。
春子。얘는—가서 동무들에게 문안해주어 웅?
京子。무어 곳 맛나게 될텐데——(마루방으로나오며)그
　래 손님 왔는데 그냥보낼려우?
(밖에서 가미시마시바이의북소리 유리창밖으로 애들이 두
　엇 지나가는것이 보인다)
金昇柱。。이학생 어른들보구나 좀 억지를 써봐라。
京子。긴상의것 안먹을테니 맘노시우。
張秀英。朝鮮舘에게시오?
京子。참 호호……요컨번에 오시지 않었어요?낯이익
　은데요。
張秀英。나하구 같이생긴사람이 동경에 또하나 있는
　가보군 하하………
京子。아이참。어쩌면 고렇게 꼭갈이 생겼어요。호호
　……긴상 담배나 한대 주소。
少年。(밖에서 유리창에 매달여)오지ㅣ상。
李燦濤。담배 여기있소(내민다)
京子。아이 미안 합니다。(담배불을 부치고 서울게빨며
　가 팔목시계를보고) 가바야겠군。
少年。오지ㅣ상。
金昇柱。왜 갈려구 그래。인제 한톡낼려는데——
京子。싫어요。긴상것먹구 배탈날려구요。
金昇柱。배부르거든 그만두렴。
少年。오지ㅣ상。
京子。朴상 담배피우시우。(빨든덥배를 朴에게주고나가며
　긴상 돈많이벌소。
金昇柱。웅 잘가라。
少年。(드러와서)오지ㅣ상。
金昇柱。왜그래?
少年。기비당고가 구이다이。가미시바이야가 이마 옷
　데이루요。
金昇柱。아까부터 돈없다구 그러지않든。
張秀英。너멫살이냐?
少年。(드른척안하고)잇셍 구렌나이?
張秀英。웅 너두 조선말을 다잊어버렸구나。네이름이

무엇이냐?

少年。오지—상 기비당고가 구이다이요。

金昇柱、없다구 그러지않었니。

少年。우소다요。

金昇柱。생기면주마。

少年。(창예가서 북소려나는곳을 바라본다)

張秀英。너 어데서 사니?

少年。(도라보지도않고) 고노 니가아。

張秀英。이름은。

少年。신이씨。

張秀英、신이찌라니 신일 이라는 만인가?

少年。(귀찬타는듯이)시라나이。

張秀英。이애를보구두 君은 조선말의장래를 락관하는가?

李燦壽。이애는 동경에 와있기때문어 조선말을 잊었지만 이런現象을 볼때마다 우리는 좀더 우리글과 말을 發展시키기에 努力해야 할결세。이 이야기는 後에 하기루하구 가보지。昇柱氏 그신문끝난담부터 곧 우리잡지를 시작해 주시오。

金昇柱。뛸려 말소。

(少年부루통해서 二層으로 올다간다。북소리는 얼마간 나다가 멋는다)

李燦壽。내달 초하루에는 내놓도록 해야합니다。그럼

가보세。(張秀英과 같이나가려한다)

金昇柱。찬수씨——오늘 착수금으루 돈좀 주구가소。나인의돈을 꾼게있는데 갚아주어야겠소。

李燦壽。지금은 가진게 없는데요。

金昇柱。한五圓이래두 주구가소。얼핏주마하구 안사람의돈을 취해쓴건데 갚어줘야 안하겠소?

李燦壽。來日 변통해가지구 오지요。

金昇柱、그럼 있는대루주소 오늘저녁 해먹을게 떠러젓소。

李燦壽。자네 돈가진거 있나?

張秀英。오십전밖에 없는데。

金昇柱。그것이라두주소 저녁을 굶게됐으니 할수있소

張秀英。그렇다면 의선 이것이라두 쓰시요。(준다)

金昇柱。(받으며) 이거 안됐수 컨차비는있소?

李燦壽。우리뽑려는말소。자—잘보시우。

張秀英。안녕이게시우。(둘이나간다)

金昇柱。조심해 돌아가소。(문앞까지가서 두사람을 보내고 다시活字뽑기를 시작한다)

朴。(조판을 그만두고)……나는 다른데 일자리를 구해보겠소。

金昇柱。뛸려 말소。

朴。아니 왜갑자기 그러시우。

金昇柱。너달 초하루에는 내놓도록 해야합니다。그럼

朴。그냥 밥이나 업어먹구야。어디 있을 자미가 있소

나두 돈을 좀 쮀야 살지요.

金昇桂。글쎄 朴상두 보는바루 어디 돈이있소。있는
　　　데두먹구 지냅시다

朴。이제 학생들이 잡지두 한다니깐 정하구 얼마씩
　　주소。

金昇桂。글쎄 할자미두 있구……

朴。그래야 돈돌아가는데루 쓉시다。어디 정하구 지냅시다
　　좋게 형편이 됐소。朴상 그러지말구 같이 지냅시다
　　요즘 바뿐통에 朴상。없으면 되겠소。

朴。……밥이나먹구 있자구는 싫소。다른데 일자리를
　　구해보겠소。

金昇桂。좋은곳이 있다면 말리지는 않겠소。지금은 춘
　　　자두 있구 어디 돈의여유가있소。돈이있으면 돈을
　　아낄 내가아니요。요즘에 돈이 돌아가는때。쓰소。

朴。어느때 돈이 돌아갈지 누가 알겠소。

金昇桂。좋은일자리가 있기는 하오?

朴。……얻어보지요。

（나인 적은문으로 드려와 뭇는다。기모노로 아이를업었었다）

金昇桂。朴상 그러지말구 같이 있읍시다。

朴。……밥이나 얻어먹구 있자구는 싫소。

金昇桂。朴상두 다아는 세간살이가 아니요?

朴。……

金昇桂。요즘 바뿐통인데……

朴。……

金昇桂。어서 판짜주소。

朴。……싫소。（머밋머밋하다가 나간다）

金昇桂。（나인을보고）아―오시었소。일자리를 떠러정을때
　　같이 있자구해서 같이 있었드니―

나인。이 가까히 왔다가 들렸쉬다。애기는 잘자라나
　　요?

金昇桂。잘자라요。그참 돈을 속히 갚아야 할텐데 요
　　좀 돈이 떠러젓소그려。며칠만 더 참아 소。요담
　　엔 틀림없이 해드릴러니요。―내가 어디까지 뽑
　　았나? 케―길할 내청신봐라。

나인。아니 무엇내가 긴상을 의심할려구요。그커 이
　　가까히 왔다가……요즘은 애기어머니두었구……돈
　　이 많이 씨울렌데。우리가 좀 넉넉히 지나면
　　야 오기나 하겠소。―（언은애를 들석거리며）응 왜

그러니?

金昇桂。녁려말소。꼭해드릴게요
나인。애기나 좀 구경할가。（다다미방으로 드러간다）

金昇桂。참 안되었소。

泰子。（옷가지를 보에싸다가 약간 놀태며） 오십니까?

나인。（애를보며） 그놈 능글능글하게 생겼는데。아―거 흠
　　싹하게 생겼군。

泰子。무얼요。

나인。애어머니 젖두 잘나오는가 보구。

菜子。 젖은 잘나요。애가 미쳐 못빨아먹는데요。

나인。그러기에 애가 이렇게 늘늘하지。우리 이애는 쩔

젖이없어서 없는데요。그래야 에미젖을 당한다。소젖을산다。아단

을하는데。그래야 에미젖을

철ᅳ마르구 끌이 틀려가지。젖많은것두 보이라우 복

이야。 (국한글신보편즙원 급히동장)

編輯員。신문 다되었소?

金弁柱。지금 분주이하오。

編輯員。참 긴상 할수 없다니깐。내일끌내마 하지않

었소。(판쨔노은것을 이것저것보다가 잘못된것을 고친다)

金弁柱。치허ᅳᅳᅳ지금하지안소。

編輯員。관짜돈사람은 어데있소。

金弁柱, 일하기싫다고 나갔소。인쇄소에 있다가 쫓겨

나와 갈데없다기에 와있으라고했드니 돈 안준다고

가버렸소。

編輯員。아이렇게 바쁜통에 나가버리면 어떻게하나 내

원참。

金弁柱。내가 남의自由를 끌을수있소。가고싶으면 가

야지。

編輯員。그런들 신문이나 끝내구 나가게할기지 그걸

내보내였수? 어쨌든 내일은 인쇄소에 넘겨야하오

金弁柱。그렇게 뎀비지마소。될수있는대루 빨리 해봅

시다。菜子ᅳ나와서 글자좀 골라너。글자 모자라서

뿜을거없다。왕하구 밤을먹어야해ᅳ여보 음악가어

쩌구 어쩌구한 이것은 빼구맙시다。그까짓건넣어무

엇하우。

編輯員。그런걸 너안되요。크게 넓법이지 빼다니ᅳ

그런데 글자가 많이 없소그려。

金弁柱。찬글자를 사와야 돈좀내소。

菜子。(나오며)어느것,말이요?

金弁柱。쥐기 헐으러쩌있는글자를 쩌자리에 꽂아놓어

「다」쨔「요」쨔「ᄂᆞ」쨔 모두 렁렁비여서 어디 뽑

을글자가있니ᅳ졔ᅳ길할 이렇게 바뻐서야 살수있

나。(머리를긁는다)

菜子。(말없이 글자를 끌마넛는다)

編輯員。어서 사리갑시다。

金弁柱。돈있으면 사울글자를 써보를게 쩍으소。(원

고지에 표한것을보고)사호끄직 돌아감귀자、이호 동

할동자、구모 복춘자、사호 나갑진자、구포 글태자、

이호 날비자、사호......

編輯員。(책눈다)

勞働者。에잇ᅳ쌍ᅳ쌍ᅳ놈들ᅳ나룰 해

어디 나룰 해고시키구 건디어보아라。어잇ᅳ쌍놈

들ᅳ그래 나룰ᅳ나룰 해고시켜ᅳ에잇 쌍ᅳ쳇

金弁柱。오늘은 일직이 둘어옵니다그려。

北國의 女人 (一)

池奉文

一

어쉬 이야기 하여달라고요.

어디쉬 무슨 이야기를 듣고 오셨읍니까.

언제는 오빠 오빠하고 눈물이 날만치 감격에 떨리는 목소리로 오빠를 불러보아도 오빠는 오냐하고 대답하시는 머신에 조 몸쓸것이 상가 살어있고나 조 몸쓸게……하시며 반겨하시는 머신 놀라시는 표정으로 침을 뱉고. 도라쉬시드니 오날은 어전일이십니까? 마음을 돌리셨읍니까?

진정으로 나의 한구철 애달픈노래를 드러보랴 하시는것입니까? 그렇지않으면 심심하쉬쉬 하시는말삼이십니까? 그렇지않다고요?

그러나 이야기야 머 새로할것이 있읍니까. 몇마디못해쉬 애란의 결창인 눈물이 또 흐를것이니 고만두기로 합시다. 떠욱이 남편을죽이고 자식을 잡어먹은것이자

랏같아쉬 양심이 부고러워 못하겠읍니다.

월컨에 보내드린 편지 그대로이니까 그것이나 다시한번 찾어 읽어 보시지요.

편지를 보시기도친에 찢으셨다고요.

그럴줄 알었읍니다. 마음 아프고 가슴커린 어린동생의 눈물진 기록인것을 몰랐을것입니다. 다만 떠러운 여자의 너철한 일생의보고 인줄만 아시고 산산쪼각을 버어 버리셨겠지요.

어째뜬 나는 영독(獰毒)한 적자(賊子)였으니까요.

그까진소리는 다― 집어치우고. 어쉬 이야기해 달라고요. 가슴이 갑갑하시다고요.

그러시지않어도. 나는 오빠에게만이 아니라 다른사람에게라도 이야기해야만할 충동을받었으니 하기야 하겠읍니다만은 이야기하기젼에 오빠에게 무러불것이있읍니다.

지금은 나를 동정하시겠느냐 말입니다. 남매의 청

으로만이 아니라 참으로 나의 그괴로운 가슴을 동
정하시겠느냐 말입니다.

아 — 그렇다고요 동정하시겠다요.

그러시다면 정시을 가다듬어 가면서 처음부터 자
세히 이야기 하겠읍니다.

그러나 내가 지금하려는 이야기를 듣고 그것이 사
실이 였느냐 너의환상이 였느냐고 뭇시는 마세요. 나
도 지금은 잘 분간하기 어렵습니다.

一

번어 해수수로는 다섯해 쉰인가봅니다.

×

×

간도는 쉰부가 쌀밭이다.

간도는 쉰부가 기름진땅이다.

그넓은 기름진땅에는 마음대로 농사를 지을수가 있
다.

한해 농사를 지으면 삼년은 가만이 앉어서 얻어
먹을수가 있다.

몇해안가서 벼스백이야 못하겠느냐—

그렇게 되기는 바라지않었읍니다 만은 너무도 절
박한 생활이여서 배스속이 좀 편할까하야 떠나지 않
었겠읍니까. 그래도이번길에는 밭하두가리 논두어마지
기 살돈만벌면 홍타령을 부르며 고향으로 도라오겠

다고 바라지안은것도 아니겠지요.

그때는 참으로 어린아이들 같이 기꺼운 마음으로
뛰여갈듯이 떠났읍니다.

우리가 두만강을 건널때에는 참으로 유쾌하였읍니
다.

회오리 바람만이 이구룽이에서 쥐구룽으로 휘획 부
러갈뿐 따스한 태양은 우리를 반겨맞이 하는것 같
었읍니다.

우리는 발이빠지는 모래밭으로 거러갈떼 어린아이
의 손을 한나씩 잡아쥐고 하나 둘을부르며 기꺼운
마음으로 다름질을 하였나이다.

나루배를 타고 그강을 건너 오랑캐 고개를 넘었
을때는 더한칭 기꺼워 하였읍니다. 편한 들을 바
라고보고 즐거하였읍니다. 강넝이와 수수밭으로 끝없
이 뻗처있는 넓은들을 내여다보고 반겨하였읍니다.

산이나 둘이나 모다 꿈같은 다조토로 풍조에 우리
는 폭취하였읍니다.

오랑캐 고개를 넘어 주막거리에서 점심을 먹을때
남편은

「어몄소 당신 마음에 듄? 진작못온것이 한이되쵸?」
하고 빙그레 웃었읍니다.

「그렇고 말고요. 진작 왔드매면 그편고생은 면했
을설!......」

『참 미안했소. 무력한 남편을 따려다니 느랴고……

그 고생이라니……』

어대까지 남편다운 그는 인자(仁慈)가 가득찬 무엇이라 말할수없는 사랑을 폭쏘아 주었읍니다. 그리고

『이제부터는 부지런히 합시다. 그리고 우리가 먼저 자리를 잡어논 뒤에는 당신의 오빠를 마저끄려 드려다가 외롭지않게 살어봅시다』

그의 가슴에서는 한째 복바치는 결심의 피가 끌어울락 오는듯 하였으며 오빠의 생활에까지 염여할 여유를 얻었다는것은 여간 기뻐한것이 아니엇겠지오. 해가 쉬산에 기울고 밤빛이 차차 몰여돌때에도 우리는 기꺼운 마음으로 길을것고 있었읍니다.

二二

오빠! 그러나 우리가 들떤바와 생각든바와는 친양지판이 였읍니다. 한낫 광명과같이 생각켜시고 새힘이나 얻을것같이 기뻐하였으나 다시 우리에게는 눈의 장한 바람과 바다의 젊으른 물결이 콸여 오기 시작하였읍니다.

막상와봐야 황야(荒野)같이 거칠고 단조한 생활과 민철 悶絕되도록 아프게 연한 젊은 영혼을 위로해 줄것은 아무것도 없었읍니다.

다만 문허지랴는지 터지랴누지 어찌될줄을 모르는

칶칶한 앞이 있을뿐 앞뿐아니라 뒤도없고 다캄캄한 것뿐이였읍니다.

다만 그 캄캄한세계의 이쪽에서 저쪽으로 몰려가는 무슨 비통한 회파람소리가 이따곱식 일어날뿐이 였읍니다. 그것은 칠망과 고통으로 오는 부다칠 곳없는 생(生)의 아니 영혼(靈魂)의 고적한 숨이였나이다.

권태(倦怠)와 기근(飢饉)과 공허한 우수를잡다 못해서 도라다니 였읍니다. 밭은 모다 임자가 있었읍니다. 하나라도 돈을 주지않고는 건드려볼수가 없었읍니다.

――그러면 아묘일이라도――

그 아모 일이란 아모데서도 찾을수가 없었읍니다.

――다른것을――

다른 아모 생각도 할수가 없었읍니다. 억지로라도 사러나가자면 사람의 슬게(生贍)를 짓찌여서 피투성이를 맨들고 나가는수밖에는 없었읍니다.

이러한 인간은 과연 살가치가 있는것인지 의문이 였읍니다. 인간이란 어쩌면 그리도 답답스러운가 하였읍니다?

四

별씨 보름이 지나가고 한달이 지나갔읍니다. 그새
몇푼 남았든 돈은 다— 부려먹고 어쩌든 우리는 손
익은일 맛드린일을 얻어 맞날수가 없었읍니다. 다만
눈이 멀개서 산송장이 된것만같어 이리 쩌리 도라
다니는데 요행 맞나는 일이라면 보행전(步行錢)을받
고 보행(採陽軍)을 가거나 굴뚝을 후벼주고 도배를
하여주고 몇푼에인금을 받었을 뿐이 였지요.
어리한 일이나마 늘있지 않었읍니다. 그리고 날마
다 있다 심치드래도 우리뿐이 아니였으니 요행 얼
어 만나기가 어려웠읍니다. 그러니 그것으로 밥먹기는
어려웠읍니다.

그러는 동안에 남편은 어떠씨 어떻게 듣고 어떻
게 하는것을 배웠는지 금물(禁物) 장사를 시작하게
되였읍니다.

이때 나는 어름 풋이나마 깨다른 일이 있었읍니다.
이세상에 무엇 무엇 해도 살지못하게 되는데서 범죄가
생기고 소란도 생기고 심지어 ××도 생기는 것이
라는것을 비로소 깨다렀읍니다.

하여간 우리에게는 한가지의 밝은 회열은 여러가

지의 어둠의 그늘을 가지고 왔읍니다.
금물이라니 금(金)이나 은(銀)값진 때물을 밀수입
하는것은 아니였읍니다.
그런것을 할만한 자본이 있다면 가많이 앉어쉬놀
고 떡겠읍니다. 무엇하려 자릿자릿하게 간을 녹여가
며 그 노릇을 하겠읍니까.
한끝 한다는것이 소곰(鹽)장사 였읍니다.
그것도 말이나 술기(馬車)를 끌고다니며 차는것이
아닙니다. 쪽지개를 지고 거러다니며 하는것입니다.
내돈을 주고 사는 것이였읍니다만은 마음 놓고는
못합니다. 들키면 여간한경을 치지 않는것입니다. 그
러니까 금물이라겠지오.
낮에는 해끝거려서 두만강 연안인 함박골(그곳뿐
이 아니겠지오) 까지 갑니다. 그리고 어스레한 황혼
이면 배를타고 두만강을 근너가서 돈대로 소곰을삽
니다. 어쩌든 도망질하기에 거뿐할만한 정도로 사가
지고는 근너 마을을 바라보고 있읍니다. 집사때(輯
私隊)의 순찰시간이 지나가가를 기다리는 것입니다.
아모턴 기척이 없으면 두근거리는 가슴을 안고 근
너옵니다. 무엇이나 살필 여가도없이 험준한 산기슭
으로 줄헝낭을 놓습니다.

발이 맛그러지고 돌에 채이고 나곤두박질을 하며

캄캄한 어두운방에 다름질 칠고있지요.

보기에도 소름이 끼치는 여러마리 이리(狼)가 등

잔갈는 눈을 휘두르며 뾰죽한 입발을 악물고 지금

당장 뛰여 날뜻한 두려운 예감에 조마 조마한 마음

으로 다름질 치는것입니다.

어느때 어디서 총소리가 날는지도 모르지요.

큰길은 것지못합니다.

바람이 휭— 휭 소리치고 겁은 숲이 우뚝 쉬있는

그산기슭을 돕한 불일이 있어서 백주에 나섞 사람

이라도 마음놓고 거름을 거룰수없는 밤길을 거러야

합니다.

밤샛끝 기를 쓰고 거러야 오십리도 못옵니다. 그

러다가 먼동이 틀가 시작하면 바우 틈사리를 찾어

서지고오든 소곰도 그곳에버서 감무려놓고 어슬렁

어슬렁 마을을 찾어갑니다.

다시 황혼이 도라오면 어케와 마찬가지 길을 것

기 시작합니다.

이렇게해서 요행이 커들에게 붓삽허지 않고 도라

오면 무슨큰 싱공이나 한것처럼 기뻐하지요. 그렇지

못하고 그 이리의 떼들에게 들리기만하면 녹는값

입니다.

한달 둘달은 예사로 가게되고 그무쉬은 챗직은부

드러운·살어 부다처여 진창 상처를 받는것입니다。

요행이 커들의눈을 피하야 이곳까지 갖어왔다 하

드래도 마음놓고는 파려먹지 못합니다. 교묘하게 푸

려 먹이다가도 들리는 일이 많이 있지요。

하여간 한동안 남편에게 직업이 있었다면 이것이

였읍니다。

今般

上圖와 如히

本社마-크를

制定함

丙子年度「朝文」總目錄

═創作部═

한글藝術의 個性論 ……………… 金 文 輯

━━━ 隨 筆 部 ━━━

隨想錄 ……………………… 金 文 輯

熔鑛爐에불이오면 ………………… 李 北 鳴
夜間飛行 ………………………… 李 泰 俊
日記에서 ………………………… 李 泰 沼

命名哲學 ………………………… 李 孝 石
故鄕에도라와서 ………………… 金 晋 燮
傷痕 …………………………… 金 雪 野
스크린과父親 …………………… 丁 來 東
移舍 …………………………… 朴 世 永
蚊蛾 …………………………… 柳 致 環
對岸阿片三等妓 ………………… 李 源 朝
…………………………………… 李 源 燦

社 告

晉州邑錦町
晉州支社
趙鶴濟

慶南陜川
陜川支社
鄭基漫

淸津府港町一
淸津支社
李萬石

平澤驛前
平澤支社
趙敦世

平北龍川郡楊市
龍川支社
安永俊

北靑邑內
北靑支社
崔柄時

間島龍井村
龍井支社
博文書館

社告

다음號부터는 誌面의 一部를 新人이 찾이
해야 할것을 스스로 期約한다。每月 몇篇
式은 勿論 틀림없이 그러내랴 하건이
와 今年부터 本社에서는 年二回로 分하
야 新人創作特輯號를 내이기로 하였다。
그것이바로 二月號와 九月號인데 다음
號에는 十五篇을 실리기로 하였다。

朝鮮文學編輯部白

定價表

一個月	三十錢
三個月	八十五錢
六個月	一圓六十錢
一個年	三圓十錢

注文方法

● 注文은반듯이 先金
● 振替로
● 郵票는 一割增

昭和十一年十二月廿四日印刷
昭和十二年 一月 一日發行

京城府敦岩町四五八

編輯兼
發行人 鄭 英 澤
京城府堅志町三二

印刷人 金 鎭 浩
京城府堅志町三二

印刷所 漢城圖書株式會社
京城府敦岩町四五八

發行所 朝鮮文學社
振替京城二四六八八番

조선문학 - 전4권

지은이: 편집부
발행인: 윤영수
발행처: 한국학자료원
서울시 구로구 개봉본동 170-30
전화: 02-3159-8050 팩스: 02-3159-8051
등록번호: 제312-1999-074호
ISBN: 979-11-6887-185-4

정가 400,000원